현대 일본어 교육의 이해

이덕봉 외

발간사

21세기에 들어 일본어 교육은 여늬 언어보다 빠른 변화를 겪게 된다. 학습자 층이 다양해졌는가 하면 시대적 학습 요구가 변하였으며 학습 매체가 달라졌고 그에 따른 학습내용과 학습 방법이 바뀌게 된 것이다. 특히 한국의 경우 일본어 교육학 정착의 부진으로 인한 갖가지 구태의 뿌리가 깊었던 관계로 더욱 급격한 변화를 겪게 되었다고 할 수 있다.

외국어 교수 이론에 관한 연구는 1899년 H. Sweet의 "The Practical Study of Language"에서 비롯되었다고 할 수 있다. 이어 1917년에 H. Palmers 는 이러한 연구 분야를 "Science of Language Study"라 명명하였으나 과학적인 연구 영역으로 자리 잡기에는 아직 미숙하였다. 특히 파머의 직접법은 20세기 초 식민지 교육의 필요에 따라 타이완의 일본어 교육에 적용되기도 하였으나 관련 학문의 이론적인 뒷받침이 없었던 관계로 일반화되지는 못하였다. 외국어 교수 이론이 학문적으로 연구되기 시작한 것은 1950년대 들어 심리학 이론이 도입되면서 부터이며 특히 언어 습득과 언어 사용의 심적 과정을 연구하는 심리언어학(Psycholinguistics)의 발달에 크게 영향을 받게 된다. 특히 1957년에 발표된 Skinner의 Verbal Behavior이후 행동주의 심리학은 1970년대의 언어 교수 이론에 커다란 영향을 미치게 된다.

외국어 교수이론에 미친 언어학적 영향 또한 지대하다. Saussure에 의해 시작되어 Bloomfield로 대표되는 구조주의는 심리학의 행동주의와 결합되어 외국어 교육 이론에 커다란 영향을 미쳤으며 Chomsky와 Katz로 대표되는 생성주의적 관점은 인지심리학과 관련되어 내재적 구문론을 중심으로 하는 문법을 통해 이론에 영향을 준다. 구조 행동주의적 이론은 지나치게 외적 형식과 반복적인 훈련에 치우쳤으며 생성 인지주의적 이론은 내재화된 잠재 능력을 중시한 나머지 구조 행동주의 이론을 부정하였다. 그러나 구조 행동주의는 다양한 조건화 훈련을 통해 교수 이론에 공헌하였고, 생성 인지주의는 학습자의 의식적인 훈련의 효과를 인정하는데 공헌하였다. 이러한 인접학문들의 영향으로 오디오링궐 메소드, 커뮤니커티브 어프로치를 위시한 다양한 교수법이 소개되어 이 시기는 교수법의 르네상스기라 할만하다.

교육학으로부터 받은 영향 또한 적지 않다. J.듀이로 대표되는 경험주의 교육 이론은 체험학습과 같은 학습자 중심의 학습에 영향을 미친다.

80년대 들면서 다양한 교수이론의 절충과 융합들이 유행하면서 포스트교수법 시대라고도 불리게 되는데 그 배경에는 1980년대부터 주목을 받게 된 인지언어학의 영향임을 간과할 수 없다. 인지언어학은 인간의 언어를 인지활동에서 분리된 독립적이고 자율적인 것으로 보지 않고 인지나 신체성이 언어 구조나 언어 사용에 깊이 관여하고 있다고 보고, 언어학의 각 분야를 다른 인지 과학 분야와의 유기적인 관련에 주목하여 통합적으로 분석 설명하고자 하는 것이다. 최근 일본어 교수이론으로 자리잡은 오픈메소드나 종합적 일본어 교육 등은 이러한 인지언어학적 이론에 입각한 것들이라 하겠다.

이 책에서는 일본어 교육의 기본적인 이론을 소개하기보다 새롭게 전개되고 있는 최신의 교육 이론을 중심으로 소개하고자 한다.

1장에서는 한국 일본어 교육의 역사와 세계적인 흐름, 새롭게 전개되고 있는 주요 교수 이론을 개괄한 다음, 2장에서는 현대 일본어 교육의 이론적 기반을 이루고 있는 인지 이론을 소개하고자 한다. 3장에서는 현대 일본어 교육의 가장 큰 관심이기도 한 문화를 도입한 일본어 교육을 소개하고, 4장에서는 멀티미디어를 비롯한 미디어와 교육을 소개한다. 이어서 5장에서는 그동안 교육적으로는 매우 중요한 위치를 차지하고 있으면서도 이론적 사각에 있었다고 할 수 있는 통번역과 관광 일본어 교육을 소개하고 6장에서는 새로운 평가 이론을 소개하고, 7장에서는 문법과 일본어 교육의 접목을 시도하며, 8장에서는 최신 평가 이론을 소개하고자 한다.

현대 일본어 교육 이론을 망라하는 광범위한 이론서를 저술함에 있어 각 분야에서 권위 있는 국내외 연구자가 대거 참가하여 종합적 이론서를 완성할 수 있게 된 것은 국내 일본어 교육학계의 발전된 모습을 보일 수 있었다는 점에서 의의 깊은 일이라고 할 수 있겠다. 이 책을 발간할 수 있도록 계획 단계에서부터 물심양면으로 격려와 지원을 아끼지 않으신 제이앤씨의 관계자분들께 깊이 감사드린다.

아무쪼록 이 책을 통해 국내 일본어 교육학의 보급과 발전에 기여할 수 있기를 바라마지 않는다.

2007년 12월

부용제에서 대표저자 이덕봉

목차

제6장 통번역 학습의 이해

제7장 문법과 일본어 교육

제8장 평가의 이해

제1장

일본어 교육사의 이해

1-1 일본어 교수 이론의 역사
1-2 한국 일본어 교육의 역사
1-3 일본어과 제7차 교육과정의 교육사적 의의

1-1

일본어 교수 이론의 역사

· 조문희 ·

1 1945년 이전의 교수법

1945년 이전의 일본어 교육은 일본에서 행해진 재일외국인 즉, 선교사, 각국 외교관, 일본연구자, 유학생 등을 대상으로 하는 일본어 교육과 대만, 조선, 동남아시아 점령지역에서의 일본어 교육으로 대별된다. 재일외국인에 대한 일본어 교육은 일상회화와 직업적 전문분야가 중심이 되었는데 가톨릭 선교사에 대한 “習うより慣れろ”식 교수법이나 많은 시행착오를 거치면서 長沼直兄가 팔머 이론에 영향을 받아 저술한「표준일본어독본」으로 결실을 보았다. 해외의 점령지에서는 山口喜一郎가 구안(Gouin,F.)의 직접법을 일본어 교육에 응용하여 개발한「山口식 직접교수법」을 보급하였다.

1.1 習うより慣れろ식 교수법

가톨릭 선교사에 대한 일본어 교육에서는 일본어 이외의 언어는 철저히 말하지 않는 방법(関;124)이 사용되었다. 특히 로드리게스(1577년 来日)는 소위 "習うより慣れろ"식의 교수법을 강조하였다. 그 내용은 일본인과의 일상적인 접촉을 통해서 자연스러운 일본어를 학습하고, 문법서를 통하여 좋은 교사에게 배우며, 문법규칙을 익히고 암송하여 기억하는 수순의 일본어 교육을 실천하는 것이었다. 문법서의 중요성을 강조한 로드리게스는 1604년에서 1608년 사이에 『일본대문전(日本大文典)』전3권을 간행하였다.

1.2 長沼直兄의 팔머식 교수법

팔머(Palmer, H.E.)는 구두 커뮤니케이션을 중시한 교수법인 오럴 메소드를 개발하여 일본의 영어 교육에 커다란 영향을 미쳤다. 팔머의 언어교육관은 소쉬르 이론에 근거하여 언어의 운용면을 강조하였으며 습관형성이론에 따라 언어운용을 달성하려고 하였다. 습관형성은 유아의 모어습득을 모델로 한 음성언어운용연습이 중심이 된다. 수업은 청해연습, 발음연습, 반복연습, 재생연습, 치환연습, 명령연습, 정형회화로 구성되었다. 長沼直兄는 팔머에 협력하여 1922년 영어교수연구소를 설립하였으며 외교관, 군인들에게 일본어를 가르치면서 본격적인 일본어 교재개발에 착수하여 1933년 「표준일본어독본」7권을 완성하였다. 상기 교재는 팔머식 교수법의 실천서이면서 이후 일본어 교육의 바이블이 되었다.

1.3 山口식 직접교수법

일본 점령지인 타이완에서는 초기에는 번역법이 주가 되었으나 성과를 거두지 못하자 구안식 교수법을 응용한 직접법이 실시되었다. 구안(Gouin, F.)은 발달심리학에 근거하여 유아가 언어를 습득해 가는 과정 중 심리적인 측면을 외국어 교육에 반영하였다. 유아는 사고하는 순서대로 언어를 구사하므로 교재도 사고순으로 배열되어야 한다고 주장하였다. 수업에서는 교사가 동작을 수반하여 목표언어로 말하면 학습자도 같은 말을 따라하면서 같은 동작을 하는 독특한 구두언어중시 교수법(연속법)을 취하였다. 다만, 완전한 직접법이 아니라 입문기에는 학습자의 모어를 매개어로 사용하는 것을 인정하였다. 山口喜一郎는 번역법이 중심이었던 대만에서 1897년부터 구안의 직접법을 일본어 교육에 응용하고 실험 수업을 개시하여 성공을 거두었다. 그 결과 「山口식 직접교수법」이 개발되고 1911년부터는 조선에서, 그리고 1938년부터는 북경에서 근무하면서 상기 교수법의 보급과 교사양성에 주력하였다.

2 전통적인 일본어교수법 시대

교육내용이나 방법면에서 일본어교수법이 확립된 것은 1945년부터 1980년까지의 시기이다. 전통적인 일본어교수법이란 긴 기간 동안 일본의 영어 교육에서 사용되던 문법번역법에 대신하여 주도적인 교수법으로 자리매김한 직접법을 말하는데 60년대에 청각구두법의 영향을 받기는 하였으나 30년 이상 일본어 교육에서 확고한 위치를 지켜왔다.

2.1 문법번역법(Grammar-Translation Method)

16세기에 설립된 "문법학교(Grammar school)" 에서는 라틴어 수업 중에 문학작품이나 성서번역에 의한 이해, 수사학을 중심으로 한 문장작법, 낭독, 암송 등이 이루어졌다. 이 시기에는 외국어학습의 목표가 고전독해 즉, 문학작품을 읽거나 학습의 결과 생기는 지적 발달, 그리고 정신훈련에서 얻어질 수 있는 이익에 있다고 보았다. 읽고 쓰기 중심의 수업이며 문법교수 후 번역과 연습으로 이어지는 연역적 교수법이다. 교재는 문법설명, 어휘목록, 번역연습으로 구성되었다. 17, 8세기에 중심을 이루면서 긴 기간 동안 교수되었으나, 문법만 지도하면 말하거나 읽을 수 있다고 하는 생각은 실용적인 외국어 교육이 목표가 되는 시대에는 맞지 않게 되었다.

문 법 번 역 법 (GTM)		
수업진행	장점	단점
문법 체계를 이해한다 → 어휘·문법규칙을 암기한다 → 사전을 이용해 모국어로 번역한다	·학습자 수나 언어환경에 관계없다 ·단기간에 독해력이 늘어난다 ·목표어를 모르는 교사라도 교수 가능하다 ·처음부터 자연스러운 문장을 읽을 수 있다 ·독학이 가능하다	·회화나 청해가 되지 않아 커뮤니케이션에 문제가 있다 ·교사의 일방적 수업이 된다 ·난이도에 따른 학습이 어렵다

2.2 직접법(Direct Method)

1장에서 언급하였듯이 직접법이 일본어 교육에 도입된 것은 20세기 초

일본 점령지역에서였다. 유아의 언어학습 관찰에서 방법론을 만들려고 하였으며, 제2언어학습을 모국어학습과 좀 더 비슷하게 하려고 노력한 교수법이다. 매개어를 사용하지 않고 목표어로만 수업이 진행되며 문형이나 문법사항을 어떻게 가르칠 것인가를 중심내용으로 하였다. 새로운 학습목표는 구두로 소개하고 구체어휘는 시범, 물건, 그림을 통해, 추상어휘는 아이디어의 연상을 통해 학습한다. 정확한 발음과 문법이 요구되며 입문기에는 읽기 쓰기보다 듣기 말하기를 중시하였다.

직 접 법 (DM)		
수업진행	장점	단점
교사가 질문한다 → 학습자가 대답한다	· 목표어와의 자연스러운 접촉이 빈번하다 · 만족감이 강하다 · 학습에 대한 정착이 좋다 · 문화이해의 지름길이다 · 모어가 어떤 언어라도 관계없다	· 학교교육에서는 제한이 많으며 소인수 수업에 한한다 · 교사주도형 수업이므로 학습자의 자주적 발화가 어렵고 항상 긴장상태가 된다 · 의미파악이 애매한 채로 넘어가는 일이 자주 있다 · 추상적인 항목의 도입이 어렵고 이해에 시간이 걸린다

2.3 청각구두법(Audio Lingual Method)

1940년대 미국의 미시건 대학 교수 프리즈(Fries, C.C.)가 제창한 교수법이다. 언어사용 능력은 문법적 지식이 아니라 반복적인 연습을 통한 습관화에 의해서 이루어진다고 하였다. 구조주의 언어학과 행동주의 언어학에 바탕을 두고 있으며 음성언어가 문자형식보다 기본적이고 우선한다는 것이 기본원리이다. 연습은 반복연습, 대치연습, 완성연습, 확장연습, 변형연습, 결합연습 등이 있다. 어휘 · 문법항목의 단계적 도입과 그 기준, 학습내용의 선택, 도입방법 및 그 기술 등이 체계적이고 일관된다.

청각구두법 (ALM)		
수업진행	장점	단점
대화로 문형을 도입 제시, 대화를 통한 듣기 연습을 한다 → 전체 연습. 교사가 큐(실연, 그림, 실물 등을 적극 활용)를 주고 학습자는 그 큐를 사용하여 말한다 → 기계적으로 바로 반응이 가능하게 되고 정확한 답을 재빠르게 말 할 수 있을 때까지 반복 연습한다 →개인 연습	· 철저한 구두연습으로 듣기 말하기 수업이 잘 된다 · 학습자 수가 많거나 학습자의 레벨이 달라도 사용 가능하다 · 초급은 물론 중급단계에서도 사용할 수 있다 · 정확한 발음습득이 가능하다	· 실제 장면과는 관계가 적은 기계적인 패턴 연습이므로 수업이 단조롭고 학습의욕을 떨어뜨린다 · 기계적인 연습이 잘 되더라도 실제 커뮤니케이션이 어렵다 · 학습자의 상상력이나 자주성을 살릴 수 없다 · 읽기 쓰기 지도법이 확립되어있지 않다

3 커뮤니케이션 중심 교수법 시대

80년대가 되면서 일본어 교육계에는 가히 혁명적인 외국어 교육혁신 운동이라고 할 만한 대변혁의 바람이 불기 시작하여 세계적인 외국어 교육의 흐름인 커뮤니케이션 중심 교수법이 일본어 교육계를 석권하였다. 언어형식이 아니라 의사전달 활동이 중심이 되었으며 독자적이면서도 다양한 교수법들이 제기되었다.

3.1 의사소통 접근법(Communicative Approach, Communicative Language Teaching)

사회언어학의 영향을 받은 교수법으로 언어운용능력을 중시한다. 게임, 롤 플레이, 시뮬레이션 등의 활동 중심, 과제 중심 수업을 하며, 교사는 학습 네트워크를 만들고 자율적인 학습을 돕는 조언자로서의 역할을 담당한다.

의사소통접근법 (CA, CLT)		
수업진행	장점	단점
실제 커뮤니케이션에 가까운 장면을 설정하고 의미 있는 과제를 준비한다(처음부터 학습항목 기능을 분명히 한다) → 과제를 수행한다(의미제시나 문법설명은 연역적 귀납적 어느 쪽이든 좋으며, 모국어가 필요하면 적극적으로 사용한다) → 오용은 필연적인 것이므로 의욕을 상실하게 하는 과도한 오용수정은 하지 않는다	· 실제 사용에 가까운 말을 배울 수 있다 · 흥미나 학습에 대한 의욕을 유지하기 쉽다 · 문맥이나 장면에 적합한 적절한 표현·행동을 학습할 수 있다	· 반드시 언어운용능력이 습득 가능한 것은 아니다 · 기능이 우선하므로 문법적 정확성이 경시되기 쉽다 · 표현형식이 복잡해질 우려가 있어 초급에서의 사용은 검토가 필요하다

3.2 침묵법(Silent Way)

이집트의 심리학자 겸 수학자 가텐노(Gattegno, C, 1972)에 의해 개발된 교수법으로 유아의 모국어습득과정을 이론적 배경으로 한다. 학습자가 사고력, 분석력 및 경험을 이용하여 철저한 직접 교수법을 사용하며 자극을 주었을 때 자극·반응·연습은 구두적 이기보다는 시각적이다. 교사가 최소한의 본보기만 보여 주는 철저히 학생중심 교수법이다.

침 묵 법(SW)		
수업진행	장점	단점
교사는 거의 무언으로 사각의 나무봉과 발음지도용 컬러표 등을 가리킨다 → 그것이 무엇을 나타내는지 학습자가 서로 생각하여 어구·표현을 도입한다	·발음 연습이 장시간에 걸쳐 이루어지므로 정확한 발음의 습득이 가능하다 ·한 항목만 질문하므로 집중력을 높이고 청해력도 높아진다 ·자신의 발화에 대한 모니터 능력이 생기고, 학습자들의 상호 수정을 통하여 더 능률적으로 학습도 가능하다	·학습내용이 인공적이 될 수 있다 ·소인수에서 가능하다 ·교사를 모델로 하는 학습자는 부족함을 느낄 수 있다 ·자주적발화가 없다 ·교구사용에 많은 훈련기간이 필요하다 ·답이 나올 때 장시간을 요하는 경우가 많다

3.3 전신반응법(Total Physical Response, TPR)

1960년대 미국 산호세 대학의 심리학자 아셔(Asher, J.J)가 개발한 교수법이다. 아셔는 유아의 언어습득 상황을 관찰하였는데 유아는 말을 하기 전에 일정기간 주위의 이야기를 듣고 행동으로 반응하는 기간이 있으며, 다른 사람이 말하는 것에 반응하는 것으로 지금까지 잡음이었던 음을 정보로 바꾸어 언어의 의미를 발견한다는 것이다. 이와 같은 이론적 기초를 바탕으로 하여 학습자에게 말하기를 강요하는 것이 아니라 교사가 학습자에게 명령을 하고 학습자는 그것에 따라 동작으로 반응하는 교수법이 생겨났다. 들은 내용을 동작으로 옮겨가는 것을 통해서 언어의 의미나 체계를 이해해 가는 것인데 명령은 점차 복잡해진다.

전신반응법 (TPR)		
수업진행	장점	단점
교사가 "はしってください" 라고 말하고 (명령) 교사 자신이 달리면서 학습자도 달리도록 재촉한다 (반응) → 이와 같은 명령과 반응의 반복으로 학습자가 주저없이 행동으로 옮길 수 있을 때까지 반복한다	· 처음부터 말하지 않아도 되므로 긴장감이 적다 · 몸을 움직이므로 어린이처럼 집중력이 떨어지는 사람에게 적합하다	· 발음 및 읽기와 쓰기에 대한 배려가 적다 · 어린이 외에는 학습내용이 실제와는 거리가 있다 · 성인 학습자에게 동작을 시킬 때 반감이 있다 · 학습자의 자발적 발화 및 추상개념 도입이 어렵다 · 명령문을 들려주는 방법으로 실제 어휘나 문법규칙을 가르칠 수 있을지 의문이 있다 · 중상급에 대한 응용이 어렵다

3.4 암시법(Suggestopedia)

불가리아의 정신과 의사 로자노프(Lozanov, G.)가 개발한 교수법이다. 이 방법의 기본 원리는 "암시의 힘"이다. 이 암시는 환경, 교사, 활동 등에서 오는데, 즉 교사의 권위, 커뮤니케이션, 예술 등이 암시를 위한 기본 조건으로 쓰인다. 인간의 무의식적 비이성적 반응을 전제로 하며, 교실의 장식, 가구, 정돈, 음악의 이용과 교사의 행동이 주요 요소가 되어 불가사의한 분위기를 지니게 된다. 학습이나 교육이론에 전혀 바탕을 두고 있지 않다.

암 시 법		
수업진행	장점	단점
안정감 있고 쾌적한 방에서 낭만적인 음악을 들려주며 정신적 안정상태를 만든다 → 학습자의 의식·무의식 단계에서 뇌 활동의 통합과 잠재능력의 개발을 꾀한다	· 안정상태에서 학습이 가능하다 · 조건이 갖추어지면 경이적인 효과가 기대된다 · 발화의욕과 커뮤니케이션 능력이 높아진다	· 경제적인 면에서 설비가 어렵다 · 유창성을 요구하므로 정확성이 결여된다 · 특별한 장소, 훈련된 교사가 필요하다

3.5 자연주의적 접근법(Natural Approach)

미국의 스페인어 교사인 테럴(Terrel, T.D)이 고안하여 80년대 초부터 주목을 받기 시작한 교수법이다. 학습자가 편안한 상태에서 외국어 이해 활동만을 시키다 보면 자연히 표현 활동도 하게 되며, 습득·학습 가설, 자연순서 가설, 모니터 가설, 입력 가설, 정의 휠터 가설에 근거하여 학습자 스스로가 지적 호기심을 발휘하게 하여 종합적 커뮤니케이션 능력을 육성하게 한다는 것이다.

자연주의적 접근법 (NA)		
수업진행	장점	단점
· 여자와 개가 찍힌 사진을 보여준다 → 사진에 여자가 있는지, 남자가 있는지, 젊은지, 예쁜지, 무엇을 입었는지, 무슨 색인지, 여자 뒤에는 무엇이 있는지 등을 질문한다. · 학생을 지명해 이름을 묻는다 → 지명한 학생을 보게 한다. → 교사가 지명한 학생의 복장에 대해 질문한다 (모방과 기억을 활용하여 반응한다)	· 전달 능력이 높아진다 · 교육기관이나 학습자에 관계없다 · 부분적 이용이 가능하다	· 교사는 티쳐 토크(Teacher talk)를 사용해야 한다 · 학습자의 학력을 파악하지 않으면 높은 단계의 입력이 어렵다

3.6 공동체 언어학습법 (Community Language Learning, CLL)

미국의 심리학자 커란(Curran, C.A, 1972)의 저서에 기초를 둔 교수법으로 CLL이란 용어는 퍼지(La Forge)가 일본에서 활용한 이후 널리 쓰이게 되었다. 학습자인 피조언자가 조언자인 교사의 도움을 얻어 공동체를 이루어 서로 협력하여 과제를 해결해 가면서 학습한다.

공동체 언어학습법 (CLL)		
수업진행	장점	단점
6~12명이 원탁에 앉아서 돌아가며 모국어로 하고 싶은 말을 한다 → 교사는 말하는 학생 옆에서 부드럽고 작은 목소리로 그 말을 목표어(일본어)로 번역해 준다 → 학생은 이를 모방, 반복하며 이러한 활동이 보통 약 15분에서 20분간 계속되며 녹음해 둔다 → 녹음이 교재가 되어 테이프를 들려주며 교사는 문장을 판서해서 분석(발음, 단어, 구문 등)해 준다	· 처음부터 추상적인 것이나 자신이 말하고 싶은 것을 말할 수 있다 · 교사의 간섭을 줄이고 자발적인 활동을 할 수 있다 · 학습자의 인격존중과 전인적 접근을 통한 학습동기가 중시된다 · 안정된 분위기와 교사의 수정으로 건전하고 우아한 표현을 사용하게 된다	· 학생 수를 줄여야 한다 · 교재 없이 수업이 이루어지므로 성취목적이 결여될 수 있다 · 이중언어 사용이 가능한 교사를 확보하기 어렵다

3.7 인지주의 접근법(Nativism, Cognitive Approach)

언어학습은 습관의 형성에 의한 강화가 아니라 인간의 선천적 학습 능력 때문이라는 기본 원리를 바탕으로, 언어학습에서 인지적 과정의 역할을 중시하고 언어규칙의 지적이해가 언어연습보다 우선해야한다고 하였다. 학습자의 이해를 중시하며 분석을 통해 발화의 오류를 학습자 스스로 찾도록 유도한다. 학습자의 이해능력 극대화를 위해 인지과정에 기초한 교재구성과 학습난이도에 따른 학습목표의 체계적 배열이 자료구성에 필수적이다.

인지주의 접근법(CA)		
수업진행	장점	단점
학습목표의 실제적 활용문맥을 제시한다 → 문법지식의 분석적 설명, 다양한 예, 구체적인 상황문맥을 함께 제시한다 → 연습한다(이해선결) → 오류를 수정한다(수정과정에서 이해력 증진) → 오류를 분석하여 수업에 반영한다(학습목표에 반영)	· 청각구두식의 결점을 커버한다 · 학습항목을 설명하고 연습하므로 이해도가 높다 · 문자 조기도입으로 시각적 기억이 쉽다	· 생성문법 변형규칙은 응용에 미치지 못하고 있다 · 문 구조 규칙을 중시하므로 운용능력은 그다지 고려되지 않는다

4 절충주의적 교수법 시대

실제 장면과는 관계가 적은 기계적인 패턴 연습이 실제 커뮤니케이션으로 이어지기 어렵다는 ALM계열 교수법에 대한 반론으로 커뮤니케이션 중심교수법이 제기되었던 80년대처럼, 90년대가 되자 커뮤니케이션 중심교수법에 대한 반론이 제기되었다. 실제 장면에서 사용되는 자연스러운 표현을 익힌다고 해서 문을 만들어내는 능력이 생기는 것은 아니며 언어적인 지식에 대한 연습 방법, 유창성 강조로 인하여 잘못된 표현이나 음성 등이 습관화되었을 경우 교정이 어려운 점등이 지적되었다. 이러한 반론에 따라 제시된 것이 절충주의적 교수법이다. 즉, 전통적인 교수법을 기초로 하고 커뮤니케이션 중심 교수법의 학습활동을 가미한 교수법이 그것이다. 그러나 절중주의에 대한 이론의 미비, 교수와 학습에 대한 개념의 변화, 기술의 진보에 따른 학습의 개별화 및 새로운 가능성 등 교수 이론에 대한 전반적인 조명이 필요한 격동의 시기에 와 있다고 생각한다.

참고문헌

中西家栄子他(1991)『実践日本語教授法』バベル・プレス
西口光一(1995)『日本語教授法を理解する本 -歴史と理論編』バベル・プレス
佐治圭三他(1996)『日本語教授法』東京法令出版
高見沢孟(1997)『はじめての日本語教育』アスク
関正昭(1997)『日本語教育史研究序説』スリーエーネットワーク
小林ミナ(1998)『よくわかる教授法』アルク
池上摩希子外(1998)『日本語教育重要用語1000』バベル・プレス

1-2

한국 일본어 교육의 역사

· 조문희 ·

1 경국대전기(1985년 이전, 조선시대)

조선의 태종은 일본사람들이 끊임없이 찾아오는데 통역이 많지 못하여 애로를 느끼니 사역원에 왜학을 두고 일본어 역관을 양성하라는 조치(태종14년, 1414년)를 하였다. 이에 따라 시작된 조선의 일본어 교육은 여러 가지 부흥, 권장책을 실시하여 안정된 교육을 하기에 이르고 그것이 법제화되어 경국대전에 기록된다. 그러나, 임진왜란과 정유재란을 거치면서 일본어 교육은 잠시 단절되었다가 일본군의 정탐이나 표류인 심문, 그리고 일본어 멸종에 따른 후일의 곤란 등의 왜학 설치 문제가 거론(선조34년, 1601년)되어 1609년 기유약조를 맺어 국교가 재개된다. 이때부터 국서를 동반한 통신사의 왕래가 잦았으며 전쟁을 통하여 많은 사람들이 일본어와 접촉하게 되어 일본어 교육은 실용적인 회화 중심교육으로 접어들게 된다. 일본어 교육 전문의 왜학청(1643년 설치, 1673년 중수)과 회화중심 교육기관인 우어청(1682년)이 세워지고 첩해신어가 쓰여진다. 1876년이 되면 대마도 외교의 중심인 왜관이 철폐되면서 1876년 2월에는 조선과 일본정부가 한일수호조규를 맺어 조선에서의 외교권은 대마도에서 일본 정부로 넘어 가게 되고 조선에서는 1894년 갑오개혁에 따라 새로운 교육법이 공포되기에 이른다.

2 학부령기(1895년~1911년, 개화기)

1894년 갑오개혁에 의해 새로운 법령이 제정되고 1895년 2월 2일에는 고종이 '교육입국에 관한 칙서'를 반포하였다. "교육은 국가를 보전하는 근본이다."라고 천명한 것이다. 같은 해 3월 25일에 학부관제가 발령되었고, 7월 19일 소학교령이 공포되면서 외국어학교, 소학교 등이 설치되고 일본어가 선택과목이 되었다(제1차 학부령기). 1906년에는 을사보호조약(1905년)과 함께 통감부가 설치되고 통감이 한국의 통치자 구실을 하였으며 아울러 새로운 개정법령들이 공포되면서 일본어가 정규과목이 되었다(제2차 학부령기). 1907년에는 한일신협약과 함께 차관정치가 시작되고 군대해산과 함께 일본이 내정감독권을 갖게 되어 사립학교령 공포(1908년 8월)와 각급학교령을 개정 공포(1909년 4월, 제3차 학부령기)하였다. 관리하기에 편하도록 각 외국어학교(일 · 영 · 불 · 중 · 독)를 동일 구내로 집결시켜 관립한성외국어학교로 완전 통합하였으며 친일정책과는 반대의 길을 걷고 있는 사립학교의 증가를 규제하는 등 일본어 교육은 점점 특수 교육(외국어학교)이 아닌 보통 교육(소학교)이 되어 가고 있었다.

3 조선교육령기(1911년~1945년, 일제강점기)

조선교육령기는 조선총독부에서 칙령으로 발표한 '조선교육령'을 기준으로 일본어 교육이 시행된 시기를 말한다. 1910년 8월 29일 '한일병합에 관한 조약'의 공포와 함께 조선총독부가 탄생하고 1911년에 여러 법령을 발할 권리를 부여받은 총독이 1911년 교육관계법인 조선교육령을 공포한다. 1910년 초대 총독이 된 寺内正毅의 1년여에 걸친 신중한 심의 끝에 1911년 8월 식민지 통치의 기본노선을 구체화하여 제1차 조선교육령으로 공포하였으며 초등학교에서부터 대학에 이르기까지 조선교육령에 근거를 두어야만 하였다. 3대 총독 斉藤実는 1921년 1월 임시교육조사위원회를 개최하고 일본 본토의 교육제도에 준거하여 학제의 개혁을 심의케 하여 1922년 2월에 교육령을 전면 개정하여 칙령 제19호로 제2차 조선교육령을 공포하였다. 또한, 성명서를 통하여, 제1차 조선교육령은 조선인에게만 통용되는 법령인 데 비하여 제2차 조선교육령은 조선인과 일본인의 차별을 두지 않은 학제와 형식상 동일한 법제라고 발표하고 융화책을 썼다. 그러나, 일어를 상용하지 않는 자는 보통학교에, 상용하는 자는 소학교에 다니게 함으로써 결국 구별을 둔 교육령이었다. 1936년 8월 7대 총독으로 부임한 南次郎는 '황국신민화'를 보다 철저하게 추진하려는 의도에서 조선교육령을 개정(1938년 3월)하였다. 제2차 조선교육령이 '내선일체'면에서 과도기적 성격을 가지고 보통학교와 소학교로 이원화되어 있던 것에 반하여, 제3차 조선교육령의 개정은 조선인과 일본인의 공학을 현실화하였는데, 그에 따라 조선 내에서 이원화되어 있던 보통학교와 소학교를 일원화하여 교명을 소학교로 변경하였으며, 역시 보통학교와 소학교의 교원의 자격이 달랐던 것을 일원화하였다. 조선인 학생과 일본인 학생이 공학을 함에 있어서 교수용어 통일 문제나 교육비 통일 등의 어려움이 있는데도 일제가 개정을 강행한 것은 중일전쟁에서 오는 복잡한 국내사정과 전쟁확대에서 벌어진 미묘한 국제정세의 영향 때문이었다. 시급한 조선민족의 황국신민화와 조선영토의 부역동화가 그들의 제국주의 팽창정책을 실현하는 데 결정적인 요인이 되었기 때문이다. 그 후 태평양전쟁에서 전세가 기울어져 가는 상황에서 교육체제를 전쟁수행을 위하여 군사목적에 합치하게 하기 위하여 1943년 3월 제4차 조선교육령이 「교육에 관한 임시비상조치령」으로 공포되었다. 국민학교(1941년 2월 명칭변경)에 대해서는 대륙침략에 이용할 병사 준비와 관련해서 의무교육제의 준비를 실시할 것 등이었다. 이 법령은 1945년 8월 15일 일본이 전쟁에서 패망하여 한국이 독립하고 새로운 교육관계 법령이 공포되기 전까지 실시되었다.

4 교수요목기(1945년~1963년, 미군정기)

교수요목기는 교수요목에 의해서 교육이 시행된 시기인데 이 시기의 법제는 일본어 교육을 포함하고 있지 않다. 일제로부터 해방된 조선에 연합군이 진주하면서 미군정청에 의하여 교육관계 법령이 발령된 시기이다. 1945년 9월 17일 일반명령 제6호에 의한 '신조선의 조선인을 위한 교육'을 비롯하여 9월 29일의 법령 제4호가 발령된 시기가 제1차 교수요목기(미군정기)이다. 제2기는 1946년 3월 미군정청의 군정법령으로 군정청 학무국이 문교부로 개편되면서 문교부에서 교수요목을 발표하게 되는 시기로, 1946년 9월 1일 각급학교의 교육과정이 교수요목을 중심으로 발표되었다.

5 교육과정기(1963년~현재)

교육과정기는 미군정청의 교수요목기에서 완전하게 벗어나, 대한민국이 독립국가로서 자체적인 교육과정을 마련해 이에 따라 모든 교과교육을 실시한 시기이다. 현재도 이 교육과정기의 연속선상에 놓여 있다. 교육과정기는 고등학교, 중학교의 일본어 교육을 중심으로 기술한다.

5.1 제1차 교육과정

교수요목기부터 일본어 교육이 없는 상황이 제1차 교육과정기에도 계속되었다. 6·25전쟁과 휴전 성립 직후에 걸쳐 제정되었고 그 후 상당한 시일이 경과되었다. 그 동안 문화는 발달되고 국내외 정세는 급격히 바뀌어 가고 사회생활의 양상은 크게 변하였으며, 4·19, 5·16이라는 시대적 격변기를 맞아 비로소 이에 적응하기 위한 대대적인 교육과정 개편이 수행되었다. 1차 교육과정은 제정 당시의 비정상적인 사회 상태와 여러 가지 애로나 제약으로 충분한 내용 설정을 하지 못하였고 자주적이고 구체적인 한국 고유의 교육 목표도 설정하지 못하였다. 또한 교육 과정 운영에 있어서도 단편적인 지식 주입에 편중한 나머지 인격 도야에 소홀하였고, 학습활동도 당시에 표방했던 경험주의와는 달리 실생활과의 유리가 심하여 교육 개혁을 요구하는 소리가 높았다. 시대는 점점 자주적이고 능률적인 새 인간상 정립을 위하여 합리적 사고가 강조되고 생산성·유용성이 높이 평가되는 시대로 접어들어 있었다.

5.2 제2차 교육과정

교육부가 1958년부터 교육과정 개정에 대한 기초 조사를 하여 자료 수집에 힘쓰던 중, 5・16혁명을 계기로 하여 새로운 교육 과정으로 전면적 개편을 보게 되어, 1963년 2월 15일 문교부령 제121호를 제정 공포함으로써 시작되었다. 민족자주교육이 추진된 시기이다. 1973년에 일본어가 신설되었는데, 이것은 한 해 전인 1972년 7월 5일 박정희 대통령은 월간 경제동향보고회의에서 일본어를 독어・불어와 마찬가지로 고등학교교과 과정에서 제2외국어로 넣어, 배우고 싶은 사람에게 가르치라고 지시한 것에서 비롯되었다.

5.3 제3차 교육과정

1968년 12월 5일 국민교육헌장이 발표되어 우리의 교육이 지향해야 할 좌표로 제시되면서부터 변화가 모색되어 1974년에 이르러 확정되었다. 1970년대는 한반도를 둘러싼 미・소의 평화공존으로 다원화의 진전과 전반적인 구조변혁을 가져오게 되었다. 농촌의 생활수준을 끌어올리기 위한 전국적인 생활개선 운동인 새마을 운동이 1970년 11월부터 전개되어 자조・자립・협동정신이 강조되는 한편, 제3차 경제개발 5개년 계획의 중점 사업이 되었다. 1971년 7월 1일 박정희 대통령이 7대 대통령으로 취임하자, 12월 6일 국가비상사태가 선언되고 문교부는 이에 따라 국가 안보교육을 강화하는 일환으로 군사교육 제도의 강화, 교련교사 재교육, 안보특강, 대학생 특수훈련 등 전시교육체제를 강화하여 국민을 긴장시켰다. 1972년 10월의 유신헌법과 함께 제4공화국이 시작되었으며, 대학가는 유신반대 시위가 극심하여 군경투입과 함께 휴교령이 빈번히 내려졌다. 이러한 시대적 배경 하에 생활중심 교육과정을 지양하고 지식 및 정보의 폭발적인 팽창에 효과적으로 대응하기 위한 학문 중심 교육 과정이 1974년 12월 31일에 문교부령 제350호로 공포됨으로써 국적 있는 교육을 표방하는 제3차 교육과정이 마련되었다.

5.4 제4차 교육과정

제5공화국의 출범을 전후하여 유신체제의 몰락과 함께 당시의 정치·사회적 특수상황과 급격하게 변화하는 후기 산업사회의 전망은, 이에 부응할 수 있는 교육적 개혁, 특히 적합성이 있는 새 교육과정의 개발이 절실히 요청되면서 마련되었다. 1982년 7월 13일 문교부는 해외 문호 확대 조치에 따라 중·고교 영어 교육을 생활 영어 위주로 전환할 방침임을 밝혔다. 이에 따라 7월 18일에 '외국어 교육 개선 연구위원회'가 구성되었고, 10월 13일에는 1982학년도부터 특활시간에 국민학교 영어 교육이 공식화되었다. 11월 20일에는 내용을 쉽게 하고 학습량을 줄이는 것 등을 중심으로 하는 유·초·중·고교 교육과정 개편안이 마련되어 12월 31일에 교육부고시 제442호로 제4차 교육과정이 공포되어 국민정신교육이 강화되었다.

5.5 제5차 교육과정

1987년 6월 항쟁과 헌법 개정 등을 거치면서 민주화의 추진과 정치·사회의 변화와 함께 1988년에 노태우 정부가 들어섰으며, 1988년 3월 31

일에 '문교부 고시 제88-7호'로 고시된 교육과정이다. 개발의 범주는 전면적인 개정보다는 부분적인 개정에 국한한다는 방침으로 제5차 교육과정 개정 작업이 추진되었으며 분석 연구 결과를 토대로 미비점 보완에 들어갔다. 그 결과 이제까지 행해져 왔던 실제상황과 무관한 문법 중심의 학습을 지양하고 진정한 언어 사용을 반영하는 의사소통능력의 향상을 이루기 위한 구성으로 개발되어 문장에서 담화로, 정확성에서 유창성으로, 4개 언어 기능을 통합적 접근방법으로 다루게 되었다.

5.6 제6차 교육과정

제6차 교육과정은 제5차 교육과정의 철저한 분석에서 시작되었다. 우선 6차 교육과정에서 추구하는 인간상을 '건강한 사람, 자주적인 사람, 창의적인 사람, 도덕적인 사람'으로 잡았는데, 이러한 인간상을 추구하기에는 5차 교육과정은 부적합한 점이 많았다. 따라서, 새롭게 추구하고자 하는 인간상과 5차 교육과정 평가 결과 등을 토대로 하여, 결정의 분권화, 구조의 다양화, 내용의 적정화, 운영의 효율화에 중점을 두어 교육과정을 개정하였으며, 1992년 10월 30일 교육부 고시 제1992-19호로 고시되었다.

5.7 제7차 교육과정

개정의 배경 요인은 세계화 · 정보화 · 다양화를 지향하는 교육체제의 변화와 급속한 사회변동, 과학 · 기술과 학문의 급격한 발전, 경제 · 산업 · 취업 구조의 변혁, 교육 수요자의 요구와 필요의 변화, 교육여건 및 환경의 변화 등 교육을 둘러싸고 있는 내외적인 체제 및 환경, 수요의 대폭적인 변화 등을 들 수 있다. 이와 같은 변화는 그 질과 속도, 범위가 종래와는 비교하기 어려울 정도의 대변혁과 전환으로서 지금까지의 학교 교육에서 다루어 온 교육내용 전반에 걸친 근본적이고 종합적인 검토와 개혁을 요구하기에 이른 것이다. 즉, 21세기는 세계화 · 정보화 시대를 주도하며 살아갈 자율적이고 창의적인 한국인 육성이 요구되었으며, 교육과정은 각종 협의회, 세미나, 공청회, 그리고 시 · 도 교육청과 학교의 현장 검토, 심의 및 수정 · 보완을 거쳐 1997년 12월 30일, 제7차 초 · 중등학교 교육과정을 교육부 고시 제1997-15호로 확정, 고시하였다.

7차 교육과정기에 중학교에 생활외국어가 신설되었는데, 이는 세계화 · 개방화에 대응하는 외국어 교육의 강화에 따른 것이다. 생활외국어에는 7개 제2외국어(독일어, 프랑스어, 스페인어, 중국어, 일본어, 러시아어, 아랍어)가 있고 그 중에 일본어가 포함되어 있다. 교과 재량활동의 선택과목으로 신설되었으며, 지역이나 학교, 학생의 요구 · 필요에 알맞게 선택 운영하도록 되어 있다.

5.8 2007년 개정 교육과정

2007년에 새로운 교육과정이 발표되었다. 1997년에 제7차 교육과정이 고시되었으므로 10년이 지난 후의 개정이다. 주 40시간 근무제 도입, 지식정보화 시대, 다매체 · 다문화 등 사회의 변화에 대한 적극적인 대응과 제7차 제2외국어과 교육과정 시행에서 나타난 문제점 등의 개선, 제2외국어에 대한 사회적, 개인적 요구의 충실한 반영이 개정의 요인이다. 개정 내용은 각 항목의 상세화, 문화 내용 신설, 기본어휘 수정, 의사소통기능을 의사소통기본표현으로 용어 수정 및 내용 수정, 태도 개선 항목 신설 등을 들 수 있다.

외국어계열 고등학교 전문교과 교육과정은 과목의 통폐합 및 신설이 있었다. 현행 독해Ⅰ, 독해Ⅱ, 회화Ⅰ, 회화Ⅱ, 작문Ⅰ, 작문Ⅱ, 청해, 문법, 문화, 실무일본어 10개 과목이 기초 일본어, 청해, 회화Ⅰ, 회화Ⅱ, 독해, 작문, 문화Ⅰ, 문화Ⅱ, 문법 9개 과목이 되었다. 2개 과목이 통합(독해, 작문)되고 1개 과목이 폐지(실무일본어)되었으며 2개 과목이 신설(문화Ⅱ, 기초일본어)되었다. 개정 내용은 일반 계열과 거의 같다.

중학교 생활외국어는 제7차와는 달리 모든 외국어를 통합하여 기술하고 있다. 어휘수를 확대하였으며 문화 내용을 상세화 하였다.

2012년부터 적용될 새로운 교육과정의 발표로 주 5일제 수업이나 지식정보화 시대, 다매체 다문화시대에 적극적으로 대응이 될지는 의문이지만 외국어 교육은 바야흐로 문화 교육 시대에 있는 것은 확실하다.

참고문헌

이숙자(1989)「식민지 시대의 일본어교육의 특징」『日本学年報』2, 일본문화연구회, pp.71～90.

이덕봉(1994b)「일본어 교육과정의 변천과정과 구성」『일본학보』제33집, 한국일본학회, pp.45～70.

한중선(1997)「개화기 일어교육에 관한 고찰 -학부편찬『日語読本』을 중심으로」『日本学報』제38집, 한국일본학회, pp.133～148.

이덕봉(1998a)『일본어 교육의 이론과 방법』시사일본어사

이덕봉(1998b)「일본어 교육」『교육학 대백과 사전』서울대학교 교육연구소 편, pp.2201～2202.

조문희(2001)「일본어 교과서 변천사 연구」『일본학보』제49집, 한국일본학회, pp.601～615.

조문희(2002)「일본어 교육과정사 연구」『일어일문학연구』제41집, 한국일어일문학회, pp.175～191.

조문희(2005)『한국 일본어교육사 연구』동덕여자대학교 박사학위논문

1-3

일본어과 제7차 교육과정의 교육사적 의의

· 이덕봉 ·

1 머리말

교육인적 자원부에서는 시대에 맞는 교육 서비스를 제공하기 위한 목적으로 5년을 원칙으로[1]) 정기적으로 교육과정을 개편하여 왔으나 7차 이후부터는 수시 체재로 바뀔 예정이다. 일본어과 교육과정은 제2차 교육과정기 마지막 해인 1973년에 2차 부분 개정형태로 고시된다. 현재 사용되고 있는 고등학교 제7차 교육과정은 1997년 12월에 고시되어 2002년부터 적용되고 있다. 제7차 교육과정은 교육 목표와 내용 및 방법에 이르기까지 매우 커다란 변화를 요구하고 있는데도 고등학교 현장 교육에서는 그러한 특징이 충분히 반영되고 있는 것 같지 않다. 이는 7차 교육과정의

---

1) 5년을 원칙을 한다는 것은 이상적인 개편 시기를 의미하는 것으로서 반드시 5년마다 개편되었음을 뜻하지는 않으며 실제로는 7차에 이르기 까지 평균 6년이 걸린 셈임.

특징이 잘 전달되지 않았기 때문이라고 생각된다. 교육과정의 구성에서부터 교육 목표와 내용, 교수법, 평가에 이르기까지 많은 변화가 주어졌음에도 그 변화한 내용이 잘 알려지지 않은 것이다. 이는 교육과정에 대한 현장 교사의 연수 부족임과 동시에 교육과정의 분석을 통한 정확한 이해가 부족했기 때문이기도 하다. 따라서 제7차 교육과정의 특징을 체계적으로 분석하여 교육사적 변화를 확실히 함으로써 현재의 교육과정 적용에 도움을 줄 수 있음은 물론 차기 교육과정을 개편하기 위한 자료로서의 의미 또한 크다고 하겠다.

본고 필자는 일반계 고등학교, 외국어 고등학교, 중학 생활일본어 등 일본어과 7차 교육과정 개발 연구 책임자로서의 경험을 상기하여 7차 교육과정의 특징과 교육사적 의의를 분석 기술해 보고자 한다. 단, 본고에서는 일반계 고등학교의 일본어과 교육과정에 한하여 기술하고자 한다.

2 제7차 교육과정의 성립 배경과 특징

일본어과 7차 교육과정이 성립되기 까지는 몇 가지 중요한 고비가 있었다. 그 가장 큰 고비는 교육과정 총론 팀에서 중등교육에서 제2외국어 교육이 필요한가에 대한 의문이 제기되고 있었던 점이다. 즉, 제2외국어 교육 불요론이 기정사실화 되어 가고 있었던 것이다. 다행히 전국의 제2외국어 교사회와 학회들의 끈질긴 주장과 설득으로 고등학교 10단위 존속은 물론 중학교 재량과목 4단위 개설이라는 성과를 이루게 된다. 96년말 총론 최종안이 발표되기 한 달 전까지도 각론 개발 팀 주변에는 고등학교에 4단위 정도 유지될 것이라는 소문이 돌고 있었으나 정작 발표된 총론은 기대이상으로 변해 있었던 것이다. 이러한 쾌거는 교육부의 박수정 연구사를 위시한 당시의 7차 교육과정 제2외국어 연구진의 교육부 내외를 연결한 노력과 제2외국어 관련 교사회와 언어별 어문학회 들의 끈질긴 노력의 산물이었던 것이다. 그로부터 1년 뒤인 1997년 12월 30일에 교육부 고시 제 1997-15호(별책14)로 일반계 고등학교 제7차 교육과정이 확정 고시된다. 동시에 중학교 재량활동의 선택과목 교육과정이 별책16으로, 외국어계열 고등학교 전문교과 교육과정이 별책 27로, 국제계열 고등학교 전문교과 교육과정이 별책28로 고시된다. 이 시기는 김대중 대통령의 신정권으로 넘어가기 직전인 정권 이양기였던 관계로 서둘러 고시된 감이 없지 않았다.

7차 교육과정은 교육 방법에 있어서는 6차 교육과정을 대부분 계승하는 방향에서 개정되었으나, 가장 커다란 변화는 제2외국어의 독자적인 교육과정을 갖게 된 점이라고 할 수 있다. 5차, 6차 교육과정 개편에 참여해온 본고 필자의 경험으로 보아 제2차 교육과정에서 제6차 교육과정기까지 제2외국어과 교육과정은 한 해전에 개편 고시되는 중학교 영어과 교육과정의 체재는 물론 목표와 교수 학습 방법, 평가, 의사소통 항목 선정 등을 참고 수정하는 수준이었기 때문이다. 교육과정의 내용 대부분을 영어과 교육과정을 참고로 서술한 뒤 과목의 성격, 기본어휘 선정, 문법 발음, 의사소통 기능 예문 등, 내용 항목의 기술을 언어별로 마련하는 데 그쳤던 것이다. 언어마다 구조와 학습 성격이 다름에도 불구하고 모든 언어의 교육목표가 거의 유사하였던 것은 이러한 배경 때문이었던 것이다. 그러나 6, 7차 교육과정 개발 및 심의회의를 통해 언어별 개성을 반영하여야 한다는 일본어과 연구진의 끈질긴 주장이 교육과정 평가원의 동의를 얻게 되어 처음으로 영어과의 교육과정과는 다른 별개의 교육과정을 개발하기로 교육부의 방침이 정해지게 된 것이다. 그에 따라 제2외국어만의 교육과정 프레임을 정한 뒤 구체적인 목표와 내용 교수 학습 방법, 평가 등은 언어별로 독자적인 내용을 구성하게 된 것이다. 이리하여 일본어의 경우도 처음으로 일본어과만의 개성을 반영한 독립적인 교육과정을 갖게 된 것이다.

3 제7차 교육과정의 구조

3.1 교육과정의 구성

교육과정의 유형에는 교과 교육과정, 상호관련 교육과정, 융합 교육과정, 광역 교육과정, 중핵 교육과정, 경험 교육과정[2] 등이 있지만, 한국의 교육과정은 교과 교육과정에 해당한다. 국가 교육과정이며 교과 교육과정인 7차 교육과정은 학습자 중심 교육을 표방한다. 따라서 교육과정의 기술은 학습자의 입장에서 서술된다.

7차 교육과정의 전체적인 구성은 성격, 목표, 내용, 교수/학습 방법, 평가로 이루어져 있다. 각 항목들이 연역적으로 배열되어 있으며, 이들 구성 요소는 각기 밀접한 연계성을 갖고 있다. 교육과정이 제시한 학습 방법 중에는 학습자의 동작과 체험을 통한 통합학습을 권장하는 부분이 있기는 하지만 교육과정의 전체적인 구성은 아직도 구조주의를 바탕으로 구성되어 있다.

---

2) 天野正輝編(1999)『教育課程』、東京: 明治図書, p22.

3.2 일본어과 성격의 구조

교과목의 특징은 맨 먼저 과목의 성격에 나타난다. 일본어과 7차 교육과정에 나타난 과목의 성격에는 6차 교육과정까지와는 다른 여러 가지 특징이 있다.

성격의 구성을 보면 시대적 배경과 일본어과에서 지향하는 기능으로서 의사소통 기능, 정보 수집 기능, 교류의 기초적 역량 등으로 구성되어 있다.

먼저 시대적 배경으로서는 조선시기부터 교육해 온 역사적으로 긴밀한 언어라는 점을 들어 두 나라의 활발한 교류의 당위성을 앞세우고 있다. 의사소통 기능에서도 교류 활동의 일익을 담당할 수 있는 인재 양성을 내세우고 있으며, 교류 역량 부분에서도 두 나라의 각종 교류에 적극적으로 참여할 수 있는 역량을 언급함으로써 전체적으로 교류를 위한 일본어 교육임이 강하게 드러나 있다.

성격에 드러난 또 하나의 특징은, 정보 수집 기능과 관련하여 일본어에 대한 흥미와 관심을 가지도록 하는 과목임을 나타내고 있으며, 교류 역량 부분에서는 양국의 교류에 긍정적이고 적극적으로 참여하는 태도를 언급하는 등 전체적으로 기능 보다는 태도 육성에 주안점이 주어져 있는 것이 특징이다.

3.3 목표의 구조

목표의 전체적인 구조는 총괄목표와 하위 목표로 구성되어 있다.

> 일상생활에서 사용되는 쉬운 일본어를 이해하고, 쉬운 일본어로 의사소통을 할 수 있는 기초적인 능력을 기른다. 일본어의 말하기 능력의 신장과 일본어에 의한 정보 검색 에 적극적이며, 일본인의 일상 언어생활과 문화에 대한 관심과 이해를 깊게 하여 일본인과의 의사소통에 능동적으로 참여하는 태도를 기른다.

총괄 목표는 의사소통 능력, 검색 능력, 언어생활과 문화에 대한 이해를 통한 태도를 중심으로 기능적 목표와 정의적 목표로 구성되는데 그 체계는 다음과 같다.3)

(1) 기능적 목표
- 가) 일상생활 일본어의 이해 능력
- 나) 일본어에 의한 의사소통 능력
- 다) 일본어 정보 검색 능력

(2) 정의적 목표
- 가) 의사소통과 정보 검색에 적극적인 성격
- 나) 일본어와 문화에 대한 관심
- 다) 일본인과의 의사소통 및 국제 교류에 능동적인 자세

총괄목표에 나타난 두드러지는 변화는 검색기능, 관심과 태도를 목표에 추가한 점이다. 이는 하위 목표에서 보다 더 구체적으로 반영된다.

> 가. 일상의 의사소통 기능의 수행 과정에서 사용되는 쉬운 일본어를 알아들을 수 있고, 일본어 듣기 학습의 중요성을 깨달아, 듣기 학습 활동에 능동적으로 참여하는 태도를 가진다.

3) 교육부(2000)『고등학교 교육과정 해설(12)외국어』교육부, p183.

나. 일상의 의사소통 기능 수행 과정에서 사용되는 쉬운 일본어를 원어민이 알아들을 수 있도록 말할 수 있고, 일본어 말하기 학습의 필요성을 깨달아, 말하기 학습 활동에 적극적으로 참여하는 태도를 가진다.
다. 일상의 의사소통 기능 수행과정에서 사용되는 쉬운 일본어를 읽어 그 뜻을 알 수 있고, 일본어 읽기 학습의 중요성을 깨달아, 읽기 학습을 위해 스스로 노력하는 태도를 가진다.
라. 일상의 의사소통 기능 수행 과정에서 사용되는 쉽고 간단한 일본어를 글로 쓸 수 있고, 일본어 쓰기 학습의 필요성을 깨달아, 쓰기 학습 활동에 스스로 참여하는 태도를 가진다.
마. 인터넷을 통하여 일본어에 의한 정보 검색의 기초적인 방법을 알고, 정보 검색에 흥미를 가진다.
바. 일본의 일상생활 문화에 대해 깊은 관심을 갖고, 일본 문화를 이해하고자 하는 자세를 기르며, 일본과의 국제 교류에 적극적으로 참여하는 태도를 가진다.

일본어과의 하위 목표는 언어의 4기능과 의사소통 기능을 중심으로 그 체계는 기능적 목표와 정의적 목표로 구성되어 있다[4].

* 기능적 목표
  가) 일상의 의사소통 기능수행을 위한 쉬운 일본어를 들어 이해하는 기능.
  나) 일상의 의사소통 기능수행을 위한 쉬운 일본어를 말하는 기능.
  다) 일상의 의사소통 기능수행을 위한 쉬운 일본어의 읽어 이해하는 기능.
  라) 일상의 의사소통 기능수행을 위한 쉽고 간단한 일본어로 쓰는 기능.
  마) 인터넷을 통해 일본어로 정보를 검색하는 기능.

이처럼 모든 기능 목표는 의사소통 기능 수행에 있으며 언어 4기능에 검색 기능이 추가되어 있는 것이 일본어과만의 특징이다. 즉, 일본어과는 기능 목표에 언어 4기능과, 의사소통 수행 기능, 정보 검색 기능이라는

4) 위와 같음.

외국어 6기능을 도입하고 있는 것이다.

* 정의적 목표

가) 일본의 일상생활 문화에 대한 이해.

나) 언어4기능에 대한 학습의 필요성 이해.

다) 언어4기능의 학습에 능동적이고 적극적으로 참여하는 태도.

라) 일본어에 의한 정보 검색과 통신에 대한 흥미 유발.

마) 일본문화에 대한 관심과 교류에 적극적으로 참여하는 자세.

정의적 목표의 특징으로는 언어학습에 대한 흥미와 국제적 교류를 위한 자세 확립에 둔 점이 특징이다. 이처럼 태도를 학습 목표에 명기한 것은 커다란 변화라고 할 수 있다.

외국어로서의 일본어 교육의 주된 목표는 일본어에 의한 의사소통 능력을 기르는 데에 있다. 의사소통 능력이란 문법적으로 바른 문장을 만드는 능력만이 아니고 의사소통의 목적이나 장면에 적절한 문장을 생성하는 능력이다[5]. 즉, 때와 장소, 대화 상대, 주제 등의 제반 상황에 맞는 언어 행위까지를 포함한 화용론적인 수행 개념인 것이다.

3.4 내용의 구조

내용 체계는 다음과 같이 의사표현 활동 기능, 의사표현 목적 기능, 언어재료의 3부분으로 이루어져 있다.

---

5) Hymes, Dell.(1971) "Competence and Performance in Linguistic Theory" *In Language Acquisition: Models and Methods*, Ed. R. Huxley, and E. Ingram. London: Academic Press

1) 의사소통 활동(단원별 전개 순서)

가) 듣기 활동 나) 말하기 활동

다) 낭독 및 읽기 활동 라) 쓰기 및 입력 활동

2) 의사소통 기능(단원별 취급 내용)

가) 인사 기능 나) 정보 전달 기능

다) 요구의 기능 라) 의사 및 태도의 전달 기능

마) 담화의 전개 기능

3) 언어 재료

가) 의사소통 기능 예시문 나) 발음

다) 문자 라) 어휘

마) 문법 바) 문체

사) 문화

의사소통 활동 중에 인터넷 입력 기능을 도입한 것이 새롭고, 의사소통 기능 설정에 있어서 6차 교육과정이나 다른 언어과목과는 다른 기능을 설정한 것이 두드러진 특징이다. 일본에서 발표된 바 있는 의사소통 기능을 도입한 것이다. 다만, 6차와 마찬가지로 언어재료에 의사소통 예시문을 두어 의사소통 기능의 핵심문을 제시한 것은 의사소통 기능을 어떻게 보는가를 반영한 것으로서 논란의 여지를 남기고 있는 것이 사실이다.

언어재료로서 표현 한자 733자를 도입한 것은 이전 까지 상용한자 1945자 모두를 허용함으로써 한자 사용량이 과다하게 책정되었던 것을 새롭게 제한한 것이다. 이는 일본의 초등학교 4학년단계의 교육용 한자에 6차 일본어 교과서 12종에 공통적으로 사용된 한자를 추가하고 한국을 표현하는 데 필요한 몇몇 한자를 추가하여 설정된 것이었다.

기본어휘는 제5차 개정 시부터 일본의 교육용 기본어휘 7종류 중 4종 이상의 공통 어휘를 중심으로 어휘가 선정되기 시작하였다. 6차 개정 시에도 몇 가지 새로운 어휘표를 추가하여 수정하나 결과적으로는 5차와의 유사성이 높았다. 7차 때는 6차 때의 어휘를 기본으로 하되 새롭게 발표된 유아 사용 어휘 표에 나타난 빈도 높은 어휘를 추가하고, 6차용 검인정 일본어 교과서의 어휘 통계를 발표한 고려대학교 일본어과 석사 논문의 결과를 참고하여 빈도수가 높은 일부 어휘를 추가하였다. 거기에 자주 사용하는 사이버 관련 어휘 등을 추가하여 833어의 새로운 어휘표가 마련된 것이다.

3.5 교수 학습방법의 구조

교수학습 방법에는 22개 항목의 지침이 기술되어 있다. 그러나 이들 기술 내용은 크게 나누어 인지적 학습 효과를 위한 내용과 학습자 중심 학습활동으로 대별 된다.

먼저 인지적 학습 효과의 극대화를 노린 방법으로는 다음 14 항목들이 해당된다. 종합적 체험적 습득이론과 심리적 효과를 고려한 습득이론이 기저를 이루고 있다고 하겠다.

* <u>인지적 학습 효과에 바탕을 둔 지침</u>

나) 의사소통 기능 중심으로 듣기 말하기 읽기 쓰기의 네 기능이 상호 연계성을 가지도록 수업을 구성한다.

다) 듣기와 말하기 활동은 따로 분리하지 말고 통합기능으로 진행될 수 있도록 수업을 계획한다

라) 수업의 전과정을 통해 청각 인지에 의한 일본어 습득에 역점을 두어 구두 언어습득의 효율성을 높이는 수업이 되도록 구성한다.

아) 학생의 동작과 체험을 통하여 습득 효과를 높일 수 있도록 수업을

계획한다.

랴) 학생의 학습의욕을 높이기 위하여 즉각적인 오류의 수정은 피하도록 한다.

먀) 목표와 내용에 따라서는 수업을 일본어로 진행하도록 한다.

카) 각종 시청각 자료와 멀티미디어 교수·학습 자료를 활용하여 학습 효과를 높일 수 있는 수업을 구성한다.

타) 실제 장면의 체험을 통하여 의사소통 기능의 현장 적용력을 키운다.

파) 듣기 지도는 반복 청취를 통하여 많은 학생이 의미를 이해할 수 있도록 한다.

하) 문자단위의 발음보다 문장 전체의 음조를 중시한다.

갸) 말하기 지도는 교사와 학생간의 대화만이 아니고, 학생 상호간의 대화를 활성화하여 개인의 대화량을 늘리도록 한다.

냐) 읽기지도는 문장 전체의 의미를 요약하는 능력을 키우도록 지도한다.

댜) 쓰기지도는 간단한 문장을 통제 작문 중심으로 지도한다.

야) 일본인의 행동 양식에 대한 이해를 깊게 할 수 있는 장면을 적극 활용한다.

한편 학습자 중심 교수 학습과 관련된 항목은 다음 7항목이다. 그러나 학습자 중심 교수 학습 방법도 궁극적으로는 학습효과를 높이기 위한 것이라는 점에서 앞에서 분류한 항목들과 유사한 성격을 띠고 있다고 할 수 있다.

* <u>학습자 중심 학습이론에 입각한 지침</u>

마). 창의력 신장을 위하여 학생의 자율성을 최대로 반영할 수 있도록 수업을 계획한다.

바). 학생의 흥미와 욕구를 최대로 반영하여 학습 의욕을 높이는 수업이 되도록 구성한다.

사). 일본어 자료를 통하여 표현 형식과 사용상의 특징을 학습자 스스로 가 발견하고 학습 계획을 세워가는 학생 중심의 수업을 계획한다.

자). 학생 개개인의 습득 수준에 맞는 학습을 전개하도록 한다.

차). 소집단의 구성원끼리 협력학습이 가능한 수업이 되도록 구성한다.

뱌). 개별학습과 자율학습이 가능하도록 개별화된 학습 자료를 적극 활용한다.

샤). 교과용 도서의 내용은 학생의 능력과 지역 환경 및 상황에 따라 재구성하여 지도할 수 있다.

이 두 분류에 해당되지 않는 항목으로는 단 하나, 가항의 "수업의 전 과정을 의사소통 기능 습득을 중심으로 구성 한다"는 항목이 있으나 이 항목 역시 학습자들의 학습 요구의 반영이라는 점에서 후자인 학습자 중심 지침에 해당된다고 할 수 있다. 즉, 7차 교육과정에서 지향하는 교수 학습 방법은 학습자 중심의 종합적 체험학습이 기본을 이루고 있다고 하겠다.

3.6 평가의 구조

평가 내용은 기본적으로 언어 4기능을 중심으로 구성되어 있으나 각 기능별로 능력과 태도(습관)의 평가로 이루어져 있다. 특히 종전의 평가와 비교하여 두드러지는 점은 의사소통 활동에 참여하는 참여도를 평가하는 부분이다. 교류형 일본어 학습답게 언어 지식보다는 의사소통 활동에 참여하는 태도를 평가한다는 점에서 커다란 변화가 아닐 수 없다. 그리고 정보검색 및 통신 실적 평가를 통한 언어의 응용력을 평가하는 점은 학습 자원(리소스)을 평가에 도입한 것으로서 수행평가의 사례를 구체적으로 도입한 부분이기도 하다.

4 교육사적 의의

일본어과 7차 교육과정은 1973년에 일본어과 교육과정이 편성되기 시작한 이래 가장 커다란 변화를 갖게 되었고 일본어 교육 목표 등의 변화를 가져온 획기적인 교육과정이라는 점에서 교육사적 의의가 크다고 하겠다. 7차 교육과정이 갖는 획기적인 특징을 정리해 보면 다음과 같다.

가) 교육과정 역사상 일본어과의 독립성이 가장 높은 교육과정이다.

앞에서도 언급했듯이 7차 교육과정은 기존의 중학교 영어과의 교육과정을 답습하는 일이 없이 완전히 제2외국어과만의 교육과정 프레임을 정한 뒤 각 과목별로 독자적인 교육과정을 편성하게 된 것이다. 부분적으로 언어간에 유사한 표현이 있을 수는 있으나 기술 내용에 대해서는 언어간에 의논한 바가 없었고 특히 일본어과 교육과정은 편성 초기에서 최후까지 다른 교과목의 교육과정안을 전혀 참고한 바가 없기 때문에 혹시 언어간에 유사한 점이 있다면 우연이거나 일본어과의 교육과정을 그 언어 쪽에서 참고한 것으로 보면 될 것이다.

독립성이 두드러지는 것으로는 학습 목표에 태도 목표를 도입한 것, 모든 목표를 의사소통 기능 수행과 관련하여 제시한 것, 인터넷 검색 기능을 도입한 것 등이 대표적인 것이라 하겠고, 교육과정 목표에 의사소통 기능을 중심으로 기술한 점도 일본어만의 독자적인 점이라 하겠다. 또한 의사소통 기능 항목 설정에 있어서도 일본어에 걸 맞는 기능 항목을 독자적으로 설정한 것 또한 독립성의 증거로 들 수 있겠다. 종전의 6차 까지는 의사소통 기능 중심 교육을 표방하면서도 목표에는 의사소통 기능 중심의 서술이 없이 구조적인 목표 서술로 일관하고 있었던 것에 비하면 커다란 변화라 하겠다.

나) 교류형 일본어 교육을 구체화한 최초의 교육과정이다.

7차 교육과정의 경우 과목의 성격에서도 교류의 필요성을 강조하고 있고, 목표에 있어서도 교류 능력과 교류를 위한 능동적이고 적극적인 태도를 기르는 데에 두어 교류형 일본어 교육의 실현을 위한 목표 제시를 하고 있다. 교육내용이 의사 소통 기능 중심인 것은 더 말할 것도 없고 교수학습 방법에 있어서도 학습자의 자율적인 학습 능력 신장에 중점을 둔 것 또한 교류 능력 신장으로 직결 되는 것이다. 평가에 있어서도 의사소통 활동에 적극적으로 참여하는가를 평가하도록 되어 있는 등 전체적으로 교류형 학습을 유도하고 있다.

다) 외국어 6기능의 도입을 시도하였다.

종전의 외국어 교육에서는 언어 4기능을 중심으로 한 목표와 내용이 전부이었다. 그러나 7차 교육과정에서는 정보 검색 기능을 추가함과 동시에 의사소통 기능이라는 종합적 기능이 명기되어 있다. 이는 외국어 6기능이라는 새로운 시도라고 할 수 있다.

라) 태도학습을 강조한 최초의 교육과정이다.

교류형 일본어 교육에서도 언급한 바와 같이 교육 목표와 평가 등에 학습에 참여하는 태도 타문화를 이해하고자 하는 태도 교류 활동에 적극적으로 참여하는 태도 등을 목표와 평가에 도입한 최초의 교육과정이다.

마) 문화 이해 교육을 강조한 교육과정이다.

종전의 교육과정에도 문화에 대한 목표 서술은 있었으나, 교육 내용에 문화 항목을 설정하여 제시한 것은 7차 교육과정이 최초다.

바) 독자적인 의사소통 기능 항목을 설정하였다.

6차 교육과정에서 최초로 시도된 의사소통 기능 항목 설정은 언어별 고 컨텍스트 언어(high context language)[6]와 저 컨텍스트 언어(low context language)에 따라 나타나는 언어 행동 문화의 차이를 고려하지 않고 획일적인 의사소통 기능을 적용함으로써 의사소통 기능 교육을 표방한 본래의 정신과 맞지 않았었다. 따라서 일본어만의 독자적인 의사소통 기능 항목을 설정한 것은 매우 적절한 시도이었다고 하겠다.

사) 표현 한자를 제한한 최초의 교육과정이다.

종전의 교육과정에서는 1945자 상용한자 전체를 표기에 사용할 수 있도록 하였기 때문에 교육과정 연구 과정에서 실시한 설문 결과에 의하면 기본어휘의 한정과는 별도로 한자의 난이도와 사용량이 많아 전체 학습

---

6) 커뮤니케이션 이론에서 통용되는 용어로서 문맥의존도가 비교적 높은 언어를 고컨텍스트 언어, 상대적으로 의존도가 낮은 언어를 저 컨텍스트 언어라 한다. 이 분야에서는 일반적으로 일본어는 전자에 영어는 후자에 속하는 것으로 일컬어지고 있다.

시간에 비추어 학습부담이 크다는 의견이 많았다. 그러나 7차 교육과정에서는 일본의 초등학교 4학년 수준에서 학습하는 한자를 기준으로 6차 일본어 교과서에 자주 사용되는 한자를 추가하여 표기용 한자 730여자를 제한한 것이다. 이를 표기용 한자라 함은 표기에는 사용하되 쓸 수 있도록 학습할 필요는 없음을 뜻하는 것이다.

아) 학습자원(리소스)의 활용을 평가에 도입한 최초의 교육과정이다.

일본국립국어연구소가 조사한 한국의 일본어 학습자원 실태 조사를 보면 학습자원의 양은 적지 않으나 학교 수업에서 거의 사용되지 않고 있는 것으로 밝혀졌다.[7] 7차 교육과정은 종전의 교육과정에서는 전혀 볼 수 없었던 학습자원의 활용을 단 한 곳 평가 내용에 도입하고 있다. 평가 지침 중에 (6) 일본어에 의한 정보 검색 및 통신과 같은 언어 능력의 응용력을 평가에 반영하도록 한다"라고 명기한 것이 그것이다. 이는 학습자원의 활용으로서는 결코 만족스러운 분량이라고는 할 수 없지만 학습자원의 반영을 교육과정에서 최초로 다루었다는 점에서 그 의의는 크다고 하겠다.

5 제7차 교육과정의 한계

일본어과 제7차 교육과정은 위에서 언급한 바와 같이 일본어 교육사의 한 획을 그을 만큼 커다란 의의를 갖는 것임에도 불구하고 여전히 그 한

7) 국립국어연구소 일본어 교육부문(2004)『한국 설문조사 집계결과 보고서(한국어판)』국립국어연구소.

계점은 남는다. 앞으로의 개선을 위해 그 한계점을 열거하면 다음과 같다.

가) 의사소통 기능, 통역, 번역 기능 관련 목표가 없다.

한국에서 일본어를 익히는 학습자들이 익힌 일본어를 활용하는 데는 직접 의사소통하기, 통역하기, 번역하기, 글쓰기의 4가지로 요약할 수 있다.

그 중에서 의사소통 기능은 일본어 교육에서 가장 강조되고 있는 중요한 학습 내용이다. 그럼에도 불구하고 의사소통 기능의 종합성을 인정하는 독립된 목표 설정이 없어서 실질적인 교육효과 달성이 의심스럽다. 의사소통 능력이란 읽기와 쓰기, 말하기와 듣기의 통합만으로는 이루어 질 수 없는 상호작용에 의한 종합적 기능이기 때문이다.

일본어와 같이 문화성이 높은 언어의 경우, 교류형 학습을 지향할 때 언어 4기능만으로는 충분한 기능 설정이 될 수 없다. 대부분의 언어활동은 문화적 상호 작용에 의해서 이루어지므로 4기능을 종합한 '상호 작용' 기능을 보완하여 장면과 문화 이해를 통한 의사소통 의 성공적인 수행을 목표로 추가할 필요가 있다.

또한, 국내의 연간 번역 서적 중 최다(46%) 외국어인 일본어 번역을 감안 할 때 번역 기능 또한 크다고 할 수 있으나, 읽기와 쓰기 기능만으로는 번역을 소화할 수 는 없기 때문에 번역 기능을 추가하는 것도 바람직하다. 목적 언어와 출발 언어 사이의 어휘와 문법적 차이를 번역과정에서 어떻게 독자적인 특징을 살릴 것인가에 대한 학습 경험이 필요하다. 마찬가지로 통역은 말하기와 듣기 기능을 통합한 것으로는 되지 않는다. 이 기능 또한 상호 작용에 의한 종합적 기능이기 때문이다.

이처럼 종합적인 기능을 수신과 발신이라는 극히 원소적 레벨에서 표현한 언어 4기능만으로 목표와 내용 설정을 되풀이 하는 것은 교육의 목표와 방법이 바뀐 현대에 이르러서도 탈피하지 못하고 있는 언어 4기능 신화 때문이다. 따라서 현대 외국어 교육에서는 이미 취급한 검색 기능에 덧붙여 의사소통기능, 통역 기능, 번역 기능을 추가하여 외국어 8기능을 중심으로 학습이 구성되어야 할 것이다.

나) 문화 이해 교육 방향이 모호하고 언어문화와의 경계가 확실하지 않다.

7차에서 문화 이해 교육을 중요한 항목으로 다룬 것은 괄목할 만한 발전이었으나, 그 교육 내용이 일상 생활문화나 전통 문화를 포함한 매우 광범위한 데까지 미치고 있어서 무엇을 어디까지 가르쳐야 하는지 모호한 것이 사실이다. 언어와 관련한다면 언어 표현의 문화적인 해석이나 언어 행동 문화를 주로 가르치고 더 나아가 해당 문화지역을 이해할 수 있는 특정 문화 현상을 보는 식견을 기르는 데에 중점이 주어져야 할 것이다. 그렇지 않고 모든 문화 내용을 학습하게 된다면 사회 과목과 차이가 나지 않을뿐더러 한정된 학교수업 시간 내에서 소화할 수도 없을 것이기 때문이다.

다) 의사소통 기능 항목 설정이 부적절하고 기능 예시문이 부적절하다.

7차에서는 의사소통 기능 항목을 독자적으로 일본의 이론을 도입한 데는 커다란 의의가 있다고 하겠으나 기능항목 중 가) 인사 기능, 나) 정보 전달 기능, 다) 요구의 기능들과 라) 의사 및 태도의 전달 기능이 중복될 수 있는 점과, 이들 모두의 기능 항목들과 마) 담화의 전개 기능과는 기능의 분류 기준이 일치하지 않는 등 교육용으로 사용하기 에는 문제가 있다. 그리고 언어의 모든 기능을 고등학교 일본어 교육에 모두 반영할 필요도 없다고 본다. 따라서 보다 실용적인 기능을 선별하여 제한적으로 교육과정에 반영할 필요가 있다.

또한, 의사소통 예시문이란 의사소통 기능을 수행함에 있어서 그 역할이 미미함에도 불구하고 예시문 만으로 의사소통 기능을 습득할 수 있는 것처럼 다루고 있는 데도 문제가 있다. 의사소통 기능은 매우 종합적인 기능이므로 결코 예시문이 그 기능 습득의 핵심이 될 수 없음이 보다 확실시 되어야 할 것이다.

의사소통 능력이란, 문법성 판단 능력, 실제의 장면에서 사용 타당한가를 판별할 수 있는 사회 언어학적 능력, 담화 수준에서 적합하게 언어를 사용하는 담화 능력, 담화를 지속적으로 성공적으로 수행할 수 있는 요령인 전략적 능력이 포함된 개념이다[8]라고 한 Canale & Swain의 정의처럼, 수행할 수 있는 전략적 능력이라는 점을 감안하여 언어 행동 문화를 포함시킨 것이 되어야 할 것이다.

라) 대화용 기본 어휘가 부족하다.

5차부터 7차에 이르기까지의 기본어휘의 주간을 이루는 것은 일본에서 제시된 기존의 기본 어휘표이었기 때문에, 반드시 말하기 용 어휘에 적합한 것은 아니었다. 다만, 6차 일본어 교과서의 고빈도 어휘를 포함시킨 것이기 때문에 많은 부분이 보충되기는 하였으나 아직도 말하기 용 어휘가 부족하다는 의견이 많다. 따라서 앞으로는 말하기 특히 의사소통 기능과 관련된 어휘가 대폭 반영될 수 있는 어휘표가 제시되어야 할 것이다.

---

8) Canale, Michael, and Swain, Merrill. "Theoretical Basics of Communicative App-roaches to Second Language Teaching and Testing." *Applied Linguistics!*, 1(1980), 1-47.

마) 구체성과 다양성이 부족하다.

구체성 부족이란 각종 목표 설정의 구체성이 부족한 점, 문화 교육의 모호성, 의사소통 기능의 모호성 등을 가리킨다. 한편 교육과정에 따른 교과서 제작의 결과를 보면 교육과정의 다양성 부족 때문에 유사한 교과서들이 제작되게 되는 문제가 있다. 따라서 학습자의 수요와 특징에 따라 보다 더 다양한 교과서와 교수법을 구사할 수 있는 다양성을 부여할 수 있는 교육과정 개발이 필요할 것으로 본다.

바) 학습자원(resource)의 활용이 부족하다.

일본 국립국어 연구소의 설문조사[9] 결과를 보면 한국의 학습자 주변에는 상당히 많은 일본어 학습 관련 수단과 자원이 있는 것으로 나타났다. 그럼에도 불구하고 학습에 활용되는 비율은 너무 낮은 것으로 나타났다. 교육과정에서는 자율학습을 권장하고 있으면서도 학습자원 활용에 대한 언급이 없다는 것은 모순이 아닐 수 없다. 따라서 교육과정 수준에서 각종 학습 활동에 보다 적극적으로 반영할 수 있도록 학습자원 활용을 권장하는 것이 바람직하다. 특히 인적 학습 자원인 모어 사용자들과의 교류활동의 활성화는 교류형 일본어 교육의 실현을 위해 효과적인 방법이라 하겠다.

사) 일본어 I II의 수준 설정이 모호하다.

일본어 I II설정의 교육과정상의 근거가 모호하다. II권은 상급 수준의 것인지 아니면 언어 기능이 다른 것인지, 단순한 속편인지 그 성격이 모호하여 현실적으로는 다루어지지 않는 경향이 있다. 따라서 I II권 설정의

9) 앞의 책. 한국설문조사 집계결과 보고서.

확실한 언급을 통해 성격과 목표 설정 등이 지금처럼 유사한 것이 아닌 차별화를 기할 수 있도록 하여야 할 것이다.

아) 개성 없는 과목 명칭

단순히 '일본어'라는 명칭은 과목의 성격이 전혀 나타나 있지 않다는 점에서 오랫동안 사용되어 왔으나 시대적 수요에 따른 과목의 성격이 과목 명칭에 반영되는 것도 바람직할 것으로 생각된다. 예를 들면 실용성을 강조한다면 실용 일본어, 업무성을 강조한다면 실무 일본어, 여행을 위한 것이라면 여행 일본어 등 명칭에서부터 과목의 성격을 알 수 있는 것도 바람직하다.

자) 다른 과정과의 연계성 결여

중학교 생활 일본어나 외국어 고등학교 일본어과의 연계성이 전혀 고려되지 않은 점 또한 앞으로 개선되어야 할 것이다. 다른 과정과 연계성을 갖는 것이 용이한 일은 아니지만, 의사소통 기능의 선정이나 표현의 수준 설정 등을 조정함으로써 연계성을 높일 수는 있을 것이다.

6 맺는 말

일본어과 제7차 교육과정은 일본어만의 최초의 독자적인 교육과정이라는 점, 언어 기능과 함께 태도 교육을 강조한 점, 기능중심의 교육과정 구성을 시도한 점, 교류형 교육을 강조한 점, 외국어 6기능을 도입한 점,

문화 교육을 강조한 점, 독자적인 의사소통 기능 항목을 설정한 점 등 일본어 교육사적 의의는 자못 크다고 하겠다. 그럼에도 불구하고 앞으로 개선되어야 할 몇 가지 점 또한 간과할 수 없다.

교육의 사회적 수요와 관련하여 앞으로 다가올 동아시아 지역 단위 협력 체제 구축에 대비한 구성 언어로서의 성격을 부각시키고 그에 따라 교류형 학습의 필요성이 더욱 강조되어야 할 것이다. 그러한 성격 설정에 따라 목표 또한 교류형 언어 학습이 될 수 있도록 조정되어야 할 것이다.

7차 교육과정의 목표 기술을 보면, 언어 4기능을 중심으로 기술하고 있고, 기능별로 이해, 기능, 태도의 항목을 설정하여 기술하고 있다. 그리고, 인터넷 검색 기능과 문화 이해 태도까지 다루고 있다. 앞으로는 언어 4기능 중심 기술에 상호 작용 기능과 번역 기능 관련 목표를 추가하여 의사소통 중심의 교육 목표 달성에 부합되는 목표를 제시해야 할 것이다.

학습 내용에 있어서도 문화이해의 범위를 보다 구체화 할 것과 의사소통 기능의 항목을 고등학교 수준에 맞춰 제한함으로써 보다 현실화할 필요가 있다.

기본 어휘 설정의 경우 독해를 위주로 한 기존의 기본 어휘표에 대한 의존도가 높은 관계로 대화를 위한 기본 어휘표를 보강할 필요가 있다.

언어 교육에 있어서의 문화 교육의 내용이 보다 구체화 되어야 하겠다. 그러기 위해서는 언어 학습에서 문화를 배우는 목적을 확실하게 하는 것이 우선일 것이다. 그 목적은 의사소통을 성공적으로 이끌어가기 위함임은 두말할 필요도 없다. 의사소통을 성공적으로 이끌어가기 위하여서 필요한 문화적 요소는 언어 행동 문화의 이해를 통한 화제의 선택과 진행 등 화용론적인 문화 문법의 습득이 우선적이다. 아울러 생활에 대한 이해를 위해서는 생활 문화에 대한 이해 또한 필요할 것이다. 생활문화에 대한 이해는 대화 내용과도 관련이 있다. 마지막으로 화제의 선택과 가치관

형성에 영향을 줄 수 있는 것으로 전통문화에 대한 이해를 들 수 있다. 이렇듯 원활한 의사소통을 위해서는 광범위한 영역에 걸친 문화 이해가 필요한 것이다. 그러나, 제한 된 시간에 이렇듯 넓은 범위의 문화 학습을 전개한다는 것은 현실적으로 불가능하다. 자칫, 토픽중심의 문화 소개와 그에 따른 어휘 습득으로 일관된 수업이 될 수 있기 때문이다. 따라서, 보다 효율적인 학습 내용의 선정이 중요하다 하겠다. 언어 학습에 있어서의 문화 학습은 구체적인 문화 항목의 학습보다 대표적인 문화 현상을 선정하여 그에 대한 이해 능력을 기르는데 중점이 주어져야 하겠다. 그 중에서도 특히 문화 충돌이 일어나기 쉬운 언어행동 문화의 교육에 비중이 주어져야 할 것이다.

7차의 언어 재료 항목은 발음 문자 어휘 문법, 의사소통 기능으로 구성되어 있었다. 이제까지의 언어 재료는 항목의 선정에 있어서 지나치게 언어 그 자체 만에 국한되어 있는 것으로 보인다. 앞으로는 언어재료를 보다 광의의 학습 자료 측면에서 접근할 필요가 있다. 예를 들면, 인적 자료로서의 모어 사용자, 매체와 관련된 사이버 자료, 일본어를 사용할 수 있는 장소 등에 대한 보다 넓은 법위의 자료를 제시하는 것이 바람직하다.

7차 교육과정에 제시된 의사소통 기능은 일본어의 기능이 대부분 열거되어 있어서 고등학교 교육 시수에 알맞지 않다. 따라서 일본어의 언어행동에 맞는 의사소통 기능을 중심으로 제시하되 고등학교 과정의 학습 수준에 맞는 기능만을 골라 제시할 필요가 있다. 또한 예시문만으로는 의사소통 기능을 달성할 수 없다는 것과 핵심 예시문은 자연스러운 구어 표현을 위주로 제시되어야 한다.

의사 소통 기능 중에서 성격상 중복되거나 유사한 기능을 통폐합하고 불필요한 기능을 재정리해 보면 다음과 같이 제시할 수 있다.

<언어 기능 영역의 설정 예>

1) 인사 기능(일상적인 만남과 헤어짐)	2) 소개 기능
3) 감사 사과 기능(선물 보내기)	4) 칭찬, 축하 기능
5) 의뢰 행동(허가 거절) 기능	6) 조언, 위로, 문안, 응원 기능
7) 제언, 주장, 찬반 표현 기능	8) 불만, 비난, 반성 표현 기능
9) 정보 전달, 설명, 확인 기능	10) 감정과 느낌 전달 기능
11) 맞장구 기능	12) 비언어행동 기능

특히 문화 교육과 언어 교육은 서로 연계성을 갖지 않으면 둘 다 교육적 효과를 올릴 수 없기 때문에 다양한 모습으로 연계성을 가질 수 있도록 구성되어야 할 것이다.

끝으로, 교육 내용이나 교수 방법을 선택함에 있어서 학습자의 수준과 수요 등에 따라 다양성을 수용할 수 있는 교육과정이 되는 것이 바람직할 것이다.

참고문헌

교육부(1997)『외국어 계열 고등학교 전문 교과 교육 과정』교육부
______(1997)『외국어과 교육 과정 II』교육부
______(2000)『고등학교 교육과정 해설-12외국어』교육부
국립국어연구소 일본어 교육부문(2004)『한국 설문조사 집계결과 보고서(한국어판)』 국립국어연구소
新里真男(2000)“学習指導要領の解説”東京; 学事出版
宮崎里司, JVネウストプニ(1999)『日本語教育と日本語学習』東京; くろしお出版
柴田義松(1994)『教育課程』東京; 放送大学教育振興会
熱海則夫他(1994)『教育課程の編成』東京;ぎょうせい
天野正輝 (1999)『教育課程』東京: 明治図書
安彦忠彦(2002)『教育課程編成論』東京; 放送大学教育振興会
ヨーロッパ日本語教師会, The Japaan Foundaition(2005)『ヨーロッパにおける

日本語教育と"Com-mon European Framework of Reference for Languages" 東京; The Japaan Foundaition
이덕봉(1994)『일본어 교육과정의 변천과정과 구성』 일본학보 33 pp. 46-70.
______(2001)『일본어 교육의 이론과 방법(개정판)』 서울; 시사일본어사
______(2003)「異文化理解教育の範疇と在り方」(宮崎里司他編『接触場面と日本語教育』 東京: 明治図書 pp. 45-58
______(2005)「日本語教授法としての交流のありかた」『5回日本語教育国際フォーラム』 pp. 31-33
조문희(2005)『한국의 일본어 교육사 연구』 동덕여자대학교 박사학위 논문
Canale, Michael, and wain, Merrill. "Theoretical Basics of Communicative Approaches to Second Language Teaching and Testing." Applied Linguistics!, 1(1980), 1-47
Hymes, Dell.(1971) "Competence and Performance in Linguistic Theory" In Language Acquisition : Models and Methods, Ed. R. Huxley, and E. Ingram. London: Academic Press

제2장

새로운 교수이론의 이해

2-1 21세기 일본어 교육의 새로운 경향
2-2 내용 중심 교수법
2-3 몰입학습 교육
2-4 확장적 학습이론의 인지 효과
2-5 커뮤니커티브어프로치식 회화 교육의 실제
2-6 리소스를 활용한 일본어 교육
2-7 외국어 교육 표준화 정책의 방향

2-1

21세기 일본어 교육의 새로운 경향

· 정기영 ·

1 머리말

해방이후부터 최근까지 한국 일본어 교육의 변화를 살펴보면 1945년 이후와 1950년대는 전후 반일감정에 의한 일본어 교육의 공백기라고 할 수 있으며, 1960년대와 1970년대는 고등학교와 대학 등 공교육 기관에 일본어 교육이 실시되는 일본어 교육의 초창기라고 할 수 있다. 그 후 1980년대와 90년대를 거치면서 한일 간의 다양한 교류가 확대되고 일본어 학습자와 교육기관 수가 급격하게 증가 하는 부흥기를 맞이하게 된다[1]. 그리고 2000년 이후는 양적팽창이 줄어든 반면 학습자와 학습 환경의 변화, 교육내용과 방법의 변화, 교육 가치관의 변화 등으로 인한 교육 패러다임 변화의 시기를 맞고 있다. 세계적으로도 일본어 교육의 표준화와 연계, 새로운 교수이론의 등장 등 여러 방면에서 새로운 변화가 나타

1) 엔도오리에, 정기영(2005) 『일본어 교육입문』 부산외대출판부 pp36-38

나고 있다.

본고에서는 한국과 세계 일본어 교육의 현황과 새로운 경향을 살펴보고 최근의 여러 자료와 필자의 평소 생각을 종합하여 금후 한국 일본어 교육의 방향을 점검해보고자 한다.

2 일본어 교육의 현황

2.1 세계의 일본어 교육 현황

국제교류기금 일본어센터의 2003년 조사에 의하면 해외 각 기관에서 일본어를 배우고 있는 사람들은 약 235만명(127개국) 정도라고 한다.

먼저 학습자 수(2,356,745명)를 국적별로 살펴보면 한국, 중국, 호주, 미국, 대만, 인도네시아, 타이, 뉴질랜드, 캐나다, 브라질 순인데 학습자수 제 1위인 한국은 약 89만 명으로 약 37.9%를 차지하고 있다. 제2위인 중국과 제3위인 호주의 학습자를 더하면 세계의 일본어학습자수의 약 70%를 차지하고 있다.

다음 <그림1>은 일본 국외에서 일본어를 학습하고 있는 학습자의 국적별 구성을 나타낸 것이다. 1998년의 조사와 비교하면 106개국에서 학습자가 증가했고 25개국에서 감소한 것으로 나타났다.

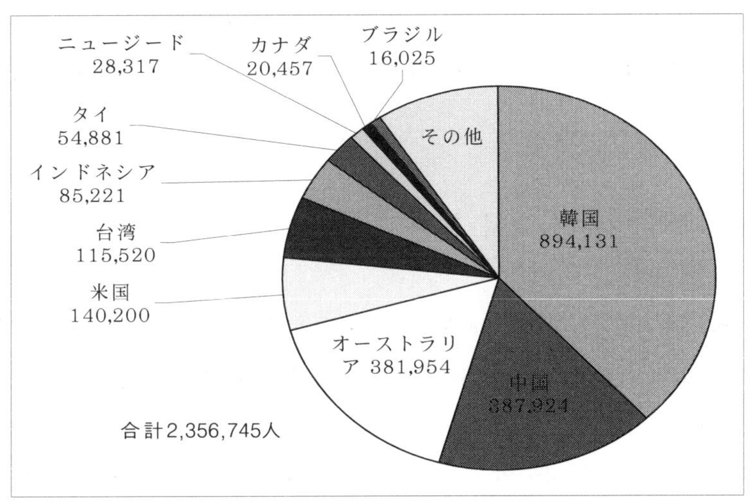

<그림1> 일본국외 학습자의 국적별구성

출전 : 국제교류기금 일본어센터『海外における日本語教育』2003년 조사[2)]

다음 표는 2003년 일본 국제교류기금 조사에 의한 일본 국외의 일본어 교육 기관 수, 교사 수, 학습자 수를 나타낸 것이다.

<표1> 일본 국외의 일본어 교육 기관 수・교사 수・학습자 수

(2003년 국제교류기금)

기관수	12,222기관
교사수	33,124명
학습자수	2,356,745명

2) 国際交流基金日本語国際センター(2003)『海外の日本語教育の現状-海外日本語教育機関調査』

국제교류기금의 조사가 시작된 1979년부터 2003년까지의 추이를 보면 기관수는 10.7배, 교사 수는 8.1배, 학습자 수는 18.5배로 늘어난 것을 알 수 있다.

2.2 국내의 일본어 교육 현황

국제교류기금 일본어국제센터의 2003년 조사에 의하면 한국에서는 3,333의 교육기관에서 894,131명의 학습자가 일본어 교육을 받고 있으며 교사 수는 6,231명인 것으로 나타났다.

학교 교육기관은 고등학교와 대학교가 중심을 이루고 있으나 최근에는 초등학교와 중학교에서도 학급활동으로서 일본어 교육을 실시하고 있는 학교가 늘어나고 있는데 특히 중학교에서는 2001년부터 제2외국어 선택과목으로서 정규 교육과정에 일본어가 포함되었다. 초・중등학교의 일본어 교육은 2003년 현재 2,527의 교육기관에서 780,573명의 학습자가 있으며 대학교육 기관수는 269이며 학습자 수는 83,514명으로 나타났다.

또한 학교교육 이외에 일본어 교육을 실시하고 있는 기관수는 537기관이며 학습자 수는 30,044명으로 나타났다. 여기에서 학교 이외의 교육기관이란 민간일본어학원, 기업체부속연수원, 대학부속연수원, 문화센터, 일본문화원, 국제교류기금 서울문화센터, 재한 일본대사관, 재한 일본영사관 등을 말한다. 다음은 한국의 일본어학습자 수, 기관 수, 교사 수를 정리하여 도표로 나타낸 것이다.

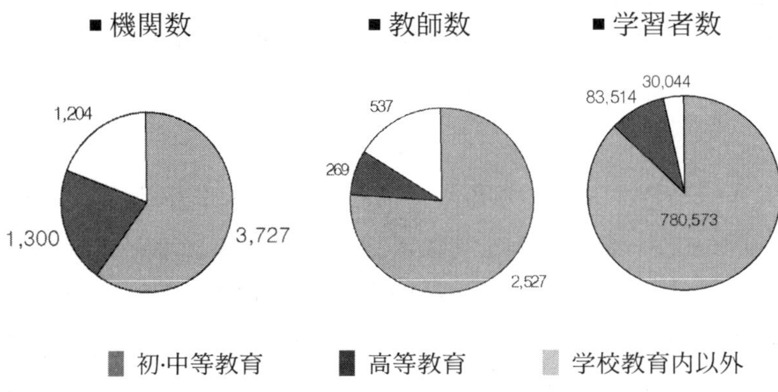

<그림2> 한국의 일본어 교육 기관수 · 교사수 · 학습자수

출전 : 국제교류기금 「海外(韓国)日本語教育機関」2003년 조사

3 일본어 교육의 패러다임 변화

최근 외국어 교육의 패러다임[3]은 행동주의 패러다임에서 인지주의, 정의주의, 개별학습의 패러다임으로 변화되고 있다[4]. 加藤清方(1996)[5]의

3) 본 연구에서 "패러다임"은 견해나 사고의 틀이라는 의미로 사용된다.

4) 모방과 강화를 중요시하는 행동주의 학습이론에서 체험과 인지구조 형성을 중요시하는 인지학습이론으로의 학습패러다임시프트의 변화.

행동주의 학습이론 : 아이가 모어를 습득하는 과정과 같이 모어 화자의 음성 모방과 강화를 통해서 학습하는 방법이며 중요문형을 반복해서 연습하여 익히는 학습방법. 문형을 음성모방이라는 행동과 함께 반복 연습시킨다고 하여 행동주의라고 불리게 되었다. 그러나 이러한 문형의 반복연습과 기억에 의지하는 방법만으로는 종합적인 언어습득 능력을 기르기에는 효과적이지 않다는 판단에서 인지주의 학습이론이 대두된다.

인지주의 학습이론 : 인간의 뇌에는 선천적으로 그 나름대로의 문법이 존재하고 있어 스스로 가설에 맞추어 새로운 언어를 생산할 수 있기 때문에 그 인지활동을 반복하는 외국어 학습을 목표로 한다. 인지주의 학습법에 있어서는 문형 또는 단어

지적에도 있듯이 일본어 교육계에서는 전후 길게 언어의 구조에 착안한 교육방법, 소위 구조 실러버스에 입각한 교육이 주류였다. 그러나 그 후 언어행동에 시점을 둔 교육인 커뮤니커티브 어프로치(Communicative Approach)라는 교육법이 대두한다. 또 90년대 전후부터는 이공계일본어, 비즈니스일본어 등 전달내용을 중시한 내용중심교수법(CBI: content based Instruction) 등이 등장하고 90년대 중반 이후는 일본어 교육을 이문화 커뮤니케이션[6]의 문제로써 받아들이는 입장도 나타난다.

한편 한국 일본어 교육의 변화를 개관하면 해방 이후 몇몇 민간기관에서 일본어 교육이 행해지다가 공식적으로 학교기관에 일본어 교육이 실시된 것은 1961년 한국외국어대학교에 일본어과가 생기기 시작하면서이다. 그 이듬해인 국제대학교(현・서경대학교)에서도 일어일문학과가 설치되었으며, 1965년 한일국교정상화와 함께 양국의 정치적・경제적 교류가 증대됨에 따라 일본어 교육의 필요성이 더욱더 증가하여 1973년에는 한꺼번에 계명대학교, 관동대학교, 상명여자대학교(현・상명대학교), 한남대학교, 성신여자대학교, 수도여자사범대학교(현・세종대학교), 건국대학교, 제주대학교 외 8개 학교에 일본어 관련학과가 설치되었을 뿐만 아니라, 이 해부터 고등학교에서의 일본어 교육이 처음으로 실시되면서 130개의 고등학교에서 일본어 교육이 시작되게 되었다. 그 후 1980년대

를 하나하나 암기하는 것이 아니라 어떤 행동 목적을 직접 외국어로 체험하고 시행착오를 거쳐서 인지해 간다. 과제중심(임무중심, task based)학습법이 대표적인 학습법이라고 할 수 있으며 이것은 아이들의 인지 발달과정과 같이 언어의 인지구조를 형성해 가는 방법이다. 이러한 인지주의 학습이론은 언어가 단순히 기호의 나열이 아니라 감정과 의사를 동반한 종합적 행동이라는 점에 주안점을 둔 방법이며 현지체험을 통해서 외국어를 학습하는 방법도 이 방법을 응용한 것이다.

5) 加藤清方(1996),「マルチメディアを利用した日本語教育のあり方」『日本語学』2, 明治書院

6) 여기서 이문화 커뮤니케이션 교육은 외국인에게 일본어를 일반적으로 강요하는 것이 아니라 쌍방이 서로의 언어와 문화를 습득하고 互恵, 共生에 의해서 이문화 적응을 지향한다는 관점이다

와 90년대를 거치면서 한일 간의 다양한 교류가 확대되면서 일본어 학습자와 교육기관 수는 급격하게 증가 하게 된다. 2000년 이후는 양적팽창이 줄어든 반면 그동안 양적 증가를 따라가지 못한 교육내용 등 교육의 질적인 면에서의 반성이 이루어지고 있다. 그동안 교수법도 문법역독법(60-80년대 중반), 오디오링걸매소드(80-90년대), 커뮤니카티브 어프로치(90년대 이후), 2000 이후의 다양한 교수법(네츄럴어프로치, 내용중심교수법) 등으로 변화 해왔다.

이상과 같이 해방이후 최근까지 일본어 교육은 많은 변화가 있었다고 할 수 있는데, 현재 국내의 일본어 교육은 학교 교육 뿐만 아니라 학교 이외의 교육에서도 다양화되고 있으나 교육 내용 면에서는 적절한 교재의 부족, 일본 사회 문화와 정보에 관한 교육 자료의 부족, 교육시설 및 설비부족, 교사 수의 부족 등의 많은 문제를 안고 있다. 이러한 문제는 종합적인 일본어 교육 정책의 부재와 전문가의 부재에 그 원인이 있다고 보여 진다.

그 결과 각 교육기관에서는 학습자가 일본문화에 노출되어 있는 등 일본어 학습 환경이 많이 변하고 있는데 비해 교육 목적 및 목표 제시와 학습동기 부여가 부족하기도 하고 교육과정을 결정할 때에도 학습자의 학습단계와 학습능률이 반영되지 못하고 교사중심으로 편성되어지는 경우가 많았다. 현재 한국의 대학 교원은 “외국어로서 일본어 교육”이 아직 성립되기 전에 일본의 국문학과에 유학해서 배운 사람이 많고 그 전공은 일본문학 혹은 일본어학이기 때문에 일본어 교육목적과 방법을 어떤 식으로 해야 하는가 등과 같은 실제교육에 관해서는 경시 해왔던 것이 사실이다.

따라서 이러한 연구와 교육의 불균형에서 오는 문제는 한국의 대학교 교육현장에 있는 교수자에게는 이중 부담이 되고, 그에 따라 학습자는 효과적인 지도를 받을 수 없는 현상을 낳았다. 최근 연구자의 연구영역이 일본어 교육학과 일본지역학의 다양화가 계속되고 있으나 연구결과가 교육에 직접 반영되지 않는 한 이러한 문제는 당분간 계속될 것으로 생각된다.

중등학교 교사의 경우도 이와 같은 대학 교원에게 교육을 받았기 때문에 실제 교육에 필요한 교수법과 지도법, 교실활동 등에 익숙해져 있다고 말하기 어렵다. 또 일본인 교사의 경우도 개인적인 능력과 노력으로 훌륭한 교사가 된 사람도 적지 않지만 일본어 교육의 이념과 방법론을 완전히 습득하고 충분한 현장 경험을 쌓았다고는 말하기 어렵다.

그리고 한국의 교육현장에서 활동하고 있는 일본인 교사의 경우, 최근에는 일본어 교육을 전공한 전공자가 증가하고는 있으나 교육상의 경험이나 노하우가 쌓이기 전에 현실 문제로 귀국해버리는 교사가 많은 실정이다. 교육의 질적 개선을 위해서도 그들이 한국의 교육 현장에서 노하우를 축척시켜 교육현장에서 활용할 수 있는 기반 마련의 필요성이 절실하다 하겠다. 최근 한국인 교수 및 교사도 일본어 교육을 전공하는 경우가 늘어나고 있는 것은 고무적이라고 할 수 있다.

이러한 의미에서 한국의 일본어 교육은 양에서 질로의 변화, 구조중시 언어교육에서 의사소통 및 문화중시 언어교육으로의 변화, 학습자의 니즈와 학습 환경 다양화로의 변화 등과 같은 패러다임 변화의 시기를 맞고 있다고 생각된다.

4 21세기 일본어 교육의 새로운 경향

본고에서 제시하는 21세기 일본어 교육의 새로운 경향은 "2006 일본어 교육 세계대회"[7]에서 언급된 내용과 필자의 평소 생각을 정리한 것이다. 그 내용을 구체적으로 아래에서 서술 하고자 한다.

4.1 체험중심 일본어 교육

21세기 일본어 교육의 새로운 경향으로 먼저 언급할 수 있는 것은 체험중심 일본어 교육이라고 생각된다. 이는 급속한 국제화로 직접 일본어를 사용하는 기회가 증대됨으로써 이론과 텍스트 중심의 일본어 교육이 아닌 의사소통능력을 강조하는 현장과 체험중심의 일본어 교육이라고 할 수 있다. 이러한 체험중심 일본어 교육으로 여러 가지 새로운 경향이 나타나고 있는데 그 대표적인 것을 제시하면 다음과 같다.

(1) 문화와 일본어 교육

한국의 일본어 교육에서는 중등학교 제7차 교육과정에서 문화요소가 강조되고, 1998년부터 제1차 일본문화개방이 시작되어 2004년 제4차로 완전개방이 이루어지면서 많은 변화가 있어왔다. 각종 일본어교재에 문화요소가 등장하기 시작하였고, 일본문화 관련 교재도 다수 출판되었다. 또한 학습자들과 교사들은 인터넷과 방송, 음악, 영화 등에서 손쉽게 일본문화를 접하고 이를 일본어 교육에 응용하는 경향이 뚜렷하였다.

그러나 여기서는 일본문화에 대한 정의와 한국의 일본어 교육에서 다

7) 정식 명칭은 "International Conference on Japanese Language Education (ICJLE)" 이고 2년마다 세계를 순회하며 개최되고 있으며 이번이 제6회 대회였다. 제1회 대회는 동경(동경대), 제2회 대회는 미국, 제3회 대회는 한국 서울(동덕여대), 제4회 대회는 중국(천진외대), 제5회 대회는 동경(소화여대)에서 개최되었으며, 이번 미국(콜롬비아대학)이 제6회였고, 제7회 대회는 2008년 한국 부산(부산외대)에서 개최될 예정이다. 이번 2006년도의 제6회 대회 주제는 "Japanese Language Education: Entering a New Age"(Columbia University, New York City, U.S.A August 5-6, 2006)였다.

루어야하는 일본문화의 범주에 대한 심도 있는 연구가 선행되지 않음으로써 일본인들도 모르는 많은 일본 전통문화, 생활문화, 대중문화 등에 노출된 것도 사실이다. 이러한 현상에 대한 최근의 경향으로는 그동안 한국의 일본어 교육에서 미처 다루지 못한 부분으로 언어행동과 비언어행동에 대한 도입이 지적되고 있다.

이는 다른 국적의 일본어학습자와 비교하면 한국인 일본어학습자들의 공통적인 경향으로 초급, 중급, 상급까지의 학습 속도가 매우 빠르다고 할 수 있다. 그러나 이러한 언어습득 속도에 비해 일본 문화와 관습에 기인하는 언어행동과 비언어 행동적 표현에는 다소 미흡한 부분이 없지 않았다. 즉 문법적으로는 오류가 없지만 문화적 관용적으로는 사용하지 않는 표현을 구사하는 경우를 자주 발견 할 수 있다[8].

이러한 문제점을 극복하기 위하여 2011년에 시행[9]되는 제7차 교육과정 수정 고시에서는 언어행동과 비언어행동을 일본어 교육에 반영하도록 하도록 하고 있으며, 한일 상호문화 이해와 다문화커뮤니케이션의 중요성을 강조하고 있다[10]. 물론 최근의 한국의 대학 교육과정 및 민간 일본어 교육에서도 언어행동과 비언어행동을 포함한 다양한 일본 문화에 대한 도입이 시도되고 있으나, 어떠한 내용과 방법으로 어디까지 언급할 것

8) 모국어인 한국어의 영향이라고 할 수 있지만 한국인 초· 중급 일본어학습자의 경우 인사표현에서 "どこにいきますか" "ごはんたべましたか"와 같이 한국어적인 인사표현을 사용하는 경우가 자주 있으며, 간접적인 일본어표현보다는 직접적인 표현을 다용하는 등의 언어행동 상의 특징이 발견되고 있다. 또한 한국인 학습자는 일본어 사용 시 필요 이상의 스킨십을 취하는 등의 비언어행동 사례도 자주 보고되고 있다.

9) 제7차 교육과정 수정고시 교육과정은 2007년도에 고시되어 초등학교에서 2009년, 중학교에서는 2010년, 고등학교에서는 2011년에 시행된다. 고등학교의 제2외국어의 경우 2학년부터 수업이 있으므로 실제 수업에 적용되는 것은 2012년부터라고 할 수 있다.

10) 이용백(2006.12) 중 · 고등학교 제2외국어과 선택과목 교육과정 개정 시안 연구개발 -중국어, 일본어, 아랍어- 한국교육과정평가원

인가는 아직 연구 과제로 남아있다고 생각된다.

(2) 교류와 일본어 교육

최근 이루어지고 있는 한일 간의 활발한 교류는 한국의 일본어 교육에도 많은 영향을 미치고 있다. 이러한 활발한 인적, 물적, 정신적 교류를 일본어 교육 현장에 어떻게 반영시키고 교육과정에 도입시킬 것 인가는 여전히 과제로 남아있다고 할 수 있다.

구체적으로는 기존의 단기 일본 어학연수 차원을 넘어선 활발한 쌍방 교환 유학 또는 장기파견 교육시스템 개발이 요구되고 있다고 생각된다. 또한 한일 학생들의 홈스테이 교류와 재한 일본인회 등 지역 인적리소스를 활용한 교육과정 운영 등 국제화 시대에서 교류는 우리들에게 많은 가능성을 제공하고 있다. 이외에도 일본 현지 보런티어 활동과 인턴쉽을 다양하게 개발하여 일본어 교육에 적극 도입할 필요성이 있다[11].

금후의 세계화와 국제화의 흐름을 고려하면 앞으로 한일 간에는 다양한 교류가 광범위하게 펼쳐질 것으로 생각되며, 현재 활발하게 이루어지고 있는 IT 인력 일본 취업을 넘어선 직업 간 교류도 멀지 않았다고 생각된다[12]. 이러한 추이를 고려한 일본어 교육과 연구가 필요하다고 판단된다.

---

11) 부산외국어대학교에서는 대마도 표착 해양 쓰레기 수거 활동에 2학점을 부여하고 있으며, 일본 인턴쉽 참가에 3학점을 부여하고 있다.

12) 2006년 9월 9일 동경에서 “NPO법인 글로벌 인재 육성협회” 설립 기념 세미나가 개최되었다. 본 협회는 그동안 일본이 소극적이었던 외국인 근로자 고용을 촉진시키기 위해서 일본의 민간기업과 일본어 교육계, 그리고 정부 관련 기관이 협조해서 탄생하게 되었다. 이 협회에 출자한 회사는 주로 일본에서 신흥 산업으로 부상하고 있는 인재파견회사가 주축을 이루고 있는데, 그동안 일본에서 주로 취해 왔던 소극적인 외국인 근로자 유치계획인 산업연수생 제도와 취학생 제도에서 자주 발생한 각종 비리를 방지하고 외국인들의 도입과정을 수월하게 하고 좀 더 정당한 대우를 받고 일본의 대기업 등에서 일할 수 있도록 촉진하는데 본 협회의 목적이 있다. 금후 예상되는 직업군은 대기업의 현장 기술자 및 IT전문가, 의료관련 종사자 (home helper, 간호사) 등이다. 여기서 일본어 교육계와의 업무분담으로 고용

(3) ICT[13)]와 일본어 교육

21세기는 정보화 시대라고 불린다. 이러한 정보화 시대에 사회가 요구하는 인재는 세계의 컴퓨터망을 수많은 정보 속에서 자신이 필요로 하는 정보를 검색하고 그 정보를 자신의 컴퓨터로 가지고 와서 적절하게 처리할 수 있는 사람이다. 이러한 미래지향적 인재를 육성하기 위해서는 정보화시대를 연결하는 중심축인 컴퓨터의 효과적인 활용은 필수불가결한 요소이다. 그런 의미에서 외국어 교육에 컴퓨터를 도입하는 것은 정보화·국제화 사회에 있어서 외국어 능력과 함께 컴퓨터마인드를 동시에 키울 수 있다는데 의의가 있는 것이다.

일본어 교육에 ICT 도입은 학습자에 의한 정보의 발신과 창조적인 활동을 지원하기 위한 것이지 교사를 대신하여 티칭머신을 준비하는 것은 아니다. 즉 "생각하기 위한 교육", "자기를 표현하기 위한 교육"으로 보조를 맞춘다는 것에 그 의의가 있는 것이다. 금후 많은 부분의 교육이 사이버 상에서 이루어질 것이라는 예측은 많은 미래학자들이 예고하고 있다.

이외에 일본어 교육에 ICT 도입의 의의와 장점으로는 반복연습, 상호작용을 통한 의사소통 능력 양성, 비언어행동 및 일본문화의 이해, 정보검색과 송수신의 편의성, 자료 재가공의 용이성, 학습자 중심의 수준별 교육, 열린교육, 교육수단의 다양화, 평생교육 등을 들 수 있다.

한국의 일본어 교육 현장에는 이미 1997년부터 정부시책으로 제1차 교육정보화계획(1997-2000)을 통하여 하드웨어적인 교육인프라가 구축

된 외국인 주 근로지는 일반 대기업 등이며, 고용 및 사원교육은 인재파견회사가 담당한다. 그리고 이들에 대한 일본어 교육 및 교재개발, 담당할 강사육성 등은 본 협회가 담당하는 등 각 기관이 유기적으로 역할 분담을 하게 된다. 본 협회에 대한 자세한 소개는 다음 홈페이지를 참조 바란다. http://www.globalhf.or.jp/

13) ICT는 Information(정보), Communication(통신), Technology(기술)의 약자로 여기서는 교육에 적용되는 정보통신기술의 의미로 사용한다.

되어 있으며, 제2차 교육정보화계획(2001-2005)으로 교사와 학습자의 컴퓨터 활용 능력이 충분히 향상되어 있는 실정이다.

현장에서는 이미 다양한 ICT 활용 일본어 교육이 시도되고 있으며 금후 많은 개발여지가 있다고 생각된다. 현재 시도되고 있거나 가능성이 있는 ICT 활용 일본어 교육으로는 워드프로세스, 프레젠테이션, 인터넷, 채팅, e-mail, 휴대전화, 원격교육(사이버강좌, 화상회의시스템), e(u)-learning 등을 들 수 있고, 금후의 다양한 현장 사례보고와 연구가 기대된다.

(4) 내용중심(CBI) 일본어 교육

최근의 일본어 학습자들 중에는 그 계기가 일본의 애니메이션이나, 드라마, 영화, 음악 대중문화 등에 홍미를 느끼고 그 내용을 접하고 학습하다가 일본어를 잘 하게 되었다는 경우를 자주 접한다. 실제로 일본어학습 동기 가운데는 일본문화에 대한 홍미가 많은 부분을 차지하고 있는 것도 사실이다.

이와 같이 언어 그 자체가 목적이 아니고 최초의 목적과 내용을 학습하다보니 부수적으로 언어학습이 이루어지는 경우를 내용중심 교수-학습법이라고 한다. 이러한 교수-학습법은 언어가 수단 학문임을 감안할 때 학습자에게 목표와 동기를 부여 할 수 있어 초급 과정뿐만 아니라 고급과정에서 더욱 필요한 교육내용이라고 할 수 있다. 구체적으로는 다음 장의 내용중심교수법을 참조해주기 바란다.

이상과 같은 교수법 이외에도 임무(과제)중심(task based) 교수법과 몰입(Immersion)교수법[14] 등 변해가는 교육환경에 맞는 새로운 교육방법과 내용에 대한 연구와 도입 또한 필요하다 하겠다.

---

14) 최근 영어교육에서 주목을 받고 있는 교수법으로 목표언어를 사용한 집중식 교육방법으로 아직 일본어 교육에 응용한 보고는 보이지 않는다.

4.2 일본어 교육내용의 표준화

일본어 교육 내용의 표준화 작업은 미국에서 먼저 시작되어 일본에서도 기존의 일본어능력시험의 급수별 표준화[15)]에서 좀 더 발전된 수준별, 국가별, 교육기관별 표준화 작업의 필요성이 제기되어 연구되고 있다. 한국에서는 현재 중학교와 고등학교 일본어 교육의 표준화 작업은 교육인적자원부의 교육과정에 의해 제시되고 있어나 그 외 대학교과 민간 교육기관의 표준화 작업은 전무한 실정이다.

따라서 금후 초급, 중급, 상급, 최상급 별 기본어휘 및 기본표현, 문법 등의 수준별 표준화 작업과 유치원, 초등학교, 중학교, 고등학교, 대학교의 각 교육기관별 표준화 작업에 관한 연구가 필요하다고 생각된다. 이러한 한국의 표준화 작업은 각 국가별 일본어 교육의 표준화와 무관하지 않으므로 다른 국가와의 비교 연구도 필요할 것으로 생각된다.

4.3 교육 및 연구기관의 통합과 연계

이번의 제6회 일본어 교육 세계대회에서 강조된 내용 중에 하나가 교육 및 연구 기관의 "통합과 연계"였다고 생각되는데, 그중에 특히 각 교육기관 및 교육내용의 연계가 강조되었다. 여기서는 국내외의 교육 및 연구기관의 통합과 연계에 관련된 최근의 경향을 소개한다.

---

15) 일본어능력시험의 표준화 내용은 다음의 자료를 참조 해주기 바란다.
국제교류기금・재단법인 일본국제교육협회(2002), 일본어능력시험 출제기준(개정판)

(1) 세계 일본학·일본어 교육학회의 연계

세계 각 국에는 많은 일본학 및 일본어, 일본어 교육 관련 학회가 있는데 현재 이러한 각 학회의 상호 네트워킹 작업이 이루어지고 있다. 예를 들면 일본어 교육세계대회(ICJLE)는 사단법인 일본어 교육학회(일본), 미국 일본어·일본문학학회(ATJ), 전미일본어교사회(NCJLT), 유럽일본어교사회, 중국일어교학연구회, 한국일본학연합회·한국일본어 교육연구회, 대만일본어 교육학회, 홍콩일본어 교육연구회, Japanese Studies Association of Australia 등을 연계하여 2년 마다 세계대회를 열고 있다.

그리고 미국의 일본국제교류기금 사무소에서는 일본학, 일본어, 일본어 교육 관련 연구자의 인물 및 연구 데이트베이스를 5년마다 발간하여 일본관련 연구자와 연구내용을 한 눈에 볼 수 있도록 하고 있다.

(2) 국내 일본학·일본어 교육 관련 학회 연계

1980년대 중반 이후 한국의 일본어학습 인구의 급격한 증가로 인해 일본학 관련 연구의 필요성이 높아지게 되면서 이를 반영하듯 1990년대 이후 한국에서는 많은 일본학 관련 학회가 탄생되게 된다.

현재 필자가 파악하고 있는 일본학 관련 학회는 단국일본연구학회, 동아시아일본어 교육학회, 동아시아일본학회, 동일어문학회, 대한일어일문학회, 일본사학회, 일본어문학회, 일본어학회, 일본연구포럼(삼성경제연구소), 일본연구학회, 한국일본근대문학회, 한국일본근대학회, 한국일본교육학회, 한국일본기독교문학회, 한국일본문화학회, 한국일본사상사학회, 한국일본어 교육연구회[16], 한국일본어 교육학회, 한국일본어문학회, 한국일본언어문화학회, 한국일본학회[17], 한국일어일문학회, 한양일본학

16) 전국에 16개의 시도지부를 갖추고 있는 중등학교 교사 연합회.

회, 한일가족법학회, 한일관계사학회, 한일군사문화학회, 한일경상학회, 한일매스미디어포럼, 한일민족문제학회, 한일법학회, 한일사회문화포럼, 한일일어일문학회, 현대일본학회 등 33개 이상이다[18].

이러한 현상은 일본 관련 교육과 연구의 활성화를 반영하고 있다고 할 수 있는데, 단일 전공으로 33개 이상의 학회가 산재하고 있다는 것은 결코 적지 않은 숫자라고 생각된다. 이상의 학회는 지역을 기반으로 하고 있는 학회와 학문 내용 및 성격을 중심으로 한 학회로 분류할 수 있으나, 실제 발표되는 연구의 내용은 대부분 대동소이하다는 문제가 있다고 생각된다. 비슷한 성격의 관련 학회 난립으로 인적 물적 낭비는 물론 정보 공유 및 교류 차단이 발생 할 우려가 있다.

그러나 2002년 이후 몇몇 관련학회가 연계된 한국일본학연합회[19]를 형성하여 1년에 1번씩 연합학회를 개최하는 새로운 경향이 나타나고 있다. 이는 통합과 연계라는 세계적인 흐름에서 보면 바람직한 경향이라고 할 수 있을 것이다. 금후 관련 학문의 발전을 위하여 좀 더 지역별, 내용별로 학회를 통합, 연계하여 세계적인 일본학・일본어 교육학회와 네트워크를 형성할 필요성이 요구되고 있다.

---

17) 한국일본학회 산하에는 "일본문학회, 일본문법학회, 한일언어사학회, 일본역사문화학회, 일어교육학회, 일본교육학회, 일본사회민속학회, 한국일본어통번역학회, 일본정경사회학회" 등 9개의 네트워크 학회가 있다.

18) 여기서 언급한 학회는 일본 어문학 및 지역 관련 학회가 중심으로 일본 관련 모든 학회가 망라되었다고는 할 수 없다.

19) 한국일본학연합회는 다음 각 학회로 구성되어 있다. 모든 학회가 전국을 대상으로 하고 있으나 괄호 안은 중심이 되는 지역이라고 할 수 있다. 한국일본학회(서울・경기권), 대한일어일문학회(부산・경남・제주권), 한국일본어문학회(전라권), 한국일본문화학회(충청권), 일본어문학회(경북권).

(3) 교육기관 및 교육내용 연계

중학교부터 정규 교과과정에 일본어가 들어가고 일본문화 개방과 급속한 국제화로 일본어에 접할 수 있는 기회가 다각화 되면서 최근 일본어학습 시작 시기 및 연령도 다양화되고 있다. 초등학교에서도 방과 후 특기적성교육으로 일본어를 학습하는 경우가 있어 학습자의 저변이 확대되고 있으며 그 학습 수준 또한 다양화하고 있다[20]. 따라서 중・고・대학교의 교육내용 연계와 수준별 교육의 필요성이 요구되고 있으며, 이러한 문제는 세계 각국 일본어 교육 기관의 종적, 횡적 연계를 통하여 상호 영향을 줄 수 있을 것으로 판단된다.

(4) 연구기관 연계

현재 일본의 일본학・일본어 교육 관련 정책 연구기관으로는 일본문화청, 국립국어연구소, 국제교류기금, 일본어 교육학회, 일본학생지원기구(JASSO), 일본무역진흥회(JETRO), 국제협력기구(JICA) 등이 있으며 이러한 정부 및 민간 기관이 상호 협력을 통하여 세계 일본어 교육을 지원하고 있다.

한국의 경우 중등학교의 일본어 교육 관련 연구는 교육인적자원부와 교육과정평가원이 담당하고 있으나 대학교 및 민간의 일본어 교육에 관련한 전담 연구 기관은 아직 없는 실정이다. 이는 지금까지 각 대학에서는 일본학 관련 연구소가 중심이어서 금후의 과제라고 할 수 있다.

20) 이러한 학습자의 다양화는 전체적인 일본어학습인구 증가를 의미하는 것은 아니다.

4.4 기타

이상의 새로운 경향 이외에도 다음과 같은 다양한 일본어 교육 연구가 시도되고 있다. 일본어 습득 및 학습법 연구(제2언어습득 연구), 연소자 일본어 교육 연구 및 교재개발[21], 평가(testing) 연구[22], 일본문학작품을 이용한 일본어독해교육 연구, 다양한 학습자의 니즈(needs)・레디네스(readiness) 조사 및 분석과 수준별 일본어 교육 연구, 생활일본어 연구와 아카데믹 제패니즈 연구, 교사 양성과정과 교육실습 연구 등[23] 그 연구 범위와 내용도 다양한 경향을 보이고 있다.

5 금후의 과제

필자가 본고에서 언급하는 21세기 일본어 교육의 새로운 경향을 키워드로 제시하면 "체험, 표준화, 연계"라고 할 수 있는데, 한국 일본어 교육의 현상은 학습자 수의 증가와 학습자 층의 다양화에 교육 내용이 따라가

---

21) 한국에서도 일부 사립 초등학교의 정규 교과과정 및 공립 초등학교 방과 후 특기적성교육 등에서 일본어 교육이 실시되고 있어 이에 대한 체계적인 조사와 교재개발이 이루어져야 할 것 이다.

22) 현재 일본어 및 일본어 교육 관련 자격시험은 JLPT, EJU, JPT, NPT, JETRO 비즈니스 일본어회화시험, 일본어 교육능력검증시험 등 다양한 시험이 있으며 이에 대한 체계적인 연구도 필요하다. 또한 자격시험 이외의 각종 평가에 관련된 연구는 한국의 일본어 교육에서 매우 필요한 분야의 연구라고 할 수 있다. 최근 한국의 일본어 교육에서는 최초로 아래와 같은 평가 관련 박사학위논문이 제출되었다.
谷誠司(2006)「日本語テストの分析と新しいテストの開発」同徳女子大学校大学院

23) 기타 귀국자를 위한 일본어 교육 연구, 재외동포를 위한 일본어 교육(계승어: heritage language) 연구 등도 일본에서는 중요한 연구 분야로 다루어지고 있다.

지 못하는 실정으로 많은 과제를 남기고 있다.

우선 학습자를 위해서는 한국인의 일본어학습자의 학습패턴을 조사하고 인지·정의·사회적인 습득이론의 연구를 통해 더 효율적인 일본어학습법을 제시할 필요가 있다.

또 교수법 측면에서도 한 학급당 학습자수가 많은 한국의 교실환경을 고려한 새로운 교수법의 개발과 적합한 지도법의 개발도 필요하다. 구체적으로는 악센트와 발음을 고려한 독해지도법, 한국인 학습자가 틀리기 쉬운 문법을 중심으로 한 작문지도법 연구, 그리고 회화지도법, 청해 지도법, 모국어 간섭의 영향으로 인한 표현상의 오류를 중심으로 한 문법지도법, 한자 어휘를 중심으로 한 어휘지도법 등의 언어기능별 지도법 연구도 필요하다. 그 외에도 평가문제와 일본어와 한국어의 대조연구, 한국에서 이루어지고 있는 일본어 교육의 제반 문제연구 등이 필요 할 것이다.

언어의 배경을 이루고 있는 일본문화, 역사, 문학, 일본사정 교육과 다문화간의 커뮤니케이션, 언어행동 및 비언어행동 등에 관한 연구도 필요하며 그 결과를 교육현장에서 어떻게 응용하고 활용할 것인가에 대한 과제가 남아 있다.

또한 실제 현지 체험의 기회가 적은 학습자를 위해서는 한국에서 일본관련 "인적 자원, 물적 자원, 사회적 자원" 및 컴퓨터통신과 인터넷을 활용한 "정보서비스 자원" 등의 리소스[24] 조사와 활용방법에 관한 연구도 이루어져야 할 것이다.

물적 리소스의 하나인 일본어교재의 경우를 보면, 그동안 다양한 교재

---

24) 리소스란 어떤 것의 소재나 재료가 되는 것을 말하는데 어떤 것의 출처라는 의미도 갖고 있다. 학습리소스란 학습활동에 도움에 되는 환경이라 할 수 있으며, 교사는 중요한 인적 리소스 중의 하나이다. 물적 리소스로서는 교재, 서적, 신문, 잡지 등을 들 수 있고, 사회적 리소스로서는 각종 연구회, 학회, 세미나 등을 들 수 있다. 또한, 정보서비스 리소스로는 인터넷, 교수-학습 프로그램, 멀티미디어 시설 등 ICT 기술을 들 수 있다.

가 많이 개발되어 있지만 현재 한국의 고등학교와 대학교, 그리고 민간학원 등에서 사용하고 있는 교재는 그 기관의 학습자 수준이나 목적에 적합한 교재라고 할 수 없는 경우가 많다. 일본국내에서 유학생이나 취학생을 위해 만든 교재를 그대로 가져와서 사용하거나, 복수 교재 일부를 편집해서 만든 교재가 많은 점도 문제이다. 앞으로는 교재작성 시에 한국적 일본어 교육에 부합되는 교재 작성을 위한 기준의 설정과 교육목적과 교육기관에 맞는 교재개발이 필요하며 한국과 일본의 전문가에 의한 공동연구도 필요하다.

그 외에 교실활동에 필요한 교구의 연구, 오디오・비디오・컴퓨터 등의 교육기기의 활용 방안에 관한 교육공학적인 연구도 요구된다. 특히 컴퓨터는 기존의 교육매체를 통합한 형태로 교육내용을 제공 할 뿐만 아니라 나아가 일본어학습용 소프트웨어의 활용, 워드프로세서나 인터넷, 전자메일 등을 통한 일본어 교육에서의 활용 가능성이 큰 매체이므로 적극적인 활용이 필요하다.

앞으로 21세기형 일본어 교육에 있어서는 일본에서 발신되는 일본어 교육 내용과 방법에 의존하지 않고 한국의 일본어 교육 사정에 맞는 독자적인 교육내용과 방법을 개발하여 한국에서 세계를 향하여 정보를 발신하면서 세계 각국의 일본어 교육과 상호교류를 통하여 한국의 일본어 교육의 발전을 도모해 나갈 필요가 있다고 생각된다.

참고문헌

이덕봉(2001)『일본어 교육의 이론과 방법』 시사일본어사

이용백(2006.12)「중・고등학교 제2외국어과 선택과목 교육과정 개정 시안 연구개발 -중국어, 일본어, 아랍어-」 한국교육과정평가원

엔도오리에, 정기영(2005)『일본어 교육입문』 부산외대출판부

정기영(2005.8)「인터넷을 활용한 일본문화 수업모형」『한일어문논집. 제9집』한일일어일문학회

鄭起永(2003)「マルチメディアと日本語教育 -その理論的背景と教材評価」凡人社

鄭起永(2005.2)「日本語ICT活用教育研究の現状と課題」『日語日文学研究』52, 韓国日語日文学会

国際交流基金日本語国際センター(2003)『海外の日本語教育の現状-海外日本語教育機関調査』

加藤清方(1996)「マルチメディアを利用した日本語教育のあり方」『日本語学』2, 明治書院

일본어 교육세계대회(ICJLE 2006) "Japanese Language Education: Entering a New Age" Columbia University, New York City, U.S.A August 5-6, 2006

글로벌 인재 육성 협회 : http://www.globalhf.or.jp/

2-2

내용 중심 교수법

· 김세은 ·

1 내용 중심 교수법의 등장

언어 교육을 내용상 주제 문맥과 통합하여 가르치는 접근 방식은 외국어 교육과 제2언어 교육에서 과거에도 종종 사용해 온 방법이다. 그러나 CBI가 언어 교수법으로 자리 잡기 시작한 것은 1980년대 중반 Bernard Mohan의 Language and Content의 연구 결과를 통해서이다. Mohan은 제2언어는 정규 교과 과목 수업의 교수 주제를 활용하는 것이라고 주장하였는데, 즉, 수학이나 사회 과목과 같은 타 과목 수업의 주제를 학습하기 위하여 이용되는 도구라 할 수 있다.

1980년대 의사소통적 방법론이 나타난 이래, 주류를 이루고 있는 언어 교수법에는 "의사소통 중심 접근 방법(Communicative Language Teaching)", "자연적 접근 방법(Natural Approach)", "내용 중심 접근 방법(Content Based Instruction)", "과제 중심 접근 방법(Task-Based Language Teaching)" 등이 있다. 그 중 내용 중심 교수법은 최근 영어 교육 분야에서 가장 많이 사용되고 있는 외국어 교수법으로, Stryker, S. B. and B. L. Leaver가 편집한 『Content Based Instruction in Foreign Language Education』에 자세히 소개되어 있다. 특히 언어 학습에서 의미의 역할에 관련된 원리들에 관한 한, 의사소통 중심 접근 방법의 몇 가지 기본 원리를 논리적으로 개발한 것으로 볼 수 있다.

내용 중심 교수법은 제2언어를 언어로서만이 아니라, 실생활에 이용되는 도구로 습득하게 되어 학습자들에게 동기부여를 쉽게 할 수 있고, 학습자가 오랫동안 기억을 지속할 수 있다 하여 각광을 받고 있다.

한국에서는 2001년도부터 사용되고 있는 중학교 『생활 일본어』에 한국의 일본어 교재 사상 처음으로 내용 중심 수업이 부분적으로 도입되어 있다.

2 내용 중심 교수법의 정의

내용 중심 교수법은 그 용어가 "내용 중심 교수법", "내용 중심 언어교수법", "내용 중심 지도", "내용 중심 접근 방법" 등 다양하게 쓰여 지고 있고, 영문으로는 CBI(Content Based Instruction) 또는 CBT(Content Based Teaching), CBLI(Content Based Language Instruction) 등으로 쓰여 지고 있다. 본고에서는 이러한 용어 중에서 내용 중심 교수법(Content Based Instruction)으로 쓰기로 한다.

내용 중심 교수법에 대한 정의는 여러 가지가 있지만, 대부분 그리 다르지 않다. 내용 중심 교수법은 언어 교수의 하나의 "접근 방법"으로, 언어 교수가 언어적 혹은 다른 유형의 교수 요목보다는 학생들이 습득할 내용 혹은 지식 중심으로 조직된다. Brinton et al.(1989)은 내용 중심 교수법이란 언어 교육의 목표와 특정한 내용이 통합되는 것이라 하였다. 이것은 우리가 흔히 말하는 통합 교육과도 의미가 연결된다. Crandall & Tucker는 여러 가지 과목을 통한 주제나 과제의 통합이나 표현을 배우는 방식이 바로 내용 중심 교수법이라고 설명한다(Crandall, 1993). 내용 중심 교수법은 언어 학습과 지식 내용의 학습을 종합적으로 통합한 것이다. 그것은 기존의 외국어 교육으로부터 이탈하여 구체적으로는 어학 학습 그 자체가 아닌 지식내용의 학습을 통해서 언어를 배우는 것으로 수업의 초점을 바꾸게 함으로써 언어 운영 능력을 기를 수 있다고 하는 것이다. Krahnke는 내용 중심 접근 방법에 대해서 다음과 같이 정의를 내리고 있다.

내용 중심 교수법은 가르칠 내용에서 언어 형식을 분리해서 가르치기 위한 어떤 직접적, 명시적인 노력을 하지 않고, 학습할 언어에서 내용 혹은 지식을 가르친다. (Krahnke, 1987:65)

언어 교수에서 content(내용, 의미)라는 단어는 여러 가지 다양한 의미로 사용되지만, 언어를 통해서 우리가 배우거나 의사소통을 하는 실체(substance) 또는 주제를 content라고 하며, 실체 또는 주제를 전달하기 위해서 사용하는 언어를 지칭하지 않는다. 언어를 가르치는 데 의미(내용)에 우선 두고자 하는 시도는 새로운 것이 아니다. 의미 이해를 위한 도움 자료로 시범, 모방, 흉내 내기, 실물, 그림, 시청각적 자료, 번역, 설명, 그리고 정의를 지지하는 제안들은 언어교수의 역사에서 여러 시기에 제기되었다. Briton, Snow & Wesche (1989)는 성(Saint) Augustine이 초기 내용 중심 접근 방법의 제안자였다고 말하고, 성 Augustine이

언어 교수에서 의미 있는 내용에 초점을 맞출 것을 제안했다고 인용하고 있다. Kelly의 언어 교수 역사에서도 이와 같은 많은 의미 중심 언어 교육 제안을 인용하고 있다 (Kelly 1969). 내용 중심 접근 방법은 1980년대에 의사소통 중심 접근 방법의 원리가 나타났을 때, 의사소통 중심 접근 방법의 원리에 똑같이 의존하였다. 이 교수법이 주장한 것처럼, 만일 언어학습 교실이 진정한 의사소통과 정보교환에 초점을 맞춘다면, 제2언어 학습을 위한 이상적인 상황은 언어 교수의 내용이 문법, 기능, 혹은 어떤 다른 언어에 바탕으로 둔 구조의 단위가 아니라, 내용(content) 즉, 언어 영역 밖에 존재하는 주제(subject matter)라는 것이다. 가르치는 언어는 주제(subject matter)를 제시하기 위해서 사용되고, 학생들은 실생활과 연관된 내용을 학습하는 부산물로 언어를 배우게 된다.

3 내용 중심 교수법의 이론적 배경

Krashen의 입력 가설의 관점에서 Snow et al.(1989)은 외국어 학습자들이 조직적이고 계획된 교수를 통하여 학습에 이용되어야 한다는 내용과 언어 교수의 통합을 위한 틀로서 내용 교수 요목(content syllabus)을 제시하였다. CBI 언어 교육의 주된 목적은 교실에서의 언어 학습을 단순한 언어 기능의 습득을 뛰어넘어 과목의 주제를 통해 어휘와 문법 구조 등을 제시 설명하는 데 있다. 이런 접근 방식은 Krashen이 주장한 'comprehensible input'즉 학습자의 현재 언어 수준보다 한 단계 더 높은 수준의 언어 자극을 제시하는 원칙과도 상통한다(성 명경, 2003).

이 교수법에서는 특정의 테마 또는 교과목이 가지고 있는 내용, 즉 정보, 사상, 지식이 학습자에게 목표 언어를 사용해서 교수되어 지는 과정에서 학습자가 부수적으로 목표 언어를 습득한다고 하는 것이 그 이론의 핵심이 되고 있다. 또한 내용 전달 과정에서 학습자가 목표 언어의 의미적인 사용 기회를 만들게 된다고 하는 것도 이론적 기반의 하나이다(오지혜, 2001).

CBI의 핵심 원리는 언어 그 자체를 배우는 것이 아니라, 이를 정보를 얻는 하나의 수단으로 사용할 때, 언어 습득이 좀 더 성공적으로 이루어진다는 것이다. 이러한 점은 언어 형태의 학습을 교수 요목과 교실 수업에 일차적인 목표를 두고 있는 전통적인 교수법과는 대조적인 부분이다.

위에 살펴본 바와 같이 내용 중심 교수법은 다음과 같은 두 가지 중요한 원리에 근거를 두고 있다.

1. 언어 그 자체를 배우는 것을 목적으로 하기보다는 오히려 정보를 얻는 수단으로 언어를 사용할 때, 제2언어를 더 성공적으로 배운다. 이 원리는 앞에서 본 것처럼 CBI 출현의 한 가지 이유가 되는 것이다. 즉, 위의 제안이 보다 더 효과적인 언어 학습으로 유도한다는 것이다.

2. 내용 중심 교수법은 제2언어를 배우기 위한 학습자의 필요성으로 더 잘 반영한다. 이 원리는 많은 내용 중심 프로그램이 ESL학습자에게 학문적인 연구나 정규반에 들어갈 수 있도록 준비하는 데 도움을 준다는 것을 반영하는 것이다. 그러므로 가능한 한 빨리 학문적 교수·학습 내용에 접근할 필요성이 절실한 것은 물론, 그와 같은 교수·학습이 실현될 수 있는 학습 과정을 설정하는 것이 가장 우선적인 과제이다.

4 내용 중심 교수법의 형태

1970년대 후반 이래, 다른 교육적인 창의적 제안들도 언어 그 자체를 공부하기보다는 언어를 통해서 내용을 습득하는 원리를 강조하고 있다. 이와 같은 유형의 언어 교수법은 "전체 교육과정을 통한 언어 교육", "몰입교육", "이민자 영어 교육 프로그램", "부진아를 위한 영어교육 프로그램", "특수목적을 위한 언어교육"등이 있다. "내용 중심 접근 방법"은 위에서 언급한 것과 같은 교육과정 접근 방법의 이론과 실제에 어느 정도 의존하고 있다.

언어 교수에서 내용 중심 교수법은 1980년대 이후 다양한 학습 환경에서 널리 사용되어 왔다. 내용 중심 접근 방법이 처음에 ESP(English for Special Purpose)나 EOP(English for Occupational Purpose) 및 몰입교육 프로그램(immersion programs)에 적용된 이후, 이제는 ESL학생을 위한 K-12프로그램, 대학 외국어 교육 프로그램, 그리고 EFL상황의 사무 및 직업 언어 과정에 널리 사용되고 있다(Richard & Rodgers, 2003). 여기서 몰입 프로그램이란 모국어를 이용하는 학습자 집단이 단체로 외국어 학급을 형성하여 그 안에서 외국어로 모든 교과내용을 배우는 방법이다. 또한, 잠수(submersion) 학습이란 외국에 간 학습자가 혼자서 외국 학교의 학급에 배치되어서 그들이 배우는 내용을 그대로 같이 배우며 따라가는 경우를 말한다.

내용 중심 교수법은 기존의 여러 유형의 타스크 중심 학습의 진일보한 학습 형태라고 할 수 있다. 내용 중심 교수법에도 기존의 제반 타스크 연습과 같은 형식이 활동되지만, 기존의 학습 활동에서는 언어 기능의 습득이 목적이었기 때문에 이들 타스크 활동이 보조적 수단으로 사용되고 있는 것에 반해, 내용 중심 교수법은 학습의 목적이 지식 내용에 있고 그 부수적 효과로서 언어 기능이 습득된다는 점이 기존의 활동과 다르다. 한 마디로 CBI는 어학 학습과 지식 내용의 학습을 통합한 것이다. 이 교수법은 기존의 어학 학습과 완전히 결별한 학습법으로, 어학 학습이라기보다는 지식 내용의 학습을 통해서 부수적으로 언어를 배우는 것으로, 수업의 초점을 딴 곳으로 옮겨서 언어의 운용 능력을 습득할 수 있다는 것이다. 기존의 어학 학습이 부분의 학습을 쌓아 언어 전체의 능력을 습득하는 bottom-up 어프로치라고 한다면, CBI는 있는 그대로의 실제 언어 재료의 체험을 통해서 부분적인 언어 기능을 익혀 가는 top-down 어프로치라고 할 수 있다(이 덕봉, 1998).

Brinton & Master(1997)는 학습자들의 나이, 학습목표, 학습 환경에 따라 CBI교수법을 세 가지로 나누었다.

1) 주제 중심의 언어 교육

2) 학과목 내용 중심의 언어 교육

3) 언어 수업을 병행한 전공 수업

또한, CBI는 모든 언어학습 단계의 학습자를 위한 교과과정 설계에 적용될 수 있는데, 예를 들면, 대학 수준의 교과과정에서 주제 중심 언어수업(theme-baesd language instruction), 보호된 내용수업(sheltered content instruction), 부가적 언어수업(adjunct langage instruction), 팀 교수 접근 방법(team-teach approach), 기능 중심 접근 방법(skills-based approach) 등의 예를 찾아볼 수 있고, 초등·중등 수준의 교과과정에서 주제 중심 접근 방법(theme-based approach), 부가적 접근 방법(adjunct approach) 등을 찾아볼 수 있다.

내용 중심 교수요목을 주장하는 학자들이 내세우는 모형은 내용중심 언어와 내용언어가 같은 언어라는 목표를 제시하였다. 내용 중심 언어란 학생들이 내용 중심 수업에서 학생들이 개념이나 자료를 이해하는데 필요한 언어(어휘, 기능, 구조들)이고, 이 언어가 없으면 학생들은 인지적 과정이 요구되는 문맥이 불완전한 학문적인 과제를 다룰 수 없다. 다시 말하면, 내용 중심 교수요목이란 언어를 통해서 뿐만 아니라 언어와 함께 내용을 학습함으로써 학습의 효율을 촉진시킨다는 관점에서 과학, 미술, 음악, 혹은 사회 등의 과목 교과영역의 주제를 중심으로 외국어 교육의 실용화를 위한 교수요목이다.

최근 들어 언어학계에서는 내용 중심 교수법이 학습자의 언어 능력을 개발시켜주는 학습법이라 여겨 많이 사용하고 있다. 이 교수법은 과제 중심 교수법(Task based Learning)등과 대비되며 실시된다.

이중 언어 교육의 실시가 내용 중심 교육을 위한 하나의 틀을 제시하는 것이며 이를 통하여 제2언어 학습을 어떻게 개발할 것인지를 모색하려는 시도이기도 하다. 하지만, 이러한 방식이 우선 경비가 많이 들고 교사의 능력이 탁월하여야만 이러한 수업을 이끌어 나갈 수 있는 등 현실적인 어려움이 있는 것도 사실이다.

실제로 내용 중심 교수법을 도입한 수업의 예를 이덕봉(1998), 오지혜(2001)에서 자세하게 소개하고 있다.

5 내용 중심 교수법의 효용성

내용 중심 교수법(Content Based Instruction)은 최근 영어 교육 분야에서 가장 많이 사용되고 있는 제2언어 교수법이다. 이 방법은 특히 학습자가 어린 아이이거나 학문 목적으로 공부하려는 경우 널리 사용되고 있다. 학문 목적 학습자의 경우에는 앞으로 학습하려는 학문을 미리 내용을 통해 학습시키는 학습방식이다. 한편 어린이를 대상으로 하는 경우에는 그동안 현장에서나 학습을 위한 연구에서나 과제 중심적인 학습방식을 많이 이용하여 왔다. 이 방식은 학습자들로 하여금 한 편의 에피소드인 과제만으로 어린 학습자들을 교육하므로 학습자에게 큰 학습 동기를 부여할 수 없다. 그러나 내용 중심 학습방법을 통하여 어린이 학습자에게 다가가므로 이들의 흥미를 자극할 수 있고, 이를 통해 인지적으로 훨씬 효과적인 결과를 만날 수 있다. 그러므로 영어 교육에서는 이러한 방식의 교수 방법의 개발이 한창 이루어지고 있고, 최근 많은 교수 모형을 개발하고 있다(성 명경, 2003).

내용 중심 교수법은

1. 언어를 좀 더 재미있게 배울 수 있고, 동기부여가 용이하다. 내용에 대해서 좀 더 관심을 가질 수 있고, 뭔가 실제로 어떤 내용을 배운다는 성취감이 있는 것이다.
2. CBI를 통해 학습자는 전반적인 지식을 넓히고 일반적인 교육의 필요성을 충족시킬 수 있다.
3. CBI는 특정한 학습효과를 위하여 많이 사용되므로 학문 목적의 학습자를 위하여도 CBI를 적용한다. 실리적인 효과가 크다.
4. 그룹 활동을 통해 학습자들은 협동정신을 배우게 되고 사회성 발달을 돕는다.
5. 다른 주제로부터의 정보를 통해 다른 주제로의 변환을 더욱 용이하게 할 수 있다.
6. 학생들에게 목표어를 많이 사용할 수 있는 기회를 제공한다.

6 내용 중심 교수법의 한계성

내용 중심 교수법은 언어에만 집중하기 어렵다. 그래서 어떤 학습자들은 혼란을 느낄 수 있으며, 심지어 그들의 언어 능력이 개발되지 못한다고 느낄 수도 있다. 연소자일수록 너무 다른 주제에 초점을 맞추다보면 실제 학습목표인 목표어로의 수업이 잘 이루어지지 않는다. 그러나 잘 짜여진 교수요목을 통하여 CBI를 활용한다면 언어 뿐 아니라 학습자를 위한 다른 주제의 학습 능률도 높일 수 있다. 몰입 프로그램의 경우에는 같은 모국어를 사용하는 학습자로 이루어진 교실이고, 수업 자체가 주로 다른 주제에 있기 때문에 학습자는 지나치게 모국어를 사용할 수 있다. 학습자에게 모국어보다는 목표어를 주로 사용하도록 하는 것이 중요하다.

또한, 목표어의 습득이 초보적인 단계에 있는 학습자라면 이해할 수 있는 어휘를 찾아내기 어려울 수도 있다. 이러한 경우에는 목표어만을 고집하기보다 모국어와 목표어를 병행하는 것이 좋다. 어떤 학습자는 언어를 배우려 하기보다 주제의 학습에만 치중할 수도 있다.

그러나 CBI는 여러 가지 다른 방법으로 적용할 수 있는 광범위한 원리들을 근거로 하고 있고, 또한 많은 다양한 성공적인 언어 프로그램이 CBI에 기초를 두고 있기 때문에 CBI가 언어교수의 주도적인 접근 방법의 하나로 지속되리라 기대할 수 있을 것이다.

참고문헌

성명경(2003) 『어린이를 위한 내용중심 한국어 교육과정에 대한 연구 : 한국 내 외국인 학교를 대상으로』연세대학교 교육대학원 석사논문

손성옥(2003) 「외국어 교육학에서의 학문 영역과 교과 과정 구축」『외국어로서의 한국어 교육 28호』연세대학교 한국어학당

오지혜(2001) 「내용 중심 교수법에 의한 커리큘럼 연구 : 한국의 중학생・고등학생을 대상으로」『동일어문연구 제16집』동일어문학회

이덕봉(1998) 『일본어 교육의 이론과 방법』서울 : 시사일본어사

Brinton, D. M., M. A. Snow, and M. B. Wesche.(1989) *Content-Based Second Language Instruction.* New York : Newbury House.

Brinton, D. M., and P. Master(eds.). (1997) *New Ways in Content-Based Instruction.* Alexandria, Va.: TESOL Inc.

Craldall, J.(1993) *Content-Centered Learning in The Unite States.* In W. Grabe, C. Ferguson, R. B. Kaplan, G. R. Tucker, & H. G. Woddowson (eds.), Language across the curriculum : Interdisciplinary structures and internationalized education. National East Asian Language Resources Center. Columbus, OH : The Ohio State University.

Jack C. Richards & Theodore S. Rodgers (2003) 『외국어 교육 접근 방법과 교수법』서울 : CAMBRIDGE

Kelly, L. G.(1969) *25 Centuries of Language Teaching.* Rowley, Mass.: Newbury House.

Mohan, B.(1986) *Language and Content.* Reading, Mass.: Addison- Wesley

Peachey N.(2003) *Content-Baesd Instruction.* The British Council Teaching English

Snow M., M. Met, and F. Genesee(1989) *The Content-Based Classroom.* New York : Longman

Stryker, S., and B. Leaver.(1993) *Content-Based Instruction in Foreign Language Education.* Washington, D. C.: Georgetown University Press.

2-3

몰입학습 교육

· 桜井恵子 ·

1 몰입학습이란?

몰입학습(Immersion)이란 「immerse」라는 동사에서 유래한 말로서 「그 언어의 환경 속에 푹 잠긴다」라는 의미이다. 학습자가 외국어를 외국어 과목으로 배우는 것이 아니라, 그 외국어를 다른 교과의 학습의 도구로 사용하는 것이다. 그 결과, 보통의 외국어 수업에서 도달할 수 없는 고도의 어학력을 습득할 수 있는 것이다.

2 몰입학습의 원형

몰입학습방식에 의한 이중언어 교육은 1960년대에 캐나다에서 시작되었다. 캐나다는 영어와 불어 두 개의 언어를 공용어로 통용시키기 위해 두 언어에 능통한 인재를 필요로 하고 있었다. 프랑스계 캐나다인과 영국계 캐나다인 사이에는 보이지 않는 대립이 있었고, 특히 퀘벡주 등 프랑스어권에 살고 있는 영국계 캐나다인에게 프랑스어 능력을 획득시키는 것은 절실한 문제였다. 어떻게 해서든 생활과 밀접한 관련이 있는 프랑스어의 능력을 자녀들에게 획득시키고 싶어 하는 부모의 희망이 학교 당국을 움직여, 언어학자들의 협력을 얻어서, 1965년에 몬트리올에 있는 공립 센트랑버트 초등학교에서 교육실험이 시작되었다. 이 실험은 성공하여 프랑스어 몰입(French Immersion)이라는 이름으로 캐나다 전역에 확산되었다. 그것은 「아동의 제1언어나 전인격적인 발달을 희생시키지 않고, 제2언어능력을 고도로 신장시키기 위해 학교교육의 전부 혹은 일부를 제2의 언어로 실시한 학교교육」(Stern 1972:1,1976)을 말한다.

3 몰입학습 교육의 종류

캐나다에서는 몰입학습 프로그램이 시작 된지 30년 이상 지났지만, 그 사이에 그 지역의 필요성에 맞추어 여러 가지 유형이 생겨났다. 시기, 범위, 참가집단에 따라 다음과 같이 분류할 수 있다.

3.1 조기 몰입학습(Early total immersion)

유치원에서 초등학교 저학년까지는 프랑스어만을 100% 사용한다. 우선 프랑스어의 읽기와 쓰기를 배우고, 프랑스어의 기초가 완성되면 그 다음으로 영어에 의한 과목수업을 조금씩 도입한다. 교사는 모두 프랑스어로 가르치지만, 어린이들은 영어로 말해도 되고 프랑스어로 말해도 무방하다. 충분한 잠복기를 준 다음에 프랑스어를 사용하도록 요구한다. 영어 수업의 도입 시기는 프로그램에 따라 다르나, 보통 3-4학년에 20-30%, 5-6학년에 50%, 중학교에서는 50%, 그리고 중학교를 마칠 때까지 5000시간의 언어 접촉이 가능하도록 프로그램이 짜여 있다. 고등학교에 들어가면 특정 과목만 프랑스어로 수업(교과별 보강이라고 함)하여, 프랑스어 능력을 유지하도록 한다.

3.2 중기 몰일학습(Delayed immersion/middle immersion)

초등학교의 중, 고학년부터 프랑스어로 수업을 받는 캐나다의 온타리오주의 예를 보면 4-5학년에서는 모든 수업을 프랑스어로 실시하고, 6학년부터 영어수업이 주1시간 정도 도입된다. 7학년부터 조기 몰입학습을 받아온 학생들과 함께 하여 고등학교까지 다양한 방법으로 몰입학습을 받는다.

3.3 후기 몰입학습(Late immersion)

초등학교 1학년부터 매주 20분에서 40분 외국어로서 프랑스어 수업을 받아온 학생들에게 중학교에서 프랑스어에 의한 수업을 도입하여 프랑스어80%, 영어20%의 비율로 2년간 수업을 받는다. 어린이들이 이 시점까지 프랑스어 수업을 받은 시간이 많으면 많을수록 효과가 있다는 보고가 있다.

3.4 완전 몰입학습(Total immersion)

토탈 이머젼(total immersion)이라고도 불리는 이 방법은 모든 학습자가 처음부터 제2언어를 학습하기 위해, 모든 수업을 제2언어로 실시한다. 그 후 제1언어에 의한 수업을 조금씩 도입한다. 초등학교를 졸업할 시점에서는 비율이 50대 50이 되도록 한다. 이런 종류의 프로그램은 순서에 따라, 반복적으로, 지속적으로 이루어져, 초등학교부터 지속적이고 종합적인 학습내용을 포함시켜, 원어민정도의 유창함과 현실사회에서 사용할 수 있는 자연스런 언어 습득을 목적으로 하고 있다.

3.5 부분 몰입학습(Partial immersion)

유치원에서 시작하여 초등학교까지, 오전이나 오후의 수업을 제2언어로 실시하고, 다른 시간은 제1언어로 수업을 받는 형태이다. 두 언어의 비율은 50%씩, 어떤 교과를 제2언어로 할 것인지에 대해서는 정해진 틀은 없다. 부분 몰입학습은 어린이들에게 혼란을 일으키는 사례가 많고, 효과가 좋지 않다는 이유로 캐나다에서는 찾아 볼 수가 없다고 한다. 그러나 소수언어의 이중언어 교육이나, 미국에서 일본어와 영어의 몰입학습은 대개 이러한 형태라고 한다(中島1998 : 96).

3.6 쌍방향 몰입학습(Two-way immersion/dual immersion)

미국에서 시작한 이 방법은 그 지역의 주류언어가 모어인 학생들과 목표언어가 모어인 학생이 50%씩 재적하는 학급을 대상으로, 교과의 50%를 주류언어, 나머지 50%를 목표언어로 시행한다. 학생들은 서로 보완하면서 두 가지 언어를 습득한다. 예컨대 일본어를 모어로 하는 학생 50%와 영어를 모어로 하는 학생 50%의 학습에서 일본어와 영어를 반반 사용하여 수업을 실시하여, 최종적으로는 학급전체가 일본어, 영어 모두를 능숙하게 할 수 있도록 하는 것을 목표로 한다. 프로그램에 따라서는 50%씩이 아니라, 비중이 다를 수가 있다.

4 몰입학습 교육의 효과

몰입학습 교육에 매일 사용하고 있는 제2언어는 신장될 수 있을지 모르지만, 제1언어의 능력이나 학력이 떨어지지 않을까, 또 제2언어가 원어민 수준이 될 수 있을까 라는 우려가 있다. 조사결과를 보면 제2언어의 능력은 당초 기대한 만큼의 수준에 도달하지 못하지만 학력은 단일언어(monolingual)의 경우보다 뒤떨어지지 않고, 모어의 독해력에서는 단일언어보다 높게 나타났다고 한다. 완전 몰입학습에서는 듣기와 독해의 능력은 프랑스어의 단일언어에 비해 거의 우열을 가릴 수 없을 정도까지 신장한다고 한다. 회화능력은 초등학교 6학년생 정도가 되면 대체로 원어민에 가까운 정도로 능숙하게 되지만, 문법의 정확성이나 사회언어적 배려에서는 부족한 점이 있다고 한다. 즉, 학습언어로서는 제2언어를 6,7년 사용하면, 수용 면에서는 원어민과 같은 수준이며, 표출 면에서는 원어민에 가까운 능력을 갖출 수 있다고 한다. 따라서 외국어로서 제2언어를 학습하는 경우와 비교하면 하늘과 땅의 차이가 있다. 한편 부분 몰입학습은 접촉시간이 적기 때문에, 완전 몰입학습만큼 효과가 오르지 않고, 제2언어의 사용에 혼란을 경험하는 어린이들이 많다. 조기 몰입학습과 후기 몰입학습을 비교하면, 조기 몰입학습은 듣기, 회화능력은 뛰어나고 후기 몰입학습은 모어인 영어의 독해력의 기초가 이미 형성되었기 때문에, 접촉시간이 짧음에도 불구하고 독해력의 발달이 빠르다는 보고가 있다.

제1언어인 영어 쪽은 저학년 때는 영어 수업이 없기 때문에 영어의 읽기와 쓰기는 영어로 수업을 받고 있는 어린이들에 비해 뒤떨어진다. 그러나 고학년이 되면, 뒤떨어진 것을 회복하여 5,6학년이 되면 영어만으로 교육을 받아 온 어린이들보다 높아지는 경우도 있다고 한다. 학력 면에서도 언어가 다르지만 같은 교과내용을 다루고 있어서 상실되는 부분이 거의 없다고 한다. 오히려 제2언어로 학습하는 어린이들은 창조력, 다면적인 사고, 사고의 유연성에서 탁월하며, 제3언어의 학습도 빠르다는 것이다. 그러나 이중언어(bilingual)사용자는 되지만, 프랑스어 모어화자의 자녀들과 접촉이 없기 때문에, 이중문화(bicultural)자는 될 수 없고, 아이덴티티의 문제도 전혀 영향을 받지 않는다는 것이다(中島 2001:150).

5 성공의 요인

몰입학습 방식의 이중언어 교육은 학력도 모어도 희생시키지 않고, 필요한 외국어의 능력을 학교교육에서 습득할 수 있다는 획기적인 방법이며, 세계 각국에서 광범위하게 도입되고 있다. 그러나 그 프로그램이 몰입학습인지 혹은 잠수(submersion)인지 구분할 필요가 있다. 잠수학습이란 몰입학습과는 정반대의 말로서 영어의 submerge '물에 잠기다' '빠져서 떠오르지 못하다'라는 동사에서 유래한 말이다. 대다수의 어린이들에게 모어인 언어로 행해지는 수업에서 그렇지 않은 소수의 이주자나 외국인 어린이들이 현지의 학교에 투입되는 경우, 잠수상태가 되는 것이다. 외국인이나 이주자의 어린이들이 그 언어로 교과학습이 가능할 때까지 오랜 시간이 걸린다. 그 사이에 부모와 자녀들 사이의 교류는 질적으로 저하되며 학업지체, 귀속의식의 혼란 등 위험이 수반된다. 현지어를 획득하는 과정에서 모어를 잃어버리는 일이 많기 때문에, 감산적인 이중언어(bilingualism)라 불린다. 그에 비해 몰입학습 방식의 이중언어 교육은 학력과 모어, 귀속의식을 희생하지 않고 모어에 더하여 유용한 외국어 능력을 하나 더 추가할 수 있다는 의미에서 가산적 이중언어라 불린다.

몰입학습이 성공하기 위해서는 3개의 특징을 갖추지 않으면 안 된다고 커민스는 말한다(Cummins 1987:152).

1. 지도하는 교사가 제2언어를 사용할 수 있는지 여부.
2. 이중언어 교사가 말을 쉽게 바꾸어 이해 가능한 목표언어 투입(Input)의 존재 여부.
3. 모어의 식자능력의 향상 여부.

몰입학습이라는 이름으로 여러 가지 프로그램이 시행되고 있으나 실제 잠수 즉 모어억압방식이 되는 경우도 있다. 교실에서는 목표의 외국어만을 사용하도록 하여, 학습자의 모어에 대한 배려나 조정은 고려하지 않는 프로그램이거나, 단일언어 몰입학습 프로그램에서는 이중언어 교사가 없어서 이해 가능한 투입이 이루어지지 않는다든지, 제1언어의 식자능력을 활발하게 촉진하는 일이 불가능해지기도 한다. 이상에 언급한 세 가지 특징에 비추어 프로그램을 음미할 필요가 있다고 커밍스는 말하고 있다(Cummins, 1987:167).

6 세계 각국의 몰입학습 교육

캐나다에서 시작된 몰입학습 방식의 외국어 교육은 국제화와 사람들의 이동이 점차 증가하고 있는 21세기에 세계 각국의 학교에서 다양한 언어의 조합으로서 시도되고 있다. 지역과 관계가 깊은 외국어가 몰입학습의 목표언어로서 선택되는 경우가 많다. 일상생활에서 접점이 있는 언어는 학습동기가 높고, 목표언어를 모어로 하는 사람들이 다수 살고 있으면, 교원의 확보도 쉬우며, 학부모의 협력도 얻기 쉬워, 쌍방적인 몰입학습 프로그램이 실현될 수 있다는 이점도 있다. 캐나다에서는 1996년 전국 초등학교의 6%가 부모의 선택으로 공립초등학교에서 프랑스어 몰입학습교육을 받고 있다고 한다. 미국에서는 캐나다 퀘벡주와의 국경에 위치한 메인주에서는 프랑스어, 러시아와의 국경에 위치한 알래스카주에서는 러시아어 등 지리적으로 가까운 언어, 전통을 지키는 유대인들이 많은 뉴욕근교에서는 헤브라이어, 하와이주에서는 소멸해 가고 있는 하와이어가 선택되고 있다. 또 미국의 실질적인 공용어의 하나로 되어가고 있는 스페인어는 전체 몰입학습 프로그램의 42.6%를 차지하고 있다. 2006년7월 일본어는 소규모, 단기 프로그램을 포함하여 22개의 프로그램이 있으며, 스페인어, 프랑스어, 하와이어에 이어 4위라고 보고되었다(일본어판 Wikipedia:イマージョン プログラム).

호주에서는 압오리진 원주민의 자녀들을 위해 이중언어 프로그램을 갖고 있다. 또 남아연방에 있어서의 아프리칸스와 영어의 이중언어 프로그램도 있으며, 일본에서는 영어 몰입학습교육을 도입한 사립학교가 있고, 한국에서도 유치원에서 영어 몰입학습교육이 성황을 이루고 있다.

7 일본어 교육에서의 몰입학습 교육

일본어 교육의 경우, 대학생을 대상으로 하는 호주의 모나쉬대학이나 일본의 와세다대학의 오레곤프로그램 등이 소개되고 있다. 모나쉬대학의 몰입학습교육의 특징은 초등학교나 중학교의 학생이 아니라, 대학생을 대상으로 하고 있다는 점, 내용적으로는 일반교과목이 아니라, 일본에 관한 수업에 한정하며, 수년간 지속되는 것이 아니라, 2-3주간의 코스라는 점이다. 모나쉬대학에서는『일본인의 식생활』『일본의 교육』에 관해 수업이 이루어지며, 강의, 패널토론, 방문프로그램으로 구성된다(Neustopny 1995 : 88). 와세다대학의 오레곤프로그램에서는 도쿄에서 미국 학생들이『일본의 초등학교 교육』과『대학생의 취업사정』에 관해 학교를 견학하거나 취업과를 방문하기도 하며, 관계 전문가를 초청해 이야기를 듣기도 한다. 한편 오레곤에서는『오레곤의 일본인사회』라는 테마로 일본인과의 인터뷰나 필드여행 등이 실시되었다. 몰입학습의 도입으로 교사와 학생만으로 교실이라는 장면에서는 배울 수 없는 것을 배울 수 있고, 일본사회에서 매우 중요한 영역에 관해 지식을 얻을 수가 있으며, 몰입학습에 의해 학습의욕이 고양된다는 것이다(尾崎 : 1986 136). 한국의 대학에서도 일본어로 원어강의나 원어캠프 등이 실시되고 있다.

8 남은 과제와 문제점

일본에서는 해마다 외국인노동자나 일본계 이민자의 자녀들의 교육언어환경이 문제가 되고 있다. 일본어 지도를 받아야 할 외국인 아동들은 2만 명 정도이며(2004년) 그 70%가 중국어, 포르투갈어, 스페인어를 모어로 하고 있다. 이들 언어를 모어로 하는 어린이들의 대부분은 일본의 학교에서 침수방식으로 배우고 있다. 외국인 아동이 소수자이기 때문에, 일정 시간 수업에서 빼내어 지도하는 풀아웃방식을 취하고 있다. 일상적인 생활회화는 가능하겠지만, 학습을 위한 일본어를 이해하지 못하여 수업을 따라갈 수 없거나, 따돌림의 대상이 되기고 하며, 학교를 그만두는 경우도 있다. 처음부터 학교에 다니지 않는 등교거부, 취학거부도 심각한 문제이다. 이러한 문제를 해결하기 위해서 몰입학습교육이 조금씩 도입되고 있다. 부모로부터 계승한 모어를 강화하고, 정체성을 상실하지 않고, 제2언어를 습득시킬 수 있는 방법이 모색되고 그러한 노력이 지속되고 있다. 이러한 사정은 한국의 경우에도 전적으로 동일하다.

참고문헌

ベーカー、C(岡秀雄訳)(1996)『バイリンガル教育と第2言語習得』大修館書店

カミンズ、J. ダネシ、M.(2005)(中島和子・高垣俊之訳)『カナダの継承語教育ー多文化・多言語主義を目指して』明石書店

Cummins, J. 1987, ‘バイリンガル教育の視点’ in レスリー・M、ビービ(2002)(島岡丘監修卯城祐司・佐久間康之訳)『第二言語習得の研究(Issues in Second Language Acquisition)』大修館書店

宮崎里司(1999)「インターアクション能力の習得を目指したイマーションプログラム：98年度早稲田・オレゴンプログラムでの試み」『講座日本語教育第34分冊』197－211 早稲田大学日本語教育センター

中島和子(2001)『バイリンガル教育の方法』アルク

ネウストプニー(Neostupny)、J.V(1995)『新しい日本語教育のために』大修館書店

尾崎明人、ネウストプニー(1986)「インターアクションのための日本語教育ーイマーションプログラムの試みー」『日本語教育』59号

桜井恵子(2006) ‘イマージョンとしての日本語キャンプ’『日本語教育研究』11호 한국일어교육학회.

2-4

확장적 학습이론의 인지 효과

· 이덕봉 ·

1 머리말

21세기는 심화된 정보화와 세계화의 시대로 대표된다. 이러한 시대에 적응할 수 있는 외국어 기능자를 양성하기 위해서는 외국어 교육의 학습 목표와 방법 또한 그에 걸맞게 수정되어야 하는 것은 두말 할 필요가 없겠다. 정보화 시대의 외국어 수요는 정보의 폭주라는 새로운 국면을 맞게 되었고, 세계화 시대의 언어 수요는 경제와 문화를 넘나드는 다양한 교류가 당면 과제로 떠오른다. 따라서 대량 정보의 검색과 분류, 이해를 바탕으로 한 교류 능력 등이 앞으로의 외국어 학습자에게 기대되는 주요 기능이라 하겠다. 이런 종류의 기능은 실용성 및 현장과 불가분의 관계에 있어서 현실적인 문제 해결 능력을 겸비하는 기능이기도 하다는 점을 감안하여 앞으로의 학습 이론은 설정되어야 할 것이다. 즉, 언어의 구사력 뿐만이 아니고 문제 해결 능력과 적극적인 교류 자세, 타문화에 대한 이해

등 포괄적인 능력을 필요로 하게 된 것이다.

이러한 능력을 배양하기에 유리한 언어 교육의 이론 중에는 70년대 후반부터 미국을 중심으로 조용히 확산되고 있는 총체적 언어 접근법[1)] (whole-language approach)이 있다. 총체적 언어 교육 이론은 주로 초등학교 학생을 위한 것으로서 실제 언어를 학습자에게 제시한다는 원칙은 공통성을 띄고 있으나 구체적 교수법에 있어서는 교사에 따라 일정하지 않아 특정 짓기가 쉽지 않다. 그러나 언어 자료를 총체적으로 제시하고 취급한다는 점에서 본고에서 검증하고자 하는 학습이론과 맥락을 같이 하고 있다고 하겠다.

또 다른 학습이론으로는 Yrjö Engeström이 1987년에 발표한 확장이론(Learning by Expanding)이 있다. 이 확장 이론은 학습, 교육, 발달을 개인적 레벨의 것으로 보지 않고 문화 역사적 활동에로 까지 확대하여 모델화 하는 학습 이론이다. 특히 유리외는 인지 심리학에서 말하는 멘탈스페이스(mental space)적 사고방식이 개인의 인지 과정으로서만 설명하는 것을 한계로 지적한다.[2)] 그리고 개인적 행위로서의 학습이 집단적 활동에로 이행되는 모델을 제시한다. 유리외의 확장 이론은 아직 학습이론으로서 구체화된 것은 아니지만 개인의 인지와 행동을 역사와 문화에 바탕을 둔 것으로 보고 있다는 점에서 외국어 학습 이론에 효율적으로 적용할 수 있는 것으로 생각된다. 왜냐하면 언어 기능을 수행하기 위해서는 언어와 문화에 걸친 종합적인 학습이 필요하기 때문이다. 본고에서는 확장적 학습이론을 외국어 학습에 적용함에 있어서 그 구체적 단계와 내용을 설정하고 그러한 형태의 학습이 인지이론에 입각해서 볼 때 인지의

1) 이성은(1994) 총체적 언어 교육. 서울: 창지사 p.97

2) Yrjö Engeström(山住勝広他訳) (1999)『拡張による学習』東京 ; 新曜社 p.243f

속성과 어떠한 관계에 있는가를 규명함으로써 종합적 습득의 인지적 효과를 규명해 보고자 한다.

2 외국어 학습을 위한 확장이론 모델

2.1 확장적 학습이론의 필요성

확장적 학습 이론은 학습의 결과를 집단화의 단계까지 확장하는 데 있다. 외국어 학습이 실용성을 전제로 한 것을 감안할 때 외국어 학습이야말로 확장적 학습 이론을 적용하기에 가장 적합한 학습 분야라고 할 수 있다. 단 확장적 학습 이론에서는 학습 참가자의 확대를 통한 확대 집단화에 중점이 주어져 있으나, 본고에서는 확장의 개념을 더욱 확장하여 학습 내용의 확대까지 포함하고자 한다. 왜냐하면 외국어 학습의 경우 학습 결과의 효율적인 집단화와 사회화를 위해서는 언어가 갖는 종합적 정보가 동시에 다루어져야 할 것이기 때문이다. 언어 정보의 종합성을 확인하기 위하여 언어가 내포하는 정보의 구성을 보면 그림1과 같이 정리할 수 있다.

먼저 어학 관련부분의 정보로서, 언어 형식 요소로서의 발음 문자(가나, 한자), 문형, 문체 등을 들 수 있을 것이다. 이어서 의미 요소로서의 어휘적 의미, 문법적 의미(어스펙트, 모달리티), 문맥, 관용어구, 음성 상징 등이 있겠고, 언어 관련 지식으로서의 표기법, 문법 규칙, 음성학적 지식, 음운 이론과 의미 이론 등이 있다. 이러한 언어 지식을 넘어 행동레벨의 정보로서는 언어 심리학적 정보, 언어 사회학적 정보, 비언어 행동, 언어 의식, 커뮤니케이션 스타일, 인간 관계 등이 있다. 더 나아가 장면, 상황과 관련된 정보로서는 대화 상대자와의 관계, 때와 장소, 화제 및 사건 등이 관여한다. 그밖에도 문화 및 문학관련 정보로서는 일상 생활 주변의 언어 자료를 비롯하여, 의식주관련 용어와 행위, 통과의례 관련 언어와

그림1. 언어 정보의 종합성

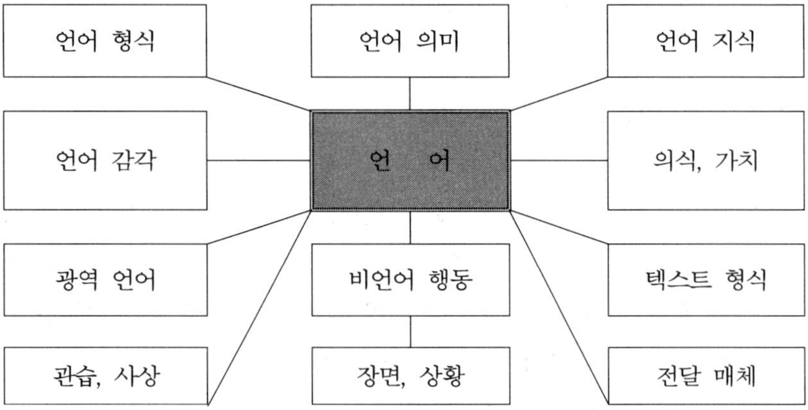

언어 형식
언어 의미
언어 지식
언어 감각
언 어
의식, 가치
광역 언어
비언어 행동
텍스트 형식
관습, 사상
장면, 상황
전달 매체

행동 양식, 연중행사 관련 언어와 행동 양식, 기호나 상징의 의미 등도 빼놓을 수 없다. 그리고 문학 텍스트로서의 노래, 만화, 애니메이션, 게임, 영화, 소설, 시 등을 독해하는 능력 또한 중요한 언어 기능이 되겠다.

이어서 언어의 전달 매개체의 하나인 미디어로서의 신문, 전화, TV, 인터넷의 특징도 언어 정보에서 빼 놓을 수 없는 요소이다.

이렇듯 언어에 내포된 정보에는 지식레벨의 것에서부터 문화적 사회적 성격을 띈 것까지 다양하다. 즉, 언어 자체가 확장적 학습 이론의 필요 충분 조건인 것이다. 외국어는 감각을 익혀야 한다는 말을 흔히 듣는다. 그리고 산 외국어를 배워야 한다라고도 한다. 이러한 말들은 언어의 다양한 정보를 종합적으로 습득한다는 의미로 해석할 수 있을 것이다. 해당

언어권에 가면 언어 습득이 빠르고 감각적 습득 또한 용이한 것도 이러한 종합적인 언어 정보를 습득할 수 있기 때문일 것이다.

따라서, 외국어 학습에 확장적 학습 이론을 적용하기 위해서는 학습의 결과로서의 확장이 아니고 학습의 전 과정에 확장적 요소를 도입하는 것이 효율적일 것이다.

2.2 확장적 학습이론의 모델

Yrjö는 학습에 대한 인지심리학적 접근에 대해 두 가지 측면에서 정적(靜的)임을 지적하고 있다.[3)]

하나는, 인지 심리학에서는 멘탈 모델이 개인의 머리속에서 개인적 경험에 근거하여 발전해가는 것처럼 취급하고 있다는 것이다. 그러나 이러한 모델이 외적 물질적 사회 문화적인 모델을 구성하고 있다는 점을 되외시하고 있음을 지적하고 있다.

또 하나는, 제기된 모델이 역사적 기초를 갖지 못하고 있어서 심리학자들의 개인적 착상에 의할 수 밖에 없다는 것이다. Yrjö의 확장적 학습 이론에서는 이처럼 사회화 및 문화화에 이르는 과정을 매우 중시하고 있다. 이러한 사고 방식은 외국어 학습의 과정에 매우 적합한 것으로 사료된다. 왜냐하면, 외국어 기능이야말로 의미의 인지 과정에서 그치는 것이 아니고 집단 내지는 문화 속에서 재현되어져야 하는 것이기 때문이다..

Yrjö가 설정한 기능면에서 본 이론적 사고의 3 스텝은 다음과 같다.

제1스텝 : 대상의 구성

이용 가능한 선행 지식과 관심 영역이 결합하여 관심의 대상을

3) 같은 책 p243f

구성하는 단계

제2스텝 : 모델의 구성
탐구 대상에 대한 아날로그적 관찰에 의해 모델을 구성하는 단계

제3스텝 : 구체화
모델을 기반으로 하여 구체적 이론과 룰을 구축하는 단계

제3스텝의 구체화 단계에 이른 개인적 행위과정은 집단적 활동으로 이행하여 공동체의 룰을 형성하고 분업화하게 된다. 본고에서는 이 마지막 확장 단계를 학습단계의 하나로 보고 제4스텝으로 명명하기로 하겠다. 즉 확장적 학습 이론을 이와 같은 4단계로 설명할 수 있는 것이다.

이러한 4단계의 과정을 언어 학습에 적용하여 보면, 제1스텝은 동기 유발에 해당되고, 제2스텝은 언어의 구조와 표현관련 규칙의 발견, 제3스텝은 구체적 장면에 따른 표현을 학습하는 단계에 해당된다. 제4단계에 이르러 구체적인 사회와 대상에게 적용하게 되는 확장 단계에 이르게 된다.

2.3 확장적 학습 단계

위에서 언급한 확장적 학습 단계를 외국어 학습 단계에 적용하여 학습 단계를 보다 구체화하면 다음과 같다.

그림2 확장적 외국어 학습의 단계

A 학습 동기 단계(관심 대상의 발견)

<table>
<tr><td colspan="3">타율적 선택</td><td colspan="3">자율적 선택</td><td colspan="2">체험적 선택</td></tr>
<tr><td>제 도</td><td>권 유</td><td>입 시</td><td>취 업</td><td>교 양</td><td>여 행</td><td>게임, 음악</td><td>만화, 애니메이션</td></tr>
<tr><td colspan="8">학습의 도입</td></tr>
</table>

B 학습 이해 단계(모델 발견)

발견 학습	체험 학습	토론 학습	내용중심 학습	지식 중심 학습
Open Method				

C 학습 구체화 단계(모델 적용) <언어 운용 기능>

이해기능	표현 기능	전환 기능
청해/독해/검색	회화/작문/채팅	통역/번역/조작

D 학습의 의식화 단계(확장 1단계)

난이도	흥 미	적 성	교사의 자세	주변 환경	장래성

E 학습의 심화 단계(확장 2단계)

진 학	취 업	유 학	교 양	교 류 체 험

F 학습의 확장 단계(확장 3단계)

생활화	전문화	문화화	역사화
인간화 교육으로서의 외국어 교육			

외국어 학습의 확장적 학습 단계는 궁극적으로 인간화 교육으로서의 성격을 갖는다. 즉 타문화권과의 원활한 의사소통과 교류를 달성하므로 하여 궁극적으로는 생활의 윤택과 평화 유지 등에 공헌하게 되기 때문이다. 생활화하고 문화화 하는 확장적 목표를 달성하기 위해서는 부분적이고 구조적인 정보의 이해와 연습만으로는 달성하기 어렵고, 언어가 갖는 정보의 종합성을 학습에서 효과적으로 취급되어야 할 것이다. 그림1에 도식화한 바와 같이 언어 정보의 종합성이란 언어 능력에 내포된 각종 내용과 기능을 가리킨다. 이러한 종합적 능력을 효과적으로 학습하기 위해서는 언어 사항 중심의 구조 중심의 연습과 지식 암기식 수업으로는 달성할 수 없고, 학습의 모든 단계를 종합적으로 확장하여 진행할 필요가 있다.

이러한 종합적 정보를 학습하기 위해서는 기존의 강의식이나 구조주의적 학습법으로는 달성하기 어렵고 총체적 교재를 인지하는 학습법의 도입을 필요로 한다.

본고에서는 총체적 외국어 학습법의 하나로서 일찍이 필자가 개발 발표한 바 있는 오픈 메소드[4]의 예를 들어 그 인지적 효과를 밝히고자 한다.

3 확장이론으로서의 오픈 메소드

기존의 교수법 중에서 확장적 교수이론에 근접하는 교수법으로는 내용중심 학습법, 체험 학습, 그룹 학습, 이마죤, 오픈 메소드 등을 들 수 있다. 그 중에서도 오픈 메소드가 가장 근접한 교수법이라고 할 수 있다. 본고에서는 오픈 메소드를 확장적 학습법으로서 소개한 뒤 그 인지적 효과를 살펴보고자 한다.

3.1 오픈메소드의 이론적 배경

오픈메소드는 오픈 에듀케이션 내지는 오픈 스쿨의 학습 이론을 일본어 교수법에 적용한 것으로서 본고 필자가 1995년 일본어 순회 세미나의 현장 사례 발표로서 소개한 뒤 1996년 9월 한국판 「月刊日本語」(アルク:時事日本語社)에 소개한 바 있고, 1997년 8월에는 한국외국어 교육

---

4) 이덕봉(1997) 학습자 주도형외국어 학습법 시안. Freign Language Learning 3-2, pp.155-174

____(2000) 綜合的日本語学習のための学習者主導型教授法ーオープンメソッド.『月刊日本語』2000年3月号(アルク) pp.40-47

학회지인 Freign Language Learning에 발표하여 초등 영어 교육과 국어 교육 등에 활용된다. 이어 2000년 3월에는 일본판 月刊 日本語에 소개되게 된다.

오픈 스쿨(open school)내지는 오픈 에듀케이션(open education) 이론은 본래 1960년대 중반에 영국에서 시작되어 1969년에 미국에 상륙하여 명명된 것으로 일본에는 1974년에 소개된 바 있다. 그러한 일련의 흐름과는 별도로 본고 필자는 1970년 3월부터 '자유 학습'이라는 학습 이론을 개발하여 현장 교육에 적용한 뒤 1970년 10월에 서울특별시 마포구 공개 수업에서 소개한 바 있는데 결과적으로는 학습자 주도형 학습으로서 오픈 스쿨과 동일한 교수법이었다. 그 학습의 개략을 소개하면 매월 마주막 주 토요일은 책가방이 없이 자기가 하고 싶은 학습을 하고 싶은 사람과 하는 날로 정하여 1년간 시행하였던 것으로 학습자는 그동안 자신이 배운 것을 자신의 흥미와 생활 속에서 선별하고 종합하여 생활화할 수 있도록 한 것이었다. 이는 오픈 스쿨이론과 확장적 학습이론을 결합한 형태의 수업 방식이었던 것이다. 그 뒤 한국의 초등 교육계는 1975년부터 수년에 걸쳐 토요일을 자유 학습일이라는 책가방 없는 날로 정하여 시행하게 되나 정확한 이론적 근거가 제시되지 않았던 관계로 구체적인 효과를 보지 못한 채 사라지게 된다. 본고 필자가 개발한 오픈 메소드는 세계적 조류의 오픈 스쿨과 교육 방법이 동일한 것이기는 하나 본고 필자가 독자적으로 개발한 자유 학습법을 근간으로 한 것이라는 점에서 차이가 있다고 하겠다. 현재의 오픈 스쿨 이론은 다양하여 일정하지 않지만 ,자율 학습, 체험 학습, 협력 학습이라는 3가지 특징을 기본으로 한다는 점에서는 공통적이다. 오픈 메소드의 모든 학습은 학습자 자신의 힘에 의해 이루어진다는 것과 실제 언어 현장에서 종합적인 언어 정보를 접한다는 원칙에 입각한 것이다.

학습에 대한 이러한 발상은 일본의 새 교육과정에서 표방하는 「綜合的 学習 時間」이라는 이념이나, 2000년 11월 서울에서 열린 일본어 교육 세계대회의 키워드인 '総合的 日本語 教育'도 오픈 메소드와 맥락을 같이하고 있다. 오픈 메소드는 언어만을 따로 분리하여 형태나 구조를 학습하는 것이 아니고 있는 그대로의 현장 언어 자료를 사용하여 종합적으로 언어를 학습한다. 언어를 학습한다기 보다는 언어를 체험함으로 해서 그 언어에 대한 관심을 높이고 언어 사용의 체험을 먼저 몸에 익혀 부수적으로 언어를 익히는 학습법인 것이다. 언어 정보의 총합성을 언어를 매개로 하여 총체적으로 체험시킴으로 해서 언어를 습득시키는 것이다. 학습 내용의 선택에서 문제 해결의 방법, 연습, 정리, 발표는 물론이고 평가에 이르기까지 학습의 전 단계를 학습자의 결정과 판단에 마낀다. 단, 모든 과정은 조 단위의 협력 집단 활동을 기본으로 한다. 이러한 집단활동을 기본으로 하는 것은 문제 해결의 능률을 높이는 것은 물론 팀 플레이에 대한 적응력을 높여 장차 있을 국제 교류활동에 도움을 주고자 함에 있다.

기존의 외국어 교수법과의 관련을 보면 최근 널리 활용되고 있는 커뮤니커티브 어프로치, CL, TPR, SAPR, CBI 등은 물론이고 기존의 문법 직역식, 오럴 메소드 등까지를 포함한 대부분의 교수법이 제시하는 학습과정을 총망라한 것과 같다. 왜야하면 학습과정과 학습법의 선택을 학습자가 하기 때문에 학습자의 기호에 따라 어느 방법이나 선택될 수 있기 때문이다. 즉, 타스크 활동을 중심으로 한 행동 지향 교수법인 커뮤니커티브 어프로치나 전신으로 반응을 나타내는 TPR방식은 학습자의 직접적인 참여와 체험을 중시한다는 점에서 오픈 메소드와 일치한다. 그리고 CL은 오픈메소드의 필수 요소인 협력집단 활동과 같고, SPAR는 오픈 메소드에서 가장 중시하는 학습자 주도형이라는 점에서 일치한다. CBI (내용중심 교수법;Content Based Institution)은 학습자의 관심사를 주제로 선정하여 언어가 아닌 그 주제를 학습한다는 점에서 오픈 메소드의 과정과 일치한다. 그밖에 이마숀 프로그램이나 프로젝트 워크 등도 주어진 과제를 학습자의 힘으로 해결하여 본다는 점에서 오픈 메소드의 자력해결과 일치한다. 모든 교수법은 서로 부분적인 공통점이 있지만, 오픈 메소드는 최근의 학생 중심 교수법들이 강조하는 특징을 모두 갖고 있다는 점이 특징이며, 또한 어떠한 학습법이든지 학습자가 선택할 수 있다는 점이 특징이라고 하겠다. 즉, 오픈 메소드는 자주적이라는 특징 이외에는 학습 내용과 방법을 제한하지 않는 것이다. 모든 것을 학습자의 취향에 따라 고르고 시행착오를 두려워하지 않고 모든 체험 과정을 학습으로 간주한다.

3.2 오픈 메소드식 학습의 모델

오픈 메소드식 수업에서는 먼저 수업의 도입 단계에서 학습 내용을 선정할 수 있는 종합적 자료를 제시한다. 이 자료제시를 통해 교사는 학습 방향을 간접적으로 영향줄 수 있다. 실러버스의 내용은 교사가 설정한 목표에 따라 기능중심일 수도 있고 장면 중심일 수도 있으며 지식 중심일 수도 행동 중심일 수도 있고 복합적일 수도 있다. 일반적으로는 비디오 자료나 사진 자료, 음반 자료, 신문, 서적, 인터넷 등을 통해 자료를 제시하고 학습자들은 각자의 관심 부분을 발견하여 해결하고 싶은 문제를 설정하고 해결 계획을 세우고 역할을 분담한다. 촌극으로 꾸며보고 싶은 경우라면, 관련된 발음이나 표현을 관찰하고 필요한 장면과 기능 관련 자료를 수집하고 문법 설명 자료, 어휘 설명 자료, 사진, 테이프 등을 참조하면서 조별로 대본을 구성한다. 대본 작성 과정에서 교사의 개별적 조언을 받아 수정할 수 있으며, 조별로 연습하여 발표한 뒤 다른 학습자들의 가상과 의견을 들어 다시 수정 보완한다.

이러한 오픈 메소드에 의한 외국어 학습 과정을 모델화 하면 다음과 같다.

A 동기 유발
　교사가 제시한 자료 관찰을 통해 흥미 유발
　총체적 정보의 이해를 통한 상호 대화
B 과제 발견
　관심 있는 학습 내용의 발견과 과제 선정을 위한 그룹 내 협의
C 학습 계획
　선정된 과제의 해결을 위한 방법과 역할 분담
D 작업 단계(연습 및 체험)
　역할별 작업
　연습이나 체험
E 발표 및 보고
　조별 작업 결과 발표
F 자기평가의 단계
　다른 조의 의견과 평가를 참고
G 수정 보완
　자타의 평가를 통해 수정 보완
H 현장 학습
　현장에서의 학습 계획을 세워 체험화 행동화로 이행
I 생활화, 문화화
　전문화 및 문화화로의 이행

3.3 오픈메소드식 수업의 효과

교사 주도형 수업에 의한 교사의 설명은 다양한 학습자의 레벨을 충족시킬 수 없어서 설명의 많은 부분이 일부 학습자에게는 불필요하여 시간 낭비가 되는 경우가 많다. 그러나 오픈메소드식 수업에서는 학습자가 직접 자신의 레벨과 흥미에 맞는 과제를 선택하기 때문에 학습자 전체를 두고 볼 때 교사 한 사람이 가르칠 때보다 월등하게 많은 양의 학습을 하는 셈이 된다.

그리고 교사 중심 수업에서는 학습자의 주의 집중 시간이 5분을 유지하기가 힘든 것이 현실이다. 그러나 협력 자율학습과 같은 학습자가 주도하는 학습에서는 학습이라기 보다 놀이에 참여하는 것과 같아서 연소 학습자일수록 지루해 하지를 않는다. 교사 중심의 수업에서는 주의 산만한 학습자일수록 학습자 중심의 수업에서는 적극성을 보이는 것이 일반적인 경향이다. 그리고 학습자가 상호 협력하여 배우는 활동을 통해 상호 교육 체험을 하게 되고 협력활동과 같은 생활을 통한 학습을 통해 시민정신을 배양하게되므로 행동화 문화화로의 이행 또한 용이하게 한다.

이처럼 확장적 교수이론으로서의 오픈메소드는 개인적 레벨을 충족시키는 개별성과 협력 활동을 통한 집단성을 동시에 내포하고 있고, 학습자의 다양한 욕구를 충족시킬 수 있는 '다양성'과 실제 현장의 살아있는 언어 자료를 이용한다는 점에서 총합성을 띄고 있다. 동시에 현장 체험에 의한 적극적인 자세의 함양과 적극적인 참여를 통한 생활화 문화화로의 확장은 오픈 메소드만이 갖는 장점이라고 할 수 있겠다.

4 열린 확장이론의 인지적 특징

이 장에서는 오픈 메소드처럼 외국어로 된 현장 자료를 여과 없이 학습 자료로 활용하는 수업이 갖는 경우를 인지 이론의 관점에서 학습 효과를 분석하고자 한다.

4.1 그림과 바탕

언어의 인지적 특징을 설명할 때 사용되는 가장 효과적이면서 기본적인 이론에는 게슈탈트 심리학이 있다. 게슈탈트 심리학에서는 인간의 인지적 특징을 설명할 때, 보기에 따라 술잔으로도 보이기도 하고 마주보는 두 사람의 얼굴로도 보이는 소위 '루빈의 술잔'을 예로 드는 경우가 많다. 인간의 인지는 이 술잔과 얼굴을 동시에 볼 수는 없다는데, 이러한 특징을 그림/바탕의 분화(figure/ground segregation)[5]라고 한다. 우리가 그림을 볼 수 있는 것은 그림만을 보는 것이 아니고 바탕과 함께 보기 때문이며, 그림과 바탕은 상대적인 것이어서 언제든지 이동될 수 있고 뒤바뀔 수도 있는 것이다. 이러한 인지의 2항성과 상대성은 인지의 중요한 특성인 것이다. 아직도 과학적으로 입증되지 않고 있는 달 착시[6](moon illusion)도 이러한 그림과 바탕이론으로 설명할 수 있다. 달 착시 현상이란 과학적으로는 중천에 뜬 달이나 돋아 오를 때의 달이나 크기가 같은데도 불구하고 시각적으로는 돋는 달이 훨씬 크게 보이는 것을 말한다. 이

---

5) F.Ungerer & H.J. Schmid(池上嘉彦他訳)(1989)『認知言語学入門』.東京:大修館書店 p.192

6) 下中邦彦(1981)『新版心理学事典』東京:平凡社 p.304

제까지 달 착시 현상에 대한 설명에는 수많은 시도가 있었지만 아직 이렇다할 정설은 없다. 이러한 착시현상을 인지의 그림과 바탕이라는 2원적 특성으로 설명할 수도 있다 즉, 천공에 있을 때의 달은 그림이고 천공은 바탕이 된다. 그 때 바탕이 너무 커서 그림이 상대적으로 작게 보이는 것이다. 그러나 지평선에 있을 때는 지평선의 모습이 바탕이 되고 그림인 달은 바탕에 비해 상대적으로 크게 인식되게 된다. 그림은 바탕보다 앞에 있는 것으로 느끼게 되는 인지의 속성 때문에 가까이 있는 지평선의 산과 나무 건물보다 달이 더 가까이 있는 것처럼 착각하게 되어 커다랗게 인지하는 것이다. 그러나 중천에 떠 있을 때는 멀리 있는 하늘이 바탕이기 때문에 그림인 달이 앞으로 나와 더 가까이 보이는 효과가 적은 것이다. 넓은 하늘이 바탕을 이룬다는 것은 바탕이 없는 것처럼 느낄 수 있으므로 그림에 대한 인식 또한 인지의 강도가 떨어질 것이다. 그러나 지평선의 달처럼 바탕과 그림이 가까이 있어 함께 인식되는 것은 바탕과 그림 양쪽을 충실하게 인식하게 되는 것이다. 온 세상이 하얗게 변한 설경의 경이로움을 즐거워하는 것도 설경인 그림이 바탕처럼 전체에 덮인 인지적 경이로움 때문일 수 있다. 평상시의 바탕이 그림으로 변신하여 바탕처럼 가득한 데 대한 놀라움인 것이다.

4.2 외국어 학습에 있어서의 '바탕과 그림'

종전의 외국어 학습이 지향해온 학습법은 중요 문형을 집중적으로 연습하는 것이었다고 할 수 있다. 그러나 본고에서 말하는 오픈 메소드나 확장적 학습법에서는 중요 문형을 제시하는 것이 아니고, 상황과 함께 있는 그대로의 문형을 제시한다. 즉, 분석하지 않고 있는 그대로의 외국어를 학습 자료로서 제시하는 것이다. 대화라면 비디오와 같은 영상 장면을 제시하고, 문장이라면 그 문장이 있는 모습 그대로를 제시하는 것이다. 학습법이라는 관점에서 볼 때, 정선된 문형을 제시하는 것과 있는 그대로의 문장을 제시하는 것과는 인지적으로 어떠한 차이가 있는가를 바탕과 그림으로 2원화된 인지적 특징에서 보면 커다란 차이가 있음을 알 수 있다. 정선된 문형을 제시할 때, 문형 전체는 그림에 해당된다. 그러나 바탕이 주어지지 않는 그림이 된다. 그러나 인지의 속성은 반드시 그림과 바탕으로 나누게 되므로 그 문형을 제시한 주변 환경 또는 옆에 있는 다른 문형들이 바탕으로 인식되게 될 것이다. 주변 환경의 예로서는 그 문형을 가르치는 교사가 분필을 들고 칠판에 적으면서 설명하는 모습이라든지, 책을 읽어가며 제시하는 모습 등이 바탕으로 인식되게 되는 것이다. 즉, 문형의 정보와는 아무런 관계없는 바탕이 인식되는 것이다. 앞에서 언급한 바와 같이 언어의 정보는 종합적이어서 어느 한 부분이 그림으로 인식될지라도 바탕으로 인식되는 부분 또한 그 언어가 갖는 관련 정보로서 동시에 인식되는 것이다. 언어의 정보는 그림과 바탕이 함께 학습되어지는 것이다.

한편, 있는 그대로의 언어자료를 제시하게 되면 학습자가 관심의 대상을 찾는 과정에서 관심 부분은 그림이 되고 나머지 부분은 바탕이 되어 그림과 바탕이 동시에 인지되는 효과를 갖게 된다. 즉, 언어의 다양하고 종합적인 정보들이 무의식적으로 학습되게 되는 것이다. 언어 정보의 다양성과 종합성은 결국 바탕으로 인지되는 부분의 정보가 다양하고 종합적이고 양적으로도 많기 때문이며, 언어의 의미가 종합적인 것은 모든 의미가 종합적인 바탕을 갖고있기 때문인 것이다. 이러한 종합적 정보 제시 학습만이 종합적 정보를 갖는 언어를 학습할 수 있는 지름길이라고 할 수 있겠다.

일반적으로 추상적인 지식의 강의 중심 수업은 그림만을 제시하는 수업이므로 추상적인 내용에 대한 이해력이 높은 학습자들은 우수한 학습 효과를 보이게 되나 추상적인 정보에 대한 이해력이 낮아 그림과 바탕의 분리가 서툰 학습자는 학습의 진척이 부족하다. 특히 구체적인 자료를 인지하는 능력이 뛰어난 학습자일수록 이러한 경향은 두드러진다.

언어에 있어 그림과 바탕은 정지된 1회성 현상이 아니므로 시간과 함께 이동하고 움직이게 되는데 이러한 개념을 설명하는 것으로 트라젝터(trajector;移動子)와 랜드마크(landmark;標準点)가 있다. 트라젝터란 임의의 관계구조에 있는 그림 즉, 가장 두드러지는 그림을 가리키며, 랜드마크는 관계 속의 나머지 부분을 가리킨다.[7]

실제 언어는 선적이고 시간적이어서 항상 관계 속에서 파악되고 사용된다. 따라서 언어의 인지에 있어서의 그림과 바탕은 항상 유동적인 상태로 주어진다고 하겠다. 예를 들어 발음을 지도함에 있어 자음과 모음을 지도하는 것은 바탕을 빠뜨린 그림만을 정지 상태로 제시하는 것이 되겠으나, 실제 대화 속에서 제시하는 것은 바탕과 함께 동적인 관계 속에서 제시하는 것이 된다. 물론 이 때의 바탕은 장면과 함께 주어질 때 진정한 바탕이 됨은 물론이다. 따라서 모든 실제 언어는 정지상태의 1회적 그림과 바탕의 형태가 아닌 동적인 관계 속에서의 트라젝터와 랜드마크로서 사용되는 것이라고 할 수 있겠다.

이러한 그림과 바탕의 특징으로 보아 그림과 바탕은 단계성이 있음을 알 수 있다. 먼저 정지 상태와 동적 상태, 의사 상태와 실제 상태라는 시간과 공간의 두 축에 의한 단계성을 상정할 수 있다. 그림과 바탕의 단계성을 나열하면 다음과 같다.

---

7) 앞의책『認知言語学入門』p197

① 정지된 그림만의 인지 (단어)
② 정지된 그림과 정지된 바탕의 인지 (삽화, 만화)
③ 동적 그림만의 제시 (문형 연습)
④ 동적 그림과 정지된 바탕의 인지 (테이프와 삽화)
⑤ 간접적 동적 그림과 간접적 동적 바탕의 인지 (비디오, 동영상)
⑥ 의사 동적 그림과 의사 동적 바탕의 인지 (촌극, 시뮬레이션)
⑦ 실제 동적 그림과 실제 동적 바탕의 인지 (실 체험, 생활화)

이상의 단계는 제시된 학습 자료를 인지적 속성에서 나누어 본 것이다. 학습 내용을 인지적 관점에서 보게 되면 기본적으로 언어 인지의 연속성을 배제할 수 없다. 따라서 그림의 연속체로서의 트라젝터를 언어 단위에 적용시켜 보면, 문법은 형식적 트라젝터에 해당되고, 롤플레이와 같은 학습은 행동적 트라젝터에 해당되며, 문장 서술이나 장면 실행 등은 의미적 트라젝터가 된다. 즉 문법 중심 학습에서는 형식인지를 학습한 것이 되며, 롤플에이에서는 행동적인지를 학습하게 되는 것이다. 언어의 궁극적 기능은 의미 전달에 있음을 생각하면, 장면 실행에 의한 종합적 정보 제공이 의미를 인지하는 단계임을 알 수 있다.

오픈 메소드식 학습법은 학습의 도입단계와 작업단계에서 실제 언어 자료를 학습자에게 제시한다는 점에서는 위의 5단계 자료에 해당된다. 그리고 실제로 작업을 구상하고 문제 해결을 작업을 통해 시행한다는 점에서 6단계에 해당된다. 그리고 실제 상황에 적용하고 현장 작업을 한다는 점에서 7단계에 해당된다. 확장적 학습은 트라젝터에서 말하는 관계의 확대라는 점에서도 확장적 학습이 된다. 즉, 언어의 학습은 단순한 관계의 설정에서 멈추지 않고 현장 및 실사회화에 이르기까지 관계를 확장함으로써 비로소 완성될 수 있는 것이다.

5 맺는 말

본고에서는 시대적 요구에 걸맞은 외국어 학습의 형태로서 확장적 학습 이론과 총체적 언어 접근 이론을 포괄하는 교수법의 필요성에 때라 오픈메소드를 소개하였다. 오픈 메소드는 총체적이고 현실적인 언어 자료를 학습자에게 제시하여 학습 동기를 부여하고, 학습자는 스스로의 관심과 수준에 따라 학습 내용과 방법을 선택하여 조별로 문제를 해결한 뒤 그 결과를 발표한다. 학습자끼리 상호 평가를 통해 수정하고 현실 사회에 적용하고 생활화의 단계로까지 확대한다. 이러한 학습 과정을 그림과 바탕이라는 2원적 양상을 띄게 되는 인지 속성에서 분석하고자 한 것이 본고의 주된 목적이었다.

그림과 바탕이라는 2원적 특성에서 볼 때 종래의 학습법은 효율적이지 못하였지만, 오픈 메소드식 종합적 학습은 인지적 특성에 걸맞은 학습법임을 밝힐 수 있었다.

다만 이러한 학습법을 실현하기 위해서는 교사의 변화를 필요로 한다. 우선, 학습 성과를 곧바로 확인하고자 서둘러서는 안 된다는 것이다. 지식 중심의 암기 학습은 그 성과를 곧바로 확인할 수 있지만, 종합적 학습에서는 단기간에 확인하기가 용이하지 않다. 학습자들의 반응도 별다른 특징이 안보이고 학습한 것이 없는 것처럼 생각하기 쉽지만 인내심을 갖고 꾸준히 시행하는 자세가 필요하다. 또 하나는 학습자의 잠재적 능력을 믿어야 한다는 것이다. 학습자들은 다양한 적성을 갖고 있어서 주도권을 갖고 스스로 다양한 역할을 수행할 때 나타나며 교실에서는 보이지 않던 능력이 유감없이 발휘된다는 점을 알고 학습자를 믿고 맡길 때 극대화된 학습 효과를 확인할 수 있을 것이다.

참고문헌

Adrian F. Ashman etc.(犬塚健次訳)(1993) 認知的アプローチ、東京:田研出版
E. Lepore & Z. Pylyshyn ed.(1999) What is Cognitive Science? Massachusetts: Blackwell
F.M. Levin(西川隆監訳)(2000) 心の地図. 東京:メネルヴァ書房
F. Ungerer & H.J. Schmid(1996) An Introduction to Cognitive Linguistics. LOMDON: Longman
________________(池上嘉彦他訳)(1998) 認知言語学入門、東京:大修館書店
G. Lakoff(1987) Women Fire, and Dangerous Things. Chicago: Univ. of Chicago Press
R.J. Sternberg Ed.(김경옥 외 공역)(1997) 인지학습과 문제 해결. 서울:상조사
S. Kawakami(이기우 외역)(1997) 인지언어학의 기초. 서울:한국문화사
Y. Goodman (1989) Roots of the Whole Language Movement. The Elementary School Journal90, pp.113-127
Yrjö Engeström(山住勝広他訳) (1999)『拡張による学習』東京 ; 新曜社 p. 243f
下中邦彦(1981)『新版心理学事典』東京:平凡社 p.304
波多野完治(1987) 前景化論、月刊言語16-11
이덕봉(1997) 학습자 주도형외국어 학습법 시안. Freign Language Learning 3-2, pp.155-174
______(2000) 綜合的日本語学習のための学習者主導型教授法ーオープンメソッド. 東京;アルク pp.40-47
이성은(1994) 총체적 언어 교육. 서울: 창지사

2-5

커뮤니커티브어프로치식 회화 교육의 실제

· 황경자 ·

1 머리말

정보화 사회의 가속화와 함께 세계가 국제화 되고 문화 간의 이동이 용이해짐에 따라 외국을 방문하거나 외국인과의 접촉 교류들이 일상적인 일이 된 오늘날 외국어가 절대 필요한 시대적 배경이 실질적인 교육방식을 요구하고 있는 것이다. 이와 더불어 한국에서는 점진적으로 제7차 교육과정을 도입하였다. 이 교육과정에서는 의사소통과 학습자 중심의 언어 교육을 정책적 기초로 학습자들의 의사소통 능력을 향상시키기 위한 다각적인 노력을 지속하고 있다.

2 연구의 목적과 방법

제7차 교육과정에서는 말하기 활동을 '따라서 말하기'와 '자연스럽게 말하기'를 강조하고 있고 언어행동과 관련된 문화적 특징을 알고, 말하기를 지식으로 익히는 것이 아니라 실제 언어 장면에 구체적으로 적용할 수 있는 학습을 제시하고 있다.

이에 다양한 수업방식이나 교수방안이 연구되고 있으나 실질적 의사소통능력 향상의 효과가 있는지, 어떤 수업활동이 더 효과가 있는지 알아야 할 필요성이 대두되었다. 따라서 본고에서는 올바른 학습을 통해 일본어 의사소통능력의 향상을 꾀하고자 한다.

구체적인 지도 방법의 하나로서 학생들의 의사소통능력을 신장 시키고 기회를 제공해 주기 위한 수업활동에서는 그림카드를 이용한 일본어 지도 방안을 제시하고, 또한 다양한 교실 활동을 통하여 교실에서 학습한 것을 교실 밖에서도 사용할 수 있도록 하고자 역할놀이를 교실활동에 적용하였다. 여기에서는 역할놀이 활동을 이용한 지도 방안의 효과를 검증하고자 한다.

3 의사소통 능력의 개념

언어의 일차적인 목적은 의사소통에 있다. 의사소통이란 기본적으로 언어의 구조에 대한 이해를 포함하여 사회 문화적 이해나, 언어 외적인 요소의 이해 능력, 그리고 언어적 비언어적의 모든 수단을 동원하여 정보나 지식을 서로 주고받는 행위를 말하며 대화 상대자나 주어진 상황에 따라 적절한 언어를 선택하고 자신이 표현하고자 하는 바를 효과적으로 전달할 수 있는 능력까지 포함하는 것이다.

Porter와 Roberts(1981)는 의사소통 능력을 향상시키려면 목표 언어(target language)의 실제 환경에 학습자를 노출시키는 것이 가장 좋은 방법이라 했으며, Widdowson(1978)은 의사소통 개념을 'a knowledge of language use' 로 정의하고 언어 학습이 언어 용법(usage)보다 언어 사용(use)위주, 그리고 문장(sentence)보다 담화(discourse)위주로 이루어질 때 보다 효과적인 결과를 가져올 수 있다고 주장했다. Hymes(1972)는 의사소통 능력이란 문법적 가능성을 파악하는 언어 능력(gramm atica lity) 이외에 그 문장이 문법적으로 맞으면서 실제 사용가능한 말인지를 알아보는 실행 가능성(feasibility), 그 말이 사용되는 상황에서의 적합성(appropriateness), 의사소통 환경에서 실제 사용한 실천 가능성(praction bility) 등을 언어능력이라고 정의하였다.

3.1 의사소통 능력 교수법

(1) 의사소통 중심 언어교수법(Commumicative Approach)

의사소통 중심 언어교수법은 실제의 커뮤니케이션 활동을 통해서 언어 학습을 진행하는 교수법이다. 岡崎(1990)는 이 교수법은 여러 가지 있는 교수법 가운데 하나의 이론이지 구체적 교수방법이 아니라고 하였다.

이 교수법은 1970년대 일기 시작한 기존의 Audio Language Method가 문법이나 문형적인 능력만으로는 의사소통 능력의 향상을 신장시키지 못한다는 비판이 제기됨에 따라 등장한 교수법으로 기능주의적 언어관과, 사용 장면과 결부된 실제 사용능력의 향상을 꾀하고자한 교수법이다. 의사소통 중심의 교수법의 특징을 기존의 교수법과 비교해 보면 다음과 같다.

<표 1> 기존 교수법과 의사소통중심 언어교수법 비교

구 분	기존의 교수법	의사소통 중심 교수법
목표	-언어적 기술 중시 -형태, 구조, 정확한 문법 강조	-의사소통 능력 중시 -기능, 상황 강조, 적절성 및 유창성, 의미강조
내용	언어, 문장(Sentence)중심	담화(Discourse)중심
학습활동	교사중심, 수동적	학습자 중심, 능동적
교사의 역할	강의자	안내자, 대화의 촉진자, 중재자, 아이디어 제공자
교재 구성	문법 항목이 포함된 문장들로 구성	의사소통이 필요한 실제 같은 상황들로 구성
교수방법	일제식	다양화

(2) 열린 학습법(Open Method)

이 교수법은 1970년대 영국에서 시작되어, 한국에 도입되기 시작한 시기는 1986년부터다.

이덕봉(1998)은 의사소통 중심의 일본어 교육이 목표로 하는 것은 학습자가 적절하고 자연스럽게 일본어를 구사하는 데 있으며, 열린 학습법에 의한 일본어 학습 과정을 모델화하였다. 일본어 수업에서 각 학습 단원을 시작하는 과정으로 자료제시와 이해과정을 설정하고 그 단원과 관련된 장면을 매체를 통해 보고, 문화적인 특징, 발음과 언어 행동상의 특징을 발견하고 그런 자극을 통해 학습 내용을 모듬별로 선정한다. 촌극을 예로 들면 장면과 관련된 여러 자료를 참조하여 모듬별로 대본을 작성하고 학습자들이 작성한 대본은 교사에게 개별 지도를 요청하여 수정하고, 수정된 대본에 따라 촌주 형식으로 모듬별로 제작된 장면을 발표한다. 발표 후에는 자기 모듬에 대한 설명과 다른 모듬으로부터 질문과 소감을 들어 자체 보완하는 것으로 평가를 대신한다. 열린 학습법에 의한 일본어 학습은 학습자 주도형 학습이라는 점에서 높은 성취 효과가 있는 교수법이고, 성취 효과로는 일본어 구사 능력뿐만 아니라, 언어 학습의 자율성을 높이고 협동 정신을 양성하는 데 효과가 있다(신영미, 2004).

3.1.1 의사소통 능력 향상을 위한 교실 활동

의사소통 중심 교수법(Communicative Approach)에 따르면 한 언어를 안다는 것은 단지 언어 구조나 문법 등을 아는 것뿐만 아니라, 주어진 상황에서 다른 사람과 적절하게 의사소통 하는 데 필요한 언어능력, 의사전달 능력, 사회능력 등을 모두 통합하는 것을 말한다(박경자 외, 1998).

따라서 의사소통 능력 향상을 위한 교수원리는 다양한 자료의 활용과 교실활동을 전제로 한다. 이에 현재 학습자들에게 익숙하고 흥미로운 과제를 제시해야 의사소통 능력의 습득이 용이하다. 또한 의사소통 중심교수법은 이전의 교사 중심의 학습에서 벗어나, 학습자 중심의 교육을 강조하고 있고, 언어의 전달과정에서 사용할 수 있는 학습자의 실질적 의사소통 능력 향상을 중시하고 있는 것이다.

본고에서의 교수방안은 외국어 학습목적을 학습자의 의사소통 능력 향상, 즉 듣기와 말하기의 능력 향상으로 보고 의사소통을 위한 교수원리로 다양한 학습자료를 활용하여 학습자에게 익숙하고 흥미를 유발할 수 있는 역할놀이(Role Play)를 이용한 교수방안을 마련하고자 한다.

3.2 역할놀이

교실에서 이루어지는 언어 학습활동이 진정으로 의사소통을 위한 것이 되려면 다음과 같은 조건을 들 수 있다(한영미, 2004).

첫째, 정보의 공백이 없는 언어 연습은 학생들에게 의사소통을 할 아무런 의미나 동기를 부여해 주지 못하기 때문에 정보의 공백이 있어야 한다. (Information Gap)

둘째, 학습자는 목적 의식을 갖고 능동적으로 학습에 참가해야 한다.

셋째, 상호작용을 위한 피드백이 반드시 있어야 한다.

이상의 여러 가지를 고려해 보면 제2언어 학습을 성공적으로 이끌기 위해서는 교사와 학습자, 학습자와 학습자 간의 지속적인 상호작용과 풍부하고 다양한 상황적 단서를 제공할 수 있는 학습 환경을 만드는 것이 중요하다.

우선 교사가 수업 진행 순서로 새로운 언어 항목을 도입, 연습, 의사소통 활동 순으로 지도한다. 언어 입력을 위한 그림이나 그림카드로 간단한 설명을 이용한 사전 활동을 하며, 목적이나 상황을 제시, 문법 설명 대신 학습자들이 듣거나 볼 수 있는 시청각 자료와 의사소통 기능에 맞는 언어 형태를 제시한다. 그리고 특정한 언어 항목을 게임이나 구화 활동 등을 활용하여 연습한다. 이러한 과정이 이루어진 후 의사소통 활동을 전재한다.

이 활동에는 타스크(Task), 인포메이션 갭(Information gap), 게임(Game), 역할놀이(Role Play), 시뮬레이션(Simulation)과 같은 방법들이 있는데, 이 활동은 언어의 정확성보다 유창성에 초점을 맞추어 활동한다는 점이 단순한 문형 연습과 다르다(이덕봉, 1998).

학습자의 흥미와 적극적인 참여를 위해 의사소통 기능을 위한 활동 중심의 수업을 진행하였다. 외국어를 처음 배우는 초보 학습자들을 위하여 학습하는 내용은 우리 실생활과 밀접하게 연결되어 반복적으로 사용되는 표현들을 학습하였다.

1) 상황 : 인사하기(아침인사)
역할 : 先生, 学生, 선배, 후배
유용한 표현 : 예 1 先生 : おはよう。
学生 : おはようございます。
예 2 선배 : おはよう。
후배 : おはようございます。
예 3 学生 : おはよう。
学生 : おはよう。

2) 문맥 상황에 맞는 역할 연습
상황 : 사물 물어보기
역할 : 学生A,　学生B
유용한 표현 : 예 1 学生A : これは何ですか。
学生B : (例 : それはほん、ノート、めがねです。)
学生A : これは誰の本ですか
学生B : (例 : それは私の本、Bさんの本です。)

3) 단서가 제공된 역할 연습
상황 : 문방구에서 연필을 산다.

역할 : 店員、お客

유용한 표현 : 예 1 お客 : すみません。えんぴつはいくらですか。

店員 : えんぴつは一本150円です。

お客 : じゃ、えんぴつ3本とノートをください。

店員 : はい。どうぞ。

이와 같이 상황에 따른 표현 문구를 학습하도록 한 뒤에 두 사람 씩 조를 짜서 상황과 장면을 설정하고 그에 맞는 대화를 하게 하였다. 그 결과 학생들이 흥미와 재미를 느끼며 적극적으로 학습에 참여하여 더 다양한 표현을 살펴 볼 수 있었다.

4 맺는 말

학생들은 역할놀이 학습을 하면서 암기한 내용을 그대로 말하는 것이 아니라 자기가 이미 알고 있는 다른 단어를 사용해 보기도 하고, 다른 구문과 결합하면서 창조적인 표현을 만들어 내고 언어 습득뿐만 아니라 대인관계, 장소, 다른 여러 가지 의사소통 상황을 고려하여 적용하는 사회언어학적인 효과도 있었다. 이처럼 역할놀이 학습은 비언어적인 면이나 언어적인 면에서 학습자의 창조력과 판단력을 키워 의사소통 능력을 향상시키는 효과가 있었다.

그러나 이러한 효과를 보기 위해서는 다음과 같은 몇 가지 개선해야 할 점이 있다.

첫째, 교사는 학생들이 흥미와 관심을 갖고 있는 화제에 대해 초급 일본어 실력으로 표현할 수 있도록 여러 상황의 대화문을 연구하고, 또 그것을 학생들에게 쉽게 학습시킬 수 있는 교수법을 개발하여야 할 것이다.

둘째, 교사들은 교과서에만 의지하지 말고, 현재 상황에 맞는 텍스트를 자체적으로 개발하여 수업에 활용해야 할 것이다.

참고문헌

이덕봉(1998)「일본어 교육의 이론과 방법」시사일본어사

곽노성(2003)「멀티미디어를 활용한 역할놀이 수업사례」『韓国日語教育学会 5輯』

신영미 (2004)「의사소통능력 향상을 위한 일본어 역할놀이 수업 연구」한국외국어대학교 교육대학원 석사논문

박경자 외 30인 (1998)『영어교육입문』박영사

岡崎敏雄(1990)「日本語教育におけるコミュニカティブ・アプローチ」凡人社

細川英雄(2002)「日本語教育は何をめざすか」明石書店

本名信行・岡本佐智子編(2000)「アジアにおける日本語教育」三修社

宮地裕・田中望(1993)「日本語の教育とその理論」放送大学教育振興会

2-6

리소스를 활용한 일본어 교육

· 장혜정 ·

1 머리말

최근에는 정보통신의 발달로 인하여 학습자들을 둘러싸고 있는 학습 환경도 크게 변화하고 있다. 종전의 교실 내 중심의 일본어 학습에서, 인터넷을 통한 일본어 학습, e-Learning에 의한 원격학습, 또 일본인과의 교류도 활발해져서 일본어 학습뿐만 아니라, 가르치는 환경이나 수단도 다양화되고 있다.

하지만 이러한 다양한 학습 리소스가 주변에 산더미처럼 쌓여 있어도 이것을 학습에 활용하지 않는다면 「리소스의 활용」이라고 말 할 수 없을 것이다.

2 리소스의 개념

리소스(resource)의 사전적 의미는 자원・재원・공급원이다. 즉 목적을 달성하기 위해 도움이 되는 요소, 또는 필요한 요소를 말한다. 특히 일본어 교육에서의 의미는 일본어 사용을 위한 학습에 도움이 되고, 일본어 사용의 대상이 되는 재료를 의미한다.

학습과정은 넓은 의미로 정의하면, 환경과의 상호작용(interaction)이라고 할 수 있다.

상호작용이라는 것은 상대로 인하여 상대도 자신도 변해가는 것을 말하며, 학습의 상호작용의 대상이 되는 것을 학습의 리소스라고 말할 수 있다.

즉 학습의 리소스라고 하는 것은 학습의 소재를 말하며, 학습에 있어서 다양한 재료가 학습의 리소스가 될 수 있다.

예를 들면, 학습자가 교사에게 질문을 하고, 교사가 답을 하면 인터액션이 성립해서 교사는 리소스로써 활동하게 되며, 일본인 친구를 만나 일본어로 이야기를 하면 친구가 리소스가 된다.
학습자가 잡지나 신문을 읽고 정보를 얻으면, 잡지나 신문이 리소스가 되고, 회화나 문제를 풀기 위해 카세트나 비디오테이프를 활용한다면 이것 또한 리소스라고 말 할 수 있다.

그 뿐만 아니라, visitor session, guest speaker 등의 프로젝트형식으로 활동할 수 있다. 이는 종전의 교재로부터 광의의 리소스 개념으로 이행함으로써, 학습자의 교실에서의 해방을 의미하고, 리소스의 활용은 사회언어학, 제2언어습득, 교육학의 측면에서도 의의가 있다.

그리고 학습자는 주변 환경에 의해 작용하고, 그것을 이용해서 일본어 학습에 없어서는 안되는 입력(input)과 피드백(feedback)을 얻게 되고,

이 학습을 유지하는 학습 환경은 리소스로 인하여 성립된다고 할 수 있다.

3 리소스의 종류

다나카・사이토(田中・斉藤)에 의하면, 학습의 소재가 되는 리소스는 크게 인적, 물적, 사회적리소스의 세 종류로 분류된다.[1)]

「인적 리소스」란 사람에 관한 리소스로, 교사, 보란티어교사, 개인지도 교사, 학습자 동료, 일본인 친구, 직장 동료, 여행자 등 다양한 사람을 인적리소스라 말한다.

이러한 것은 교실이라는 공간을 공유하고, 일본어 교육・학습을 주된 목적으로 하는 커뮤니케이션에 참가하고 있다는 점에서 직접적 리소스이다. 한편 교실 이외에서도 학습자는 일본어로 커뮤니케이션을 하고 있고, 그 상대는 간접적인 인적 리소스로 볼 수 있다.

그리고 인적리소스도 학습 환경에 따라 크게 다르다. 교실 외의 인적 리소스를 활용하고 있는 학습자가 있는 반면, 교실 외에서는 일본어로 이야기할 상대가 없는 학습자도 있다.

종래의 교실에서는 교사와 학습자만이 참가자였다. 교실이라는 학습 환경을 보다 풍부하게 하는 것은 외부 손님을 초대하여 실제적인 커뮤니케이션의 장을 교실 내에 만드는 일도 인적리소스의 유효한 활용방법이라 생각된다.

특히 교사는 중요한 인적 리소스이며, 인적 리소스는 사람과 사람간의 상호작용이기 때문에 적극적인 태도가 필요하다.

---

1) 田中望・斉藤里美(1993), 『日本語教育の理論と実際』, 大修館書店, 참조

「물적 리소스」란 전형적인 문자매체에 의한 교과서나 사전, 참고서적, 신문, 잡지, 일본어메뉴판, 일본인 관광객을 위한 팜플렛, 설명서, 간판 등을 말한다.

또 텔레비전, 라디오 등의 방송매체에 의한 것도 물적 리소스에 포함되며, 테이프레코드, 비디오테이프, 워드프로세서나 PC통신 등을 이용해서 학습하는 경우도 물적 리소스에 해당된다.

이를 다시 세분화해서, 물적 리소스를 소프트와 하드로 나눌 수 있다.

교과서, 사전, 참고서, 음성테이프, 비디오테이프 등은 학습의 소재가 되는 소프트 리소스라고 할 수 있으며, 테이프레코드, 컴퓨터 등의 기기 및 교실, 도서실 등의 시설설비는 하드 리소스에 속한다고 할 수 있다.

이러한 물적 리소스도 학습 성과를 좌우하는 중요한 요소이다.

그리고 보다 나은 학습 환경을 만드는 것은 교사의 임무이지만, 학습자 자신이 자기의 학습 환경을 활용할 수 있는 힘을 기르지 못하면 연속적인 학습을 바라기는 힘들다. 학습 환경을 개선하는 힘, 활용하는 힘을 키우는 것도 교사의 역할이라 생각된다.

「사회적 리소스」란 학습자가 속해 있는 사회, 또는 그 사회의 하위 커뮤니티(community)를 말한다.

즉 지역사회의 네트워크를 이용한 서클 활동(요리교실, 스포츠교실)이나 자원봉사자 활동을 통한 학습, 대학의 서클활동을 학습의 기회로 활용하거나, 축제나 계절행사에 주민들이 참가하는 것도 이에 속한다. 이와 같이 실생활에서 일본어를 사용할 수 있는 장소, 즉 사회의 네트워크를 이용하여 학습할 경우, 그 네트워크를 사회적 리소스라 말한다.

하지만, 기노시타(木下)는 세 가지 리소스에 정보 리소스를 추가하고 있다.[2)]

2) トムソン木下千尋(1997), 「海外の日本語教育におけるリソースの活用」, 『世界

「정보 리소스」란 일본관련 정보원을 말한다. 예를 들면, 국제교류기금의 일본문화센터에서의 일본 영상정보, 일본문화관련 정보, PC통신, 일본어 학습용 멀티미디어 CD-ROM, 가상대학, 인터넷 학습사이트 등 일본관련 정보를 얻거나 교환하기도 하는 것들을 정보 리소스라고 말한다. 특히 인적, 물적, 사회적 리소스보다 그 종류가 훨씬 많다고 할 수 있다.

요즈음에는 학습자가 일본관련 정보를 얼마만큼 빨리 얻어, 잘 활용하는가에 따라 학습의 성과는 많이 달라진다고 볼 수 있다.

4 리소스를 통한 기대효과

주변에 학습 리소스가 있지만, 학습자는 처음부터 학습을 의식하고 이것을 활용하는 것은 아니다. 어떤 계기로 보게 된 만화가 재미있어서 계속 보기도 하고, 재미로 보게 된 책으로 인하여 지식을 얻기도 하고, 호기심이 생겨 학습동기로 이어지는 경우도 있다.

리소스와의 접촉으로 문화이해, 다양한 일본어와의 접촉, 언어사용을 통한 자신의 평가 기회, 상호교류의 네트워크 형성, 일본어 학습자와 학습 환경과의 상호행위가 다양한 학습행동, 아이덴티티(identity)의 재구축, 일본어 학습의 목적, 상호작용의 평가, 계획 등 학습인지의 기회를 창출해 낸다고 볼 수 있다.

이처럼 리소스를 통하여 학습동기의 산출, 호기심, 흥미, 사회문화의 이해(일본의 인적, 물적, 사회적), 다양한 장르의 문장과 내용, 일본어를 수단으로 사용하는 행동(기업에서의 회의나 통역), 살아있는 정보, 일본

の日本語教育』7, p17

어능력 이해에 대한 평가, 학습방법 이해, 일본인과의 교류, 네트워크 구축 등을 기대할 수 있으며, 이는 초급단계에서만 머무는 장해를 넘어 설 수 있는 중요한 계기가 될 수 있을 것이다.

그리고 리소스와의 접촉은 호기심이나 학습동기, 일본어 학습에 있어서의 언어적, 사회문화적인 학습기회를 산출하는 것 뿐만 아니라, 상호 행동과 결부되는 인간과의 관계를 만들어 갈 수 있다. 또 드라마나 애니메이션을 보고 좋아하게 되는 경우가 많으나, 이러한 취미 생활을 통하여 그 나라의 문화를 이해하고, 자신의 세계를 넓혀 가는데 도움이 된다고 볼 수 있다.

그렇다면 이러한 효과를 어떻게 교육, 학습지원에 활용할 수 있을까?

교사는 먼저 학습자가 자신의 흥미나 관심에 따라 학습을 하고 있는 능동적인 존재라는 것을 알아야 한다. 학습자가 일본어를 배우고 싶다고 생각하게 된 배경에는 상상 이상으로 많은 학습 리소스와의 접촉이 있다고 생각된다. 교사는 이러한 학습자가 어떤 방법으로 일본어와 접촉하고 있는지를 알고, 학습자가 자신이 가지고 있는 지식이나 호기심을 학습에 활용하여, 일본어 학습을 지속적으로 해 나갈 수 있도록 지원해야 한다.

그리고 상황과 인간관계에 따른 언어사용의 기회를 수업에 도입한다는 것은 자기 평가, 다음 학습을 위한 자극이 된다는 것에 큰 의의가 있다. 특히 사람과의 만남은 중요하다. 함께 공부하고, 함께 즐겁게 노는 경험은 인간관계를 낳고, 새로운 아이덴티티의 구축으로 연결된다. 학생들이 참가할 수 있는 교류나 공동학습의 기회를 교사가 만들어 나가는 것이 필요하다.

한편, 사회문화 이해에 있어서는 다양한 책을 통하거나, 정보 사이트, 텔레비전, 소설, 드라마를 통하여 학습자가 자기 나름대로의 문화 이해를 해 나갈 수 있지만, 미디어(media)의 무책임한 정보조작이나 학습자의 흥미자체나 정보수집 만으로는 큰 편견을 가질 수 있기 때문에 수업에서 비판적인 사고능력, 다원적인 이해를 목표로 한 지도를 해야 한다.

그리고 교사는 교실 밖에 풍부한 배움의 세계가 펼쳐져있다는 것을 알아야 한다.

리소스는 한정된 학교 교육의 한계를 넘어, 자율적 학습을 촉진시킬 수 있으므로 교실 내에서의 학습뿐만 아니라, 교실 밖에서의 학습효과를 높일 수 있다고 생각한다.

5 리소스・능력(literacy)의 필요성

학습 리소스를 일본어 교육에 적극적으로 받아들이기 위해서는 교사나 학습자가 리소스를 활용하기 위한 리소스・능력을 습득해야만 한다.

리소스・능력을 구성하기 위해서는 다음과 같은 점을 들 수 있다.[3)]

(1) 리소스 활용 효과에 대한 믿음(belief)

(2) 미디어의 액세스(access) 능력

(3) 자료의 수집과 분류능력

(4) 자료의 운용능력과 교섭능력

(5) 리소스 활용결과에 대한 평가 능력

(6) 리소스를 작성, 교류하는 능력

3) 李徳奉(2006),「日本語教育を活かすためのリソース・リテラシー」,『国立国語研究所』p23 参조

5.1 리소스 활용 효과에 대한 믿음(belief)

학습자의 흥미를 유발시키는 내용은 동기 부여의 효과와 함께 자율학습의 효과도 기대할 수 있다. 체험학습은 레벨별 학습도 가능하며, 종합적학습도 가능하다. 리소스를 활용한 이와 같은 학습효과에 대한 믿음의 생성이야말로 리소스의 활용을 실현시키는데 끊임이 없을 것이다.

특히 실물자료나 실제 체험에 의한 학습의 인지적 효과에 대한 깊은 이해가 필요하다.

5.2 미디어의 액세스(access) 능력

리소스의 정보량과 근접하기 쉬운 점을 생각하면, 신문, 잡지, 비디오 방송, 인터넷 등을 대표적 미디어로서 열거할 수 있다. 특히 인터넷은 다양한 종류의 리소스가 있는 리소스 창고라고 할 수 있다. 인터넷의 정보량은 계속 증가하고 있다. 따라서 인터넷을 통한 리소스의 개발과 활용의 방법에 힘써야 하며, 정보검색능력도 필요하다.

5.3 리소스의 수집과 분류능력

주변에 있는 일본어는 그것을 리소스라고 인식하지 않으면 리소스가 될 수 없다. 따라서 리소스 중에서 일본어 교육에 활용할 수 있는 가능성을 찾는 능력이 필요하다.

또 학습자 주위에 어떤 미디어에 의한 리소스가 있는지를 알아야 하며, 수집한 리소스를 장르별, 내용별, 레벨별로 분류하여 사용하기 쉽게 정리하는 것도 중요하다.
그리고 분류한 것을 전체적으로 파악하기 쉽게 리소스 네트워크를 만드는 것이 바람직하다고 생각된다.

5.4 리소스의 운용능력과 교섭능력

학습 리소스를 어떤 학습단계와 활동에 활용하는 것이 좋은지에 대한 판단 능력과 인적 리소스와의 교섭능력 등이 없으면, 리소스의 활용은 기대할 수 없다. 실물 리소스를 교육에 활용하기 위해서는, 무엇보다 커리큘럼을 편성할 능력이 필요하다. 또 리소스를 활용한 부교재를 만드는 능력도 필요하다.

5.5 리소스 활용결과에 대한 평가 능력

교사는 숙제, 자율학습, 과제학습 등 리소스를 활용한 학습에 대한 평가능력을 길러 줄 필요가 있다. 특히 수행평가의 기준 등을 세워 둘 필요가 있다.

5.6 리소스를 작성, 교류하는 능력

리소스는 학습목적에 맞추어 의도적으로 만들어진 것과 개선 된 것이 있다. 교사는 이와 같이 손수 만든 리소스 작성능력이 필요하다. 또 이와 같은 리소스의 공유를 위해 관리능력과 네트워크 구축능력이 필요하다.

6 맺는 말

시대가 변함에 따라 교육도 변해야 한다. 미래의 변화에 적극적으로 대처하기 위해 활용 가능한 리소스들의 다양한 접근방법과 그 리소스를 유용하게 쓰기 위한 활용방안 등이 필요하다.

그러기 위해서는 학습자들의 니즈분석이 필요하고, 흥미와 관심을 불려 일으킬 수 있는 리소스들을 수집하여 학습의 코스디자인을 설계할 때 유익한 재료로써 도입되어야 한다.

그리고 리소스를 활용한 연구의 사례를 교수법으로 적용시킨다면, 보다 나은 수업의 효과를 기대할 수 있을 것이다.

참고문헌

李徳奉(2006)「日本語教育を活かすためのリソース・リテラシー」『国立国語研究所』

国立国語研究所(2006)「日本語教育の学習環境と学習手段に関する調査研究」

田中望・斉藤里美(1993)『日本語教育の理論と実際』大修館書店

トムソン木下千尋(1997)「海外の日本語教育におけるリソースの活用」『世界の日本語教育』7

2-7

외국어 교육 표준화 정책의 방향

· 이덕봉 ·

1 외국어 표준화 정책 수립의 필요성

EC는 1991년 12월 9일 네델란드 마스트리히트에서 열린 EC 수뇌 회의에서 정치 동맹을 결성하고, 소위 마스트리히트 조약을 맺었다. 이어 97년 6월에는 EU의 수뇌들이 마스트리히트 조약을 개정하여 EU의 헌법이라고 할 수 있는 암스테르담 조약을 맺게 된다. 98년 5월에는 유럽 단일 통화인 유로 시스템의 회원국이 결정되고 2007년 현재 27개 회원국이 경제 통합에 참여하고 있다. 앞으로 유럽 41개국의 상당 부분이 이러한 경제 통합에 동참할 것으로 예상된다. 현재 27개 회원국의 언어 수는 23개로서 모두 공용어가 되어 있으며, 경제 통합체 EU에 있어서의 언어 정책은 국가간의 매우 중요한 전략으로 등장하고 있다.

EU 언어문화 정책의 기본자세는 마스트리히트 조약 128조에 잘 나타나 있는데 그 1항에 다음과 같이 기술하고 있다.

(128-①) 공동체는 공통의 문화유산을 전체적으로 표출하면서도 각 회원국과 지역의 다양성을 중시하고 각 나라의 문화를 꽃피우는 데 공헌한다.

이는 EU의 언어와 문화에 관한 기본자세의 선언이며 EU의 기본이념이 될 금자탑이라고 할 수 있다. 이러한 이념 아래 스위스 국립과학 연구기관(Swiss National Science Research Council)이 1993년부터 1996년에 걸쳐 실시한 프로젝트의 성과를 기반으로 EU평의회는 2001년에 CEF(Common European Framework of Reference for Languages: learning, teaching, assessment)(이하 CEF라 약함)라는 언어능력 표준(standards)을 정리하게 된다.

이 보고서는 이미 세계 각국 언어로 번역되어 여러 나라의 언어 정책 수립을 위한 참고가 되고 있다.

많은 철학자들이 지적하는 바와 같이 언어와 문화는 밀접한 관계에 있으며, 언어가 빠진 문화론이나 문화가 빠진 언어론은 불모의 이론으로 그치기 마련이다. 따라서 언어 정책을 기술함에 있어서 언어문화 정책이라는 용어를 사용하고자 한다.

현재 우리나라의 경우 영어 학습열이 과거 어느 때보다 뜨거워서 영어산업은 호황을 이루고 있지만, 독자적인 정책이 없이 그 표준을 오로지 TOEIC이나 TOEFL에만 의존하고 있어서 무엇을 위하여 어떠한 목적으로 영어 학습을 전개하고 있는지 알 수가 없는 상태이다. 그 밖의 외국어 교육 또한 학교 교육에 반영된 역사는 길지만, 구체적인 언어 정책의 부재로 언어 기능에 대한 이해 부족과 함께 필요성의 인식 또한 약하고 외국어 학습의 방향 설정 또한 애매하여 학습의 혼란 양상을 보이고 있는 것이 사실이다. 외국어의 기능에 대한 정립이 없고 외국어 평가 또한 표준안이 없는 언어 정책 부재는 영어를 비롯한 외국어 교육의 난맥상을 연출할 뿐만 아니라 유치원에 있어서의 영어 학습 붐과 초중등 학생들의 해외어학 유학을 부추기고 있는 실정이다.

지방 자치단체에 따라서는 영어 공용어 발언이 대중 매체를 통해 알려지는 등 공용어 본연의 기능과 배경을 무시한 채 공공 기관에서 앞 다투어 영어 학습 분위기를 조장하고 있는 것 또한 최근의 유행처럼 번지고 있다. 우리말의 구조적 특징 때문에 다른 지역에 비해 영어 학습에 상대적으로 많은 시간을 할애하지 않으면 안 되는 나라에서 국민 교육에 쏟는 많은 에너지가 영어 교육에 집중되게 됨에 따라 그만큼 가른 많은 부분의 교육적 공백이 초래하게 될 사회적 후유증이 크게 염려되는 바이다.

세계는 이미 국제화 시대에 진입한지 오래인 관계로 커뮤니케이션 능력으로서의 외국어 기능의 필요성은 다시 언급할 필요가 없겠으나, 지역과 국가에 따라 국제화의 양상은 다를 수 밖에 없고, 각각의 양상에 따른 외국어의 기능은 차이를 보여야 마땅할 것이다. 예를 들면, 동아시아 경제 공동체와 같은 지역 블록 정책에 따른 대상 지역 언어에 대한 교육의 필요성이 있을 것이며, 한국 영상 문화 상품의 국제적 보급에 대상 시장 지역에 대한 언어 정책이 있을 수 있고, 출산율 세계 최저를 기록하고 있는 한국은 날로 들어가는 외국인 노동자 유입과 그 자녀들에 대한 외국어 학습과 한국어 지도를 위한 언어 정책이 급한 실정이다. 따라서 외국어에 대한 더 이상의 교육적 국력 낭비를 줄이고 방치 상태에서 벗어나기 위해서는 외국어의 기능과 평가에 대한 표준화 작업이 필요하다 하겠다. 국내외적으로 날로 수요가 높아지고 있는 외국어로서의 한국어의 기능에 관한 표준화 정립을 위해서도 언어 기능의 공통 표준화 작업은 시급하다 하겠다.

특히 학교 교육용 교육과정을 제정함에 있어서 언어 기능 표준화 정립과 외국어 별 교육의 필요성, 언어 수준 설정, 평가 범위 등의 표준화가 확립되지 않은 상태에서 획일적인 교육과정을 제정한다는 것은 교육적 비효율성으로 이어지는 커다란 문제가 아닐 수 없다.

국가 표준화작업으로서의 언어 정책 수립의 필요성을 정리하면 다음과 같다.

1) 외국어의 경제력은 국가 장기 발전 전략과 맥을 같이 하여야 한다.
2) 국가의 정치적 경제적 전략에 따라 외국어의 수요와 기능을 예측하여 언어별로 차별화된 전략이 수립되어야 한다.
3) 국제화되어가는 한국의 문화 상품과 한국어에 대한 관심을 유도하고 지속시킬 수 있는 한국어 및 외국어 교육 정책이 수립되어야 한다.
3) 외국어의 기능으로서 요구되는 공통 범위를 설정하고 능력 수준의 등급화도 표준화되어야 한다. 특히 언어의 상호 작용 기능과 ㅁ누화 이해 기능에 대한 구체적인 정립이 필요하다.
4) 표준화의 기반 아래 공교육의 교육 목표, 내용, 방법을 규정하는 교육과정이 만들어져야 한다.
5) 외국어 기능을 평가하는 측정 기준의 표준화가 이루어져야 한다.
6) 외국어로서의 한국어 교육과 평가를 위한 표준화가 이루어져야 한다.
7) 국내외 외국인에 대한 한국어 교육 정책이 수립되어야 한다.
8) 국내 외국인 자녀에 대한 언어 교육에 관한 정책이 수립되어야 한다.
9) 언어 정책에 따른 외국어와 한국어의 교사 양성 수급을 예측하고 양성 계획이 수립되어야 한다.
10) 한국인의 타문화 이해 교육에 관한 정책이 수립되어야 한다.

2 여러 나라의 외국어 정책 수립 사례

언어 기능의 표준화는 EU가 가장 커다란 규모로 전개하고 있지만, 그 밖의 나라에서도 매우 빠른 속도로 표준화 작업이 전개되고 있다.

제2외국어 교육의 후발국가라고 할 수 있는 미국의 경우, 외국어 교육 심의회(ACTFL)와 불어 독어 스페인어 관련 미국 교사회가 공동으로 1993년부터 1996년에 걸친 작업 끝에 작성한 Standards for foreign Language Learning에서 각 언어의 능력 기준을 설정하고 있다. 특히 외국인에 대한 자국어(영어) 교육 정책에 있어서는 이민자들이 미국사회에 빨리 통합될 수 있도록 영어 교육 기회 제공을 위해 더욱 적극적으로 지원하고 있다. 이민자의 자녀들에 대한 영어 교육은 중전의 이중 언어 교육 정책으로부터 오히려 영어 중시 언어 정책으로 변화하고 있다. 이는 1998년에 실시된 켈리포니아주민 투표 결과 공립학교에서의 이중 언어 교육 폐지가 의결됨에 따라 연방 정부 레벨의 정책에도 영향을 미치게 된 것이다.

미국에 있는 외국인 성인 이민자들에 대한 영어 교육은 주마다 정책이 다양하지만, 대학이나 커뮤니티 칼리지의 부속 영어 연수기관, 민간 전문 학교, 공립 성인학교 등에서 행해지고 있다. 성인학교의 경우 대부분 지방 자치단체에 의해 운영되고 있는데, 이민자는 영주권 취득 여부와 상관없이 무료로 이용할 수 있게 되어 있다.

호주에서는 2005년에 빅토리아주 주요 과목 표준으로 영어 이외의 언어를 위한 틀이 정해졌고, 호주 학습 연맹(The Learning Federation of Australia)은 2003-2005사이에 아시아 언어 디지털 학습 목표 프로젝트를 전개중에 있다. 특히 호주 전체로서는 아시아 언어문화 교육 내셔널

가이드라인이 설정되어 있다. 이민자들이 호주 사회에 적응함에 있어서 영어 습득이 중요하다는 인식하에 새로운 이주자 중 영어가 모어가 아닌 이민이나 난민에게 일상생활에 필요한 기본적인 영어 교육을 적극적으로 실시함으로 해서 자국 사회의 안정에 기여하고 있다. 영어 구사 능력이 없는 이민(난민)들에 대하여 DIMIA가 제2언어로서의 영어(ESL)교육을 제공하고 있다(성인 이민 영어 프로그램;AMEP). 최고 510시간 까지 수강이 가능하고 수강 권리는 입국 또는 영주권 취득 후 5년간 유효하다.

독일의 경우에는 괴테 인스티튜트를 중심으로 언어 기능 표준화 작업을 실시하고 있으며, 이민이나 난민 전체를 대상으로 언어 교육을 실시할 수 있도록 언어 보급에 대해 적극적으로 거론되고 있다고 한다.

일본의 경우 2004년에 교육계, 재계, 예술계, 정부 산하 기구 등의 유지들이 중심이 되어 일본어 교육의 중요성을 호소하는 유지회를 결성하고 정부 기관으로서의 일본어 교육 특별 간담회를 설치할 것을 건의한 바 있다. 이어 외무부 산하 국제 교류기금이 주축이 되어 2005년부터 2년 계획으로 일본어 기능과 교육의 표준화 구축을 위한 프로젝트가 시작되어 세계 언어 정책 전문가들로부터 자문을 구하는 등 본격적인 표준화 작업에 들어간 상태이다. 일본은 아직 외국인 노동자의 자녀에 대한 국가 차원의 모어 교육은 실시되고 있지 않고, 그에 대한 언어 정책 또한 정립된 것이 없지만, 자치 단체 단위로 활발하게 교육이 전개되고 있으며, 중앙 정부로부터의 지원도 늘어가고 있다.

이상에서 든 몇몇 나라의 사례를 보면 외국인 노동자와 이민자에 대한 자국어 교육이 매우 체계적으로 지원되고 있음을 알 수 있고, 그 자녀들에 대한 교육은 이중 언어 정책에서 자국어 교육 정책으로 전환되고 있음을 알 수 있다. 일본과 같은 외국인에 대한 언어 교육 후발국가에서도 사회적 마이너리티에 대한 교육으로서의 이주 노동자와 그 자녀들에 대한 모어에 의한 교육과 일본어 교육이 확산되어가고 있다.

3 외국어 정책 수립의 방향

3.1 EU 언어문화 교육 프로그램의 도입 상황

CEF는 외국어 능력으로 6단계를 설정하고 있으며, '커뮤니케이션 활동, 전략, 커뮤니케이션 언어 능력'의 세 메타 카테고리를 설정하고 있다. 이러한 표준화는 언어 사용능력을 'can-do-statements'형식으로 기술하고 있다. 즉, 외국어 기능을 무엇을 할 수 있는가라는 구체적인 기준으로 서술하고 있는 것이 특징이다.

CEF는 현대 언어 분야의 교육과정, 실러버스, 시험, 자격제도 개발을 위한 공통 기반을 제공하기 위한 것이다. CEF를 실제 언어학습에 활용하기 위해서는 ELP(European Language Portfolio)가 있다. 이는 ① Language passport, ② Language biography, ③ Dossier 로 구성되어 있다. 언어 패스포트(Language passport)는 CEF의 공통 참조 레벨에서 정의한 6레벨에 따라 언어 능력을 기입하여 제시하는 것이다. 언어 학습 기록(Language biography)은 학습자 스스로 자기의 학습 과정과 달성도를 평가하여 이후의 학습 계획에 활용한다. 자료집(Dossier)은 학습 성과를 기록 보관하는 것이다. 이러한 CEF나 ELP는 유럽 언어에만 해당되는 것이 아니기 때문에 여러 외국어와 한국어의 표준화 개발에 참고가 될 수 있을 것이다.

2004년 11월 현재 유럽 각국의 CEF의 도입 상황은 다음 표1과 같다.

표1. 유럽 각국의 CEF 도입 상황

국명	외국어 교육	자국어 교육	비고
Belgium	◎ 성인 교육 ○ 중등 교육	◎	네덜란드어 공동체대상
France	◎ 초등 중등 교육	◎	
Germany	◎ 초, 중.성인교육 ○ 고등 교육	◎	노르트라인・웨스트화렌주 대상
Hungary	◎ 초,중등 교육 ○ 고등, 성인 교육	○ 고등, 성인 교육	
Ireland	○ 고등 교육	◎ 이민 대상 영어 교육	
The Netherland	○	◎	
Switzerland	◎	○ 성인 교육	
The Unaited Kingdom	◎	○	스코트랜드 제외

◎ 공공 간행물에 기술되는 등 교육행정 관할 주도하에 언어 교육 정책에 반영된 경우
○ 국가(주, 공동체) 레벨의 정책은 아니나 교육 목표 등에 반영한 교육 기관이 있는 경우

한편 2004년 현재 유럽 각국의 ELP의 사용 상황은 다음 표2와 같다.

표2. 유럽 각국의 ELP 상황 현황

국명	외국어 교육	자국어 교육	비고
Belgium	○ 고등 교육	-	네델란드어 공동체 대상.

France	○	-	
Germany	◎ 초등 교육 ○ 중등 교육	-	노르트라인・웨스트화렌주 대상
Hungary	○ 초등, 중등, 성인 교육	-	
Ireland	○ 중등, 고등 교육	○ 이민 대상 영어 교육	
The Netherland	○ 중등, 고등, 성인 교육	-	
Switzerland	◎ 중등, 고등, 성인 교육	○ 성인 교육	
The Unaited Kingdom	○ 중등, 고등, 성인 교육	○ 성인 교육	스코트랜드 제외

◎ 공공 간행물에 기술되는 등 교육행정 관할 주도하에 언어 교육 정책에 반영된 경우
○ 국가(주, 공동체) 레벨의 정책은 아니나 교육 목표 등에 반영한 교육 기관이 있는 경우
- 명확하지 않거나 사용하지 않는 경우

특히 1996년에 유럽 평의회가 발표한 '교육과 인재 육성에 관한 백서'는 언어 교육을 평생 교육에 반영할 필요가 있음을 명확히 하고 있다. 이에 따라 평의회는 European Quality Label을 만들 것과 그 기준을 다음과 같이 설정하고 있다(N.Ito,1998,p22).

1. 모든 학생이 초등학교에서 EU언어 하나를, 중학교에서 두 언어를 사용한다.
2. EU의 다른나라 모어 교사가 참가한다.
3. 언어의 자율학습법을 사용한다.
4. 다른 가맹국 교육기관의 학생과 직접 교류할 수 있는 조직을 확립한다.

5. 교류에 있어서는 새로운 기술발전에 따른 새로운 커뮤니케이션 수단을 사용한다.

평의회가 제창하는 European Quality Label 은 다음과 같은 사항을 달성하기 위한 것이다.

1. 모든 젊은이가 2개 외국어를 습득할 수 있도록 한다.
2. 언어 교육의 새로운 방법을 개발 장려한다.
3. 학교에서의 외국어의 일상적인 사용을 발전시킨다.
4. 유럽의 언어와 문화의 다양성에 대한 인식을 높인다.

3.2 언어 기능 정립의 필요성

CEF는 미국이나 호주에서 말하는 다언어 주의(multilingualism)이나 다문화 주의(multiculturalism)가 아닌 복수언어주의(plurilingualism) 복수 문화주의(pluriculturalism)를 표방하고 있다. 유럽 평의회는 CEF(2004. p5)에서 “이제 언어 교육의 목표는 하나 또는 두세 언어를 이상적인 모어 화자를 모델로 하여 습득하는 것이 아니다.”라고 천명하면서 언어 교육의 패러다임이 근본적으로 바뀌어야 한다고 기술하고 있다. 유럽이 표방하고 있는 복수언어 복수 문화주의란 하나하나의 언어 지식을 개별적으로 늘려가는 것이 아니고, 여러 언어가 관련하여 상호 작용하면서 커뮤니케이션 능력을 길러가는 것이다. 그렇게 함에 따라 처음 접하는 언어나 문화에 대해서도 기존의 지식과 전략을 활용하여 커뮤니케이션이 가능할 것이라고 보는 것이다. 이와 같은 복수 언어 및 문화의 습득, 수용을 지향하여 복수의 언어와 문화에 대응할 수 있는 능력을 키워간다는 것이 CEF의 기본자세이다. 이러한 자세는 앞으로 지역 협력체의 확대에 따른 다언어 다문화적 환경을 살아갈 한국 학생들의 교육을 위해서도 매우 시사적이라 하겠다.

CEF의 언어 능력 스킴에 의하면 특정 언어의 사용과 학습에 대해서 다음과 같이 명기하고 있다.

> 언어사용을 언급함에 있어서 언어 학습도 포괄하기로 한다. 이는 사람에 의해 수행되는 행위의 일부이다. 인간은 개인으로서 그리고 사회적 존재로서 일련의 능력이 있는데, 거기에는 일반적인 능력과 특별한 것으로서의 커뮤니케이션 언어 능력의 두 가지가 있다. 그리고 각자가 이용할 수 있는 능력을 사용하면서 갖가지 컨텍스트에서 다양한 조건하에서 그리고 다양한 제약하에서 언어활동을 하게 된다. 그 때 텍스트를 산출하거나 아니면 수용하는 언어 처리를 담당하게 된다. 그 때 생성되는 텍스트는 특정 생활 영역에 속하는 테마와 관련을 갖는다. 그리고 그 때 과제 성취를 이루기 위해 가장 효율적이라고 생각되는 전략을 사용한다. 이러한 행위를 당사자 자신이 관찰 모니터하는 중에 상기 능력들은 각각 강화되기도 하고, 수정되기도 한다.

외국어의 학습, 교수, 평가의 일관성과 투명성을 향상시키기 위해서도 공통 표준화 작업은 중요하다. EU의 CEF는 언어 능력을 위한 공통 척도와 능력을 기술하기 위한 스킴 제공을 목적으로 하고 있다. 공통 표준은 전체에 해당되는 레벨 설정이지만 교육과정은 목표에 따라 조정되어야 할 것이다.

일반적으로 여러 나라에서 진행중이거나 이루어진 언어 기능 표준화 작업에는 다음과 같은 경향이 두드러진다(R.D. Becht. 2005).

1) 제2언어 성취 정도를 판정함에 있어 그 언어를 얼마나 알고 있는가가 아니고 그 언어를 어떻게 사용할 수 있는가에 중점이 주어진다.
2) 제2언어 교육이 독해 중심에서 커뮤니케이션 중심으로 이행되었다.

3) 제2언어 능력을 불가에서 완벽 유창에 이르기 까지 달성 정도를 명확하게 나타낼 수 있는 표준이 설정되어 있다.
4) 학습자의 능력을 유효하면서도 신뢰할 수 있는 형태로 증명할 수 있는 테스트 방법이 개발되어 있다.
5) 집단 기준 준거 테스트에서 목표 기준 준거 테스트로 바뀌었다.
6) 연소자들의 학습 성과를 위한 가이드라인이 있어서 교사나 교육 관리자들에게 교육과정 책정, 교재 개발과 선택, 교원 양성을 위한 명확한 방향을 제시하고 있다.
7) 학습 성과의 표준화는 학습 성과의 평가를 빠른 시기부터 시도하도록 규정하고 있다.

3.3 외국어 기능의 표준 책정 시 유의점

CEF의 제정은 교육적 시점에서만 이루어진 것은 아니다. 유럽 평의회의 언어 정책은 정치 경제적 필요성에서 탄생한 것이다. 정치적으로는 유럽인들이 자유롭게 왕래하여 상호 이해와 관용성을 높여 유럽의 다양하고 풍요로운 문화를 유지하기 위해서 유럽 시민들 상호간의 커뮤니케이션이 불가결하기 때문이다. 그리고, 언어 학습 언어 교육을 통하여 편견과 차별을 넘어 안정된 민주적 유럽을 확립할 필요성을 인식하고 있기 때문이라고 기술하고 있다.(Council of Europe 2004. p.3f) 그리고, 다언어 국가 스위스, 국민의 언어 능력이 경제적인 측면에서 요구되고 있는 네델란드, 핀란드, 옛 동구 여러 나라 등은 각각 국익을 생각하여 공통 기준의 CEF를 언어 정책에 도입하고 있다. 즉, 유럽에서 언어는 정치 경제적인 면에서 중요한 전략 도구가 되고 있는 것이다.

앞으로의 언어 정책에서 표준을 수립함에 있어서 다음과 같은 사항을 고려하지 않으면 안 될 것이다(R.D.Becht참고).

1) 세계적인 언어 능력 테스트에는 어떠한 기능이 반영되어 있는가? 예를 들면 공통 척도에 의해 측정한 언어 능력 레벨은 직업적인 업적 평가, 학교 성적이나 진학 등에 사용될 수 있는 것인가?
2) 해당 표준의 기본적인 사항은 무엇인가. 예를 들면, 말하기, 듣기, 읽기, 쓰기 등인가, 아니면, 상호 작용, 발표, 해석(번역), 문화 이해 등인가?
3) 그 표준은 단계식인가 점수식인가?
4) 어린이, 청소년, 성인의 학습 성과 사이에 어떠한 차이를 두어야 하는가? 그러한 것들은 전체적인 달성도 표준과 어떤 관련성을 갖을 것인가?
5) 이러한 표준의 파급 효과는 어떤 것일가? 잘못 오용될 위험성은 없는가?
6) 국제적인 표준은 어떠한 문화적인 가치를 전달할 것인가?
7) 이러한 표준 설정에 따라 교재, 교육과정, 교사 교육 등에 어떤 변화가 필요할 것이며 그러한 준비는 되어 있는가.
8) 표준에는 초중고등 학교 외국어 프로그램 전개에 효과적일 수 있는가?
9) 표준에는 방언을 고려 대상으로 할 것인가, 아니면, 표준 언어만을 대상으로 할 것인가?
10) 이러한 표준을 국제적으로 보급하기 위해서는 어떠한 전략이 필요할 것인가?
11) 공통 표준은 외국어별 수요의 차이를 반영한 교육과 평가를 위해

어느 정도 효율적일 것인가?

12) 공통 표준으로 소화할 수 없는 언어별 특징에 따른 능력 기준의 차이를 어떻게 소화할 것인가?

참고문헌

1) Council of Europe(Yosijima Shigeru etc. 역편)(2004) "Common European Framework of Reference for Languages" TOKYO; Asahi Press.

2) J. L. Bianco(2005) 'The Inextricable Language-Culture Connection: Teaching Languages for intercultural Competence'("International Roundtable on the Establishment of Standards for Japanese-Language Education"pp.52f) TOKYO; The Japan Foundation

3) J. Panthier(2005) 'The Council of Europe's standards of language proficiency' "International Roundtable on the Establishment of Standards for Japanese-Language Education"pp.52f) TOKYO; The Japan Foundation

4) Naoya Ito(1998) Multilingualism in the EU linguistical cultural policy, "Language and Culture"34(Hokkaido Univ.) pp. 1-24

5) R.D.Brecht(2005) 'A US Perspective on Standards and Testing for Oversees Japanese Language Education'("International Roundtable on the Establishment of Standards for Japanese-Language Education" pp.52f) TOKYO; The Japan Foundation

6) 文化庁文化部国語課(2003) "諸外国における外国人受け入れ施策及び外国人に対する言語教育施策に関する調査研究報告書(여러나라의 외국인 수용 정책 및 외국인에 대한 언어 교육 정책에 관한 조사 연구 보고서)" 東京:文化庁

7) ヨーロッパ日本語教師会&国際交流基金(2005)"ヨーロッパにおける日本語教育とCommon European Framework of Reference for Languages" 東京；国際交流基金

제3장

인지이론과 일본어 학습의 이해

3-1 글로벌 시대의 종합적 일본어 교육과 인지언어학

3-2 인지적인 어휘습득 방법

3-3 심리유형에 따른 학습자의 개별성

3-1

글로벌 시대의 종합적 일본어 교육과 인지언어학

· 森山新 ·

1 머리말

최근에는 언어 습득이나 언어 교육의 분야에서 인지 언어학적인 관점에 근거한 연구 활동이 활발히 이루어지고 있다. 따라서 본고는 "응용 인지 언어학"을 통해 인지 언어학이 글로벌 시대에 요구되는 종합적 일본어 교육에 알맞은 언어관을 제공하고 있음을 밝히는 것에 그 목적이 있다.

2 언어 습득에 관한 세 가지 어프로치

2.1 행동주의 시대(1960년 이전)

이 시대는 언어학에서는 미국의 구조주의 언어학이, 심리학에서는 행동주의 심리학이 지배적이었던 시기이다. 언어 습득을 “자극-반응의 습관 형성”의 과정으로 보았던 행동주의의 영향으로 언어 습득에 있어서 주로 자극을 제공하는 교사의 역할을 중요시하는 교수법 연구가 진행되었다. 이 시기는 오디오 링걸 메소드(audio lingual method)의 전성기로, 교사가 보다 양질의 자극을 얼마나 풍부하게 줄지가 중요하다는 행동주의적인 언어 습득관이 반영된 시대이다.

또한 제2언어 교육에 활용하기 위한 목적으로 대조분석이 활발히 진행되었는데, 이것은 제2언어 습득을 모어의 낡은 습관을 버리고 새로운 언어의 습관을 몸에 익히는 과정으로 보았던 행동주의적인 생각에 의한 것이다. 즉, 모어와 제2언어가 상이한 부분에서는 낡은 습관이 새로운 습관 형성의 방해가 되어 제2언어의 습득을 저해하지만, 양자가 일치하는 부분에서는 오히려 그로 인해 습득이 용이해진다는 관점에서 모어와 제2 언어의 이동을 연구하는 대조분석이 중요하다고 생각한 것이다(대조분석가설).

2.2 생득주의 시대(1960년 이후)

그런데 행동주의적인 언어 습득관은 촘스키(Chomsky)의 등장으로 통렬한 비판을 받게 된다. 그는 “자극의 빈곤성”이라고 하는 관점에서, 언어 습득에 있어서 중요한 것은 자극과 같은 환경요인이 아니고, 생득적 언어 능력이라고 주장하며, 생성문법이라고 하는 이론을 제시했다. 그 결과 언어 습득에 관한 연구는, 인간이 생득적으로 가지고 태어나는 언어 능력(보편문법)이 어떠한 것인지를 해명하는 것에 관심을 가지게 되었다. 그러나 생성문법은 생득적인 언어 능력과 보편성만을 중요시 하고 언어 운용적인 면을 경시한 결과, 모어의 영향 등 언어 습득면에서의 개별성이 무시되는 경향이 있었다. 또한 생득적 언어 능력(보편문법)이 통솔하는 것은 통사 규칙 뿐이고 어휘는 통솔하지 않는다고 보았기 때문에 통사론(문법)이 중요시 되어 의미론(어휘)이 경시되는 등의 결과를 낳았다.

하지만 이와 같은 시대적 배경으로 인해, 언어 습득에 관한 연구가 교사 중심의 시점에서 학습자 중심의 시점으로, 교수법 연구에서 습득 연구로 옮겨가는 변화를 일으키면서 제2언어 습득 연구가 본격화 되었다고 할 수 있다.

2.3 인지주의의 시대(1980년 이후)

1980년대가 되면, 이러한 언어 습득관에 변화가 생겨 언어 습득을 인지 능력 전반에서 파악하게 된다. Pica(1983)는 교실 환경, 자연 환경, 그리고 양자의 혼합 환경이라는 세 가지 학습 환경에서의 제2언어 습득을 조사하여, 환경요인이 습득에 영향을 미친다는 점, 습득 과정에는 유사점(보편성)도 있지만 차이점(개별성)도 있다는 점을 밝혔다.

또 피네만(Pienemann)은 언어 습득을 인지 처리 과정으로 보아 "다차원 모델", "processability theory(언어처리 가능성 이론)" 등을 제시하였다. 또한 1960년대에 생성문법 그룹에서 의미론을 중요시하여 "생성의미론"을 주창한 그룹이 인지 언어학이라는 새로운 이론과 함께 재등장했던 것도 이 시기이다. 이 시대는 언어 습득의 과정을 인간의 인지처리 과정으로 보고 언어의 보편성뿐만 아니라 개별성에도 주목하였다. 넓게 인지 능력과의 관계에서 설명하려고 한 점에서 생득주의의 시대와 큰 차이가 있다. 생득적 어프로치(생성문법)와 인지적 어프로치(인지언어학)의 차이를 요약하면 표1과 같다.

표1 생득주의와 인지주의 비교

	생득주의	인지주의
지식획득에 관한 관점	합리론적(Nature)	경험론적(Nurture)
실재론	객관적 실재론	경험적 실재론
범주관	고전적 범주관	프로토타입 범주관
연구대상	언어 능력(UG)	언어 능력+언어 운용
인지능력과의 관계	자율적 모듈적	연속적, 일체불가분
언어 능력	톱다운, 극소주의, 환원주의	바톰업, 극대주의, 비환원주의
언어의 의미	사전적 의미(의미론)	백과 사전적 의미 (의미론~화용론)
언어의 본질	통사론	의미론

생득주의는 합리론적이고 언어 습득에 대해 생득적인 언어 능력이 중요하다고 생각한다. 이와는 달리 인지주의는 경험론적이고 인지 능력 등의 생득성은 부정하지 않지만, 처음부터 생득적인 장치 등을 전제하지 않고 언어 습득에 있어 중요한 것은 환경요인이며, 환경으로부터 주어진 구체적인 사례를 기초로, 인지 능력을 이용해 언어 지식을 추출해 나가는 점을 중요시한다. 따라서 생득주의가 생각하는 언어 습득은 톱 다운(top-down) 과정이며 생득적인 언어 능력인 "보편문법"이 특정 언어(모어)의 입력을 계기로 서서히 "개별문법"화 한다고 생각한다. 이와는 달리, 인지주의가 생각하는 언어 습득은 보톰 업(bottom-up) 과정이며, 아이가 언어의 구체적인 사례에 접하면서 그 공통성을 추출해 문법 규칙(정확히는 "schema")을 습득해 간다고 생각한다. 라네카(Langacker, 1991)

는 이것을 "usage-based model(사용 기반 모델)" 이라고 부르고 있다.

이중 목적어 구문 습득을 예로 들면, 생득주의는 영어의 구체적인 입력을 계기로, 생득적인 보편문법으로부터 이중 목적어 구문 "N(AG)+V+N(POSSR)+N(MVR)"이 도출되어 거기에서 Give me milk.라는 구체적 문장이 생성된다고 생각한다. 그러나 그 중간 과정에 대해서, 구체적인 설명에 성공한 적은 없다. (Tomasello 2003). 이것에 비해, 인지주의에서는, 우선 아이는 Gimme milk.등의 구체적인 사례에 접하고 그것이 반복되는 사이에, "Gimme milk.→Gimme X(thing)."라고 하는 식으로 점차 schema화가 진행되어, 항 의미 역할도 서서히 추상화 하고, 최종적으로 "N(AG)+V+N(POSSR)+N(MVR)"이라고 하는 추상도 높은 schema(문법)가 추출된다고 생각한다. 최근 토마세로(Tomasello)는 제1언어 습득에 관한 일련의 실증적 연구에서 보텀 업 과정을 밝혀, "동사의 섬 가설"을 제시하고 있다.

2.4 응용 인지 언어학의 시대

언어 습득과 관련한 인지 언어학의 "사용 기반 모델"은, 토마셀로가 실시한 일련의 모어 습득 연구에 인해 그 정당성이 실증적으로 밝혀졌다. 토마셀로는 인지 언어학적 관점에서의 응용 언어학에 대해, "사용 기반 언어학(usage-based linguistics)"이라고 부르고 있지만, 언어 습득, 언어 교육에 가치 있는 시사를 주고 있다. 이러한 움직임은 21세기에 들어가서 가속화되어, 응용 인지 언어학이라는 새로운 학문 분야로 발전되고 있다. 2000년에는 "Cognitive Linguistics"11에서, 언어 습득 특집이 구성되고, 2001년에는 "Cognitive Linguistics Research"19에서 "응용 인지 언어학"을 주제로 언어 습득 이론이나 교수법이 의논되었다.

이와 같이 제2언어로서의 영어 교육에서 시작된 인지언어학적인 언어 습득, 언어 교육 연구는, 일본어 교육에서도, 서서히 응용되기 시작하였다. 森山(2005)는 인지 언어학의 관점을 살려 일본어 격조사의 의미 구조를 분석한 다음, 제2언어 습득 과정과의 관계를 밝혀, 일본어 교육에 응용을 시도하고 있다. 또 王(2007)은 인지언어학의 관점을 살려 일본어 진술부사 "きっと", "必ず", 그리고 그들에 해당하는 중국어 부사 "一定" 의 의미 구조를 분석하고 대조연구를 한 다음, 제2언어 습득 과정과의 관계를 밝혀, 일본어 교육에 응용을 시도하고 있다. 橋本(2005, 2006)는 영어를 모어로하는 유아, 佐野(2006)는 포르투갈어를 모어로 하는 브라질 성인, B. Naidan(2007)는 몽고어를 모어로 하는 중학생의 제2언어로서의 일본어 습득 과정을 각각 조사하여, 그 습득 과정이 보톰 업적인 과정인 것을 밝히고 있고, 사용 기반 언어학이 모어 습득 뿐만이 아니라, 제2언어 습득 과정에도 유익한 언어 습득관임을 보여주고 있다. 또 森山(2006)는, 이러한 제2언어로서의 일본어 습득 연구를 기초로 "인지언어학이 제2언어 교육에 제언하는 점"을 ①보텀 업의 과정 중시, ②언어 운용 중시, ③의미의 범주 구조 명시, ④언어 학습에서 어휘 학습적 측면 중시, ⑤인지 능력의 발달에 대한 배려, ⑥백과사전적인 배경 지식 중시, ⑦언어 유형론적 특징 등으로 제시하고 있다.

3 글로벌 시대의 일본어 교육이란

이와 같이 응용 인지언어학은 일본어 교육 분야에서도 확대되고 있으며, 글로벌 시대를 맞이하여 문화의 개념을 받아들인 "종합적 일본어 교육"구축으로 발전하고 있다. "종합적 일본어 교육"이라고 하는 용어는 2001년 서울에서 개최된 "일본어 교육 국제 심포지엄(주최 : 일본어 교육학회, 한국일본학회)"에서 이덕봉(당시 한국 일본학회 회장)이 처음 사용하였다.(관련 내용은, 水谷・李編(2002) 참고). 그 후 일본 오차노미즈 여자대학 대학원 주최 "제3회 국제 일본학 심포지엄"에서도 "국제 일본학과의 제휴에 의한 종합적 일본어 교육"이라고 하는 좌담식 공개 토론이 개최되어 그것을 계기로 비교 일본학 연구센터에서는 "글로벌 시대의 종합적 일본어 교육"이라는 연구 프로젝트 (대표자 : 森山新)가 실시되게 되었다.(森山 2004). 즉 글로벌 시대에 있어서의 일본어 교육은 종합성이 요구되는 것이다. 일본어 교사가 언어만 가르치면 되는 시대는 끝났다(平畑 2006). 그것은 일본어 교육 능력검정시험에서 다루어지는 출제 범위를 통해서도 확실히 알 수 있다. 시험에서는 이른바 언어 일반뿐만 아니라, 사회・문화・지역, 언어와 심리, 언어와 사회, 언어와 교육 등 다양한 분야가 다루어지고 있어 일본어 교사에게는 언어는 물론 커뮤니케이션 기술이나 일본 문화 등도 가르칠 수 있는 능력까지 요구되고 있는 것이다. 문화도, 축제(祭り), 다도 등, 전통 문화를 가르치는 것뿐만 아니라, 최근에는 이문화를 이해하는 능력(문화 리터러시)을 배양하는 일도 요구되고 있다. 말하자면 글로벌 시대를 살아가기 위한 인간성을 양성하는 것까지도 일본어 교사에게 요구되고 있는 것이다.

3.1 문화란 무엇인가

"문화"의 의미는 역사적으로 변화되어 왔지만, 오늘날에는 인간이 자연을 손질하고 가공하여 형성한 물질과 정신, 양면의 성과를 가리킨다. 그리고 물질적인 성과는 "문명"이라는 용어를 사용하고, 문화는 정신적인 성과를 가리키는 것이 보통이다. 또한 동물학 입장에서 말하면, 문화는 각각 종(種)이 "환경에 대해 적응하면서 차지한 성과"를 가리킨다. 그러면 인간이라고 하는 종이 차지한 성과란 무엇일까. 인간은 직립이족 보행을 하는 존재로, 생물학적으로는 불리한 입장에 놓여졌지만, 반면, 양손의 사용이 자유로워져, 도구를 사용하고, 무엇인가를 만들 수 있게 되어, 신체적 능력의 확대를 차지하게 되었다(水島,2005). 또한 직립 하는 것으로 인해 큰 머리를 유지할 수 있게 되어, 대뇌피질의 발달을 재촉했다. 그 결과 다른 생물은 감수계와 반응계만을 통해 외적 세계와 직접적, 본능적으로 대치하고 있는데 비해, 인간은 감수계와 반응계의 사이에 상징계를 가지게 되어 상징계를 개입시켜 세계를 보게 되고 상징계를 이용하여 외부 세계를 접하게 되었다.

인간이 만들어낸 주관적이고 상징적인 세계가 "문화"이다. 인간은 문화 속에 살게 되었는데 문화는 언어를 통해서 체계화되고 습득되며 전승되어져 공유된다(池上 1993: 747). 그 결과 공동 주관이 형성되고 공통의 문화가 형성된다. 국가가 성립되면 국민 교육・언어 통일이 이루어지게 되고, 문화의 공유화는 더 한층 진행되어 예를 들면 "일본의 문화"와 같은 비교적 균일한 국가 단위의 문화가 형성된다. 그러나 글로벌화가 진행되어 국경이 없는 시대를 맞이한 오늘날에는 종래처럼 국가 단위로 문화를 논의할 수 없다. 이러한 시대에 있어서는 다양성에 대한 유연한 이해를 촉진시키는 문화교육이 필요하고 지식보다는 능력(리터러시)을 기르는 교육이 요구된다.

3.2 문화를 융합시킨 인지 언어학

지금까지의 언어학은 언어를 인간과 분리하여 생각하는 경향이 있었다. 특히 20세기의 언어학은 과학을 지향한 나머지, 인간이나 눈에 보이지 않는 요소를 강하게 배제시키려고 했다. 그러나 인지 언어학은 언어를 인지와의 관계 속에서 보고 있다. 인지 연구는 인간성의 연구이기도 하고, 인지 언어학은 다음에서 상술하듯이 인간의 경험(문화)을 융합시킨 언어관이다. 그러므로 인지 언어학은 문화개념도 포함된 "종합적 일본어 교육"을 생각할 때에 여러가지 시사를 준다.

3.2.1 종래 이론과의 비교

인지 언어학이 종합적 일본어 교육에 적합한 언어관인 것을 밝히기 위해, 인지 언어학을 종래의 언어 이론, 언어 습득 이론, 범주관과 비교하면 다음과 같이 된다.

(1) 언어 이론: 구조주의적인 언어관에서는, 인간을 배제시키고 언어를 객관적으로 다루려고 했지만, 인지주의적인 언어관에서는 인간과의 관계 속에서 언어를 다루고 있다.

(2) 언어 습득 이론: 이미 언급하듯이, 행동주의적인 언어 습득관에서는, 인간을 동물과 동일시 하는 경향이 있어, 언어 습득도 "자극과 반응의 연합"으로서 설명하려고 하였다. 1960년 이후에는 생득주의적인 언어 습득관이 지배했던 시대로 인간의 두뇌를 컴퓨터의 은유로 파악하고 "언어 습득 장치(보편문법)"를 생득적으로 가지고 있다고 가정하여 언어 습득을 설명하려는 시도를 하였다. 이것에 대해 인지주의적인 언어 습득관은 언어 습득 등 언어활동을 "인간의 삶"으로서의 인지활동의 하나로 생각

하고 있으므로 여기에는 인간 문화의 모든 것이 포함된다.

(3) 범주관: "고전적 범주관"에서는 범주는 의미 요소에 의해 객관적으로 결정할 수 있다고 생각하기 때문에 거기에 인간이 관련될 여지가 없지만, 인지주의에서는 "프로토 타입 범주관"을 받아 들여 "범주"는 인간이 같은 의미를 부여해 같은 라벨로 서로 부르는 것의 모임이며, 인간이 인지 능력에 의해서 주관적으로 만들어내는 것이라고 생각하고 있다. 그리고 인간이 두뇌 안에서 형성한 범주에 붙인 라벨을 언어라고 보고 있다.

3.2.2 일본어 교육과 인지언어학

문화나 언어 습득 등, 일본어 교육과 관련한 인지 언어학의 특징을 소개하면 다음과 같다.

(1) 백과 사전적 의미관(프레임)

종래, 의미는 언어가 가지고 있는 것(속성)이라고 생각되어 왔다. 그리고 의미는 "사전적 의미"를 가리키는 것이 많았다. 그러나 인지언어학에서는 언어의 의미에는 사전적 의미뿐만이 아니라, 인간이 경험하는 모든 것이 포함된다고 보고 있다. 예를 들면 "mother"의 의미는, 단지 "여성(female)"의 "부모(parent)"를 의미하는 것 이 아니고, 자신을 낳아, 기저귀를 갈아주고, 다정하게 안아 젖을 주는, 가장 친밀한 존재라고 하는 등, 일상생활에서 얻을 수 있는 모든 경험이 하나의 캅셀(프레임)처럼 의미를 구성하고 있다고 본다. 이러한 의미를 "백과 사전적 의미"라고 한다.

당연한 일이지만 이와 같이 경험에 기인한 백과 사전적 의미는 개인이 자란 환경에 따라 달라지며 또한 각각의 문화가 반영된다. 그리고 그러한 의미는 언어에 의해서 계승되고 공유되기 때문에, 언어가 다르면 라벨이나 사전적 의미는 같아도 배경의 백과 사전적 의미가 전혀 다를 수도 있

다. 예를 들면 "고양이"는 일본어뿐만 아니라 다른 언어로도 어떠한 포유류를 가리키는 점은 같지만 그 배경에 있는 백과 사전적 의미에는 많은 차이가 있을 수 있다. 일본에서는 "고양이"는 개와 함께 애완 동물로서 길러져 인간과 가깝게 존재하는 동물이며, 가끔 응석부리고 인간에게 귀여움을 받지만, 개와는 달리 게으름을 피우거나 교활한 동물로 인식되기도 한다. 그러나 한국에서는 애완 동물로 기르는 경우가 적고, 개보다는 결코 친밀한 존재라고는 할 수 없다. 따라서 일본에서는 "나는 고양이로서이다(『我輩は猫である』)"라고 하는 소설은, 인간과 가깝게 생활하는 고양이의 앵글(시점)로부터 인간의 생활 모양을 풍자적으로 그려낸 소설이 되지만, 한국에서는 고양이의 시점에서의 묘사는 인간의 친밀한 앵글로부터의 묘사가 될 수 없으며, 나쓰메 소세키가 일부러 고양이로 분장해서까지 만들어 낸 앵글은 한국어로 번역되어 한국 문화에 들어간 순간 원래 의미를 상실하게 된다. 오히려 그러한 앵글은 라벨은 다르지만, "파리" 가 더 가까울 수도 있고, 실제로 한국에서는 일제시대에 파리의 시점으로부터 인간의 생활 모습을 그린 신문 연재소설이 있었다고 한다.

또 일본에서는 전철 안에서 휴대 전화에 관한 매너가 까다롭지만, 한국에서는 그렇지 않다. 이것은 옆 사람의 휴대전화 통화가 시끄럽다고 생각했을 때에 각각의 언어로 다루어지는 "조금 시끄러운데요"라는 언어사용이 표현(라벨)은 같지만, 일본어와 한국어에 있어서 그 배경적인 의미가 다른 것에 기인한다. 일본의 경우, 보통, 이러한 발언의 배후에는 상당히 참은 뒤 인내가 한계를 넘었을 때에 사용하는 말이며, 싸우기 직전이라고도 할 수 있는 스크립트(문맥)가 존재하는 경우가 적지 않다. 따라서, 이러한 발언을 주고받는 것을 피하지 않으면 안되며, 그러기 위해서는 미리 "휴대폰은 사용하지 말자"고 하는 규칙이 필요하게 된다. 반면, 한국에서는, 일본과는 달리 "조금 시끄럽습니다만"이라는 발언은, 어떤 의미에서는 상대와의 교섭의 시작이며, 계속 참아 인내의 한계, 싸움 직전이라고 하는 스크립트는 존재하지 않는 경유가 많다. 따라서 시끄럽다고 느끼면 그 자리에서 교섭하여, 교섭 결과, 휴대폰을 사용하는 것을 그만 두기도 하고, 상대가 사정을 이해해주어 휴대폰을 그대로 사용하게 될 수도 있다. 그렇게 생각하면 "휴대폰을 사용하지 맙시다"라는 사전의 규칙이 그다지 필요하다고 생각하지 않을 수 있다. "조금 시끄럽습니다만"이란 표현은 라벨(기호)로서의 의미(사전적인 의미)는 같아도, 그 배경에 있는 백과사전적 의미(스크립트)가 다른 것이다.

또 일본인은 전날에 친해진 친구라도, 다음날이 되면 처음에는 경어로 말을 건네기도 하고, 어느정도 일정한 거리를 두고 접하기도 한다. 그러면 한국에서 온 유학생 등은, 어제 매우 친해졌다고 생각했는데, 왜 오늘은 이렇게 거리를 두는지, 어제의 친밀한 태도는 거짓이었던 것은 아닐까 하고 생각하거나 전에 일본 문화 수업에서 배웠던 일본인은 "본심과 겉모습이 다르다"라는 말을 생각해 내서, 역시 일본인은 이중인격자라고 생각해 버릴 수도 있고, 일본인과 친해지는 것이 어렵다고 느껴 포기해 버릴 수도 있다. 이것도 "경어 사용"이나 "거리"와 같이 눈에 보이는 라벨(기호)은 같으나, 그 배경적 의미가 언어나 문화에 따라 완전히 다르다고 하는 실례가 될 수 있다. 한국에서는 일단 친해지면 다음날에도 전날의 친밀한 거리감을 지속하는 경향이 있지만, 일본에서는 다른 날에 다시 만나면 처음에는 어느 정도 거리를 두는 경우가 많다. 양쪽에는 완전히 다른 일상의 스크립트가 존재하고 있는 것이다. 그것을 이해하지 않으면 한국의 유학생에게는 일본인의 태도가 차갑게 느껴지고, 일본인에게는 한국 유학생의 태도가 예의를 모르는 성급한 것으로 보이고 만다.

(2) 프로토 타입 범주관

인지언어학에서는 프로토 타입 범주관을 채용하고 있고, 범주는 인간의 경험에 있어서 같은 의미가 부여된 성원에 의해서 형성된다고 생각한다. 또 범주는 매일의 경험에 따라 전형적인 성원(프로토 타입)과 그렇지 않은 주변적인 성원이 존재한다고 생각한다.

그 때문에 사람에 따라 집단에 따라 프로토 타입이 다르거나 범주의 범위가 다르거나 할 가능성이 있다. 예를 들면 "친구"라고 하는 개념도 일상 관습에 의해 전형적인 친구관(어떠한 교제를 하고, 어느 정도 깊게 사귀고, 어느 정도까지 의존해도 좋은가 등)이나 어디까지를 "친구"라고 생각하는가 등이 달라진다. 그 결과, 친구 관계에서 요구하는 것이 달라져, "친구인데 차갑다", "친구라고 해도 거기까지는…"이라는 오해가 서로 생기게 된다.

또 이문화를 이해하는 데 있어서는 스테레오 타입을 가지는 것을 피해야 하는데, 스테레오 타입이라고 하는 것은 사물 모두를 프로토 타입으로 판단해 버리는 것이다.

인간의 인지는 프로토 타입을 가지고 범주 전체를 특징짓는 경향이 있다는 것, 그리고 범주 성원은 모두가 균일하지 않고, 프로토타입 성원뿐만이 아니라 예외적이고 주변적인 성원도 함께 존재한다는 것을 이해하게 되면 스테레오 타입(프로토 타입)으로 사물 모두를 보는 것은 없게 된다. 예를 들면 일본인 중에는 전형적인 일본인과 그렇지 않은 일본인이 존재하는 것을 쉽게 이해할 수 있게 되어, 고전적 범주관처럼 모든 것이 균일한 성원으로 구성된다고 오해하는 일은 없어진다. 즉 프로토 타입 범주관은, 이문화를 스테레오 타입으로 보는 것을 막아 준다.

(3) 해석 방법과 언어 유형

池上(1993)에서도 언급하는 것처럼, 객관적인 외적 세계를 어떻게 해석하며, 어떻게 의미를 부여하고 분리하여 범주화 하는가에 따라 언어나 문화를 형성하는 방법에는 몇 가지 가능성이 있다. 언어는 그 하나를 선택하고 관습화하고 있다. 그 결과, 언어에 따라 관습화의 방법이 달라, 다른 문화를 형성한다. 예를 들면 일본어는 언어 유형론적으로는 "주관적 파악형"의 언어이며, "객관적 파악형"의 언어인 영어와는 반대 극을 이룬다. 그것은 수수 동사, 수동태, 경험적 동작 등의 표현 방법에 차이를 가져오게 한다(森山 2007). 이러한 언어 유형에 대한 이해는 언어 전이를 줄여, 언어에 대한 개념 변화를 재촉하므로, 제2언어 습득을 도울 것이다. 그것뿐만 아니라, 언어 유형의 차이에 대한 이해는 커뮤니케이션 상의 오해나 대립의 완화에도 도움이 된다. 모든 언어는 화자가 자신의 눈으로 보고, 생각한 것을 표현하고 사고하는 수단으로서의 측면과 다른 사람과의 커뮤니케이션을 위한 수단으로서의 양면이 있다. 어느 쪽을 우선으로 하는가는 언어에 따라 다르고, 일본어와 같이 주관적 파악형의 언어는 전자가, 영어와 같은 객관적 파악형 언어는 후자가 우선된 결과이다. 池上(2000)에 의하면, 주관적 파악의 일본어는 "모노로그(monologue)형"이며, "청자 책임"이 되기 쉽고, "객관적 파악형"의 영어는 "다이얼로그(dialogue)형"이며, "화자 책임"이 되기 쉽다고 한다. 그 결과 구미인은 사물에 대해 논리를 세워 확실히 말하는 면이 있고, 일본인은 상대에게 언어 외의 의미를 읽어내는 것을 기대하는 면이 있다. 이와 같은 파악의 주관성 차이는 커뮤니케이션을 행할 때 표현 방법의 차이가 되어 오해를 낳는 원인이 될 가능성이 있다[1]. 언어 유형의 차이에 대한 이해는 이러한 것에 대한 이해를 재촉하고, 원활한 커뮤니케이션이 이루어지는데 도움이 될 것이다.

또 문화에 따라 어휘 체계를 분리하는 방법에 차이가 있다. 미곡농사를

---

1) 여기서 말하고자 하는 것은, 언어는 인지 과정에 결정적인 영향을 미친다고 하는, 이른바 "언어 결정론(사피아=워후의 강한 가설)"이 아니니라, 언어의 유형론적 특징이 표현의 차이가 되어 커뮤니케이션 상에서 이해의 엇갈림이나 오해, 대립을 낳는 원인이 될 수 있다.

경영하고 쌀을 주식으로 하는 일본에서는 쌀에 "벼, 쌀, 밥"이라는 하위 범주가 존재하지만, 쌀을 주식으로 하지 않는 영국이나 미국에서는 "rice" 한마디만 있으면 충분하다. 그 한편으로 육식의 문화권에서는 고기에 "beef, pork, chicken"이라는 하위 범주가 있어 "～meat"라고는 일반적으로는 말하지 않지만, 일본어에서는 모두 "～고기 (쇠고기, 돼지고기, 닭고기)"이다. 또 혈연관계를 중시하는 한국에서는, 친족 관계를 나타내는 용어가 매우 발달되어 있다. 이와 같이 언어는 문화에 따라 다양성을 갖고있지만 이러한 언어의 다양성도 문화의 차이를 의미에 포함시킨 인지 언어학적인 언어관에서는 쉽게 이해가 된다.

3.3 응용 인지 언어학과 종합적 일본어 교육

최근, 인지언어학은 "응용 인지 언어학"을 제시하며 언어 습득이나 언어 교육 등 응용 언어학 분야에 가치 있는 시사를 주고 있다는 것은 이미 말했다. 인지 언어학이 주장하는 것이 사실이라면, 언어 습득은 일상의 사용에서 문맥도 포함시키면서 보텀 업으로 진행된다. 따라서 일상의 습관이나 문화 등, 모두가 언어 의미 안에 포함되고 그것이 백과사전적인 배경 지식을 형성하는 것이다. 이것을 제2언어 교육에 응용하면, 언어 학습은 일상의 언어적, 비언어적인 습관이나 문화 등에서 분리해서 생각해서는 안되며, 학습 언어를 둘러싸고 있는 여러 가지 콘텍스트를, 실제의 체험을 통해 배경 지식으로서 융합시킬 필요가 있다. 문법이나 어휘와 같은 언어 지식을 떼어내, 콘텍스트 없이 톱 다운으로 가르치는 외국어 교육의 문제점이 부각됨과 동시에 프로젝트 워크나 내용 중심 교수법, 또 국제교류 등, 콘텍스트가 풍부한 활동이나 교류를 통해 언어를 습득하는 중요성이 밝혀진다.

4 종합적 일본어 교육의 전개와 실천

2001년에 "종합적 일본어 교육"이라고 하는 용어를 처음으로 사용한 李는, "종합적"이라고 하는 용어에 대해 구체적으로 ①기능의 종합화, ②인지적 종합화, ③지적 종합화가 필요하다고 주장하였다(李2004). ①은 "듣기, 말하기, 읽기, 쓰기"라는 언어 네 기능을 따로 가르치는 것이 아니라, 종합적으로 취급하자는 것, ②는 통합교과적 현장 체험 학습으로서의 "종합 교육"을 실천하자는 것 ③은 일본학의 관련 영역을 학제적으로 묶어 배우는 것이 중요함을 의미한다. 또 李는 국제 교류를 교수법으로 활용하는 "교류형 일본어 교육"을 제창하고 있다. 李가 소속하는 동덕여자대학교가 오차노미즈 여자대학과 공동으로 매년 "한일 대학생 국제 교류 세미나"를 실시하고 있는 것도, 그러한 생각이 배경에 있다고 할 수 있다. 동덕여자대학교의 학생은, 일본 문화를 배워, 한국 문화를 소개하는 국제 교류 속에서, 일본어뿐만 아니라, 일본 전통 문화나 일본인과의 커뮤니케이션에 개재하는 문화를 체험적으로 배우고, 또 자문화를 전하며 이문화를 이해하는 문화 리터러시 능력까지도 배우고 있는 것이다. 종합적 일본어 교육은 언어와 함께 문화를 받아 들여 일본학 전반이 학제적으로 제휴함으로써 이루어 질 수 있지만, 인지언어학은 인간의 삶 전반을 사정에 두고 언어와 문화를 구별하지 않기 때문에, 다언어 다문화 사회에 요구되는 종합적 일본어 교육을 이끌어가기에 적합한 언어관이라 해도 과언이 아니다.

참고문헌

池上嘉彦(1993)「訳者解説」認知意味論 東京：紀伊国屋書店, 745-763.

池上嘉彦(2000)「日本語論」への招待 東京：講談社.

李徳奉(1994)「意味의 文化差에 関한 実験的 研究」한국커뮤니케이션학 v2：148-181.

李徳奉(2004)「韓国における総合的日本語教育と日本学の連携事情」第5回国際日本学シンポジウム報告書(お茶の水女子大学大学院人間文化研究科), 19-22.

王冲(2007)「認知言語学的観点を取り入れた陳述副詞「きっと」「必ず」の意味研究：日本語教育のために」お茶の水女子大学大学院博士論文.

佐野香織(2006)「社会で生活する成人定住ブラジル人の日本語習得過程」お茶の水女子大学大学院修士論文.

芳賀純・李徳奉・李炯宰(1989)「動物の食用性に関する心理言語学的研究；日韓比較1, 2」関西心理学会101回発表論文集 17f.

橋本ゆかり(2005)「幼児の第二言語としてのテンス・アスペクト習得に関する研究」お茶の水女子大学大学院修士論文.

橋本ゆかり(2006)「幼児の第二言語としての動詞形の習得プロセス－スキーマ生成に基づく言語構造の発達－」第二言語としての日本語の習得研究 9:23-41.

平畑奈美(2006)「アジアにおける日本語母語話者教師の新たな役割：望まれる資質とは何か」韓国日本学会第72回学術大会予稿集 360-365.

水島裕雅(2005)「世界の中の日本文化」講座・日本語教育学 第1巻 文化の理解と言語の教育 東京：スリーエーネットワーク, 2-15.

水谷修・李徳奉編(2002)総合的日本語教育を求めて 東京：国書刊行会.

森山新(2004)「国際日本学との連携による総合的日本語教育」第5回国際日本学シンポジウム報告書(お茶の水女子大学大学院人間文化研究科)29-31.

森山新(2005)「認知言語学的観点を取り入れた格助詞の意味のネットワーク構造解明とその習得過程」(科学研究費基盤研究(C)(2)課題番号14510615 研究代表者：森山新).

森山新(2006)「認知言語学的観点を生かした日本語教授法・教材開発研究1年次報告書」(科学研究費基盤研究(C)課題番号17520253 研究代表者：森山新).

森山新(2007)「応用言語学的な日本語教育の試み」日本認知言語学会論文集7(近日刊)：1-11.

Lee,D.(2001) Cognitive Linguistics:An Introduction. Oxford University Press.

Naidan, Bayarmaa(2007)『モンゴル語を母語とする年少学習者の文法知識の形成過程－用法基盤モデルの観点から－』お茶の水女子大学大学院修士論文.

Pica, T.(1983) "Adult acquisition of English as a second language acquisition under different conditions of expose." *Language Learning*, 33(4) : 465-497.

Tomasello, M.(2003) *Constructing a language: a usage-base theory of language acquisition.* Cambridge, Massachusetts, and London: Harvard University Press.

Langacker,R. W.(1991) *Concept, Image, and Symbol: The Cognitive Basis of Grammar*. Mouton de Gruyter, Berlin・New York.

Tomasello, M.(1992) *First Verbs: A case study of early grammatical development*. New York: Cambridge University Press.

注)森山新의 論文은<http://jsl.li.ocha.ac.jp/morishin1003/>에서 다운받을 수 있음

3-2

인지적인 어휘습득 방법

· 水口里香 ·

1 머리말

어휘력은 언어능력의 기초가 되는 것으로 어휘를 습득한다는 것은 모국어(母国語)일지라도 평생 계속된다. 마찬가지로 외국어에 있어서도 문법 등의 규칙을 습득하는 것이 언어 습득의 성공여부를 좌우하는 것이다. 그러나 어휘습득 연구는 음성이나 문법 등 그 밖의 언어 교육에 관련된 분야의 연구에 비해 수가 적으며 일본어 어휘습득 연구의 경우는 1990년대 후반부터 서서히 이루어지기 시작했으나 아직까지도 미개척 연구 분야라 생각된다(相沢, 2006).

이처럼 어휘습득에 있어서 외국어 교육 현장에서는 구체적인 어휘지도법이 제시되어 있지 않다. 어휘습득에 있어서의 시간적인 제약이라는 요인과 어휘의 습득은 암기를 통한 학습자의 노력에 의해 학습되는 경향이 강하기 때문에 수업시간 내에서는 어휘의 습득보다는 학습자의 모국어 대역(母国語対訳)을 제시하거나 학습자가 알고 있는 말로 바꾸어 말하기 또는 용례(用例) 들기 등의 방법을 사용하고 있는 경우가 많다. 또한 학습자가 어휘습득을 위한 학습을 할 때 사전을 이용하는 경우가 많지만 실제로 학습자 입장에서는 "사전을 찾아보아도 의미를 이해할 수 없는 단어가 많다"는 등의 이야기가 자주 나온다. 이처럼 어휘습득에 있어서 사전만으로 말(言葉)의 의미에 대한 이해를 촉진시킨다고 보기는 어렵다고 생각된다(水口, 2007). 이상과 같은 상황에 대한 하나의 타개책으로서 본고에서는 인지언어학적인 관점을 살린 어휘습득에 관하여 설명하고자 한다.

인지언어학(認知言語学)은 Lackoff나 Langacker 등의 연구자에 의해 1980년대 후반부터 활발하게 시작되어 최근 몇 년 동안 외국어 교육 분야로부터도 크게 주목받고 있는 응용언어학의 한 분야이다. 이러한 인지언어학에서는 '언어학습을 기본적으로 어휘습득이라고 파악'(森山, 2006;62)하고 있기 때문에 지금까지 등한시되고 있었던 어휘습득에 관련된 교육법에 있어서도 체계적이고 효과적인 지도법을 제공해 줄 가능성이 높다고 할 수 있다.

2 어휘습득과 관련된 인지언어학의 개념에 대해

이 장(章)에서는 어휘습득에 대해 생각할 때에 고려해야 하는 인지언어학의 개념을 들어 어떠한 점에서 어휘습득과 관련성을 지니고 있는지 등에 대하여 설명하겠다. 먼저 인지언어학의 개념에 대해 살펴 보자.

20세기의 언어학에 큰 영향을 미친 Chomsky의 생성문법(生成文法)에서는 인간의 선천적이며 내재적인 능력에서 언어지식의 근원을 찾고 학습의 역할은 상당히 제한되어 있다는 입장을 취하고 있다.

반면에 인지언어학은 발화(発話) 장면이나 상황, 환경이나 타자(他者)와의 상호작용과 같은 언어외적인 요인도 언어 습득에 있어서 큰 역할을 하는 것으로 적극적으로 고려해야 한다는 사고방식이다(早瀨他, 2005).

즉 인간의 인지활동으로부터 언어를 다시 파악한다고 하는 입장을 취하는 연구 분야이다. 이에 따라 '인지언어학(認知言語学)' 이라는 것은 "인지와의 관련으로부터 언어현상을 설명함으로써 인간의 지(知)를 명확히 하려고 하는 인지과학의 한 분야(辻, 1998;31)" 라고 정의되어 있다.

2.1 카테고리화(categorization)

우리들은 지각 대상을 따로따로 기억하고 있는 것이 아니라 무의식중에 공통점이나 유사점, 차이점을 찾아내어 그룹을 형성하고 있다. 예를 들면, '책, 펜, 자동차, 노트, 학생' 이라고 하는 다섯 개의 지각 대상이 있다. 이 다섯 개를 보고 '자동차' 이외의 대상은 학교 혹은 공부와 관련이 있고, '자동차'는 다른 그룹에 속한다는 것을 바로 알 수 있을 것이다.

이와 같이 우리 인간은 제한이 없는 지각 대상을 항상 분류, 정리하고 있으며 이것에 의해 세계를 이해하고 외부 세계와 관계하고 있다. 이것을 인지언어학에서는 "카테고리화(categorization)"라 부르고 있다.

이 카테고리화에는 다양한 이점이 있으나 가장 큰 이점은 기억에 걸리는 부하를 억제하여 효율적, 경제적으로 지식을 구축하고 이와 동시에 활성화시키기 쉬워진다는 것이다. 카테고리화가 일어나면 카테고리 안의 세 개의 계층이 형성된다고 하는데, 이것을 카테고리의 '계층구조'라 부르며 그 중 중간 레벨인 "기본레벨 카테고리"는 우리들의 일상생활에서 가장 친근하며 빈번하게 사용되고 있는 레벨로 비교적 빠른 단계에서 습득할 수 있는 레벨이다.

이 카테고리화는 지각 대상뿐만 아니라 언어사상(言語事象)에도 작용한다. 塩谷他(1998)가 "언어는 카테고리의 중요한 역할을 짊어지고 있는 것임과 동시에 모든 언어 자체의 상도 동일한 카테고리화 이론에 의해 분류될 수 있는 것이다"라고 논하고 있듯이 카테고리화의 과정은 언어습득과 표리일체임과 동시에 '어휘습득의 출발점'이라 해도 과언이 아닐 것이다. 또한 카테고리화는 이하에서 논하는 프로토타입(prototype)과 스키마(schema)등을 생각할 때 필수적인 개념이기도 하다.

2.2 프로토타입(prototype)과 스키마(schema)

위에서 논한 카테고리화는 카테고리를 구성하는 성원을 통해 행해지는 것이나, 이 때 카테고리에의 귀속도(帰属度)에 관해서는 성원 간에 상대적인 차이가 나타난다. 이는 카테고리의 성원에 전형적인 것과 비전형적인 것이 포함되어 있기 때문이며, 이로부터 지각대상은 모두 이항대립적인 기준에 의해 카테고리화 되고 있음을 알 수 있다.

이 현상에 관해 Rosch(1973)는 실험을 행하여 어떠한 카테고리에 있어서 가장 전형적인 예라고 간주되는 것을 "프로토타입(protptype)", 전형예(典型例)와 비전형예(非典型例)의 순열이 발생하는 것을 "프로토타입 효과"라 이름하여, 프로토타입을 중심으로 카테고리화가 진행된다고 하는 "프로토타입이론"을 제창했다.

프로토타입은 사례의 특성에만 기초하는 것이 아니라 인간의 인지 역시 포함한 현상이라는 점으로부터 인지언어학 분야에서도 응용을 꾀하고 있어, 프로토타입이 어휘습득과 관계가 깊다는 것이 밝혀졌다. 그 예로는, 우리가 말의 의미를 습득할 때 프로토타입적인 용례(用例)로부터 습득하여 프로토타입적인 어의를 중심으로 하여 다른 용례의 어의를 배워 간다(松田, 2004)는 것이 있으나 프로토타입이 어떠한 것인지 모르면 유의어(類義語)간의 차이를 인식할 수 없다는 것 등이 있다. 또한 지식이 모자란 카테고리의 경우 이 프로토타입을 들어줌으로써 곧 이해가 진척된다고도 한다. 그러므로 프로토타입은 카테고리화에 있어서 필수불가결한 것이며 어휘습득을 지탱하는 개념이라고도 할 수 있겠다.

그러나 프로토타입은 어디까지나 카테고리에 있어서의 전형예로서 프로토타입에만 기초하는 카테고리관만으로는 설명할 수 없는 것도 보인다. 이 결점을 보충하는 것이 구체적인 사례를 경험적으로 축적함으로써 형성되는 "스키마(schema)"라는 개념이다.

스키마라는 것은, 프로토타입과 확장사례의 공통점만을 추출(抽出)하여(辻 편, 2002) 어떠한 대상에 대하여 가지고 있는 개념적인 지식을 모델화 한 것으로(菅井, 2003) 우리에게 갖추어져 있는 인지능력의 하나인 "복수의 구체적인 사례로부터 공통성을 추출하는 능력"에 의한 것이다[1]. 스키마 중 말로는 표현하지 않고 머릿속에서 이미지된 스키마는 "이미지 스키마(image schema)"라 불리고 있어 스키마와 이미지 스키마 둘 다 탈문맥화(脱文脈化:decotextualization)된 것이다.

스키마에도 프토로타입과 같이 다양한 이점이 있다. 어휘습득과의 관계로부터 예를 들자면 다의(多義)와 단의의 구별이 가능하고 카테고리의 경계가 명확해지며 카테고리의 확장을 동적으로 파악할 수 있게 된다는 것 등이 있다.

또 우리가 모어에 있어서 전혀 의식 하지 않아도 다의어를 자유로이

---

1) 籾山他(2003:171)에서는, 스키마의 예로 "꽃"이라는 말을 들어 <식물이 피게 하는 아름답고 사람의 눈을 끄는 것>이라고 하는 의미가 프로토타입이며 <아름답고 사람의 눈을 끄는 것>이라는 의미가 확장사례로, 이들로부터 추출할 수 있는 스키마는 <아름답고 사람의 눈을 끄는 것>이라고 서술하고 있다.

쓸 수 있는 것도 이 스키마라는 인지능력이 작용하고 있기 때문일 것이다. 스키마와 프로토타입의 관계를 간단하게 말하자면, 스키마를 정치화(精緻化) 혹은 구상화(具象化)하는 것이 프로토타입과 확장사례(拡張事例)이며, 양자를 결합시킨 형태로 카테고리화[2]가 이루어지고 있는 것이다.

2.3 메타포(metaphor)

인지언어학 이전의 언어학에서는 비유는 주변적인 현상으로서 취급되어 왔으나 인지언어학에 의해 비유가 없이는 언어표현이 성립되지 않는다고 하는 중요한 메커니즘으로서 위치하게 되었다.

인지언어학에서는 비유가 "은유(metaphor)" "환유(metonymy)" "제유(synecdoche)"의 세 종류로 분류되는 경우가 많으나 지면관계상 여기서는 메타포에 대해서만 논하겠다.

메타포라는 것은 두 개의 사물・개념을 무언가의 "유사성"에 기초하여 한쪽의 사물・개념을 나타내는 형식을 이용하여 다른 한쪽의 사물・개념을 나타낸다고 하는 비유(鈴木 편, 2006;162)를 말하는 것으로 "어떤 종류의 것을 매우 닮은 종류의 것으로 바꾸어 이해한다" 고 하는 우리의 인지 영위 및 행동양식에 영향을 주는 것이다.

"せんせいのたまご(선생님의 달걀)"라고 하는 표현을 예로 들면 "선생님을 지향하고 있는 사람"과" 새 등의 알"이라는 뜻을 포함한 이 두 의미는 외관상으로는 전혀 다르며 유사점을 찾기가 어렵다. 하지만 성장이나 발전이라고 하는 관점에서 이 둘을 비교해 보면 "초기 단계에 있다"라고 하는 양자 간의 유사점을 찾아낼 수 있다. 이 유사점을 찾아내는 것은

---

2) 이것을 Langacker(1988)에서는, "네트워크 모델(network model)"이라고 제창하고 있다.

우리들 인간이 가지는 인지능력의 하나인 "비교하는 능력"에 의한 것으로 이를 통해서도 인지능력이 언어와 일체가 되어 나타나고 있다는 것을 알 수 있다. 이렇게 메타포는 일상 언어에 널리 찾아볼 수 있는 것으로 카테고리화에도 영향을 주는 것이며(Lackoff&Jhonson,1980), 신체적 경험에 의해 동기부여(motivation)된 것(Lakcoff, 1987)이라고 할 수 있다.

특히 다의어나 연어(collocation), 숙어에 메타포가 깊이 관여하고 있다는 것을 생각하면 메타포라고 하는 사고 방식을 유효하게 활용함으로써 제2언어학습자에게 있어 이해하기 어려운 것 중 하나인 추상적인 의미를 학습할 때에 큰 도움이 될 수 있다(上野 외, 2006).

2.4 용법기반모델(usage-based model)3)

용법기반모델(usage-based model)이란 Langacker(1988)에 의해 제창된 모델로 문법을 추상적인 규칙이나 원리체계로부터 구성되는 것으로 보는 생성문법에 반해 "인간이 가지는 능력으로서의 언어의 문법지식이 실제 장면에서 쓰이는 구체적인 용법에 접하는 언어경험을 통해 서서히 축적을 거듭하여 형성되어 간다" 고 생각하는 인지문법의 모델이다.

이 모델의 특징은 이들의 네트워크 형성이 전부 구체적인 용례, 문법에 기초하고 있다는 것이다. 즉, 언어구조가 현실의 구체적인 발화사태(usage event)를 기본으로 거기서부터 서서히 추출(抽出), 구성되어간다고 하는 "바텀업(bottom-up)"식의 언어관을 취하고 있다(早瀬 외, 2005;63).

이 용법기반 모델도 '카테고리화'와 관련이 깊은 것으로 문법지식을 이

3) "사용의거모델" 혹은 "용법의존모델"이라고도 한다.

전에 경험한 구체적인 발화(発話)를 근본으로 카테고리화된 총제라고 생각되고 있으며 또 이렇게 형성된 언어지식은 한 층 더 새로운 발화를 만들어 내거나 이해하기 위한 기반이 되는 것으로 생각되고 있다. 이로 인하여 위에서 서술한 스키마는 이 모델에 의거하고 있는 것이라 생각되고 있다.

생성문법의 언어이론이 우세했던 시기에는 '학습'이나 '경험'을 과소평가하여 "자극의 빈곤설(貧困説)"4)이나 "태어날 때부터 인간에게 갖추어져 있었던 보편문법이라고 하는 능력"이 제창되고 있었다. 그러나 이 자극의 빈곤에는 구체적인 근거가 없으며 또 어린이가 모어를 획득해 갈 때 보편문법으로는 설명할 수 없는 현상이 다수 보인다. 이것으로부터 언어를 획득하거나 문법을 형성해 가는 데에 '언어 외의 요소'(환경이나 장면 등)가 중요한 역할을 하며 그 하나의 이론으로서 "용법기반 모델"이 탄생했다고 할 수 있다.

용법기반모델은 문법지식의 형성과 관련이 깊은 것이지만 어휘습득과도 관계가 있다. 이 점에 관해서는 용법기반모델이 중요시하는 "비교" "추상화" "정착" "합성" "연합"이라고 하는 다섯개의 인지능력(Langacker, 2000)으로부터 이해 할 수 있을 것이다.

이 중에서도 특히 "정착"이라고 하는 능력은 용법기반 모델의 기본이 되는 것이라 할 수 있기 때문에 여기서 이 능력과 어휘습득의 관계에 대해서 언급해 두겠다. "정착"이란 우리가 일상생활 속에서 몇 번이나 반복해 조우(遭遇)하는 사태나 경험이 습관이 되고 고정화 되어 서서히 그 과정이 통합되어 형성되는 능력이다. 예를 들어 복잡한 구조를 가진 긴 표현이라 하더라도 몇 번이나 반복해 듣거나 입으로 말하면 습관이 붙게

4) "어린이가 외부세계로부터의 자극으로서 실제로 듣는 언어데이터는 너무나도 수가 한정되어 있으며 간단하고 단순한 것으로 한정되어있는 경우가 많다"라고 하는 사고(早瀬他2005:54)

되어 전체가 하나의 덩어리를 형성하게 되는 것과 같은 것이다.

이 능력에는 "빈도"라고 하는 개념이 중요해지는데 인지언어학에서는 '빈도'를 발생수 하나하나를 센 단순한 결과로서 파악하는 것이 아니라 빈도가 높아짐에 따라 정착의 정도가 높아지면 그 정착의 정도가 인지정보 처리방법에 변화를 초래한다고 본다.

따라서 정착의 정도가 낮으면 활성화도 접근도 힘들게 되어 서서히 잊어버리게 되는 것이다. 이것을 빈도효과라 부르며 연어(collocation) 등 복잡한 어휘표현을 자유로이 쓸 수 있는 것은 "빈도효과"에 따른 것이라고 생각된다.

3 인지언어학적 관점을 도입한 일본어 어휘습득 연구의 실제

인지언어학적인 관점을 도입한 일본어 어휘의 의미구조에 관한 연구는 최근 몇 년간 서서히 증가해왔으나(国広, 1997 등) 인지언어학적인 관점을 도입한 어휘습득 연구에 관한 연구는 착수한지 얼마 되지 않은 상태로 森山(2000, 2005)・松田(2000, 2004)・加藤(2005)・水口&森山(2006)・王(2006)에 의한 연구 등이 있다.

먼저, "내용어"의 의미습득에 관한 연구에 대하여 살펴보겠다. 森山(2000)에서는 한국인 일본어학습자를 대상으로 '동사어휘의 습득'과 '인지의 관계'에 대하여 조사하였다. 조사방법으로는 동사의 그림카드 70장을 한 장씩 보이면서 조사 대상자가 5초 이내에 해당 동사를 일본어로 대답하는 방법을 취했다. 그 결과 생활 속의 기본행위에 관한 동사 ["お

きる"(일어나다) "たべる"(먹다)], 언어기능이 언어활동 등에 관계하는 동사 ["はなす"(이야기하다) "よむ"(읽다)], 이동에 관한 기본 동사 ["いく"(가다) "くる"(오다)] 등과 같은 3종류의 동사는 비교적 빨리 습득할 수 있다는 것이 밝혀졌다. 이러한 결과를 통해 森山(2000)는 교과서나 수업 그리고 생활에서 자주 쓰일 뿐만 아니라 인지적으로도 쉽고 기본 레벨카테고리에 속하는 프로토타입 동사가 습득되기 쉬운 인지적 요인이 있다는 것을 시사하였다.

松田(2000)는 기본동사 "나누다"(割る)와 유사한 의미를 가지는 말 "나누다"(分ける) 등을 예로 들어 "나누다"(割る)의 의미인식이 모국어 화자와 어떻게 다른가를 '문 산출(文産出)테스트'와 '문의 수용성판단(文の受容性判断)테스트'에 의한 조사를 실시하였다. 조사대상자는 상급·중급 일본어학습자(한국인학습자, 중국인학습자 등)와 일본어 모국어화자를 대상으로 하였다. 그 결과 "나누다"(割る)는 기본어휘로서 학습 초기에 제시되는 경우가 많으며 또 일상적으로도 빈번히 쓰인다는 점에서 언뜻 보기에는 쉽게 습득할 수 있는 항목이라 생각되었으나 상급 레벨의 학습자라 하더라도 "나누다"(割る)의 프로토타입 개념이 모국어화자의 프로토타입 개념과는 다르다는 결론이 나왔다. "나누다"(割る)를 적용하는 의미경계에 관한 지식 또한 불충분하며 다의적 확장용법에 관한 의미 이해도 불충분하다는 것이 밝혀졌다. 이를 통해 松田는 모국어의 대역(対訳)에 의한 어휘 학습에는 한계가 있다는 것을 지적하여 의미적으로 관련되는 유의어와의 의미경계와 다의적확장(多義的拡張)의 전용 프로세스에도 관심을 두는 지도 방법으로 학습자의 프로토타입 개념을 보정(補正)할 필요가 있다는 제안을 했다.

복합동사이면서 다의동사인 "～こむ"를 들어 한국인 일본어학습자와 중국인 일본어학습자(양자 모두 상급 레벨)를 대상으로 한 松田(2004)는,

대상자의 "～こむ"의 의미지식이 어느 정도 모국어화자에 가까워져 있는가에 대한 조사를 실시하였다. 문의 수용성판단(文の受容性判断)테스트 및 follow-up인터뷰를 조사방법으로 사용하여 분석한 결과, 모국어화자가 "～こむ"의 사용이 어디까지 유효한가를 가려내는 것은 판단기준이 되는 인지적 기반이 해당어의 사용경험에 의해 내재화되어 있기 때문이며 학습자의 경우 의식적으로 개념을 학습할 수 있을만한 학습자의 인지적 기반의 내재화를 촉진시키는 등의 지도가 필요하다는 것을 시사했다. 또한 田中(1990)에 의해 제창된 "코어(core)도식"을 이용한 "～こむ"의 의미제시방법을 구체적으로 제안하고 있는 점에 주목할 가치가 있다.

그리고 加藤(2005)에서는 중국어의 다의어 "開"와 "看"의 언어전이의 가능성에 초점을 맞추어 L1(모어)항목으로 느끼는 전형도(典型度:프로토타입)라는 관점으로부터 중국인 일본어학습자의 어휘습득에 대해 조사를 실시하였다. 조사방법은 "開"와 "看"의 전형성 판단(典型性判断)테스트와 일본어의 정오판단(正誤判断)테스트 및 플래쉬 카드(flash card)를 사용한 일본어 발화테스트를 사용했다. 그 결과 수용(受容)면[정오판단 테스트]에서는 L1항목의 전형도와 전이율(転移率) 사이에 유의한 상관관계는 보이지 않았으나, 산출(産出)면[발화테스트]에서는 강한 상관관계가 보여 학습자의 L1에 있어서의 전형도가 높은 경우에는 전이가 일어나기 쉬우며 전형도가 낮을 때에는 전이가 일어나기 어렵다는 것이 밝혀졌다. 이를 통해 L1의 전형도가 높은 경우에 부의 전이(negative transfer)가 일어나는 이유는 L2(제2언어)의 지식이 충분하지 않다는 것과 L1의 전형도가 낮은 경우에는 모어의 지식에 의존하는 경향에 그 이유가 있다고 추측하고 있다.

王(2006)은 중국인 일본어학습자(중급과 상급 레벨)와 일본어 모국어화자를 대상으로 하여 부사 "きっと"의 의미지식의 발달과 그 발달이 일어나는 프로세스와 메커니즘에 대하여 인지언어학적인 관점에서 연구 조사를 실시하였다. 조사방법으로는 松田(2000)와 동일하게 문 산출(文産出)테스트를 사용하였다. 그 결과 모어화자의 “きっと”의 프로토타입은 “추량”용법인 것에 비해 학습자는 “추량” 과 “의사”로 나누어져 있어 프로토타입이 일정하지 않다는 것이 제시되었다. 이 결과에 대해 王(2006)은 “きっと”에 상응하는 중국어 “一定”은 스키마는 유사하지만 모어에 의해 활성화되고 사용되는 프로토타입에서는 차이가 발생한다는 것에 기인한다고 고찰하고 있다. 지도방법으로서 모국어 “一定”과 인지적인 의미구조의 차이를 명시하여 “きっと”와 같은 다양한 언어적 사례에 접하는 것이 가장 중요하다고 제안하고 있다.

다음은 “기능어”의 의미습득에 관한 연구이다. 森山(2005)는 한국인 일본어학습자를 대상으로 격조사의 습득에 대하여 종단적인 조사를 실시하여 격조사 습득의 프로세스와 오용의 발생에 있어 의미적 요인과 인지적 요인이 관련이 있다고 지적했다. 구체적으로는 격조사의 착오에는 모어의 영향을 받은 것과 모어의 영향을 받지 않은 것이 있다.

전자에는 모어의 스키마나 카테고리 구조의 전용 등이 있고 후자에는 카테고리 형성과정에서 생겨나는 상이한 카테고리간의 과잉일반화 등과 동류의 카테고리간의 혼동과 기능어의 인지적인 두드러짐의 낮음 등이 있다. 이러한 점은 인지적 요인이 오용의 원인이 되어있다는 점을 시사하고 있다.

그리고 水口&森山(2006)는 조사 “で”의 의미구조에 초점을 맞추어, 일본어학습자와 일본어 모국어화자를 대상으로 실증적인 조사를 실시하여 각각이 어떻게 의미구조를 인식하고 있는가, 또 양자 간에는 어떠한 차이가 있는가 등에 대해 인지언어학적 관점에서 고찰하고 있다. 조사에는 “で”를 사용한 19개의 문장을 제시하여 “で”의 의미의 유사성에 근거

하여 조사대상자가 임의적인 수의 배타적인 그룹으로 나누는 방법을 채택했다.

그 결과 학습자와 모국어화자가 인식하고 있는 "で"의 의미구조가 다르다는 결과가 나왔다. 구체적으로 모국어화자는 ＜장소＞라는 의미를 프로토타입으로 여기고 있으며, 그에 덧붙여서 ＜도구＞·＜원인＞이 중심적인 의미이고 ＜시간＞·＜양태＞라고 하는 다른 두 개의 의미가 주변적인 의미로서의 [서브·카테고리](sub-category)를 확립하고 있는 것에 반해, 학습자는 프로토타입은 ＜장소＞용법이며, 그 밖에 ＜도구＞ ＜원인＞ ＜시간＞이라고 하는 용법이 있다는 것은 인식하고 있으나 각각의 경계가 명확히 확립되어있지 않으며 카테고리화가 충분히 진척되어 있지 않다고 추측하고 있다.

지금까지 인지언어학적인 관점을 도입한 일본어 어휘습득에 관하여 살펴보았다. 이러한 종류의 연구는 시작된 지 얼마 안 되었다고 할 수 있으나, 2005년부터는 "일본어 복합동사의 연구: 인지의미론을 기반으로 하는 일본어학습자 습득지원에 대한 제안 (연구자 대표 ; 松田文子)」, 2006년부터는 "인지언어학적인 관점을 살린 일본어 교수법·교재개발연구(연구자 대표 ; 森山新)」와 같은 연구프로젝트가 일본에서 시작되었기 때문에 차후 더욱 활발하게 연구가 진행되어 인지언어학적인 관점에 의한 효과적인 일본어 어휘지도법 제안 및 어휘학습용 교재 개발이 기대된다.

4 일본어 어휘지도에의 응용 가능성에 관하여

이 장에서는 2·3장에 입각하여 인지언어학적인 관점을 일본어 어휘

지도에 어떻게 이용할 수 있을 것인가에 대해 고찰하겠다. 이하에서는 일본어학습자에게 습득이 어려운 것이라고 생각되고 있는 다의어・유의어 그리고 비유표현에 대해 살펴보겠다.

기본어휘는 다의적이기 때문에, 초급 레벨의 학습항목임에도 불구하고 대개의 학습자는 다의적 의미를 연결성이 있는 것으로 파악하지 못하며 말을 "완전히 사용한다"라고 하는 일반화의 능력을 습득하는 것은 대단히 어려운 일(田中, 2004)이다. 사전 또한 어의와 용례의 열거에만 중점을 둔 것이 대부분이어서 다의어(多義語) 이해를 촉진할 수 있는 도구라고는 볼 수 없다. 교육현장에서 어휘가 체계적으로 지도되는 경우는 드물며 학습자는 하나 하나의 어의를 모어와 대응시켜 이해하고 있는 경향이 강하다.

이러한 문제점에 대해 田中(2004)나 松田(2004,2006)는 어떠한 체계적인 지도가 필요하다고 주장하여 코어(core)도식을 개재한 의미제시 방법을 제안하고 있다. 이 방법을 간단히 설명하면 해당어의 다양한 용법・용례의 배경에 있는 코어스키마(core-schema)를 하나로 정리하여 제시하는 방법으로서 중요한 포인트는 코어도식이란 문맥을 나타낸 의미도식으로서 문맥이나 상황에 의해 초점화(焦点化)되는 부분이 다른 것이다.

이 방법에 의해 "왜 이 경우에 이 말이 쓰이는 것인가"에 대한 이해로 이어지며 또 모국어의 간섭을 최소한으로 억제할 수 있을 것으로 생각된다. 확실히 일본어학습자에게 국소적인 의미구조를 제시하는 것보다 스키마와 프로토타입을 포함한 전체적인 의미구조를 제시하는 편이 난해하고 복잡한 말이라는 인상을 없앨 수 있을 것이다.

그러나 코어도식은 추상도가 높고 분석을 통해 추출되는 타당성의 검증이 반드시 필요하기 때문에 코어도식을 만들어내기 위해서는 시간을 필요로 하고 도식에 얽매임으로써 오히려 습득하지 못하는 학습자도 있을 것이다. 또 "현 단계에서는 코어도식이 유효하게 작용하는 품사가 한정되어 있다(田中, 2004)"는 점으로 미루어 보아 코어도식을 중심으로 하여 다의어를 지도하는 방법은 검토할 여지가 있다고 할 수 있다.

따라서 李(2006)에서 제시하고 있는 인지적 학습의 특징 중 하나인 "유의미적인 상황에서의 학습"을 성립시키기 위해서는 森山(2006)나 王(2006)이 제안하고 있는 바텀업(bottom-up)의 프로세스를 중시한 어휘 지도법이 필요하다.

구체적으로는 해당어의 다양한 예문을 제시하거나 그 말의 반복 사용을 촉진시켜 프로토타입이나 스키마를 발견하게 하며 나아가서는 어떠한 동기부여(motivation)에 의해 어의가 확장되고 있는가에 대해 알게 하는 방법이다. 즉 학습자 스스로 어휘의 사용법을 추출하게 하는 것이다. 이것은 앞에서 말한 "사람은 실제 사용경험을 통해 말의 사용법을 학습 한다" 는 용법기반모델과도 들어맞는 방법이며 또 카테고리화의 촉진에서 유효하게 작용될 것이다.

그러나 시간적인 제약이나 해외 등 외국어 사용 기회가 불충분한 환경에서는 바텀업적 방법뿐만 아니라 톱다운(top-down)적 방법을 보충할 필요가 있을 것이다. 톱다운식 방법이란 그 말의 의미나 예문을 제시할 뿐만 아니라 학습자의 모어와 목표언어와의 인지적인 의미구조의 차이를 명시하거나 목표언어의 어휘를 프로토타입적 의미나 스키마적 의미 그리고 말의 확장범위나 확장의 동기부여가 되고 있는 것을 제시하는 것 등을 말한다. 森山(2006)에서 서술하고 있듯이 이러한 톱다운식 방법을 보충함으로써 학습자는 모어의 카테고리화가 제2언어의 카테고리화와 어떻게 다른가를 깨닫고 카테고리체계를 재구성할 수 있을 것으로 추측된다.

다음으로 유의어의 지도에 대해 생각해 보겠다. 유의어를 "분류하여 사용 한다"는 것은 차이화의 능력(田中, 1990)을 습득하는 것으로, 다의어를 완전히 사용하기 위해 필요한 일반화능력과 서로 짝을 이뤄 카테고리 형성을 지지하는 것이다.

따라서 다의어의 지도법과 같이 바텀업의 프로세스를 중시한 어휘의 비도법과 함께 톱다운적 방법을 병용할 필요가 있는 것이다. 그러나 차이화의 능력을 향상시키기 위해서는 이에 그치지 않고 말A와 말B(C··)의 프로토타입이나 스키마가 어떤 점이 다른지 또 그들의 어떤 부분이 겹쳐 있으며 어떤 부분은 어긋나 있는지 등을 명시적으로 지도할 필요가 있다. 특히 유의어는 모국어에서의 해석이 동일하기(예:「考える」와 「思う」에 대응하는 한국어 역은 양자 모두 「생각하다」) 때문에 이해가 곤란한 경우가 많다. 따라서 모국어의 프로토타입이나 스키마가 그것에 대응되는 목표언어의 프로토타입이나 스키마를 제시하여 학습자 스스로 개념적 차이를 탐구하게 하는 것 또한 하나의 효과적인 지도법이 될 수 있다.

이 때 학습자가 일목요연하게 알 수 있도록 구체적 이미지(그림 등)를 제시하는 것도 현명한 방법이라고 생각된다. 영어 교육에서는 이러한 이미지가 많이 제시되어 있기(上野 편 2006, 大西 외 1999 등) 때문에 이것을 참고하여 일본어의 어휘지도에도 효과가 있는 이미지를 작성하여 '이미지제시 효과'가 있는지 없는지에 대한 연구를 진행하는 것이 시급하다.

마지막으로 메타포를 비롯한 비유표현에 관한 지도에 대해서도 간단하게 언급해 두겠다. 비유표현의 지도에 관한 연구는 영어의 어휘교육에서는 서서히 진행되고 있으나, 일본어의 어휘교육에 있어서는 필자는 小浦方(2006) 외에 없는 것으로 알고 있다.

[2.3]에서도 서술하였으나 비유표현에 관한 지도가 어휘학습에 큰 도움이 될 수 있다는 것을 고려하면 일본어 어휘지도에서도 적극적인 메타포(metaphor)의 지도를 도입할 필요가 있을 것이다. 메타포의 지도에 있어서 가장 중요한 것은 학습자에게 "메타포의식[=비유적인 용법의 근거에 존재하는 메타포를 깨닫는 것]"의 강화라고 한다(Boers, 2003).

이 메타포의식의 유효성은 학습자 레벨이나 인지스타일에 따라 다르다고 하기 때문에 구체적인 지도법은 향후 연구 결과를 기다려야겠지만 하나의 가능성으로서 숙어 지도에의 응용가능성이 있다. 숙어는 통째로 암기해야만 하는 것이라고 생각되기 쉬우나 메타포의식을 강화함으로써 숙어가 자의적인 것이 아니라 신체적 경험에 동기부여된 것으로 인식할 수 있게 될 것으로 생각된다(小浦方, 2006). 또한 瀬戸編(2007)이 비유에 의한 의미구분을 이용함으로써 다의어의 구조를 이해할 수 있게 된다는 서술에 의해 메타포의식을 높임으로써, 다의어의 습득도 촉진할 수 있다고 추측된다.

이상 인지언어학적인 관점을 일본어 어휘지도에 어떻게 응용 할 수 있는가에 대해 고찰해 보았으나, 이에 대한 지도는 한 번으로 끝나는 지도가 아니라 계속적인 지도를 통해서 비로소 그 효과를 발휘할 수 있을 것이다.

5 맺는 말

이상 본고에서는 인지적인 어휘습득을 테마로 하여 어휘습득과 인지언어학의 관계, 인지언어학의 관점을 도입한 어휘습득 연구개관 및 어휘지도에서의 응용가능성에 대하여 논하였다. 그러나 지면 관계상 본고에서 소개하지 못한 인지언어학적인 개념인 “그림(図)과 바탕(地):figure and ground)”나 “유추(analogy)”등도 어휘지도에 있어서 고려해야 할 중요한 개념들이다(그림과 바탕에 대해서는 2.4 120-124쪽 참조). 무엇보다도 중요한 것은 인지언어학적인 개념이나 그 이외의 개념을 교사가 숙지해 두는 것이다.

인지언어학적인 관점에서의 일본어 교육 연구는 아직 시작단계에 불과하다. 따라서 인지언어학적인 관점에 기반을 둔 기초연구를 거듭하여 그 기초연구를 기반으로 한 지도법이나 교재를 고안하는 것과 동시에 그 유효성을 검증하여 인지언어학의 연구에 환원하는 등의 사이클을 구축하는 것이 앞으로의 과제이다.

참고문헌

相沢一美(2006)「語彙習得をどう捉えるか」『 月刊言語35-4』32-37

李徳奉(2006)「認知理論に基づく総合的日本語学習法」『第7回全国大会ハンドブック2006年版』177-180, 認知言語学会

上野義和編(2006)『英語教師のための効果的語彙指導法-認知言語学的アプローチ-』英宝社

王冲(2006)「中国人日本語学習者の陳述副詞「きっと」の意味知識-認知言語学的観点から-」『認知言語学的観点を生かした日本語教授法・教材開発研究1年次報告書』51-55

大西泰斗・ポール マクベイ(1999)『ネイティブスピーカーの単語力 1.基本動詞』研究社

加藤稔人(2005) 中国語母語話者による日本語の語彙習得—プロトタイプ理論、言語転移理論の観点から—」『第二言語としての日本語の習得研究 8』5-22.

国広哲弥(1997)『理想の国語辞典』大修館書店

小浦方理恵(2006)「メタファー意識の日本語教育への応用可能性」『認知言語学的観点を生かした日本語教授法・教材開発研究1年次報告書』108-111

塩谷英一郎(1998)「認知言語学を知るためのキーワード」『月刊言語27-11』71-87

菅井三実(2003)「概念形成と比喩的思考」『認知言語学への招待(辻幸夫編)』127-182, 大修館書店

鈴木良次編(2006)『言語科学の百科事典』丸善

瀬戸賢一編(2007)『英語多義ネットワーク辞典』小学館

田中茂範(1990)『認知意味論: 英語動詞の多義の構造』三友社出版

田中茂範(2004)「基本語の意味のとらえ方-基本動詞におけるコア理論の有効性-」『日本語教育121』3-13

辻幸夫(1998)「認知言語学の見取り図」『月刊言語27-11』30-37
辻幸夫編(2002)『認知言語学キーワード事典』研究社
早瀬尚子・堀田優子(2005)『認知文法の新展開 カテゴリー化と用法基盤モデル』研究社
松田文子(2000)「日本語学習者による語彙習得」『世界の日本語教育10』73-89
松田文子(2004)『日本語複合動詞の習得研究 認知意味論による意味分析を通して』ひつじ書房
松田文子(2006)「コア図式を用いた多義動詞「とる」の認知意味論的説明」『日本語科学19』119-132
水口里香(2007)「認知意味論的な観点から見た英和辞典の分析-日本語学習者用辞書への応用可能性を考える-」『同日語文研究22』43-59
水口里香・森山新(2006)「日本語学習者と日本語母語話者の持つ「で」のカテゴリー構造比較」『日本学報66 』43-54
籾山洋介·深田智(2003)「多義性」『認知意味論(松本曜編)』135-186, 大修館書店
森山新(2000)『認知と第二言語習得』도서출판계명
森山新(2005)「韓国語母語話者の格助詞習得に関する認知言語学的研究『同日語文研究20』105-115
森山新(2006)『認知言語学的観点を生かした日本語教授法・教材開発研究1年次報告書』(科学研究費基盤研究(C)課題番号17520253 研究代表者：森山新)
G.レイコフ・M.ジョンソン(1980)『レトリックと人生(渡部昇一他訳)』大修館書店
G.レイコフ『認知意味論 言語から見た人間の心(池上嘉彦・河上誓作他訳)』紀伊国屋書店
Langacker,Ronald W.(1988)"A usage-based model". In B.Rudzka- Ostyn(ed.) *Topics in Cognitive Linguistics*,127-161.John Benjamins
Langacker, Ronald W.(2000)"A Dynamic Usage-Based Model."In Michael Barlow and Suzanne Kemmer (eds.) *Usage-Based Models of Language*,1-63, Stanford: CSLI Publications.
Rosch,E.H(1973) "On the internal structure of perceptional and semantic categories." InMoore,T. (ed.)*Cognitive development and the acquisition of language*,111-144

3-3

심리유형에 따른 학습자의 개별성

· 신은정 ·

1 외국어 학습과 학습자의 개별성

지금까지 외국어 습득 연구분야에서는 동일한 학습 환경 안에서 같은 입력 자료가 주어진다고 해도 학습자마다 다른 성취도를 보이는 것에 관해 많은 연구가 이루어져 왔다. 그러나 이러한 학습자 요인에 관한 연구가 학습 동기나, 학습목적 등 동일한 속성을 가진 그룹간의 특성으로서만 다루어져 왔기 때문에 학습 결과나 언어를 습득하는 과정의 특성이 개인에 따라 '어떻게' 다른지에 관해 대응이 충분했다고 할 수 없다 (林さと子 외, 2006).

따라서 학습자마다 다른 학습 과정의 특성을 이해하기 위해서는 외국어 학습과 관련 있는 학습자의 심리 유형적 특성에 대해 이해할 필요가 있다.

1.1 외국어 학습과 학습자 요인

외국어 습득 연구에서 학습자의 요인 연구는 크게 학습능력(learning ability), 적성(learning aptitude), 학습양식(learning style), 학습전략(learning strategy)과 같은 인지적인 요인(Stern,1983)연구와 자아존중(self-esteem), 억제(inhibition), 불안(anxiety), 동기(motivation), 감정이입(empathy), 태도(attitude), 성격(personality) 등의 정의적인 요인 연구로 나눌 수 있다. 최근의 연구에서는, 학습자 요인 중 성격변인을 인지적 요인이나 정의적 요인과는 따로 분류하기도 하는데, 예를 들면 Brown(2003)에서는 학습자의 요인을 크게 인지적요인과 성격적 요인으로 나누고, 성격적 요인 안에서 정의적 요인과 MBTI(Myers-Briggs Type Indicator)요인, 동기 등을 다루고 있는 것이 특징이라고 할 수 있다.

1.2 학습자의 정의적 요인 연구의 중요성

학습자 요인은 외국어 학습에 큰 영향을 미치기 때문에 연구결과를 교육현장에서 적극적으로 활용하기 위해서는 학습자의 인지적 요인 뿐만이 아니라 정의적 요인의 체계적인 분석이 필요하다. 특히 학습자의 정의적 요인은 외국어 학습의 성패에 중요한 역할을 하고 있는 잠재적 요인으로서 학습자의 개별성과 깊은 관련이 있는 것으로 보고되고 있다. 따라서 학습자의 다양한 요구와 학습 동기의 특성을 이해하기 위해서는 학습자의 정의적인 요인에 대한 실증적인 분석이 필요하다.

2 심리유형과 학습

2.1 심리적 유형이란

심리적 유형이란 자신과 타인을 이해하는 한 가지 방법이다. 그것은 4개의 이분법적 구도로 되어 있는데 각각은 반대의 선호 극을 가지고 있다. 이 4가지 이분법은 (1) 에너지를 사용하고, (2)정보를 수집하고, (3) 결론에 도달하고, (4) 외부세계와 관계 맺는 것 각각에 대해 상반되는 방식을 포함하고 있다 (Naomi L. Quenk, 2004).

MBTI란 C. G. Jung의 심리유형 이론을 보다 쉽게 이해하여 일상 생활에 유용하게 활용할 수 있도록 K. C. Briggs(1875-1968), I. B. Myers (1897-1980)에 의해 개발된 비진단성 심리유형 검사이다. Jung의 심리유형 이론은 인간 행동이 그 다양성으로 인해 종잡을 수 없는 것 같이 보여도, 사실은 아주 질서 정연하고 일관된 경향이 있다는 데서 출발하였다. 그리고 인간 행동에 다양성이 나타나는 이유는, 개인이 인식(Perception) 하고 판단(Judgement)하는 과정에서 저마다 다른 특성을 가지고 있기 때문으로 보았다. 여기서 인식기능이란 사물, 사람, 사건 또는 아이디어를 깨닫게 되는 모든 방법을 가리킨다. 또한 판단기능이란 인식한 내용을 바탕으로 하여 결론을 내리는 모든 방식들을 가리킨다. 사람들이 인식하는 방법이 근본적으로 다르고 또 결론을 내리는 방법도 다르다면, 반응, 흥미, 가치, 동기, 기술, 관심 등이 다른 것도 지극히 당연한 일일 것이다. MBTI는 이러한 인식과 판단에 대한 Jung의 이론, 그리고 인식과 판단의 방향을 결정짓는 Jung의 태도이론을 바탕으로 제작되었다.

MBTI는 네 가지의 분리된 지표로 구성되어 있는데(표1참조) 각 지표는 네 가지의 선호 경향 중의 하나를 나타내고 있다. Jung의 이론에 의하면 이 선호 경향이 인식과 판단 사용의 경향을 결정짓는다고 한다. 이론에 의하면, 네 가지 지표(EI, SN, TF, JP)마다 양극을 이루는 두 가지씩의 선호 경향이 있다. 이를 조합하면 모두 16가지의 MBTI유형이 나온다. 각 지표의 선호 경향은 나머지 세 지표의 선호 경향과 무관하게 작용하는데. 예를 들면 외향성과 내향성중 하나를 선호할 때, 다음 지표의 감각과 직관 중 어느 것을 선호하는 가에 대해서는 영향을 미지지 못한다(Isabel Briggs Myers 외, 1985). 또한 이 유형들은 ESFJ, INFP와 같이 네 개의 문자로 표시되며 선호 경향 사이에는 역동적인 관계가 있다. 즉 각 유형마다 한 과정이 주도적 또는 지배적 과정으로 작용하면, 둘째 과정은 보조적 기능으로 작용하게 된다. 이와 같이 각 유형마다 고유한 주기능 및 부기능을 가지게 되고, 또 이러한 기능을 외부 또는 내부의 방향으로 사용하게 하는 태도(E 또는 I)가 있다. 각 유형의 특징은 이러한 과정과 태도의 역동적인 상호 관계에 따라 다르게 나타난다. 모든 사람들은 네 가지의 심리적 기능을 모두 사용할 수 있고 또 사용하나 그들이 각각의 선호에 쏟는 에너지의 양은 다르다는 것이다. 정상적이고 일상적인 활동에서 우리는 어떤 일을 하는 데는 보다 많은 시간을 소비하고 다른 어떤 일을 하는 데는 보다 적은 시간을 소비한다(Isabel Briggs Myers 외, 1985). 우리가 좋아하는 일을 할 때는 싫어하는 일을 할 때보다 그것을 즐기고, 에너지도 많이 생긴다. 이와 같은 에너지 차이는 우리의 4가지 심리적 기능 가운데 에너지 분포 방식을 반영하는 것이다. 심리적인 에너지의 흐름에 대한 양과 방향은 유형에 대한 이론적 이해의 핵심이다(Nomi. L. Quenk, 1996).

<표1> MBTI의 네 가지 선호지표와 대표적 표현들

주의 초점 (에너지, 흥미의 방향이 어느 쪽인가)	
외향(E:Extroversion)	내향(I:Introversion)
자기의 외부에 주의 집중 외부활동과 적극성 말로표현 경험한 다음에 이해 쉽게 알려짐 폭넓은 대인관계	자기의 내부에 주의집중 내부활동과 집중력 글로표현 이해한 다음에 경험 서서히 알려짐 깊이있는 대인관계

인식 기능(정보수집) (어떤 종류의 인식을 선호하는가)	
감각(S:Sensing)	직관(N:iNtuition)
지금, 현재에 초점 실제의 경험 정확, 철저한 일처리 사실적 사건묘사 나무를 보려는 경향 가꾸고 추수함 오감에 의존	미래 가능성에 초점 아이디어, 가능성 추구 신속, 비약적인 일처리 비유적, 암시적 묘사 숲을 보려는 경향 씨뿌림, 육감이나 영감에 의존

판단 기능(판단,결정) 의사결정시 어떤 종류의 판단을 더 신뢰하는가	
사고(T:Thinking)	감정(F:Feeling)
진실, 사실에 관심 원리와 원칙 논리적, 분석적 맞다, 틀리다 규범, 기준중시 지적논평	사람, 관계에 관심 의미와 영향 상황적, 포괄적 좋다, 나쁘다 나에게 주는 의미 중시 우호적 협조

생활양식 외부세계에 대처해 나갈 때 판단(J)적 태도를 취하는가, 아니면 인식(P)적 태도를 취하는가	
판단(J:Judging)	인식(P:Perceiving)
정리 정돈과 계획 의지적 추진 신속한 결론 통제와 조정 분명한 목적의식과 방향 감각 뚜렷한 기준과 자기의사	상황에 맞추는 개방성 이해로 수용 유유자적한 과정 융통과 적응 목적과 방향은 변화할 수 있다는 개방성 재량에 따라 처리될 수 있는 포용성

2.2 외국어 학습과 학습자의 심리 유형적 요인

'심리유형'이라는 것은 인간이 가지고 있는 특성의 독특한 양식이며, 행동의 원인과 결과를 설명하는 데 있어서 그 사람의 총체적인 특성이라고 할 수 있다. 또한 심리 유형적 특성은 인간이 어떻게 학습하고, 무엇을 학습하는가에 대해 개별적인 특성을 예측할 수 있게 해주기 때문에 외국어 학습에 있어서 개인의 반응과 학습결과를 이해하는 데에 중요한 학습 요인이 된다.

제2언어 습득연구 분야에서 지금까지 이루어진 학습자의 성격요인에 관한 연구를 시대별로 살펴보면 70년대는 주로 학습자의 외향성과 내향성에 관한 연구가 주를 이루고 있으며, 외향성이 외국어 학습과 긍정적인 상관관계를 가진다는 연구결과를 얻었다. 하지만 80년대에 들어서는 학습자의 외향성이 외국어 학습을 촉진시키는지에 관해서 일관된 연구 결과를 얻을 수 없었으며, 단지 각기 다른 형식으로 외국어 학습에 영향을 주고 있다는 결과를 얻었다. 90년대에 들어서는 외향성뿐만이 아니라 내향성이 인지적, 학문적인 언어능력의 발달과 긍정적인 상관관계를 가진다는 조사결과와 MBTI검사에 의한 심리유형에 따라 학습할 때 학습자마다 자주 사용하는 학습전략에 차이가 있다는 결과를 얻었다. 하지만 그동안 학습자의 성격요인과 관련한 연구들이 학습자의 외향성이나 내향성 등 인간 성격의 극히 제한된 특성만을 다루고 있는 점과 성격과 외국어 학습을 연결하는 이론적 토대가 미흡한 것이 문제점으로 지적되고 있다.

2.3 심리유형과 학습동기

MBTI를 이용하여 학습자를 선호별로 유형화 하고 그들이 학습을 하기 위해여 어떤 선택을 하는지, 학습하고자 하는 것에 어떻게 접근하는지, 문제들을 어떻게 푸는지 그리고 다른 종류의 학습 과업을 어떻게 시행했는지 등을 학습 상황에서 관찰한 결과 각 유형별 학습 선호가 매우 뚜렷하다는 결과를 얻었다. 이것으로 유형의 선호는 매우 실제적인 것이라는 것을 알 수 있으며, 정신 활동에 있어 각 유형의 강점과 가치, 경향을 아는 것은 그 장점을 잘 활용하도록 도울 수 있다는 것을 의미한다.

유형의 차이라는 관점을 통해 동기를 볼 때 동기에서 가장 중요한 특징은 지배적인 정신 활동(주기능)이라고 불리는 것이다. Jung의 관점에서 모든 정신 활동은 4가지 범주–감각적 인식(S), 직관적 인식(N), 사고적 판단(T), 감정적 판단(F)중의 하나로 분류될 수 있다. 4가지 요소 중의 하나가 지배적이며, 그것은 자동적이고 우선적으로 행동화되어 나타나는 과정이다. 또한 나머지 3가지 기능을 배치하는 기준이 될 뿐만 아니라 인격에 있어 매우 큰 역할을 한다. 주기능은 항상 정신의 중앙에 존재한다.

예를 들면 사고기능을 주기능으로 가진 학생들은 논리적으로 조직화된 경험을 찾으려는 기대를 갖고 수업에 임한다. 그들은 교사와 교재들이 그들에게 사물의 인과 관계와 사물의 동인이 되는 것이 무엇인지를 학습할 기회를 주기 원한다. 만약 그들이 논리적인 이유와 순서, 교사의 객관성과 공정성을 발견하지 못한다면, 그들의 주요 동기는 소진되고, 최선의 학습을 달성하지 못한다. 감정기능을 주기능으로 가진 학생들은 교실에 올 때 논리적 순차성은 우선 순위가 못된다. 그들은 교사가 학생들을 배려하고, 따뜻함과 동정심을 가지고 학생들과 접촉하며, 그들의 마음에 닿을 수 있는 학습 경험이 제공되기를 원한다. 만약 교실에서 마음에 불편한 것이 발견되면 그것이 직접적으로 그들과 관련 있는 것이 아닐지라도 그 교실에서의 욕구는 닫혀버린다. 감각 기능을 주기능으로 갖는 학생들은 논리적이고 순차적인 수업과 조화로운 관계에 가치를 두지만 이러한 것들이 그들에게 주요 동기가 되지 못한다. 그들은 무엇보다 학습을 통해 뭔가 실제적인 것을 갖기 원하고, 지금 바로 명확하고 유용한 것을 원한다. 이들은 새로운 아이디어의 즉각적인 유용성을 보지 못한다면, 그리고 실제적으로 활용하는 것을 통해 그 가치를 배우지 못한다면 공부하는 데 최선의 에너지를 발휘하지 못한다. 직관 기능을 주기능으로 갖는 학생들은 수업에서의 논리적인 순서, 다정스러움과 따뜻함, 그리고 즉각적인 실용성 등의 가치를 인정하지만, 이것들이 그들의 동기의 핵심은 아니다.

그들은 수업에서 영감과 상상력을 일깨우는 뭔가를 발견해야 한다. 그렇지 않으면 수업 장면에서 그 어떤 것보다 그들이 매우 싫어하는 무기력과 무감각함을 느끼게 될 것이다. 그렇게 되면 그들은 단지 학습 활동만을 따라 가든지 그렇지 않으면, 독단적으로 무엇을 함으로서 자신을 자극하거나, 단지 그들의 마음을 기댈 수 있는 작은 무언가라도 찾게 될 것이다(Gordon Lawrence, 1997).

2.4 심리유형과 학습방법

학습 상황은 심리유형과 관련이 있다. 하지만, 심리유형 자체가 학습능력과 관계가 있는 것은 아니다. 다만 어떠한 학습에서 특정적으로 요구되어지는 학습 활동이나 기술 등을 발달시키는 과정, 즉 학습을 하는 상황이 심리유형과 관련이 있다고 본다. 예를 들면 그룹 활동이 많이 요구되어지는 교실 활동에서는 외향형이 유리하며, 오랜 시간 집중을 요구하는 학습 상황에서는 내향형의 학습자가 유리할 것이다. 따라서 학습자는 자신의 심리유형이 조금 더 선호하는 학습 상황에 대한 이해를 통해 다양한 학습에서 요구되어지는 학습의 기술을 발달시키는 것이 필요한 것이다. 판단형(J)과 인식형(P)의 경향은 학습 스타일과 관계가 많은데 기존의 학교교육에서는 판단형(J)의 학습자가 유리한 것으로 보인다. 그것은 계획성과 마감일을 지키는 것을 요구하는 학교 사회에서 판단형(J) 경향이 유리하다는 의미이며 인식형(P)보다 더 많은 것을 학습할 수 있다는 의미는 아니다. 교육 행정을 담당하는 사람들은 주로 판단형(J)의 사람들이 많기 때문에 인식형 학생들이 종종 학교나 수업이 자신과 맞지 않는다는 느낌을 받는 것은 어떻게 보면 자연스러운 일이 될 수 있다. 따라서 우리는 우리의 심리유형의 경향성을 알아가는 것을 통해 그 심리유형이 선호하는 학습 상황과 학습 스타일을 이해하고 보다 나은 학습 결과를 얻을 수 있도록 학습 스타일을 조정해 가는 것이 중요하다. 이것은 자신이 가신 심리유형을 바꾸라는 것을 의미하는 것이 아니라 자신의 심리유형이 가지는 학습의 경향성을 최대한 활용하면서 그 유형의 역동적인 기능을 학습에 적용하는 것을 의미한다 (Gordon Lawrence, 1997). 표<2>는 각 4가지의 지표가 선호하는 학습양식을 정리한 것이다.

<표2> MBTI의 4가지 지표에 따른 선호하는 학습방법

(Gordon Lawrence, 1997, 부분인용)

외향(Extroverion)	내향(Introversion)
· 행동먼저, 이후 반추적 사고 · 새로운 자료에 뛰어들기 · 학습 자체의 목적을 넘어, 강렬하고 흥미있는 외부 요인을 가짐 · 누군가에게 가르치도록 준비하는 공부하기 · 주의 집중을 방해하는 것을 피하기	· 반추적 사고 먼저,(필요하다면)행동하기 · 내적 대화에 적합한 새로운 자료 구하기 · 사적으로 일하기, 믿을 수 있는 사람과 함께 자신의 일 체크하기 · 읽기가 학습의 주된 방법 · 학습할 주제에 대해 다른 사람의 이야기 듣기, 그리고, 그들이 해야 할 것을 개인적으로 접근하기
감각(Sensing)	**직관(Intuition)**
· 새로운 자료의 유용성을 찾아서 실용적으로 접근 · 자신의 개인적 경험을 중시. 친숙하고 실속 있는 사실 들에서 시작하고, 그것들로부터 추상적 개념과 원리를 뽑아냄 · 특성을 관찰하고 자료 수집하기	· 영감 따르기 · 새로운 자료로 뛰어넘기 · 새로운 자료를 통한 자기방식 찾기 · 세부사항 전에 전체 밑그림을 원함 · 현재 기술을 갈고 닦기보다 새로운 기술 탐험하기 · 문맥을 읽고 이해하기 · 세부 사항과 실제적 사실보다 일반적 개념에 집중

사고(Thinking)	감정(Feeling)
· 논리적으로 구조화 된 주제 · 논리적 체계로 조직화된 교실 · 정서적 방해로부터 자유로운 교실 · 분석할 흥미로운 문제 · 혼란한 상황을 벗어나 논리적인 질서를 따르기를 원함 · 자료를 완전히 정복하기를 원함	· 인간적인 관점에서 그들이 깊이 돌볼 수 있는 연구주제 · 사람과 관련 없거나 개별화된 활동보다 인간관계를 통한 학습 · 따뜻하고 우호적인 분위기의 교실 · 타인의 요구에 호응하여 돕는 것을 통한 학습
판단(Judging)	**인식(Perceiving)**
· 초기부터 학습 상황이 뚜렷한 구조 · 계획되고 짜여진 일이나 질서정연한 과정에서 에너지를 흡수 · 과제를 심각한 일로 여기고 그 일을 끝까지 해냄	· 미리 계획된 구조 없이 새로운 경험에 열려져 있는 상황 · 뭔가 새로운 것을 발견할 수 있는 학습 · 과제를 재미있게 하기 위해서 일상적 과제를 하는데 신선한 방법 찾기 · 자발적으로 호기심을 따름

3 학습자와 교사의 상호관계

3.1 심리유형의 역동성과 발달을 위한 방법

심리유형을 발달시켜 간다는 것은 자신의 유형을 바꾼다는 의미가 아니라 개개인이 가진 심리유형의 경향성을 최대한 활용하면서 최대한의 학습결과를 낳을 수 있도록 학습 스타일을 조정해 가자는 것이다. 새로 습득한 학습 스타일 중에서 자신에게 가장 적절하고 지속적으로 남아 있는 것은 자신의 심리유형과 관계가 깊지만, 좀 더 높은 학습 효과를 위해서는 자신의 주된 학습 방법의 경향성을 보완하기 위해 어떠한 학습 방법이 보조적으로 필요한지 이해할 필요가 있다. 대부분의 교사들은 학생들이 최상의 학습 능률을 올리기를 바라고는 있지만 지도 방법을 모를 때가 많다. 그러한 경우에 학생이 스스로 교사들로 하여금 도와줄 수 있도록 합리적인 요구를 할 수도 있다. 예를 들면 직관(N)적인 교사의 강의를 감각(S)적인 학생이 따라가기 어려운 경우가 있는데, 이럴 때 일반적인 개념을 중심으로만 설명하는 직관(N)형의 교사에게 감각(S)형의 학생은 구체적인 예문이나 적용 상황을 제시해 달라고 요구하는 질문을 통해 문제를 해결할 수도 있다. 이와 같은 경우는 심리유형의 역동성에 대한 이해를 통해 보완할 수 있는 방법을 찾는 예라고 할 수 있다 (Gordon Lawrence, 1997).

3.2 교사의 자기 이해의 필요성

교사가 교실에서 수업을 할 때 이와 같이 16가지의 심리유형에 따른 학습자들의 동기나 학습 방법을 다 기억하는 것은 실질적으로 어려울 수 있다. 하지만 학생들에게 심리유형에 따른 개별적인 차이점이 존재 한다 것을 인식하고 이해하려고 노력하는 자세는 학생들의 학습 성취도에 많은 영향을 준다. 따라서 교사가 이러한 심리유형의 차이점을 활용할 줄 안다면 매우 유익할 것이다. 또 한편으로는 교사는 자기 자신이 선호하는 학습 스타일대로만 가르치는 것을 선호하고 있지 않은 지 점검해 볼 필요가 있다. 예를 들면 판단형 교사와 판단형 행정가가 주류를 이뤄 온 학교에서 간 혹 인식형의 학생들의 충동적인 행동은 결점으로 취급되고, 판단형들의 행동들이 모든 사람들이 따라야할 모델처럼 보여 지는 경우가 있는데, 이와 같이 교사는 자신과 닮은 성격 경향을 가진 학습자는 이해하기 쉬운 반면, 그 반대의 경우에는 교실 안에서 부정적인 역동 관계가 생길 가능성도 있다. 따라서 교사가 균형 잡힌 시각을 가지기 위해서는 자기를 이해하는 과정이 필요하며 이는 인간과 관련된 직업상 간과할 수 없는 과정이다. 교사 자신이 자신의 특성을 알아야 비로서 학습자의 다양한 개성을 발견할 수 있고 그러한 상호이해를 통해 교육의 참된 기쁨을 느낄 수 있기 때문이다 (大野雄子, 2006).

참고문헌

김정택 김명준 역(1999) 『심리유형의 역동과 발달』서울:한국심리검사연구소 1- 7.

大野雄子(2006)「教師の自己理解の必要性-教育とMBTI」『2006年度日本語教育学会秋季大会予稿集』26-31.

林さと子 外(2006)『第二言語学習と個別性』横浜: 春風社 48-53.

Brown. H. D(2003) *Principles of language learning and teaching 4th* NY:Person Education

Gordon Lawrence(1997) *Looking at Type and Learning Styles* Center for Applications.
(이 정희 외 다수 역, 2000, 『성격유형과 학습스타일』 서울:한국심리검사연구소)

Isabel Briggs Myers, Mry H. MeCalley (1985) *Manual: A Guide to the Development and Use Of the Myers-Briggs Type Indicator* : Consulting Psychologists Pr; Subsequent.
(김정택, 심혜숙, 제석봉 역, 1994,『MBTI개발과 활용』 서울:한국심리검사연구소)

Nomi. L. Quenk(1996) *In the grip* : Oxford Psychologists Press.
(심민보, 신영규 역, 2004, 『성격유형과 열등기능』 서울:한국심리검사연구소)

제4장

문화 이해 교육의 이해

4-1 문화 이해 교육의 추이와 범주
4-2 일본어 언어행동의 특징
4-3 일본어 교육과 무의도적 기호
4-4 문화 이해 교육의 실제

4-1

문화 이해 교육의 추이와 범주

· 이덕봉 ·

1 새로운 패러다임의 필요성

20세기 산업화 시대를 통해 실시된 외국어 학습의 주된 목적은 정보수집과 업무상의 통번역에 있었다고 할 수 있다. 그러한 시대적 수요 환경에서는 정확한 문법과 다량의 어휘 실력을 쌓는 것이 학습 성취의 주된 내용이었을 것이다. 그러나 현대와 같은 정보화 국제화 시대에는 정보 수집과 번역은 인터넷 데이터 베이스와 자동 번역기로 간단히 해결되게 되었고 통역 또한 기계 통역의 발달로 빠른 속도로 일용화가 급진전되고 있다. 또한 국제화에 따른 문화간 접촉의 기회가 빈번해짐에 따라 타문화(他文化)에 대한 이해와 문화의 다양성에 대한 이해가 필요하게 되었다. 민간의 직접적인 교류와 인터넷을 통한 문화간 대화가 급증하게 되어 문화 충돌과 오해가 팽배해지고 있는 것이다. 또한 정보화 시대를 맞아 범람하는 정보속에서 목적에 맞는 올바르고 가치있는 정보를 신속하게 검색하여 정리하는 능력을 필요로 하게 되었다.

따라서 이러한 시대적 환경에 놓인 현대의 외국어 교육은 정보를 번역하는 것 보다는 정보를 검색하는 능력을 기르는 데에 중점이 주어지게 되고, 문화간 직접적인 교류에 따른 타문화 이해의 교육에 힘을 기울이지 않으면 안되게 된 것이다.

현재의 문화 교육은 일본어 교육과 일체가 되어 언어 교육의 과정에서 다루어지는 것과 「일본사정」이나 「일본문화의 이해」와 같은 독립적인 과목으로서 일본에 관한 지식 교육에 중점을 두어 가르치는 것이 있다.[1)] 문화 이해를 언어 교육 안에서 다룰 것인가 아니면 별도의 과목으로서 다룰 것인가의 문제는 일본어 교육에서 문화를 가르치는 목적이 어디에 있으며 다루어야할 문화를 어떻게 보는가에 따라 달라진다.

따라서 문화 이해 교육이 성공하기 위해서는 교육의 목적과 이념이 확립되어 있지 않으면 안 된다. 왜냐하면, 기존의 언어와 문화라는 별개로 취급되던 분야를 새롭게 결합시키는 작업이므로 교육관이 확립되지 않고서는 교육의 방향과 내용을 정할 수 없기 때문이다. 즉, 문화를 이해시킨다는 것이 무엇을 의미하는 것인지, 문화로서는 무엇을 가르쳐야 하는 것인지, 문화 이해 교육이란 가능한 것인지가 확실하지 않은 상태에서는 체계적인 결합은 기대하기 어렵기 때문이다.

1.1 문화교육의 발단

외국어의 교육이념은 시대적 요구를 바탕으로 형성되기 마련이다. 국제간에는 윤리가 없다고 생각되었던 시대의 언어와 문화 교육은 자국 문화의 세계를 향한 확대만을 염두에 두었을 것이다. 그러나 오늘날과 같은

1) 金本節子(1988) 「日本語教育における日本文化の教授」日本語教育65 p. 1

글로칼리제이션(glocalization)[2]시대에는 지역 공조 체제를 통한 지역 구성원의 공생 공영이 목적이므로 평등한 관계는 물론 서로를 이해하고 존중하는 태도가 중요하게 된다. 따라서 이러한 시대의 일본어 교육은 언어 교육만으로 그치지 않고 서로의 문화를 이해할 수 있도록 교육하여야 하는 것이다.

현대 한국의 외국어 교육 정책에서 보인 문화 이해 교육에 대한 관심은 다음과 같은 과정을 거쳐 오늘에 이르게 된다.

87년11월 외고(각종학교)의 신설 교육과정에 일본 문화과목 신설
92년10월 제6차 교육과정에 외고(특목고) 과목에 문화과목 개설 계승
96년 3월 외고 일본어과의 국정교과서 제6차 교육과정용「일본문화 1」 출판
96년12월 교육부 주관 제1회 중등 교원 채용 시험 일본어과 시험 문제에 문화 관련 문제 15% 반영 실현
96년12월 제7차 교육과정 중학 일본어과 내용에 문화 내용 항목 신설
97년12월 제7차 교육과정 고교 일본어과 내용에 문화 내용 항목 신설
99년 2월 대학 수학 능력 시험에 문화 관련 문제가 반영됨을 고시
00년11월 대학 수학 능력 시험 일본어과 시험에 문화 관련 문제 10% 반영 시작
00년11월 한국 일본 학회 주최 일본어 교육 세계 대회에서 문화 교육 세션 신설
01년 3월「중학 생활 일본어」국정 교과서에 문화 학습 내용 대폭 반영
01년 8월 서울 일본어 교육 연구회 자율 연수에서「문화를 도입한 일본어 교수・학습 방법」을 다룸.

2) globalization과 localization의 합성어로서 1995년경부터 사용되어 온 용어이다.

03년 3월 외고 일본어과의 국정교과서 제7차 교육과정용「일본문화」 출판

우리나라 외국어 교육에서 문화 교육의 필요성이 구체화 된 것은 1986년 5월에 당시 대통령의 요청에 따라 경제기획원 주최로 한국교육개발원(KEDI)에서 개최된 '한국인의 외국어 능력 향상을 위한 방안[3]'을 논의하기 위한 7개 기관[4] 대표자 8인의 회의 때로 거슬러 올라간다. 당시 회의에서는 외국어 교육 목적의 시대적 변화를 들어 해당 언어 지역인을 설득할 수 있는 외국어 교육을 위해 각 언어권의 문화 교육의 필요성이 거론되었고, 그 이듬해인 1987년 교육개발원은 각종 학교로 출발한 외국어 고등학교의 모든 외국어과의 교육과정에 문화 과목을 개설하게 된다. 그 후 문화 과목은 1992년에 특목고로 승격된 뒤에도 계승되었고 1994년에는 처음으로 외고용 일본문화 교재 개발에 착수하게 되어 1996년에 제6차 교육과정용 국정 문화교과서가 교재로 개발 사용되게 된다. 일본어의 경우는「일본문화 Ⅰ Ⅱ」라는 명칭으로 개발되었으나 교과서는 일본문화 Ⅰ만 개발 되었고 제7차 교육과정기에는 '일본문화'로 개칭되어 국정 교과서가 개발되었다.

제2외국어 과목에 있어서 제7차 교육과정은 종전의 교육과정과 다른 의미를 갖는다. 그것은 종전의 중학교 영어 교육과정을 복사하던 개발 방법에서 벗어나 각 언어의 특징을 살린 독자적 교육과정을 개발하게 된 첫 번 째 교육과정이기 때문이다. 제7차 교육과정이 개발되면서 교육개발

---

3) 본고 필자는 제2외국어 분야 위원의 자격으로 참석하였으며 문화 교육의 필요성을 제안한 바 있다.

4) 경제기획원, 외무부, 교육개발원, 전국 외국어 학원 협회(회장, 부회장), 기업 부설 연수원(현대연수원), 영어 교육 분야(고려대학교 사범대학 교수), 제2외국어 교육 분야(동덕여자대학교 교수)

원에서 독립하여 개설된 한국 교육과정 평가원의 제2외국어 교육과정 개정 연구진은 제2외국어의 지역적 성격을 중시하여 영어와는 별도로 교육목표와 내용에 문화 항목을 새로 설정하게 되어 일반고의 교육내용에도 문화 교육이 자리를 잡게 된다.

외국어 교육의 새로운 패러다임으로서의 문화 교육은 시대적 요구의 반영이라는 점에서 필연적이라고 할 수 있다. 첨단정보화 및 세계화 시대가 확대되면서 정보 검색과 개인 레벨의 다양한 교류로 인한 문화 충돌이 표면화 되게 된다. 외국어 학습의 궁극적 목적이 의사소통에 있음에도 불구하고 문화 충돌로 인해 목적 달성이 어려워지게 된 것이다. 국경을 넘는 국제적 교류와 인터넷에 의한 지구레벨의 접촉은 단일 민족 단일 언어 단일 문화적 환경에 있던 지역이 다문화적(多文化的) 환경으로 변하게 된 것이다. 이러한 시대적 요구를 반영하여 한국의 교육과정에서 설정한 외국어 학습에 있어서의 문화 이해는 상호 이해를 위한 커뮤니케이션을 성립시키기 위하여 설정한 학습과정이라 하겠다.

2 문화 교육의 이념

문화는 그 정의가 다양하여 확실한 영역을 설정하기 어려운 만큼, 외국어 학습에 있어서의 문화 교육의 목적 또한 다양하다. 일본인 교사와 한국인 교사 사이에도 차이가 있을 수 있고, 한국과 일본의 일본어 교육에 관련 각종 기관에 따라서도 다를 수 있다. 예를 들면 한국의 교육인적자원부, 일본 관련 학회, 대학의 전공 학과, 중등교육 기관, 외국어 학원, 기업 부설 외국어 연수원 등 각자 그 목적이 다를 수 있다. 그리고, 일본의 국제 교류기금과 일본어 교육 국제 센터, 서울 일본 문화센터, 일본어 교육학회, 국립국어연구소, 국제 문화 포럼, 일본어 학교 등 제각기 설정한 문화 교육의 목적에 따라 교육의 내용과 방법에 차이가 있을 수 있다. 이는 외국어 교육에 문화 교육을 도입하게 된 것이 예전에 없던 새로운 학습 패러다임이기 때문이다. 문화에 대한 정의도 확실하지 않고 무엇을 어떻게 가르쳐야 하는지도 아직 구체화되거나 보편화 된 이론이 정착되지 않았기 때문이다.

문화 교육의 목적에는 전혀 다른 몇 가지 이질적 의도가 있을 수 있다. 먼저 ① 외국 문화에 대한 모방과 심취, ② 자기 나라의 정치 및 경제 시장을 확대하기 위한 설득 수단, ③ 일본 사회에 적응하는 능력을 키우기 위한 동화 교육, ④ 문화간 상호 교류를 위한 이해 교육, ⑤ 다문화주의적 사고를 기르기 위한 교양 교육 등 이질적인 동상이몽적 목적이 있을 수 있다.

이처럼 문화 교육을 거론할 때는 그 이념이 어떤 것인가에 따라 문화 교육의 목적과 내용이 달라질 수 있으므로 먼저 이념 정립을 확실히 할 필요가 있다고 하겠다. 이념 여하에 따라 일본의 무엇을 이해해야 하는지, 그리고 언어 학습자만이 이해해야 하는 것인지, 대화 참가자 모두가 이해해야 하는 것인지가 달라지게 될 것이다. 그리고 문화의 이해라는 것이 무엇인지, 문화를 이해하는 것은 가능한 것인지에 대해서도 설정 목표가 달라질 것이다.

한국의 일본어 교육 정책에 있어서의 문화 이해에는 6차 교육과정 때와 7차 교육과정 사이에 상당한 차이를 보이고 있다.

6차 교육과정의 문화 교육 목표 1. 일본인의 일상생활과 관습을 이해하게 한다 2. 일본인의 생활과 문화를 이해하고 올바른 가치관 형성에 도움이 되게 한다.
7차 교육과정의 문화 교육 목표 1. 일본의 일상생활 문화에 대해 깊은 관심을 가지고, 일본문화를 이해하고자 하는 자세를 기르며, 일본과의 국제 교류에 적극적으로 참여하는 태도를 가진다. 2. 일본의 문화에 대하여 깊은 관심을 갖고, 일본인의 행동양식을 이해하며, 일본과의 국제 교류에 능동적으로 참여하는 태도를 가진다.

위에서 보는 바와 같이 6차 교육과정에는 일본인의 생활과 관습, 문화를 이해하고 나아가 자신의 올바른 가치관 형성에 도움이 되게 한다고 하여 자신의 가치관 형성이 최종적인 목표로 설정되어 있다. 그러나 7차 교육과정에는 일본 문화에 대하여 관심과 자세를 갖게 하고 교류활동에 능동적으로 참여하는 태도를 기르는 데에 중점을 두고 있고 행동양식을 이해하는 데에 목적을 두고 있다. 즉, 6차에서는 올바른 가치관 형성에 도움을 주는 교양적 목적이 강하고, 7차에서는 상호 교류를 전제로 한 의사소통 능력의 신장에 있는 것이다. 따라서, 7차 교육과정과 같은 목표를 가진 문화 교육은 언어 행동 문화의 이해가 중심이 될 것이므로 소위 일본 사정과 같은 교육 내용을 요구하는 것은 아닐 것이다. 다만, 교류와 일상 생활과는 밀접한 관계에 있기 때문에 교류를 전제로 하는 외국어 교육에 있어서는 언어 행동보다는 한 발 더 나아가 일상 생활 문화에 대한 이해와 의식 구조, 종교 사상 등에 대한 이해도 필요할 것으로 생각된다.

3 언어와 문화의 관계

문화에 관한 종래의 정의[5]를 정리해 보면 '인간이 자연 및 사회 환경에 적응하는 폐쇄적 행동 형태이며, 집단내의 공통적인 행동 양식과 인간에 의해 형성된 유무형 산물을 포함하는 것'으로 요약할 수 있다. 따라서 인간이 행하고 만들어 낸 모든 것이 문화의 범주에 들어간다고 할 수 있겠다. 그러므로 문화를 이해하고 가르친다는 것은 그 개념의 폭이 너무 커서 모든 것을 가르친다는 말과 마찬가지가 될 수 있는 것이다. 따라서, 일본어 교육에 있어서의 문화 교육의 성격을 확실하게 해두지 않으면 문화 항목의 망라에 빠질 우려가 있고 언어 교육과 문화 교육의 주객이 전도될 위험성마저 있는 것이다.

문화간 커뮤니케이션이 성립하는 과정에 있어서 종래의 커뮤니케이션 과정에 추가되어야 할 것은 그림1에서와 같은 문화 코드의 개입이다. 메시지를 해독함에 있어 문화 코드가 필연적으로 작용하게 되는데 이러한 문화 코드는 매우 종합적이고 복합적인 성격을 갖는다.

그림1) 커뮤니케이션의 성립 과정

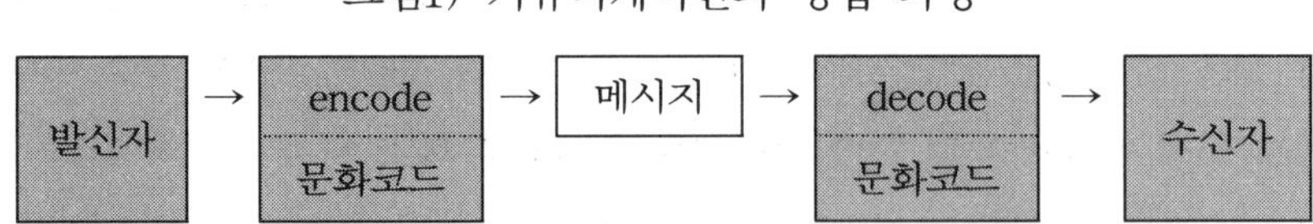

5) 河野理恵(2000) 「“戦略”的「日本文化」非存在説」『21世紀の日本事情』2 pp 4-15 를 참조 바람.

언어가 전달하는 정보는 매우 종합적인 것이어서 여러가지 영역을 포함한다. 언어 행동에 관여하는 대표적인 분야만을 들어 보아도, 언어의 문법적 형식, 단어와 문장의 의미, 문자와 표기법 방언 경어법과 같은 제반 언어 지식, 표현에 다른 미묘한 언어 감각, 방언과 표현 형식 등에 대한 언어 의식, 음성 등에 관한 광역 언어에 대한 감각, 제스쳐와 같은 비언어 행동, 대화 상대와 기능별 장면, 대화 장면이 처한 상황, 대화 관계자들의 인간 관계, 언어 전달 매체, 화제에 관한 가치관, 화자와 청자의 심리, 사회적 윤리, 전통 관습, 종교, 사상, 행동 체계 등 분야를 특정지울 수 없을 만큼 많은 분야가 언어 행동에 깊이 관여하고 있는 것이다. 따라서 언어를 이해한다는 것은 이러한 광범위한 영역에 걸친 종합적 이해가 수반되지 않고서는 불가능하다고 할 것이다. 언어문화 정보의 이러한 종합적인 영역에 걸친 사항을 일상 생활과 언어 행동으로 나누어 구조화 해보면 그림2와 같다.

그림2의 Ⅰ Ⅱ Ⅲ 단에 해당하는 내용과 Ⅳ단의 우측 두 사항은 언어 행동 문화에 관련 된 것으로서 언어학습과 함께 다룰 수 있는 것들이다. 그러나 Ⅳ단의 '행위 체계'에 해당하는 내용은 언어 학습 보다는 '일본사정'이나 '일본 문화의 이해' 시간에 다루어지는 것이 더 바람직한 사항이 되겠다. 단, 행위 체계를 이해하기 위해서는 풍토와 일상 생활과 연중행사, 사회 규범, 인간 관계, 종교, 가치관, 의식 구조까지 매우 폭넓은 학습이 되어야 할 것이다.

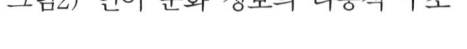

그림2) 언어 문화 정보의 다층적 구조

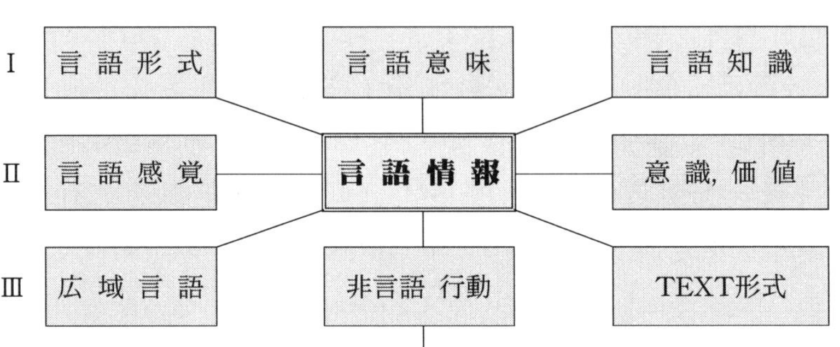

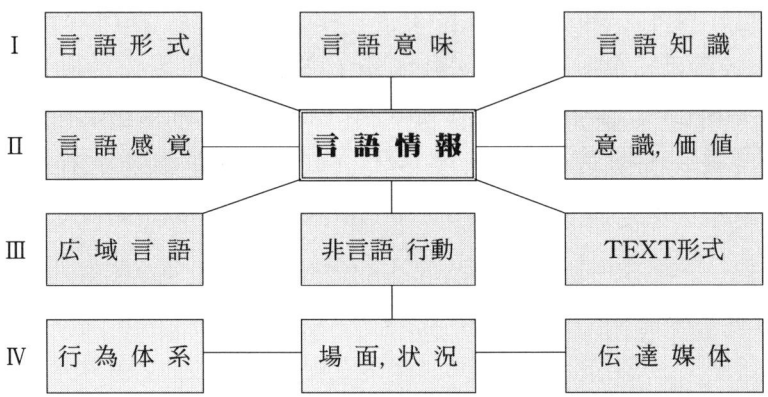

언어 정보의 이러한 다층성에 입각하여 특정 문화권의 언어 행위 문화를 이해하기 위한 학습 내용의 모델을 제시하면 그림3과 같다.

그림3의 '언어문화행동'의 모델은 언어 교육에서 필요로 하는 문화 내용을 언어 행동문화에 두고 설정한 것이다. 언어 문화 행동은 네우스토프니의 사회문화행동(SC)의 개념과 유사하다고 할 수 있으나[6], 사회 문화 행동이라는 광범위한 개념 보다는 언어와 관련된 행동문화를 중심으로 파악하기 위해 본고에서는 '언어문화행동(LCB;Language Cultural Behavior)'이라는 용어를 선택한 것이다. 여기에서 말하는 '언어'는 행위 차원에 해당하는 광범위한 개념에 속한다. 따라서 '언어문화'를 'Lingual culture'보다 'Language Culture'라고 명명한 것이다. 여기에서 중요한 것은 언어 문화 행동의 체계인 '행위 체계'[7]의 맥락에서 파악한다는 점이다. 행위 체계란 인간의 행동 문화를 구성하는 체계를 본능, 퍼소낼러티,

6) J.V.ネウストプニ(2002)「文化を教えるとは?」『月刊日本語』8-1. p.22
7) Talcott Parsons(丸山哲央訳1991)『文化システム論』東京:ミネルヴァ書房

사회체계, 문화체계의 4단계로 하위 분류한 것으로서 모든 인간의 행위는 이러한 하위 분류로서 설명이 되게 된다. 다만, 본고에서는 이를 약간 수정하여 풍토환경의 요인을 추가하여 새로운 행위 체계를 구성하였다.

그림3) 문화간 '언어문화행동' 교육 내용의 모델[8)]

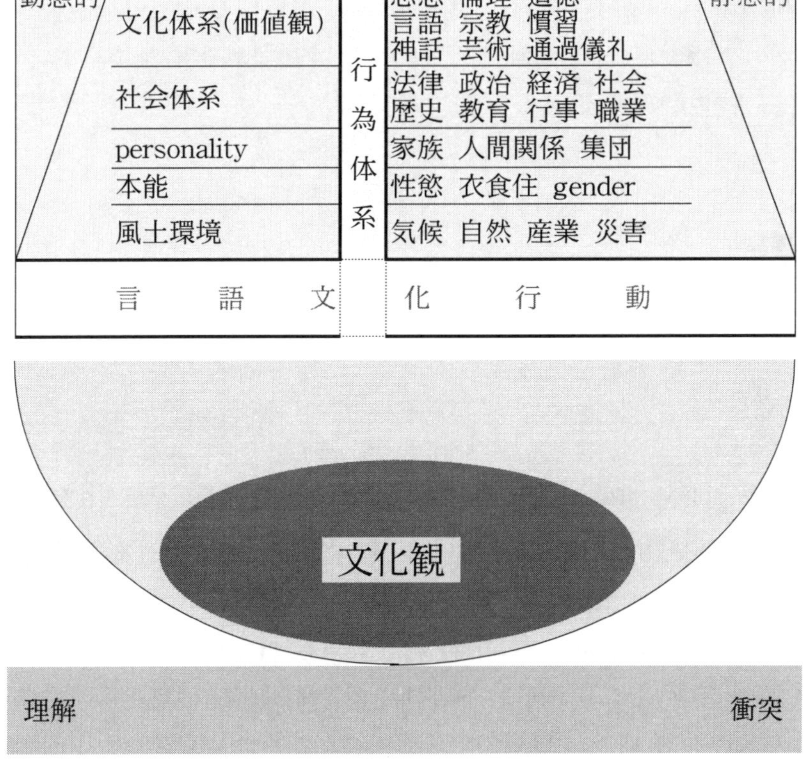

8) 이 모델은 사회학자 T. Parsons의 '행위 체계 이론'에 풍토적 환경을 추가한 필자의 수정 행위 체계 이론에 입각하여 작성한 것으로, 인간의 행위 체계를 구성하는 여러 문화 항목을 체계화 한 것이다.

그림3의 '동태적'과 '정태적'은 문화 현상을 개별적이고 가변적인 동태적인 것으로 파악하고자 할 때 문화관은 이해 쪽으로 기울 것이고 정태적 고정적인 것으로 기울 때 충돌의 가능성은 커진다는 것을 시소 원리의 둥근 바닥으로 나타낸 것이다. 행위 체계는 풍토 환경과 본능, 퍼소낼러티, 사회체계 문화 체계 등에 의해 종합적으로 형성된 행위체계에 의해 표현되고 이해되는 언어 문화 행동을 문화관의 여하에 따라 수용자의 이해와 충돌의 비율이 정해지는 것을 나타낸 것이다. 결국 언어 교육에 있어서의 타문화의 이해의 핵은 바르고 긍정적인 문화관의 형성에 있다고 해도 과언이 아닐 것이다.

4 문화 교육의 방법과 방향

1) 방법

문화 교육에 있어서 가장 먼저 염두에 두어야 할 일은 문화 이해는 문화 사항에 관한 지식의 암기가 아니라는 것이다. 문화의 이해란 자신의 행동으로 수용되었을 때 가능한 것이다. 성장과 교육을 '문화화의 과정(Process of culturalize)'이라 하듯이, 문화란 어렸을 때부터 성장 과정을 통해 몸에 익혀 온 생활의 결과이기 때문에 타문화(他文化)의 이해란 불가능한 것이 될 것이다. 다른 문화권에 이주하여 이민족으로서 살 때 몇 십년을 살아도 적응하지 못하는 부분이 있다는 사례는 많다. 그렇다면 외국어 학습자가 이해할 수 있는 문화 이해란 어떤 것이어야 하는가. 본고에서는 문화 이해를 위한 학습의 목적은 타문화 이해를 위한 태도 형성에 있다고 본다. 자신을 이문화에 동화 시킬 수도 없고 감각적으로 이해할 수도 없지만 자신의 문화와 타문화의 차이를 인식하고 그 차이에 대한 해석을 통해 그 당위성을 이해한다면 타문화에 대해 인정과 섬김(respect)의 태도는 육성되리라 생각한다.

본고에서는 타문화를 접하고 이해하는 경험의 과정을 다음과 같은 5단계로 설정할 수 있다고 본다.

① 타문화의 인식, ② 자문화와의 차이 발견, ③ 문화 상대주의적 해석, ④ 기능적 이해, ⑤ 문화관과 행동 조정(태도)

문화 이해는 궁극적으로는 경험으로 획득되어 행동의 조정으로 나타나야 한다. 그러기 위해서는 위의 5단계 학습 과정이 모두 학습자에 의해 스스로 터득되지 않으면 안 된다. 왜냐하면 지식으로서의 암기가 아니고 행동으로 나타나야 하는 것이기 때문이다. 따라서 문화 이해학습은 전 과정이 학습자에 의해 문제가 발견되고 해석되어 이해되는 철저한 학습자 중심 학습일 때 그 효과는 크다고 할 수 있다. 학습자가 체험을 통하여 스스로 판단할 수 있는 능력을 기르는 학습자 중심 학습형태가 가장 바람직하다.

(1) 학습자 중심 학습 유형

학습자 중심의 가장 발전된 형태는 체험학습과 자율학습이 되겠으나 그에 준하는 대표적인 교수법으로는 내용중심 교수법(Content Based Instruction;2-2참조)과 오픈 메소드(OM)를 들 수 있다..

오픈 메소드(Open Method)[9]는 학습주제 선정과 학습 방법 선택, 내

9) 이덕봉(1997) 「학습자 주도형 외국어 교수법 시론」Foreign Languages Education 3-2 pp155-174

용 정리, 결과 평가에 이르기까지 모든 학습 과정을 학습자의 주도로 전개되는 것으로서 내용중심 교수법의 일보 전진한 학습형태라고 할 수 있다. 학습 전개의 단계는 다음과 같다.

① 그룹 편성
② 동기 유발
③ 관심 주제 협의
④ 학습 계획 및 방법 협의
⑤ 문제 해결
⑥ 결과 발표
⑦ 상호 평가
⑧ 행동화

이와 같은 체험중심 과제해결 학습은 수행평가(8-4참조)를 적용하기에 가장 적합한 학습법이라고 하겠다. 수행 평가는 학습의 계획단계에서 수행과정 정리 발표에 이르기 까지 학습 과정의 관찰과 결과물을 통해 5단계의 평가를 실시하는 것이 바람직하다.

(2) 토픽 중심 보다는 컨셉과 장면 중심의 학습을

종전의 문화 학습은 주로 문화 항목으로서의 토픽을 중심으로 조사 발표하는 형식이 일반적이었다. 그러나 토픽 중심의 학습은 지식의 정리에는 도움이 되지만 특정 문화를 일반화 하거나 다른 문화와의 공통점을 찾기에는 연계성이 부족하다고 할 수 있다. 따라서 이해를 돕기 위한 방법으로서는 특정 문화 항목을 중심으로 하기보다는 일반적인 컨셉을 중심으로 일본에서는 어떠한 양상을 보이고 있는가를 접근해 가는 것이 바람직하다. 또한 이러한 컨십은 직접 관련 장면을 촬영한 현장의 모습을 통해 여러 가지 정보를 학습자가 찾아내고 정리해 갈 수 있도록 하는 것이 바람직하다.

2) 문화 이해 교육의 원칙

(1) 상호 이해의 원칙

문화 학습은 그 목적이 지역간의 교류와 공조 체제 형서에 있을 경우 상호 이해를 전제로 하지 않으면 안 된다. 일방적인 이해의 강요는 동화 교육이거나 주종관계에서만 성립되는 것이기 때문이다. 상호 이해를 위해서는 상대 문화에 대해서도 알아야 하겠지만 자문화에 대해서도 알아야 하는 것은 물론이다. 특히 문화는 타문화권이 보는 모습과 자문화권에서 보는 모습과 진짜의 모습이 있을 수 있다. 타문화권에서 보는 모습과 자문화권에서 보는 모습은 진짜 모습과 상당한 거리가 있을 수 있는 것은 물론이다. 타문화권의 시각의 경우 대부분 이미지 형태로 형성되는 경우가 많다. 이미지는 전시대에 형성되거나 특정 사실을 통해 형성되는 것이어서 현실과 다른 경우가 대부분이지만 자문화를 이해하는 데 있어 다른 사람의 시각으로서의 이미지가 형성된 배경을 이해할 필요가 있다. 그렇지 않고서는 이미지를 선입관으로 안고 있는 타문화권 학습자들에게 지금의 자문화를 이해시키기는 어려울 것이다.

(2) 상호 교육의 원칙

이해라는 행위가 상호적 속성을 갖는 것처럼 언어 또한 상호 교육이 실현되었을 때 진정한 상호 이해가 실현되게 된다. 그러나 현재의 동아시아의 언어 교육은 상호 교육의 환경에는 크게 미치지 못하는 실정이다. 한국의 경우 일본어 학습자와 중국어 학습자가 상당한 숫자에 달하고 있는 것과는 달리, 일본의 경우 중국어 학습자수에 비해 아직은 우리말 학습자수가 미진한 상태이고 중국의 경우 일본어와 우리말 학습자가 모두 미진한 상태이어서 동아시아 3국의 언어와 문화의 상호 교육을 위한 정치적 교육적 노력이 요청된다고 하겠다.

(3) 네트워크의 원칙

문화학습은 광범위한 범위에 걸친 것인 만큼 넓고 다양한 학습자료를 필요로 한다. 광범위한 문화 학습이 주입식이 아닌 사고력 신장을 꾀할 수 있는 문화학습이 되게 하기 위해서는 학습자의 문제 해결 참여도를 늘리는 길 밖에 없다. 학습자 중심의 학습이나 자율학습을 활성화하기 위해서는 학습 리소스의 확보는 필수 불가결하다 하겠다. 그러나 교사 개개인이 모든 리소스를 준비한다는 것은 불가능에 가까운 일이다. 다행히 정보화의 진행에 따라 국내외의 문화 관련 사이트가 급증하고 있으므로 관련 사이트의 안내와 적극적인 활용이 최선책이 될 수는 있겠다. 장기적으로는 모든 교사와 학생 그리고 관련 단체들이 사이트를 통하여 개발한 자료를 공유해 가는 것이 바람직하다 하겠다.

그리고 학술연구단체와 연구 기관, 어학교재 개발 회사 및 교육 기관 등과의 네트워크 형성을 통한 협력체제 구축 또한 긴요하다. 한국 정부는 2001년 8월 4일에 APEC 회원국들의 정보격차 해소를 돕고, 교사들을 위한 정보화 및 인터넷 교육을 지원하기 위한 목적으로, 우리 교수・학생들로 구성된 "청년인터넷 봉사단" 을 발족하였다. APEC 지역내 초・중등 교사들의 「사이버교육 네트웍(APEC Cyber Education Network (ACEN)」을 구성하기 위한 ACEN Webzine(www.acen.or.kr)을 운영하는 것과 같은 국내외의 교사 네트워크의 활성화 또한 매우 필요하다 하겠다.

(4) 제도화의 원칙(교육과정의 설정)

2001년 3월부터 실시된 중학교 생활일본어 교과서에는 문화 체험 학습과정이 설정되어있다. 이 교과서는 일본어 학습의 최소화와 문화에 관한 관심과 체험을 최대화하여 국제이해의 기반을 이루는 데에 목적을 두고 있다. 따라서 이러한 교재의 취지를 살리기 위해서는 학습자가 스스로 체험할 수 있는 학습 방법을 제시해야 할 것이다.

(5) 교류의 원칙

한국의 중등 일본어 학습에 있어서의 문화 학습은 지식의 습득 보다 타문화를 접하는 시각과 태도를 기르는 데에 중점을 두고 있다. 이러한 태도 양성을 위해서는 직접적인 체험을 통한 학습이 가장 효율적이다. 문화의 이해를 위해 불가결한 두 가지 기본 전제가 있다. 하나는 상대 문화에 대한 인정과 애정을 바탕으로 하고 있어야 하며, 또 하나는 상호 이해를 통해서만 가능하다는 것이다. 이러한 목표를 가장 단시일에 달성할 수 있는 학습법으로는 교류활동을 가장 효율적인 학습방법으로 들 수 있겠다. 자매학교와의 교류활동, 홈스테이(민박)를 통한 교류활동은 그 효과가 큰 방법이다. 그 밖에 공통의 취미활동을 중심으로한 국내외 동호회 활동의 전개와 참여 또한 자율 학습의 효과를 올릴 수 있는 학습 방법으로 들 수 있겠다.

5 맺는 말

일본어 교육에 문화 이해 교육을 도입하는 것은 교사의 일본어 교육의 이념에 따라 방향과 내용이 결정된다.

한국의 일본어 학습자는 중고등학교의 연소 학습자가 80%에 달한다. 이러한 연소 학습자들은 흥미 위주의 일본 문화를 체험하고자 하는 경우가 대부분이다. 따라서 문화 이해 교육을 시킬 때는 학습자의 흥미와 전체적인 문화 이해 내용과의 밸런스를 고려하여야 할 것이다. 그리고 연소자들은 직접적인 체험을 통해 학습할 때 가장 관심이 높은 점을 잘 활용하는 학습법을 도입하여야 할 것이다.

세계화를 표방하는 시대의 국제이해 교육과 다문화 주의적 교육은 상호 이해와 상호 교육을 전제로 한다. 일본어 교육은 한국이 세계 최대의 시장 규모를 자랑하고 있으나, 교육 내용에 있어서는 일본 문화 이해 교육은 아직 초보단계에 머물고 있는 실정이다. 그리고 일본의 한국어 교육 내지는 한국 문화 이해 교육 수준 또한 양과 질에 있어 아직은 한국의 일본어 교육과 비교할 때 미흡하기 그지없다. 이러한 상황에서 상호 이해의 목표를 달성하기는 요원하다 하겠다. 따라서 문화 이해 교육이 성공하기 위해서는 상호 교육 환경을 조성하는 것과 공생 공조를 위한 교육 이념을 정립하여야 하는 것이 급선무라 하겠다.

그리고, 상호 이해는 자문화의 이해에도 해당된다. 예를 들면 한국인의 일본어 학습자 개개인에 있어서도 학습자 스스로 한국의 문화와 일본의 문화를 함께 이해함으로 해서 스스로의 내부에 문화에 대한 균형 잡힌 사고를 가능하게 할 것이기 때문이다. 그러한 의미에서 일본 문화 이해 교육은 우리 문화에 대한 이해와 다양성 교육도 함께 실시되어야 할 것이다. 그러한 교육을 통해서 학습자는 다문화 환경에 적응해갈 수 있게 될 것이기 때문이다.

일본의 일본어 교육에서 사용되는 '일본 사정'이라는 과목명은 일본에 대한 표층적인 소개만을 뜻하는 뉴앙스 때문에 문화 이해를 위한 강좌명으로서는 재고되어야 할 것이다. 개화기의 '서양 사정(西洋事情)'에서 유래한 과목명이 21세기의 문화이해 과목명으로서 적합할 것인가에 대한 심도 있는 검토가 필요하다. 일방적으로 강요되는 피상적 소개와 이해보다는 컨셉 중심의 문제 해결과 상호 이해를 유도할 수 있는 과목명이 바람직하다 하겠다.

이러한 문화 이해 교육이 성공하기 위해서는 다음과 같은 점에 대한 보완과 노력이 필요하다고 생각한다.

(1) 동아시아 공조 체재 확립을 위한 일본어 교육이념의 정립
(2) 문화 리소스의 데이터베이스 구축과 활용
(3) 다문화 이해가 가능한 일본어 교사 양성
(4) 상호 이해와 상호 학습의 활성화
　① 다문화 교육을 통해 문화를 보는 눈을 기름
　② 지역내 언어와 문화의 상호 이해
　③ 동아시아 관계사에 대한 공통의 인식을 위한 일반 교과 교육의 실현
(5) 교사 상호 및 학습자 상호간 및 문화간 네트워크의 활성화
　① 디지털 네트워크
　② 휴먼 네트워크
(6) 교류를 통한 문화 체험의 확대
　① 공동 학습: 채팅, 메일 교환, 비디오레터 교환, 동호회, 합동세미나
　② 상호 방문: 홈스테이, 자매학교 결연

심리학자 J.피아제는 1928년에 UN회의에서 '평화 언어학'이라는 용어를 사용한 적이 있다. 이는 평화에 공헌하는 언어학을 의미한 것이다. 그리고 전 일본국어학회장 徳川宗賢씨는 2000년 2월6일 한국일본학회 제57회 학술대회 초청강연[10]에서 복지 언어학(welfare linguistics)이라는 용어를 제창하였다. 인간 사회의 복지에 도움이 되는 언어학이 필요함을 제창한 것이다. 언어 교육을 통해 인간의 복지에 공헌하고 지역의 평화에 공헌하기 위해서는 상호간의 문화와 언어의 교육을 통해 지역 구성원들이 서로의 문화를 이해하고 지역간의 공조 체재를 이루어 가는 것일 것이다. 국제화의 시대적 조류를 타고 앞으로의 언어 교육은 문화 이해 교육

10) 徳川宗賢(1999)「21世紀の日本語教育」韓国日本学会57回学術発表会招聘講演

에 더욱 힘을 기울여 가게 될 것으로 예상된다.

참고문헌

이덕봉(1997)「학습자 주도형 외국어 교수법 시론」Foreign Languages Education 3-2 pp155-174

_____(2001) 일본어 교육의 이론과 방법(개정판), 서울; 시사일본어사

門倉正美(1992)「日本事情の可能性」『山口大学教養部紀要』26 pp. 13-25

河野理恵(2000)「“戦略”的「日本文化」非存在説」『21世紀の日本事情』2 pp 4-15

(財)国際文化フォーラム(2001.10)『国際文化フォーラム通信』52

柴田庄一、岡戸浩子(2001)「グローカリゼーションの動向と言語教育の行 方」言語文化論集22ー2(名古屋大学). pp43-58

J.V.ネウストプニ(2002)「文化を教えるとは?」『月刊日本語』8-

田口富久治、鈴木一人(1997)『グローナリゼーションと国民国家』東京:青木書店

Talcott Parsons(丸山哲央訳1991)『文化システム論』東京:ミネルヴァ書房

デギンズ,A.(松尾精文他訳:1998)『社会学 改訂3版』東京:而立書房

21世紀の日本事情編集委員会編(1999、2000、2001)「21世紀の『日本事情』1、2、3号

細川英雄(1999)『日本語教育と日本事情』東京:明石書店

________(2002)『日本語教育は何をめざすか』東京:明石書店

水谷修・李徳奉編(2002)『総合的日本語教育を求めて』東京;国書刊行会

ロバートソン,R.(阿部実哉訳1997)『グローバリゼーション』東京;東京大学出版会

Featherstone, Mike(1995) Undoing Culture Globalization, Postmodernism, and Identity, SAGE Publication Ltd.

Louise Damen(1987) Culture Learning:The Fifth Dimension in the Language Classroom. Masschusetts;Addison-Wesley Publishing Co.

Claire Kramsch(1998) Language and Culture. Ovford; Oxford Univ. Press.

4-2

일본어 언어행동의 특징

· 홍민표 ·

1 언어행동이란

언어연구의 대상은 적어도 두 가지 관점에서 관찰할 수 있다. 하나는 기호체계로서의 언어, 즉 언어소재의 면과 또 하나는 그 기호체계를 인간이 어떻게 활용하여 타인과 커뮤니케이션을 하고 있는가 하는 언어사용의 면인데 일반적으로 전자를 언어체계, 후자를 언어행동이라 부른다. 언어체계는 우리들 두뇌 속에 기억된 추상적 개념이며 언어행동은 우리들의 구체적인 언어경험 또는 언어행위를 말한다. 즉, 언어행동(language behavior)이란 인간이 언어에 의해서 행하는 사고, 표현, 전달 행동 및 이들에 대응하는 수용, 이해, 반응 등의 행동전체를 가리킨다. 그리고 이와 같은 언어행동에 대해서 그 실체를 발견하고 그 내부의 모습을 파악하려는 언어연구의 한 분야를 언어행동론이라고 한다.

언어행동과 유사한 학술용어로 언어생활(language life style)이 있는

데, 일반적으로 언어행동은 개개의 구체적인 행동을 연구의 대상으로 하는데 비해서, 언어생활은 각종 언어행동이 축적된 상태에서 총체적으로 언어의 운용정황을 파악하려고 한다는 점에서 차이가 있다.

2 언어행동과 사회언어학

언어연구의 분야를 언어체계와 언어행동으로 나누는 경우, 사회언어학은 언어행동에 속한다고 볼 수 있다. 즉, 사회언어학(sociolinguistic)은 언어를 사회문화적인 현상으로 파악함과 동시에 언어 사용자의 연령, 직업, 지역, 계층 등에 보이는 変種(variety)에 주목한다는 특징을 갖고 있으며, 응용언어학의 한 분야로서 1960년 후반 이후에 변형생성문법의 방법론에 대항하는 형태로 등장하기 시작했다.

일본적 사회언어학의 특징은 한마디로 언어생활의 연구에 있다고 할 수 있는데, 이러한 연구는 제2차 세계대전 후인 1940년대 후반부터 1950년대에 걸쳐서 본격적으로 이루어졌다. 특히 1948년 12월에 설립된 일본 국립국어연구소의 활동은 이 방면 연구의 중심적인 역할을 해왔다. 이와는 별도로 일본에서는 1970년 이후부터 유럽의 학문을 받아들인 사회언어학도 공존해 왔다.

언어행동은 본질적으로 대인행동이기 때문에 필연적으로 사회적 행동의 성격을 갖는다. 따라서 사회언어학의 내용은 앞에서 언급한대로 거의가 언어행동의 연구에 속한다고 볼 수 있는데 여기에 속하는 연구부문으로서는 언어생활연구, 언어의식연구, 각 언어사회의 문화와 사회 구성원의 언어행동 특징과의 관계연구, 2언어사용(bilingualism), 파라언어

(paralinguistic)등을 들 수 있다. 최근에는 국제간의 인적교류가 활발해지면서 언어와 문화가 다른 사람끼리 행하는 언어행동의 국제비교가 많이 이루어지고 있는데, 이런 분야를 특별히 대조사회언어학(Contrastive Sociolinguistic)이라고 한다(荻野, 1989).

3 언어행동과 비언어행동

일반적으로 태도, 얼굴표정, 손짓・몸짓, 시선, 음성의 변화 등에 의해서 동일한 내용의 말이라도 다르게 전달되는 전체를 비언어전달이라 하고, 그것을 매개하는 수단을 비언어행동이라 하는데, 언어나 문화가 다른 인종끼리 접촉하는 이문화간의 의사소통에서는 말보다는 이와 같은 비언어행동이 중요한 역할을 하게 된다. 특히, 그 나라의 언어를 모를 경우, 불확실하나마 손짓, 몸짓이 훨씬 유용한 의사 전달 수단이 되는 경우가 많다. 그런 의미에서 인간의 가장 원초적인 의사 전달 수단은 말이 아니라 행동이었을 것으로 추측된다.

언어표현으로는 타인을 속일 수 있어도 얼굴표정이나 목소리 등과 같은 비언어 행동은 타인을 속일 수가 없다. 따라서 언어정보와 비언어정보가 일치하지 않을 경우, 우리는 비언어정보로 상대편의 발화태도를 해석하는 경우가 많다. 특히, 사람의 얼굴에는 근육이 잘 발달되어 있어서 미묘한 감정까지도 잘 나타난다. 얼굴표정을 보충해 주는 것이 손짓과 몸짓이다. 손가락에도 관절이 많아서 다양한 모양의 제스처가 가능하다.

손짓과 몸짓을 이용하여 상대와 의사소통을 하려고 할 때, 그 손짓과 몸짓은 언어와 같은 역할을 한다고 해서 보통 신체언어(body language)또는 동작언어(gesture language)라고 부르는데 이와 같은 비언어 동작은 언어와 마찬가지로 각 언어사회마다 독특하게 발전된 것을 각 개인이 사회화 과정을 통하여 습득한 결과물이기 때문에 같은 행동이라도 문화나 지역에 따라서 달리 해석되어 오해나 트러블을 초래하는 경우가 종종 있다.

예를 들어, 한국에서는 젊은 여성끼리 손을 잡고 걷는 모습을 자주 볼 수 있는데 일본에서는 전혀 볼 수 없는 모습이다. 이는 한국인은 예로부터 신체접촉을 즐겨왔기 때문에 자연스러운 행동이지만, 가족 간에도 신체접촉을 극도로 꺼리는 일본인의 눈으로 보았을 때는 아주 부자연스러운 모습이 된다. 일본인들이 악수를 잘 하지 않는 것만 보아도 잘 알 수 있다. 또, 엄지손가락을 치켜 올리는 'OK' 사인의 경우, 이라크에서는 경멸을 나타내는데, 이 뜻을 미군들이 모르기 때문에 이라크 사람들이 미군을 마음껏 욕하고 다닌다는 신문보도도 있었다. 또, 그리스에서는 머리를 끄덕이는 것이 'YES'가 아니라 'NO'로 받아들여질 수도 있고, 손을 가볍게 흔드는 작별인사도 그리스인은 자기에게 욕을 하는 것으로 오해할 수 있다고 한다.

그러나 이문화 커뮤니케이션에서 해당언어를 모르면 의사소통이 전혀 불가능한 것과는 달리 비언어 행동은 언어에 비해 비교적 문화에 의한 영향을 덜 받기 때문에 흔히 신체언어로서 이문화간의 커뮤니케이션에서 중요한 역할을 하고 있다. 한편, 언어가 線条的인데 비해서 비언어 행동은 신체 각부에서 동시에 多重的으로 동작을 할 수 있어 입체적으로 메시지를 전달할 수 있다는 특징을 갖고 있다.

4 일본어 언어행동의 특징

4.1 인사행동

한국어 인사말은 '안녕히 주무셨습니까?' '잘 먹겠습니다' '다녀왔습니다'처럼 文의 형태를 취하며, 따라서 술어가 있고 일정한 대우적 가치를 갖고 있는데 비해서 일본어는「おはよう」「こんばんは」「こんにちは」「ただいま」처럼 술어가 없는 정형화된 인사말이 많다. 즉, 한국어는 학생이 선생님에게 먼저 '안녕하세요?'라고 먼저 인사를 하면 선생님은 '안녕!'이라고 하는 것처럼 인사말에도 정중형과 보통형이 있어 짧은 인사말에도 상하관계가 나타난다는 특징이 있다. 극단적으로 말해서 한국어에는 윗사람이 먼저 아랫사람에게 할 수 있는 정형화된 인사말이 없기 때문에 그때그때의 장면이나 상황에 따라서 다양한 표현이 사용된다. 그래서 한국인의 인사말은 각양각색이라는 말이 있다.

물론 일본어에도「おはようございます」와「おはよう」, 그리고「ありがとうございます」와「ありがとう」의 경우에는 상하관계가 나타나지만, 그 외에는 대부분 영어의 "Good Morning"처럼 쌍방이 대등하게 사용할 수 있는 정형화된 인사말이 많다. 한국어에도 '안녕히 주무셨습니까?' '잘 먹겠습니다' '다녀왔습니다'처럼 정형화된 표현이 있기는 하나, 쌍방이 대등하게 사용할 수 있는 말은 아니고 전부 아랫사람이 윗사람에게만 사용할 수 있는 말이다. 따라서 식사할 때 윗사람이 먼저 인사를 할 때는 '같이 먹자' '오늘 날씨 좋다' 등 다양한 표현이 사용된다.

장면별로 보면, 외출할 때와 귀가 시와 같은 일시적인 이동을 하는 장

면에서는 한일 두 나라가 마찬가지로 90%이상이 부모님께 인사를 하는 것으로 나타났는데, 이는 양국모두 어려서부터 외출할 때는 부모님께 인사를 하고 행선지를 알려야한다는 가정교육을 받고 자랐기 때문으로 생각된다. 특히, 한국인은 다른 장면에서보다 외출과 귀가 시에 인사하는 비율이 두드러지게 높은 것으로 나타났고, 일본인은 식사 전후에 인사를 한국인보다 월등히 많이 하는 것으로 나타났는데, 이는 일본인은 식사 전에 감사의 인사를 하는 습관과 함께 상하에 관계없이 누구나 부담 없이 사용할 수 있는「いただきます」와「ごちそうさま」라는 정형표현이 있기 때문으로 생각된다.

한편, 일본청소년연구소가 2007년 3월에 발표한 초등학생들의 학교에서의 인사행동을 조사한 결과를 보면(조사 인원: 한국 초등학생 2,120명, 일본 초등학생 1,576명, 조사기간: 2005.10-11), 아침에 선생님께 인사하는 비율은 한국 85.8%, 일본이 84.8%로 비슷하게 나타났다. 그러나 학교급식을 먹을 때의 인사비율은 한국이 30.2%인데 비해 일본은 96.0%로 압도적으로 높게 나타났다. 이와 같은 결과를 보면, 일본인은 식사를 제공해 준 사람이 있든 없든 습관적으로 인사를 하는 데 비해서, 한국인은 실제로 밥을 먹게 해준 사람(예를 들어 가정에서는 어머니, 초대받았을 때는 그 집 주인 등)이 있으면 그 사람에게 하고, 외식이나 급식과 같이 감사인사를 해야 할 대상자가 없는 경우에는 인사를 하지 않는 습관이 있다는 것을 알 수 있다.

4.2 경어행동

일본어와 한국어에는 다른 언어와는 달리 경어라는 특수한 문법체계를 공통으로 가지고 있다. 단, 등장인물 (제3자)에 대한 경어용법에서 한국어

는 절대경어(unconditional honorifics), 일본어는 상대경어(conditional honorifics) 시스템이기 때문에 실제 사용법은 근본적으로 다르다. 절대경어라는 것은 청자가 누구이든 관계없이 등장인물에 대한 말이 바뀌지 않는 경어시스템이고, 상대경어란 화자와 청자의 관계에 따라 등장인물에 대한 말이 바뀌는 경어시스템을 말한다. 예를 들어, 한국어에서는 사장님을 찾는 전화가 자기 회사 사람에게 걸려오든, 거래처 사람에게 걸려오든 만일 사장님이 부재중이면 '사장님 지금 안계십니다'라고 말하면 된다. 그러나 일본어에서는 상대가 자기 회사 사람이면「社長はいらっしゃいません」이라고 말하지만, 상대가 거래처 사람이면「社長はおりません」이라고 말을 한다. 단, 한국어에서도 더 높은 이 앞에서는 덜 높은 이를 높이지 않는다는 소위 '압존법'이라는 경어법이 있다. 예를 들어, 할아버지 앞에서 자기의 어머니나 아버지를 높이지 않는 것이 올바른 한국어 경어법인데, 최근에는 잘 지켜지지 않는 것 같다. 그러나 군대에서는 압존법을 엄격히 지켜야한다고 한다. 예를 들어, 대대장 앞에서 중대장이나 소대장을 언급할 때 높임말을 사용하면 절대로 안 된다고 하는데, 이는 상대방에 따라 말이 바뀌는 시스템이기 때문에 상대경어법의 일부로 볼 수 있다. 일본어에서도 황족을 언급할 때는 상대에 관계없이 존경어를 사용하고 있는데 이는 절대경어법의 일부로 볼 수 있다. 이와 같은 특수한 경우를 제외하면 하면 제3자(등장인물) 경어의 경우, 한국어는 절대경어, 일본어는 상대경어 시스템에 의해서 경어법이 운용된다고 볼 수 있다.

4.3 칭찬행동

칭찬은 고래도 춤을 추게 한다는 말에서 알 수 있 듯이 사람을 기쁘게 하고 인간관계에 있어서도 윤활유 역할을 하는 긍정적인 언어행동임에 틀림없다. 그러나 칭찬을 하고 칭찬을 받는 행위는 그리 간단치가 않다. 예를 들어, 칭찬을 들었을 때 바로 인정을 해버리면 건방지다는 인상을 줄 수도 있고 반대로 지나치게 부정을 해버리면 상대방을 당황하게 만들어 불필요한 오해를 받을 수도 있다. 특히, 칭찬을 들었을 때 겸손의 미덕을 타인에 대한 예의로 알고 있는 일본인이나 한국인이 미국인과 대화를 할 때 이와 같은 오해가 발생할 가능성이 높다.

흔히, 일본인은 타인에게 칭찬을 잘한다고 알려져 있고, 한국인은 칭찬에 인색하다고 알려져 있는데, 자기 가족에 대해서는 이와 반대인 것으로 나타났다. 日本青少年研究所가 2005년에 한국, 일본, 중국, 미국 등 4개국 고교생 7,285명을 대상으로 '아버지(어머니)는 나에게 칭찬을 잘 하는가?'라는 설문조사를 실시한 결과를 보면, 한국 37.7%(56.3%), 중국 34.8%(48.2%), 미국39.6% (61.9%)가 그렇다고 응답을 한 반면, 일본은 17.0%(27.1%)로 3개국의 절반에도 미치지 못하는 것으로 나타났다. 또, '성적을 잘 받았을 때 아버지(어머니)는 많이 기뻐하는가'라는 질문에도 한국 70.5(85.2%)%, 중국 52.7%(70.1%), 미국 64.5% (85.2%)가 그렇다고 응답을 한 반면, 일본은 45.7(66.5%)%로 가장 낮았다.

한편, 日本青少年研究所가 2006년에 한국, 일본, 중국의 초등학생 5,229명을 대상으로 '성적을 잘 받았을 때 부모님은 어떻게 하는가?'라는 설문조사 결과를 보면, 일본은 말로 만 칭찬 한다가 72.0%로 가장 높고, 중국은 다음에 더 잘 하라고 격려만 한다가 75.8%로 가장 높게 나타났다. 이에 비해 한국은 말로만 칭찬 한다(35.4%)와 원하는 것을 사 준다(31.7%)가 비슷한 결과를 보이고 있어 성적에 대한 칭찬 방법도 나라마다 다르다는 것을 보여주고 있다.

칭찬의 대상에 대한 한일 양국대학생의 의식조사의 결과를 보면, 일본인은 남녀 마찬가지로 상대방의 능력, 기량에 대해서 칭찬을 많이 하는 것으로 나타났다. 그러나 한국인은 남성은 일본인과 마찬가지로 상대방의 능력, 기량을 많이 칭찬하지만, 여성은 능력보다는 상대편의 복장, 머리모양 등과 같은 외모를 가장 많이 칭찬하는 것으로 나타났다. 칭찬을 많이 한다는 것은 그만큼 관심이 많다는 것인데, 한국인의 외모에 대한 관심은 국제적으로도 아주 높은 편이다. 앞에서 언급한 日本青少年研究所(2006)의 4개국 고교생 생활의식조사에서도 외모에 대해서 관심이 있다고 답한 비율을 보면 중국 68.1%, 미국 32.6%, 일본 65.8%인데 비해, 한국은 83.0%로 가장 높았다. 또, 한국방송공사에서 2006년에 실시한 소비자 행태조사결과를 보아도 한국인 10대의 관심사는 남녀모두 학업성적이 압도적으로 높지만, 20대 대학생이 되면 남성은 취직, 친구나 이성 친구에 관심이 많은 반면, 여성은 외모에 대해서 월등하게 관심이 높은 것으로 나타났다.

한편, 칭찬에 대한 반응을 조사한 木内(2001)의 결과를 보면, 본인에 대한 칭찬을 들었을 때는 한일 양국 마찬가지로 긍정적으로 수용하는 사람이 가장 많은 것으로 나타났다. 그러나 본인 어머니의 외모에 대한 칭찬을 들었을 때, 한국인은 본인과 마찬가지로 긍정적으로 수용하는 사람이 가장 많은 반면, 일본인은 겸손 반응이 가장 많다는 결과를 제시하고 있다. 요즘 젊은 사람들의 이와 같은 칭찬에 대한 긍정적인 반응은 TV 대담프로그램 등을 통해서도 쉽게 확인 할 수 있다. 따라서 앞에서 언급한 한일 양국의 겸손의 미덕은 옛날이야기가 되어 버린 것 같고, 이제 한일 양국인의 대인의식이나 언어행동 패턴도 전반적으로 서구화되어 있음을 알 수 있다. 특히, 한국 사회는 급격한 서구문명의 도입과 민주주의 이념의 확산에 따라 전통적이고 계층적인 사회에서 평등하고 수평적인 인간관계로 바뀌는 계기가 되면서 겸손이나 예의보다는 개인의 자존심이나 자긍심이 더 중요한 가치가 되어있다는 것을 칭찬에 대한 반응을 통해서도 알 수가 있다.

4.4 맞장구

일반적으로 영어나 한국어에 의한 대화에서는 상대의 말이 끝나는 것을 기다렸다가 자기의 말을 시작하는 것이 상식이며 예의로 되어 있는데 비해서, 일본인은 대화 중에 'アイヅチ'라고 하는 맞장구를 자주 치는 습관이 있다. 어떤 조사결과에 의하면 일본인은 1분에 평균 17회, 중국인은 11회, 한국인은 5회 정도의 맞장구를 친다고 한다.

그런데 일본인의 맞장구라고 하는 청자의 언어행동은 상대방의 말에 반드시 동의한다는 의미는 아니고 대개의 경우, 단지 상대방의 말을 듣고 있다는 표시로 사용하는 경우가 많기 때문에 일본인과 대화를 할 때는 그때 그때의 맞장구 해석을 잘 해야 할 필요가 있다. 왜냐하면 일본인이 맞장구에 사용하는 표현은 'ハイ' 'エエ' 'ウン' 'ハア' 등 상대의 말에 찬성한다는 뜻의 말이 많기 때문에 일본인이 빈번하게 사용하는 맞장구가 자신의 의견에 찬성한다고 믿고 있다가 나중에 그런 뜻이 아니라는 것을 알고 오해나 트러블이 발생하는 경우가 종종 발생하기 때문이다.

실제로 한국인이 '검토해 보겠습니다' 또는 '생각해 보겠습니다'라고 하면 긍정적인 대답인 경우가 많은데 비해서, 일본인이 맞장구를 치면서 「考えておきます」라고 하면 그것은 상대방 이야기는 잘 듣고 이해했으나 결정은 모른다, 또는 어려울 것이다라는 부정적인 뜻으로 해석하는 것이 일반적이기 때문에 한국인이 일본인과의 비즈니스 상담에서 트러블이 많이 일어난다고 한다.

일본인이 이와 같이 맞장구를 자주 치는 배경을 일본인의 대인의식과 연관지어서 보면, 상대가 말하려고 하는 것을 열심히 듣고 있다는 신호를 상대에게 전달함으로 해서 대화를 공동으로 전개해 가려고 하는 협조적 태도와, 반대의견을 말할 때도 부분적으로는 상대방의 의견에 동의하고 있다는 것을 전하는 조화적 태도를 중시하는 일본인 특유의 상대방에 대한 배려의식의 표출로 볼 수 있다.

한편, 水谷(1993)에서는 일본인의 맞장구표현을 일본어의 구조와 관련시켜 다음과 같이 설명 있다. 즉, 일본어에는 서두의 대화문에서 보는 것처럼「…です」「…しました」로 끝나는 완결형의 문장 형식이 적고,「…が、」「…て」「…から」「…けど」「…けどね」와 같은 하나의 句가「それで」「ほぉ～」「なるほど」「そうですよね」「え? うっそ!」「そう, そう」와 같은 상대방의 'アイヅチ'를 받아서 이어지는 것이 몇 차례 반복 된 후에 완결형 문말이 오는 것이 보통이다. 즉, 일본형 대화에서는 하나의 文을 혼자서 완결하는 것아 아니라 후반은 청자에게 맡겨 화자와 청자가 공동으로 문을 완성해 가는 태도가 기본인 것이다. 이에 비해 구미(欧美)형 대화는 두 사람의 화자가 각각 자기의 발화를 완결시키고 나서 상대의 말을 듣는 소위 교대형식으로 대화를 전개해 가기 때문에 청자는 화자의 발화가 완결되는 것을 잠자코 기다리는 것이 기본이다. 즉 구미형 대화에서는「もう時間が遅くなりましたから，わたしは家へ帰らなければなりません」처럼 화자가 끝까지 말을 하기 때문에 청자가 보충할 여지가 없다는 것이다.

이런 의미에서 水谷(1993)에서는 일본형 대화의 기법을 특별히 공화(共話)라 부르고, 구미형 대화의 기법은 청자를 상대로 단독으로 이야기를 한다고 해서 대화(対話)라고 구분하여 부르고 있다.

4.5 비언어행동

4.5.1 신체접촉의 한일비교

한국인과 일본인의 비언어행동 중, 가장 차이가 나는 것 중의 하나가 신체접촉(skin ship)일 것이다. 앞에서도 언급했듯이 한국인은 신체접촉을 자연스럽게 하는 습관이 오래 전부터 있어 중장년여성들이 오랜만에 만나면 두 손을 잡거나 포옹을 하면서 반갑게 인사를 하기도 하고, 젊은 직장여성이나 여대생들도 여성끼리 팔짱을 끼고 다정스럽게 걷는 모습을 쉽게 볼 수 있다. 남성들도 악수를 즐겨 하는 것은 기본이고 특히 젊은 남성들은 술이라도 마시고 기분이 좋아지면 어깨동무를 하면서 우정을 나누는 모습을 자주 볼 수 있다. 이에 비해, 일본인은 가족 간에도 신체접촉을 극도로 꺼리는 습관이 있다. 그래서 일본인들은 아무리 반가운 사람을 오랜만에 만나도 악수를 잘 하지 않고 말로만 인사를 나누는 모습을 자주 볼 수 있다. 이와 같이 일본인이 신체접촉을 기피하는 이유에 대해 生越(1995)에서는 악수는 눈을 맞추는 것이 기본인데 악수할 때의 시선이 부담스럽기 때문에 일본에서는 악수가 일반화되지 않았다고 설명하고 있다. 즉, 일본인들은 시선도 신체접촉의 일부로 보기 때문에 악수할 때의 시선이 부담이 된다는 것이다.

한편, 일본인들은 헤어질 때 인사동작을 한번 하는 것이 아니라 수차례 반복하는 모습을 흔히 볼 수 있는데, 이것도 한번 인사를 하고 나면 상대편의 시선과 마주치기 때문에 계속 인사동작을 반복하면서 인사를 한다는 것이다. 또한 일본인들은 지하철에서 문고판을 많이 읽는 것으로 유명한데 이것도 맞은편의 사람과 시선이 마주 치는 것이 부담스러워 문고판에 눈을 고정시킨다는 것이다.

이처럼 한국과 일본은 신체접촉 문화와 비신체접촉 문화가 극명하게 대립하기 때문에 양국인의 접촉 장면에서는 주의할 필요가 있다.

4.5.2 자세의 한일비교

커뮤니케이션에서 자세(posture) 는 친근감, 반응, 청자의 심리상태 등을 나타내며 대화중에는 발화단위의 구분, 청자와의 역할교대 등의 의사표시 기능을 갖고 있다고 한다. 예를 들어, 발을 크게 벌리고 의자에 앉는 자세는 자심감이나 남성다움의 신호일 수 있고, 다리를 꼬고 앉는 자세는 서양에서는 자연스러울지 모르지만, 동양에서는 건방지거나 예의가 없다는 인상을 줄 수도 있다. 또, 양 발을 가지런히 해서 앉는 자세는 상대에 대한 예의바른 인상을 줄 수도 있고, 한편으로는 상대의 말을 일방적으로 받아들이지 않고 자기의 의견도 말하겠다는 상호 커뮤니케이션의 신호가 될 수도 있다고 한다.

한편, 예의 바르게 앉는 자세를 정좌(正坐)라고 하는데, 이는 보편적인 것이 아니라 지형, 집의 구조, 의복, 또는 해당 지역의 사회적 규범 등, 문화적 요인에 의해서 정해진다. 그래서 한국과 일본의 정좌의 자세도 전혀 다르다.

우선 한국인의 정좌자세는 남자와 여자가 다르다. 남성은 복장에 상관없이 책상다리를 하고 앉는 것이 정좌로 되어 있고, 여성은 바지나 치마를 입었을 때는 두 다리를 옆으로 가지런히 해서 앉는 것이 정좌로 되어 있다. 그러나 한복을 입었을 때는 오른발을 세워서 무릎을 구부리고 양손을 오른발 무릎 위에 올려놓는 것이 정좌의 자세이다. 그러나 일본은 남녀, 복장에 관계없이 우리나라에서는 무언가 잘못해서 용서를 빌거나 꾸

지람을 들을 때의 자세인 무릎을 꿇고 양손을 무릎 위에 올려놓고 앉는 것이 올바른 정좌의 자세이다.

이와 같이 한일 양국의 정좌가 다른 이유는 양국의 난방(暖房)방법의 차이와 관련이 있을 것으로 생각된다. 즉, 한국은 방바닥을 따뜻하게 덥혀서 난방을 하는 온돌이고, 일본은 거리를 두고 몸을 따뜻하게 하는 이로리(いろり)이기 때문에 한국에서는 신체부위를 최대한 따뜻한 방바닥에 접촉시켜서 앉는 책상다리를 해야 몸이 따뜻하고, 일본에서는 무릎을 꿇고 앉고, 옷도 끈으로 단단히 동여매야 열이 달아나지 않는다. 따라서 한국에서는 책상다리를 할 때 몸을 움직이기 편리하도록 통이 큰 한복 바지와 치마가 생겨났고, 일본은 이로리(いろり)로 난방을 하는 주거 환경에 맞는 기모노(着物)가 생겨났다고 한다(金, 1995). 실제로 기모노를 입어보면 동여매는 끈이 너무 많아 놀란다고 하는데 이것도 몸의 보온과 관련이 있다는 것을 알 수 있다.

5 맺는 말

지금까지 일본인과 한국인의 언어행동과 비언어행동의 차이점에 대해서 고찰을 해 보았는데, 일본인의 언어행동의 특징은 한마디로 상대방을 먼저 배려하는 행동패턴으로 요약할 수 있다. 단적인 예로 길을 가다 부딪쳤을 때 본인의 책임유무와 상관없이「すみません」「ごめんなさい」를 연발하는 일본인의 언어행동을 들 수 있다. 또한, 일본인들은 말로 행동의 구분을 하나하나 표시하는 습관이 있는데, 이것도 상대방을 배려하는 대인의식에서 비롯된 행동으로 볼 수 있다.

이에 비해, 한국인은 자기중심적인 행동패턴이 일본인보다 강하다. 실제로 한국에 거주하는 일본인들을 대상으로 실시한 불만사항 조사에서도 한국인의 자기중심적인 행동패턴을 가장 큰 불만사항으로 꼽았다. 이런 점에서 보면 한국인의 언어행동 패턴과 일본인의 언어행동 패턴은 정면으로 충돌한다. 그러나 언어가 다르고 문화가 다른 이문화 간의 접촉에서 이와 같은 차이점이 존재하는 것은 어쩌면 당연한 것인지도 모른다. 문제는 이와 같은 차이점이 있다는 것을 알고 상호 이해하고 배려하는 것이 이문화간 커뮤니케이션의 기본적인 자세일 것이다.

이런 관점에서 보면 한국에서의 일본어 교육도 종래의 언어적 요소 중심의 일본어 교육에서 탈피하여 일본인의 언어행동문화, 비언어행동문화, 생활문화 등도 포함한 좀 더 넓은 시야의 종합적인 교육이 요구된다.

참고문헌

荻野綱男(1989)「対照社会言語学と日本語教育」『日本語教育』69号、日本語教育学会

生越まり子「しぐさの日韓比較-お辞儀を中心に」『日本語学』14-3、明治書院

金両基(1995)『キムチとお新香』東京:中央公論社

水谷信子(1993)「対話から共話へ」『日本語学』124、明治書院

木内明実(2001)『ほめに対する返答の韓日対照考察』啓明大学校大学院修士論文

日本青少年研究所(2006)『高校生と友人関係と生活意識』東京:日本青少年研究所

________________(2007)『小学生の生活習慣に関する調査』東京:日本青少年研究所

洪珉杓(2007)『日韓の言語文化の理解』東京:風間書房

4-3

일본어 교육과 무의도적 기호

· 김성경 ·

1 머리말

우리말에 있어서 [namu]라는 음성연속은 <나무>라는 의미내용을 나타내고, [고개를 좌우로 흔드는 동작]은 일반적으로 <否定>을 나타낸다. 청각을 통하여 지각된 [namu]와, 시각을 통하여 지각된 [고개를 좌우로 흔드는 동작]은 우리에게 <나무>와 <부정>이라는 의미내용를 각각 喚起시킨다. 소슈르(F.D.Saussure)의 용어를 빌리자면, [namu]나 [고개를 좌우로 흔드는 동작]처럼 인간의 감각기관에 의해 지각되는 메시지는 「記号表現(signifiant/signifier)」이며, 이러한 메시지에 의해 환기되는 <나무>나 <부정>이라는 의미내용은 「記号内容(signifie/signified)」에 해당된다(『Cours de linguistique generale』F.D.Saussure 1916).

이러한 기호표현과 기호내용이 결합하여 「記号(sign)」를 이룬다. 그리고 이러한 의미에 있어서, 언어는 기호의 일부이다.

한편, [아침에 들리는 까치의 울음소리]로 <반가운 손님>을 예상한다거나, [이마에 생겨난 여드름]으로 <누군가가 자신을 좋아하고 있음>을 예측하는 관습도 역시 기호라는 개념을 적용할 수 있는 「記号現象(semiosis)」이지만, 전자와 후자 간에는 엄연한 차이가 존재한다. 전자의 경우, [namu]라는 음성연속이나 [고개를 좌우로 흔드는 동작]이라는 기호표현에는 표현주체(送信者)의 표현의도가 명확히 존재하고 있는 반면, 후자의 [아침에 들리는 까치의 울음소리]나 [이마에 생겨난 여드름]은 표현이라기보다는 자연적인 현상으로, 현상자체를 표현주체로 인정한다고 하더라도 표현의 의도가 존재하지 않는다는 점에서, 전자와는 구별된다. 송신의 의도가 없는 [아침에 들리는 까치의 울음소리]나 [이마에 생겨난 여드름]은 그저 자연현상일 뿐이지만, 이러한 현상들이 기호표현으로 성립될 수 있는 것은 이를 듣거나 보는 주체(受信者)가 지각된 메시지에 대하여 각각 일정한 의미내용을 부여하였기 때문이다.

일반적으로 외국어 교육에 있어서 관심의 대상이 되고 있는 것은, 전자인 언어 그 자체이거나 언어에 수반하는 언어행동으로, 후자인 무의도적인 기호는 적극적인 대상에서는 제외되어 있으며, 이는 외국인과의 커뮤니케이션에 있어서 적지 않은 장애로 작용하게 된다.

커뮤니케이션의 전제조건이 되는 기호현상 중에서, 송신의 의도가 존재하지 않는 무의도적인 기호의 존재를 제시하고, 커뮤니케이션에 있어서 무의도적인 기호표현이 가지는 역할을 고찰하여, 외국인 특히 일본인과의 커뮤니케이션에 있어서의 무의도적인 기호의 중요성을 강조하고자 한다.

2 기호

売買나 賃貸, 配達 등의 경우와 같이 구체적인 대상을 전달하는 행위는 대상 그 자체를 주고받음에 의해 이루어진다. 하지만, 의사전달의 경우, 전달하고자 하는 대상은 손으로 만지거나 귀로 듣거나 눈으로 확인할 수 없는 머릿속 의 사고내용으로, 이를 상대방에게 그대로 전달할 수는 없다. 이 경우 송신자는 어쩔 수 없이 자신의 내면적인 사고내용을 무엇인가 상대방이 五感을 통하여 지각할 수 있는 형태로 바꾸어 전달하지 않을 수 없다. 이처럼 특정한 사고내용을 대신하여 나타내어 주는 지각 가능한 형식을 기호표현이라고 하고, 기호표현이 지닌 기호내용을 대신하는 기능을 記号機能(sign function)이라고 해 둔다. 예를 들어 상대방에 대한 긍정의 의사를 전달하기 위해 発声된 [예]라는 음성은 <긍정>이라는 송신자의 사고내용을 구체적이고 지각 가능한 형태로 나타낸 것으로 구체적인 음성 [예]는 <긍정>이라는 사고내용과 더불어 기호를 이루고 있으며, <긍정>이라는 사고내용을 [예]라는 음성이 대신하는 기능은 기호기능이라 할 수 있다.

앞에서도 언급하였듯이 언어는 기호의 한 부분에 지나지 않아 언어이외에도 인간의 오감을 통하여 지각이 가능한 모든 대상이 기호기능을 가질 수 있으며, 따라서 기호가 될 수 있다. [떨어지는 낙엽]이라는 시각적인 형태는 <가을>을 나타내며 [문을 두드리는 소리]는 <누군가의 방문>이라는 내용을 지닌 청각적인 형태이다.

기호의 대부분은 시각이나 청각에 의해 지각이 되지만(문자와 음성에 의한 전달이 주가 되는 언어의 경우가 그 대표적인 예이다), 이 밖에도 [구수한 된장찌개냄새]로 <고향의 어머니>를 떠올린다거나, [심장의 박동]으로 <생명의 존재>를 확인한다거나, [단맛]으로 <과일의 숙성도>를 알아보는 등의 후각, 촉각, 미각 또한 기호를 지각하는 중요한 기능을 지닌다.

2.1 기호표현과 기호내용

일반적으로 기호라는 말은 발음기호나 수식기호 등과 같은 符号를 지칭하는 말로 여겨지고 있으나, 기호학에서 말하는 기호는 이미 언급한 바와 같이 우리가 오감을 통하여 지각할 수 있는 모든 구체적인 형태와 그 형태에 의해 환기되는 의미내용의 결합체를 말하며, 이러한 지각 가능한 구체적인 형태를 기호표현, 기호표현에 의해 환기되는 의미내용을 기호내용이라고 한다. 이 둘 중의 어느 하나만으로는 기호는 성립될 수 없으며, 따라서 기호기능 역시 발생할 수 없다.

기호표현과 기호내용의 결합은 필연적인 결합에서 恣意的인 결합에 이르기까지의 다양한 양상을 나타내고 있어 퍼스(C.S.Peirce)는 기호의 세 가지 유형을 제시하고 있다. 그는 기호를 세 가지 유형으로 분류하여, 기호내용과의 유사성에 의거하여 결합되어있는 기호표현을 図像(icon)이라 하고, 기호내용과의 근접성에 의거하여 결합되어있는 기호표현을 指標(index), 기호내용과 기호표현 사이에 아무런 유사성이나 근접성이 없는 임의의 약속에 의해 결합되어있는 象徴(symbol)을 제시하였다(Peirce 1931-58).

기호의 이러한 분류는 몇 가지 주의를 필요로 한다. 이 세 가지의 분류는 상호 배타적인 분류라기보다는 하나의 기호 속에 공존하는 특성이라고 이해하는 것이 현실적이다. 예를 들어 의성어의 경우 도상으로서의 특성과 함께 상징으로서의 특성도 부분적으로 인정이 된다.

2.2 코드(code)

기호표현과 기호내용의 결합관계를 저장해 둔 기억의 집합체를 코드라고 한다. 다시 말하면 코드는 사물에 대한 인식의 총체로 어떠한 기호표현에 어떠한 기호내용이 결합되어 있는지를 나타내는 목록과도 같은 역할을 한다. 커뮤니케이션에 있어서의 코드는 기호내용을 지각이 가능한 기호표현으로 바꾸고, 지각된 기호표현으로부터 기호내용을 읽어내는 난수표와도 같다.

코드의 단위로는 작게는 개인이나 가족에서 크게는 민족이나 인류전체에 이르기까지 다양한 단위를 상정할 수 가 있어 단위가 커질수록 코드의 一致性은 낮아진다. 개인과 개인이 원활한 커뮤니케이션을 하기 위해서는 양자 간의 코드의 일치성이 보장되어야만 한다. 일본어를 모르는 한국인과 한국어를 모르는 일본인과의 언어에 의한 의사소통이 불가능한 것은 양자 간에 언어라는 코드의 일치성이 보장되어있지 않기 때문으로, 외국어를 학습한다는 것은 바로 새로운 언어코드를 습득하여, 그러한 코드를 지닌 사람들과의 언어적인 커뮤니케이션을 꾀하기 위한 것이기도 하다.

코드의 불일치는 언어 간에서 뿐 아니라 여러 가지 장면에서 발생할 수 있다. 같은 언어를 사용하더라도 연령이나 직업, 종교, 성별, 지역 등의 격차에 의해서도 코드의 차이는 존재하여, 이러한 코드의 불일치가 커뮤니케이션의 장애가 되기도 한다. 젊은 세대에게는 <세련된 감각>이라는 긍정적인 기호내용을 가지는 [찢어진 청바지]가 기성세대의 코드에서는 <불성실>이라는 기호내용으로 파악될 수도 있으며, [십자가]라는 기호표현에 대한 기독교신자의 기호내용은 이교도들이나 무신론자들의 그것과는 구별된다.

2.3 송신자와 수신자

커뮤니케이션의 주체는 송신자와 수신자로 나눌 수 있다. 언어에 의한 커뮤니케이션의 경우라면, 언어기호를 전달하는 측, 즉 말하는 사람이 송신자가 되고, 이를 전달받는 측, 즉 듣는 사람이 수신자가 되어, 상호간의 역할을 교체해 가면서 커뮤니케이션을 행하는 것이 일반적이다.

실제적인 커뮤니케이션에 있어서 송신자와 수신자는 개인일 수도 집단일 수도 있다. 합창이나 집단시위 등의 경우, 송신은 두 명 이상의 집단에 의해서 이루어지며, 텔레비전이나 라디오 등의 방송매체를 사용한 수신일 경우에는, 수천만 명의 수신자(올림픽경기의 위성중계나 CNN의 뉴스 등)가 존재할 수도 있다.

2.4 전달매체

송신자가 송신한 기호표현이 수신자에게 전해지기까지의 경로를 전달매체라고 하자, 과학이 발달하기 전의 전달매체는 주로 개인과 개인 간의 직접적인 기호전달이 주가 되었다. 음성을 통한 직접적인 기호전달의 시간적인 제한과 공간적인 제한을 극복하기 위하여 문자가 발명된 이래, 인류는 기호를 보다 빠르고 정확하게, 그리고 다수에게로의 동시전달이 가능하도록 전달매체를 변화시켜 왔다. 확대경이나 망원경, 현미경 등의 광학기술은 인간의 시각적인 지각능력의 한계를 극복하게 하였으며, 보청기나 확성기 등은 인간의 청각적인 지각능력을 신장시켰으며 문자기재,

녹음, 녹화, 방송, 통신 등의 수단은 송신자와 수신자간을 시간적 제약과 공간적 제약으로부터 자유롭게 한다. 문자기재를 통하여 수백 년 전에 존재했던 송신자를 만날 수가 있고, 현재의 통신기술은 지구반대편에 있는 수신자와의 커뮤니케이션을 가능하게 한다. 컴퓨터를 이용한 인터넷서비스는 시각과 청각을 통한 기호전달에 있어서 종래의 방송매체와는 달리 개인의 선택과 다수에 의한 대량전달의 욕구를 동시에 충족시켜주는 첨단매체라고 할 수 있다.

향기가 나는 편지지나, 영화의 내용에 따라 좌석이 진동을 하는 영화관의 출현 등은 기호표현의 전달효과를 높이기 위한 다양한 시도 중의 하나이다.

3 기호의 전달과정

이상에서 언급한 용어의 개념들을 사용하여 우리가 일상생활에서 행하고 있는 커뮤니케이션의 과정을 살펴보면,

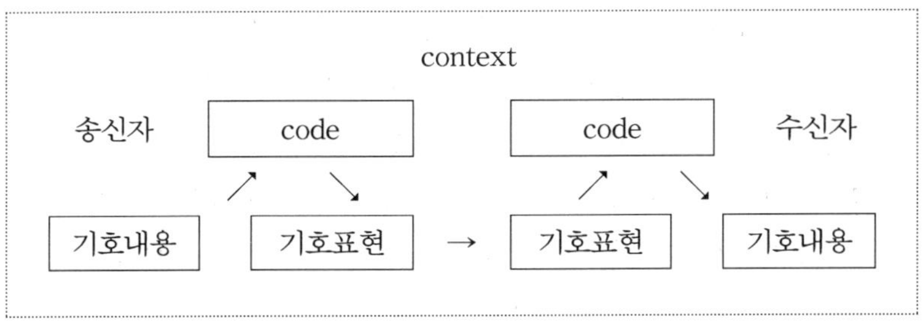

우선 송신자는 자신의 내부에 있는 기호내용을 수신자가 지각할 수 있는 형태의 기호표현으로 바꾸어야 할 필요가 있다. 이 때, 어떠한 형태의 기호표현을 선택할지는, 수신자의 특성이나 전달매체의 제한 등을 포함한 주위의 상황(context)에 의하여 결정된다. 앞서 예로 들었던 [긍정]이라는 기호내용의 전달의 경우를 보더라도, 일반적으로는 음성언어를 통한 기호표현(한국어라면 [예]나 [응], [그래] 등)이 사용되지만, 송신자와 수신자의 거리가 떨어져 있거나 소리를 내어서는 안 될 장소, 소음이 심한 장소일 경우에는 청각을 통한 전달보다는 몸짓(고개를 끄덕이거나, 엄지와 검지로 원을 만들어 보이는 등의 행위 등)이나 문자 등의 시각적인 기호표현이 선택될 수도 있다. 반대로 빛이 없는 어두운 장소이거나, 장애물에 의해 송신자와 수신자의 시각이 차단되어 있을 경우에는 청각적인 기호표현을 통한 전달이 불가피하다. 이처럼 송신자는 동일한 기호내용일지라도 상황에 따라 다양한 기호표현을 선택하여 이를 수신자에게 전달한다.

수신자가 가지는 특성도 기호표현의 선택에 관여하는 중요한 요소로 작용을 한다. 예를 들어, 수신자가 일본어라는 언어만을 이해하는 사람이라면, 송신자도 역시 일본어의 어법에 맞추어 기호표현을 전달해야 하지만 송신자에게 일본어라는 언어코드가 존재하지 않을 경우, 언어기호를 통한 양자 간의 커뮤니케이션은 불가능하다. 이미 언급하였듯이 코드의 차이는 언어뿐 아니라 송신자와 수신자간의 연령이나 입장의 차이에 의해서도 발생한다. 같은 언어코드를 가지고 있더라도 수신자가 어린아이일 경우, 송신자는 수신자의 코드를 고려하여 기호표현을 구성해야 되는 경우가 있다(맘마, 어부바, 때찌 등, 이른바 幼児語가 그러하다). 이 밖에도 특정한 집단의 구성원들 간에서 통용되는 전문용어, 은어, 속어 등을 통한 커뮤니케이션도 그 집단의 구성원이 그들만의 코드를 공유하고 있다는 전제 하에서 가능한 것이다.

이러한 경위에 의해 만들어진 기호표현이 수신자에게 지각되었을 때 수신자 측에서는 송신자와는 반대의 과정을 거쳐서 송신자가 보내온 기호표현으로부터 송신자의 의도(기호내용)를 파악하게 된다. 다시 말하면 송신자로부터 전달된 기호표현을 자신이 소유하고 있는 코드에 照会하여, 기호표현에 담겨져 있는 기호내용을 파악하는 과정이다. 이상적인 전달이 이루어지기 위해서는 수신자와 송신자는 동일한 코드를 공유하고 있을 필요가 있다. 한국어라는 언어코드만을 가진 사람에게 있어서 일본어는 기호로서의 기능을 다 할 수 없으며, 노인의 코드와 어린 아이의 코드가 같을 수는 없다.

4 송신의 의도성

일반적인 커뮤니케이션의 경우 둘 이상의 참가자가 송신과 수신을 번갈아 가며 이루어지는 것이 보통이지만, 기호작용이라는 측면에서 본다면 상황은 달라진다. 기호작용이 항상 송신자의 의도에 의해서만 일어나는 것은 아니다. 일상에서 우리는 송신자가 존재하지 않는 기호표현이나 송신자가 존재하더라도 송신의 의도가 전혀 존재하지 않는(물론 인위적인 기호표현의 경우, 송신의도의 유무를 명확하게 구분하기가 지극히 곤란하다는 문제점도 없지는 않으나 여기서는 문제 삼지 않는다.)기호표현을 헤아릴 수 없을 정도로 접하고 있다. 이러한 경우라 할지라도 수신자가 그 기호표현으로부터 특정한 기호내용을 읽어낸다면 그 대상은 이미 기호로서 작용을 하고 있다고 볼 수가 있다.

예를 들어 철수가 무심코 취한 행동이나 말이 주위의 사람들에게 불쾌감을 주었다거나 별다른 의도 없이 순이가 입고 나간 빨간 원피스로 인하여 하루 종일 동료들의 질문에 시달리는 경우, 철수나 순이에게 송신의 의도는 없었더라도, 주위의 사람들에게는 철수의 언행이나 순이의 옷차림이 하나의 적극적인 기호표현으로 수신되어, 특정한 기호내용이 나름대로 파악된 것이다. 한편 공장의 굴뚝에서 〔수직으로 솟아오르는 연기〕가 <바람이 없다>는 기호내용을 가진 표현으로 작용하는 경우를 생각할 수 있어, 이러한 경우에도 역시 굴뚝이나 연기에서 송신의도를 찾을 수는 없다. 전자의 경우가 철수나 순이가 행한 무의도적인 행위의 결과이고, 후자는 일종의 자연현상이라는 원인적인 차이는 인정하지만, 송신의 의도가 없다는 점에서 양자는 다를 바가 없다. 이처럼, 수신자의 일방적인 의미부여에 의하여 기호표현으로서의 기능을 갖게되는 기호를 여기서는 「無意図的인 記号(Unintentional sign)」라고 가칭해 둔다.

5 무의도적인 기호

일상생활 중에서 우리는, 의식을 하던 의식을 하지 않던 간에 셀 수 없이 많은 무의도적인 기호를 접한다. 아침에 눈을 뜨면서부터 오감을 통해서 지각되는 모든 대상은 정도의 차이는 있지만, 우리에게 무엇인가의 기호내용을 전달해주는 기호로써 작용을 한다. 눈을 뜬 순간에 느끼는 촉감으로 그 날의 온도와 습도를 알게 되고 창문을 통해 들어오는 태양광선의 照度를 통해 대략적인 시간과 날씨를 파악한다. 주방에서 들려오는 소리와 냄새로 그 날 아침의 식사시간이나 메뉴를 짐작할 수도 있을 것이다. 이처럼 우리는 헤아릴 수도 없이 많은 무의도적인 기호에 싸여 생활하고 있다.

상황에 따른 차이는 있겠지만, 송신자와 송신의도가 존재하는 언어에 의한 커뮤니케이션에서 조차 무의도적인 기호는 송신자에 의한 의도적인 기호와 함께 수신자에게 수신되어 기호내용을 전달한다. 사랑을 고백한다는 동일한 내용의 기호표현일지라도, 그 전달의 장소가 한적한 공원벤치일 경우와 혼잡스러운 대합실의 벤치일 경우와는 적지 않은 차이가 있다.

의도적인 기호와 무의도적인 기호의 경계선은 반드시 명확하지만은 않다. 예를 들어 철수가 순이에게 사랑을 고백하기 위한 장소로 조용한 공원 벤치를 선택한 경우라면, 이는 철수의 계획에 의한 의도적인 기호표현으로서의 가능성도 다분히 포함되게 된다. 영화나 연극에 있어서의 연출은, 의도성이 지극히 높은 훌륭한 연출로 평가된다.

사회언어학에서 말하는 非言語커뮤니케이션(non-verbal communication)의 경우 言語外的인 기호표현까지를 커뮤니케이션의 요소로 포함하고는 있으나, 의도적인 기호를 주된 대상으로 하고 있으며, 실제로 언어에 수반되는 비언어적인 행위의 많은 부분은 송신의도가 없거나, 송신자 그 자체가 존재하지 않는 무의도적인 기호로 커뮤니케이션이라기보다는 수신자 측의 일방적인 이해나 해석에 의해 기호로서의 기능이 주어지는 그러한 기호이다.

5.1 무의도적인 기호에 있어서의 코드

언어나 언어행동 등의 기호를 서로 주고받는 커뮤니케이션에서 볼 수 있는 의도적인 기호에 비하여 무의도적인 기호에 있어서의 기호내용과 기호표현의 결합은 상대적으로 불분명하다. 이 불명확성은 후에 언급하겠지만 외국어 교육에 있어서 대상언어집단이 소유하고 있는 무의도적인 기호가 소홀하게 취급받는 이유 중의 하나이기도 하다.

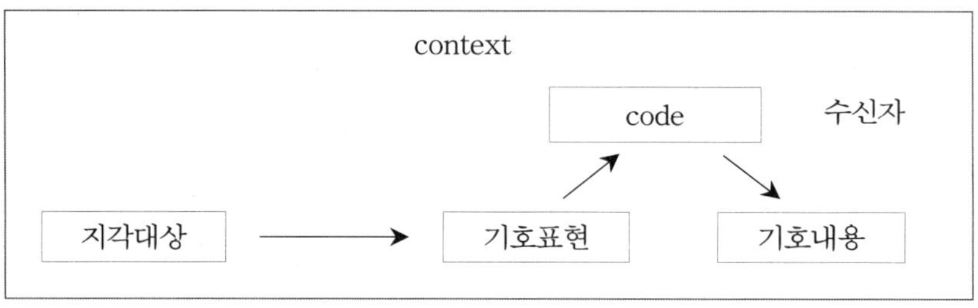

송신자가 존재하지 않는 무의도적인 기호는 필연적으로 수신자의 이해와 해석에 의해 기호작용이 성립되는 경우이므로 송신자와 수신자간의 코드의 일치여부는 문제가 되지 않는다. 이 경우에는 수신자 상호간의 코드의 일치여부가 문제가 될 뿐이다. 즉 어떠한 지각 가능한 대상을 기호표현으로 지각하였을 때 수신자 甲과 수신자 乙이 동일한 기호내용을 파악하였을 경우 갑과 을은 수신자로서 동일한 코드를 지닌 것이 된다. 의도적인 기호전달에 있어서의 코드와 마찬가지로 무의도적인 기호에 있어서도 코드의 일치성은 단위가 커질수록 낮아진다. 동일한 대상이 집단이나 개인에 따라 전혀 다른 기호내용으로 파악되는 경우도 적지 않다. ［오징어를 굽는 냄새］라는 후각적인 기호표현은 한국인이나 일본인에게는 <구수하다>라는 기호내용으로 파악이 되지만, 미국인들의 경우 <역겹다>라는 기호내용으로 이를 파악한다고 한다. 이처럼 무의도적인 기호의 경우에도 지식과 경험의 축적이라는 면에서 유사성을 지닐 가능성이 높은 동일집단에 속해 있는 개개인의 경우 코드의 일치성은 낮아진다.

5.2 커뮤니케이션에 있어서의 무의도적인 기호

커뮤니케이션에 있어서 이제까지 문제가 되어왔던 것은 주로 의도적인 기호표현에 관한 것이었다. 하지만 송신의도가 없는 무의도적인 기호표현 역시 커뮤니케이션에 있어서 중요한 역할을 수행한다. 커뮤니케이션에 참가하고 있는 甲과 乙의 무의도적인 기호표현에 대한 반응의 異同은 갑과 을의 커뮤니케이션 자체에도 적지 않은 영향을 끼친다. 특정한 대상에 관하여 같은 인식을 가진다는 것은 원활한 커뮤니케이션을 성립하게 하는 가장 근본적인 조건이라고 할 수 있다. 이는 한 집단 전체에서 평균적으로 나타나는 특성의 존재는 충분히 생각할 수 있으며, 관찰도 가능하다. 예를 들어 국그릇을 손에 들고 마시는 일본인들의 일반적인 습관이 한국인들의 눈에는 점잔치 못한 행위로 느껴질 수도 있으며, 손을 잡고 교정을 거니는 한국 여고생들의 모습이, 일본인들의 눈에는 괴이하게 보일 수도 있다. 일본인들에게는 앞서 언급한 〔아침에 들리는 까치의 울음소리〕가 <반가운 손님> 을 의미하지는 않는다. 이는 각각의 행위에 대한 두 나라간의 인식의 차이에 기인한 것으로, 이러한 인식의 차이는 커뮤니케이션에 있어서 직접적으로든 간접적으로든 장애의 요인이 될 수 있다. 일제의 강점기에 행해졌던 創氏改名은 성씨라는 기호에 대한 우리 민족의 강렬한 집착을 이해하지 못했던 일본인(일본인들의 성씨에 대한 집착은 상대적으로 희박하다)들의 자기중심적인 사고에서 비롯된 것이라고도 생각 할 수 있다.

5.3 일본어 교육에 있어서의 무의도적인 기호

일본어의 학습이 일본인과의 원활한 커뮤니케이션을 목적으로 하는 것이라면, 일본어 학습자들이 습득해야 할 것은 일본어라기보다는 일본인들이 커뮤니케이션에서 사용하는 일반적인 코드이다. 물론 이 코드에는 일본어라는 언어코드도 포함이 된다. 하지만 언어나 언어행동만으로 원활한 커뮤니케이션이 이루어지지는 않는다. 여기에서 말하는 무의도적인 기호란 넓은 의미에서는 종래의 비언어커뮤니케이션(non-verbal communication)에 포함되지만 커뮤니케이션의 의도가 존재하지 않는다는 점에서 이와는 구별된다. 이를 표로 나타내어보면 non-verbal communication은 의도적인 기호를 매개로 하는 의도적인 커뮤니케이션(intentional communication)과 무의도적인 기호를 매개로 하는 무의도적인 커뮤니케이션(unintentional communication)으로 나뉘어진다.

<table>
<tr><td rowspan="3">communication</td><td colspan="2">verbal communication</td></tr>
<tr><td rowspan="2">non-verbal communication</td><td>intentional communication</td></tr>
<tr><td>unintentional communication</td></tr>
</table>

발신자의 의도와는 상관없이, 나아가서는 발신자의 유무와 상관없이 수신자가 대상으로부터 무엇인가 의미를 파악하였을 경우, 그 대상은 기호로서의 역할을 수행하고 있는 것이고, 이러한 경우의 기호가 여기에서 말하는 무의도적인 기호이다. 특정한 대상에 대한 인식의 공유는 커뮤니케이션의 기본적인 성립조건으로 이상적인 커뮤니케이션을 위해서는 일본인들이 지니고 있는 무의도적인 기호에 대한 인식 또한 이해 할 필요가 있다. 대학에서 행해지는 일본의 문학이나 문화에 관련된 수업이 간접적으로나마 이를 보완하여주는 역할을 하고 있다고 볼 수 있으나 언어교육에 있어서도 무의도적인 기호의 중요성은 강조되어야 할 것이다.

6 맺는 말

「일본어」를 나타내는 「Japanese」라는 영어는 매우 시사적이다. 「Japanese」는 「일본어」라는 의미와 함께 「일본풍」 「일본식」이라는 의미를 나타낸다. 「~어」라는 명칭이 가져다주는 한정성은 일본어뿐 아니라 모든 외국어 교육에 있어서 장애가 되고 있지는 않는가. 외국어의 학습이 외국인과의 원활한 커뮤니케이션을 위한 것이라면 우리가 학습해야 할 것은 언어라기보다는 언어를 포함한 커뮤니케이션의 방법이어야 할 것이다.

현행의 일본어 교육은, 문자 그대로 일본어라는 언어교육에 편중되어 있는 감이 없지 않다. 일본인들의 인식과 가치관을 이해할 수 있는 간접적인 수단이 되었던 문학 분야의 교육마저도 언어기능중심의 교육에 밀려 점차적으로 비중이 낮아지고 있다는 것도 부정할 수 없는 사실이다. 언어와 함께 그 언어로 쓰여진 소설이나 시를 통하여 그 언어집단의 사물에 대한 인식을 이해하고, 이를 통하여 다시 언어능력을 높여가는 상호보완적인 학습이 일본인과의 진정한 커뮤니케이션을 위해서 필요하다.

참고문헌

池上嘉彦, 1982「言語学と記号論」『言語学から記号論へ』勁草書房, 東京, pp1～36 1984『記号論への招待』勁草書房, 東京.

小林英夫訳, 1972『一般言語学講義』岩波書店、東京.
(原著:F.D.Saussure 1916『Cours de linguistique generale』Lausanne)

坂本百大, 1982「認識における記号の位置と意味」『記号を哲学する』勁草書房, 東京, pp42～82.

唐須教光, 1988『文化の言語学』勁草書房, 東京.

丸山圭三郎, 1981『ソシュールの思想』岩波書店、東京.

Neustupny, J.V. 1982『外国人とのコミュニケーション』岩波書店、東京.

Peirce, C.E. 1931-58『Collected Papers』Cambridge, Mass.

4-4

문화 이해 교육의 실제

· 高橋万里子 ·

1 머리말

국제화・글로벌화라는 말이 일상생활에서 일반화되고 인간의 활동범위가 세계로 확대되어 가는 오늘 날, 외국어 학습은 단순히 언어학습 뿐만 아니라 목표어 상대국의 문화도 동시에 학습할 필요가 있게 되었다. 일본어 교육에서도 문화 교육은 중요한 위치를 차지하고 있으며 일반적으로 '일본사정' 이라는 과목으로 다루어지는 경우가 많다. 따라서 본고도 문화에 관한 교육을 '일본사정' 교육이라고 부르기로 한다.

일본어 교육에서 다루어지는 일본사정 교육은 어떠하여야 하는가? 학습자의 일본어 능력 향상 및 일본문화 파악 능력 향상을 위한 보다 나은 수업은 어떤 것이어야 하는가? 일본사정에 대한 관점과 교육 내용은 교육의 장에 따라 다를 것이며 일률적이지 않을 것이다. 또한, 비록 일본사정에 대한 관점이 동일하다 하더라도, 담당자에 따라 수업형태가 다를 것이다. 필자 자신도 오랫동안 일본사정 교육을 담당해 오면서 끊임없이 일본사정에 대한 관점은 물론, 무엇을 어떻게 라는 과제를 안고 수업을 진행해 왔다. 본고에서는 우선 일본사정 교육 현황을 개관하고 필자가 대학 강의에서 해온 일본사정 교육의 수업방식을 소개하고자 한다.

2 일본사정 교육의 현황

기본용어사전(2004:215)에 의하면 일본사정 교육은, 1962년에 유학생 대상 과목으로 개설되어, 전통적인 일본사정 수업에서는 일본어 습득을 촉진하기 위하여 일본문화나 사회시스템, 일본적 사고 등, 일본에 관한 지식을 가르치는 것을 지향하고 있다. 그러나 최근에는 이러한 수업 양상에 대한 비판과 검토를 촉구하는 의견이 많고, 바야흐로 문화란 고정적인 것이 아니라 유동적이고 이질성・다양성을 포함한 것이라고 하는 지적이 있다. 더 나아가 학습자 한 사람 한 사람이 다른 사람과 주체적으로 커뮤니케이션을 하는 가운데 자국 문화와 이국문화의 차이점을 발견해 가는 문화 구분 능력(literacy)을 습득하는 것이 중요하다는 입장에서 체험과 内省을 중시한 방법론이 주창되고 있다. 즉, ①일본에 관한 지식을 제공하는 교육 ②문화 본질주의[1]에 대한 부정 ③문화 구분 능력 획득을 지향하는 교육이라고 하는 세 가지로 요약된다. 그리고 이들은 종래 ①의 방법이 비판・검토되고, ② 또는 ③을 지향한 방법론이 제기되고 있는 것이 일본사정 교육의 현재상황이다. 비교적 최근에는 ③에 대한 활발한 연

1) 각각의 문화는 그 문화 특유의 변하지 않는 요소를 가지고 있어서 다른 문화와는 다른 경계선이 있다고 생각한다. 문화의 차이에만 초점을 맞추어 일본 문화라는 수식어를 위화감 없이 사용하거나 일본 고유 문화라는 전제를 그 자체로 간주하는 태도.

구가 진행되고 있어, 문화 구분 능력[2)]이라고 하는 용어도 착실히 뿌리를 내리고 있다.

한편, '일본사정'은 1945년 이전부터 널리 일본어 교육계에서 사용되어 온 용어이며, 가와카미(川上:2001)는 그 흐름[3)]을 다음과 같이 간략하게 정리하고 있다.

1980년대까지	: 전통적인 일본과 일본의 습관을 교수하는 교육
1990년대(전반부터)	: 커뮤니케이션 중시 교육 실천 전개
1990년대(후반부터)	: 문화의 다양성, 동태성, 다원성에 주목한 교육 실천 전개

이와 같이 일본사정은 1990년 전반부터 커다란 전환기를 맞이하고 있으며 다양하고 동적인 일본 문화를 지식으로서 이해시키는 것이 아니라 커뮤니케이션을 위한 능력 함양이 추구되어 왔다고 말할 수 있다.

3 일본사정 교육의 실제

3.1 대학의 일본사정 교육

대학의 일본사정 교육은 단순한 지식획득 만으로는 충분하다고 볼 수

2) 리터러시란 좁은 의미로는 읽거나 쓰는 기능을 가리키는 경우도 있으나 넓은 의미로는 사회생활을 영위해 가는 능력을 말한다. 또한 읽기 쓰기에 임해서 가치관이나 문화적 배경을 근간으로 의미를 조합하는 능력을 문화적 리터러시라고 한다.
3) 「言語と文化の教育そして日本事情」 2001年度日本語教育学会秋季大会予稿集, p.28.

는 없을 것이다. 학습자 스스로가 학습 대상 주제를 선택하고 그에 대한 자기표현의 기회를 충분히 갖는 교육이 요구된다. 즉 사고・분석능력을 육성하고 발표나 토론이 가능한 교육이 요구된다. 또 적극적으로 다양한 리소스[4]를 활용하는 등, 이문화 접촉 기회를 제공할 필요가 있다. 나아가 사정이 허락한다면 프로젝트・워크나 체험 학습을 도입한 프로그램이 추진되는 것이 바람직 할 것이다.

그러나 일본사정 수업의 대부분은 일본문화・사회에 대한 지식을 가르치는 것이 중심이 되고 있고, 특히 해외에서는 눈부시게 변모하는 일본사정 관련 정보에도 신선함이 결여되어 있는 것이 현재의 상황일 것이다. 필자도 그 점에서 예외가 아니며 평소에 수 없이 무한대의 문화에 적극적으로 접하는 자세, 또 문화의 다양성을 수용하는 측면에서 수업방법 모색의 필요성을 느끼고 있다.

이에 대해 미즈타니(水谷:1995)는 학습자에게 필요한 것은 단순히 지식을 받아들이는 것이 아니라 주체적으로 일본 문화・사회에 참가하여 주장도 할 수 있는 능력을 습득하는 것으로, 이를 위해서는 교실의 규모와 형태에 대한 배려부터 시작하여 학습자가 필요로 하는 것을 적극적으로 끌어내고 지적 흥미를 불러일으킬 수 있는 교실 활동과 교재 준비가 중요[5]하다고 주장한다. 또 호소가와(細川:1995)는, 현재 대부분의 일본사정 수업은 일본 문화나 사회에 대한 지식을 가르친다고 하는 생각을 가지고 이루어지고 있다. 각 분야 전문가가 가르치는 일본사정은, 각 분야 지식에 대한 해설이며 일본어 교사가 가르치는 일본사정은, 텍스트나 참고서에 의한 정보를 그대로 전하는 경우가 많다. 더구나 그것은 교실의 규모・인원수, 학습자의 수요와는 상관없이 망라하여 일방적이고 획일적

4) 물적・사회적・인적리소스 등
5) 『日本事情ハンドブック』 水谷修編, 'はじめに'のⅣより

으로 행해지는 경우가 많기 때문에 학습자들은 필연적으로 수동적이 되지 않을 수 없는[6] 점을 지적하고 있다.

여기서 잊어서는 안 될 것은 말과 문화는 분리해서 생각할 수 있는 것은 아니라는 점이다. 따라서 일본사정 교육에서 요구되는 것은 언어면으로는 일본어 운용 능력을 높이고 문화면에서는 이문화인 일본문화 이해를 깊게 하는 것이 중요하다는 것은 말할 것도 없을 것이다.

3.2 교육목표

필자가 몸담고 있는 대학의 '일본사정' 과목이 표방하고 있는 교육 목표는 다음과 같다.

(1) 일본에 관한 정확한 이해를 위해 최근의 일본정치・경제・사회・문화・가정 및 여가생활 등에 나타난 현황을 분석하고, 오늘날의 일본을 이해하도록 안내하여 학생들의 국제적 감각을 함양시킨다.

(2) 일본의 지역적 조건・의식주생활・연중행사 등 문화의 기본구조를 개관한 후, 역사・종교・교육・예술・문화 등에 나타난 일본문화의 진수와 특징을 탐색한다. 특히 일본역사의 큰 흐름을 파악하고, 그 가운데 형성된 풍습을 연구・검토함으로써 일본 및 일본인들의 생활을 근본적으로 이해하는 안목을 함양한다. 더 나아가 현대일본을 이해하기 위해 오늘날 일본인들이 즐기며 친숙해져 있는 대중문화를 다루어 그 이면에 포함된 문화 구조와 사회적 상관관계를 심도 있게 분석함으로써 한국과의 동질성 비교를 행한다.

이 교육 목표로 보면 일본사정 교육에서 취급해야 할 영역은 너무나도

---

6) 細川英雄(1995) '教育方法論としての『日本事情』'『日本語教育』87号 p.108

광범위하다. 또 문화를 어떻게 보는가에 관해서는 일본사정 교육에 종사하는 교사들의 '문화에 대한 관점'이 그대로 수업에 반영되기 때문에 문화란 무엇인가에 대한 담당자의 입장이 명확하지 않으면 안 된다. 그래서 필자는 문화란 "어떤 특정환경 속에서 역사적으로 형성되어 온 행동양식・생활양식과 관련된 모든 것, 그리고 거기에 살고 있는 사람들의 정신적 활동에서 생겨난 것과 보편적인 사고를 포함한 것"이라는 생각에 근거하여 수업에 임하고 있다.

3.3 지식 제공형 위주 수업

필자는 1997년 이후 일본사정 수업을 담당하고 있는데, 당초에는 2학년 1학기였으나 2003년부터 3학년 1학기로 변경되었다. 그 이유는 일본사정과 관련된 어구나 어휘에는 전문적인 것이 많아서 2학년 1학기에는 어렵다[7]고 하는 문제가 거론되었기 때문이다.

수업은 교과서 내용에 따라 해설・질의응답을 하는 교사주도형 수업형태를 취하여 왔다. 주교재는 시판되고 있는 '일본사정' 관련서를 이용하고 부교재는 시사성을 염두에 두어 신문・서적・잡지・팜플렛 등에서 스크랩한 것을 사용하였다. 학습항목에 따라서는 이해도를 높이기 위해 비디오 등 시청각교재도 사용하고 있으며 원칙적으로 일본어[8]로 진행하고 있다.

7) 일본사정을 단순한 지식 제공으로 보는 경우, 사용언어는 학습자의 모어라도 관계없다는 의견도 있으나 일어일문학과의 일본사정 교육에서는 일본어 교육의 일환으로 이루어지는 것이 기본이므로 언어는 일본어를 사용해야한다는 입장에 서게 되고, 따라서 학습자는 중급이상의 일본어 학습능력이 요구된다. 특히 학부제 하에서는 2학년 1학기에 처음으로 전공과목 학습이 시작되는 환경이므로 난이도는 상당히 높아진다.

8) 학습자를 대상으로 한 앙케트에서는 사용언어가 일본어가 좋다는 답이 70%를 웃돌고 있다. 이유는 일본어 교육 관련 과목이고 일문과 학생이므로 일본어를 사용하는 것이 당연하다는 답변이다. 반면, 모어를 사용해도 관계없다, 어느 쪽이라도 괜

수업은 먼저 ①학습할 문화항목에 관한 학생들의 기존지식을 발표시키고 ②예습해 온 주제의 내용을 토대로 구두로 간단한 요약발표를 시킨다 ③교사가 전문용어에 관한 설명을 한다 ④해설문의 키워드를 습득시킨 후 돌아가며 읽는다 ⑤돌아가며 읽은 후에는 앉은 순서대로 지명하여 해당 주제에 관하여 교재 내용에 준하여 가능한 한 상세히 구두발표를 시켜 이해도를 확인한다. 이 단계에서 학생들의 기존 지식과 교재 내용의 다른 점을 찾게 한다.

구두발표에서는 일본어 발표능력에 차이가 있어, 일본어로 능숙하게 표현할 수 있는 학생이 있는 반면 한국어를 섞어가면서 발표하는 학생도 있으나 일단은 이 단계에서 주제에 관한 지식은 습득할 수 있다. 수업은 지금까지 거의 교과과정 편성상, 3시간(50분×3) 연속강의이기 때문에 주제와 관련된 비디오 등 시청각 자료가 있는 경우는 스크린으로 감상한다. 마지막으로 요약과 정리를 하는 의미에서 학습자에게 감상과 의견을 교환하게 하고 질의응답을 한다. 또한 학습한 주제에 대해 자국 문화와 비교케 하여 보고서를 작성하게 한다. 이 보고서는 중간・기말의 필기시험과 함께 평가 대상이 된다.

이러한 수업형태에서 얻어진 학습효과는, 언어학습에서는 텍스트 내용을 요약하고 일본어로 구두발표 하는 능력과 리포트작성능력 향상이 기대된다. 단, 위에서 기술했듯이 일본어 구두발표능력이 부족한 학생에게는 한국어를 혼용하여 발표하는 것도 허용하고 있기 때문에 수강생 전원의 일본어 능력 향상에 충분하다고는 할 수 없다. 한편, 문화이해 학습면에서는 보고서를 중심으로 전형적인 일본문화에 대해 교사가 강의를 하고 학생들은 수동적인 입장을 견지하는 수업이라는 점은 부정할 수 없다.

좋다는 답변도 보이는데 그 이유는 일본에 관한 지식을 얻을 수 있는 과목이므로 반드시 일본어가 아니라도 된다는 견해이다.

細川(1995)가 지적한대로 텍스트나 참고서에 의한 정보 전달이며, 더구나 교사주도형 일방적 수업이기 때문에 학습자는 필연적으로 수동적이 되지 않을 수 없다. 또, 水谷修(1995)가 지적하는 학습자에게 필요한 것은 단순히 지식을 받아들이는 것이 아니라 주체적으로 일본 문화・사회에 참가하고 주장도 할 수 있는 능력을 습득하는 것은 불가능하다.(밑 줄은 필자)

즉, 지식제공형에 대한 비판은 학습자주체 교육이라는 관점에서 기인된 것이나 문제는 학습자 자신이 '생각한다'고 하는 시점의 결여이다. 따라서 지식 제공을 배제하는 것이 아니라 지식을 '생각하기' 위한 소재로 만들어 가는 것이 필요한 것이다.

3.4 지식제공형 프로젝트 워크 및 체험학습을 도입한 수업

지식제공형 수업 개선으로 2005년도 수업에서는 지식제공형 수업[9]에 학습자 주체 외부접촉에 의한 자기확대를 지향하는 프로젝트 워크 및 체험학습을 도입한 수업을 시도하였다. 이 시도를 통해 다양하고 살아있는 일본문화를 지식으로 이해시키는 것이 아니라 커뮤니케이션 능력을 키우고 나아가 문화 구분 능력(literacy) 획득을 지향하는 교육에 다소나마 접근할 수 있을 것을 기대했기 때문이다.

프로젝트 워크에서는 조별로 설정된 프로젝트를 실시하는 준비로 조사・정보수집・계획입안을 분담 실시하고, 그것을 보고서로 정리하여 구두 혹은 문서로 발표하는 작업을 하게 된다. 또한 문헌 읽기, 구두 조사(인터뷰), 자료 분석, 보고서 작성・발표하는 과정에서 목표언어를 사용

9) 지식제공형 수업은 앞 절 3.3에서 소개한 수업과 거의 같은 방법으로 이루어졌다. 다만, 지식을 '생각하기 위한 소재'로 취급하려고 노력하였다.

하는 과정에서 실천적 커뮤니케이션 능력을 향상시키는 것이 가능하다. 즉, 정보수집에서부터 인터뷰, 보고서 작성까지 프로젝트 워크 작업과정 중에 '읽기・쓰기・말하기・듣기'의 4기능을 종합적으로 경험할 수 있다는 이점이 있다. 프로젝트 워크의 학습효과에 관해서는 架谷真知子他(2000) 등의 보고가 있다. 그러나 이것은 일본에 체재하고 있는 유학생을 대상으로 한 것이기 때문에 해외에서는 사정이 다르다. 즉 교육실천 시 일본에서는 교실을 나서면 바로 일본사회라는 환경이나 해외에서는 근본적으로 이런 환경이 아니기 때문에 체험학습 등의 기회가 용이하지 않다. 그러한 점을 감안한 프로젝트 워크 및 체험학습인 것을 밝혀둔다.

수업은 주3시간 16주(총 수업시간은 48시간)에 걸쳐 이루어지는데 그 중 8주차와 16주차는 중간과 기말시험이 있다. 수업진행은 첫째주의 오리엔테이션부터 10주차까지는 종전의 수업형태인 지식제공형으로 진행하고, 조별 연구로 프로젝트 워크 와 체험학습은 11~15주차 '일본의 문화' 시간에 실시하였다. 발표까지의 준비는 중간시험을 전후하여 개시하였다. 2005년도 수강생 배경 개략은 이하와 같다.

성별 : 남학생 11명, 여학생 28명, 합계 39명

학과 : 일어일문학 32명, 관광경영 4명, 영어영문 1명, 정보과학 1명, 화학 1명

3.4.1 프로젝트 워크 진행 순서와 방법

프로젝트 워크의 순서는 아래에 제시한 세 단계를 거쳐 진행되었다.

① 준비단계

조별편성 → 주제선택 → 역할분담

② 조사실시단계

자료조사/인터뷰 등 → 인터뷰 내용정리 · 편집/발표용 리포트 작성

③ 정리단계

구두발표(질의응답 포함) → 최종 보고서 작성

준비단계에서는 먼저 조별 편성을 하였다. 7인조와 6인조 각 세 조씩, 합계 6개조가 편성되었다. 다음으로 주제 선택인데, 이번에는 교과서[10]인 '일본의 문화'를 토대로 각 조별로 주제를 선정하여 조사방법과 조별 활동에 대한 구체적인 일정 등에 관한 계획안을 세웠다. 동시에 이 단계에서 각 조의 리더와 구성원의 역할분담도 하였다. 주제는 '현대문화, 전통문화, 교육, 결혼식과 습관, 어린이 문화, 종교' 등 6개조였다.

조사실시단계에서는 주제와 관련된 자료를 인터넷이나 참고문헌 등에서 찾거나 가두 인터뷰에 대비하여 질문사항을 만드는 등, 본격적인 이문화 접촉 및 조사준비를 하였다. 이번 프로젝트 워크에서는 일본인에게 직접 인터뷰하는 과제가 부여되었다. 인터뷰 종료 후에는 내용 정리 및 편집, 발표용 보고서 작성이 행해졌다. 조에 따라서는 파워포인트를 이용한 프리젠테이션도 있었다.

마지막 정리단계에서는 조사 결과를 조별로 발표하고 질의응답을 거쳐 제출용 최종보고서를 작성하는 과정으로 진행되었다. 특히 발표시간은 조사한 내용 및 각자 의견을 전체에 알림과 동시에 질의응답을 통하여 일본문화에 대한 개개인의 견해를 교환할 수 있는 기회가 되었다. 그러나 준비단계에서 조사실시 단계를 거쳐 정리단계에 이르는 기간이 겨우 1개월 정도였던 점, 학기중이여서 학생의 수강과목이 서로 달라서 조별활동 조정이 대단히 어려웠던 점 등 되돌아보면 사전 준비부족과 함께 시간적

10) 佐々木瑞枝 『日本事情入門』다락원, 2003

으로 무리한 프로젝트 워크였다. 프로젝트 워크 수행시에는 조별 연구활동 진행상태를 자주 파악하면서 개별지도를 하는 등 교사는 조별연구활동을 방임하는 것이 아니라 학습활동 조직화 및 동기유발에 유의하는 것이 중요할 것으로 사료된다. 한편 체험학습은 '기모노 착용' '다도체험' '하이꾸 창작' '일본인 가정방문' '일본놀이 체험' 등을 시도하였다.

3.4.2 프로젝트 워크 · 체험학습에 대한 반응

프로젝트 워크 · 체험학습에 대한 학습자의 반응을 앙케트 결과를 중심으로 정리하면 다음과 같다. 우선 수업 형태에 관한 질문으로 '수업은 어떤 방법이 적당하다고 생각하는가' 에 대하여 '교과서 중심 지식습득형 수업'이 12%로 가장 적고, '발표 · 토론 · 프로젝트 워크 등 학습자 중심 자율적 수업'이 37%, '가능한 한 체험학습을 도입한 수업' 26%, '교실중심이 아닌 교실 이외 장소에서의 활동을 포함한 수업'이 25% 순으로 나타나고 있어 지식습득형 수업 12%를 제외한 88%의 학생들로부터 프로젝트 워크 · 체험학습을 도입한 수업, 교실이외에서의 활동수업을 희망하고 있는 것을 알 수 있었다. 특히 프로젝트 · 워크의 일본인 인터뷰, 체험학습의 일본인 가정방문 등을 통하여 종합적인 일본어학습의 기회가 되었다는 의견이 많았다.

3.4.3 프로젝트 · 워크 · 체험학습의 효과

프로젝트 워크 · 체험학습을 수행한 결과 얻어진 학습효과는 어떤 것이 있을까? 수업 종료시 제출한 '감상 보고서' 중 2점을 원문 그대로 소개한다.

① 私達のグループの主題は日本の教育でした。日本の社会内で、今、話題になっていることをよくわかるようになりました。私個人的に本物の日本人と話した経験がなかったので、不思議な気分でした。やっぱり本で学ぶこととは違うんだなと思いました。そして、日本人の中でもいろいろな考えがあることがわかりました。韓国人と日本人の教育についての考え方の違う点も少しわかりました。(学生A)

② このグループ活動する前は、こんな複雑な準備(インタビュー、powerpoint)などをしなきゃいけないので困りましたけど、今はしてよかったと思います。ただのテキストとか試験のための暗記しかしなかった私にとっては、ほんとに面白かったです。先生の説明はもちろん必要ですが、学生が自分の力で、自発的に関心を持って授業を作って行くと学習者の頭に残るのがもっと多くなるのではないかと思います。また、日本の文化をいろいろな角度・視点で共同で観察できたことと、日本人の家を訪問してテキスト以外の日本のことが分かりました。(学生B)

본 수업이 일본어 능력의 고하를 막론하고 실제 활동에서 모든 학습자에게 일본어를 사용할 수 있는 기회를 부여하여 발화량이 증가하고 있는 것을 비디오 촬영 및 인터뷰 테이프를 통하여 확인할 수 있었다. 특히, 인터뷰시 상대방이 자신의 일본어를 이해하지 못할 경우 표현을 바꾸어 말하거나 설명하는 방식으로 의사소통을 하려고 노력하는 모습이 여기저기에서 발견되었다. 또, 인터뷰 테이프의 문자화 과정에서 자신의 표현에 대한 오용을 확인하거나 일본인이 자주 사용하는 표현 및 우회적인 표현, 공통어와 방언의 차이점 등을 발견하였다. 전반적으로 과제종료시 성취감이나 만족감이 높고 일본어나 일본인과의 상호작용에 대한 자신감을 갖게 된 것으로 보인다. 문화적 측면에서 보면 일본인과의 접촉을 통하여 일반론적인 일본사정과 개개의 일본사정이 차이가 있을 수 있다는 점, 교과서와는 다른 일본문화에 접하는 기회가 되었다는 점을 들 수 있을 것이다. 프로젝트 워크・체험학습에서 얻어지는 학습효과는 무엇보다도 학습자 중심 수업이므로 교과서에 제시된 일반론적인 문화나 언어학습이 아니라 학습자 스스로가 접촉한 각종 리소스에서 얻어낸 체험에 근거한 학습이 가능했던 점을 들 수 있을 것이다. 나아가 자료 수집, 인터뷰 실시, 보고서 작성, 구두발표, 피드백을 통하여 교사 이외의 일본인과 접촉하면서 생긴 개개인의 문제점을 분명히 알 수 있는 학습을 할 수 있었던 점이라고 생각한다.

4 맺는 말

본고에서는 우선 일본사정 교육 현황에 대하여 언급한 후 필자가 대학에서 실시해 온 일본사정 교육방법을 소개하였다. 특히 지식제공형 수업 개선을 목적으로 도입한 프로젝트 워크 및 체험학습을 통하여 목표어인 일본어 능력 및 문화이해 능력 습득에 어떤 효과가 있었는지를 소개하였다. 본 수업에서는 학습자 중심 수업이므로 교과서에 제시된 일반론적인 문화나 언어학습이 아니라 학습자 스스로가 접촉한 각종 리소스에서 얻어낸 체험에 근거한 학습이 가능했던 점을 들 수 있을 것이다. 그러나, 학습자가 조사하고 생각하는 학습은 가능하였던 반면, 교사가 제시한 지식이나 체험학습에서 얻었던 지식을 그대로 받아들여 본인의 시점에서 비판하는 데까지 이르지는 못하였다. 가장 위험한 것은 얻은 지식을 무비판적으로 믿어버리는 것이다. 따라서 중요한 것은 비판력을 갖는 것이다.

이를 위해서는 풍부한 지식이 필요하고 그 지식의 뒷받침에 근거하여 깊이 생각해가는 사고력을 기르는 것이 불가결이다. 이렇게 보면 지식제공을 부정하고 배제할 것이 아니라 충분한 지식을 제공하고 그 지식을 생각을 위한 소재로 도입하여 학습자 스스로가 프로젝트 워크・체험학습을 통하여 확인하고 비판을 하게 하는 수업을 개발하는 것이 중요하다고 생각한다.

참고문헌

池上摩希子(2002)「体験型学習の意味と方法」『ことばと文化を結ぶ日本語教育』東京：凡人社

小川早百合(2002)「文化"知識"としての"日本事情"再考」『21世紀の日本事情』4号

架谷真知子・二村直美・津田彰子・三好和恵「上級学習者のプロジェクト・ワーク：グループ・ダイナミックに関する実験的考察」『日本語教育』87号日本語教育学会, 1995

川上郁雄「言語と文化の教育そして日本事情」日本語教育学会秋季大会予稿集日本語教育学会, 2001

佐々木倫子(2002)「日本語教育で重視される文化概念」『ことばと文化を結ぶ日本語教育』東京：凡人社

トムソン木下千尋「海外の日本語教育における日本文化の学習を促すコースと教師の役割」『21世紀の日本事情』4号, 2002

________「海外の日本語教育におけるリソースの活用」『世界の日本語教育』7 国際交流基金日本語国際センター, 1997

細川英雄(2005)「文化リテラシー獲得をめざす教室設計」『言語』6月号 東京：大修館書店

________(1999)『日本語教育と日本事情：異文化を超える』東京：明石書店

________(1994)『日本語教師のための実践「日本事情」入門』東京：大修館書店

제5장

미디어와 일본어 교육의 이해

5-1

멀티미디어와 일본어 교육

· 정기영 ·

1 머리말

요즈음 외국어 교육계에 있어서의 교육 중심은 이해에서 표현중심으로 이동되고 있다. 이제까지 커뮤니케이션 능력 향상을 위하여 보조도구로써 이용되었던 것은 오디오나 비디오가 대부분이었지만, 최근 컴퓨터와 멀티미디어의 결합으로 과거에는 상상도 할 수 없었을 만큼 다채롭고 흥미로운 방법으로 외국어 학습을 할 수 있는 환경이 조성되게 되었다. 많은 교사들은 컴퓨터를 외국어 교육에 어떻게 활용할 수 있을지, 또한 어떤 코스웨어가 커뮤니케이션을 중심으로 하는 교육과정 목표성취에 도움이 될 것인가에 관심을 모으고 있다.

그 영향으로 멀티미디어를 어떻게 활용할 것인지에 대한 연구가 활성화되고 있으며 그 기술을 구사한 외국어학습용 코스웨어가 CD-ROM이나 인터넷상에서 다양하게 개발되었다.

이러한 교재의 멀티미디어화는 지금까지 외국어를 가르칠 때의 난점이었던 「시간・공간적 제약」 「음성・동영상・문자정보의 랜덤액세스와 무한한 반복 연습의 불가능」 「모국어 화자 교사의 부족이나 생활・문화적인 정보와 체험 부족」 「불충분한 학습자중심 교육」 등의 여러 가지 문제를 해결할 가능성이 높을 것으로 기대된다.

따라서 이번 장에서는 일본어 교육과 컴퓨터에 대해서 다음의 4가지를 정리하고자 한다.

첫 번째는 컴퓨터를 이용한 언어교육이 어떻게 발전해 왔는가를, 두 번째는 멀티미디어 일본어 교육의 이론적인 배경을 교육학, 시청각교수이론, 심리학, 제2언어습득이론, 컴퓨터공학 등의 측면에서 살펴본다. 세 번째는 일본어 교육에 있어서 멀티미디어는 어떠한 부분에서 유효하며 교사의 역할은 종래와 비교해서 어떻게 변화되고 있는가, 네 번째는 한국의 일본어 교육에 있어서의 컴퓨터 활용 현황과 가능성을 명확하게 하고자 한다.

2 컴퓨터 지원에 의한 언어교수・학습 시스템의 발전 과정

컴퓨터는 원래 인간이 행하고 있는 수치 계산의 업무를 자동적으로 처리하는 기계로써 고안되었다. 초기의 컴퓨터는 수학의 수식 계산이나 탄도의 궤도를 정확하게 산출할 목적으로 전후에 곧바로 고안・개발되었다고 한다. 그 후 1970년대 후반 마이크로컴퓨터의 발명과 80년대의 보급은 지금까지의 자동처리기계나 계산기라는 컴퓨터의 이미지를 완전히 바꾸어 놓았다. 이 퍼스널컴퓨터의 보급이래, 정보통신 기술의 발달과 함께 컴퓨터는 상당한 발전을 이룩해 왔다. 결국, 80년대를 컴퓨터가 업무를 자동화시킴으로써 인간의 생산성을 대폭적으로 증대시킨 「생산성의 시대」였다고 한다면, 90년대는 인터넷에 의해서 세계가 연결되고 세계 각국의 다양한 정보가 순식간에 개인에게 전달되는 「인터넷」시대였다. 그리고 2000년을 경계로 모든 정보가 디지털화됨으로써 통합된 「디지털 시대」를 맞이하고 있다. 컴퓨터는 업무를 도와주는 도구에서 정보를 전해주는 도구로, 앞으로는 감성을 전해주는 도구로도 변화를 이루려하고 있다.

컴퓨터가 본격적으로 외국어 교육현장에서 이용되었던 것은 1960년대 미국에서였으며 당시에는 고가인 대형 컴퓨터를 이용한 실험이 시도되었다. 그후 1970년대 후반부터 80년대에 걸쳐서 마이크로컴퓨터의 보급에 의한 CAI/CALL의 연구・개발이 진행되었고, 80년대 중반부터는 일본어 교육계에 있어서도 CAI/CALL의 연구나 실천이 활발하게 행해졌던 것이다.

한편 일본어 교육 분야에 있어서 컴퓨터를 활용한 교재의 연구는 80년대 후반에 플로피 디스크에 의한 일본어 학습용 프로그램이 개발되었고 90년대에 들어와서부터는 CD-ROM이, 90년대 중반 이후에는 인터넷에 의한 교재개발도 행해지게 되었다.

(1) 용어의 정의

최근 외국어 교육 분야에서 컴퓨터 활용에 관한 연구가 급속히 진행되고 있다. 교육 분야에 있어서의 컴퓨터 이용은 크게 두 가지로 나눌 수 있다.

첫 번째는 CMI(Computer-Managed Instruction)의 이용으로 수업계획, 교재작성, 성적관리 등의 수업 개선을 위해서, 그리고 학급경영・

사무처리 등 수업활동 전반에 걸쳐서 교사를 지원할 목적으로 컴퓨터를 이용하는 것이다.

두 번째는 CAL/CALL(Computer-AssistedInstruction/Computer-Assistedlanguage learning)이라는 것으로 실제 학습 현장에서 컴퓨터를 이용하는 것이다.[1)]

이 외에도 컴퓨터를 보조수단으로 이용하는 언어교수・학습에는 일선 일본어 교사에게 익숙하지 못한 전문용어가 많다. 그러므로 컴퓨터보조 언어교수・학습에 관한 용어의 정의를 다음과 같이 정리하여 제시한다.

〈CAI / CAM / CAL / CALL / MALL〉

① CAI(Computer-Assisted Instruction : 컴퓨터 지원수업)

CAI시스템에 관하여 管井(1983)는「컴퓨터를 중심으로 한 기계 장치군으로 된 시스템과 인간인 학습자가 상호작용을 하면서 교수・학습과정을 진행시켜 학습자의 학습을 지도하는 것을 목표로 한 교육시스템」이라고 정의하였다. 또한 木村(1977)는「컴퓨터를 이용한 교수・학습 시스템」이라고 지적하고 있다. 결국, CAI는 컴퓨터를 보조적인 것으로 받아들여서 교육활동에 이용하는 것이며, 컴퓨터가 가진 여러 가지 기능을 이용하여 학습자가 자신의 실력에 맞게 자신의 페이스로 납득해 나가면서 학습을 진행해 가는 방식이다.

CAI(Computer-Assisted Instruction 또는 Computer Aided Instruction)라는 용어는 주로 미국에서 사용된 것으로 영국에서는 보통 CALL(Computer-Assisted Language Learning) 또는 CAL(Computer-Assisted Learning)이라는 용어가 사용되어 왔다. 최근의 언어교육에

---

1) 그러나 최근의 CAI/CALL시스템 일부에는 CMI기능이 들어있는 것도 있으므로 양자의 구별이 어려운 경우도 있다. 자세한 것은 ②번의 CMI항목을 참조하기 바람.

서는 「학습」이 중시되는 면도 있어 미국에서도 CALL이 사용되고 있다. 일본에서는 CAI라는 용어가 언어교육에서도 일반적으로 이용되고 있으며, CALL과 동의어로서 CAI를 사용하고 있는 경향이 많다. 또한 CBI(Computer-Based Instruction)도 CAI와 같은 의미로 사용된다.

그러나 엄밀하게 말하면 CAI가 교사 중심의 가르치는 일(Instruction)에 중점을 둔 것이라면, CALL은 학습자 중심의 개별 또는 자율학습(Self-Learning)에 중점을 둔 것이다. 또한 CAI는 언어교육뿐만 아니라 교육 전반에 컴퓨터를 보조도구로써 사용할 때에, CALL은 언어교육에만 한정하여 사용되는 느낌이 있다. 더욱이 언어교육에 사용될 경우의 CAI는 CALL 보다 광의의 뜻으로 사용되거나 CALL의 전 단계의 것으로써 이해되는 경우가 많다. 이 점에서 「언어(Language)」라는 말을 중간에 넣은 CALI(Computer-Assisted Language Instruction)라는 용어를 사용하는 경우도 있다.[2)]

② CMI(Computer-Managed Instruction : 교수활동지원시스템)

CMI(Computer-Managed Instruction)라는 것은 컴퓨터를 이용한 교수지원시스템으로 컴퓨터가 교육 및 학습지도를 위하여 학습자에게 유효한 정보를 학습자 측에는 직접 지시하지 않고 교사에게만 제공하는 시스템이다.

CMI는 위에서도 언급한 것처럼 워드프로세서, 퍼스널 컴퓨터에 대표되는 것과 같이 수업계획, 교재작성, 성적관리 등의 수업개선을 위하여, 또는 학급경영 · 사무처리 등의 수업활동 전반에 걸쳐서 교사를 지원할

2) 여기에서는 기본적으로 「CALL」을 「컴퓨터지원에 의한 언어교수 · 학습시스템」이라는 의미로 사용한다.「CAI」는 교육전반에 걸쳐 컴퓨터를 보조도구로서 이용하는 경우를 말한다.

목적으로 컴퓨터를 이용하는 경우를 말한다. 즉, CMI에서 학습자를 직접 상대하여 가르치는 교사는 인간인 교사이며, 교사는 교재의 선택, 학습코스의 설정, 학습기록의 관리 등을 컴퓨터의 힘을 빌려서 행한다. 여기에 비하여 CAI는 컴퓨터가 인간인 교사를 대신하여 학습자를 직접 지도하는 시스템이다. CAI는 외관상으로는 교사 없이 진행되지만 실제적으로는 교사가 학습 프로그램을 미리 정성스럽게 만들어서 컴퓨터에 입력시켜 두어야만 한다. CDI(Computer Directed Instruction)라는 용어는 CMI와 동의어이다. 언어교육에 한정시켜 말할 경우에는 CMLT (ComputerManaged Language Teaching : 언어교육관리시스템)라는 용어도 사용한다.

그러나 최근에는 CMI에서도 컴퓨터가 직접 학습자를 지도하며 인간인 교사는 컴퓨터의 보조적 역할을 수행하는 형태이거나, CMI적 기능이 들어있는 교재 데이터 베이스를 이용한 CAI/CALL소프트도 나오고 있지만, 양자를 구별하기 어렵고 그 경계선이 없어지고 있다고 할 수 있다. CMI와 CAI/CALL을 포괄하는 상위개념으로서는 CBE(Computer-based Education)라는 용어가 있다.

③ CAL(Computer-Assited Learing : 컴퓨터 지원학습)

CAL은 CAI/CALL과 동의어로서 사용되고 있다. 그러나 정확하게 말하면 CAI가 가르치는 것(Instruction) 즉, 교사 중심의 교수(Teacher-Oriented Instruction)라고 한다면 CAL은 배우는 것(Learning), 즉, 학습자 중심의 학습(Learner-Centered Learning)에 기초를 둔 것이다. 특히 CAL은 ESL(English as a Second Language : 제2언어로서의 영어) 교육 현장에서 학습자 중심의 학습과정에 초점을 맞추어서 생각하는 컴퓨터 이용시스템을 가리킨다.

또한 영어 명칭 CAL은 언어교육에 한정된 CALL 보다 광의의 뜻으로 이용된다. 즉, CAL은 외국어・외국문화의 학습은 물론 사회문제 연구, 자연관측, 시뮬레이션에 의한 수학 문제의 연구, 창작 활동 등에, 시판 또는 독자적으로 개발한 어플리케이션・소프트를 컴퓨터와 짝지어서 이용하여 학습자의 문제의식, 자기 표현력을 자극하여 자발적인 학습 활동을 촉진시키는 것이 목적이다.

CAI/CAL은 기본적으로 컴퓨터를 이용하여 학습자의 개별화를 진행하면서 학습자를 지원하는 교육시스템이며, 컴퓨터를 중심으로 한 기계장치군으로 된 시스템과 인간인 학습자가 서로 주고받으며 교수-학습과정을 진행시켜 학습자가 학습목표를 달성할 수 있도록 이끄는 교육시스템이라고 정의할 수 있다.

④ CALL(Computer-Assisted Language Learning : 컴퓨터 지원 언어학습)

CALL은 CAI/CAL과 동의어로 사용된다. 그러나 CALL은 기본적으로 언어교육 분야에서 컴퓨터를 이용한 교육・학습 방법을 연구・실천하는 의미로 한정되어 사용된다. 교사와 학습자 양자의 관점에서 교육・학습 방법을 이론적・실천적으로 적용한 것이며 LL시스템 등과 통합화된 것을 이용한 경우도 포함한다. CALL은 컴퓨터가 교사를 대신하지만 일제수업이 아니라 각각의 학습자의 능력과 학습 스피드에 맞춘 개별 어학학습의 스타일을 제공하는 시스템이다. 이는 세계적으로 공통적인 표현이지만 CAI/CAL보다 새로운 개념이다.[3)]

---

3) 일반적으로 CAI,CALL이라는 용어가 잘 쓰이지만, 반드시 코스웨어의 존재를 전제로 하지 않으며, 컴퓨터의 모든 기능을 교육에 이용할 경우에는 CBE(Computer - Based Education)라는 용어도 사용한다.

⑤ ICAI/ICALL

ICAI(Intelligent Computer-Assisted Instruction : 지능형 컴퓨터 지원 수업 또는 지적 CAI)와 ICALL(Intelligent Computer-Assisted Language Learning : 지능형 컴퓨터지원 언어학습)은 종래의 단조로운 CAI/CALL보다 더 발전된 형으로, 보다 인간에 가까운 지적 컴퓨터를 이용한 교육·학습시스템이다. ICAI/ICALL은 학습자의 특성을 분석하여 정보 제공 방식을 조정할 수 있는 인공지능의 원리를 컴퓨터를 이용하여 교육에 응용한 것이다. 이 ICAI/ICALL에 의해서 학습자가 단조로움으로 싫증내기 쉬운 종래의 시스템을 학습자의 레벨과 개성에 보다 맞게 개별지도가 가능하게 된 것이라고 할 수 있다.

⑥ MALL(Multimedia-Assisted Language Learning :멀티미디어 지원 언어 학습)

MALL은 CAI/CALL에서 더욱 발전한 새로운 개념으로 90년대의 눈부신 정보통신 기술의 발달에 의하여 문자, 음성, 화상, 동영상 등 많은 종류의 정보를 컴퓨터상에서도 통일적으로 처리할 수 있게 되어 있으며 이것을 충분히 활용한 언어학습을 가리킨다. MALL은 종래의 CAI/CALL과 비교하면 보다 많은 음성, 동영상 등의 사회적 정보를 취급할 수 있기 때문에 학습자의 이해를 돕는 것이 더욱 더 용이하다고 할 수 있다.

〈멀티미디어 / 하이퍼텍스트 / 하이퍼미디어〉

① 멀티미디어(Multimedia)

일반적으로 멀티미디어라는 것은 문자, 음성, 그래픽, 동영상 등 다양한 종류의 미디어를 동일한 컴퓨터상에서 동시에 유기적으로 연결시켜 통일적으로 처리할 수 있는 기능이라고 정의할 수 있다. 일본의 문부성에서도 멀티미디어를 「음성, 문자, 영상 등의 정보를 학습자 또는 지도자가 필요에 의해서 선택하고 연관 지어서 활용할 수 있는 융합형 미디어 또는 기법」이라고 정의하고 있다.

그러나 管原(1997)은 단지 다수의 미디어가 일시에 사용 가능하게 되는 상태를 멀티미디어라고 부르는 것이 아니라 「멀티미디어란 복수의 매체를 가지고 각각의 정보, 경험이 더욱 발전성을 가지고 확대해 가는 가능성을 가지고 있다. 또한 받는 측의 반응에 대해서 회답해 오는 양방향성도 가지고 있는 것이라고 말할 수 있다」라고 정의하고 있다.

즉, 종래의 TV나 비디오, OHP 등도 문자・음성・동영상 등이 통합되어 있는 복수 매체이지만 그것만으로는 멀티미디어라고 말할 수 없고 ①미디어의 연결성 ②미디어의 발전성 ③다수의 미디어 이용 ④상호작용성・양방향성을 복합적으로 가지고 있어야 한다. 여기서 「미디어의 연결성」이라는 것은 각각의 미디어에서 구성된 정보가 서로 어떠한 관련성을 가지고 하나의 화면에 통합되거나 버튼 등으로 연결되어 있는 것을 말하며, 「미디어의 발전성」은 각 미디어에서 구성된 정보가 유기적으로 연결되며, 더욱 자세한 정보로 발전해 가는 것이다. 또한 「다수의 미디어 이용」이라는 것은 불러낸 화면의 문자정보를 사진이나 음성, 동영상 등의 복수미디어를 통합해서 이용할 수 있을 뿐만 아니라 각각 개별적으로도 이용할 수 있는 것을 말한다. 「상호작용성・양방향성」은 정보가 일방적으로 부여되는 것이 아니라 자신의 행동에 대하여 반응이 되돌아오는 것이다.

이러한 멀티미디어는 능동적인 학습을 가능하게 하며 다양한 형태의 학습 상황을 연출할 수 있기 때문에 어학교육 분야에서의 활용 가능성이 크다. 그 구체적인 학습 형태는 크게 세 가지로 나눌 수 있다.

첫 번째는 문자, 음성, 그래픽, 동영상 등의 멀티미디어 자료를 이용한 학습 형태를 들 수 있다. 두 번째는 LAN・인터넷 등과 같이 네트워크에 연결된 학습형태이다. 그리고 세 번째는 일대일, 다대다, 일방・양방향, 원격수업, 재택수업 등 피교육자의 능력이나 공간, 시간에 맞춘 형태로 개별 학습 및 일제교육 형태로의 학습이 가능한 것이다.

본 연구에서는 문부성의 견해를 도입하여 「음성, 문자, 영상 등의 정보를 학습자 또는 지도자가 필요로 의해서 선택하고 연관 지어서 활용할 수 있는 융합형 미디어 또는 기법」이라는 의미로 멀티미디어라는 용어를 쓰기로 한다.

② 하이퍼텍스트(Hyper Text)

원래는 전자 정보 시스템의 복수의 텍스트(문자를 중심으로 한 텍스트 정보)를 상호 관련지어서 곧 참조할 수 있도록 하는 기능이지만 그 기능을 이용하여 만들어진 텍스트를 말하는 경우도 있다. 사전에서 어느 항목을 찾을 때 해설문에 나오는 단어를 찾는 것을 컴퓨터상에서 실현한 것이 www의 하이퍼링크이다.

③ 하이퍼미디어(Hyper Media)

하이퍼미디어는 음성이나 영상 등의 복수의 미디어를 링크하여 정보의 형태나 정보가 있는 장소를 뛰어 넘어서 여러 가지 지적 정보에 빠른 시간 내에 접속할 수 있는 미디어를 가리킨다. 예를 들면 하이퍼미디어 버전에서 영화를 보고 있다고 하면 영화를 보면서 텍스트의 일부분을 뽑아서 어떤 단어나 표현을 참고하기도 하고, 그 표현만을 화면에서 몇 번이고 반복해서 볼 수도 있고, 음성만을 들을 수도 있는 등의 여러 가지 가능성이 있다.[4)]

4) 이때, 넓은 의미에서 텍스트(문자정보)가 하이퍼미디어에 포함되는 경우도 있지만,

하이퍼미디어는 같은 하이퍼텍스트의 기능을 포함하고 있는 멀티미디어와 성격이 유사하기 때문에 일반적으로 같은 뜻으로 쓰이는 경우가 많다. 그러나 정확하게는 멀티미디어가 문자・음성・영상을 통합해서 처리하는 미디어 자체의「이용」에 그 의미가 한정된다면 하이퍼미디어는 링크를 통해 순식간에 다른 미디어로 이동할 수 있는 각 미디어간의「기능」에 중점을 두었다고 말할 수 있다. 멀티미디어와 하이퍼텍스트, 하이퍼미디어의 개념도를 나타내면 다음의 그림1과 같다.

(그림 1 멀티 하이퍼미디어 개념도)

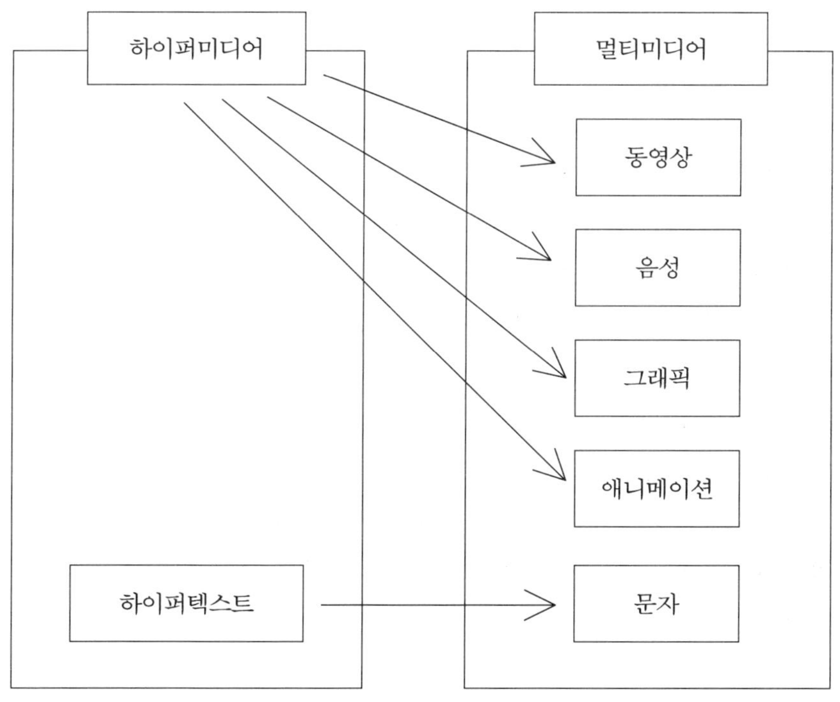

좁은 의미에서 보면 텍스트는 하이퍼텍스트에 포함되며, 하이퍼미디어는 음성과 영상미디어만을 뜻하는 경우도 있다.

〈그 외 용어의 정의〉

① 코스웨어(Courseware)

코스웨어라는 것은 특정한 교과에 관한 CAI/CALL 학습용 소프트웨어를 의미하는 말로서 사용된다. 코스웨어에는 통상 학습내용 외에 학습제어와 KR정보[5] 데이터도 포함된다.

② 타이틀(Title)

멀티미디어의 형태로 출판된 결과물을 가리키며 주로 CD-ROM의 형태로 보급된다.

③ 디지털화

컴퓨터는 모든 데이터가 0과 1로 조합되어 2진수로 표시・기억되며 처리된다. 이것은 본래의 데이터가 수치일 때에도 그림이나 음성일 때에도 같은 형태이다. 이와 같이 각 미디어의 정보를 컴퓨터로 취급할 수 있도록 수치화하는 것을 디지털화라고 부른다.

④ CAT/CBT

CAT(Computer-Assisted Testing)라는 것은 테스트를 하기 위한 도구로서, 컴퓨터를 이용하여 테스트 문제를 제공하기도 하고, 테스트의 스코어를 기록하기도 하는 시스템이다. CBT(Computer-Based Testing)는 동의어이다.

---

5) KR정보(Knowledge of Results)라는 것은 학습자의 해답과 학습목표를 비교하여 정오판정을 행함과 동시에 컴퓨터를 통하여 교사의 평가를 학습자에게 전달하는 메시지를 뜻한다.

⑤ CL/CALLL/MALLL

CL(Computer Laboratory : 컴퓨터 연구실)은 외국어 교육에 있어서 LAN(Local Area Network) 기능과 성적관리나 학습자 관리가 주가 되는 CMI기능 CAI기능으로 구성된 연구실을 말한다. (그림2) CL에서는 개인・그룹학습 등과 일제 학습이 가능하다.

CALLL(Computer-Assisted Language Learning Laboratory : CALL 연구실)은 CL에 LL기능을 통합하여 각각 독자적으로도 일체화된 형식으로도 이용할 수 있는 시스템이다.(그림 3) CALLL시스템은 종래의 CAI개념을 초월한 텍스트・그래픽・사운드 등을 컴퓨터로 통합한 연구실이다.

MALLL(Multimedia-Assisted Language Learning Laboratory : 멀티미디어 연구실)은 CALL 연구실의 기능이 보다 발전한 형태로 텍스트나 음성, 동영상 등을 자유롭게 편집할 수 있는 기능이 있다. 또한 교실도 개별 학습실과 일제 학습실, 그룹학습에 대응할 수 있는 다목적 학습실, 멀티미디어 교재 작성실 등의 기능도 갖추고 있다. 그 구성을 나타내면 그림4와 같다.

(그림 2 컴퓨터 연구실 (CL))

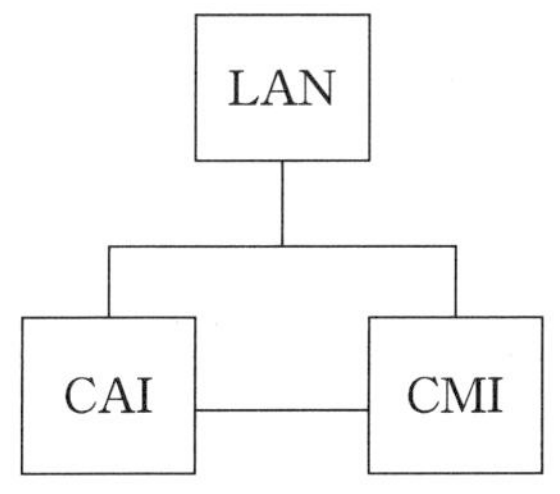

(그림 3 CALL 연구실 (CALL))

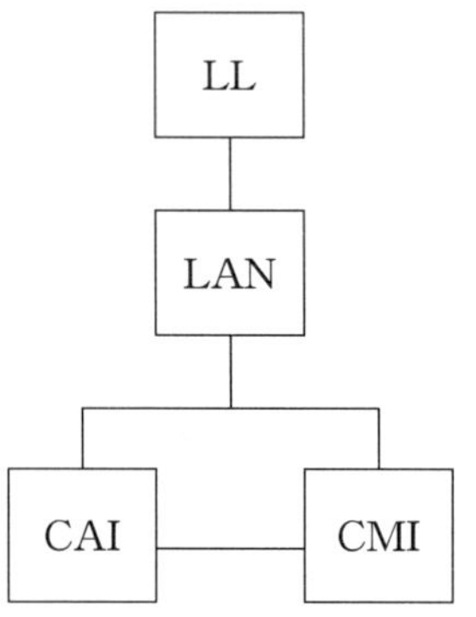

(그림 4 멀티미디어 연구실(MALL))

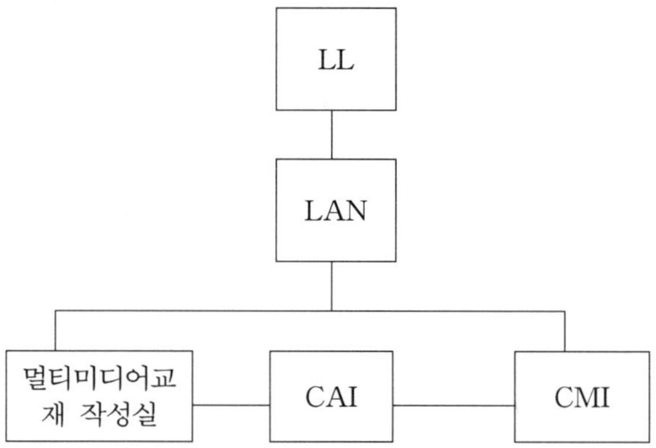

3 CAI/CALL시스템의 시대별 발달과정

Warschauer(1996)는 CAI/CALL의 발달 과정을 다음의 3가지 단계

로 나누고 있다.

첫 번째 단계는 1950년대부터 60, 70년대에 걸쳐 행동주의 학습이론의 영향을 받아 반복훈련·연습(dill and practice)을 행한 행동주의형(Behavioristic) CALL이다. 두 번째 단계는 1970년대 후반부터 80년대에 걸친 컴퓨터와 학습자의 상호작용을 촉진시킨 의사소통형(Communicative) CALL이다. 이것은 실제 회화를 경험하는 것으로 목표언어를 연습시키는 커뮤니카티브 어프로치(Communicative Approach)를 응용한 것이라고 할 수 있다.

그리고 세 번째 단계는 1990년대의 정보통신기술의 발달에 힘입은 멀티미디어와 인터넷의 출현에 의한 통합형(Integrative) CALL이다. 결국, 이 시기의 CD-ROM은 각 미디어의 통합 처리를, 또한 인터넷은 컴퓨터를 통하여 의사소통(Computer-mediated Communication)을 가능하게 한 것이다. 이상의 컴퓨터지원 언어교수-학습 시스템의 발달과정을 시대별로 구체적으로 살펴보면 다음과 같다.

(1) 1950년대 이전 : CAI의 전신-티칭머신

CALL은 응용언어학(Applied Linguistics), 프로그램학습이론·개별교육(Programmed Learning Theory), 컴퓨터공학(Computer-Science : 계산기과학)이라는 각기 다른 세 분야의 결합에 의해 탄생되었다.

역사상 최초의 티칭머신은 1924년 프레시(S.L.Pressy)에 의해 고안된 자동학습기(teaching machine)였다. 이 자동학습기에는 창이 있고 그곳에는 답이 쓰여진 4개의 선택지가 있었다. 그 옆에는 4개의 키가 있으며, 학습자는 4개 중 가장 적당하다고 생각되는 것을 골라 그것을 아래로 눌러 해답하는 것이다. (그림5) 이 티칭머신에는 티칭모드와 테스트모드의 2개의 모드가 있어서 티칭모드의 경우는 학습자의 해답이 맞지 않으면 맞는 키가 눌려지기까지 다음 문제로 나아갈 수 없게 장치되어있다. 그러나 테스트모드의 경우에는 학습자의 해답이 맞든 틀리든 정답이 제시되지 않은 채 다음 문제가 제시되는 구조로 되어있었다.

(그림 5 학습프로그래밍과 티칭머신)

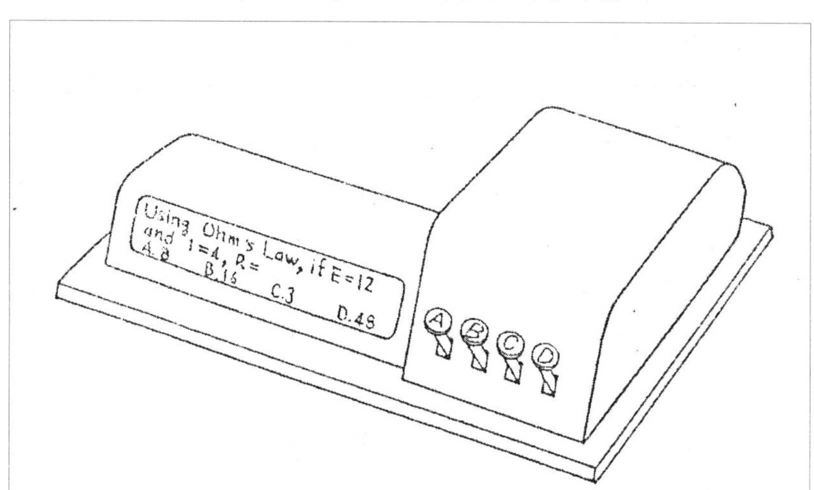

이 티칭머신에 대하여 프레시는, 이제까지의 필기시험에 의한 학습 성과의 판정은 그 자리에서 피드백 할 수 있는 효과를 기대할 수 없었으나 티칭머신은 그 자리에서 오답을 수정할 수 있으므로 「즉시효과」라는 중요한 교육효과를 가져올 수 있으며, 또한 이 학습법은 각 개인의 페이스에 맞추어 학습을 해나갈 수 있는 「개별학습」의 가능성이 있다고 주장하였다.

그러나 부여된 몇 개의 답에서 맞는 것을 고른다는 능력은 정답을 써넣는다는 능력과는 매우 다르므로 프레시 방식의 선택형 머신은 매우 단순한 학습이나 테스트모드로서 사용할 경우라면 모를까 교육이라는 면에서 정말 좋을지 어떨지가 의문시되었다.

이 프레시의 티칭머신은 1950년 스키너(Skinner)의 학습기계(learning machine)에 의해 단순한 다지선택식이 아니라 오히려 학습자가 해답을 만들어가는 방식으로 개량되었다. 스키너의 기계는 학생에게 재인식시킨다는 역할보다 상기시키는 구조로서 학습의 즉시적인 강화를 목적으로 한 것이었다.

이상의 프레시와 스키너의 티칭머신은 직선적 강화방식인 것과 스피드가 떨어진다는 점에서, 아직은 기계의 영역을 못 벗어난 CAI의 전신인 컴퓨터인식의 시대였다 할 수 있다.

(2) 1960년대～1970년대 : 행동주의형(Behavioristic)CALL

CALL의 역사는 1960년대에서 시작되었다고 할 수 있다. 본래 군대 사병들의 교육수단으로서 개발된 CAI는 1960년대부터의 급속한 컴퓨터기술의 발전과 함께 언어교육에 있어서도 자유와 개성을 존중한 교수・학습시스템의 필요성에서 언어학자들에 의해 CALL이 구축되게 된 것이다.

이 시기는 행동주의심리학의 영향하에서 언어교육에 있어서는 오디오링갈・메소드(Audio-lingual Method)가 적용된 시대였다. 즉, 어린이가 제1언어를 습득해나가는 과정을 응용하여 언어학습이란 자극-반응(모방)-강화-습관형성의 과정이라 보고 LL등을 이용한 기계적인 습관형성을 시도한 시기였다. 따라서 초기의 CALL시스템은 반복과 연습(drill and practice)의 코스웨어가 주류였다.

이 시기에 개발된 대표적인 CALL시스템에는 IBM System, PLATO System, Stanford System, Work at Dartmouth등의 프로젝트가 있다.

이 시대의 CALL은 행동주의적 언어교육관에 기반을 두고 있어 컴퓨터는 학습자에게 반복과 연습을 위한 학습자료 제공 수단에 지나지 않았다. 즉, 이 시기의 컴퓨터는 대형이었으므로 실용화라는 점에서는 난점이 있었지만, 컴퓨터를 이용한 언어교육에의 활용이 여러 형태로 시도된 CALL의 초기실험시대였다고 할 수 있다.

(3) 1970년대 후반～1980년대 : 행동주의형(Behavioristic) CALL에서 커뮤니케이션형(Cammunicative) CALL로

이 시기의 컴퓨터산업의 기술적인 발전은 1980년대의 초두에 대형컴퓨터(mainframe computer)에서 소형 컴퓨터(micro computer)로의 변화를 가져왔다. 1980년대의 마이크로컴퓨터의 대중화는 소프트웨어의 측면에도 영향을 끼쳐 퍼스널컴퓨터를 위한 교육용소프트웨어의 개발이 급격히 진행되게 되었다.

즉, 이 시기는 70년대부터 80년대 전반에 걸친 스키너의 행동주의 학습이론에 기반을 둔 CALL시스템이 80년대 후반부터는 인지주의적인 학습이론에 의한 CALL시스템으로의 변화를 이룬 시대였다고 할 수 있다. 이 시기에는 이제까지의 반복과 연습을 위한 행동주의형 CALL에 덧붙여 새로이 인지학습이론과 커뮤니커티브・어프로치에 기반을 둔 의사소통능력을 중시한 커뮤니케이션형(Cammunicative) CALL이 등장하게 된 것이다.

이 커뮤니케이션형(Cammunicative) CALL은 인간의 커뮤니케이션에 필요한 4가지 기능인 듣기, 말하기, 읽기 ,쓰기 능력의 조화된 육성을 목표로 하였다. 또한 기계적인 반복과 연습은 의미가 없으며 조작과 상호작용을 통해 학습목표에 도달하는 방법을 채택하고 있다. 이 시기에 개발된 대표적인 Authoring Program에는 PRACTICADO, DASHER등이 있다.

이들 소프트웨어는 아직 컴퓨터 전문가에 의한 개발이 중심으로 문법의 공란 메우기나 단어번역 연습등과 같은 것이 많았으며 당시의 교육학·언어학 이론을 충분히 반영할 수 없었다. 그로인해 기계적인 언어학습은 언어의 창조적인 면을 살릴 수 없어 단순한 암기에 그침으로써 교육학자들의 비난을 받게 되었다.

즉, 이시기의 CALL은 과잉학습·단순암기·모방을 통한 습관형성에 의한 학습이 아닌 언어학습에 있어서의 인지적인 과정의 역할에 의한 창조력을 중요시한 촘스키의 이론을 배경으로 하는 인지학습이론과 언어의 의미와 경험을 강조한 커뮤티카티브·어프로치의 영향을 받았다. 바꾸어 말하면 이 시기의 언어학습 프로그램은 행동주의형CALL에서 커뮤니케이션형CALL로의 변모를 이루려한 것이다. 마이크로컴퓨터의 등장과 대중화에 의한 성장과 변화의 시대였다고 할 수 있다.

(4) 1990년대 이후 : 종합형(Integrative)CALL

80년대의 커뮤티카티브·어프로치에 의한 CALL이 언어의 4가지 기능인 듣기, 말하기, 읽기, 쓰기를 각기 구별해서 교육했다고 한다면, 90년대의 CALL은 4가지 기능을 구별한 교육은 실제의 커뮤니케이션 활동에 있어서 의미가 없다고 간주하여 언어의 4가지 기능을 통합시킨 교육을 꾀하게 되었다.

이러한 언어교육에 있어서의 기능통합적인 어프로치를 가능하게 한 것이 멀티미디어였다고 말할 수 있다. CD-ROM등의 대용량 기억 매체의 개발이 퍼스널컴퓨터에서의 멀티미디어의 이용을 실현시킨 것이다. 또한 이 시기에는 인터넷의 등장으로 새로운 시도가 시작된 시대이기도 하다.

교실환경을 이루는 하드웨어에 있어서도 80년대 중반까지의 LL어학실에서 컴퓨터장치가 설치된 멀티미디어 학습실이 일반화되게 된다.

즉, 90년대에는 급속한 컴퓨터 기술의 발전과 함께 컴퓨터가 필수품인 시대를 맞이하게 된 것이다. 더욱이 다종다양한 언어학습용의 프로그램이 출현한 시대이다. 이시기에 어학교육용 프로그램수도 급격히 증가하였다.

(5) CALL에서 MALL로

전술한 바와 같이 90년대 후반 이후의 CALL교수・학습 프로그램은 종래의 것과 비교하여 그 개발 방향에 상당한 변화를 보였다.

컴퓨터지원 언어교수-학습은 문자・음성・그림・그래픽・애니메이션・동영상 등의 통합된 멀티미디어에 의한 교재가 중심을 이루게 된 것이다.

즉, CALL에서 MALL로의 변화이다. 이 시기에 등장한 멀티미디어 외국어학습용의 다양한 CD-ROM Title과 인터넷 환경은 외국어 학습의 기본개념을 뒤집을 정도였다.

MALL에 이론적인 근거로서는 Krashen의 「Second Language Acquisition Theory」, Asher의 「TotalPhysicalResponse」, Terrell의 「NaturalApproach」, Wilkins의 「Communicative Approach」, Gumperz and Hymes의 「proficiendy movement and communicative competence」 등의 이론을 들 수 있다.

이상의 컴퓨터지원 언어교수-학습 시스템의 발달과정을 정리하면 다음의 표1과 같다.

표1 컴퓨터지원 언어교수-학습 시스템의 발달과정

	1950년대이전	1960년대~70년대	1970년대후반~80년대	1990년 이후
배경이론	프로그램 학습이론	행동주의 언어학습이론, 오디오링걸・메소드	인지학습이론 커뮤니커티브・어프로치	인지주의적 학습이론 제2언어 학습이론 comunicative appaoach naturai approach 내용중심 교수법 수준별・개별화교육
CALL 프로그램의 유형	CAI전신 티칭머신	행동주의형 CALL	행동주의형 CALL에서 커뮤니케이션형 CALL로	통합형CALL
CALL의 시대적 변천	computer 인식의 시대	CALL의 초기 실험시대	CALL의 성장과 변화의 시대	CALL에서 MALL에로의 시대
computer의 변화	계산기로서의 컴퓨터의 개발(1946)	대형컴퓨터의 개발 인공지능의 탄생 인지과학・지식공학의 탄생(1975)	마이크로・컴퓨터의 등장과 대중화 인공지능의 실용화에 단계(1980)	CD-ROM과 인터넷의 보급 멀티미디어의 실용화

4 멀티미디어 일본어 교육의 이론적인 배경

멀티미디어 일본어 교육의 이론적인 배경으로서는 교육학에서의 여러 가지 학습이론, 시청각교수이론, 심리학과 관련된 학습이론, 제2언어습득이론, 컴퓨터・사이언스와 관련된 연구 등을 들 수 있다. 먼저 언어교육의 패러다임의 변화를 고찰한 후 멀티미디어 활용의 이론적 배경을 이루고 있는 이론들에 대해 간략하게 살펴보기로 한다.

(1) 언어교육 패러다임의 변화

최근 들어 언어교육의 패러다임[6]은 행동주의의 패러다임에서 인지주의, 정의주의, 혹은 개별학습 패러다임으로 변화하고 있다.[7] 加藤清方(1996)가 지적한 것처럼 일본어 교육계에서는 전후 오랫동안 언어구조에 착목한 교육방법, 이른바 구조 실라바스에 근간을 둔 교육이 주류를 이루었다.

그러나 그 후 언어행동에 시점을 둔 교육, 이른바 커뮤니카티브・어프로치라고 불리는 교육법이 대두되었다. 또한 90년대 전후부터는 이공학

---

6) 여기에서 말하는 패러다임이란 견해나 사고의 틀이란 의미로 사용한다.

7) 모방과 강화를 근간으로 하는 행동주의 학습이론에서 체험과 인지구조 형성을 근간으로 하는 인지학습이론으로의 학습 패러다임시프트의 변화.
행동주의 학습이론 : 어린이가 모어를 습득하는 과정처럼 모어 화자의 음성 모방과 강화를 통하여 학습하는 방법으로 주요문형의 반복적인 연습에 의해 익혀가는 학습방법. 문형을 행동과 함께 반복 연습하는 것에서 행동주의라 불리게 되었다. 그러나 이러한 문형의 반복연습과 기억에 의존하는 방법으로는 종합적인 언어습득 능력을 기르는 데에 효과적이지 못하다는 비판에서 인지주의 학습이론이 대두하게 되었다.
인지주의 학습이론 : 인간의 뇌에는 생득적으로 그 나름대로의 문법이 내재해 있으며 스스로의 가설에 맞추어 새로운 언어를 생산해 낼 수 있으므로 그 인지 활동을 반복함으로써 외국어 학습을 행하는 방법이다. 인지주의 학습법에서는 문형이나 단어를 하나하나 암기하는 것이 아니라 어떤 행동 목적을 직접 외국어로 체험하여 시행착오를 거치면서 인지해 나간다. 과제학습법이 대표적인 학습법이라 할 수 있는데 이것은 어린이의 인지발달 과정처럼 언어의 인지 구조를 형성해 나가는 방법이다. 이러한 인지주의 학습이론은 언어가 단순히 기호의 나열이 아니라 감정과 의사를 동반하는 종합적인 행동이라는 점에 주안점을 둔 방법으로, 현지 체험을 통하여 외국어를 학습하는 방법도 이 방법을 응용한 것이다.

일본어, 비즈니스 일본어 등 전달내용에 착목하는 입장(content based)이 등장하고, 90년대 중반 이후부터는 일본어 교육을 이문화 커뮤니케이션의 문제로 받아들이는 입장도 나타났다. 이 이문화 커뮤니케이션 교육은 외국인에게 일본어를 일방적으로 강요하는 것이 아니라 쌍방이 서로의 언어와 문화를 습득하여 호혜와 공생에 의한 이문화 적응을 목표로 한다.

① 행동주의 패러다임

행동주의에서는 인간의 행동을 연구함에 있어서 사고 등의 내적・정신주의적인 개념을 대상으로 삼지 않고, 외적・객관적으로 관찰 가능한 행동만을 분석하여, 이들을 상황(자극)에 대한 반응으로 환원함으로써 언어학습을 설명하고자 한다.

언어교육에 있어서 1950년대부터 70년경에 걸쳐 융성한 오디오링걸・교수법으로 대표되는 구조주의적 언어관에 대해서 스캐너류의 행동주의 심리학의 영향 아래에서, 모든 학습은 자극→반응→강화의 연쇄에 의한 습관형성이며, 학습자가 몇 번이고 발화하게 함으로써 습관형성을 이루어 언어를 습득시키는 것이 목표였다.

이 행동주의 패러다임에 의한 언어학습 모델에서는, 교사에 의해 면밀히 계획된 수업 프로그램에 따라 습관을 형성하기 위한 패턴연습이라 불리는 모방・반복 등의 기계적인 드릴을 행하여 학습자를 철저하게 훈련시키려는 색채가 강하다. 이 방법으로는 한 학급의 인원수가 많거나 학급내의 학습자의 능력차이가 다소 있더라도 학급을 이끌어나갈 수가 있고, 철저한 구두훈련도 가능했다.

그러나 기계적인 모방・반복학습이 수업의 중심이 됨으로 인해 학습이 단조롭게 되고 학습자의 학습의욕이 줄어들거나, 초기 단계에서 모어

화자와 동일한 발음과 스피드가 요구됨으로 인해 능력이 뒤떨어지는 학습자는 자신감을 잃게 되거나 수업하는 동안 계속되는 긴장감으로 인해 조금도 릴랙스 할 수 없는 점 등의 결점도 지적되었다. 또한, 학습자는 강력한 교사주도하에서 훈련을 받는 입장에 처하게 되어 학습자의 창조성과 자주성이 수업에는 전혀 반영되지 않았고 학습자의 자발적・자율적인 학습이 존중되지 않았다.

② 인지주의 패러다임

행동주의에서 인간의 언어학습 행동을 기계적인 연쇄에 의한 학습형성으로 파악하는 입장과 반대로 1970년대 이후, 언어학습에는 인지적・정의적인 측면이 깊이 관여하고 있다는 인지심리학적 언어관이 대두되었다.

인지심리학이란, 기억이나 사고분야에서 이루어지는 지식의 획득과 이용에 관한 정신작용을 과학적으로 분석하여 인간의 개인행동이나 사회행동을 이해하는 학문으로, 이 인지심리학의 다양한 연구방법을 이용하여 인간의 기억 메커니즘을 해명하여 언어습득의 과정과 모국어화자의 언어능력을 분석하여 그 성과를 언어학습에 응용하려는 것이다.

즉, 언어학습에 있어서는 오디오・링갈메소드에서와 같은, 기계적인 무의미한 반복연습을 되풀이하는 것이 아니라 학습자가 먼저 목표언어의 언어규칙이나 모국어와의 상위점을 충분히 이해하여 학습항목을 충분히 파악한 후 유의미적인 드릴을 행한다. 구체적으로는 연역적인 문법 설명, 이해증진을 위한 모국어의 적극적인 이용, 문자의 활용, 스피드를 낮춘 이해를 위한 청해 등, 의미 있는 학습을 중시하고 있다. 또한 새로운 학습항목의 도입 시는 기존의 항목, 이미 배운 어휘를 사용하여 인지를 깊이 있게 하여 학습효과를 높여가는 것이다. 실제의 수업에서 교사는 학습자의 니즈와 흥미에 맞는 유익한 인푸트를 얼마나 제공하느냐가 필요요소로 지적된다. 이 인지주의 심리학의 학습모델에서는 학습자의 교실활동에의 적극적인 참가가 필요불가결 요소이다.

이 인지주의의 패러다임에 의한 교수법으로서는 인지학습이론(Cognitive Core-Learning Theory)과 커뮤니카티브・어프로치(Communicative Approach)등을 들 수 있다.

③ 정의(情意)주의 패러다임

위에서 설명한 인지심리학에 있어서의 인간의 학습에는, 인간 본래에 내재된 사고력과 인식력이 깊이 관련되어 있음을 지적했다. 그러나 이 학습모델에서는 인간의 사고력을 중시한 나머지 학습자체가 정의적인 요인에 좌우된다는 사실을 인식하지 못했다. 즉, 인지주의의 패러다임에서는, 학습을 지식이나 지적기능을 습득하는 행위로서만 파악할 뿐 학습자의 인격전체가 관여되는 행위로서 파악하려는 시점이 결여되어 있었던 것이다.

정의주의의 패러다임에서는 로져스의 「인간은 본래 정서적인 존재이다. 인간은 누구나 자기 자신의 문제를 건설적으로 처리하려는 능력과 의욕을 잠재적으로 가지고 있으므로 그것을 촉진하는 환경이 주어지면 자주적으로 학습하며, 또한 그렇게 하여 발생되는 학습이야말로 학습자의 인간적 성장에 의미가 있다」라는 논을 배경으로 학습자의 자주성에 중점을 둔 언어교육의 중요성을 강조하였다.

즉, 학습의 과정보다 학습을 촉진시키는 조건을 중시하여 그 조건만 충족된다면 학습자는 본래적인 자기실현을 향해서 학습을 증강하게 된다는 것이다. 이 정의주의의 패러다임에 의한 학습모델에서는 학습의 조건을 마련하는 것이 교사의 커다란 역할이며, 교사는 학습의 지도자라기보다 학습의 촉진자・조언자로서의 역할을 담당한다. 이러한 사고는 이제까지의 교사의 역할, 지도기능, 교재의 본연의 모습 등에 커다란 변혁을 가져오게 되었다.

이 패러다임에 의한 교수법으로는 내추럴 어프로치(Natural Approach)의 정의 필터가설(the affective hypothesis)과 사이런트웨이(Silent Way), 서제스트페디아(Suggestopedia) 등이 있다.

④ 개별학습 패러다임

학교교육으로서의 언어교육을 행하려 할 경우, 한 학급을 대상으로 교사 한 명이 복수의 학습자를 일제히 가르쳐야하는 숙명을 피할 수 없다. 한 학급을 구성하는 학습자가 능력적으로 커다란 차이가 없으며 공통의 인생관・가치관, 백그라운드 등을 가지고 있어 특이성이 없을 경우에는 이러한 집단형 교수 형태가 학습의 효율화를 꾀하는 데에 매우 효과적이다.

그러나 대부분의 경우 한 학급을 구성하는 학습자 한 사람 한 사람의 능력과 특성은 각기 다르며, 교사는 다양한 학습자의 흥미와 니즈에 응할 수 없는 것이 현실이다.

개별학습의 패러다임에서는 학습자는 원래 다양한 특성, 흥미, 니즈와 스트라테지를 가지고 있으므로 개인차에 따른 적절한 지도법과 학습법이 선택되지 않으면 학습효과는 오르지 않는다고 보고 있다. 즉, 기존의 집단적인 일제수업에서 발생되는 문제를 해결하기 위해서는 학습자 개개인의 학습목표와 니즈, 학습준비도에 응할 수 있는 학습프로그램을 준비하여 각각의 학습자의 능력과 적성에 따른 최적의 학습 환경을 만들어 어떤 학습자에게나 최대의 학습 성과를 이룰 수 있도록 교재와 교육기능의 고안을 해나갈 필요가 있음을 지적하고 있는 것이다. 이 개별학습의 패러다임에 의한 교수법으로서는 내용중심(Content Based)교육, 얼터너티브(Alternative)교육, 발견학습 등을 들 수 있다.

이상을 개관해보면, 어학교육의 패러다임은 직접교수모델(행동주의심리학)에서 간접교수모델(인지심리학)로 그 흐름이 변화하였으며 최근에는 종합적인 언어교육의 패러다임으로 변모하고 있다. 종합적 언어학습이란 학습이 어떤 하나의 요소 즉, 하나의 교육패러다임에 근거한 방법만으로 교육성과를 가져오는 것이 아니라 언어구조의 분석, 인지의 문제, 학습자의 심리문제, 교사·교수법, 교육환경, 사회·문화 등 모든 요소가 종합적으로 중첩되어서야 비로소 성과를 나타내는 방법이라 할 수 있다. 전술한 여러 가지의 패러다임에 의한 CALL프로그램이 이미 존재하고 있지만, 멀티미디어 교재는 특히 인지·정의주의의 패러다임과 개별학습의 패러다임에 적절하다고 할 수 있다.

(2) 교육학으로부터의 접근

교수(教授)라는 것은 어린이가 교재에 몰두하여 학습할 수 있도록 교사가 지도하는 역할을 말한다. 교수에서 가장 중요한 것은 「교재」「학습」 그리고 「지도」이다. 교재란 교수해야할 내용을 포함한 구체적인 소재를 말한다. 학습은 학습자가 이미 가지고 있거나 새로운 지식과 기능을 개선·획득하는 것을 말한다. 학습에서 필요불가결한 것은 학습자의 자기활동이며 외적인 지도는 불가능하다. 또한 지도란 것은 교사의 학습자에의 동기부여이다. 교사의 지도에는 두 가지 양식이 있는데, 교사가 학생에게 직접 작용하는 직접적인 지도양식과 어린이가 학습하기 위한 활동장면을 준비하여 설정하는 간접적 지도방식이 있다. 교사의 지도 목표는 어린이의 자주 활동이 가능하도록 하는 것에 있다.

전후에서 오늘날까지의 일본과 한국의 대표적인 교육이론에는, 듀이의 경험주의의 교육사상을 배경으로 하여 사회생활의 현실문제에 주체적으로 관여하고 협력하여 문제를 해결해나가는 실천적 능력을 육성하려는

「문제해결학습」, 과학성과로서의 지식계통에 의거하여 교수내용을 구성하고 이를 어린이에게 확실하게 학습시키려는 「계통학습」, 교수기기와 학습을 연결시켜 학습자 한 사람 한 사람의 개인차에 대응한 개별학습을 목표로 하는 「프로그램학습」, 교재의 구조를 이해하는 것을 축으로 하여 발견에 의해 학습을 진행시켜가는 「발견학습」, 범례로서 선택한 교재를 중심으로 어린이가 테마를 스스로 탐구하여 교과의 기초적인 내용을 이해하여 그 근간을 이루는 기본적인 의미를 경험하도록 하는 「범례학습」, 이제까지의 공간적・시간적인 틀에서 벗어나게 하여 어린이가 스스로 계획을 세워서 자주적으로 학습을 진행해나가는 방식의 「오픈학습」 등이 있다.

이외에도 교수목표를 구조화하고 완전히 습득할 수 있는 기준을 정하여 습득에 필요한 시간을 충분히 부여하고 적절히 도와서 전체어린이가 높은 수준의 학습이 달성되는 것을 목표로 하는 「완전습득학습」, 교과의 틀을 벗어나 테마를 설정하고 어린이들이 능동적으로 스스로 과제를 발견하고 생각하여 주체적이고 창조적인 자세로 문제를 해결하는 능력의 육성을 목표로 하는 「종합학습」이 있으며, 이들 학습이론은 서술 순서대로 발전・변화되어 간다.

(3) 시청각교수 이론에서의 접근

1950년대에 「Saint-Cloud의 시청각, 구조・총괄교수법(La methode audio-visuelle structuro-globale de Saint-Cloud」이란 이름으로 등장한 시청각교수법은 「Saint-Cloud교수법」이라고도 불린다. 이 교수법의 고안자들은 시청각교수법의 유효성 뿐만 아니라 그 필요성을 강하게 주장한다.

이 교수이론은 오디오링갈법과 같이 구어가 언어의 주요 전달수단이라 생각하므로 장면・문맥・그림 등과 일련의 단어・의미가 항상 연결되어야만 효과적인 외국어학습이 이루어진다고 본다. 특히 초급자는 외국어 단어를 모르기 때문에 시각적인 보조가 없으면 단어를 들어도 쓸모가 없다는 견해이다.

전통적인 외국어교수법이 처음에 단어만 학습자에게 제시하고 다음에 의미를 부여하는 순서로 실시되는데 반해 시청각, 구성총괄교수법에서는 화상을 통해 먼저 의미를 전달하고 다음에 그 의미나 현실성을 나타내는 단어가 제시된다. Guberina(1964)에 의하면 이 교수법은 생리음성학과 뇌의 시뮬레이션에 관한 원리에 근거를 두고 있다고 한다.

일상생활 장면에 관한 구어 텍스트를 테이프로 들려주고 동시에 장면의 전개를 나타내는 화상을 스크린 상에 비춤으로써 이론이 실제로 된다. 각 화상은 현실적인 것을 중시하여 작성되며, 또한 현실적이기 위해 귀와 눈이 효과적으로 사용되고 양자가 연결됨으로써 언어기호는 쉽게 기억된다고 한다. 이 경우의 모든 교수이론에서 그렇지만 유사한 구조 장면에의 학습의 전이가 생기는 것이 당연시된다.

최근 멀티미디어 기기로의 발전을 이루고 있는 컴퓨터는 시청각적인 요소를 포함하는 것 뿐만이 아니라 각 시청각에서의 각각의 정보를 개별적 혹은 통합적으로 처리할 수 있으므로 금후 시청각교육분야에서 중요한 역할을 해 나갈 것으로 생각된다.

(4) 심리학에서의 접근

CAL/CALL에 영향을 끼친 심리학에서 탄생된 이론은 행동심리학과 인지심리학 이외에 제2언어습득이론이 포함된다. 제2언어습득이론은 (5)에서 다루기로 한다.

① 행동주의 심리학과 그 학습이론

행동주의 학습이론에서는 일정의 자극에 대하여 일정의 반응을 연합시키는 과정을 학습이라 간주하고, 적절한 동기부여가 이루어진 상태에서 자극-반응의 연합이 반복될 때 그 연합은 정(正)의 강화를 받아 학습이 효과적으로 촉진된다고 본다.

컴퓨터를 이용한 언어교육에 행동주의 학습이론이 끼친 영향은 학습자가 제1언어를 습득해나가는 과정을 응용하여 언어학습이란 자극-반응(모방)-강화-습관형성의 과정에 있다고 보며, 컴퓨터는 기계적인 반복과 연습(drill and practice)에 의한 습관형성에 매우 유익한 메디아라는 점이다.

② 인지주의 심리학과 그 학습이론

인지주의 학습이론에서는 부여된 장면에서의 인지, 즉, 학습과정에 포함된 각 자극 간의 내적관계와 구조를 학습자가 바르게 인지하여 적절한 행동을 취하는 것이 기본적인 학습조건이다. 학습재료의 의미를 이해하여 인지체계와 관련시키거나 통합하거나 하는 학습이다.

언어학습에는 인간의 인지적・정의적인 측면이 깊이 관여되어 있으며 이 인지심리학의 다양한 연구방법을 이용하여 인간의 기억 메커니즘을 해명하여 언어습득의 과정과 모어화자의 언어능력을 분석하여 그 성과를 언어교육에 응용하려는 것이다. 즉, 새로운 학습항목을 도입할 때에 멀티미디어를 활용함으로써 학습자의 인지를 깊게 하여 학습효과를 높이는 것이 가능하다고 지적하고 있다.

(5) 제2언어습득이론에서의 접근

1960년대 중반의 Chomsky의 생성문법의 출현 등으로 인한 언어학

전반에 걸친 변화와 심리학의 발달, 제1언어습득연구의 활성화, 제2언어습득연구의 등장으로 교수법보다는 학습에 대한 관심이 높아졌다. 이러한 변화는 언어교육에 있어서 교수법의 비교연구 자체가 결론을 이끌어 낼 수 없었음에 기인한다. 교수법의 연구보다 학습자의 개인차와 학습 스테라테지에 관한 연구가 중심적인 위치를 차지하게 된 것이다. 인간의 언어습득은 생물학적인 언어습득 요인, 환경적인 요인, 교육적 요인의 유기적인 결합에 의해 일어나는 종합적인 행위라 할 수 있다. CAI/CALL과 관계가 있는 제2언어습득이론을 들어 이론적인 근거를 알아본다.

1) 모니터 이론 (Monitor Theory)

모니터 이론은 Krashen이 제창하는 제2언어습득 이론이다. 그는 1970년대의 제2언어습득에 관한 기술적 연구 성과를 바탕으로 다음의 5가지 가설을 제창했다. 「성인이 제2언어 능력을 어떻게 습득하여 운용하는가」를 구체적으로 제시한 이론이다. 5가지 가설과 CAI/CALL의 이론적인 배경을 간단히 소개한다. 교수법은 내추럴어프로치이다.

① 습득-학습가설(the acquisition-learning hypothesis)

성인에게는 습득과 학습이라는 제2언어 능력을 신장시키는 방법이 있다. 양자는 상호간에 명확히 구분된다. Krashen은 습득과 학습은 서로 독립되어 있으며 학습된 지식이 습득으로 전이하는 것은 아니라고 본다. 그리고 습득이야말로 중요하며 학습은 보조적인 것에 지나지 않는다고 본다. CAI/CALL에서는 습득(사용)과 학습(이해)을 동시에 행하는 것이 가능하다.

② 자연 순서 가설(the natural order hypothesis)

이 가설은 문법구조는 예측 가능한 순서로 습득되며, 그 습득 순서는 학습자의 제1언어, 연령 등과 관계없이 유사성을 가진다는 것이다. CAI/CALL은 단계별로 학습자의 레벨에 맞추어 구성할 수 있다.

③ 모니터 가설(the monitor hypothesis)

이것은 성인의 제2언어운용(performance)시에 학습이 모니터(Monitor) 또는 에디터(editor)라는 매우 제한된 기능밖에 하지 않는다는 가설이다. 습득된 지식은 학습에 의해 모니터 되면서 발화된다.

④ 인푸트 가설(the input hypothesis)

이 가설은 현재의 습득 레벨보다 조금 높은 레벨의 인푸트를 이해함으로써 언어가 습득된다는 것이다. 즉, 언어의 4가지 기능 중 습득에 중요한 것은 인푸트로서의 듣는 것과 읽는 것이며, 아웃푸트로서의 말하기와 쓰기는 아니다. 아웃푸트는 이해가능한 인푸트가 충분히 부여되면 이윽고 「자연스럽게 표출된다」라고 생각하는 것이다. 즉, 말하기와 쓰기는 습득의 원인이 아니라 결과에 지나지 않는다.

습득의 발전은 현 단계의 다음 단계에 해당하는 문구조가 포함되는 인푸트가 이해될 때에 이루어진다. 즉, 학습자의 현 단계의 레벨을 「i」라고 한다면, 자연적인 습득 순서인 다음의 단계 「i+1」에의 발전은, 그 때 그 때의 상황이나 발화자의 제스처 등, 언어이외의 정보의 도움을 받으면서 「i +1」를 포함한 인푸트를 이해할 때 이루어진다. CAI/CALL은 「i +1」의 단계별 학습내용을 구축할 수 있다.

⑤ 정의(情意) 필터 가설(the affective hypothesis)

정의 필터(인푸트를 언어습득에 사용하지 않도록 만드는 태도요인)가 높으면 인푸트가 언어습득 장치에 도달하는 것을 방해한다. 습득은 이해가능한 다량의 인푸트를 필요로 하므로 이상적인 학습태도란 정의 필터가 낮은 상태이다. CAI/CALL은 학습자의 잘못에 대한 심리적인 불안감을 해소시킬 수 있다.

2) 프로그램 학습(Programmed Instruction)

프로그램 학습은 스키너(Skinner,B,F)가 제창한 이론으로 교수기기와 학습을 연결시켜, 일제 학습이 행해질 때에도 학습자 한 사람 한 사람의 개인차에 대응한 개별학습이 가능하다는 이론이다. 프로그램 학습의 목적은 기초적인 지식과 기능을 확실히 습득하는 데에 있다. 이것은 행동주의 학습이론을 중심으로 개발된 학습방법으로 엄밀한 이론구조를 가지는 기초적인 내용에 많이 적용된다. 초기의 CAI/CALL은 프로그램 학습을 컴퓨터기술과 연결시킨 것이다. 학습 프로그램을 컴퓨터에 기억시킴으로써 교실에서의 일제 학습과 인쇄 교재에 의한 프로그램 하에서는 곤란했던 개인별 학습도의 파악, 즉시적인 피드백, 학습반응의 파악과 학습결과의 기록이 용이하게 된 것이다.

이 프로그램 학습법을 일본어 교육에 응용하면 학습자에게 새로운 언어자료를 투입하여 그에 대한 기계적인 연습과 훈련을 통해서 새로운 언어습관을 형성할 수 있다는 이론에 기초한다. 학습자에게는 단계별 교수내용을 제공하고 학습자는 자신의 페이스에 맞추어 학습을 진행해 나간다. 학습과정에 있어서도 강화를 부여하여 면밀하게 행동형성을 진행시켜 나아가는 방법을 사용한다. 이 견해를 근간으로 프로그램 학습은, ①쉬운 학습에서 어려운 학습으로 진행시켜가는 스몰스텝의 원리, ②스텝의 반응에 대한 정오판정을 즉시 시행하는 즉시강화의 원리, ③학습자가 각 스텝에서 관찰 가능한 반응을 적극적으로 나타내는 적극적 반응의 원리, ④각 스텝을 자신의 진도(스피드)로 진행시켜나가는 자기페이스의 원리, ⑤실시결과에 따라 프로그램의 수정과 개선을 행하는 학습검정의 원리라는 다섯 가지의 원리로 구성된다.

이들 원리를 근간으로 하는 학습계획을 세워 사전에 면밀한 프로그램을 작성한다. 프로그램에는 두 가지 종류가 있다. 상세한 스텝으로 이루어지는 직선형(linear:스키너형)프로그램은 이것에 따라 학습을 해나가면 자동적으로 목표에 도달하도록 프로그램이 순서대로 되어있는 것이다. 각 스텝에는 구성에 대한 반응을 하도록 조직되어 오답을 하지 않도록 진행한다. 스키너의 이 직선형 프로그램은 세세한 스몰스텝을 밟게 하기 때문에 학습자가 싫증내기 쉬우므로 동기부여가 낮아지는 경우도 있다.

이에 반해 크라우더(Crowder,N.A)의 분지형(branching:크라우더형 또는 다지선택형)은 프로그램의 순서가 가지로 되어 앞으로 가거나 위로 돌아가거나 하면서 진행된다. 각 스텝은 다지선택식으로 되어 학습자에게 있어서 오답의 의의를 인정하게 함으로써 깊이 생각하도록 만든다. 이러한 프로그램 학습은 단계별 학습과 자기페이스학습, 즉시적인 피드백 등이 장점이므로 이후 많은 CAI/CALL프로그램에 응용되게 된다. 일본어 교육에 있어서는 어휘나 문법 등의 단순한 연습에 이용되었다. 그러나 언어장면에 있어서의 구체적인 상황이 주어지지 않는 단순한 연습은 학습자의 흥미와 의욕을 상실하게 하고 또한 피드백은 스피드보다 질이나 제공방법이 중요하다는 반성도 나왔다.

3) 정보처리이론(Information Processing Theory : IPT)

정보처리이론은 인간의 뇌에서 정보를 처리하는 과정을 학습에 적용한 이론으로, 학습을 ①외적 환경에서 정보를 들여온다(인푸트) ②그에 대한 일련의 정보처리를 행한다 ③그 결과의 반응으로서 외계에 내보낸다(아웃푸트) ④그것이 결과의 지식으로서 피드백한다는 일련의 순환적인 과정으로서 파악하는 견해이다.

정보처리과정에는 감각, 지각, 기억, 사고조작 등의 내적인 요인이 포함되지만 피드백의 활동에 의해 행동의 변용이 일어나는 것이 주요시되며, 그러한 변화를 가능케 하는 내적인 생리・심리적인 구조형성이 학습에 있어서는 중요하다는 주장이다.

가니에의 정보처리이론은 학습과 기억의 과정을 정보처리의 입장에서 구조화시킨 것이다. 이 이론에 의하면 눈과 귀 등의 수용기를 통해 들어온 자극은 시각, 청각별로 각 감각저장고에 들어간다. 이 감각저장고는 대량의 정보를 받아들일 수 있으나 저장기간은 짧다. 따라서 감각저장고에 들어온 자극은 대부분 수초에 소멸된다. 그것은 감각저장고 안의 정보에 의미적인 처리가 가해지지 않았기 때문이다. 기억을 유지하기 위해서는 「리허설(복창)」을 계속할 필요가 있다. 이 리허설을 반복하는 동안에 기존의 여러 가지 정보와 관련되어 「부호화(cording)」되어 그 정보는 최후에 장기기억저장고에 전송된다. 장기기억에 들어간 정보는 반영구적이다. 이 정보처리이론은 학습자의 내적과정에 착목한 것이지만 학습자의 외적사상에 의해 영향을 받는다. 가니엘에 의하면 교수라는 것은 학습자의 내적과정을 활성화하여 외적사상을 정비하여 배열하는 것이다.

그런 의미에서 멀티미디어는 학습자가 정보처리의 과정에서 시각과 청각감각을 통합할 수 있게 하여 학습내용에 의미를 부여하고 피드백과 리허설에 의한 이해와 기억을 돕는다.

즉, 멀티미디어라는 외적사상을 정비 배열하여 제공하는 것으로써 학습자의 내적과정을 활성화하여 단기기억과 장기 기억 등의 정보처리를 행함으로써 학습을 촉진시키는 것이다.

4) 구성주의 이론

근년에 인지주의 학습이론의 연구가 진행되어 구성주의의 견해가 강조되게 되었다. 구성주의이론에 의하면 학습은, 외부로부터 들어오는 생각에 의미부여를 하여 지식을 스스로 구성케 하는 것이다. 따라서 학습은 환경(상황)에 깊이 관여하여 사회 문화에 참가하여 그 문화의 문맥에 따라 학습이 행해진다. 이런 의미에서 학습은 사회적이고 공동화된 경영이라 본다. 즉, 구성주의는 학습에 있어서 학습자의 역할을 강조하거나 학교에서의 학습행위가 실생활에서도 어떤 의미를 가지도록 구성하는 것을 중시한다. 우리들이 가진 지식은 각각의 경험이 통합되어 구조화 된 것이다. 이러한 구조화의 과정은 근본적으로는 개인에 따라 다르며 효과적인 방법도 다르다. 그리고 학습 목표도 개인의 경험과 필요에 의해 구성되고 설정된다. 또한 학습에 대한 동기나 태도도 개인의 마음속에 내재된 상황이 결정하므로 외적인 통제에 의해 강요되는 것은 아니다.

또한 지식의 전달과 학생의 통제가 이제까지의 교사의 역할이며 그 달성 정도에 따라 교사의 역량이 파악되었다면, 현대의 교사는 정보의 소유량이 아니라 정보의 탐색능력이 요구되게 되었다. 따라서 교사의 역할은 학습자에게 높은 동기부여와 스스로 학습할 수 있도록 다양한 학습경험의 기회를 많이 부여하고 그 경험을 실생활에 연결시키도록 돕거나, 다른 학습자와 협동학습의 장을 효과적으로 만들어가도록 돕는 것이라 할 수 있다.

구성주의의 관점에서 본 바람직한 멀티미디어 교육환경을 정리하면 다음과 같다.

① 학습은 개인의 경험에서 구성된 사물에 대한 개인의 해석이므로 교사가 학습내용을 전달하는 것이 아니라 학습자가 스스로 능동적으로 구성해나간다.

② 많은 수의 다양한 개인적 관점을 수용하는 협동학습을 중시한다.

③ 학습은 실제의 상황에서 행해지는 경우에 가장 효과적이므로 학습환경은 실제와 유사하게 구성되어야한다.

④ 평가는 학습의 수행과정에서 연속적으로 행해져야한다.

이런 의미에서 멀티미디어를 활용한 일본어 교육의 이론적 근거를 구성주의의「학습자중심의 개별학습」「지식・경험의 내재적 구성」「실생활과의 연계」「학습태도와 동기부여」에서 찾을 수 있다. 즉, 멀티미디어 교육환경이 제공하는 중요한 특징 중의 하나는 수많은 교수・학습내용을 체계적으로 정리하여 각 학습자의 요구에 대응할 수 있는 개별학습이 가능하다는 데에 있다. 이 개별학습의 중요성은 구성주의 이론과 관계되는 부분이다.

(6) 컴퓨터 사이언스의 연구

① 인공지능 연구(Artificial Intelligence : AI)

인공지능이라는 용어는 1956년 MIT의 컴퓨터과학자에 의해 최초로 사용되었다. 인공지능연구는 인간의 뇌와 그 인식체계를 연구하는 영역에서 이루어진다. 일반적으로 인공지능연구는 컴퓨터시스템이 인간의 뇌와 동등한 역할을 하도록 발전시키는 데에 그 목적이 있다. 그런 의미에서 현대의 언어과학이 풀어내야 할 숙제중의 하나가 인공지능에 인간의 두뇌와 같이 자연언어를 100%이해하고 처리할 수 있는 이론적인 근거를 부여하는 것이라 할 수 있다.

② 자연언어처리 연구(Natural language processing)

인공지능 연구의 한 분야인 자연언어처리 연구는 컴퓨터가 인간의 언어를 이해할 수 있게 하는 데에 그 목적이 있다. 인간의 언어는 매우 복잡하며 많은 다의성을 가지고 있으므로 단순하게 프로그래밍 하여 컴퓨터가 이해하도록 하기에는 간단한 일이 아니다. 언어학에서는 형태론, 구문론, 의미론, 담화론 등의 연구를 도입하고 있다.

③ 인간과 컴퓨터와의 상호작용의 연구
(Human-Computer Interaction : HCI)

인간과 컴퓨터와의 상호작용의 연구는 CALL프로그램을 디자인할 때, 학습자의 학습효과를 최대한으로 높이기 위해서 어떠한 메뉴를 디자인 할 것인가, 혹은 어떤 식으로 그래픽을 배열할 것인가의 결정에 필요한 이론이다. 그 외에도 인간과 컴퓨터와의 상호작용의 연구는 학습자가 CALL프로그램을 사용할 때 나타나는 언어적 · 행동적인 데이터인 학습자의 입력 · 출력기록과 학습자와 입력간의 상호작용을 분석함으로써, 학습 스테라테지와 언어습득 단계에 대한 연구 자료로서 CALL에 이용된다.

이상의 멀티미디어 일본어 교육의 배경 이론을 정리하면 표2와 같다.

표2 멀티미디어 일본어 교육의 배경이론

		직접형교수	간접형교수	비고
교육학		계통학습,프로그램학습,완전학습	문제해결학습,발견학습,범례학습,오픈학습,종합학습	
교수이론		문법독해법,다이렉트 · 메소드,오디오링갈 · 메소드	TPR,사이렌트웨이,CLL,서제스트페디어,커뮤티커티브 · 어프로치,내추럴 · 어프로치,내용중심교수법,얼터너티브(OM)교수법,이문화커뮤니케이션을 도입한 종합적인 교수법	시청각교수이론
심리학	제2언어습득이론	프로그램학습이론	모니터이론,문제해결학습,상호작용적발견학습,총합학습,구성주의이론,정보처리이론	내용요소제시이론
	이론적근거	행동주의 학습이론	인지주의 학습이론	인지심리학

컴퓨터사이언스	인공지능연구, 자연언어처리연구, 인간과 컴퓨터간의 상호작용의 연구		
프로그램의 유형	행동주의형CALL	인지주의형CALL	

5 일본어 교육에 있어서의 멀티미디어의 유효성과 교사의 역할

멀티미디어는 외국어 학습・교육에 있어서 종래의 텍스트 중심의 교재나 오디오・비디오가 달성할 수 없었던 언어적・시각적・청각적・촉각적인 기능을 자극하는 음성・동영상・문자・그림 등을 랜덤에 엑세스하면서 컴퓨터와 상호 작용하는 것으로 발화 능력을 향상시킬 뿐 아니라, 문자나 어휘 학습만으로는 이해할 수 없는 사회 언어학적인 정보까지 학습자에게 전달할 수 있기 때문에 일본어 교육에 있어서 향후 획기적인 학습 효과를 가져 올 수 있을 것으로 기대되고 있다. 그러나 멀티미디어를 일본어 교육에 이용하기 전에 어떤 면에서 효과가 있을 것인지, 어떻게 사용하면 좋을 것인지, 또한 교사가 어떤 역할을 하면 보다 교육효과를 높일 수 있을지 등에 대해서 좀 더 명확히 해 둘 필요가 있을 것이다.

따라서 여기에서는 일본어 교육에 있어서 멀티미디어가 어떠한 면에서 효과적인지 그 장단점을 정리하고 거기에 따른 바람직한 교사의 역할에 대해서 고찰해 본다.

(1) 의의와 필요성

일본어 교육에 멀티미디어를 도입하는 의의와 필요성에 대해서 정리하면 다음의 4가지로 정리할 수 있다.

① 커뮤니케이션 능력의 양성

왜 멀티미디어를 활용한 어학교육을 실시할 필요가 있는 것일까? 塩見邦雄(1996)의 시청각 교육의 이론을 응용해서 설명하면, 어떠한 교육이라도 단순한 강의나 설명, 교사를 따라 연습하는 것만으로는 학습자의 관심을 끌어내기가 힘들고 동기유발을 일으킬 수도 없으며, 좀처럼 학습자의 머리에 가르치고 싶은 것이 전달되지 않는다는 고민도 있다.

듀이(Dewey, J.)는 경험이야말로 교육이라고 설명하지만 이것은 학습자 자신이 경험하고 학습하지 않으면 안 된다는 것이다. 텍스트와 교사 중심의 교육만으로는 학습자에게 낮은 레벨의 경험밖에 줄 수 없다. 학습자는 배운 것을 적어도 자신의 경험레벨로 가져 갈 필요가 있다. 그런 의미에서 어떠한 형태로 환원시키거나, 구체적인 레벨에 접근시켜 경험시킬 필요가 있으며, 멀티미디어는 거기에 가까운 상황을 만들어내는 연습이 가능하기 때문에 최근의 언어 교육에서 중요시 되고 있는 커뮤니케이션 능력의 양성을 위한 적절한 도구가 될 수 있다고 생각된다. 결국 일본어 교육현장에서 CD-ROM과 인터넷, 전자메일과 같은 멀티미디어 자료를 사용하면 모국어 화자 교사를 대신하여 학습자의 커뮤니케이션 능력을 신장시켜 줄 것임에 틀림이 없다.

② 비언어행동 및 이문화의 이해

최근 한국에서는 지금까지의 언어구조 중심의 일본어 교육에 대한 반성으로, 말에 내재되어 있는 문화를 어떻게 가르칠 것인가, 또한 일본 문화의 이해와 함께 생활양식이나 일본인의 비언어행동을 어떻게 가르쳐 갈 것인지가 하나의 과제가 되고 있다. 즉, 어떤 내용의 교재를 이용하여 어떠한 방법으로 가르칠 것인가가 문제시되는 것이다.

加藤清方(1996)의 「일본어를 학문이나 교양을 위해서 배우는 것이 아니라 실제로 일본인과 커뮤니케이션을 하기 위해 학습할 때에는, 단순히 말을 습득하는 것뿐만 아니라 그 말이 전하는 문화적인 의미의 습득도 필요하게 된다. 바꾸어 말하면 말을 매개로 문화를 구조화시킴으로써 일본인의 견해, 사고방식, 행동 방식, 가치관, 규범, 행동기준 등에 대한 이해를 깊게 하는 것이다. 이러한 문화의 저장고로서 멀티미디어는 훌륭하다」라는 지적은 그 수단을 생각하는 데에 있어서 시사하는 바가 크다.

또한 커뮤니케이션은 말이나 문자와 같은 언어적 요소(verbal elements)와 음성, 자세, 태도 몸짓과 같은 비언어적 요소(non-verbal elements)와의 융합으로 행해지는 복합적인 행위라 할 수 있다. 인간의 커뮤니케이션 행동양식을 연구한 Birdwhistel(1972)에 의하면 우리들이 전하려하는 의미의 65%이상이 비언어적 요소에 의해 표현된다고 한다.

따라서 일본어 학습, 특히 외국에서 행해지는 일본어 학습일 경우, 광범위한 사회 문화적 상황과 비언어행동을 이해시키기 위해 언어만으로 설명하는 것에는 한계가 있다. 가장 이상적인 외국어 학습 환경은 목표언어가 일상적으로 행해지는 환경 하에서 가까이 있는 사람들이 쓰는 말을 모방하거나 반복연습등과 병행시켜 비언어행동을 습득하는 일일 것이다.

그러나 그것이 불가능할 경우에는 유사하거나 간접적이라 할지라도 배경이 되는 문화와 비언어행동에 대한 이해가 중요하며, 이를 체험하는 데에 멀티미디어가 필요한 것이다. 사람이 사용하는 언어를 사회와의 관계에서 보는 것이 사회 언어학적 시점이라고 한다면, 멀티미디어를 이용한 일본어 교육은 언어학적인 사실연구와 교육이 중심이었던 한국의 일본어 교육계에 학습자를 위한 심리학적, 사회학적 실제교육에 도움을 주게 될 것이다.

③ 학습자 주체의 교육

컴퓨터를 이용한 일본어 교육은 지금까지 난점이 되어 왔던 시간과 공간의 제약을 초월하였으며, 또한 다양한 기능을 가진 학습미디어를 제공함으로써 한국의 일본어 교육현장에서 문제점으로 지적되고 있던 교사의 일방적인 주입식 교육, 과밀학급, 정보 활용의 제한성 등의 문제점을 개선하는 방향으로 진행될 것이다. 즉, 멀티미디어와 인터넷을 이용한 일본어 교육은 문자・음성・화상이라는 형식이 다른 정보를 일원적으로 관리할 수 있고, 또한 학습자의 개별적인 요구에 부응하여 정보를 양방향으로 유통시킬 수 있는 학습자 주체의 교육을 실현할 수 있을 것이라고 생각된다.

④ 정보화시대와 일본어 교육으로의 컴퓨터 도입

21세기는 정보화시대라고 불리고 있다. 이러한 정보화시대에 사회가 요구하는 인재는 세계의 컴퓨터망의 수많은 정보 중에서 자신이 필요로 하는 정보를 검색하고 그 정보를 자신의 컴퓨터로 가져와서 적절하게 처리할 수 있는 사람일 것이다. 이러한 미래지향형의 인재를 육성하기 위해서는 정보화시대를 이끌어 나갈 중심축인 컴퓨터의 효과적인 활용이 필수요소이다. 그런 의미에서 외국어 교육에 컴퓨터를 도입하는 것은 정보화・국제화 사회에 있어서 외국어능력과 컴퓨터마인드를 동시에 육성시킬 수 있다는 것에 의의가 있을 것이다.

이상 일본어 교육에 있어서의 멀티미디어의 도입은 학습자에 의한 정보 발신과 창조적인 활동을 지원하기 위한 것이며, 교사를 대신하는 티칭 머신을 준비하는 것은 아니다. 「생각하기 위한 교육」 「자기를 표현하기 위한 교육」으로 스텝을 밟기 시작하는 것에 그 의의가 있다고 할 수 있다.

(2) 멀티미디어의 유효성

어학 교육에 있어서 왜 멀티미디어의 활용이 유효한 것이지, 다른 미디어에서는 얻을 수 없는 이점과 특징에 관하여 지금까지 명확히 되고 있는 내용을 정리하면 다음과 같이 크게 세 가지로 나눌 수 있다.

1) 동기유발

문자, 음성, 그래픽, 애니메이션, 동영상 등을 통합적으로도 개별적으로도 활용할 수 있는 멀티미디어는 기존의 문자나 문법 중심의 단조롭고 싫증나기 쉬운 교육으로부터 탈피하여 입체적인 학습을 가능하게 했다. 시뮬레이션이나 게임 등을 통하여 학습자의 마음에 보다 강한 임팩트를 주어, 시각・청각・촉각이라는 인간의 감성에 호소함으로써 창조적・적극적인 학습을 기대할 수 있는 것이다. 그런 의미에서 멀티미디어는 학습자의 학습의욕을 고취시켜서 동기유발을 일으키는데 있어 가장 유효한 미디어라고 말할 수 있을 것이다.

2) 상호 작용과 기억의 정착

① 상호작용 학습

컴퓨터에 의한 멀티미디어 일본어 학습에서는 학습자가 항상 컴퓨터와 상호작용을 하면서 학습을 할 수 있다. 컴퓨터는 학습자의 응답에 대해서 즉각적인 피드백을 행하므로 그 자리에서 오류지도가 행해진다. 또 학습자의 응답, 학습과정(학습한 일자나 시간, 성적 등), 학습결과를 기록하고 분석할 수 있다. 결국 컴퓨터와의 상호 작용으로 학업 달성도를 즉각 파악할 수 있고 평가자료, 오답자료의 체계적인 분석이 가능하게 된다. 그 외에도 학습자 대 교사 및 학습자끼리의 상호작용을 촉진할 수 있다.

② 기억의 정착과 활성화

인지심리학에서는 복수의 감각을 통하여 얻을 수 있는 기억의 경우 정착률이 높다고 밝히고 있다. Heinich 외 3인(1998)에 의하면 인간이 정보를 획득하고 기억하는 것은 직접 경험한 것은 90%, 눈으로 보고 들은 것은 50%, 보는 것만으로는 30%, 듣는 것만으로는 20%, 읽은 것은 10%라고 한다. 이것은 학습 내용이 그림 또는 문자만으로 제공된 것 보다 텍스트와 그림·음성이 동시에 제공될 경우에 보다 효과적인 학습이 된다는 것을 증명하고 있다.

이러한 관점에서 보면 최근의 컴퓨터와 멀티미디어의 결합은 언어학습에 있어서 종래의 텍스트 중심의 교재나 오디오·비디오 교재가 이룰 수 없었던, 간접체험에 의한 언어적·시각적·청각적인 기능 등 복수의 감각을 사용하게 되므로 기억의 정착률이 높다고 할 수 있다.

③ 랜덤액세스와 무한한 반복연습

어학교육에서 빼놓을 수 없는 것이 학습한 내용의 정착을 위한 반복연습이다. 그러한 의미에서 멀티미디어는 종래의 시청각 교재와 다르며, 음성·동영상·문자정보 등의 랜덤액세스와 무한한 반복연습을 쉽게 할 수 있기 때문에 어학교육에 있어서는 아주 유효한 교재인 것이다.

3) 개별화 교육

① 학습의 개별화에 의한 학습의 최적화와 효율화

학습의 개별화라는 것은 각 개인의 능력수준과 학습 진도를 고려하며 학습자 개개의 니즈에 맞는 학습이라 할 수 있다. 발음, 어휘, 문법, 의미, 상황 등 언어의 다차원적 요소를 분석하고 총체적으로 지도해야만 하는 언어교육에 있어서 개별화된 학습은, 학습능력이나 학습 진도, 학습목표, 학습방법이 다른 학습자가 혼재하고 있는 경우라도 수업을 구축할 수 있기 때문에 효과적이다. 컴퓨터의 멀티미디어 교육시스템을 활용하여 학습자는 자신이 학습을 선택할 수 있으며 교사는 학습의 최적화・효율화를 꾀할 수 있다. 이러한 학습의 개별화는 기존의 집단적 일제 교육에서는 불가능했지만 컴퓨터에 의해서 가능하게 된 것이다.

② 원격 교육

컴퓨터・네트워크나 인터넷의 이용은 시간과 공간의 제약을 뛰어 넘어 원격교육을 실현하였다. 이것에 의하여 보다 많은 학습기회가 제공될 뿐 아니라 학습종료 후 애프터케어나 자율학습 등이 가능하게 된 것이다.

③ 학습자의 정의성(情意性)

멀티미디어 시스템에 의한 학습의 개별화는 보다 자연스러운 상황에서 언어학습을 할 수 있도록 함으로써 기존의 교실 수업에 보이는 정신적인 압박감을 해소하고 학습자를 정신적으로 편안하게 해 줄 수 있다.

그 외에도 컴퓨터의 일본어 교육으로의 활용은 인터넷 등에 의한 발견학습이나 과제해결학습에 효과가 있다고 한다.

(3) 멀티미디어의 단점

1) 기계적인 학습

멀티미디어를 활용한 언어학습의 큰 단점은 컴퓨터라는 기계의 속성상 창조적인 의사소통이 불가능하다는 점이다. 즉, 아무리 실제 상황에 가까운 프로그램이라고 해도 결국 컴퓨터와 인간과의 대화이며, 이때의 커뮤니케이션은 시뮬레이션에 지나지 않는다. 현재의 멀티미디어 교재는 주로 기계적인 학습이 많기 때문에 학습자가 한번 학습한 후에 곧 식상해 버리는 경우가 많다.

2) 실질적인 교육성과 문제

① 실제 상황에 대한 대응능력 부족

멀티미디어 어학학습 프로그램은 실제 회화가 행해지는 상황에 한 가지 혹은 두 가지 패턴을 제공할 뿐 일상생활에서 발생 가능한 많은 장면에 대한 대응능력을 기르는 일 또는 경험에 의한 실용적인 표현학습은 현실적으로 어렵다. 정해진 상황의 질문에 대해서 고정된 대답을 제공할 뿐이며, 그 상호 작용도 융통성이 결여된 경우가 많아서 실제 커뮤니케이션 장면에 있어서 대응능력이 부족하다고 할 수 있다.

② 실질적인 교육 효과에 대한 의문

멀티미디어에 의한 어학 학습에서는 컴퓨터가 모든 일을 해 준다는 막연한 기대로 인해 오히려 수동적인 학습이 되기 쉽다. 또한 발음, 어휘, 문형연습, 청해, 독해 등의 이해 영역은 효과적으로 학습할 수 있지만 회화와 작문 등의 표현 영역은 학습하기 힘든 실정이다. 교육효과는 미디어보다도 교수법이나 교사, 학습자 외의 요소에 의한 경우가 많기 때문에 실질적인 교육 효과의 측면에서 볼 때 기대한 만큼 효과를 보지 못해 실제 교육성과를 측정하기 어려운 점이 있다.

3) 컴퓨터 운용 능력과 호환성

① 컴퓨터 운용 능력

키보드 등 컴퓨터에 익숙하지 못하면 오답을 할 경우가 있다. 즉, 컴퓨터 운용 방법을 확실히 모르면 능률적인 학습을 기대할 수 없다. 많은 학습자와 교사는 컴퓨터에 대해서 거부반응을 가지고 있으며 컴퓨터에 겁을 먹는 경우가 많다.

② 수업 준비와 상호작용의 부담

멀티미디어를 수업에 활용할 때 새로운 수업법의 연구와 설비의 문제 등 교사의 준비가 많아지기 때문에 교사의 부담이 증가한다. 또 학습자의 경우도 끊임없이 컴퓨터와 상호작용을 해야 하기 때문에 심리적인 부담으로 거부감을 주기 쉽다.

③ 고비용과 호환성의 문제

CALL프로그램을 효율적으로 실행하기 위해서는 시설 면에서 비용이 많이 든다는 문제점이 있다. 또한 소프트웨어와 컴퓨터 간의 교환성의 문제를 해결하기 위해서는 많은 비용과 시간이 소요된다.

(4) 교사의 역할

멀티미디어 어학학습시스템의 출현에 의해서 학습자 각자가 컴퓨터를 이용하고 각자의 흥미와 니즈에 의한 개인 커리큘럼으로 자율학습과 개별학습을 진행해 나간다면 교사는 필요 없게 되지 않을까 하는 우려의 소리가 있다. 즉, 종래의 교사의 역할을 모두 컴퓨터가 대신하고 인간인 교사는 보조역할로 전락해 버리는 것은 아닌가 라는 우려이다.

管原(1997)은 이 문제에 대해서「CALL/CAI에서 멀티미디어라는 명칭을 바꾸어도 거기에는 학습자가 있고 그것을 지도하는 사람이 필요하다는 것에는 변화가 없다. (중략) 어학교사가 기술적인 것을 쫓아다닐 필요는 없다. 컴퓨터를 사용하는 것도 배우는 것도 인간이며 결코 기계가 가르치는 것은 아니다. 항상 인간이 주체라는 것을 염두에 두고 학습자가 배우기 쉽도록 학습자가 원하는 것을 반영시키고 기계를 비롯하여 그것에 관련된 소프트웨어를 개선하도록 노력해야 할 것이다. 그것이 멀티미디어화한 어학교육에 있어서 교사의 중요한 역할이다.」라고 지적하고 있다. 즉, 무엇보다도 컴퓨터가 가르치는 것이 그다지 만족스럽지는 않다. 그것이 멀티미디어화한 것에서 그 특성이 변할 리는 없다. 실제로는 교사의 역할이 더욱 더 중요하게 된 것이다.

그리고 컴퓨터를 중심으로 학습이 진행될 경우 교사가 종래와는 다른 역할을 해 나가야 한다는 것도 확실하다. 전술한 바와 같이 일본어 교육에 있어서의 멀티미디어 활용에는 각각 장점과 단점이 있기 때문에 그 문제점을 해결하여 교육효과를 높이기 위해서는 교사의 역할이 매우 중요하다. 이하 멀티미디어 시스템을 이용한 일본어 교육에 있어서 교사는 어떤 역할을 해야 할 것인지에 대해서 정리한다.

1) 학습의 지원자

학습지원자는 학습자 개인의 학력・흥미에 맞는 수업을 하기 위해서 준비하는 역할이다.「수업준비」와「교재준비」가 있다.

① 수업 준비

학습자의 학습준비상태와 니즈 분석을 통해서 학습 상황을 체크하여 사전지도, 실제 수업활동, 사후활동을 계획하고 수업전개를 면밀히 고찰한다. 또한 학습자에 대한 동기부여를 행한다.

② 교재준비

학습자 개개인의 니즈를 충족시킬 수 있는 코스웨어를 준비한다. 시판하는 것을 선택하거나 필요시에는 직접 교재를 만든다. 또한 소프트웨어에 대한 사전연구와 이해가 필요하다.

2) 학습가이드

효과적인 수업을 하기 위해서 수업 목표와 학습방법, 교재의 이용법 등을 학습자에게 자세히 가르친다.

3) 학습의 조직자

학습의 조직자라는 것은 학습의 주최자・운영자로서의 역할을 말한다.

① 컴퓨터와 교사의 역할분담의 명확화

컴퓨터가 학습을 맡은 부분과 인간인 교사의 역할을 명확하게 분담할 필요가 있다. 언어학습 과정의 최소대립어나 문형연습 등의 기계적인 기억에 의지하는 부분은 모두 기계에게 맡겨 두고, 인간인 교사에게는 예를 들면 작문의 정오판정이나 상호작용을 요구하는 작업과 같이 인간이 아니면 할 수 없는 일에 힘을 쏟을 것이 요구된다.

② 학습상황 컨트롤

교사와 학습자 또는 학습자들끼리 적절한 방법으로 상호작용을 하고 있는가, 학습내용을 이해하고 있는가, 또한 학습자가 얼마나 정확하고 유창하게 일본어를 듣고 말하고 읽고 쓸 수 있는가를 평가하는 등의 학습상황을 조절한다. 그리고 각기 다른 반응을 나타내는 학습자가 최적의 조건에서 학습할 수 있게끔 그 행동을 조절한다.

4) 학습 파트너

창조적인 수업을 실현하기 위해 학습자와 상호작용을 하면서 함께 생각하는 상대가 된다.

5) 학습 조언자

학습자가 작업 중이어도 교사는 교실 내를 다니면서 학습자 개개인이 안고 있는 문제 해결을 위해 적당한 조언을 한다. 구체적으로는 컴퓨터의 사용법을 비롯해서 학습자가 교재를 사용해서 그것을 발전시킬 때 어떤 형태로, 어떤 이치로 행하면 효과적으로 학습할 수 있는가를 도와주는 역할, 즉 학습자의 상담상대 혹은 친구가 된다.

이상, 멀티미디어를 활용한 일본어 교육에서의 교사의 역할을 고찰해 보았다. 여기서 우선 생각할 수 있는 것은 컴퓨터도 결국은 기계이고 그 능력에는 한계가 있다는 것이다. 컴퓨터를 어학교육에 활용하는 데 있어서 유의할 것은 로봇과 인간의 관계와 같이 고도의 인간적 판단을 동반한 어학교사의 역할을 완전하게 대행할 수는 없다는 것이다. 현시점에 있어서 컴퓨터는 인간과 같이 새로운 상황에 임기응변식으로 대응해 나갈 능력은 없다. 컴퓨터는 어디까지나 교사의 능력 일부를 보충하는 보조적 도구로서, 또한 일본어 교사가 교육의 질이나 효율을 높이기 위해 이용하는 도구로서 받아들여져야 할 것이다.

그러므로 교사가 어떻게 컴퓨터를 활용하고 어떤 목적으로 컴퓨터를 이용할 것인가, 결국 「무엇을 할 수 있는가」가 아니라 「무엇이 하고 싶은가」라는 주체적 자세가 없으면 도구를 사용하기는커녕 오히려 도구에 이용되어져 버리는 결과를 낳을 지도 모른다. 요는 학습을 하는 데 있어서 최대의 학습 성과를 올릴 수 있도록 교사는 모든 수단을 동원해서 노력을 해야 하며, 이때 교사의 능력을 보충하는 궁극적 방책으로서 컴퓨터의 활용이 중요시되어진다.

그러나 최근의 CALL프로그램에는 인간인 교사의 보조적 수단으로서의 영역을 뛰어넘어 교사의 대용이라는 목적으로 사용하기 위한 것이 많이 나오고 있다. 이와 같은 상황에서 교사는 앞서 제기한 몇 가지 역할 패턴을 기준으로 종래의 수업을 진행해 가면서 학습자의 의문이나 문제점을 해결하고, 질문 등 학습자와의 상호작용에 대답할 수 있는 역할을 해 나가는 것이 바람직하다.

결국 교사의 역할은 학습자와 교재, 인터넷, 컴퓨터와의 중간자적 역할을 하는 것, 즉 인터페이스(interface - 컴퓨터에서 둘 이상의 장치를 접속시킬 때의 상호 접속 장치)의 중개자가 되는 것이 멀티미디어화한 어학 교육에 있어서의 교사의 역할이 아닐까?

6 한국의 일본어 교육에 있어서의 컴퓨터 활용 현황과 그 가능성

(1) 최근의 연구 동향

전후 한국의 일본어 교육에서의 시청각교육 기기는, 교사의 발음을 흉내 내는 수준에서 카세트테이프, 비디오로 변화되었고, 최근에는 커뮤니케이션 능력을 높이기 위한 가장 강력한 보조도구로서 컴퓨터를 활용하는 것에 관심이 모아지고 있다. 근래 일본어 교육 분야에서도 컴퓨터 활용에 관한 연구가 급속히 진행되고 있다. 이미 일본과 미국의 일본어 교육에서는 CALL[8] 시스템을 개발해서 현장에서 활용하고 있으며 몇몇 대학을 중심으로 많은 연구 성과와 양질의 멀티미디어 일본어 학습용 프로그램이 개발되고 있다.[9] 한국의 일본어 교육 분야에서도 몇 가지의 CD-ROM이 개발되어 시판되었지만 아직 충분히 수업에서 응용할 수 있는 단계에는 이르지 못하고 있다.

---

8) 컴퓨터를 이용한 언어교육・학습관련 용어를 정리하면 다음과 같다.
CALL(Computer Assited Language Learning) : 컴퓨터보조언어학습
CAI(Computer Aided Instruction) : 컴퓨터보조교육
ICALL(Intelligent Computer Assited Language Learning) : 지능형언어학습
ITS(Intelligent Tutoring System) : 지능형교육시스템
CMI(Computer Managed Instruction) : 교수활동지원시스템
CMLT(Computer Managed Language Teaching) : 언어교육관리시스템
MALL(Multimedia Assited Language Learing) : 멀티미디어보조언어학습

9) 미국에서는 브라운대학(회화교재 「Introduction to Spoken Japanese」작문교재 「Story Space」, 스탠포드대학 「Shogai・生涯」,죠지아대학 「Kanji Master」, MIT(세계의 일본어 교육과 전문가를 이어주는 「JP-NET」), 파듀대학, 하와이대학 등이 중심이 되어있다. 그 외에도 캐나다나 오스트레일리아 등지에서도 개발되어 교육에 활용되고 있다.

최근에는 인공지능을 내재한 컴퓨터의 가상현실을 직접 체험하면서 학습할 수 있는 ICALL시스템에 관한 연구가 진행되고 있다. 이제부터는 한국에서도 컴퓨터를 이용한 일본어 교육이 급속히 발전할 것이 확실하며 그 연구 또한 기대되고 있다.

(2) 컴퓨터 활용현황

1) 제7차 교육과정과 교육정보화 계획

한국에서는 2001년(고등학교는 2002년)부터 제7차 교육과정이 시행되었고 그 중 무엇보다도 중학교에 제2외국어가 재량과목으로 도입된 것은 주목할 만하다. 한국은 세계 제1의 일본어 학습자 수를 자랑하고 있지만 그 대부분이 고등학생이었기에 중학교에서 일본어를 배울 수 있게 된다면 학습자는 더더욱 증가할 것이며 그 연령층은 낮아질 것이다.

제7차 교육과정에는 정보화 시대의 도래에 대응하기 위해 인터넷 등을 적극적으로 이용할 수 있는 능력양성이 명시되어 있는 것이 하나의 특징이다. 구체적으로는 인터넷을 이용한 검색이나 정보수집, 전자메일, 채팅을 통한 의사전달, 상호교류 등을 적극적으로 행하는 것을 목표로 이를 위해 컴퓨터 이용 능력의 양성을 추구한다.

그래서 한국 교육부에서는 1997년에 전국의 모든 초・중・고등학교에 멀티미디어 시스템을 구축하고 각 학교를 네트워크로 연결하는 「교육 정보화 계획」에 나서고 있다. 이것은 전 교사, 전 교실에 PC를 배치함과 동시에 각 학교별로 2개의 PC실습실(36학급 이하에서는 1개)을 갖춘다는 것으로 이 계획은 이미 2000년 말에 완료되었다고 보고되었다.

또한 한국 교육부는 2001년부터 2005년까지의 새로운 「제2차 교육 정보화 종합 발전 방안」계획을 세우고 2005년까지 5년간 3조 2874억 원을 투입하기로 하였다. 제1차 교육정보화 계획이 모든 학교에 컴퓨터를 보급하고 그것을 인터넷으로 연결하는 하드웨어에 중점을 둔 사업이었다고 한다면 이번 제2차 교육 정보화 계획은 교사와 학습자의 컴퓨터 활용능력의 향상에 주안점을 둔 소프트웨어적 사업이라 할 수 있다.

구체적으로는 컴퓨터(ICT)[10] 를 활용한 수업을 활성화하기 위해 2001년부터 3년간 33만 명의 전 교사를 대상으로 정보 능력에 대한 연구를 하면서 ① 국민의 ICT 활용 능력 향상 ② 전자 교육 행정 구현 ③ 건전한 정보 문화 조성 등을 적극적으로 추진하는 것이다.

2) 중학교에서의 일본어 교육 개시와 멀티미디어

중학교에 있어서 일본어는 2001년 3월부터 시행되었다. 국정 교과서 및 지도 요령에 의하면 전 10과, 각 과 6시간 구성의 커리큘럼 중 4시간째 수업이 문화 탐방 수업으로 일본 문화 등 일본에 관련된 부분을 알기 위해 인터넷 사용을 장려하고 있다. 그리고 6시간 째 수업은 자율학습으로 그 대부분이 인터넷이나 PC를 이용한 수업이다. 구체적으로 살펴보면 아래와 같다.

<제1과> ひらがな 학습 사이트를 이용한 ひらがな 학습. PC에서의 ひらがな 입력 방법 학습.

<제2과> 게임이나 트럼프 놀이 사이트 검색. 검색 엔진이나 자동 번

---

10) ICT라는 것은 Information(정보: 필요한 자료를 정리해 놓은 것), Communication (통신: 교수・교습에 필요한 자료와 정보를 교환할 수 있는 기술이나 하드웨어), Technology(과학적 지식을 적용한 학문)의약자이다. 그 개념은 정보기술(Information Technology)과 통신기술(Communication Technology)의 합성이라 할 수 있다. 정보기기의 하드웨어, 운영, 정보관리에 필요한 소프트웨어기술과 그 기술을 이용하여 정보를 수집, 생산, 가공, 보존, 전달, 활용하는 모든 방법을 동원하여 자신에게 필요한 자료를 수집・가공하거나 새로이 만들어내기 위해 필요한 과학적 지식과 관련된 학문이다.

역 사용에 대해 학습.

<제3과> 일본 연중행사나 노래 사이트 검색, 학습.

<제4과> 야구, 축구, 스모 등 일본 스포츠 관련 사이트 검색.

<제6과> 쇼핑 관련 사이트를 검색해서 사고 싶은 물건의 가격을 안다.

<제7과> 일본과 한국의 애니메이션 사이트를 검색하고 비교한다.

<제8과> 일본의 레스토랑, 전통 요리점 등의 사이트를 검색, 일본의 음식 문화 조사.

<제9과> 전자 메일에 의한 교류. 일본어 입력이나 자동번역기 사용을 배우고 일본 중학교나 펜팔 소개 사이트 검색 등을 한다.

<제10과> 일본의 행정구역(都・道・府・県)에 대해서 인터넷을 통해서 조사한다.

그 외 권말부록에는 かな의 로마자 입력 방법이나 일본어 학습에 도움이 될 사이트를 실어놓았다. 또한 지도서 곳곳에 일본어 교육에 필요한 여러 가지 자료를 인터넷 등을 통하여 입수할 수 있도록 배려하였다.

3) 고등학교에서의 일본어 교육과 멀티미디어

고등학교 일본어 수업에서의 PC나 멀티미디어 사용은 PC실습실이나 각 교실에 구비해 둔 PC이용을 권장하고 있다.

일본어 교육에 있어서의 PC나 멀티미디어 사용실태를 보면 우선 CD-ROM 교재를 수업에 이용하는 교사가 많아지고 있다. 그러나 현재 일본어를 가르치는 데 사용되는 멀티미디어 교재는 한국에서 개발, 시판되는 CD-ROM 일본어 교재가 10종정도뿐이다. 인터넷 사이트가 급증하고 있으나 고등학교에서 사용할 수 있는 것이 결코 많다고는 할 수 없다.

인터넷을 수업에 이용하는 교사도 늘어나고 있다. 이용 내역을 보면 수업 자료 수집으로 이용하고 숙제로 이용하게 하는 등의 간접적인 이용

외에도, 수업에 직접 도입해서 ひらがな를 가르칠 때 かな학습 사이트를 이용한다거나 일본 문화를 소개할 때 관련 사이트를 검색하는 등의 경우도 늘고 있다.

그러나 고등학교에서 일본어 교육에 전자 메일이 활용되는 경우는 아직 그다지 눈에 띄지 않는다. 현재 한국에서 시판되고 있는 PC의 대부분이 그 상태로는 웹상에서 일본어를 입력하거나 읽을 수 없는 일이 많아서 일본어 읽기, 쓰기를 가능하게 하기 위해서는 보통 몇 가지의 조작이 필요하다. 이것이 일본어 사이트를 보거나 일본어로 전자 메일을 읽고 쓸 수 없게 하는 최대의 요인이다.

또한 워드프로세스 소프트로는 MS워드도 사용되고 있으나 흔글이 여전히 압도적인 위치를 차지하고 있다. 최근 각 일본어 교사들은 학생들의 PC능력 향상을 위해 웹상에서의 일본어 읽기, 쓰기, 검색, 워드프로세스 소프트에서의 일본어 입력 방법 등을 수업에서 가르치는 경우가 많아졌다. 또, 파워포인트(MS사)를 교재 작성에 이용하는 교사도 조금씩 늘어나고 있다. 또한 학생들의 자주적 학습을 위해 PC실습실을 학생에게 개방하고 있는 학교도 있다.

이와 같이 일본어 교육에 PC나 멀티미디어가 사용되는 케이스는 꾸준히 증가하고 있으나 반드시 그 이용 비율이 높다고는 할 수 없다. 여전히 오디오기기나 VTR을 사용하는 차원에 머무르고 있는 경우도 적지 않다. 또한 교과서 부교재로서의 리스닝 교재는 제6차 교육과정까지는 오디오테이프를 사용하였으나 제7차부터는 CD-ROM으로 바뀌었다.

교육부는 1997년부터 시작된 교육 첨단화 정책의 일환으로 교육 정보 종합 서비스 시스템으로서의 사이트 EDUNET을 개설하고 교육 정보의 효과적 전달 체제를 구축함과 동시에 분산하는 교육정보의 key-station (네트워크의 중핵으로 산하에 있는 각 국에 자사의 제작 프로그램을 공급하는 방송국)역할을 다함으로써 교사, 학생 등 모두가 양질의 교육 정보를 PC통신을 통해 이용할 수 있게 되었다. 그러나 EDUNET을 통한 일본어 교육 정보 서비스의 구체적인 내용은 앞으로의 과제로 남아있다.

김영화(1998)씨에 의하면 각 고등학교에는 교육의 첨단화를 위한 멀티미디어 학습실이 1～2개 설치되어 있지만 일본어 수업에 사용되는 경우는 극히 드물며 종래의 문법대역법 수업이 대부분이라고 보고되고 있다. 그 원인은 자료와 설비의 부족, 교사의 멀티미디어 운용 능력 및 교육자료 개발 의지 부족, 멀티미디어 교수법과 활용법 부재 등에 있다고 할 수 있다. 이와 같은 문제를 해결하여 보다 효과적인 활용을 위해서는 다음과 같은 과제를 해결하여야 한다.

우선, 교육을 위한 충분한 멀티미디어 교육 자료 확보가 필요하다. 또한 학교 교육용 정보 초고속망의 저가 이용, 컴퓨터 운용 능력 향상을 위한 교사 재교육도 요구된다. 연구회 등을 통한 코스웨어 개발이나 멀티미디어와 네트워크를 활용한 새로운 교수법 개발도 과제로 남아있다. 개발된 소프트는「EDUNET」등에 공개하고 공유함으로써 정보화 시대에 시간과 노력의 낭비를 줄일 수 있지 않을까? 효과적인 수업을 위해서는 교과서와 연결된 소프트를 제작할 필요가 있으며 이와 같은 작업은 개인의 힘으로 되는 것이 아니기에 학회나 연구회 등이 중심이 되어 다양한 의견을 받아들이면서 행하는 것이 바람직하다고 본다.

4) 대학에서의 일본어 교육과 멀티미디어

대학에 있어서의 PC나 멀티미디어 이용실태는 약간 다르다. 중등교육에서는 앞서 얘기한 바와 같이 교육부 주도로 점진적으로 설비확충이 진행되고 있지만 대학의 정보화 대책은 각 대학에 맡겨져 있는 경우가 많다. 그렇기 때문에 대학에 따라서는 VOD서버가 있는 주조정실과 각 교실을 네트워크로 연결한 멀티미디어 실습실이 구비되어 있는 곳도 있으나 많은 대학에서는 아직 몇 개의 PC실습실 밖에 없는 경우가 대부분이다.

한편 PC나 멀티미디어를 적극적으로 활용한 수업도 진행되고 있다. 예를 들면, 부산외국어대학에서는「정보일본어」「인터넷 일본어」「일본어 워드프로세스 실습」등이 개설되어 있다. 작문이나 청해 등의 일본어 수업에 인터넷을 활용하거나 인터넷을 이용하여 수업과 관련된 코스웨어를 제공하는 경우 등도 나타나고 있다. 또한 고등학교와는 달리 전자 메일이나 게시판을 이용하여 리포트를 제출하거나 질의응답을 행하는 케이스도 급증하고 있다.

대학은 유일한 교원 양성 기관이다. 그런 의미에서 일본어 교육학과 등을 중심으로 PC・멀티미디어 운용능력을 갖춘 교원을 양성하기 위한 강좌 개설이 요구되고 있다. 1998년의 조사에서는 대학이나 대학원에 교원 양성 강좌가 보이지 않았으나 2000년도 각 대학 요람을 보면 그러한 예들이 보인다. 건국대학교 일본어 교육학과에서는「멀티미디어 일본어 교육론」이 개설되는 등 변화가 나타나고 있다. 또한 교원양성을 목적으로 전국 30개 이상의 대학에 설립된 교육대학원에서도 변화가 일고 있는데, 부산외대의「멀티미디어 일본어 교수법」이나 고려대의「컴퓨터를 활용한 일본어 교육」등에서 볼 수 있는 것처럼 교사의 PC・멀티미디어 운용능력을 높이기 위한 강좌가 계속해서 개설되고 있다.

또한 2001년도부터 인터넷을 이용하여 학사나 전문학사 취득이 가능한 이른바 사이버대학이 생겨나, 2001년에는 9개교(신입생 6220명), 2002년에는 15개교(신입생 16700명), 2003년에는 16개교(신입생23650명)가 개교를 하였다. 이 중에는 4년제 대학이 14개교(신입생 21150명), 2년제 대학이 2개교(신입생 25000명)이다.

특히 주목해야 할 것은 서울디지털대학과 한국디지털대학, 오픈사이버

대학, 경희사이버대학에는 일본어·일본전공이 개설되어 있는 것이다. 한국디지털대학과 서울디지털대학은 2001년도에, 오픈사이버대학은 2002년도에, 경희사이버대학은 2003년도부터 시작되었고, 한국디지털대학과 오픈사이버대학은 일본어 전공, 서울디지털대학과 경희사이버대학에서는 일본 지역 전공을 다루고 있다. 그 외의 사이버 대학에서도 교양과정으로 「기초 일본어」나 「일본 문화」 등의 강좌가 개설되어 있다.

이상 한국 교육부에서 정식으로 허가된 사이버 대학과 개설 학과, 모집인원 등의 정보를 정리해서 나타내면 표1과 같다.

표3 한국의 사이버대학교 일람

*경희사이버대학교(2450명) ①02-961-0101 ②www.khcu.ac.kr ③미디어문예창작(63),e-비지니스(133),사이버NGO(78),호텔·관광경영(40),일본학과(78)등	동서사이버대학교(600명) ①051-320-1925 ②www.ewcu.ac.kr ③인터넷컨텐츠(200),디지털멀티미디어디자인(200)등	원광디지털대학교(1000명) ①063-850-5061 ②www.wdu.ac.kr ③게임기획(500),게임컨텐츠(400)
*서울디지털대학교(2400명) ①051-240-2787 ②www.sdu.ac.kr ③법률정보(200),법무행정(150),e-경영(400),멀티미디어(600),국제학부(일본·중국200),사이버무역(250)	서울사이버대학교(2300명) ①041-550-3331 ②www.iscu.ac.kr ③사회과학부(1100),EC학부(700),IT학부(500)	대구사이버대학교(600명) ①053-850-4000 ②www.dcu.ac.kr ③인터넷(150),e-경영(150),특수교육(100),사회복지(100),법무행정(100)
세계사이버대학(1800명) ①041-736-6565 ②www.world.ac.kr ③사회복지(100),디지털실용음악(100),인터넷비지니스(100),약용건강식품(100),관광호텔외식(100),인문사회(650),자연공학(450),예체능(450)	세민디지털대학(600명) ①053-741-5700 ②www.smc.ac.kr ③실용영어(150),관광(150),디지털애니메이션(150),사회복지(150)	세종사이버대학교(1600명) ①02-3408-3506 ②www.cybersejong.ac.kr ③호텔관광경영(100),e-비즈니스(100),게임PD(100),만화애니메이션(100),인터넷(100),경영(750),정보문화산업(550)
한성디지털대학교(950명) ①031-406-9221 ②www.adu.ac.kr ③문화예술(300),정경(100),관광(200),컴퓨터공학(100),사회(200)	*열린사이버대학교(1900명) ①02-760-0812 ②www.ocu.ac.kr ③외국어(400),법학(200),경영(200),디지털컨텐츠(200),정보통신(200),컴퓨터디자인(200)	영진사이버대학(700명) ①053-940-5500 ②www.ycc.ac.kr ③국제공인컴퓨터프로그래밍(100),비즈니스인증관리(100),e-비즈니스(100),컴퓨터미디어(100)

*한국디지털대학교(2500명) ①02-3290-2601 ②www.kdu.ac.kr ③실용어학(200),디지털경영(250),디지털정보(250),미디어디자인(250),디지털교육학(100),디지털행정(100),문화예술(150),언론학(100),사회복지(200),법학(100),스카우트(100)	한국사이버대학교(1900명) ①02-567-7235 ②www.kcu.ac.kr ③영어(250),벤처경영(350),법학(100),컴퓨터통신(300),디지털미디어디자인(300),사회복지(150),방송엔터테인먼트(200)	한양사이버대학교(1500명) ①02-2290-1268 ②www.hanyangcyber.ac.kr ③경영정보(200),컴퓨터(200),e-비즈니스(200),e-learning(200,디지털디자인(200)
국제디지털대학교(500명) ①02-267-0751 ②www.gdu.ac.kr ③경영(200),사회과학(200),디지털(100)	이외에도 중앙영상디지털대학(1000명),한국테크노디지털대학(1000명),동국사이버대학(1000명)이 교육과학부의 인가를 받아 2003년도 안에 개교할 예정으로 있다.	

주) 1. 사이트를 볼 경우 guest로 입력한다.
2. 대학명(입학정원) ① 전화 ② 사이트 ③ 학과(정원)
3. *표는 일본어 전공이 개설되어 있는 대학

이 외의 일반 컴퓨터의 이용 현황을 보면, 한국에서는 PC통신이나 인터넷, 게임 등의 모든 것을 탁상용 PC로 처리하는 경우가 많은데 지금은 대부분의 가정에 1대 이상의 PC가 있다.

또 가는 곳마다 이른바 PC방이라 불리는 인터넷 룸이 있어서 학생들이 초고속 인터넷을 1시간 1000~2000원 정도로 이용할 수 있게 되어있다. 그러나 일본어 교육에의 이용을 살펴보면 Global IME 보급 등에 의해 이전에 비하면 훨씬 편리해졌으나 일본판과 한국판 OS호환성 등의 문제나 멀티미디어 교재의 부족, 교사의 컴퓨터 활용 능력의 문제, 멀티미디어 일본어 교수법 개발의 문제 등에서 얼마의 문제가 남아있어서 그것이 해결되지 않는 한 교사나 학생이 PC나 인터넷을 일본어 교육에 자유롭게 활용하는 것은 어려울 것이다.

5) 멀티미디어 이용에 있어서의 문제점

일본어 교육에의 PC나 멀티미디어 보급에 관한 문제에 대해서는 다음의 3가지로 요약할 수 있다.

첫 번째로 일본어 교사의 운용 능력 문제이다. 현재 한국에서는 전 교원에 대해 PC나 인터넷에 대한 교원연수가 실시되고 있다. 또 한국 일본학회 산하의 일어 교육학회나 멀티미디어 언어 교육학회, 한국 외국어 교육학회 등에서 회원 연수 등의 기회를 통해서 교원의 멀티미디어 구사능력 향상에 노력하고 있다.[11)]

두 번째로 교재의 문제이다. 하드웨어적인 면에서는 확충이 진행되고 있으나 고등학교 등의 중등교육에서의 일본어 수업에 이용할 수 있는 CD-ROM교재나 부교재, 웹사이트 등이 매우 부족하다. 일본에서 개발된 교재도 나와 있지만 가격이 비싸서 사용이 어려운 상황이다.

세 번째로 시간적 문제이다. 현재 일본어 교육 커리큘럼을 진행시켜나가는 것만으로도 힘겨운 상황이기에 멀티미디어 교재를 이용해 나가는 것에 대한 시간적 여유가 없으며 사실상 거의 행할 수 없는 실정이다.

(3) 일본어 수업에서의 컴퓨터 활용 가능성

일본어 수업에 있어서 컴퓨터 활용의 가능성은 교실의 설비환경과 교사의 연구에 의해서 여러 가지 방법이 있을 수 있지만 크게 두 가지로 나누어 생각할 수 있다. 하나는 컴퓨터상에서 일본어 교육용으로 작성된 멀티미디어 교재나 인터넷 일본어 학습 사이트를 작동시켜 교수・학습활동을 행하는 것이다. 또 다른 하나는 컴퓨터상에서 다른 기능을 이용하면

---

11) <관련 사이트>
EDUNET http://edunet.nmc.nm.kr/top.html
한국멀티미디어언어교육학회 http://www.kamall.or.kr
한국일본학회 http://kaja.or.kr
한국외국어 교육학회 http://kafle.net/

서 일본어를 사용하는 것이 학습에 연결되는 경우이다.

전자는 소위 일반적으로 CAI 또는 CALL이라 불리는 것으로 CD-ROM을 이용한 것이나 인터넷 일본어 학습 사이트, 온라인원격・사이버 일본어 교육 등이 있다. 후자에는 워드프로세스에 의한 일본어 문장 작성, 웹에서의 정보 수집, 인터넷 일본어 자료 활용, 일본어 홈페이지 제작이나 정보의 발신・수신, 전자 메일, 채팅이나 메신저 이용, 컴퓨터 통신, 프레젠테이션 기술의 활용 등을 생각할 수 있다.

1) 멀티미디어 일본어 교재를 사용한 수업

① CD-ROM 타이틀

CD-ROM 교재는 다량의 학습 내용이나 멀티미디어 정보를 체계적으로 수록하고 있기 때문에 교사와 학습자는 레벨에 맞추어 손쉽게 활용할 수 있다. 수업에 이용하기 위해서는 교과목의 특성에 맞는 CD-ROM 타이틀을 선정해서 분석한 후 교수계획을 세우는 것이 필요하다.

수업이 끝난 뒤에도 학습자가 자율 학습할 수 있도록 유도한다. 수업 스타일에는 학생 한 사람 한 사람에게 CD-ROM을 주는 것이라든가, 네트워크를 이용해서 VOD서버의 CD-ROM에 다수의 학습자가 동시에 접속해서 교재 자동관리 시스템을 통해 학습하는 자율 학습과, 교사가 보조적으로 활용하는 보조학습 등이 있다.

② 온라인 일본어 학습 시스템

온라인 일본어 학습 시스템에는 인터넷 상의 일본어 학습 사이트나 사이버 일본어 교실, 컴퓨터 원격조작 시스템의 음성・화상회의를 이용한 수업 등을 생각할 수 있다. 앞서 얘기한 최근 한국에서의 사이버 대학도 온라인 학습 시스템의 한 예이다. 이와 같은 인터넷 상에 공개된 일본어 학습

사이트를 자율 수업으로 활용하는 방법과, 주 1~2시간의 보조 수업으로 교사의 설명과 교실 활동을 통해 학습 내용을 재확인하는 방법이 있다.

이상 CD-ROM과 인터넷을 이용한 멀티미디어 교재에는 주로 일본어의 4가지 기능과 초급에서 상급까지의 일본어 문법교육, 일본 문화・사정 등의 수업을 행할 수 있는 것이 있다.

2) 컴퓨터의 다양한 기능을 이용한 일본어 수업

컴퓨터의 다양한 기능을 이용한 일본어 수업에 대해서 국립 국어 연구소(1995)에서는 다음과 같은 지적을 하고 있다. 컴퓨터의 여러 가지 기능을 이용하는 중에 일본어를 사용하는 일이 있을 수 있다. 이것은 순수하게 일본어를 배우려는 것일 수도 있고 교육 프로그램의 일환으로서 조직적으로 행하는 것일 수도 있다. 어느 쪽이든 일본어를 학습하고 있다는 것을 그다지 의식하지 않고 의사소통을 하기 위한 필요에서 일본어를 사용한다는 것은 일본어의 습득 상 대단히 의미 깊은 일이기에 앞으로 여러 가지 시도가 이루어질 것으로 기대되는 분야이다.

① 워드프로세스에 의한 일본어 입력

최근에는 일본어 문장도 워드프로세스로 요구되어지는 경우가 많다. 예를 들면, 학교 숙제, 직장에서의 보고서나 각종 서식, 편지까지도 워드프로세스로 작성하는 경우가 많아졌다. 그러나 한국의 일본어 학습자는 워드프로세스에서의 일본어 입력에 익숙하지 않고, 게다가 일본어 읽기에 한글 입력을 사용하기 때문에 인터넷상에서의 일본어 자료 검색이나 일본어로 전자 메일을 보낼 때가 되면 곤란해지는 경우가 많고 학습자의 입력 스피드도 아주 늦다.

따라서 학생들에게 한국과 일본에서 사용되고 있는 각 워드프로세스・

소프트의 사용법과 문자 입력방법, 또 소프트 간의 호환방법 등에 대해서 지도할 필요가 있다. 필자는 일본어 워드프로세스 연습을 위한 교재를 개발하여 부산 외국어 대학과 경남 정보 대학의 일본어 수업에서 실제로 사용해 본 결과, 문자(かな・한자)의 정착, 어휘 습득(전자 사전적 역할), 일본어 입력 스피드 향상 등 대단히 좋은 성과를 얻었다.

② 웹에서의 정보 수집 및 일본어 자료 활용

인터넷은 전 세계 컴퓨터를 통신망으로 상호 연결한 미디어이고 수업에 활용할 경우 살아있는 일본어를 접할 수 있을 뿐 아니라 정보화 시대에 맞추어 일본어 관련 정보 처리 능력도 배양할 수 있다. 인터넷을 이용한 일본어 수업에는 웹에서의 일본어 관련 정보 수집과 일본어 교육 자료(읽기 자료 포함)[12]를 활용하는 방법 등이 있다. 그 외에도 사용자가 어

---

12) 인터넷상의 일본어 교육 리소스는 이용 목적에 따라 다양하게 있지만, 여기서는 대표적인 것만을 소개한다.
http://www.sla.purdue.edu/fll/japanProj - 일본어 교육자료
http://www.alc.co.jp/gn/gnhome.html - 월간일본어
http://202.32.192.20/bbs/jedbbsrd.qry?function=search - 일본어 교육포럼
http://www.alc.co.jp/nihongoji/center - 일본어 교육 정보센터
http://www.plaza.hitachi-sk.co.jp/~jpnedu - 일본어프라자
http://www.alc.co.jp/nihonngoji/center/institute.html - 일본어 교육 관련 소개
http://www.alc.co.jp/jpn/jpgnlink.html - 일본어 교육사이트・링크
http://www.tjf.or.jp - (재)국제문화포럼
http://www.sla.purdue.edu/fll/JapanProj-J.html
ttp://www.sla.purdue.edu/fll/JapanProj - アメリカ バチュー대학 일본어 교육자료
http://www.alc.co.jp/vle - VIRTUAL Language EXPO'97. 21C일본어 교육・원격지교육
http://www.alc.co.jp/bazzar/abc/index.html - 일본어 교육 서적의 최신정보 및 구입
http://www.info.cop.com - IBM환경에서의 일본어검색・자동번역엔진
http://www.kaja.or.kr - 한국일본학회
http://www.jpf.go.jp/j/ - 국제교류기금
http://www.kokken.go.jp - 국립국어연구소

떤 목적과 방법으로 이용하는 가에 따라서 수업에 활용하는 방법은 여러 가지로 생각할 수 있다.

일본어 수업에서의 인터넷 활용은 많은 가능성이 있으나 우선 자료로서 수업에 활용하는 경우, 가령 교과서에 어떤 도시 이야기가 나왔을 때

---

http://www.nijl.ac.jp - 국문할연구자료관
http://www.jpf.go.jp/j/learn_j/jedu_j/test10:j.html - 일본어능력시험
http://www.soc.nacsis.ac.jp/nkg - 일본어 교육학회
http://www.jpf.go.jp/j/learn_j/jedu_j/urawa_j/ - 일본어 국제센터
http://www.japanem.or.kr - 일본문화원(한국)
http://www.jsnet.org - JS-net(Japanese Studies Network Forum)
http://www.townpage.isp.ntt.co.jp - 일본타운페이지
http://www.unesco.or.jp - 유네스코 세계의 문화유산(일본)
http://www.rap.tregami.com/mag2/ - 인터넷 책방「まぐまぐ」
http://www.hello.hello.nttls.co.jp/ - 하로(ハロ-)다이얼:지역별 이벤트정보,점포,이름,전화번호안내
http://www.nyc.go.jp - 국립올림픽기념 청소년 종합센터:청소년교육 관련기관과 링크
http://www1.nisiq.net/~cpulot/Dic.htm - 불명해약어사전(不明解略語辞典)
http://www.ke3.ecs.toyama-u.ac.jp/~ohgiya/dic/ - 사전검색
http://www.ndi.go.jp - 국립국회도서관
http://www.toyo-bunko.or.jp - 동양(東洋)문고
http://www.tulips.tsukuba.ac.jp/other/other_libs.html - 세계의 도서관리스트(筑波대학도서관)
http://www.slis.flet.mita.keio.ac.jp/~ueda/libwww/libwww.html - 일본의 대학도서관・공공도서관
http://www.asahi.com/ - 아사히신문사(朝一新聞社)
http://www.mainichi.co.jp/ - 마이니찌신문사(毎日新聞社)
http://www.yomiuri.co.jp/ - 요미우리신문사(読売新聞社)
http://www.sankei.co.jp/ - 산케이신문사(産経新聞社)
http://web.nikkei.co.jp/ - 니혼케이자이신문사(日本経済新聞社)
http://www.kyodo.co.jp/ - 공동통신사(共同通信社)
http://www.jiji.co.jp/ - 시사통신사(時事通信社)
일본의 검색사이트
YAHOO! JAPAN (http://www.yahoo.co.jp/)등록계(登録系)
goo (http://www.goo.ne.jp/)자동수집계(自動収集系)
infoseek japan (http://www.infoseek.co.jp/)자동수집계
NTTDIRECTRY (http://navi.ntt.co.jp/)자동수집계

에 교사는 그 도시의 홈페이지를 검색시키거나 테마를 주고 관련 사이트를 조사하게 해서 발표를 시킬 수 있다. 또한 퀴즈처럼 교사가 검색 대상을 지정하여 보다 빨리 지정된 사이트에 접속할 수 있게 학습자의 검색 능력을 길러주는 방법 등을 생각해 볼 수 있다.

그 외에도 인터넷 상의 신문이나 잡지, 영화, 드라마 등의 읽을거리나 동영상 자료를 이용해서 Role Play, Information Gap, Project Work, 퀴즈, 게임 등의 교실 활동과 연결시키면서 수업을 진행할 수도 있다. 수업을 할 때에는 일한사전이나 번역 사이트 등도 이용할 수 있고 사전에 관련 자료를 다운로드 할 준비를 해 둘 필요가 있다.

인터넷을 이용한 일본어 교육은 초고속 정보 통신망이 각 가정의 컴퓨터에 연결되고 정보 인프라가 충실해 질 2004~2005년 이후부터는 본격적으로 행해질 것이라 추측된다.

③ 일본어 홈페이지 제작과 정보 발신・수신

홈페이지를 일본어 수업에 이용할 때는 일본어에 의한 홈페이지 제작 과정에서 학습을 할 수 있는 경우와 홈페이지를 의사소통의 도구로서 활용하는 방법이 있다.

일본어 홈페이지 제작 수업은 최근에는 HTML태그를 기억하지 않고도 간단하게 홈페이지를 만들 수 있는 소프트도 보급되어 있으므로 일본어 홈페이지를 만드는 과정에서 학습을 한다면 컴퓨터・능력과 일본어 습득이라는 일석이조의 효과를 볼 수 있다. 의사소통의 도구로서의 홈페이지 사용법에는 교사의 홈페이지를 중심으로 수업 중에 배운 내용을 연습하거나 질문, 숙제를 알리는 등 교육・학습 상에서 발생하는 정보 발신과 수신이 있다.

④ 전자 메일에 의한 문자 통신

E-mail을 이용한 일본어 작문 교육 사례는 일본과 다른 나라에서 시도되어지고 있다. 한국과 일본에서는 지금까지 문자 호환성 문제로 아직 이루어지지 않고 있다. 그러나 최근 MS사의 Explorer에서 Global IME를 사용하면 일본어로 메일을 보낼 수 있도록 문자 지원을 해 주기에 가능하게 되었다. 그러나 OS[13]와 웹 브라우저[14]가 다르면 문자가 깨지는 등 완벽하지는 않으므로 문자가 깨지는 문제를 해결하기 위해서는 좀 더 많은 연구가 필요하다.[15]

수업 방법은 한국과 일본의 학교 또는 그룹과 사전에 테마를 정해서 메일을 교환하고 틀린 표현은 수정해 주고 그 원인을 보고하는 방법, 메일링 리스트를 이용하는 방법 등도 생각해 볼 수 있다. 이 수업은 일제히 행해지는 수업이나 과외 수업의 형태를 취할 수 있다.

⑤ 채팅이나 메신저 등의 컴퓨터 통신 이용

의사소통 도구로서의 채팅이나 메신저, 컴퓨터 통신은 리얼타임 작문 수업 등에 활용할 수 있다. 구체적인 방법이나 수업 사례는 아직 보이지 않지만 앞으로 그 활용 가능성은 크다.

---

13) 오퍼레이팅시스템(Operating System). 컴퓨터의 기본 소프트웨어. 퍼스널컴퓨터에서는 MS-DOS, Windows95, Windows98, WindowsNT, Windows2000, WindowsXP, OS/2,MacOS등이 있으며 서버로서는 UNIX 등이 있다. OS는 메모리나 디스크, 주변기기 등의 하드웨어의 관리와 유저가 컴퓨터를 조작하기 위한 프로그램(유저 인터페이스)의 제공 등, 실로 다양한 일을 행하고 있다.

14) 데이터나 파일의 내용을 보기위한 소프트의 총칭. 데이터의 편집은 할 수 없지만 내용을 한눈에 보고 확인할 수 있게 되어있다. 또한, 「인터넷엑스플로러」나 「네스스케이프나비게이터」 등과 같은 웹페이지 열람 소프트를 단순히 브라우저라 부르는 경우도 많이 있다.

15) 이러한 어학학습은 학습자가 서로의 언어를 가르쳐주는 방법인데, 구미에서는 Language exchange 또는, TANDEM(상호자율학습)시스템이라 불리면서 넓게 사용 되고있다.

⑥ 프레젠테이션 도구 활용

프레젠테이션 도구를 이용하면 가르치는 내용을 자유롭게 구성할 수 있다. 이것은 다양한 색, 그림, 소리, 동영상, 텍스트 등의 내용을 삽입할 수 있는 멀티미디어 교육 자료를 재구성하기 위한 도구이다. 한국의 컴퓨터 환경에서 일본어 프레젠테이션을 하기 위해서는 「파워포인트」나 「한글 국제판」 등의 프레젠테이션 기능을 이용할 수 있다.

이상 제시한 방법만이 아니라 컴퓨터를 활용한 더욱 다양하고 구체적인 수업 방법을 이끌어 내는 것이 지금부터의 과제이다.

7 맺는 말

최근 의사소통 능력의 양성을 중시하고 있는 일본어 교육에서는 학습자가 능동적으로 학습 활동에 참가하고 체험과 문제 해결을 통해서 일본어를 습득해 가는 학습자 중심의 교육이 요구된다. 이를 위해서는 자신의 레벨에 맞는 진도 조절, 무한한 반복 학습 기능, 개인차를 고려한 개별 학습, 흥미 유지, 다량의 정보 제공 등을 할 수 있는 멀티미디어 일본어 교육의 도입은 필연적이다. 그러나 이상에서 조사해 본 바와 같이 일본어 교육에 있어서 멀티미디어 활용은 아직은 초보적인 단계에 지나지 않는다. 앞으로 하드웨어, 소프트웨어, 휴먼웨어(사용자 운용 능력), 및 교수법의 측면에서 해결해야 할 많은 과제가 남아있다.

하드웨어 면에서는 학습자가 직접 컴퓨터를 조작하면서 학습할 수 있도록 VOD서버가 있는 주조정실과 각 교실을 네트워크로 연결한 멀티미디어 학습실 설치가 필요하다. 이 경우 모든 자료는 주조정실에서 공급하고 학습자는 각 교실에서 검색을 하면서 학습을 진행한다.

소프트웨어 면에서는 교사 개인의 수준에서 시험적으로 제작되어 있는 경우라든가 시판되고 있는 일부 교재에서 보여지듯이 교육 현장에서 바로 응용할 수 있는 것이 거의 없다. 교육・학습 현장에서 효과적으로 활용할 수 있는 다양한 멀티미디어 교재 개발을 해야 하며, 특히 교육 과정과 텍스트가 연결된 코스웨어가 필요하다.

그리고 새롭게 제작된 교재는 인터넷을 통해 「EDUNET」 또는 학회 홈페이지 등에 공개하고 다양한 의견을 참고로 하여 문제점을 수정해 나가는 것이 필요하다. 또한 각 교사가 제작한 프로그램을 네트워크를 통해서 공유함으로써 시간과 노력의 낭비를 줄이고 교재의 데이터베이스화를 통해 보다 양질의 교재를 만들 수도 있다.

멀티미디어를 활용한 외국어 교육에서 가장 문제가 되는 것은 교사의 컴퓨터 운용 능력(휴먼웨어)일 것이다. 학습자는 빠른 스피드로 운용 능력이 변화하고 있으므로 교사도 운용 능력만이 아니라 교육 목적에 맞는 교재의 재가공 및 제작 능력이 필요하다. 그러기 위해서는 연수나 재교육이 선행되지 않으면 안 된다.

마지막으로 컴퓨터를 일본어 교육에 적극적으로 활용해 나가기 위해서는 워드프로세스에 의한 일본어 입력, 정보 일본어, 인터넷 일본어, 멀티미디어 일본어 연습 등의 강좌를 커리큘럼으로 채택하고 각각의 다양한 교수법과 평가법의 개발이 요구된다.

앞으로 한국에 있어서의 일본어 교육은 이상의 과제를 해결하는 방향으로 나아갈 것이다. 그러기 위해서는 개인의 힘으로는 한계가 있으므로 공동 연구의 필요성이 있으며 멀티미디어로 무엇이 가능한가가 아니라 무엇을 하고 싶은가, 어떻게 사용해 갈 것인가를 생각해야 할 것이다.

참고문헌

김인석(1999)『멀티미디어 言語教育의 理論과 實際』博文閣
김진수, 미야하라히로시(2001)『채팅・이메일 e-일본어』시사일본어사
손정배(1997)「멀티미디어를 이용한 영어수업」『어린이영어교육』정동빈 편저. 홍익미디어
정기영 외3인(2001)『정말 쉽다! 컴퓨터일본어』시사일본어사
정기영, 조태영(2001)「인터넷을 활용한 일본어 교육 -학습사이트 소개을 중심으로-」『한일어문논집 제5집』한일일어일문학회
정동빈(2000)『멀티미디어와 英語教育』学文出版(株) 2000
石田敏子(1995)「空飛ぶ教室プロジェクト-電子メールを利用した日本語教育と教師養成の可能性と問題点」『日本教育工学会第11回大会講演論文集』
尾本康裕(1999)「日本語教育におけるインターネット活用法」『CASTEL/J'99 PROCEEDINGS 第2回「日本語教育とコンピュータ」国際会議』University of Toronto, CANADA (トロント大学, カナダ)
加藤清方(1996)「マルチメディアを利用した日本語教育のあり方」『日本語学 2』明治書院
北尾謙治(1993)『コンピュータ利用の外国語教育 -CAI動向と実践-』. 東京 : 英潮社
木村捨雄(1997)『CAIシステムー教育プログラム』東洋ほか著, 情報科学講座E17・2, 共立出版, 東京
金栄華(1998)「高等学校日本語教育におけるマルチメディア活用実態及び課題」Multimedia-Assisted Language Learning 創刊号Vol.1,No.1 KAMALL 韓国マルチメディア言語教育学会
清水正三朗・小島明(1995)『教育とメディア』教育史料出版会
K・ジョンソン, H・ジョンソン(1999)『外国語教育学大辞典』大修館書店
国立国語研究所(1995)『日本語教育指導参考書21 視聴覚教育の基礎』
才田いずみ(1997)「電子メールを利用した日本語教育」『日本語学』VOL.16
沢田肇(1998)「CALLにおける教師の役割ー協同アプローチのなかでの授業形態が要求するものとはー」『マルチメディアと外国語教育』広島大学留学生センター講演討論会報告書
塩見邦雄(1996)「視聴覚教育の理論と方法」ナカニシヤ出版
菅井勝雄(1983)『人工知能と人間の思考-思考・知能・言語-』現代基礎心理学7, 坂元昂編, 東京大学出版会, 東京
菅原安彦(1997)「語学教育のマルチメディア化への提言」『国士舘大学教養論集第45号』国士舘大学教養学会

田島弘司(1999)「自律学習支援ツールとしての電子メール-その特性と利用-」『上越教育大学国語研究』第12号, 上越教育大学

田島弘司(2000)「日本語教育におけるメーリングストの活用に関する実践研究-総合的留学生支援のためのメディア活用の一例として-」『日本語教育国際シンポジウムProceedings』韓国日本学会第61回国際学術大会

植木節子(1993)「留学生の日本語力に関するワープロの効果」『日本語教育工学会第 9 回大会講演論文集』

中川良雄(1994)「日本語学習支援システムとしてのCAI」『無差』創刊号,京都外国語大学日本語学科.『竜谷大学国際センター研究年報』第3号

中川良雄(1994)「CAI:日本語教育のニューメディアーコンピュータを用いた日本語学習の展開ー」『竜谷大学国際センター研究年報』第3号

多田俊文(2000)『教育の方法と技術』改訂版, 教師養成研究会 教職課程講座5. 学芸図書株式会社

鄭起永・河恩愛(1998)「マルチメディア日本語学習用プログラム内容分析」韓国マルチメディア言語教育学会. 創刊号

鄭起永(1999)「外国語授業における効果的なCD-ROM活用方法」GLE公募課題研究報告書. 釜山外国語大学校

鄭起永(2001)「CD-ROM日本語教材の開発現状と分類」『沙平裴俊鎬教授華甲紀念論叢』沙平裴俊鎬教授華甲紀念論叢刊行委員会. J&C

鄭文容(1996)「独逸語授業におけるコンピュータ活用方案の研究」独逸文学 第59輯 韓国独語独文学会

原土洋(1984)「日本語ワードプロセッサーの日本語教育への利用－書くことの反省と訓練－」『日本語教育』54号

PARK Ok-sook(1997)「PC通信によるフランス語作文講義 ー試みⅠー 」南宮捐教授停年退任記念論文集, カトリック大学校仏語仏文学科

PARK Ok-sook(1998)「PC通信によるフランス語作文講義 ー試みⅡー 」東義論集 第28輯, 人文・社会科学篇(Ⅰ),東義大学校

松本哲洋(1996)「インターネットを利用した日本語教育-機能の紹介とその活用-」『日本語教育方法研究会誌』

村上温夫・佐藤純子(1984)「日本語教育CAIの将來性に対する私見と入門期の文字教育の一例」『日本語教育』第54号 日本語教育学会

文部省編(1994)『マルチメディアの教育利用-視聴覚教育におけるコンピュータ活用の手引き-小・中学校編』(株) 第一法規出版

李徳奉(2000)「멀티미디어 言語学習의 認知的 特徴」『2000年度 招請講演 및 学術発表大会/釜山地域 日本語教員研修』韓日日語日文学会

山田真弓(1999)「インターネットを利用した遠隔教育」『CASTEL/J'99

PROCEEDINGS 第2回「日本語教育とコンピュータ」国際会議』University of Toronto, CANADA (トロント大学, カナダ)

山本直三(1984)「日本語ワードプロセッサと言語教育」『日本語教育』54号

城地茂(1999)「台湾における日本語MLの日本語教育への利用(2)」『CASTEL/J'99 PROCEEDINGS 第2回「日本語教育とコンピュータ」国際会議』University of Toronto, CANADA (トロント大学, カナダ)

吉村弓子,豊田悦子(2001)「インターネットでつなぐ日豪の教室 -豊橋技術大学とメルボルン大学のメッセージ交換の試み-」『第10回小出記念日本語教育研究会予稿集』

Heinich, R., Molenda, M., Russell, J. and Smaldino, S.(1998). Intructional Media and Tecknologies for learning. Englewood Cliffs, NJL prentice -Hall Inc.

Long, M. H.(1981) "Input, interaction, and second language acquisition". In H. Wintiz(Ed.) Native Language and Foreign Language Acquisition. Annals of the New York Academy of Sciences, 379. pp159-278

Merrill, P.(1983) "Component Display Theory". In C. Reigluth(ed.), Instructional Design theories and models. Hillsdale, N.J. : Lea.

5-2

멀티미디어 언어 학습의 인지 구조

· 이덕봉 ·

1 머리말

한국의 교육부에서는 학교 정보화 3개년 계획에 따라 1999말년까지 전국의 초중고 전체 교실을 멀티미디어 시스템화하기로 하였으며, 2000년까지는 모든 학교를 네트워크로 연결할 계획으로 EDU-NET을 구축하고 있어서 교육의 첨단 정보화 시대가 실현되게 되었다. IMF 사태로 인해 약간의 차질은 예상되지만, 고등학교 7차 교육과정이 적용되는 2002년까지는 충분히 달성될 것으로 생각된다. 이러한 학교 정보화 계획은 시스템 구축만으로 그치지 않고 초중교 전체 교사를 대상으로 2001년까지 컴퓨터 사용법의 연수를 100%실시하는 것을 목표로 하였었다. 이는 곧 교육 매체가 멀티미디어 시스템으로 바뀌는 것을 의미하기도 한다. 한국의 외국어 교육 현장은 비디오를 중심으로한 시청각 영상 교육 시대를 거의 거치지 않은 채 멀티미디어 시대로 돌입한 셈이 된다. 시청각

교육을 가리켜 하타노칸지는 개념적 인식 형성을 위하여 감성적 자료를 의미 있게 체계화 한 것으로, 감성적 방법을 사용하여 피교육자의 이론적 인식을 높여 영속적이고 실천적인 것이 되게 하기 위한 기술적 노력이라고 정의하였다. 이는 개념의 학습에 있어서 감성적 인식에 의한 학습의 높은 효율성을 언급한 것임과 동시에 시청각적 학습의 장점이 인식적인 측면에 있음을 설명한 것이라고 하겠다.

교육 매체의 변화는 교육 시설로서의 환경적 변화라는 점에서, 학습자의 학습 심리와 교사들의 교수 자세에도 커다란 변화를 초래 할 것이다. 따라서 이러한 교육 매체의 변화를 단순한 컴퓨터 조작 능력의 습득을 통해서만 해결할 것이 아니고 매체가 갖는 인지적 특성에 대한 심층 분석을 통하여 교육 전반에 걸친 대응이 이루어져야 할 것이다.

멀티미디어 시스템에 의한 언어 교육은 과학 기술의 발달과 더불어 얻어진 이기임에 틀림없지만 기계 의존으로 인한 교육의 비인간화 위험 또한 상존 한다. 기계가 교사의 역할을 상당부분 대신하게 됨에 따라 교사의 위상 또한 크게 달라질 수 있으며, 학습의 주체인 학습자의 학습 행태에도 변화를 가져올 수 있다는 점에서 멀티미디어 언어교육의 출현은 커다란 변혁을 예고한다고 하겠다. 이러한 변혁의 시기를 맞아 자칫하면 기계의 편리성에만 집착하여 기술 중심 일변도의 학습 연구가 진행될 때 교육에 미치는 병폐 또한 작지 않으리라 생각된다. 이러한 병폐를 최소화하기 위해서는 멀티미디어 언어교육에 대한 다각적인 분석과 검증이 병행되어야 할 것이다. 본고에서는 멀티미디어 언어 학습의 개념과 유형을 정립하고 유형별 인지적 특징과 언어 전달 행위의 인지적 특성과의 대조를 통해 어떠한 형식의 학습이 언어 학습에 효과적인가를 규명하고자 한다.

2 멀티미디어 언어 교육의 개념

멀티미디어 언어 교육의 개념을 정리하기 위해서는 기존의 시청각적 언어 교육에 대한 정의를 돌이켜 볼 필요가 있다. 시청각 커뮤니케이션이란 용어는 미국 교육 연합회(NEA) 산하의 시청각 교육국(DAVI)의 기간지인 'Audiovisual Communication Review'의 명칭에서 유래한다. DAVI의 정의에 의하면, 시청각 커뮤니케이션이란 학습 과정을 제어하는 메시지의 고안과 사용에 있어 일차적으로 관련이 있는 교육적 이론과 실제의 분야이다. 아울러, 교육적 환경속에서 인간 또는 기자재에 의해서 제공되는 메시지의 구조화와 체계화를 통하여 교수체계 전분야에서 사용되는 시청각적 메시지의 기획, 제작, 선택, 관리, 활용 등을 다루는 분야이다.

시청각 교육(Audio Visual Education, A.V. Instruction)이란 실물, 그림, 사진, 모형, 도해, 녹음, 레코드, 환등기, 시범, 연극, 영화, 견학, 도표, 괘도, 필름, 라디오, TV, 컴퓨터 등 교육의 수단 방법으로서의 시청각적 교재와 목적과 내용으로서의 교육 매체를 이용하여 사람의 감각 기관에 호소하는 시청각적 커뮤니케이션을 통하여 능률적인 학습 성과를 거두고자 하는 교육방법이다. 시청각적 교육이 사람의 감각 기관에 의한 시청각적 커뮤니케이션에 의해 성립된다는 점은 멀티미디어 언어 교육과 일치하는 점이다. 멀티미디어 교육 이전의 시청각적 교육은 1960년대부터 학교 교육 현장에 적극적으로 도입되기 시작하였고, 언어 교육 분야에 있어서도 시청각 교수법이라는 방법으로 소개된 바 있다. 시청각적 교육에 이어 80년대 초부터 CAI라는 용어로 선보이기 시작한 멀티미디어 언어 교육은 시청각적 언어 교육과 동일 개념으로 보는 견해와 두 개념을 별개의 것으로 보는 견해로 나뉜다. 전자의 경우는 멀티미디어의 어의에 입각하여 다매체의 사용이라고 보는 넓은 의미의 시청각적 교육이라고 할 수 있겠고, 후자는 컴퓨터에 의한 상호 작용이 가능한 다매체로 한정한 좁은 의미의 관점이라고 하겠다. 복수 매체를 사용한다는 점에 있어서 두 개념은 다를 바 없으나, 시청각 언어 교육이 교사중심이고 수동적인 것인 반면, 멀티미디어 언어 교육은 학습자 중심성이 강하고 조직적이고 능동적인 성격이 강하다는 점에서 두 개념은 별개의 것으로 취급되어야 타당할 것이다. 후자의 경우 다시 두 가지 견해로 나눌 수 있다. 즉, 멀티미디어 언어 교육을 시종 컴퓨터의 프로그램에 따라 진행하는 CALL과 같은 개념으로 보는 견해와 컴퓨터에 의한 멀티미디어를 수업의 보조 도구로 사용하는 수업까지를 포함하는 견해가 그 것이다. 컴퓨터의 프로그램에 의한 학습은 컴퓨터가 교사를 대신하는 것이고 컴퓨터를 보조로 사용하는 경우는 교사의 지휘에 따라 진행되는 교실 수업의 형태가 되겠다. 멀티미디어 언어학습은 이 두 경우를 모두 총괄하는 것이어야 하는 것으로, 전자는 개별학습[1] 형태이고 후자는 집단 학습[2] 형태가 되겠다. 따라서 멀티미디어 언어 교육의 개념은 기술 적 발달의 추이를 감안할 때 기존의 시청각적 언어교육과 현재의 컴퓨터를 이용한 언어 교육을 모두 포함한 다 감각적 전달 수단으로서의 기능과 다양한 조작 기능 및 다양한 교수방법을 포괄한 총체적 의미의 교수법으로 정립되어야 할 것이다. 따라서 멀티미디어 언어 교육이란 멀티미디어적 컴퓨터의 기능을 직・간접적으로 활용하는 교육으로, 컴퓨터의 프로그램에 따른 언어학습과 컴퓨터를 보조 수단으로 활용하는 모든 언어학습의 형태를 의미한다.

---

1) 컴퓨터의 학습자료를 프로그램에 따라 교사의 도움이 없이 학습자가 독자적으로 학습하는 학습 형태.

2) 다수의 학습자가 교사의 지도하에 컴퓨터의 프로그램이나 자료를 활용하는 학습 형태.

3 멀티미디어 언어 학습의 인지 구조

3.1 인지의 구조

기존의 언어 인지과정은 청각영상과 메시지의 구조, Rhichards & Osgoods의 의미 삼각도 정도로만 설명되어왔다. 그러나 언어 정보의 구성은 그렇게 단순하지가 않다. 인간의 인지 활동에 있어서 언어를 비롯한 온갖 정보의 획득은 오로지 지각에 의존하고 있는 관계로 인지의 속성은 지각의 속성과 불가분의 관계에 있다고 하겠다. 지각에 관한 연구는 게슈탈트 학파의 전통을 이은 소그룹들과 감각 과정의 측정이나 감각 생리학에 종사하는 소수의 심리학자들에 의해 이어져 왔다. Neiser(1976)나 사에키(1982)에 의하면, 지각은 지각자의 경험이나 습관 즉 이미 알고 있는 밑에 의존하고 있으며, 지각 중 정보량이 가장 많은 것은 시각이고, 시각에 있어 가장 중요한 인지구조는 보는 활동을 제어하는 예기(予期) 스키머라고 한다. 인지 스키머에 관한 Neiser의 설명에 따르면, 지각자는 지각시에 눈이나 귀 등 몸의 움직임을 통해 보다 유효한 정보를 담기 위하여 탐색하게 되고, 이 탐색의 결과로 추출된 정보는 본래의 구도를 수정하게 되고, 수정된 구도는 다음 탐색의 방향을 결정함으로써 보다 많은 정보를 획득하기 위한 준비를 한다는 것이다. 다름아닌, 지각 순환(perceptual cycle)이 일어난다는 것이다(Neiser 1976, p 20f). 위에 소개한 그림1은 Neiser의 지각 순환의 과정을 나타낸 인지 지도에 나타난 도식(Schemata)이다.[3]

3) U. Neisser. (1976). Cognition and Reality. San Francisco;W.H.Freeman and Company. 112

Neiser의 인지 지도 도식에 의하면 지각 순환의 과정은 다음과 같다.

> 현재의 지각환경 → (방향 설정) → 지각적 탐색 → (정보추출) → 실제 환경 → (구도수정)

<그림1> 인지 지도의 도식

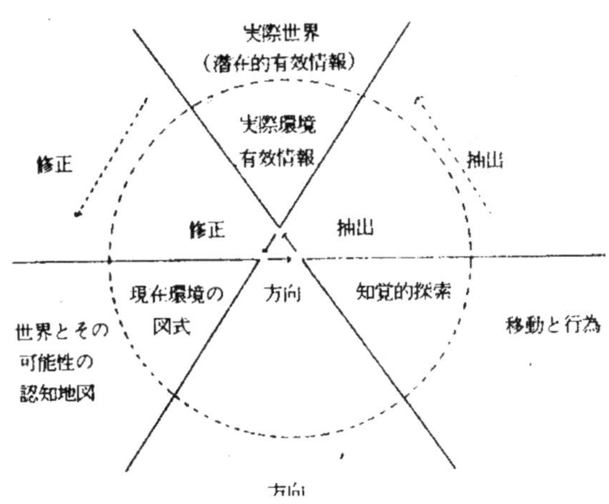

Neiser에 의하면 사람은 지각적 탐색에 의해 인지 구도를 수정하고 이러한 수정된 인지에 의해 실제 대상을 인지하게 된다는 것이다. 나이서의 인지 지도를 통해 인간의 학습은 지각에 의해 경험을 수정해 가는 과정이라는 것을 알 수 있다. 새로운 경험으로서의 외국어 학습 또한 지각에 의해 탐색하고 수정해 가는 과정이라고 할 수 있다. 지각에 의한 이러한 경험의 이해에 대해, 미야자키(1985. p59)는 Anderson(1976. 1980), Wittgenstein (1953), Rosch & Mervis(1975) 등의 연구 결과를 바탕으로 개념에 대해 시점이라는 관점에서 언급하고 있다.[4] 즉, 주어진 개념에 대한 우리들의

시점은 그 개념 개개의 사례가 갖는 객관적 특성에 의해 결정되어버리는 것으로, 우리는 그것을 통해서 밖에 개념을 볼 수 없게 된다.

이와 같이 개념이 간접적으로 이해되는 것을「~같은」인식 이라 명명하고, 우리는 늘 개념과는 관계없는 것까지 포착하거나 개념의 일 단면에 지나지 않는 개별적 예를 통해서 개념을 이해하고 있다는 것이다. 즉 인간은 추상적인 개념 자체를 이해하는 것이 아니고, 유사하거나 부분적인 구체성을 통해 이해한다는 것이다.

인지의 이러한 속성으로부터 두 가지 특징을 추출할 수 있다. 하나는 개념의 이해는 구체성에 의해서 행해질 때 인지하기 용이하다는 것, 또 하나는 개념에 대한 임의적인 구체성은 문화에 따라 다른 양상을 띄게 되어 의미의 문화차로 이어진다는 것이다. 따라서 언어 학습에 있어서 추상적인 방법에 의한 개념의 이해는 기존의 모어를 바탕으로 한 개념적 이해를 그대로 전이시키게 되므로 대상 언어의 개념을 이해하였다고 할 수 없게 된다. 따라서 언어와 같이 문화적 특성이 강한 학습 대상은 구체성을 통한 이해가 필요한 것이다.

3.2 언어의 인지 구조

뇌속에 있어서의 언어에 의한 정보의 흐름을 Jackendoff(1992)[5]는 다음과 같이 나타내고 있다.

---

4) Miyazaki Kiyotaka · Ueno Naoki. (1985).『視点』東京: 東京大学出版会. 59

5) Jackendoff, R. (1995). *Language of the Mind*. Cambridge: The MIT Press. 5

<그림2> 청화자 결합으로 본 뇌속 언어 정보의 형식

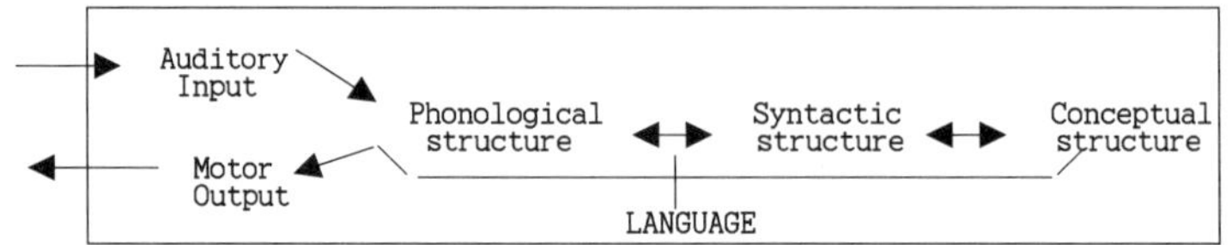

Jackendoff는 언어 정보의 흐름을 통해 언어를 음운 구조, 통사 구조, 사고(개념)체계로 설명하고 있다. 이는 언어를 단순한 lange적 구조로만 파악한 것으로, 행동으로서의 언어가 전달하는 정보 내용은 보다 다양한 것이어야 할 것이다. 언어에 포함된 정보의 유형은 청각적 정보와 시각적 정보, 추상적 정보로 나눌 수 있는데 각각의 정보 내역으로서 다음과 같은 것들을 들 수 있겠다.

청각적 정보

음운 정보 : 음소, 음절

음성 정보 : 음색, 속도, 음량, 악센트, 억양, 프로미넌스, 플로소디 음성 상징

시각적 정보

문자정보 : 문자 기호, 글자체, 문체

행동정보 : 동작, 표정, 태도, 제스처 등의 비언어 커뮤니케이션

문화정보 : 장면, 관계

추상적 정보

개념정보 : 개념, 의미, 심리, 의도, 태도

규칙정보 : 문법, 언어 운용, 언어 사항에 관련된 지식, 화법, 전달 행위의 매뉴얼

<그림3> 언어 정보의 구조

정보유형	추상정보	구상 정보	정보 종류	종합 정보
기 호	음 운 어 휘 문 법 문 체	음 성	음성 정보	언어행동 정보 (의 미)
체 계		문 장	문자 정보	
행 동	심 리 의 도 태 도	표 정 동 작 장 면 문 화	영상 정보	

이상에서 보는 바와 같이 언어 정보는 한마디로 복합적이고 종합적이라고 하겠다. 최근의 뇌신경학 연구에서 밝혀진 바로는, 일반적으로 좌내가 언어뇌로 알려져 있지만, 이야기나 아는 사람 아는 내용의 언어를 감지하는 것은 우뇌쪽에서 훨씬 활발한 반응을 보인다고 한다. 이처럼 언어는 매우 복합적인 정보가 네트워크 형태로 인지되고 있는 것이다. 따라서, 멀티미디어적 언어 학습은 이러한 종합적 정보를 전달할 수 있다는 점에서 매우 효과적이라 하겠다. 언어의 인지 구조를 규명하기 위해서는 이들 복합적 언어 정보와 지각의 전체에 대한 고찰이 중요하다고 하겠다. 언어의 이와 같은 정보 구조를 바탕으로 다시 분류하여 보면 그림3과 같다. 그림에서 보는 바와 같이 언어 정보는 지식적인 측면과 기능적인 측면이 함께 구성되어 있다. 따라서 언어 학습은 지식학습만으로는 달성될 수 없고 기능학습이 함께 이루어져야 하는 것이다.

이들 언어 정보를 기준으로 기존의 어학 학습 내용을 살펴보면, 기존의 문법 중심・지식 중심 학습은 추상정보 중에서도 규칙 정보 중심의 언어를 학습한 셈이고, 교과서는 문자 정보를, 오디오 테이프는 음성 정보를,

비디오테이프는 음성 과 영상 정보를 각각 취급한 셈이 된다. 즉, 교과서는 추상 정보에 충실한 대신 음성 정보와 영상 정보가 결여되어 있고, 오디오 교재는 음성 정보에 충실한 대신 추상 정보와 영상 정보가 결여되어 있으며, 비디오 교재는 영상 정보에 충실한 대신 추상 정보에 취약하다. 그리하여 외국어 교육은 개선을 거듭하여 이들 세 가지 교재를 모두 사용하게 되었으나 서로 연계성을 갖고 제작된 교재의 부족으로 총체적 기능면에서 아직은 초보적인 수준이라 하겠다. 이러한 교재를 체계화하고 간편하게 조작할 수 있도록 한 것이 멀티미디어 언어학습인 것이다.

3.3 멀티미디어 매체에 의한 인지 과정

기존의 시청각적 언어학습의 전달 형식을 경험의 형태로 나타낸 것으로 데일의 「경험의 원추」를 들 수 있다. 데일은 시청각 교육에 대하여 의미를 전달하는 데 있어서 주로 읽기에 의존하지 않는 것으로 정의하고, 경험의 원추 형식으로 시각적 자료를 분류하고 있다. 이는 시청각 자료가 읽기 자료와 대립적인 관계로 이해되던 초창기의 사고 방식이지만 경험의 단계는 현재에도 많이 인용되고 있는 부분으로 데일의 [경험의 원추]는 다음과 같은 항목으로 구성되어 있다.

> ① 직접적 목적적 경험 ② 구성된 경험 ③ 극화된 경험 ④ 시범 ⑤ 견학 ⑥ 전시 ⑦ TV ⑧ 영화 ⑨ 라디오, 사진, 녹음 ⑩ 시각적 상징 ⑪ 언어적 상징.

이 중 ①②③은 행위 영역이고 ④⑤⑥⑦⑧⑨는 관찰 영역이며 ⑩⑪은 상징 영역으로 분류되어 있다.

<그림4> 데일의 경험의 원추

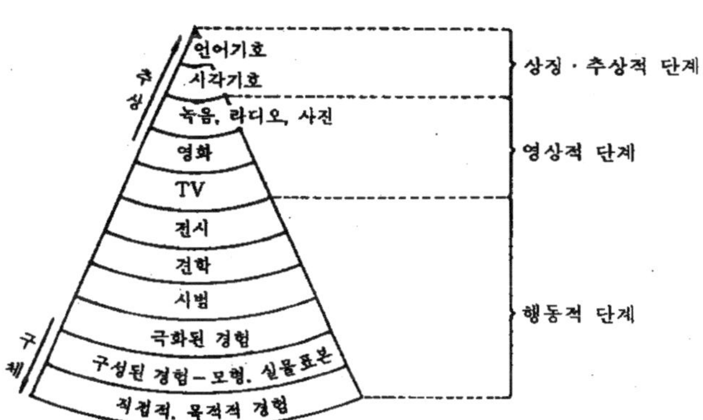

데일의 경험의 원추에는 청각과 시각적인 학습 자료에 대한 내용을 표현한 것이어서 멀티미디어에서 취급하는 각종 체계가 반영되어 있지 않다. 데일의 경험의 원추에 입각하여 멀티미디어 언어학습의 경험 내용을 표현하여 보면 다음 그림5와 같다.

데일이 나타낸 시청각 교육에 대한 경험의 원추와 본고의 멀티미디어 언어 학습의 경험의 계층간에는 멀티미디어 학습의 경우에는 언어의 통사 구조와 같은 추상 단계가 구체와 되고 PC의 조작 단계가 추가 된 것이 가장 큰 차이라고 하겠다. 이러한 경험계층에서 볼 때 멀티미디어 언어학습은 행동 단계가 결여되어 있거나 미흡한 것이 특징이라고 하겠다. 행동 단계가 미흡하다는 것은 언어의 복합적 정보의 많은 부분이 결여되게 되므로 그만큼 미흡한 언어 정보를 제공하는 셈이 된다.

<그림5> 멀티미디어 언어학습 내용의 경험 계층

<table>
<tr><td>음성 기호</td><td rowspan="2">상징 단계</td><td rowspan="4">구 조 적
연계 단계</td></tr>
<tr><td>문자 기호</td></tr>
<tr><td>어휘의 구조와 용법</td><td rowspan="2">추상 단계</td></tr>
<tr><td>통사 구조</td></tr>
<tr><td>PC 조작</td><td colspan="2">조작 단계</td></tr>
<tr><td>삽화와 사진</td><td rowspan="3" colspan="2">영상 단계</td></tr>
<tr><td>동화상</td></tr>
<tr><td>시범</td></tr>
<tr><td>구성된 경험</td><td rowspan="2" colspan="2">행동 단계</td></tr>
<tr><td>직접적 경험</td></tr>
</table>

4 멀티미디어 언어 학습법의 인지 모델

피아제(Piaget)는 인간의 인지 발달 단계를 감각 운동기(SENSORI-MOTOR PERIOD), 전조작기(PREOPERATIONAL PERIOD: 직관적 조작기), 구체적 조작기(CONCRETE OPERATIONAL PERIOD), 형식적 조작기(RIMAL OPERATIONAL PERIOD)의 4단계로 분류하고 있다. 이는 인간의 성장에 따른 인지 발달을 분류한 것이지만, 학습의 단계와도 일치하는 것으로, 학습 초기에는 감각 운동 내지는 직관적 방법에 의해 이해를 돕고, 점차적으로 구체적 조작과 형식적 추상적 조작으로 옮겨가는 것이 학습 효과를 높이는 것과 일치한다. 피아제의 인지 발달 단계는 연령에 따른 통시적인 단계를 말한 것이지만, 언어 습득의 단계에도 적용시킬 수가 있다. 이러한 인지 발달 단계에 입각하여 멀티미디어적 언어 학습의 단계를 비추어 보면, 감각 운동기가 없고, 전조작기와 구체적 조작기, 형식적 조작기의 활동이 취급되는 셈이 된다. 즉, 언어 학습에 있어 가장 초기적 이해단계인 감각 운동기가 결여되어있는 것이 무엇을 의미하는지에 대해서는 인지 구조쪽에서 언급하기로 하겠다.

1. 멀티미디어 언어학습 요인의 인지적 특성

학습의 과정을 살펴보면 여러 가지 인지적 요인이 작용하고 있음을 알 수 있다. 여기에서는 학습에 영향을 주는 인지적 요인으로서 기억, 전이, 준비성, 동기, 연습, 학습환경, 주의 분산 등을 중심으로 멀티미디어 언어 학습의 인지적 특징을 살펴보고자 한다.[6] 이러한 인지적 요인의 성격을 확실히 하는 작업을 통하여 멀티미디어 언어학습에 대한 인지 구조의 특징을 알 수 있을 것이기 때문이다.

1) 기억과 멀티미디어

학습이론에서 기억은 감각 기억, 단기 기억, 장기 기억으로 분류한다. 기억의 과정은 감각 기억에서 단기 기억을 거쳐 장기 기억으로 이어지는데,학습에 있어서 기억이란 장기 기억을 가리키는 것이다. 장기 기억에 도움을 주는 것으로는 직전 경험, 다양한 감각 정보, 신체 동작의 활용, 반복 연습, 흥미, 학습이 자신에게 이익이 되는 이해 관계, 자신의 지식 체계와 잘 연계된 합리성, 학습에대해 주어진 책임감 등을 들 수 있다. 기억을 돕는 이러한 조건 중 멀티미디어 학습에서 유리한 것으로는, 직전

---

6) 임창재. (1994). 수업 심리학, 학지사, 41-71

경험, 다양한 감각 정보, 반복 연습, 흥미, 합리성이 해당된다. 반대로 취약한 부분은 실제 동작이 부족한 데서 오는 신체적 동작의 활용이 부족한 점, 홀로 학습하는 관계로 칭찬을 듣는 것과 같은 이해관계와 책임감이 약한 점 등을 들 수 있다.

2) 전이와 멀티미디어

전이란 하나의 학습 결과가 다른 내용의 학습에 영향을 주는 것을 말한다. 다른 학습을 촉진 시키는 경우 긍정적 전이가 되겠고, 방해하는 경우는 부정적 전이가 된다. 언어 학습의 경우에는 학습 사항으로서의 언어 사항이 다양한 레벨에 걸쳐 있는 관계로 언어 학습 과정에 있어서 전이 과정에 대한 의존도가 크다. 전이의 실체에 대해서는 아직 여러 이론이 있지만 여기에서는 전이의 효과를 높일 수 있는 방법을 중심으로 학습 효과적 측면을 중점으로 점검해 보고자 한다.[7)]

① 수업 목표를 구체화 하여 학습하는 것은 전이 효과가 크다.
② 학습한 내용이 새로운 학습에 이용될 것이라는 믿음과 자세가 전이를 가져온다.
③ 선행학습이 완전학습되었을 때 전이효과가 크다.
④ 운리나 법칙을 알고 있을 때 전이가 커진다.
⑤ 학습 방법을 학습하였을 때 전이효과가 크다.
⑥ 충분한 연습을 하였을 때 전이가 이루어진다.
⑦ 학습자 자신이 학습 결과를 평가할 수 있는 기회가 많으면 전이도 가높아진다.

7) 앞의 책, 수업 심리학, 50

⑧ 안락한 분위기에서 학습하도록 해야 전이효과가 크다.

⑨ 학습자 스스로 문제를 해결하고 탐구하는 경험을 많이 가질수록 전이 효과가 크다.

⑩ 학급내의 학습 상활을 학교 밖의 실제와 유사하게 하여 학습하고 토 론할 수 있도록 하는 것이 전이효과가 크다.

전이 효과를 높일 수 있는 위의 10가지 방법들은 잘 구조화 된 멀티미디어 언어 학습 교재에 모두 적용될 수 있는 것들이다. 다만 현재의 멀티미디어 교재의 경우 ① 번의 학습 목표를 학습자가 잘 알 수 있도록 하는 부분에 대해 좀 더 보완할 필요가 있다.

3) 준비성과 멀티미디어

준비성에 대해서는 본고 필자가 멀티미디어의 학습 심리에서 정리한 바 있는 내용을 소개하고자 한다.[8] 준비성이란 발달심리학의 용어로서 학습 시행의 가장 효과적인 시기 즉, 학습의 최적기를 의미하는 것이다. 발달 심리학에서는 준비성은 성숙에 의해 주어지는 것으로 발달 단계가 있는 것으로 보는 반면, 발달 단계를 인정하지 않는 연합 심리학에서는 준비성은 이전의 학습정도에 따라 결정되는 경험의 결과로 보고 있다.[9] 멀티미디어 언어학습은 이 두 견해가 모두 적용된다고 할 수 있다. 즉, 도구로서의 컴퓨터 학습에의 적응 및 조작 기능, 학습 내용의 수준과 구성이 준비성과 관계가 있다고 하겠다.

성숙과 준비성은 게실(Gesell)의 연구로서 그 관계는 다음과 같다.[10]

---

8) 이덕봉.(1998). 멀티미디어 언어학습의 학습심리, *Multimedia-Assisted Language Learning* 1(1). 170-172

9) 앞의 책, 수업 심리학, 51

① 학습은 성숙 수준에 의존하므로 성숙 정도에 따라 학습시키는 것이 효과적이다.
② 성숙이 이루어지지 않은 훈련은 효과가 적다.
③ 성숙할수록 필요한 훈련의 양이 줄어든다.
④ 성숙전의 훈련효과는 일시적이다.
⑤ 성숙전의 훈련이 학습자의 욕구 좌절을 일으키면 해롭다.
⑥ 성숙은 학습의 준비성을 이룬다.

멀티미디어 언어학습 교재는 학습자의 수준에 맞춰 다양하게 개발된다는 점에서 학습 내용과 관련된 준비성은 우수하다고 할 수 있다. 그러나 위에 나열된 준비성의 문제와 관련하여 볼 때, MALL은 도구로서의 컴퓨터 사용이 준비성과 관련하여 문제점이 있음을 알 수 있다. 즉 컴퓨터의 조작 능력과 학습 연령과의 관계, 컴퓨터 조작 기능의 정도에 따른 준비성의 정도, 멀티미디어에 의한 학습 습관의 차이에서 오는 준비성의 정도 등이 중요하다고 하겠다. 이는 반드시 어린 학습자에 국한하지 않고 교사의 조작 기능, 학습 지도 습관에도 그대로 적용되는 사항이다. 멀티미디어 교실이 갖추어져 있는 데도 학습에 적극적으로 활용하지 않는 교사가 많다는 것은 바로 준비성의 문제이기 때문이다. 특히 컴퓨터에 대한 두려움 내지는 부담감, MALL에 대한 무관심 등이 준비성을 저해하게 될 것이다. 달구지 시대에서 자전거 시대를 건너 뛴 자동차 문화가 초기의 진통이 심하듯이 녹음 테이프 시대에서 비디오 언어 교육 시대를 건너 뛴 MALL은 상당한 적응 기간을 필요로 할 것이다. MALL의 준비성을 높이기 위해서는 각종 교육에서의 컴퓨터 사용의 습관화가 선행되어야 하겠다.

10) 같은 책, 52

4) 동기와 멀티미디어

동기 유발(motivation)이란 행동을 일정방향으로 발동시키고 추진 유지시키는 과정 및 그와 관련된 기능 전반, 또는 목표 지향적 행동을 규정하는 요인 및 제 요인간의 상호 작용 전체를 가리키는 것 등으로 정의된다.[11)]

동기는 6가지의 욕구로 이루어져 있다.

① 탐험의 욕구 ② 조작 욕구 ③ 활동의 욕구 ④ 모방의 욕구
⑤ 지적 욕구 ⑥ 자아 강화의 욕구

①에서 ⑤번까지는 발생적 동기에 해당하고 ⑥번 항목은 성취 동기에 해당된다. 탐험의 욕구와 관련하여 MALL은 학습자의 호기심을 불러일으키는 데 매우 효과적이라고 하겠다. 다만 탐험의 욕구는 초기에만 해당된다는 점에서 그 효율성은 그다지 높지 않고 이러한 욕구를 지속적으로 충족시키기 위해서는 끊임없이 새로운 교재 소프트웨어를 개발해야 된다는 현실적 어려움이 따른다. 조작 욕구는 학습자가 자신의 손으로 조작할 수 있다는 점에서 충족될 수 있는 부분이다. 활동 및 모방의 욕구는 자학자습식 MALL에서는 충족되기 어려운 부분이므로 교수법의 모를 살려 집단 학습을 통해 성취 가능한 부분이다. 지적 욕구에 있어서도 학습자 스스로의 조작에 의해 지적 호기심을 충족시킬 수 있다는 점에서 유리하다고 할 수 있다. 마지막으로 자아 강화의 욕구는 두 가지 측면에서 분석할 수가 있다. 멀티머디어 교재의 조작 능력을 익힌 데에서 오는 강화와, 학습의 진전에서 오는 강화이다. 전자의 경우는 동료들에게 자랑함으로

11) Konjo, Tatuo(金城辰夫), 動機 유발(앞의 책『新版心理学事典』621)

써 달성되기 쉬우나, 후자의 경우는 소프트웨어에 의한 칭찬만으로는 충족도가 미약하다. 일반적으로 MALL은 학습 동기 유발에 유리한 것으로 일컬어지고 있는 것과는 달리 동기의 내부를 들여다보면, 발생적 동기와 성취 동기 모두 멀티미디어 자체가 갖는 장점과 단점을 모두 갖고 있음을 알 수 있다.

5) 연습과 멀티미디어

연습은 학습한 것의 망각을 방지하고 효과적인 파지를 위해 필요하다. 멀티미디어 언어 학습의 경우 반복 연습에 있어서는 더없이 효과적인 학습도구이다. 다만 자신의 조작에 의해 수동적으로 실시되는 연습에서 오는 비능률성과 단순한 반복에서 오는 싫증 등이 해결되어야 할 점이다. 이러한 반복 연습의 단조로움을 극복하기 위해서는 신체 동작을 포함한 훈련을 통한 연습을 가미하는 것도 하나의 방법이 되겠다. 특히 언어 학습은 개념이나 원리를 학습하는 지식적 학습 측면보다, 기능적 측면을 띈 학습이므로, 이러한 기능을 기억시키기 위한 반복 연습은 행동을 수반한 것이어야 할 것이다.

6) 학습 환경으로서의 멀티미디어

학습환경이란 학습자의 학습에 영향을 주는 학습자의 모든 외적 조건이다.[12] 환경은 학습자의 학습 성과와 관련 깊은 중요한 요인으로 인식되고 있다. 학습 환경은 심리적 환경과 물리적 환경으로 나뉘는데, 심리적 환경은 주로 학교와 학급의 사회적 체제에서 오는 구성원들의 심리적 구조가 대표적이고, 물리적 환경은 교실의 시설환경이 대표적이다. 기존의

12) 앞의 책. 수업 심리학. 65

학습 환경에서의 심리적 환경은 급우끼리의 관계 교사의 성격 및 관계 등 주로 학급내의 사회적 성격에 국한되는 것이었지만, MALL에 있어서의 학습 환경은 컴퓨터의 개입에 따른 구성원간의 사회적 특성의 변화와 새로운 시설로서의 컴퓨터가 학습환경으로서의 새로운 기능을 갖게 된다. MALL에 있어서의 사회 심리적 환경은 멀티미디어 학습의 형태에 따라 달라진다. 개별학습의 형태를 취할 때는 기존의 집단 조직이 와해되고 홀로 기계와 대좌하게 되는 데서 오는 심경의 변화와, 컴퓨터가 새로운 교사의 역할을 하게 됨에 따른 새로운 관계의 성립 등이다. 사회 심리적 환경에서 볼 때, 단순히 기계와 대좌하고 있다는 점에서 집단에 의한 사회적 영향이 배제되고 교사에 의해 주어지는 권위 도 없으며, 집단 형성과는 아무런 관계도 없게 된다. 따라서 심리적 안정감을 얻게 되는 잇점이 있는 반면 긴장과 의무감 및 충족의 희열은 희석된다. 교실에서의 컴퓨터에 의해 주어지는 물리적 환경은 컴퓨터와 좌석의 배치를 어떻게 하느냐에 따라 달라진다. 예를 들면, 컴퓨터의 조작에 자신감을 갖고 있는 학습자라면 자신이 조작하는 화면이 옆 사람이나 교사에게 보여지는 편이 훨씬 긍정적인 효과를 올리기에 유리하겠으나, 조작 능력이 미숙하거나 내성적인 학습자라면 다른 사람에게 보이지 않는 편이 더 긍정적인 영향을 미칠 수 있을 것이다. 이러한 구체적인 사항을 중심으로 한 학습 심리에 대한 연구는 앞으로 규명되어야 할 부분이라고 생각된다.

가정에서 이루어지는 자율학습의 경우 물리적 환경의 측면에서 보면 쾌적한 실내 또는 편안한 자기의 방이라는 이점이 있는 반면, 항상 변함없는 상자를 마주하고 있다는 점에서는 변화가 없어 지루하기 쉽다. 자신의 실력이 노출되지 않고 실수를 하여도 부담이 없다는 점에서 심리적 안정감을 갖는데는 유리한 반면, 긴장의 부족에서 오는 해이함 또한 무시할 수 없다.

이상과 같이 학습에 영향을 미치는 요소를 중심으로 볼 때 MALL은 많은 장점과 함께 보완되어야 할 부분 또한 많음을 알 수 있다. 특히 심리적 환경과 관련하여 멀티미디어에 의한 언어 학습은 이미 정해진 프로그램에 따라 하는 수동성과 대화가 폐쇄 회로에 의한다는 점이 언어의 유창성 및 창의성 개발의 저해 요인으로 작용할 수도 있다.

일반적으로 기존의 시청각 교육에서는 언어 장면에 대한 영상 자료가 풍부하여 언어 행동 문화에 대한 '무의식의 의식화' 효과가 큰 것과는 달리 MALL의 경우에는 언어 사항의 학습 프로그램에 치중한 나머지 영상 자료가 상대적으로 미흡하여 그만큼 무의식의 의식화 효과가 떨어진다. 언어 행동을 인식함에 있어서 현장감의 결여가 큰 만큼 언어의 감정적 정서적 학습 효과를 올리기에는 문제가 있다고 하겠다.

7) 주의 집중과 멀티미디어

주의 집중력은 학습 효과를 높이는 데 있어 매우 중요한 조건중의 하나이다. 이러한 주의 집중은 앞에서 언급한 바 있는 동기와도 직접적인 관계가 있지만, 여기에서는 기계 조작과정에서 오는 집중력의 방해에 대해 언급하고자 한다. 주의 집중이란 동시에 존재할 수 있는 여러 인지나 사고 대상 중 어느 한 곳에 의식의 초점을 맞추어 명확하게 포착하는 것[13]을 가리킨다. 다시말하면 신체의 모든 사고 활동 및 신경 계통이 지향하는 학습 활동에 집중되는 상태를 뜻한다. 자전거 타기 연습과 같아서

13) Oyazu T.(小谷津孝明) 注意、(앞의 책, 新版 心理学事典, 580-582)

<그림6> 멀티미디어 언어학습의 인지 모델

<table>
<tr><td rowspan="3">음성 정보
기호 정보
문법 정보
행동 정보</td><td rowspan="3">종합
정보</td><td rowspan="3">구 조 화
된 정 보</td><td rowspan="2">선 택</td><td>음성 인지
기호 인지
문법 인지
행동 인지</td><td>음성 수정
기호 수정
문법 수정
행동 인지</td><td>정보
간
연동</td><td rowspan="3">종 합
인 식</td></tr>
<tr><td colspan="3">– 긴 장</td></tr>
<tr><td colspan="4">조 작 행 동</td></tr>
</table>

수학적 계산에 의한 지식 보다는 직접 신체 행동을 통해 몸에 익히는 길이 효과적이다. 지식학습의 성질과 함께 기능 학습의 성질을 띠고 있는 언어 학습의 경우도 이와 같아서 보다 많은 감각 작용이 학습에 집중될수록 효과적임은 두말할 것도 없다. 그러나, 멀티미디어 언어 학습의 경우 학습자 스스로 조작을 통해 학습을 선택하고 진행 시켜가야 하기 때문에 감각적 인지의 상당 부분이 PC의 조작에 사용되는 단점이 있다. 그 과정을 도식화해 보면 그림6과 같다. 그림에서 보는 바와 같이 멀티미디어 언어 학습은 정보의 종합적인 제공과 구조화된 학습, 정보간의 연동 등 기억에 유리한 특성이 있는 반면, 사고 활동과 인지 활동의 일부를 교재의 조작에 할애하지 않으면 안된다. 따라서 기능 학습의 성질이 강한 언어 학습의 경우 이러한 주의 분산은 학습 효과가 크게 저하되게 된다. 선택이 복잡하여 미로와 같이 얽힌 교재일수록 이러한 경향은 두드러진다. 이러한 약점을 보완하기 위해서 멀티미디어 언어 교재는 가급적 구조를 단순화 하여 학습자가 선택 활동에 쏟는 사고 활동과 조작 활동에 빼앗기는 주의 분산을 줄여야 한다. 조작에 의한 주의 분산을 상대적으로 줄일 수 있는 또 하나의 방법으로서는 멀티미디어 언어 학습에서 부족한 점인 신체 활동을 가미하는 방법을 생각할 수 있다. 즉, 조작은 간단한

리모콘을 사용하고 학습자를 지시에 따라 움직이게 하여 상대적으로 조작에 빼앗기는 주의를 언어와 관련된 신체 동작에 쏟게하는 방법이다. 이러한 방법은 학습자의 무료함을 방지하는 효과까지 얻게 될 것이다.

5 맺는 말

이상에서 본 바와 같이 멀티미디어 언어학습은 많은 장점에도 불구하고 인지 효과를 저해하는 몇가지 과제가 남아 있다.

다음에 제시한 과제들은 약간의 보완 개선에 의해 해결될 수 있는 성질의 것들이라고 생각되어진다. 함께 제시한 개선책을 통해 멀티미디어 언어 학습법이 갖는 한계를 극복할 수 있을 것으로 믿는다.

① 창조성 신장에 효과적이지 못 한 점은 프로그램의 일부를 학습자가 제작하도록 하는 능동적 참여를 유도함으로써 극복할 수 있을 것임.

② 영상 문자만을 이용한 학습은 문자 기호의 시간 분화적 속성상 인간의 지각적 운동모형으로서의 공간성이 부족하나, 동영상의 제시를 늘려감으로 해서 인간 행동의 복제가 가능함.

③ 개별 학습용 멀티미디어 언어학습은 완전 자율 학습을 전제로 하는 것이므로, 학교 수업 시간에 활용하거나 과제를 제시하여 멀티미디어 언어 학습에 대한 책임감을 부여하는 것이 학습효과를 높일 수 있음. 보조 수단으로서 생각할 수 있는 것으로는 학습 시간 계산 기록, 정기 평가, 학습 결과 제출 등이 있다.

④ 학습자의 주의 집중력 시간이 길지 않으므로, 다양하고 재미있는 프로그램의 꾸준한 개발이 필요하며, 학습 결과를 전이의 형태로 활용할

수 있는 학습 프로그램을 개발하여 지속적인 동기부여가 필요함.

⑤ 흥미 본위의 감성적 인간을 양성하기 쉬우므로 학습의 목표를 구체화 하고 학습 동기를 부여하여 전체적인 학습은 멀티미디어 외적인 프로그램에 의해 종합되는 것이 바람직함. 즉, 가상의 사이버 학습이라는 점에서 감정 이입이 결여된 비인간화가 우려되므로 실제의 학습 현장과의 결합이 필요함.

⑥ PC라는 기계와의 대좌식에서 오는 심리적인 거리감을 극복하기 위하여 실질적인 등장 인물과 장면을 사용하고 학습자 스스로가 등장하는 시뮬레이션 형식 소프트의 개발이 필요함.

⑦ 자율학습용 교재의 발달에 따라 교사는 단순한 기계조정 기사로 전락되기 쉬우므로, 멀티미디어에 대한 일방적 의존을 지양하고 멀티미디어 교재를 다양하게 이용할 수 있는 교수법 개발이 필요함.

⑧ 학습자의 멀티미디어 교구 사용법 연수를 통하여 무인 교구에 대한 거리감을 줄여 학습 참여도를 높일 것

⑨ 자율 학습용으로서의 멀티미디어 교재뿐만이 아니고, 교사의 학습 지도 보조 자료로서의 멀티미디어 교재도 개발되어야 함. 즉, 수업 계획, 교재 저작 도구, 평가 통계 등 사용이 간편한 다양하고 종합적인 CMI소프트가 개발되어야 함.

⑩ 실행과 선택 등 조작 과정을 단순화하여 조작에 쏠리는 주의 분산을 최소화하여 언어 학습에 대한 주의 집중력을 높여야 함.

⑪ 학습자의 신체적 활동을 유도하는 학습 내용을 늘려서 앉은 상태에서 눈과 입으로만 진행되는 멀티미디어 학습의 약점을 보완함.

⑫ 교사의 교재 제작 능력, 관리 운영 능력을 위한 연수를 통하여 지속적인 교재의 변형과 응용이 필요함.

⑬ 교재 개발과 교수법에 대한 지속적인 연구와 시행을 통한 노하우의

축적과 정보 교류가 필요함.

일반적으로 지칭하는 멀티미디어 언어 학습이란 '개별 학습 방식', '연습・실습 방식', '모의 체험 방식'으로 나눌 수가 있다. 현재 멀리 보급되고 있는 멀티미디어 학습 교재는 개별 학습 방식이 주종이며, 본고에서도 이방식을 전제로 고찰되었다고 할 수 있다. 그러나 위에서 제기된 과제에서 알 수 있듯이, 다양하고 종합적인 성격을 띈 언어 정보를 소화하고 학습효과를 높이기 위해서는 멀티미디어 학습교재는 '모의 체험 방식'의 확대 보완에 더욱 힘을 기울어야할 것이다.

참고문헌

배두본(1998). 초등 영어 교육, 서울:한국문화사

시청각연구회 편(1995). 視聴覚教育의 理論과 実際 서울:교육출판사

이덕봉(1998a). 멀티미디어 언어학습의 학습심리, *Multimedia-Assisted Language Learning* 1(1). 163-176

______(1998b). 일본어 교육의 이론과 방법, 서울:시사일본어사.

今田 寛(1996). 学習の心理学. 東京: 培風館

이칭찬(1997). 교육 방법 교육 공학. 서울:문음사

任昌宰(1994). 授業心理学, 서울:学志社

調査研究委員会(1995). 日本語学習におけるコンピュータ利用の実際. 東京:日本語教育学会

波多野完治(1972). 教育器機の学習心理学. 東京: 大日本図書株式会社

__________(1979). ピアジェの認識心理学. 東京: 厚徳社(12版)

平沢洋一 外編(1992). 日本語CAIの研究. 東京: 桜楓社

Barnbrook, G(1996). *Language and Computers*, Edinburgh: Edinburgh Univ. Press

Baars, B.J. & Newman, J(1994). A neurobiological interpretation of the Global Workspace Theory of consciousness. In A. Revonsuo & M. Kamppinen (Eds.) *Conscousness in philosophy and cognitive neuroscience.*

Hillsdale NJ:Erlbaum.

Howard G(Saeki Yutaka외 역).(1987). 認知革命, 東京: 産業図書

Jacques M.& Susana F.(Ed.)(1995). *Cognition on Cognition,* Cambridge; The MIT Press.

Jackendoff, R(1995). *Language of the Mind.* Cambridge: The MIT Press.

J.J. Horan(1996). Effects of computer-based cognitive restructuring on rationally mediated self-esteem. *J. of Counselling Psycholgy.* 43

J. P. Miller(Yoshida Atuhiko 역).(1994). ホリスティック教育、東京:春秋社

P. Dunkel(Ed.)(1991). *Comouter Assisted Language Learning and Testing,* NY; Newbury House

Simizu, S. etc(1992).「教育とメディア」東京: 教育史料出版会

Terry W(1983). *Language as a Cognitive Process*, Massachusetts; Addison -Wesley Publishing Co.

5-3

신문을 활용한 일본어 교육

· 한진숙 ·

1 머리말

제2언어를 습득하기 위해서는 언어 습득과 함께 목표 언어를 사용하는 나라의 사회와 문화, 그리고 그 나라 사람들의 사고방식이나 행동양식을 이해하고 수용하는 일이 동시에 이루어지는 것이 효과적이다. 특히 인터넷과 영화, 드라마 등을 통한 일본과의 문화 교류가 활발해지고 있는 현 시점에서 볼 때, 일본어 교육은 일본이라는 사회와 일본인, 그리고 일본 문화를 이해하고 수용하는데 교육의 초점을 두어야 한다.

인간의 언어생활은 대부분 말과 글로 이루어진다. 신문은 글을 사용하여 사회를 있는 그대로 보여 주는 종합매체다. 그러므로 언어를 공부하고 그 나라를 이해하는데 최적의 자료가 될 수 있다. 즉 일본어 교육에 있어서의 NIE는 일본어 교수법으로서 뿐만 아니라, 일본에 대하여 무엇을 어떻게 가르쳐야 할 것인가라는 과제에 대한 구체적인 대안이 될 수 있다.

신문을 활용한 일본어 교육은 학습자들이 신문을 활용하여 일본 사회와 문화, 일본인을 이해하고 수용할 수 있는 능력을 키움과 동시에, 신문의 다양한 시각자료 등을 이용하여 창의적인 문제해결력과 종합적사고력을 증진시킬 수 있다. 또한 정치, 경제, 사회, 문화 등 각 영역을 심층적으로 다룸으로써 전문적이고 다각적인 지식과 적용능력, 자기주도적인 학습능력 등을 배양할 수 있는 구체적인 언어통합프로그램이 될 수 있다.

2 NIE의 이해

NIE는 "신문을 활용한 교육(Newspaper in Education)"의 영문 이니셜로 신문업계와 각급 학교간의 교육적 파트너십을 나타내는 표현이다. 신문의 정보를 활용하여 교육에 유용한 보조교재와 교수방법을 제공하는 프로그램으로서 NIE의 정의가 "신문을 알게 하고 신문으로 가르치자"는 것임을 감안할 때, NIE는 신문 자체에 대한 교육과 신문을 활용하는 교육, 신문을 제작하는 교육 등으로 개념을 확대하여 포괄적으로 접근할 필요가 있다.

신문활용교육은 신문의 정보를 활용하여 살아가는 데 필요한 지식과 기능을 습득하고 올바른 정보를 취사선택하여 보다 합리적이고 지혜로운 삶을 살아갈 수 있도록 인간행동의 변화를 모색하는 교육이다. 따라서 신문의 제작과정(취재, 기사 작성, 편집, 조판, 인쇄, 배달)과 신문의 구성요소(기사, 사진, 시사만화, 광고, 그래픽 등) 등 신문의 본질을 알고 이해하도록 돕는 신문이해교육을 선행해야만 가능하다. 또한 신문활용교육은 정보의 생성과 전달 과정을 이해하고 자신이 갖고 있는 정보를 다양한 방법으로 표현함으로써 신문을 제작하는 방법을 알려주는 신문제작교육으로 마무리했을 때 그 효과가 극대화될 수 있다.

NIE는 1930년대 미국에서 시작되었고 현재는 전세계 78 개국에서 실시하고 있다. 우리나라에는 1994년 NIE라는 용어가 소개된 이후, 한국신문협회에서 매년 NIE 세미나를 개최하고 있으며 1995년 이후 중앙일보 등 여러 신문사에서 NIE 지면을 운용하고 있다. 특히 2002년도부터는 한국언론재단에서 각급 학교에 NIE 강사를 파견하고 교사 연수를 시행하는 등 NIE 발전과 확산에 힘쓰고 있다.

3 일본어 교육에 있어서 NIE의 필요성과 기대되는 효과

NIE가 문맹 퇴치와 문자 이탈 방지라는 목적을 갖고 시작되었던 점에서 볼 때, NIE와 언어 교육의 관계는 불가분의 관계라고도 할 수 있다. 특히 일본어 교육에 있어서의 신문은 다음과 같은 이유에서 반드시 필요하며, 다른 어떠한 외국어 교수법에서도 얻기 어려운 교육적 효과를 기대할 수 있다.

① 동기 유발이 가능하다.

신문에는 지금, 그 곳에 살고 있는 사람들의 이야기가 실린다. 특히 자기가 습득하려는 언어를 쓰는 나라의 사건에 관심을 갖게 하고, 언젠가 나에게도 다가올지 모르는 그 사건을 소재로 학습자의 흥미를 이끌어낼 수 있다면, 신문은 강력한 동기 유발의 장이 될 수 있다.

② 신문은 지속적으로 읽게 될 교재이다.

신문은 매일 다른 이야기를 실어내어 평생을 읽어도 질리지 않는, 그러면서도 지속적으로 읽게 될 교재이다. 정형화된 교과서는 세계적으로 사라지고 있는 추세이고 보면 그 대안으로 자리잡을 수 있는 것이 바로, 빠르게 변화하는 사회를 그대로 반영해 주는 신문이다.

③ 사회 문제로 대두되는 이슈(Issue)를 통해 토론의 기회를 가질 수 있다.

신문은 그 사회에서 일어나는 여러 가지 사건이나 문제를 다룬다. 한 가지 사건이나 문제를 보는 시각은 사람마다 다를 수 있다. 신문은 어느 한 편에 치우치지 않는 다양한 관점을 보여 주며, 그에 대한 각자의 입장을 대변하기도 한다. 신문을 자료로 이용하여 어떤 사안에 대한 토론을 해봄으로써 세상을 보는 시각을 넓힐 수 있으며, 내 생각을 펼치고 남의 의견을 존중할 수 있는 기회를 가질 수 있다.

④ 세대와 국경을 초월하는 공감대를 형성할 수 있다.

신문은 그 사회를 이루고 있는 모든 구성원을 대상으로 하기 때문에 세대를 초월하는 공감대를 형성할 수 있다. 또한, 신문은 그 나라의 사건만을 다루는 것이 아니라, 전 세계에서 일어나는 일을 상세히 보도함으로써 다른 나라에서 일어나고 있는 중요한 소식들을 전해준다. 다시 말해서 신문은 글로벌 시대에 가장 적합한 교재라고도 할 수 있다.

⑤ 자기 주도적인 학습 능력을 기를 수 있다.

교사가 제시하는 내용에 따라, 학습자가 그에 따른 문제 해결을 위하여 스스로 신문에서 자료를 찾고 그것을 정리해 나가는 과정을 통해 학습자는 자기 주도적인 학습 능력을 기를 수 있다.

⑥ 살아있는 지식을 습득하고 정보를 수집, 선택, 활용하는 능력을 키운다.

오늘날은 정보화의 시대이다. 신문에는 매일매일 새로운 정보가 엄청난 양으로 실린다. 현대를 살아가는 데 필요한 개인의 기본적 자질로서 정보의 수집과 선택, 활용 능력을 키우는 데 신문보다 좋은 자료는 없다. 신문의 정보는 정확하고 빠르며 누구나 자기의 수준에 맞는 만큼의 정보를 스스로 선택하여 습득할 수 있기 때문이다.

⑦ 외국어 교육을 통한 사고력 신장이 가능하다.

신문은 그 사회에서 일어날 수 있는 가능한 한 모든 문제들을 다룬다. 문제의 원인을 규명하고, 그 문제가 그 사회를 구성하고 있는 구성원들과 어떤 관계에 있는가를 파헤치며, 결과를 분석하고 해결책을 찾아낸다. 학습자는 각 신문 나름대로의 이러한 기능을 서로 비교하여 자신만의 의견을 가질 수 있는 판단력과 비판력을 키우며, 이러한 문제를 다루어 가는 과정에서 누구에게서도 배울 수 없었던 체계적으로 사고하는 방법을 터득할 수 있다.

⑧ 창의성을 키울 수 있다.

신문은 창의성의 보고라고 할 수 있다. 여러 가지 사진이나 그림, 짤막한 표제 등은 학습자의 상상력을 자극하는 데 아주 좋은 자료이다. 사회적인 문제들을 담고 있는 기사들을 이용해 어떤 사건에 대한 문제와 원인을 생각해 보고, 그런 일로 인한 결과나 해결책을 모색해 보는 과정을 통해 창의적인 문제 해결력을 키울 수 있다. 특히 광고에 쓰이는 사진이나 그림, 카피 등은 사람들의 눈을 사로잡지 못하면 살아남지 못하는 광고만의 세계에서 볼 수 있는 창의성의 결정체라고 할 수 있다. 일본 사회에 대한 호기심으로 가득 찬 일본어 학습자에게 있어서 신문은 창의성을 키워주는 훌륭한 교재가 될 수 있다.

⑨ 일본에서 지금 일어나고 있는 일들을 잘 알 수 있으며, 그것을 통해 일본의 사회와 문화, 일본인에 대한 이해를 깊게 할 수 있다.

제2언어 습득에 있어서 언어 못지않게 중요한 것이 그 사회에 대한 이해와 수용이다. 일본과 일본어에 대하여 전혀 아는 것이 없는 초급 수준의 학습자라 해도, 신문의 사진을 보면 지금 일본에서 어떤 일이 일어나고 있는지 금방 알 수 있다. 즉, NIE를 통한 일본어 교육은 일본어를 습득함과 동시에 일본의 사회와 문화를 이해하고 수용할 수 있는 기회를 그만큼 많이 가질 수 있다는 것을 뜻한다.

4 일본어 교육을 위한 NIE 프로그램

- 구체적인 프로그램은 별첨(pp.393-423)에 수록

5 NIE의 외국어 교수법으로서의 가능성

외국어 교수법은 외국어 교육을 효율적으로 행하기 위한 방법론으로서, ① 언어의 본질을 검토하여 언어란 무엇인가라는 가설을 설정하고 그것을 어떻게 가르칠 것인가를 고찰하는 교수이론과 ② 인간이 언어를 습득하는 과정를 연구하여 보다 효과적인 학습 방법을 고찰하는 학습 이론, ③ 교재나 언어 사항을 어떻게 취급하고 어떠한 방법으로 가르칠 것인가를 결정하는 지도법 등에서 언급하는 것이 보통이다.[1] 일본어 교수법으로서의 NIE는 이러한 세 가지 측면을 모두 충족시킬 수 있는 외국어 교수법으로서의 가능성을 내포하고 있다.

① 어떠한 교수법에도 적용할 수 있다.

신문을 활용한 교육은 정형화된 틀을 요구하지 않는다. 기존의 외국어 교수법들이 나름대로의 이론에 근거한 방법들을 제시했다면, NIE는 어떠한 교수법에도 적용할 수 있는 활동이 가능하기 때문이다. 즉, 직접법이나 자연법, TPR 등의 교수법에서 뿐만 아니라, 내츄럴 어프로치(Natural Approach), 커뮤니커티브 어프로치(Communicative Approach), 혹은 CBI(Content Based Instruction) 등의 교수법에서도 NIE를 접목할 수 있다.

1) 이덕봉 (1996), 일본어 교육의 이론과 방법, 서울 : 시사일본어사, p326

② 교육 목적에 따른 구체적인 실러버스와 커리큘럼 디자인이 가능하다.

NIE는 신문을 활용한 다양한 활동을 전제로 하기 때문에 일단 학습 목표가 정해지면 그에 따른 구체적인 여러 활동을 제시할 수 있고, 그것을 단계별로 정리할 수 있다. 코스나 과제, 혹은 장면, 토픽 실러버스를 디자인할 수 있으며, 그에 따른 커리큘럼 디자인도 가능하다.

③ 학습자의 수준에 따른 프로그램의 개발이 가능하다.

신문을 활용한 일본어 교육은 문자에 대한 관심을 갖게 하는 아주 초보적인 단계로부터, 어떤 사안에 대한 자신의 생각이나 의견을 표출하는 상급자 수준에 이르기까지의 단계적인 프로그램의 개발이 가능하다. 처음 일본 신문을 대하는 초급 수준의 일본어 학습자는 주로 사진과 기사의 제목, 혹은 광고 등을 활용한 학습을 할 수 있으며, 고급 수준의 학습자는 신문의 사설이나 칼럼 등을 읽고 그에 대한 의견을 서로 교환할 수 있다. 또한 같은 자료를 활용함에 있어서도 각기 다른 활동을 할 수 있으므로, 한 교실 내에서도 학습자의 수준에 따른 학습자 중심의 수준별 교육 활동이 가능하다.

④ 신문이 다루는 내용은 전문적이고 신빙성이 있다.

신문의 주요 기능 중에는 교육 기능이 있다. 이것은 신문이 인간의 사회생활 과정에서 터득한 삶의 지혜나 정보를 다른 사람에게 전해주는 역할을 말하며, 이러한 신문의 기능을 제대로 수행하기 위하여 신문사는 각 분야의 전문 지식인을 기자로 활용하는 전문 기자 제도를 도입하고 있다. 신문 기사가 어떤 한 분야에 대해 심층 보도할 수 있는 것은 이러한 제도가 있기 때문에 가능한 것이다. 따라서 신문이 다루는 내용은 매우 전문적이며 신빙성이 있으므로 신뢰할 만한 외국어 학습 교재가 될 수 있다.

⑤ 신속하고 정확하며 항상 새로운 자료를 쓸 수 있다.

신문이 신문이기 위하여 반드시 가져야 할 신문의 본질 중에는 시사성, 공시성, 기록성 등이 있다. 시사성이란, 새로운 소식을 그때그때 빨리 전해주는 것을 말하며, 공시성이란 다수의 대중에게 동일한 내용을 전달하는 것을 의미한다. 기록성은 인쇄 매체로서의 신문을 영상 매체와 뚜렷이 구분 짓는 특성이라고 할 수 있다. 이러한 신문의 본질은 매일 신속하고 새로운 자료를 여러 사람이 동시에 활용할 수 있게 한다.

⑥ 표준어를 습득할 수 있다.

대부분의 나라에는 방언이나 사투리가 있기 마련이다. 제2언어를 습득함에 있어서 표준어를 습득하느냐 방언이나 사투리를 배우느냐는 고려하지 않으면 안 될 중요한 문제이다. 신문은 특별한 경우가 아니면 문법적으로 잘못된 표현을 쓰지 않으며, 표준어의 어법에 맞는 고급 언어를 사용한다. 그러므로 신문을 활용한 일본어의 습득은, 일본의 표준어를 습득할 수 있다는 것을 의미한다.

⑦ 각종 미디어 교육과의 연계 교육이 가능하다.

최근 주요 일간지들이 일본어 전자신문 서비스를 앞 다투어 하고 있다. NIE로 하는 일본어 교육도 굳이 종이 신문을 고집할 필요는 없다. 오히려 전자 신문을 활용하면서 인터넷을 접할 기회가 많아진다면, 그것이야말로 장려해야 할 교육 방법이다. 최근 외국어 교육의 추세가 현장에서 직접 의사소통이 가능한 듣기와 말하기 교육으로 흐르고 있는 점을 감안할 때, 아무리 다양한 NIE 프로그램을 개발하여 시도한다 하더라도 활자매체의 한계는 있을 수 있다. 그러나, 같은 미디어 매체인 신문과 TV, 그리고 인터넷까지를 연계한 교육 프로그램을 개발하여 시행한다면 그러한 한계는 어느 정도 극복될 것이다.

⑧ 교육의 장과 현실 세계를 이어주는 역할을 한다.

신문은 실생활을 생생하게 보여주는 살아있는 교과서라고 한다. 기존의 일본어 학습 교재가 교육의 장과 현실의 세계를 이어주는 역할을 하지 못하여 의사소통능력 신장에 고민하던 교사와 학습자들에게 신문은 그것을 연결시켜 주는 다리의 역할을 할 수 있다.

6 맺는 말

모든 교수법이 그러하듯이 NIE도 그 자체만으로 일본어 교육이 모두 해결된다고 할 수는 없다. 특히, 신문이 가지는 한계와 문제점을 간과해서는 NIE의 교육적 효과를 반감시킬 수밖에 없는 것이 사실이다. 이에, 현장에서 NIE 강의를 수년간 해오면서 부딪쳤던 한계와 문제점을 나름대로 정리하여 그 해결책을 다음과 같이 제시하고자 한다.

① 일본어 학습자에게 있어서 신문은 너무 부담스러운 존재이다.

많은 한자와 카타카나, 빼곡한 글자로 이루어진 일본 신문은 일본어를 처음 대하는 학습자에게는 무척 부담스러운 것일 수 있다. 그러나, 신문의 사진이나 그림, 광고 등을 이용한 활동을 통하여 신문과 친숙해지기를 시도하고, 그것을 이용하여 다양한 프로그램을 개발, 적용한다면 학습자는 언어 습득과 동시에 창의성을 키울 수 있는 계기가 된다.

② 말하기 · 듣기 등의 의사소통능력보다 읽기 · 쓰기 위주의 활동으로 흐르기 쉽다.

외국어 학습에 있어서 의사소통능력의 중요성을 고려할 때, 신문은 그 특성이 활자 매체인 점에서 읽기나 쓰기 활동으로 흐르기 쉬운 단점이 있다. 그러나, 신문의 기사를 이용하여 보도된 사실이나 그에 대한 자신의 의견을 발표하게 하거나 토의 · 토론 방식으로 수업을 이끌어 나간다면, 오히려 다양한 토의 · 토론의 주제를 설정할 수 있을 것이다.

③ 신문의 속성이 사회의 좋은 면이나 미담보다는 부정적인 면을 주로 다루므로 학습자가 부정적인 시각을 갖기 쉽다.

신문의 보도 기사는 주로 부정적인 사건을 다루며, 기획이나 특집 기사 등은 그 사회의 문제점을 진단하거나 평가하여 해결책을 모색하는 것이 대부분이다. 다시 말해서, 신문은 그 사회의 긍정정인 면보다는 부정적이고 어두운 면을 주로 다루므로, 그 사회를 처음 접하는 외국어 학습자에게 자칫 부정적인 시각을 갖게 하기 쉽다. 그러므로 평소 선행 기사나 미담 기사를 많이 모아 두었다가 적절하게 활용하는 것이 좋다.

④ 언제 무슨 기사가 나올지 예측할 수 없어 장기적인 교육 계획안을 짤 수 없다.

신문 기사를 스크랩 할 때 주제별로 나누어 스크랩하고, 가능한 한 장기간에 걸쳐 해결할 수 있는 프로젝트 교육으로 유도한다. 또한 본고의 부록에서 제시한 바와 같이 프로그램을 아이디어 위주로 객관화시켜 언제 어떤 신문에서도 자료를 찾아내 활동할 수 있도록 한다.

참고문헌

이덕봉(1998) 『일본어 교육의 이론과 방법』서울 : 시사일본어사

한진숙(2000) 「일본어 교육을 위한 NIE 활용방안 연구」동덕여대 대학원 석사학위 논문

한진숙 외(2004) 『NIE 어떻게 가르칠 것인가』서울 : 커뮤니케이션북스

www.nie.joins.com 자료실

www.niecamp.co.kr 자료실

〈 별첨 〉

일본어 교육을 위한 NIE 프로그램

1. 입문기 프로그램

일본 신문을 처음 접하는 외국인 학습자는 신문이 무척이나 부담스러울 것이다. 띄어쓰기도 하지 않은 작은 글자들 속에 빼곡이 들어찬 한자와 카타카나는 보는 이의 기를 질리게 만든다. 그러므로 처음 일본 신문을 접하는 일본어 학습자인 경우, 가능하면 사진을 많이 활용하도록 하고, 기사의 제목이나 광고 문구의 글자를 이용하도록 한다. NIE로 하는 일본어 교육의 성패는 일본어 학습자가 어떻게 일본 신문과 가까워지도록 하느냐에 달려 있다고 해도 과언이 아니다. 이러한 점에 유의하여 본고에서는 입문기 프로그램으로서, 신문을 부담 없이 뒤적여 보며 일본어를 학습할 수 있는 활동 외에 일본 사정을 이해할 수 있는 활동 등으로 분류하여 구성하였다. 각각의 항목마다 활용 방법과 교육 효과를 자세히 설명하였다.

1) 일본인은 어떤 문자를 사용하는가 : 신문을 전체적으로 훑어보고, 일본 신문에 쓰이는 문자의 종류를 찾아 메모한다. 아마도 히라가나, 카타카나 외에 한자와 영어, 숫자, 문장 부호 등 다양하게 찾아낼 수 있을 것이다. 그러한 문자들이 각각 어떤 경우에 쓰일까 나름대로 상상해 보도록 한다. 이러한 활동은 초급 일본어 학습자들에게 일본인들이 어떠한 문자를 사용하는가를 알게 하고 각 문자를 분류할 수 있도록 하며 그 쓰임새를 이해하게 하는 동시에 부담 없이 신문을 훑어보도록 함으로써 신문

과 가까워지도록 하는 계기를 만들어 줄 수 있다.

2) 일본을 대표할 수 있는 것 : 신문의 사진이나 그림, 단어 등에서 일본을 대표할 수 있는 것을 찾아 모은다. 상징물도 좋고 스포츠 선수 등의 인물도 좋다. 그것이 무엇이며, 어떤 점에서 일본을 대표 하는가 자세히 설명하도록 한다. 일본에 대한 관심을 높일 수 있다.

3) 여기는 일본 : 신문에서 일본의 문화나 관광지, 혹은 고유의 음식을 소개하는 기사를 골라, 나름대로 요약하여 발표해 본다. 혹은 리포터가 되어 그 기사를 토대로 일본을 소개하는 글을 쓰고 발표해 보는 활동도 좋다.

4) 글자 찾기 : 히라가나와 카타카나를 익히는 과정에서 활용할 수 있다. 교사가 지시하는 글자를 찾아 표시하게 함으로써 혼동되기 쉬운 글자를 구별하고 확인하는 데 도움이 된다. 교사의 발음대로 따라해 보도록 해도 좋다.

5) 관련된 단어 찾기 : 학습자가 평소에 관심 있는 주제를 하나 선택하여, 신문에서 그 주제와 관련된 단어를 가능한 한 많이 찾아내어 읽어 본다. 예를 들어 경제에 관심이 있는 사람이라면 연금, 지급, 자금원, 은행, 추징, 소비세, 감액, 보험, 수급, 주식 투자, 수입 등의 단어를 찾아낼 수 있다. 대부분의 단어가 한자로 되어 있기 때문에 한자 읽는 방법을 익힐 수 있다.

6) 단어 만들기 : 신문 기사의 제목이나 광고 문구에서 각기 다른 히라가나를 찾아 한 글자씩 오려 모아 놓는다. 각 글자를 조합하여 만들 수 있는 단어를 가능한 한 많이 만들고 읽어 본다. 만든 단어 중 서너 개를 골라 그 단어가 들어가는 짧은 문장을 만들어 발표해도 좋다. 이러한 활동을 함으로써 어휘력을 키울 수 있으며, 아울러 문장 속에서 단어를 사용할 수 있는 힘을 키울 수 있다.

7) 사진 속에 있는 것 : 신문에서 가장 관심을 끄는 사진을 하나 골라, 이름을 말할 수 있는 것은 모두 말해 본다. 예를 들어 자연을 배경으로 하고 있는 양복 입은 남자의 사진을 골랐을 경우, 하늘, 나무, 구름, 양복, 넥타이, 구두, 안경, 머리, 손, 얼굴 등 수없이 많은 이름을 찾아낼 수 있을 것이다. 이러한 활동은 사물의 이름을 익히는 데 도움이 되며, 어휘력을 키울 수 있다.

8) 끝말 이어가기 : 신문의 광고 문구나 기사의 제목에서 히라가나를 찾아 한 글자씩 오려 모아 놓고, 글자를 찾아가며 끝말 이어가기를 한다. 학습자가 단어를 만들어 냈을 때, 교사는 정확한 발음을 하도록 유도한다. 게임 형식으로 하는 활동에서 학습자의 흥미를 유발할 수 있으며, 모둠 활동이 가능하다. 어휘력과 순발력, 정교성을 키워줄 수 있다.

9) 숫자 읽기 : 신문의 광고 등에서 여러 가지 물건 사진을 모아 하나씩 세어 본다. 혹은 세는 단위를 넣어 각각 세어 본다. 신문에 나오는 전화번호나 상품의 가격 등을 이용해 숫자 읽는 법을 익히거나, TV 프로그램에서 관심 있는 프로그램을 선택하여 시작 시간을 말해 볼 수도 있다.

10) **부분 명칭 알기 :** 신문에서 사람의 전신사진을 찾아 활동지에 오려 붙이고, 머리에서 발끝까지의 명칭을 써 본다. 몸속을 이루고 있는 장기의 이름에 대하여도 알아본다. 혹은 전체 사진을 보고 그것을 이루고 있는 부분들을 이야기해 볼 수도 있다. 예를 들어 꽃의 사진이라면, 잎, 줄기, 뿌리 등을 말할 수 있고, 산의 풍경 사진이라면, 나무, 돌, 새, 약수터 등을 이야기할 수 있다.

11) **꾸미는 말 찾기 :** 기사의 제목이나 리드 기사, 광고 문구 등에서 꾸미는 말을 모두 찾아 읽어 본다. 때와 장소를 나타내는 말을 찾아도 좋고, 움직임을 나타내는 말, 모양을 나타내는 말 등 주제를 주어 찾아보도록 하는 것도 좋다. 흉내 내는 말을 따로 찾아보는 것도 재미있다. 다양한 어휘력을 키울 수 있으며, 사물이나 현상을 묘사하는 힘을 키울 수 있다.

12) **표정 이름 짓기 :** 신문에 나오는 사람들의 여러 가지 얼굴 표정을 오려 놓고, 표정의 이름을 말해 본다. 감정을 나타내는 표현을 익힐 수 있다.

13) **부르는 단어 찾기 :** 교사와 학습자가 같은 신문을 준비하고, 교사가 부르는 단어를 학습자가 찾아 표시하도록 한다. 혹은 역할을 바꾸어 학습자가 부르는 단어를 교사가 찾도록 해도 좋다. 학습자의 발음을 교정해 줄 수도 있으며, 듣기 훈련도 가능하다.

14) **정확히 듣고 전달하기 :** 신문에서 적절한 사진을 한 장 골라, 그 사진에 대하여 한 사람에게만 한 두 문장으로 설명한다. 들은 사람은 다

음 사람에게 자기가 들은 대로 전달한다. 마지막 사람은 자기가 들은 말을 발표하고, 어떻게 달라졌는지 확인한다. 정확히 듣고 말하는 훈련을 할 수 있다.

15) **어떤 사진일까 :** 신문에서 사진을 대여섯 장 찾아 칠판에 붙여 놓고, 학습자에게 한 장을 골라 자세히 설명하도록 한다. 다른 학습자는 설명을 잘 듣고 어떤 사진인지 골라낸다. 말하기와 듣기 훈련에 도움이 되는 활동이다.

16) **중심 문장 가려내기 :** 신문에서 학습자가 흥미를 가질 만한 기사를 골라 읽어주고, 중심 문장 혹은 가장 중요한 단어를 뽑아내도록 한다. 또는, 그 기사에 적절한 제목을 붙이거나 줄거리를 요약해서 말하도록 해도 좋다. 자세히 듣고 요약할 수 있는 능력을 키워준다.

17) **누가 무엇을 :** 신문에서 상황을 잘 알 수 있는 사진을 하나 골라 누가 무엇을 하고 있는지 설명해 본다. 시간이나 장소, 혹은 꾸미는 말을 넣어 설명해도 좋고, 육하원칙에 의한 사진 설명을 써 보는 활동도 좋다. 아주 단순한 문장으로부터 복잡한 문장으로 발전시켜 가는 과정에서 어휘력이 증가하며, 사물이나 현상을 자세히 설명할 수 있는 능력을 키워준다.

18) **스포츠 중계하기 :** 신문의 스포츠 면에서 재미있는 사진을 골라, 그 스포츠를 중계하는 아나운서가 되었다고 가정하고 그 장면을 중계해 본다. 앞 뒤 상황을 상상하여 좀 더 길게 중계해도 좋다. 주어진 상황에서 객관적으로 보고 말하는 능력을 키울 수 있다.

19) 책 소개하기 : 신문에서 신간 안내 기사를 찾아 읽고, 지은이와 책의 내용 등 그 책의 소개를 말로 해 본다. 혹은, 여행지나 영화 안내 기사, TV 프로그램 안내를 읽고 소개를 해 보아도 좋다. 글로 쓰여진 문장을 말로 바꾸어 보는 활동이다.

20) 인물 소개하기 : 신문에 나온 사람들 중 가장 호감이 가는 사람을 선택하여 그 사람이 신문에 나온 이유와 하는 일, 성격, 내가 좋아하는 까닭 등을 자세히 설명한다. 자기 자신에 대한 소개를 해도 좋다.

21) 바로바로 설명하기 : 신문에서 사물이나 사람 사진을 여러 장 찾아 오려서 뒤집어 놓는다. 임의로 한 장을 골라 그것에 대하여 설명한다. 설명이 끝나면 다음 사람이 바로 연결하여 같은 활동을 하도록 한다. 자세히 설명하는 힘과 순발력을 키워준다.

22) 말로 하는 광고 : 신문에서 적당한 상품 광고를 골라, 그 상품의 특징과 장점을 파악한 다음, 다른 사람이 사고 싶은 마음이 들도록 말로써 광고를 해 본다. 같은 광고를 여러 사람이 활용할 경우에는 가장 광고를 잘 하는 사람에게 점수를 많이 주는 게임을 해도 좋다. 남을 설득할 수 있는 말하기 능력이 키워진다.

23) 그래프 설명하기 : 신문에서 관심 있는 통계에 관련된 표나 그래프를 찾는다. 그에 관련된 기사를 참고하여 표나 그래프를 말로 설명해 본다. 표나 그래프의 내용을 분석하는 기사를 써도 좋다.

24) 인터뷰하기 : 신문에서 가장 만나고 싶은 사람을 한 사람 선정한 다음, 인터뷰 기자가 되었다고 가정하고 그 사람에게 물어 볼 질문 목록을 만든다. 옆 사람과 의논하여 가상 인터뷰 기사를 작성하고 다른 팀과 바꾸어 인터뷰를 실연해 본다.

25) 기사 요약하기 : 신문에서 관심 있는 기사를 고르게 한 다음, 자세히 읽고 중심 생각별로 단락을 나누게 한다. 각 단락 속의 중심 문장을 뽑아내고, 중심 문장을 이어 요약문을 만든다. 글 전체의 중심 문장 (주제문)도 찾아낸다. 독해력과 요약할 수 있는 힘을 길러준다.

26) 기사의 제목 바꾸기 : 신문에서 관심을 끄는 기사를 하나 골라내어 자세히 읽어 본 다음 기사의 제목을 바꾸거나 리드 기사를 다시 써 본다. 기사의 제목은 짧고 쉽게, 그리고 기사의 내용에 충실하게 쓰도록 한다. 초기 단계에서는 투고란을 이용하는 것도 좋다. 독해력과 함께 글을 요약할 수 있는 능력이 키워진다.

27) 사실과 의견 구분하기 : 신문의 투고란은 어떤 사실이나 사건에 대한 자기의 견해를 밝히는 글이 대부분이다. 투고란에서 동감할 수 있는 기사를 선택하여 읽고, 사실과 의견을 구분해 본다. 비판적으로 글을 읽을 수 있는 힘을 길러 준다. 사실과 의견을 구분하는 능력은 주장하는 글, 남을 설득하는 글을 쓰는 데 있어서 필수 불가결한 요소이다.

28) 함축된 의미 찾기 : 신문의 기사 제목에서 숨겨진 뜻을 담은 단어나 문장을 모두 골라낸다. 그 단어나 문장의 원래의 뜻은 무엇이고, 기사에 쓰인 함축된 의미는 무엇인지 확인해 본다. 어휘력과 독해력을 키워주

는 읽기 활동이다.

29) 5W1H 찾기 : 신문에서 사건을 보도한 기사나 사진 설명을 골라 육하원칙을 찾아본다. 육하원칙 중 빠진 부분이 있으면, 나름대로 추론하여 써 넣어도 좋다. 기사문의 특징인 역피라미드 형태[2]를 이해할 수 있고, 짜임새 있는 글쓰기 능력을 키워준다.

30) 아는 것, 알고 싶은 것, 알게 된 것 : 신문에서 관심 있는 기사를 하나 선택한 다음, 그 기사가 다루고 있는 주제에 대하여 알고 있는 사실을 브레인스토밍한다. 또 그 주제에 대하여 알고 싶은 것을 적어보고, 그 기사를 읽고 나서 알게 된 점을 적는다. 주제에 대한 흥미를 유발할 수 있고, 정독하는 습관을 키울 수 있다.

31) 질문 만들기 : 신문에서 관심을 끄는 기사를 선택하여 읽고, 그 내용을 파악할 수 있는 구체적인 질문을 만든다. 서로 바꾸어 질문에 대한 답을 해 본다. 독해력을 키울 수 있는 활동이다.

32) 문장의 종류 : 신문의 기사 제목이나 광고 문구에서 풀이하는 문장, 묻는 문장, 시키는 문장, 권유하는 문장 등을 찾아본다. 광고의 문구나 기사 제목, 혹은 리드 기사를 골라 술어 부분을 여러 가지 형태의 문장으로 완성시켜 본다.

---

2) 육하원칙의 필수 요소 (언제, 어디서, 누가, 무엇을)는 기사의 앞부분에, 보조 요소 (어떻게, 왜)는 뒷부분에 쓰는 형태

33) 알게 된 점 쓰기 : 신문을 전체적으로 훑어 본 다음 관심을 끄는 기사에 표시를 해 둔다. 처음에는 기사의 제목을 그대로 베껴 쓰는 수준에서 만족하고, 좀 익숙해지면 사진 설명이나 리드 기사를 참고하여 쓰도록 한다. 고급 단계의 학습자인 경우, 기사도 활용하여 조금 길게 쓰도록 유도한다. 모둠 학습의 경우에는 모둠원 각자가 신문에서 알게 된 점을 한 가지씩 발표하는 것도 좋다. TV의 뉴스와 비교해 보고, 가능하다면 방송 뉴스 원고로도 고쳐 써 본다. 정보의 수집과 선택 능력을 키워주는 활동이다.

2. 창의적 사고를 위한 프로그램

창의성은 독특함과 새로움이다. 그것은 우리의 사회나 인류 전체에 있어서의 독특함이나 새로움일 수도 있고, 한 개인에게 있어서의 그것일 수도 있다. 신문은 항상 새로운 기사를 다루며 그 신문만의 독특한 표현으로 승부한다. 일본어 학습자들에게 신문을 접하게 하는 그 자체만으로도 학습자들은 이미 객관적인 창의성에 친숙해질 수 있으며, 신문의 여러 요소들을 적절히 가공함으로서 이전엔 결코 할 수 없었던 독특하고 새로운 자신만의 경험을 가질 수 있다. 즉, 일본어 학습자들은 신문을 통해서 일본 사회의 독특함이나 새로움을 자연스럽게 체험할 수 있으며, 또한 신문을 체계적이고 의도적으로 가공함으로서 그 자신에게 있어서의 새로운 발견, 그만의 독특한 생각, 그리고 나름대로의 표현이 가능해질 수 있는 것이다.

1) 생각나는 말 : 신문에서 학습자들이 가장 관심을 가지는 사진을 한 장 고르도록 한다. 그 사진을 활동지 중앙에 붙이고, 그 사진을 보고 생각나는 말을 가능한 한 많이 말하거나 쓰도록 한다. 주어진 과제에 대하여 다양하게 생각하게 함으로써 유창성을 기르고, 주어진 시간 내에 과제를 완성하게 함으로써 집중력과 순발력을 기를 수 있다.

2) 무엇을 보고 있을까, 무엇이 들어 있을까 : 신문에서 무엇을 보고 있는 사람들의 사진을 골라 보고 있는 대상이 무엇인지 마음껏 상상하여 말하거나 써 보도록 한다. 적당한 사진이 없을 경우, 무엇인가 들고 있는 사진에서 대상물을 잘라 내거나 내용물이 보이지 않는 상자 혹은 가방 사진을 활용해도 좋다. 주어진 과제나 문제에 대하여 다양한 생각을 유도함으로써 유창성을 키운다.

3) 질문 만들기 : 신문에서 학습자들의 호기심을 자극할 만한 사진을 고르게 한 다음, 그 사진을 보고 궁금한 점을 모두 말해 보도록 한다. 질문 형식의 문장으로 쓴 다음 모둠원들과 바꾸어 맞혀 보게 하는 활동도 재미있다. 이러한 활동은 주변의 사물이나 현상에 대해 호기심과 관심을 갖게 하며, 낯선 것을 익숙하게, 익숙한 것을 낯설게 봄으로써 학습자들의 민감성을 길러 줄 수 있다.

4) 스무 고개 : 신문에서 여러 사람이 모여 있는 사진이나 여러 가지 물건들이 함께 있는 사진을 골라, 그 중 한 가지를 마음 속으로 선택하게 한다. 선택한 것에 대하여 스무 고개 식으로 문제를 만들고, 모둠원과 바꾸어 맞혀 본다. 자신이 선택한 것에 대하여 자세히 관찰하여 잘 설명할 수 있는 힘을 기르고, 민감성과 유창성을 기른다.

5) **연상 되는 것 :** 신문에서 학습자들이 흥미를 가지는 사진이나 단어를 하나 찾도록 한 다음, 그것을 보고 연상되는 다른 단어를 많이 찾아보게 한다. 혹은 사진이나 단어를 보고 생각난 단어를 보고 또 생각나는 단어를 많이 말해 보는 활동은 연상을 통한 사고의 확산에 도움을 준다. 이러한 활동을 통하여 민감성과 정교성, 유창성을 함께 키울 수 있다.

6) **공통점과 차이점 :** 신문에서 마음에 드는 사물이나 사람, 물건 사진 중 두 가지를 고른 다음 공통점과 차이점을 가능한 한 많이 찾아보도록 한다. 이러한 활동을 통해 사물이나 사람들에 대한 호기심을 갖게 하고, 민감성과 정교성을 기를 수 있다.

7) **만약 – 이 없다면 :** 일상생활에서 학습자들이 많이 접하는 물건 사진이나 신체의 일부분이 나온 사진을 활용해 만약 그것이 없다면 어떤 일이 생길까 생각하여 발표해 보게 한다. 융통성과 민감성을 키워주는 활동이다.

8) **이야기 꾸미기 :** 신문에서 재미있는 사진을 한 장 골라 나름대로 이야기를 꾸며 보도록 한다. 혹은 서로 관련이 없는 사진을 2-3장 골라 활동지에 붙인 다음, 서로 연관지어 한 편의 이야기로 꾸며 보도록 한다. 이러한 활동은 학습자들의 상상력과 독창성을 키울 수 있으며, 상황을 강제로 관련짓는 활동을 통해 정교성을 기를 수 있다.

9) **이야기 열차 :** 신문에서 가장 마음에 드는 사진을 각자 고르게 한다. 처음 학습자가 자기가 고른 사진을 보고 한 두 문장으로 이야기를 꾸며 발표한다. 다음 학습자는 앞의 학습자가 발표한 내용과 연관지어 자

기 사진으로 이야기를 꾸며 간다. 모둠 활동이나 전체 수업을 할 수 있는 활동으로 독창성과 정교성, 융통성을 키워줄 수 있다.

10) **알 수 있는 것 :** 사물이나 사진 등 우리 주변에 있는 것을 잘 관찰해 보면 그것들을 통해 우리가 알 수 있는 것이 무척 많다. 신문에서 상황을 잘 알 수 있는 사진을 한 장 고르게 한 다음 그 사진을 보고 알 수 있는 것을 모두 말하거나 쓰도록 한다. 사진이나 사물을 잘 관찰할 수 있으며 상황을 잘 파악할 수 있는 민감성을 길러 준다.

11) **다른 용도 생각하기 :** 신문에 나오는 여러 가지 물건 사진을 활용하여 다른 용도로 사용할 수 있는 방법을 생각하여 발표해 보도록 한다. 이러한 활동을 통하여 학습자들의 융통성을 키워줄 수 있다.

12) **사물(사람)들의 대화 :** 신문에서 마음에 드는 물건이나 사람들의 사진을 여러 장 골라 각각의 사진에 말주머니를 달게 한 다음, 서로에게 하고 싶은 말을 써 넣게 한다. 자기만의 독특한 상상력과 대화를 통해 독창성을 기를 수 있다.

13) **사건의 전후 생각하기 :** 신문에는 어떤 사건에 대한 보도 기사가 많이 실린다. 학습자들이 관심을 가질 만한 보도 사진을 하나 고르게 하고, 그 사진의 상황에 대해 말해 보도록 한 다음, 그 사진의 전에 일어났을 상황과 후에 일어날 상황 등에 대하여 이야기해 보도록 한다. 이러한 활동은 학습자들의 민감성과 더불어, 사건이나 사물에 대해 유추할 수 있는 능력을 키워준다.

14) PMI 기법[3]으로 생각해 보기 : 신문에서 어떤 상황을 설정할 수 있는 사진을 이용하여 좋은 점, 나쁜 점, 재미있는 점으로 나누어 생각해 보도록 한다. 예를 들어, 사람의 손 사진이 신문에 나왔을 경우, 손으로 할 수 있는 일을 모두 말해 보도록 한다. 학습자들의 생각이 막혔을 경우, 손으로 할 수 있는 좋은 일, 손으로 할 수 있는 나쁜 일, 손으로 할 수 있는 재미있는 일 등으로 나누어 생각해 보게 함으로써 사고의 확산을 도와줄 수 있다.

15) 자기소개 : 신문에서 자기를 나타낼 수 있는 사진이나 그림, 단어 등을 모아 적절히 배치한 후 자기를 소개하는 광고로 만든다. 활동한 내용을 바탕으로 한 사람씩 돌아가며 자기소개를 한다. 초급자라 하더라도 좀더 구체적으로 자기를 소개할 수 있으며, 광고를 만들어 가는 과정에서 독창성과 융통성을 키울 수 있다.

16) 같은 글자로 시작하는 말 : 신문의 광고 문구나 기사의 제목에서 재미있는 문장을 하나 골라 칠판에 붙여 놓고, 각 글자나 한자로 시작하는 단어를 가능한 한 많이 말해 보도록 한다. 교사는 학습자가 말하는 단어를 칠판에 적어 주며 정확한 발음을 하도록 유도한다. 단어에 대한 민감성과 유창성을 키울 수 있다.

17) 광고 문구 다시 쓰기 : 신문의 광고는 창의성의 결정체라 해도 과언이 아니다. 특히 광고에서 쓰이는 문구는 최소한의 짧은 문장으로 남

---

3) 임선하, (1996), 창의성에의 초대, 서울 : 교보문고, pp.186-187
  * P (Plus) : 아이디어에 대한 좋은 점
  * M (Minus) : 아이디어에 대한 나쁜 점
  * I (Interest) : 아이디어에 관해 발견한 흥미

을 설득하지 않으면 안 된다. 신문의 광고에서 적절한 것을 하나 골라, 광고 문구를 없애고 다시 써 보도록 한다. 혹은 광고 문구 중 적당한 단어를 하나 없애고 다른 단어로 채워 넣어 본다. 이러한 활동을 통하여 독창성과 정교성을 기를 수 있다.

18) **이야기 만들기** : 신문의 광고 문구나 기사의 제목에서 재미있는 것을 하나 선택하여, 그 문장에 이어지는 재미있는 문장을 다른 광고 문구나 기사의 제목에서 찾아내는 활동이다. 예를 들어, "그는 원래 100m 단거리 선수였다."는 문장을 골랐다면 다음에는 "이번이 네 번째 월드컵 출전이다." "여러 나라 선수들이 모여든 선수촌 식당" "짜장면 시키신 분"등으로 이어지는 문장들을 찾을 수 있다. 이러한 활동은 학습자들이 신문을 부담 없이 대할 수 있는 기회를 줄 수 있으며 정교성과 융통성을 동시에 키워주는 활동이다.

19) **단어 연결하기** : 신문에서 단어나 그림, 사진 등을 많이 찾아 그 중 한 가지를 선택한다. 그것을 보고 떠오르는 연상을 이용하여 다른 단어나 그림, 사진 등을 연결한다. 예를 들어, 원숭이 엉덩이 - 빨갛다 - 사과 - 맛있다 -바나나 -길다... 등을 연결하는 활동이다. 이러한 활동을 통하여 민감성과 정교성을 키워줄 수 있다.

20) **창의적인 문제 해결력 키우기** : 신문에서 관심 있는 보도 기사를 선택한 다음, 그 사건의 원인이나 사건이 일어나게 된 배경, 동기 등을 찾아보도록 한다. 또 그 사건에서 문제가 되는 점은 무엇인가, 결과는 어떻게 될 것인가, 가장 합리적인 해결책은 무엇인가를 생각해 보고, 그것이 나와는 어떤 관계에 있는가를 생각해 보도록 한다. 이러한 활동은 문

제 발견 능력, 문제 정의 능력, 통찰 능력, 해결 방법 선택 능력 등의 창의적인 문제 해결력을 키워줄 수 있는 활동이다.

21) 사건이나 주변 상황에 대한 호기심 갖기 : 사물이나 사진 등 우리 주변에 있는 것을 잘 관찰해 보면, 그것들을 통해 우리가 알 수 있는 것이 무척 많다. 신문에서 상황을 잘 알 수 있는 사진을 한 장 고른 다음 그 사진을 보고 알 수 있는 것을 모두 말하거나 쓰도록 한다. 사진이나 사물을 잘 관찰할 수 있으며, 상황을 잘 파악할 수 있는 민감성을 길러 준다.

22) 과제로부터 많은 것 연상하기 : 신문에서 관심 있는 사진을 한 장 골라 활동지 중앙에 붙인 다음 그 사진을 보고 생각나는 말을 가능한 한 많이 말하거나 쓰도록 한다. 혹은 신문의 기사 제목에 나오는 낱말을 보고 떠오르는 장면을 여러 가지로 써 보도록 한다. 예를 들어 '80℃의 물'을 보고 '김이 모락모락 나는 난로 위의 주전자' '어머니께서 마시는 하얀 찻잔의 커피와 그 냄새' 등의 장면을 떠올릴 수 있다. 주어진 과제에 대하여 다양하게 생각하게 함으로써 유창성을 기르고, 주어진 시간 내에 과제를 완성하게 함으로써 집중력과 순발력을 기를 수 있다.

23) 가능한 많은 대안 제시하기 : 신문의 기사 제목이나 광고 문구 중 적절한 것을 골라 한 단어를 없애고 다른 단어로 채워 넣게 한다. 혹은 기사 제목이나 광고 문구의 일부를 오려 놓고 이어질 내용을 여러 가지로 생각하여 완성된 문장으로 써 본다.

또 신문에서 관심 있는 사건 기사를 하나 골라 자세히 읽은 다음 문제점이 무엇인지, 그에 대한 해결 방법에는 어떤 것이 있는지 여러 가지로 생각하여 말하거나 써 본다. 주어진 과제 속에서 문제를 발견할 수 있는 능력과 많은 해결 방법 중에서 가장 합리적인 해결책을 선택할 수 있는 능력을 키워준다.

24) 과제에 대한 첨가, 확대, 제거, 축소하기 : 우리의 일상생활 속에는 전혀 관계없는 두 가지를 결합시켜 좀 더 편리하고 새로운 아이디어 상품을 만들어 쓰고 있는 것들이 많이 있다. 예를 들자면, 시계와 비디오를 결합시켜 예약 녹화를 할 수 있는 비디오를 만들어 낸 것 같은 것이다. 신문에 나온 물건 사진 중 서로 관계없는 물건을 두 개 고르도록 한 다음, 그것을 서로 결합시켜 새로운 물건을 만들거나, 좀더 편리하게 쓸 수 있는 물건을 만들어 보도록 한다. 혹은 신문에 나오는 여러 가지 물건 사진을 활용하여 다른 것들을 첨가하거나 확대, 제거, 축소함으로써 다른 용도로 사용할 수 있는 방법을 생각해 보도록 한다. 새로운 물건을 만드는 과정이나 쓰임새 등에 대해 자세하게 설명하도록 한다. 이러한 활동을 통하여 학습자들의 정교성과 독창성, 융통성을 키워줄 수 있다.

25) 과제의 의미를 역으로 생각하기 : 신문에서 관심 있는 사건 기사를 하나 골라 관련된 사람들의 입장을 바꾸어 생각해 본다. 혹은 사건의 결말을 바꾸어 기사를 새로운 관점에서 다시 써 본다. 혹은 신문에서 어떤 상황을 설정할 수 있는 사진을 이용하여 좋은 점, 나쁜 점, 재미있는 점으로 나누어 생각해 보도록 한다. 융통성을 키워 줄 수 있는 활동이다.

26) 과제를 새로운 요소로 대치하기 : 신문에서 한 가지 물건 사진을 골라, 그 물건에 대한 기능과 원리를 바꾸어 여러 가지 응용된 아이디어를 만들어 낸다. 예를 들어 신문에 옷 광고가 나왔다면, 물에 빠졌을 때 뜨는 옷, 불 속에 들어가도 타지 않는 옷, 먼지가 묻지 않는 옷, 색깔이

바뀌는 옷, 뒤집어서 입을 수 있는 옷, 조립식 옷 등 다양한 기능을 가진 옷을 생각해 보는 것이다. 혹은 일상생활에서 많이 쓰는 생활용품 중 한 가지를 골라 색상이나 모양, 위치 등을 바꾸어 보다 편리한 물건들로 만들 수 있는 아이디어를 생각해 본다.

27) **기발하고 새로운 생각하기** : 신문에서 가장 마음에 드는 사진을 각자 고르게 한다. 처음 학습자가 자기가 고른 사진을 보고 한 두 문장으로 이야기를 꾸며 발표한다. 다음 학습자는 앞 학습자가 발표한 내용과 연관지어 자기 사진으로 이야기를 꾸며 간다. 모둠 활동이나 전체 수업을 할 수 있는 활동으로 독창성과 정교성, 융통성을 키워 줄 수 있다.

28) **사건이나 아이디어의 인과 관계 추론하기** : 신문에는 어떤 사건에 대한 보도 기사가 많이 실린다. 학습자들이 관심을 가질 만한 보도 사진을 하나 고르게 하고, 그 사진의 상황에 대해 말해 보도록 한 다음, 그 사진의 전에 일어났을 상황과 후에 일어날 상황 등에 대하여 이야기해 보도록 한다. 혹은 신문의 기사 제목이나 광고 문구에서 적절한 단어를 여러 개 찾아 놓고, 그것들을 서로 비유해 본다. 예를 들어 신문과 이불, 사람, 자전거, 계산기 등의 단어를 찾았으면 '신문은 이불이다. 왜냐하면 덮고 잘 수 있으니까''사람은 계산기이다. 왜냐하면 덧셈과 뺄셈을 잘 하니까' 등으로 연결시켜 본다. 정교성과 융통성을 키워 주는 활동이다.

29) **사건이나 아이디어의 공통성 및 연관성 찾기** : 신문에서 마음에 드는 사물이나 사람, 물건 사진 중 두 가지를 골라 활동지에 오려 붙인다. 그 둘의 공통점과 차이점을 가능한 한 많이 찾아보도록 한다. 이러한 활동을 통해 사물이나 사람들에 대한 호기심을 갖게 하고, 민감성과 정교성

을 기르는데 유익한 활동이다.

30) 익숙한 것을 낯설게 보기 : 신문에서 학습자들의 호기심을 자극할 만한 사진을 고르게 한 다음, 그 사진을 보고 궁금한 점을 모두 말하거나 써 보도록 한다. 질문 형식의 문장으로 쓴 다음 친구들과 바꾸어 맞혀 보게 하는 활동도 재미있다. 이러한 활동은 주변의 사물이나 현상에 대해 호기심과 관심을 갖게 하며, 낯선 것을 익숙하게, 익숙한 것을 낯설게 봄으로써 민감성을 길러 줄 수 있다.

3. 논리적 사고를 위한 프로그램

인간 사회에서의 의사소통은 논리적 사고를 기본으로 한다. 문제되는 상황에 대하여 자신의 주장을 내세우고 합리적인 근거를 제시하여 상대방을 설득해야 하기 때문이다. 신문은 우리 사회에서 문제되고 있는 사건을 보도함으로써 그 사건의 현황이나 실태, 진행 과정을 알려 준다. 또 해설 기사를 통해 사건의 원인이나 배경을 설명하고 어떤 점이 문제되고 있으며 우리 사회에 어떤 영향을 끼칠 것인가, 과거 혹은 외국에선 어떤 유사한 사례가 있었는지 제시해 준다. 오피니언을 통해 그 사건이 가지는 사회적 의미와 결과를 예측하고 전문가들의 다각적인 시각을 통해 합리적인 해결 방안을 제안하기도 한다. 어떤 사건과 관련된 보도 기사와 해설 기사, 기획이나 특집 기사, 사설이나 칼럼 등 다양한 기사를 읽으며 문제 되는 상황에 대한 자신의 주장을 내세우고 그에 대한 적절한 근거를 생각해 보는 활동을 통해 논리적 사고를 형성할 수 있다.

1) **관찰하기 :** 우리는 관찰을 통해 사물의 특징이나 사회 현상을 알 수 있다. 관찰은 논리적 사고의 기본 바탕이 된다. 관찰을 통해 좋은 정보를 수용할 수 있을 때 기대할 만한 새로운 것을 발견할 수 있다. 역사적으로 존중할 만한 가치가 있는 모든 철학, 문화, 과학들은 지혜로운 관찰에 그 기반을 두고 있다. 신문에서 마음에 드는 사진을 한 장 골라 잘 관찰한 다음 사진을 보고 알게 된 사실을 모두 말하거나 써 본다. 혹은 관찰한 대상의 특징에 대하여 알게 된 점을 모두 말하거나 써 본다.

2) **분류하기 :** 분류하기는 사물에 대한 인식을 정돈하고 체계를 세우는 데 도움을 주므로 논리적 사고를 형성하는데 도움이 된다. 신문에서 여러 가지 물건 사진이나 낱말을 골라 나름대로의 기준을 세워 분류해 본다. 예를 들어 돈으로 살 수 있는 것과 돈으로 살 수 없는 것, 먹을 수 있는 것과 먹을 수 없는 것, 셀 수 있는 것과 셀 수 없는 것 등으로 구분할 수 있다.

3) **공통점과 차이점 찾기 :** 관찰과 분류 과정을 통해 각각의 정보들은 나름대로 가치를 지니게 된다. 비교는 선택의 바로 전 과정이다. 잘못된 비교는 그릇된 선택으로 이어지는 결과를 낳게 된다, 관찰과 분석 과정에 충실할수록 비교할 대상들이 풍부해진다. 그것은 곧 선택의 폭이 넓고 가능성이 많아진다는 것을 의미한다. 어떤 사물이나 현상에 대한 특징은 관찰을 통해 알게 되고 그것들을 비교해 봄으로써 공통점과 차이점을 찾아낼 수 있다. 신문에서 마음에 드는 사물이나, 사람, 물건 사진 중 두 가지를 골라 공통점과 차이점을 가능한 한 많이 찾아본다. 특히 차이점을 찾아낼 때는 기준을 설정하여 찾아보도록 한다.

4) 순서 정하기 : 순서란 '여러 대상을 벌이거나 늘어놓는 일정한 차례'다. 어떤 일들이 이뤄질 때 어느 게 먼저이고 나중인가를 구분하는 잣대가 될 수 있다. 때문에 순서 정하기는 체계적으로 생각하도록 도와주는 방법이기도 하다. 신문에서 순서를 정할 수 있는 것과 순서를 정할 수 없는 것들을 각각 찾아본다. 혹은 신문에서 물건이나 사람 사진을 여러 장 오려 놓고 나름대로 순서를 매겨 본다. 어떤 기준에 의해 순서를 정했는지도 말해 본다.

5) 서열화 : 요즘 신문에는 '서울 학군 조정, 고교 서열화 우려' '능력주의와 대학 서열화' '서울시 교육청은 중학교마저 서열화 하려는가' 등 서열화라는 용어가 많이 나온다. 일정한 순서에 따라 늘어서는 것을 서열화라고 한다. 신문에서 다양한 연령 계층의 사람 사진을 오려 놓은 다음 나이가 많은 순서대로 배열해 본다. 혹은 신문에서 여러 가지 물건 사진을 오려 놓은 뒤 값이 비싼 순서대로 배열해 본다. 신문에서 서열화되어 있는 단체나 조직 등을 찾아보는 활동도 좋다.

6) 객관적 판단과 주관적 판단 : 객관적 판단은 제3자의 입장에서 사물을 보거나 생각하는 것이며 주관적 판단은 자기만의 관점이나 생각이 나타난 판단을 말한다. 따라서 객관적 판단이나 주관적 판단은 사실과 다를 수 있으며 항상 옳은 것은 아니다. 신문의 기사 제목이나 광고 문구에서 객관적 판단을 나타낸 것과 주관적 판단을 나타낸 것을 각각 3 가지씩 찾아본다. 혹은 신문에서 마음에 드는 사진을 하나 골라 객관적 판단과 주관적 판단을 각각 5 가지씩 말하거나 써 본다. 신문의 독자 투고 중 관심 있는 기사를 하나 골라 읽은 다음 객관적 판단을 나타낸 문장과 주관적 판단을 나타낸 문장을 각각 3 가지씩 찾아본다.

7) 개념과 정의 : 개념은 본질을 드러내는 말이다. 즉 머리에 떠오르는 대상에 대한 생각으로 일반적 · 본질적 특징을 반영한 것을 일컫는 말이다. 신문에서 마음에 드는 사진을 한 장 고른 다음 사진에 나타난 대상에 대한 개념을 말하거나 써 본다. 혹은 신문에서 마음에 드는 낱말을 3 가지만 고른 다음 그 낱말에 대한 개념을 쓰고 나름대로 정의를 새롭게 내려 본다. (보기 - 신문은 불특정 다수에게 새로운 소식을 정기적으로 전해주는 매체의 하나다, 신문은 이불이다, 신문은 포장마차다)

8) 외연과 내포 : 개념의 겉모습을 논리학에서는 외연(外延 : 겉으로 보여지는 범위)이라 하고, 속모습을 내포(内包 : 안에 품고 있는 성질)라고 한다. 한마디로 말하면 외연은 '범위', 내포는 '특징' 이다. 개념을 확실히 알기 위해서는 외연과 내포를 잘 이해해야 한다. 신문에서 마음에 드는 사진이나 낱말을 하나 골라 외연과 내포를 써 본다. 혹은 서로 외연과 내포의 관계에 있는 낱말들을 찾아보는 활동도 좋다 (보기 : 도시의 외연 - 서울, 대전, 대구, 부산, 광주, 도시의 내포 - 상공업을 중심으로 한 경제 및 행정 · 문화 · 교통망 · 편의 시설 따위의 중심지, 인구 밀도가 높다)

9) 상위 개념과 하위 개념 : 개념의 포함 관계를 정확하게 알아야 개념을 올바르게 사용할 수 있다. 다른 개념보다 크고 넓은 외연을 가진 개념을 상위 개념이라고 하고, 다른 개념에 대하여 적고 좁은 외연을 가진 개념을 하위 개념이라고 한다. 예를 들어 생물은 식물이나 동물의 상위 개념이다. 신문에서 마음에 드는 사물이나 동물 사진을 하나 골라 상위 개념이나 하위 개념에 속하는 것들을 찾아본다. 혹은 동위 개념을 가진 것들을 여러 개 찾은 다음 각각의 상위 개념이나 하위 개념에 속하는 것들을 많이 생각해 보는 활동도 좋다.

10) 추론하기 : 인간은 보편적으로 같은 일을 여러 차례 경험하게 되면 그 일에 가장 적합한 순서와 가치에 최대화, 효율화를 이끌어 낼 수 있는 능력을 가지고 있는데 이것이 바로 우리 인간이 논리적으로 사고하는 기술을 가지고 있다는 것을 증명하는 것이다. 논리의 완성으로 다가가면 원리에의 추리가 가능하게 되며 또한 여러 가지 자연적 원리들을 논리적으로 체계화하게 된다. 이러한 논리적 사고 즉 추리하는 능력은 인간의 사고력 중 가장 기본적이고 중요한 요소다. 신문에서 어떤 상황을 잘 나타내주는 사진을 한 장 골라 사진을 보고 알 수 있는 점들을 쓰게 한 다음 그것을 보고 미루어 짐작할 수 있는 것들을 각각 말하도록 한다. 혹은 신문에서 사건의 정황을 잘 보여주는 사진을 한 장 골라 자세히 관찰한 후 다음 사건이 어떻게 이어질지 꾸며 써 보도록 하는 활동도 좋다. 또 신문의 기사 제목에서 숨겨진 뜻을 담은 단어나 문장을 모두 골라낸다. 그 단어나 문장의 원래의 뜻은 무엇이고, 기사에 쓰인 함축된 의미는 무엇인지 확인해 본다.

4. 토의·토론 수업을 위한 프로그램

신문은 우리 사회에서 일어날 수 있는 모든 문제점에 대해 다룬다. 기사 하나하나가 모두 토의나 토론의 주제가 될 수 있다. 문제점이 드러난 기사를 통해서는 해결 방법을 토의해 보고 입장에 따라 논란의 여지가 있는 기사를 활용하여 찬반토론으로 이끌어도 좋다.

1) NIE 일기 : 기사나 사진, 광고 중 관심을 끄는 것을 하나만 선택하여 공책 왼쪽 면에 붙이고 오른쪽 면 위쪽에 날짜와 신문 이름, 기사 제목

을 써 넣는다. 기사나 사진, 광고의 내용을 요약·설명하는 글을 쓰고 그에 대한 자신의 생각이나 의견을 써 넣는다. 가족이나 친구들의 의견을 받는 것도 좋다. 사회에 대한 관심과 사회 현상에 대한 자신의 생각이나 의견을 가질 수 있다.

2) 1분 신문 읽기 : 수업 시작 전 10분 간 신문 읽는 시간을 준 다음 돌아가며 발표하도록 한다. 1분 동안 기사의 내용과 자신의 생각을 함께 발표할 수 있도록 한다. 기사의 내용을 요약 정리하여 자신의 생각을 조리 있게 말할 수 있다.

3) 시사 토의 및 토론 : 진행자를 선정하여 이슈가 되고 있는 사건을 칠판에 써 놓도록 한다. 한 가지 주제를 다룬 각기 다른 기사를 학급 전체가 10분 동안 읽는다. 진행자는 자기가 읽은 기사 내용을 설명하고 자신의 의견을 말한 다음 그에 대한 다른 사람의 의견을 발표하도록 한다. 찬·반이 엇갈리는 주제에 대해서는 토론으로 진행해도 좋다. 우선 찬성과 반대로 팀을 나눈 후 찬성 또는 반대하는 이유를 각 팀별로 토의하게 한다. 발표자를 각각 3~4 명씩 선정하여 입론 후 상대방에 대한 반대 심문을 위한 토의 시간을 갖고 반대 심문을 한다. 다시 최종 변론을 위한 토의 시간을 갖고 최종 변론을 한다. 발표자를 제외한 다른 사람들은 평가 기준에 의해 토론의 평가를 하도록 한다.

4) 사설 비교 읽기 : 사설은 신문의 심장이다. 정연한 논리로 사안을 보는 지혜를 길러주며 독자로 하여금 독선과 편견에서 벗어나 객관적이고 평균적인 시각을 갖게 해 준다. 그러나 사설은 어떤 사안에 대한 신문사의 입장이나 편집자의 의도가 그대로 반영되는 글이다. 한 신문의 사설만 읽

다 보면 편견과 왜곡으로 흐르기 쉽다. 그러므로 같은 사안을 다룬 서로 다른 신문의 사설을 비교하며 읽는 것이 필요하다. 비교할 신문을 선택할 때는 신문사간 논조와 정치적 경향이 다른 신문을 선택하는 것이 좋다.

사설 비교 읽기는 사실에 대한 객관적인 이해를 바탕으로 한다. 미리 발표자를 선정하여 같은 사안을 각기 다른 시각에서 다룬 사설을 찾도록 한다. 사설과 관련된 기사를 여러 신문에서 찾고 그에 대한 배경 지식도 가능하면 많이 조사하도록 한다. 사실과 배경 지식을 발표하고 각기 다른 관점에서 본 사설을 소개한 다음 학급 구성원들의 의견을 듣는다. 혹은 한 가지 주제를 다룬 각 신문사의 사설을 일정한 평가 기준에 의해 비교 평가해 보는 것도 좋다. 사실에 대한 올바른 이해와, 감상과 의견을 통한 자신의 논리를 형성할 수 있으며 기자의 시각과 편집자의 의도를 파악할 수 있다.

5. 글쓰기와 논술을 위한 프로그램

신문에 실리는 보도기사는 중요한 사항을 앞부분에 쓰는 역피라미드 형태를 취한다. 다른 읽을거리와는 달리 독자들의 시선과 관심을 잡지 못하면 읽히지 못하는 경우가 많기 때문이다. 또 마감시간이라는 시간적인 제약과 한정된 지면이라는 공간적인 제약이 있기 때문에 일반적인 주장 글보다 간결하고 탄탄하다. 논설위원이나 각계 전문가들이 쓰는 사설이나 칼럼은 논설문의 대표적인 본보기가 된다. 서론, 본론, 결론의 형태를 갖추는 것부터 소주제문과 뒷받침문장으로 이루어지는 단락, 주장과 근거, 문제 제기와 해결 방안, 원인과 결과 등을 명쾌하게 밝히는 글의 구조 등은 글쓰기와 논술의 기본 바탕이 되기 때문이다.

1) 주장과 근거 찾기 : 신문에서 오피니언(사설, 칼럼, 시론, 시평...) 기사를 골라, 글쓴이의 주장을 찾아 본다. 주장에 대한 근거도 찾아 본다. 신문의 오피니언 면은 대부분 전문가가 쓰므로 좋은 글이 많다. 좋은 글을 많이 접함으로써 좋은 글을 쓸 수 있다.

2) 원인과 결과 : 신문에서 서로 관련이 없는 사진을 두 장 선택하여, 한 장을 원인, 한 장을 결과로 관련지어 하나의 문장으로 만들어 본다. 원인과 결과를 나타내는 문장을 쓸 수 있다.

3) 다양한 관점에서 글쓰기 : 사건의 정황이 잘 나타난 사진이나 기사를 골라, 그 사건을 볼 수 있는 서로 다른 관점을 찾아본다. 예를 들어 야구 시합에 관련된 기사일 경우, 투수와 타자, 심판, 외야수, 치어걸, 관중, 각 팀의 감독이나 주장 등 많은 입장을 찾아낼 수 있을 것이다. 각각의 입장이 되어 그 기사를 다시 써 보거나, 사건의 주인공이 되어 그 날 일기 형식으로 써 본다. 사물이나 사건을 보는 다양한 관점을 가질 수 있으며 감정 이입 능력과 역할 채택 능력을 키울 수 있다.

4) 설명하는 글, 묘사하는 글 : 신문에서 사진을 설명하는 글이나 기행 기사문을 골라, 글 속에서 설명하는 문장과 묘사하는 문장을 찾아 표시한다. 설명하는 문장은 묘사하는 문장으로, 묘사하는 문장은 설명하는 문장으로 바꾸어 쓴다. 설명문은 글쓴이의 생각이나 감정, 의견을 배제하고 사실을 사실 그대로 쓰는 글이며, 묘사문은 수식어가 들어가는 글이다.

5) 보도 기사 쓰기 : 같은 사건을 서로 다른 관점에서 다룬 두 가지 이상의 보도 기사를 읽고, 각 기사의 사건을 보는 시각과 견해의 차이점

을 비교한다. 내가 만약 그 기사를 쓴다면 어떤 관점에서 쓸 것인가를 생각해보고 직접 기사를 써 본다. 보도 기사가 다른 글과 다른 점은, 역피라미드 형태를 취한다는 것과 사실을 사실 그대로 쓴다는 점, 그리고 육하원칙에 준해서 쓴다는 점이다.

6) 자기를 소개하는 글쓰기 : 신문의 구인 광고란에서 자기가 들어가고 싶은 회사를 선택하여, 그 회사에서 원하는 사람이 어떤 사람인지 나름대로 생각해 보게 한다. 자신의 적성과 성격, 능력 등을 살려 그 회사에 들어간다면 어떤 분야에서 어떤 일을 하고 싶은지 자기소개서를 작성하도록 한다.

7) 나는 00입니다 : 신문에서 가장 관심 있는 기사나 사진을 골라, 내가 그 대상이 되었다고 가정하고 그 입장에서 사람들에게 보내는 글을 써 본다. 예를 들어, '나는 돈입니다, 나는 물입니다, 나는 수질 오염으로 인해 죽어가는 물고기입니다', 등등의 글을 쓸 수 있다. 감정 이입 능력을 키워주는 글쓰기 활동이다.

8) 상상하여 글쓰기 : 사건의 정황이 자세히 나타난 기사를 골라, 지나간 일이나 현재의 상황 중 한 부분을 지우고, 모둠원끼리 서로 바꾼다. 각자 자기가 받은 기사의 지워진 부분을 상상하여 써 본다. 독창성과 정교성을 키울 수 있는 활동이다.

9) 자기 생각 쓰기 : 신문에서 가장 관심 있는 사진이나 기사, 광고 등을 하나 골라 활동지에 붙이고, 그것에 대한 자기의 생각이나 느낌을 서너 줄 정도로 말하거나 쓰도록 한다. 매일 수업 시작 전이나 수업의

마무리 시간을 이용하여 해도 좋고, 매일의 과제로 내주어도 좋다. 특히 학교에서는 방학 중, 이 방법을 활용하여 NIE 일기 쓰기로 과제물을 대신하여도 좋다. 이러한 활동은 사회에 대한 관심이나 지식을 가지게 할 뿐만 아니라, 그에 대한 자신의 견해를 갖게 한다.

10) 짧은 글짓기 : 신문에서 임의의 단어를 5-6개 골라 짧은 글을 지어 본다. 혹은 그 단어들을 이용해 이야기를 꾸며 본다. 문장 속에서의 단어의 쓰임새를 익힐 수 있으며, 독창성과 정교성, 융통성을 키워주는 활동이다.

11) 결론쓰기 : 신문에서 관심있는 오피니언 (사설, 평론, 시론, 칼럼...)을 골라 결론 부분을 지우고 다시 써 본다. 서론이나 본론의 일부분을 없애고 다시 써 보는 활동도 할 수 있다. 독창성과 정교성을 키워주는 글쓰기 활동이다.

12) 반박하는 글쓰기 : 허위, 과장 광고나 마음에 들지 않는 광고, 혹은 내 생각과 다른 오피니언 글을 선택하여 마음에 들지 않는 부분이나 내 의견과 다른 부분을 확인한다. 그 광고나 기사에 반박하는 글을 써 본다. 논리적 사고력과 판단력, 비판력을 키울 수 있는 활동이다.

13) 찬성하는 글쓰기 : 독자 투고란이나 오피니언에서 동감할 수 있는 기사를 골라, 그 글에 찬성하는 글을 써 본다. 자기의 생각을 보태어 써도 좋고, 찬성하는 이유를 조목조목 밝혀 쓰도록 한다. 논리적 사고력과 판단력, 비판력을 키울 수 있다.

14) 중심 문장과 뒷받침 문장 : 한 단락은 중심 문장과 이를 뒷받침하는 뒷받침 문장으로 이루어져 있다. 뒷받침 문장은 중심 문장보다 훨씬 구체적이어야 한다. 뒷받침하는 방법에는 중심 생각을 깊게 뒷받침하는 방법과 넓게 뒷받침하는 방법이 있다. 신문의 사설이나 칼럼 중 읽고 싶은 것을 하나 고른 다음 각 단락의 중심 문장과 뒷받침 문장을 찾아 표시한다.

15) 단락 나누기 : 중심 생각이 바뀌면 단락을 나누어야 한다. 흔히 줄바꾸기와 한 칸 들여쓰기로 구분한다. 단락을 나눈 다음 서론과 본론, 결론 부분을 찾아보도록 한다.

16) 사실과 의견 : 독자 투고란은 일상에서 경험한 일에 대해 독자들이 자신의 의견을 보내는 란이다. 비교적 글의 구조가 단순하고 읽기 쉽다. 자기가 경험한 사실을 글의 앞부분에 쓰고 그에 대한 자신의 의견이나 생각을 뒷부분에 쓰는 것이 대부분이다. 신문의 독자투고란에서 읽고 싶은 기사를 하나 선택하여 읽은 다음 사실을 나타낸 문장과 의견을 나타낸 문장을 각각 찾아본다. 혹은 기사의 제목에서 사실을 나타낸 문장과 의견을 나타낸 문장을 각각 찾아보는 활동도 좋다.

17) 문제점과 해결책 : 논술문은 대부분 서론에서 사안에 대한 현황이나 실태를 들어 흥미를 유발하고 문제를 제기함으로써 읽는 동기를 부여한다. 또한 결론에서 주장을 하고 그에 대한 설명, 해결책, 전망을 제시한다. 신문의 사설이나 칼럼을 하나 골라 문제점과 해결책을 찾아본다.

18) 주장과 근거 : 오피니언 면에는 사설, 논설, 칼럼, 시론, 평론 등이 실린다. 대부분이 자신의 의견을 주장하는 글이다. 글쓴이의 주장과 그에 대한 근거를 찾는다. 대부분의 경우 주장은 결론 부분에, 그에 대한 근거는 본론 부분에서 찾을 수 있다.

19) 베껴쓰기 : 독해력은 원래 눈으로 읽고 이해하는 능력이지만 그 능력을 익히는 가장 좋은 방법은 직접 써보는 것이다. 완성도 높은 글을 처음부터 끝까지 그대로 따라 베껴 쓰는 활동은 글의 구조를 파악하는데 도움을 준다. 칼럼이나 사설은 대체로 길이도 적당하고 구조도 완결되어 있어 모작의 글감으로 적당하다. 사설은 200자 원고지로 4-5 매, 칼럼은 7-8 매로 짧지만, 하나의 구조를 가진 완결된 글이다. 논술에서 요구하는 분량과 비슷하고 주제도 크게 어긋나지 않으며 무엇보다 전문적으로 글을 쓰는 사람들의 글이어서 구조적으로 탄탄한 글이란 점도 권할 만하다. 베껴 쓰기 과정에 익숙해지면 스스로 구조를 창조하는 과정으로 올라갈 수 있다.

신문에서 관심 있는 사설이나 칼럼을 하나 골라 의미를 생각하면서 베껴 쓴다. 한 번 쓰기를 시작했으면 중간에 멈추지 말고 끝까지 쓴다. 잠시 쉬었다 다시 쓰면 글의 흐름이 끊겨 내용을 제대로 파악하기 어렵다. 또 모든 내용을 다 베껴 써야 한다. 귀찮다고 대충 생략하고 눈으로만 읽고 지나가서는 안 된다.

20) 요약하기 : 요약이란 글의 핵심 내용을 간추려 이를 중심으로 전체 글의 내용을 한 편의 짧은 글로 압축하여 표현하는 것이다. 글의 핵심 내용을 파악하고, 그 핵심 내용을 바탕으로 내용을 재구성해 내는 것이다. 요약 능력은 글의 핵심을 파악하는 기초적인 독해 능력과도 관계된다. 그

런 점에서 글을 요약하는 것은 언어영역 학습의 기초가 되는 것이기도 하다. 더구나 최근 대학 입시의 수시와 정시 전형에는 요약이 포함되는 형태의 논술 문제들이 보편적으로 출제되고 있다는 점에서 요약하기 연습은 언어영역학습이자 논술 훈련과정이라 할 수 있다. 요약 형태는 크게 두 가지로 나눌 수 있다. 전문적 지식이나 정보 등 사실적 내용의 객관적 글을 그 내용과 순서에 따라 요약하는 경우와 글의 내용을 정확하게 이해한 뒤 자신의 관점에서 자신의 언어로 내용을 재가공하는 요약이 있다.

신문의 오피니언 면에서 관심 있는 기사를 골라 자세히 읽은 다음 중심 생각별로 단락을 나눈다. 각 단락의 중심 문장을 찾아 표시한 후 중심 문장을 이어 요약문을 만든다. 글 전체의 중심 문장도 찾고 핵심어를 찾아보는 것도 좋다. 중요한 것은 요약한 글 역시 하나의 완결된 글이므로 주장과 근거, 원인과 결과가 분명하게 제시되어야 한다.

21) 사실의 이해(배경 지식) : 한 가지 주제에 대한 관련 기사를 여러 신문에서 모아 읽는다. 논의하고자 하는 대상이 지닌 모든 것의 다양한 측면을 파악하여 논의하려는 것이 무엇인지, 어떤 문제가 있는지, 원인은 무엇이고 결과는 어떻게 될 것이며 가장 합리적인 해결책은 무엇인지, 그리고 그것이 나와는 어떤 관계에 있는지를 생각해 보도록 함으로써 사실에 대한 구체적이고 정확한 이해를 할 수 있다. 토론 시 주제를 선정하는 자료로 쓰거나 배경 지식의 텍스트용으로 혹은 문제 제기를 할 수 있는 자료로 활용한다.

22) 개요 짜기 : 어떤 사안에 대한 자신의 주장을 한 문장으로 적는다(결론). 그렇게 주장하는 이유(근거)를 2-3 가지 들어 각각 한 문장으로 쓴다(본론). 왜 그런 주장을 하게 되었는지 현황이나 실태, 문제점을 한

문장으로 쓴다(서론).

신문의 사설이나 칼럼에서 관심 있는 글을 찾아 서론과 본론, 결론을 나눈다. 주장과 근거, 현황과 실태, 문제점 등을 찾아 칸을 띄어 놓고 적은 후, 스스로 뒷받침 문장을 써서 확장해 본다.

23) **논술문 작성 :** 개요 짠 내용을 중심으로 예를 들거나 다른 말로 설명하고 상대방을 설득하기 위해 뒷받침 문장을 덧붙여 논술문을 작성한다.

서론을 쓰는 방법에는 중심 문장을 먼저 제시는 방법, 새롭고 흥미 있는 내용의 남의 말이나 글을 인용하는 방법, 일반화되어 있는 견해나 사회 현상에 대하여 다시 생각해 볼 점에 대한 문제를 제기하면서 시작하는 방법, 글의 내용과 관련된 사건이나 일화로 시작하는 방법, 논의할 개념이 생소하거나 나름대로 정의를 내릴 필요가 있을 때 정의나 개념 설명으로 시작하는 방법 등이 있다.

본론을 쓰는 방법에는 먼저 자신의 주장을 밝힌 후 근거를 제시하는 연역법과 근거를 제시한 후 자신의 주장을 밝히는 귀납법, 두 견해 중 하나를 선택하여 자기 주장의 정당성을 위해 상대 주장의 부당성을 입증하거나 제3의 견해나 대안을 제시하는 논박형 등이 있다.

결론을 쓰는 방법에는 서론이나 본론에서 제시한 주장과 논거를 요약하여 설명함으로써 끝맺는 방법과 핵심적인 내용을 재강조하며 끝맺는 방법, 자신의 주장을 증명할 수 있는 남의 말이나 글을 인용하면서 끝맺는 방법, 대안이나 전망, 새로운 읽을거리를 제시하며 끝맺는 방법 등이 있다.

제6장

통번역 학습의 이해

6-1

통역 교수법의 이해

· 김한식 ·

1 머리말

서로 다른 두 언어 사이에서 의사소통이 가능하도록, 한 언어를 다른 언어로 옮기는 작업을 통역이라 한다. 통역의 방식에는 여러 종류가 있으나, 일반적으로 순차통역과 동시통역으로 크게 나눌 수 있다.

순차통역이라 함은 어떤 연사가 어느 정도의 이야기를 하고 적당한 곳에서 끊으면 통역사가 그 부분까지 통역을 하는 방식이다. 정상회담통역, 비즈니스상담통역, 관광안내통역 등은 대부분 순차통역으로 이루어진다.

한편 동시통역은 연사가 이야기를 중단하지 않고 계속하며, 통역사 역시 계속 연사의 이야기를 들으면서 동시에 통역을 해 나가는 방식을 말한다. 대규모 국제회의나 각종 강연회, 세미나 등은 보통 동시통역으로 진행된다. 통역사는 부스라고 하는 별도의 공간에 들어가, 헤드폰으로 연사의 발화 내용을 듣고 통역하며, 통역사의 통역 내용은 마이크를 타고 통역수신기를 통해 청중들에게 제공된다.

통역 교육을 실시함에 있어서는 반드시 분명한 목표가 설정되어야 한다. 최근에는 통역사를 양성한다는 목적 이외에 학생들의 어학 시력을 향상시키기 위한 방법으로 통역 교육을 어학 강의에 도입하는 경우도 생겨나고 있다. 그러나 본래 통역 교육의 목적은 통역사를 키우기 위한 것인데, 통역 중에서도 순차통역을 제대로 수행하기 위한 교육인지, 혹은 동시통역을 위한 교육인지, 처음부터 뚜렷한 방향을 잡고 시작해야 한다. 다만 대부분의 경우 바로 실제의 순차통역 혹은 동시통역과 같은 상황을 만들어 연습을 시작하지는 않으며, 여러 가지 예비 훈련 단계를 거친 후에 본격적인 통역 연습을 하게 된다. 그 대표적인 방법 혹은 과목으로 다음과 같은 것들이 있다.

2 관련 지식 쌓기

'수준 높은 통역을 수행하기 위한 통역사의 자질로서, 외국어 능력과 각종 전문지식 가운데 어느 쪽이 더 중요하다고 생각합니까?'라는 질문이 성립될 정도로 통역에 있어 다방면에 걸친 배경 지식의 중요성은 절대적이다. 그래서 대부분의 통역 교육기관에서는 그 과목 명칭은 다소 다르더라도 다음과 같은 기초 과목들을 개설해놓고 있다.

2.1 지역사정/지역입문

해당 언어 사용 국가의 지역사정에 대해 가르치는 과목. 한-일 통역에 대해 배우는 학생이라면 일본 한 나라만 다루면 되지만, 영어나 불어, 스페인어 등의 경우는 대표적인 나라를 비롯해 수많은 나라들에 대해 공부하지 않으면 안 된다.

2.2 국제정치/경제/IT 등

통역을 위해 습득해야 하는 지식의 분야는 너무나도 광범위하여, 교육기관에서 그 모든 분야를 가르친다는 것은 불가능하다. 여러 분야 가운데서 특히 중요하다고 판단되는 국제정치, (국제)경제, IT 등을 별도의 과목으로 개설한 교육기관들이 있다.

2.3 주제특강

어떤 주제에 대해 그 분야의 전문가를 초빙해서 특강 형식으로 진행하는 과목. 보통 매주 주제와 연사가 바뀌며, 연사는 내국인뿐만 아니라 외국인일 때도 있다. 공통과목으로서 여러 학과의 학생들이 함께 수강하는 경우가 많아, 외국인 연사를 초빙할 때는 타 학과 학생들을 위해 2학년 학생이 동시통역을 제공하기도 하여, 그것이 또 좋은 통역 연습의 기회가 된다.

3 통역의 기본 및 기술 익히기

3.1 청취 연습/듣기 연습

통역의 과정을 시간 축에 따라 구분한다면 연사의 이야기를 청취하는 것부터 시작된다. 만약 청취가 안 된다면 그 다음 과정이 이어질 수 없기 때문에 그 중요성을 감안하여 개설하는 과목이다. 다만 통역 교육을 받는 학생들은 어학능력이 이미 상당한 수준에 도달한 상태이므로 청취 과목을 별도 개설하지 않고, 다른 과목의 일부분으로서 다루기도 한다. 또한 별도 과목으로 개설하더라도 상당히 수준 높은 시청각 교재를 준비하여, 앞서 언급한 지역사정 혹은 국제정치 등의 전문지식 습득이라는 목적을 함께 추구한다.

3.2 말하기 연습(public speech)/토론/전공 외국어 숙달 등

과목 명칭과 교육 내용은 다소 다르겠으나, 주로 전공 외국어의 말하기 능력을 배양하기 위해 개설하는 과목들이다. 보통 원어민 교강사가 이들 과목을 담당한다. 각 수업마다 다루는 주제가 바뀌며, 강의 진행 방식도 강의명이나 담당 교수자에 따라 달라진다. 주제는 주로 시사적인 문제가 많아, 이들 과목을 통해서 역시 간접적으로 전문지식 습득이 이루어진다.

3.3 메모리 연습

어떤 발화 내용을 정확히 이해하고, 기억력만 가지고 재생하는 연습이다. 대부분의 경우 순차통역을 할 때는 간단한 노트 테이킹(다음 항목 참조) 정도는 하지만, 이해력과 기억력이 밑바탕이 되어야 하기 때문에, 그 능력을 키우기 위해 순차통역 강의의 초기에 많이 실시한다. 30초 정도 되는 비교적 짧은 이야기부터 시작해서, 1분 내지 2분 정도까지 분량을 늘려나간다. 일본어과 학생의 경우라면 처음에는 한-한(한국어를 듣고 한국어로 재생), 일-일, 일-한, 한-일과 같은 순서로 점차 난이도를 높인다.

3.4 노트 테이킹(Note-Taking : 내용기록, 듣고적기)

전문통역사들이 순차통역을 할 때 들려오는 내용을 기록하는데, 그것을 노트 테이킹이라 한다. 보통 사람들이 하는 메모와도 다르고 속기와도 다르며, 여기에는 여러 가지 기호나 문자 등이 사용된다. 예를 들어, '달러'라는 단어를 한글이나 알파벳으로 받아 적지 않고 '$'로, 'E메일'을 '@'로 적는 식이다. 노트 테이킹은 단어 하나 하나에 대해서 정해진 기호 등이 있는 것이 아니라 기호는 통역사 개개인이 개발해야 하지만, 이 과목을 통해서(혹은 순차통역 강의 내에서) 기본적인 원칙에 대해서 가르치고 실습, 교정 등을 해 준다.

3.5 문장구역(文章口訳, Sight Translation, サイト・トランスレーション,サイトラ)

글로 쓰인 것을 보면서 그것을 다른 언어로 변환하여 말로 하는 것을 가리켜 문장구역, 최근에는 시역(視訳)이라고도 한다. 본격적인 통역(혹은 번역) 연습을 하기 위한 사전 기초 훈련의 의미가 있으며, 순발적인 언어 변환 능력과 도착언어[1]의 표현력 및 발화 능력 향상 등을 도모한다. 강의실 수업이나 소수 인원에 의한 스터디뿐 아니라, 혼자서도 연습할 수 있는 방식이다.

---

1) 우리말을 일본어로 통역한다고 가정할 때, 우리말이 출발언어(SL : Source Language)가 되고 일본어가 도착언어(TL : Target Language)가 된다.

4 동시통역의 초기단계 훈련

4.1 셰도윙(Shadowing, シャドーイング)

어떤 발화 내용(텍스트를 낭독한 녹음 등)을 헤드폰을 통해 들으면서 약간의 시차를 두고 그 말을 계속 따라하는 훈련이다. 한-일, 일-한의 언어 변환 없이, 우리말 혹은 일본어(전공 외국어)를 그대로 따라한다. 셰도윙을 동시통역 교육의 초기단계에 도입하는 이유는 말하기와 듣기를 동시에 할 수 있는 능력을 키우기 위해서이다.

듣기와 말하기는 인간에게 있어 아주 기본적인 동작이지만, 의외로 이 두 가지를 동시에 하는 장면은 극히 드물다. 대화의 기본 동작은 듣기와 말하기인데, 보통 상대방의 이야기가 끝날 때까지 듣고, 그리고 나서 자기 이야기를 시작한다. 듣기와 말하기가 완전히 겹쳐서 동시병행적으로 이루어지는 것은 예외적인 경우를 제외하고는 있을 수 없다.

그러나 동시통역은 연사의 발화 내용을 들으면서 계속 통역을 해야 하는(머릿속에서는 언어 변환도 해야 하는 등 단순하게 두 행위의 동시 진행이 아님) 고난이도의 작업이기 때문에, 이 두 가지 행위를 익히기 위한 훈련으로서 셰도윙을 실시한다. 처음에는 들려오는 소리와 학습자의 말하는 소리 간의 시차를 비교적 짧게 유지하면서 연습하고, 점차 익숙해지면 시차를 늘림으로써 단기기억력 향상 효과도 기대된다.

동시통역의 기초훈련으로서 오래 전부터 실시되고 있는 주요 교수법 중 하나하지만, 일부 학자들은 아무 생각 없이 똑같이 따라 하기만 해서는 효과가 없다는 큰 반론[2])도 제기되고 있어, 이 교수법의 실시 여부는

2) 김대진(2002)『국제회의 통역교육』 서울 : 한국문화사 pp.86-87

교육기관 혹은 교수자에 따라 다르다. 최근에는 동시통역의 기초훈련이라는 목적이 아니라 외국어의 자연스러운 발성(발음, 악센트, 억양, 적절한 강조/포즈 두는 법 등)을 습득하는 데 효과적이라는 연구결과가 다수 보고되었으며[3], 그와 같은 목적 하에 외국어 회화 교육의 일환으로 섀도윙을 도입하는 경우도 점차 늘고 있다.

4.2 Paraphrasing(바꿔 표현하기, パラフレージング)

섀도윙의 단점을 보완하기 위해 등장한 훈련법이며, 단순히 들려오는 이야기를 똑같이 따라하는 것이 아니라 의미가 바뀌지 않는 범위 내에서 표현을 바꾸어 말하는 연습이다. 섀도윙을 할 때보다 더 집중해서 듣게 되며, 머릿속으로 생각도 하면서, 표현력을 키울 수 있다는 학습 효과를 기대할 수 있다.처음에 섀도윙을 실시하고 어느 정도 익숙해진 후에 Paraphrasing으로 발전시키는 교수법도 가능하다.

4.3 카운트다운(Countdown/counting backwards, 숫자 거꾸로 세기)

어떤 이야기를 계속 들으면서 숫자를 100부터 거꾸로 말하고, 이야기가 끝나면 그 내용을 요약하는 훈련이다. 입은 숫자 거꾸로 세기, 귀는 들려오는 이야기 청취, 머리는 이 두 가지를 담당함으로써 동시에 여러

---

3) 望月通子(2006)「シャドーイング法の日本語教育への応用を探る -学習者の日本語能力とシャドーイングの効果に対する学習者評価との関連性を中心に-」『視聴覚教育 第29号』関西大学 外国語教育研究機構
滝沢正己(2002)「語学強化法としての通訳訓練法とその応用例」『北陸大学紀要 第26号』北陸大学 등

기능(임무)을 수행하기 위한 능력을 배양한다. 처음에는 한-한(한국어로 이야기를 듣고 한국어로 숫자 말하기)부터 시작해서, 메모리 연습 때처럼 일-일, 일-한, 한-일 등으로 점차 난이도를 높인다. 더욱 난이도를 높이려면, 숫자 세기 자체도 100, 99, 98,,,,,로 하나씩 내려가다가, 100, 98, 96/100, 97, 94,,,와 같이 하나 혹은 두 개씩 걸러 카운트다운 하는 방법도 있다. 단 이 훈련에 대해서도 반대론이 있는데, 숫자 거꾸로 세기와 청취는 서로 관련이 없는데다 이와 같은 능력은 실제 동시통역 상황에서 별 도움이 안 된다는 것이다.

5 기타

5.1 전문용어(Terminology)

각종 전문 분야를 통역하기 위해서 반드시 알아야 하는, 다양한 전문용어를 가르치는 과목. 여러 학과의 학생들에 대한 공통과목으로서 한국어와 영어 위주로 강의하는 방식과 학과별로 별도 개설하는 방식이 있으나, 후자의 경우는 실제 운영 상 많은 어려움이 뒤따른다. 또한 교육기관에 따라서는 이 과목을 별도로 개설하지 않고, 각종 통역이나 번역 강의 등을 통해 전문용어를 가르치는 경우도 있다.

5.2 모의회의(Mock Conference)

동시통역이 어느 정도 이루어지게 되면 실제 국제회의와 유사한 상황을 설정해서 진행하는 수업의 한 형식이다. 여러 학과 학생들이 함께 이 수업에 참여하며, 여러 개의 동시통역 부스에 각 언어별로 학생들이 들어가 다국어 간 통역이 이루어진다. 가상의 연사가 한국어로 발언하면 각 부스에서는 한–영, 한–일, 한–중, 한–러와 같은 식으로 여러 개의 언어로 통역을 하게 되며, 만약 러시아어 연사가 발언한다면 러시아어-한국어로 동시통역된 것을 받아서 다시 한–영, 한–일, 한–중 등으로 '릴레이통역'이 이루어진다.

6 맺는 말

이상 통역 교육기관에서 실시하고 있는 여러 교수법에 대해 소개했는데, 거시적으로 보아 여기에는 몇 가지 특징이 있다.

첫째, 통역 교육에는 특별히 정해진 교재가 없는 경우가 많다. '통역입문' 등 시대적인 영향을 크게 안 받거나 이론적인 과목(학부나 석사과정에서는 이론적인 과목이 그리 많지 않다)은 주교재를 선정할 수 있으나, 순차통역이나 동시통역과 같은 실기 연습 과목에서는 대부분 정해진 주교재 없이 강의를 진행한다. 이들 과목에서는 실제 통역시장에서 많이 거론되는 시사적인 문제를 주로 다루어야 하는데, 거기에 맞추어서 통역 교재를 수시로 출판한다는 것은 거의 불가능하기 때문이다.

따라서 수업 진행시에는 담당 교강사가 실제 통역에서 다루었던 각종 자료, 인터넷 등을 통해 입수한 연설문, 연설이나 국제회의의 동영상 혹은 오디오, 어떤 주제에 대해 조사, 편집한 텍스트 등을 가지고 통역 연습을 하게 된다. 모든 발화 내용이 통역의 연습 대상이 될 수는 있으나, 가능한 한 실제로 있었거나 충분히 있을 수 있는 내용으로 연습하는 것이 가장 바람직하다.

둘째, 교육기관에 따라 과목 구성 등이 다르고, 담당 교강사에 따라 지도 방식의 차이가 많이 나는 편이다. 여러 교수법 중 각각의 효용성에 대해서는 검증이 어려워 어떤 이상적인 교수법이 존재하는 것이 아니기 때문이다. 효용성의 검증의 어려움은 외국어 교육 일반에 있어서도 존재하는 중요한 과제 중 하나이다. 그런데 통역에 대해서는 특히 객관식 시험 등 수치화할 수 있는 평가가 불가능하여, 평가 기준 설정 자체가 근본적으로 어렵다는 이유가 작용하고 있다.

셋째, 한국의 통역 교육은 앞으로도 지속적인 발전이 기대된다. 한국에서는 1979년 최초로 한국외국어대학교에 통역대학원이 개설되어[4] 본격적인 통역교육이 시작된 지 30년 가까운 세월이 흘렀다. 그동안 양적으로 대폭 확대되어 지금은 전국적으로 수많은 대학교의 학부 및 대학원에서 통역 (관련) 교육이 실시되고 있으며, 이와 같은 추세는 앞으로도 계속될 것으로 예상된다. 또한 교육의 질적인 측면에서도 초창기와는 크게 다르게 이론적 혹은 실기 면에서 통역 전문가들이 교육을 많이 담당하고 있는데다, 통역사가 인기 직업으로 각광을 받으면서 우수한 학생들이 교육을 받고 있다.

최근에는 통(번)역대학원에 박사과정도 몇 군데 개설되어 연구자의 층이 점차 확대되고 있다. 또한 여러 언어에 걸쳐 통역에 관한 연구 논문도 많이 축적되어, 이론적인 연구가 뒷받침된 교육의 충실화가 이루어질 것으로 예상된다.

---

4) 통역 교육의 본고장이라 할 수 있는 유럽에서는 다국어사용자(multilingual)가 많다는 이유 등으로 인하여 한국에 비해 학부 과정에서 통역 교육을 시작하는 곳이 비교적 많다. 한편 일본에서는 일부 대학원에서 통역 교육을 하고 있으나, 그보다는 민간 기업이 개설한 통역사 양성 코스가 많이 보급되어 있는 편이다.

참고문헌

곽중철(2003)「해외위성보도 프로그램 동시통역 훈련방법 연구」『통역번역연구소 논문집 제7집』 한국외국어대학교 통역번역연구소

김대진(2002)『국제회의 통역교육』 서울 : 한국문화사

김한식(3003)『한일 통역과 번역』 서울 : 한국문화사

안인경(2007)「한국외대 통역번역대학원 교과과정에 대한 고찰」『통번역학연구 제10권 2호』 한국외국어대학교 통번역연구소

望月通子(2006)「シャドーイング法の日本語教育への応用を探る -学習者の日本語能力とシャドーイングの効果に対する学習者評価との関連性を中心に-」『視聴覚教育 第29号』 関西大学 外国語教育研究機構

滝沢正己(2002)「語学強化法としての通訳訓練法とその応用例」『北陸大学紀要 第26号』 北陸大学

6-2

일본어 관광안내문 번역의 실제

· 정일영 ·

1 머리말

2004년부터 2006년까지 3년 동안 한국을 찾은 외국인 중 일본인이 차지하는 평균 비율을 보면 40.16%로, 전체 관광객의 과반수에는 미치지 못하지만 여전히 전체 관광객의 4할 대를 점유하고 있다.[1] 이들 일본인 관광객이 한국 방문 중 가장 많이 찾는 관광지로는 서울과 부산이며, 서울 내 방문지로는 명동, 동대문 시장과 남대문 시장 그 다음으로 고궁이었다. 또한 이들의 여행 형태를 보면 개별 여행이 60.2%, 패키지 투어가 28.66%로, 60%가 넘는 일본인 관광객이 개별 여행을 하고 있었으며, 한국 여행 시 가장 불편했던 사항은 언어소통과 안내표지판을 꼽고 있었다.[2]

---

1) 이는 아래의 자료에서 얻은 것으로 2004년에는 42.0%, 2005년에는 40.5%, 2006년에는 38.0%의 비율을 보이고 있다.
http://www.knto.or.kr/js/tt/jstt_av0.jsp?pds=pds_month&pg=6&seqno=7770

2) 이는 한국관광공사의 외래관광객 실태조사에서 얻은 자료이다.

이에 필자는 지난 2002년 한일 월드컵 개막을 앞둔 시점에서부터 2004년까지, 서울 시내에 위치하고 있고 명동이나 시장 다음으로 일본인 관광객이 가장 많이 찾고 있는 고궁의 안내문에 초점을 맞추고 이들 일본어 관광안내문의 번역 실태를 조사하였다.[3)]

우리의 관광자원을 소개하는 일본어 안내문의 내용이 일관성이 없고 신뢰성이 없는 오류나 오역 투성이라면[4)], 이는 관광안내문으로서의 본디 역할을 다하지 못하는 것이 되며, 관광객과 관광자원 사이의 의사소통에 어려움을 초래할 뿐만 아니라, 국가적인 이미지 손상과 더 나아가 관광객 유치와 관광산업의 선진화에 장애가 된다는 문제의식에서 필자는 본 연구를 시작하게 되었다.

필자가 문제를 삼은 조사 범위는 조선시대 5궁으로 불리는 고궁의 관광안내문 중, 인쇄매체, 인터넷매체, 표지매체[5)]의 일본어 번역문으로, 이들 관광안내문의 내용이 우리말 원문 텍스트의 정보를 일관성이 있고 신뢰성이 있는 번역 텍스트로 옮겨 놓았는지, 번역문은 일본어 감각을 자연스럽게 살리고 있는지에 초점을 맞추고, 이들 번역문의 오류실태조사와

---

http://www.knto.or.kr/js/kr/jskr_xl0.jsp?pds=pds_for&pg=0&seqno=8114

3) 본 논문은 필자가 2005년 2월 제출한 박사 학위 논문 『한국 관광안내문의 일본어 번역 연구』의 내용을 일부 재구성하여 만들어진 것임을 밝혀둔다.

4) 미국의 보스턴 의대 외래교수이며 정신과 전문의인 그레고리 커터니어스는 '한국의 명소나 박물관 등에 영문 번역이 놀라울 정도 적다는 점과 번역된 문장에 오류가 많다는 점에 놀랐다고 지적하며 이 같은 번역상의 오류는 서양 사람들의 오만한 태도가 강화될 수 있다는 것과 한국의 문화와 역사를 아끼고 사랑하는 사람으로서 문화적・지적 역사의 우수성과 오류투성이 번역 사이의 간극을 메우는 일이 한국인 자신을 위해 꼭 필요하다고 조언하고 있다.("훌륭한 문화유산, 빈약한 영문 번역", 한겨레신문. 2006.9.29)

5) 이들 세 매체는 일반적으로 관광객들이 관광안내정보를 얻기 위하여 접촉하는 매체들로 인쇄매체는 관광지도나 안내책자와 같은 것이고, 인터넷매체는 가장 최근에 발달한 정보통신매체이며, 표지매체란 숙박업소 간판이나 도로표지판과 같은 것을 말한다. 본 연구의 자료가 된 인쇄매체는 고궁에서 배포하고 있는 리플릿, 인터넷매체는 한국관광공사와 서울시에서 제공하고 있는 웹사이트의 자료, 표지매체는 고궁에 설치되어 있는 안내문이다.

문제점을 분석을 통해 이들 일본어 관광안내문의 번역의 실제를 고찰해 보았다.

분석 방법으로는 크게 [(1)어학부문에서의 문제점, (2)전통문화 및 역사관련 부문에서의 문제점]으로 나누었으며, (1)은 문자 및 표기상의 오류와 문법(표현) 및 어휘상의 오류를, (2)는 우리의 전통문화와 관련된 어휘의 오류와 역사적 사실과 관련된 어휘상의 오류를 말한다.[6] 이하에서는 본 연구의 조사를 통해 얻은 각 매체의 오류 사례를 바탕으로 일본어 관광안내문 번역의 문제점을 제시한다.[7]

2 어학부문

이는 일본어 원어민의 철저한 감수가 이루어진다면 비교적 잘못된 부분을 바로잡기가 용이하다고 생각되는 부문으로, 문학작품의 번역 오류와 관련된 연구에서 말하는 문자 및 표기상의 오류와 문법(표현) 및 어휘상의 오류를 말한다.

2.1 문자 · 표기 및 문체상의 문제점

이는 한자 사용의 오류, 외래어 표기상의 오류, 현행 일본어에서 사용하지 않는 旧漢字의 사용으로 인한 오류, 띄어쓰기의 오류, 문장부호의

6) 각 매체의 오류 분석에 도움을 준 일본어 원어민은 총 17명이었고, 본 연구에서는 이들 원어민 중 60% 이상이 오류라고 지적한 문장만을 오류의 사례로 사용하였다.
7) 보다 구체적인 수정안이나 대안에 대해서는 정일영(2005)에 제시하였다.

오류, 문체상의 오류들로 인한 문제점을 말하는 것으로 이들 내용을 살펴보면 다음과 같다.

세 매체 모두 동음의 한자나 유사한 한자의 사용으로 인한 오류가 다수 나타났으며, 이는 컴퓨터에서 한자 변환 시 일어날 수 있는 오류로서 번역사와 감수자가 자신들의 일을 철저히 수행한다면 일어나지 않아도 될 오류라고 생각한다.[8)]

우리의 궁과 전각 이름에 대한 가타카나 표기 중에는 「국어의 가나 문자 표기법」의 규칙에 어긋난 표기가 있다는 점, 표기를 한 곳과 하지 않은 곳이 있어 일관성이 없다는 점 등이 문제가 된다. 우리 궁과 전각 이름에 대한 가타카나 표기는 일본식 발음이기는 하지만 일본인 관광객으로 하여금 우리말에 가까운 발음으로 우리의 궁과 전각 이름을 읽어 볼 수 있는 기회를 제공한다는 점에서 매우 바람직한 일이라고 생각한다.

현재 우리나라에서는 사용되고 있으나. 일본에서는 사용되지 않는 旧漢字의 사용은, 특히 젊은 세대의 일본인 관광객들에게는 이해하기 어려운 안내문이 되므로 번역사뿐만 아니라 번역물을 제작하는 사람들의 세심한 주의가 요망된다.

띄어쓰기의 오류는 덕수궁의 리플릿 안내문과 창덕궁의 안내문에서만 발견되었다. 이 또한 번역물 제작 후, 그 번역물에 대한 감수자들의 철저한 검토가 이루어진다면 일어나지 않아도 될 오류라고 생각된다.

일본어 문장을 쓸 경우, 縱書의 경우에는 「、。」으로, 橫書의 경우에는 「、。」「，。」「，．」의 세 가지 중 어느 하나를 선택하여 문장을 쓰는 것이 원칙이며, 본 연구에서 수집한 대부분의 사례들은 원칙에 따라 「、。」을 제대로 사용하고 있었다. 그러나 인쇄매체 중 창덕궁의 리플릿

8) 제작과정의 오류로 인한 오자도 있을 수 있으므로, 완성된 제작물에 대한 철저한 점검이 요망된다.

에서 한 곳, 경희궁의 리플릿에서는 여러 곳이 발견되었으며, 표지매체에서는 상기의 원칙에 어긋난 곳이 한 곳 뿐이었으나, 문장을 읽는데 숨이 차다고 느낄 정도로 「、」의 사용 빈도가 너무 높다는 것이 문제점이었다. 한일 양국의 문장부호 사용법은 다소 차이가 있으므로, 번역사는 이런 점에 대해 숙지하고 번역에 임해야 할 것으로 생각된다.

일본어 문장쓰기는 일반적으로 보통체라고 하는 「だ・である体」와 정중함을 나타내는 「です・ます体」로 나누어 생각할 수 있다.

세 매체 중 인터넷매체인 한국관광공사의 Tour2korea의 안내문만이 정중함을 나타내는 문체를 사용하였고, 서울시의 Visitseoul의 안내문과 나머지 두 매체의 안내문은 보통체 중에서도 공식적인 문장에서 주로 쓰이는 「である体」를 사용하고 있었다. 단, 문제가 되는 것은 한국관광공사의 Tour2korea의 안내문 중에는 독자의 주의를 촉구하거나 문장을 간결하게 하기 위하여 사용되는 「体言止め」의 형식을 취한 곳이 여러 곳 있었다. 이는 읽는 이에게 강한 인상은 주지만 조잡하고 경박한 인상을 줄 수 있기 때문에 매뉴얼과 같은 문장에서 사용할 경우 주의를 요한다. 서울시의 Visitseoul의 안내문에는 일기와 같은 사적인 문장에서 사용하는 「だ体」와 논리적인 문장이나 공식적인 문장에서 사용하는 「である体」를 혼용한 사례가 많았다. 번역물을 제작하는 공공기관의 의도에 따라 어떤 문체를 선택할 것인가는 결정될 문제이기는 하지만, 두 가지 문체가 혼용되는 오류가 일어나지 않도록 일관성을 보여주어야 할 것이다.

2.2 문법・표현 및 어휘상의 문제점

이는 문법적으로 또는 표현상으로 잘못되었거나, 어휘 사용이 어색하거나 잘못 쓰여 일본어 문장으로 부자연스럽거나, 부적절한 표현이 되어 문제가 되는 경우를 말하는 것으로 이들 내용을 살펴보면 아래와 같다. 세 매체 모두에서 나타나는 문법상의 오류로 가장 두드러진 것은 조사 사용의 오류와 수동 표현의 오류를 들 수 있으며, 이 외에도 우리말 안내문을 축자역하여 생기는 표현상의 오류는 너무 많아, 일본어 원어민들이 감수한 안내문에는 빨간 펜으로 수정을 가한 곳이 매우 많았다. 우리말 안내문을 기초로 일본어로 번역된 안내문의 부자연스러운 표현은 일본어 원어민의 보다 철저한 감수가 필요하다고 생각한다.

어휘상의 오류로 두드러지게 나타나는 현상은 우리나라에서 사용되고 있는 어휘를 그대로 한자로만 바꾸어 번역하여 놓음으로써 생기는 오류와 일본어 어휘의 쓰임을 잘 알지 못하고 번역하여 생기는 오류를 들 수 있다. 한일 번역 시 우리말 안내문의 내용을 숙지하지 않고 우리의 어휘를 한자로만 변환시켜주면 번역이 된다고 생각하는 발상을 버리지 않는 한, 이는 언제나 일어날 수 있는 오류라고 생각되며, 이는 한일 번역 시 특히 주의를 요하는 점이기도 하다.

3 전통문화 및 역사 관련 부문

이는 우리의 전통문화 및 역사를 나타내는 어휘를 일본어로 변환하는 과정에서 축자역이 되어 나타나는 문제점과 관련된 부문이다.

3.1 전통문화 관련 어휘상의 문제점

본 연구에서는 건축 관련 용어, 문화 관련 용어, 직위 관련 용어의 번역상의 오류를 전통문화와 관련된 어휘상의 문제점으로 분류하였다. 각 국의 전통문화와 관련이 있는 어휘들은 역어문화에 생경한 개념인 경우가 대다수로, 이와 같은 개념을 번역하는 방법으로는 설명적인 어구를 사용하는 방법과 원어의 어휘를 그대로 번역문에 사용하는 방법, 대상어에서 익숙히 알려진 다른 말로 대체하는 방법이 있다.

본 연구를 위해 수집한 자료들 중, 건축 관련 용어의 번역 상태를 보면, 한국관광공사가 제공하는 Tour2korea의 안내문은 비교적 전통건축과 관련된 설명이 적어서인지 건축 관련 용어의 번역 오류는 없었다. 그러나 서울시가 제공하고 있는 Visitseoul의 번역 안내문과 리플릿의 안내문, 표지매체의 안내문 등에서는, 우리말의 어휘를 그대로 일본어 번역문에 사용하는 손쉬운 방법을 택하거나, 이해하기 어려운 한자로 바꾸어 번역한 경우가 많았다.

다음으로 우리의 전통문화를 소개할 때 사용되는 어휘인 문화 관련 용어의 번역 상태를 살펴보면, 상기의 건축 관련 용어의 번역과 마찬가지로 한국관광공사가 제공하는 Tour2korea의 안내문은 문화 관련 용어의 사용이 적어서인지 크게 문제가 되는 번역은 발견하지 못하였으나, 서울시가 제공하고 있는 Visitseoul의 번역 안내문과 리플릿의 안내문, 표지매체의 안내문 등에서는, 우리말의 한자 어휘를 그대로 일본어 번역문에 사용하는 손쉬운 방법을 택하거나, [대군, 세자]와 같이 일본어에서도 사용은 하지만, 우리말과 그 쓰임에 차이가 있는 어휘를 한자로만 바꾸어 번역해 놓음으로써 이해에 어려움을 초래하는 번역 오류도 있었다.

마지막으로 조선시대 국왕을 비롯하여, 왕비나 후궁, 그 밖의 왕족 호칭과 영의정과 같은 관직을 나타내는 어휘를 나타내는 직위 관련 용어의 번역 상태를 보면, Visitseoul의 안내문의 경우에는 일본어에서 사용하지 않는 한자 어휘를 사용하여 번역하는 오류가, 리플릿 안내문과 표지매체의 안내문의 경우에는 우리말의 한자 어휘를 그대로 한자로만 바꾸어 놓는 오류가 발견되었다. 또한 세 매체 모두 우리말과 일본어에서 사용은 하지만 그 쓰임에 있어 차이가 있는 어휘를 한자로만 바꾸어 번역해 놓음으로써 일본인 관광객의 이해에 어려움을 초래하는 번역의 사례도 발견되었다.

이와 같은 방법으로 번역된 일본어 안내문은 일본인 관광객들에게 난해함을 줄 뿐만 아니라, 우리의 전통문화를 제대로 전달할 수 없다는 의사소통의 문제점을 내포하고 있다.

3.2 역사 관련 어휘상의 문제점

역사 관련 어휘상의 문제점이라는 것은 시대 표기나 역사적 사실을 서술함에 있어 그 내용이 부정확하거나 어휘가 잘못 쓰인 경우나 어휘의 사용에 일관성이 없는 경우를 말한다.

번역사가 번역을 하는 과정에서 원문 텍스트인 우리말 안내문의 내용이 부정확하게 되어 있음을 인지하지 못하고 원문 텍스트의 내용을 그대로 번역을 하여 오류를 범한 경우[9)]와 번역사의 실수로 [태종]을 [太祖]로, [영왕내외분]을 [英国国王夫妻]와 같이 번역한 경우, 일본 역사서에서 사용하는 대로 [1592년 임진왜란]을 [文禄・慶長の役]로 번역하는 경우의 사례들을 말한다. 어휘 사용에 일관성이 없는 사례의 일부를 제시하면, 리플릿 안내문에서는 [조선시대 제9대왕 성종]을 [成宗王/ 朝鮮時代の第9代成宗/ 朝鮮王朝の成宗/ 朝鮮の成宗]으로, 표지매체의 안내문에서는 동일 인물인 [태조]를 번역함에 있어서 [太祖(李成桂)/ 太祖

9) 덕수궁 정관헌의 뒤쪽에서 러시아 공사관으로 통하는 비밀통로가 있었는지의 유무에 대해 확실한 증거가 없음에도 그런 것이 있었다고 번역해 놓는다거나, 임금의 가마가 지나가는 길인 답도를 임금이 근정전으로 오를 때 밟고 오르는 디딤돌이라고 번역을 한다거나, 임금의 권위를 상징하는 정(鼎)을 향로라고 번역한 경우 등을 말한다.

(朝鮮王朝の第一代目の王様/ 朝鮮第1代王]와 같이 각기 달리 번역한 사례들이 있었다.

이 밖에도 [일제/ 일제 강점기]와 같은 어휘를 일본어 번역 시 어떻게 처리할 것인가에 대한 문제와 한일 관계사 속에서 우리의 수치라고 생각되는 [이왕가 박물관. 인정전 용마루의 오얏꽃 문양]과 같은 어휘를 굳이 일본어 안내문에 번역을 해 놓아야할 것인가 등에 대한 사례들이 문제로 남아 있다.

4 맺는 말

번역 작업을 단순한 언어변환 작업이 아니라, 해당 언어를 이해하지 못하는 이들에게 해당 국가의 정보나 문화를 전달하는 1차적인 수단으로 볼 때, 본 연구의 테마인 [일본어 관광안내문] 또한 우리나라의 관광정보, 역사, 문화 등을 일본인 관광객에게 전달하는 1차적인 수단이 될 것이다.

본 연구의 조사 대상이 되었던 일본어로 번역된 관광안내문은 우리나라를 대표하는 공공기관에서 제작하여 일본인 관광객들에게 제공하는 안내문들이다. 한국관광산업의 선두 주자격인 한국관광공사는 관광산업 전 분야에 산재해 있는 불완전한 외국어 안내표기 개선과 방한 외국인 관광객의 불편을 해소하고 한국관광 이미지 개선을 위하여 문화관광부. 국정홍보처, 서울시를 비롯한 9개 관련 기관으로 구성된 [외국어 관광안내표기 개선협의회]의 회의를 2003년 3월 27일 개최한바 있으며, 전국의 외국어 관광안내표기 오류실태조사 및 지속적인 개선을 위하여 2003년 5월부터 관광환경개선팀 내에 외국어 관광안내표기 표준화센터를 설치 운영하고 있다. 그러나 공공기관의 이와 같은 노력에도 불구하고 일본어역 관광안내문에는 아직도 여러 유형의 오류가 존재하고 있음을 본 연구를 통해 확인할 수 있었다.

일본어역 관광안내문의 내용이 신뢰성이 있는 문장이 되기 위해서는 무엇보다도 원문 텍스트의 내용을 제대로 번역하여야 하고, 번역된 내용이 일본어로서 자연스러움을 지닌 번역이어야 한다는 것은 의심할 여지가 없는 사실이라고 생각한다. 고궁과 관련된 세 매체의 일본어역 관광안내문의 실제를 조사 분석한 결과, 본 연구에서는 이하와 같은 결론을 얻을 수 있었다.

첫째: 언어표현 면에서의 오류를 막기 위해서는 번역되어지기 이전의 우리말 원문 내용이 보다 정확하고 신뢰성 있게 만들어져야 하겠고, 번역사는 우리말 원문의 내용을 보다 충실하게 최선의 노력을 다하여 번역을 하여야 할 것이며, 마지막으로 번역사에 의해 번역된 안내문에 대한 일본어 원어민의 철저한 감수가 필요하다는 것이다.

둘째: 일본어 원어민의 철저한 감수로도 해결할 수 없는 전통문화 및 역사 관련 어휘들의 대다수는 역어 문화인 일본 문화에서 생경한 개념의 어휘들로, 이와 같은 우리말 어휘를 한자로만 바꾸어 놓는 식의 번역은 일본인 관광객들과의 의사소통에 장애를 일으킬 뿐만 아니라, 우리의 문화와 역사를 왜곡하여 전달할 우려가 있다. 이와 같은 오류를 막기 위해서는 이들 어휘에 대한 일관성 있고 통일된 내용을 담은 어휘목록집이 필요하다는 것이다.[10]

---

10) 필자는 2005년 2월 박사학위 취득 후에 한국관관공사의 관련자에게 학위논문을 송부한 바가 있으며, 같은 해 5월에는 전국지자체 및 기관 대상 외국어 관광안내표기 감수에도 참석한 바가 있다. 그 이후 한국관광공사 관광환경개선팀에서는 영어, 일본어, 중국어를 대상 언어로 하여, 올바른 관광안내표기의 정착과 보급을 통한

금번 연구는 연구범위가 조선시대 5궁으로 불리는 고궁에 한정되어 있었던 관계로, 보다 많은 수의 관련 어휘를 수집할 수 없었던 점과 역사 관련 어휘 중 일부 어휘는 한일 양국의 국민 정서와 관계되는 어휘인 관계로, 필자 독단으로 적합한 번역어 내지는 대체 어휘를 결정하지 못하는 아쉬움도 있었다. 필자는 본 연구의 분석 자료와 결과물을 바탕으로 국내에 산재해 있는 불완전한 일본어 번역문의 오류를 보다 광범위하게 수집 분석하여, 이들 번역 오류를 바로 잡고 전통 문화와 관련된 관광안내문의 한일 번역 시 유용하게 사용할 수 있는 어휘목록집을 보다 충실히 만들어 한국 관광의 이미지 개선과 발전에 도움이 되고자 한다.

참고문헌

권영미(2002) 『외래관광객 실태조사』 서울 : 한국관광공사

김경호(2003) 「한국내 관광지의 일본어안내문 번역에 관한 실태조사와 문제점 연구」 『일본어학연구 7집』 서울 : 한국일본어학회

김동현(2002) 『서울의 궁궐 건축』 서울 : 시공사

김봉열(1985) 『한국의 건축 — 전통 건축편』 서울 : 공간사

김향자(1999) 『관광안내정보 시스템 구축방안』 서울 : 한국관광연구원

김효중(1998) 『대우학술총서 인문사회과학 103 번역학』 서울 : 민음사

박명희(2002) 「문화관광자원해설의 만족도 평가에 관한 연구」『관광레저연구 11-2』 부산 : 한국관광레저학회

윤장섭(2001) 『일본의 건축』 서울 : 서울대학교 출판부

이덕수(2004) 『新 궁궐기행』 서울 : 대원사

이승재 외 7인(2001) 「국내 공공기관의 번역 현황」『번역학연구 2-2』 서울 : 한국번역학회

정일영(2002) 「일본어역 관광자원해설 리플릿에 나타나는 오류에 관한 연구」 『번역학

외래관광객 관광불편요인 해소와 외국어표기의 표준화 확대를 통한 관광객 만족도 및 관광한국 이미지 제고를 사업 목적으로 2006년 12월에 『외국어 관광안내표기 용례집』을 발간하였다. 필자의 박사학위 논문 「5.2. 표준화 어휘목록 사례」에는 본 연구를 통해 얻은 결과물인 전통문화 및 역사와 관련된 용어들이 실려 있다.

연구 3-2』 서울 : 한국번역학회
______(2003)「웹 사이트의 일본어역 관광안내문 오류에 관한 연구」『번역학연구 4-1』 서울 : 한국번역학회
______(2004)「고궁 길잡이시설 해설안내문의 일본어번역문연구」『일본학보 59집』 서울 : 한국일본학회
______(2004)「일본어역 고궁안내문의 문제점 연구」 한국번역학회 프로시딩스
______(2005)「한국 관광안내문의 일본어 번역 연구」 동덕여자대학교 대학원 박사학위 논문
홍순민(2001)『우리 궁궐 이야기』 서울 : 도서출판 청년사
武内一良(1998)「外国人を対象とした観光案内に用いられる英語表記に関する研究」『観光研究』 埼玉 : 日本観光研究学会
太田博太郎(2003)『日本建築史序説』 東京 : 彰国社
柳父 章(1998)『翻訳語を読む』 東京 : 光芒社
Florence Herbulot 전미연 訳(1999)「전문 직종으로서의 번역사」『국제회의 통역과 번역 제1권』 서울 : 한국국제회의통역학회

6-3

일본어 관광통역의 이해

· 윤대근 ·

1 머리말

'일본어 관광통역'은 크게 「일본어」와 「관광」 그리고 「통역」이라는 세 가지의 키워드로 생각해 볼 수 있겠다. 무엇보다 「일본어」라는 언어적인 관점에 비중을 두고 외국어 교육의 사례의 하나로 「관광통역」이라는 영역을 둘러싼 포괄적인 고찰이 바람직하겠지만, 본고에서는 「관광통역」이라는 직무적인 부분에 초점을 맞추어 접근하고자 한다.

고도의 산업화가 정착될수록 여가 문화에 대한 관심이 높아지며, 국민소득 향상에 따른 레저·문화생활에 따른 지출이 증대되면서 관광은 인간의 차원 높은 욕구 충족의 하나로 표출된다. 따라서 관광산업은 제조업과는 달리 무형의 서비스를 상품화하여 판매하는 것으로 인적자원이 참으로 중요하다. 그렇기 때문에 국내뿐만 아니라 외국관광객을 대상으로 하는 「관광통역」은 바로 이(異)문화 교류를 통한 진정한 커뮤니케이션으로 승화될 수 있는 것이다. 흔히 "굴뚝 없는 공장"이라고 하는 관광산업은 우수한 인적자원을 바탕으로 타산업에 비해 월등한 고부가가치 창출로 이어진다는 점이다. 따라서 이러한 고부가 가치 창출과 외화획득의 효자 노릇을 해오고 있는 관광업계 종사원인 관광통역 안내사에 초점을 맞추어 집중적으로 기술하고자 한다.

무엇보다 관광통역이라 함은 해당 외국어를 통해 외국인에게 관광안내를 하는 일반 여행 업무에서는 고객 접점에서 가장 중추적인 업무라고 할 수 있다. 이는 안내내용과 질에 따라 관광객이 방문하는 국가의 이미지와 국가의 질이 평가되기 때문이다. 따라서 관광통역은 단순한 관광정보 안내만을 전달하는 것이 아니고 관광의 성패를 좌우함으로써 기업의 이미지뿐만 아니라 나아가서는 국가의 이미지를 세계 각국에 전달하는 매개체의 역할도 하는 것이다. 그렇지만 이와 같은 중요한 역할에도 불구하고 실제로는 의사소통의 도구이며 통역의 도구인 언어 그 자체에 대한 이해가 부족해서 발생되는 실질적인 커뮤니케이션의 문제에 대해 생각해 보아야 할 것이다. 실제 의사소통상황에서 언어가 한 가지 기능으로만 쓰이지 않는 것이 당연한 것처럼 통역은 물론 언어・문화가 다른 사람들 간에 의사소통이 가능하도록 하기 위해 이루어지지만, 해당 외국어의 언어 및 언어 외적인 사회・문화의 특성을 충분히 이해해야만 비로소 진정한 의사소통이 이루어진다는 점을 간과해서는 안된다.

여기서 '일본어 관광통역'의 현주소의 한 면을 보자면, 한국관광공사 산하 관광인력개발원의 관광종사원 자격증 등록 현황에서 알 수 있듯이 (자료: 2006.한국관광공사) 영어(5741명) 일본어(9340명) 중국어(2711명) 불어(225명) 독어(134명) 스페인어(116명) 러시아어(86명) 등 총 7개 언어에서 통역안내사가 18363명 배출되었는데, 그중에 일본어가 현저하게 많은 수로 우위를 나타내고 있다는 사실이다. 이것은 일본어의 특성과 한국·일본 두 나라의 일의대수(一衣帯水)로 일컬어지는 지정학적인 관계 때문일 것이다. 따라서 이와 같은 점에서도 한국에서는 지금까지 가장 많은 관광통역 안내원을 배출한 일본어를 토대로 '일본어 관광통역'에 대한 보다 세밀한 언어·문화적인 접근이 필요할 것이다.

2 일본어의 언어적 특성

일본어의 언어적 특성, 즉 커뮤니케이션 상에서 나타나는 중요한 인간관계에 따라 달라지는 일본어 고유의 특성을 관광통역이라는 범주에서 우선 살펴보기로 한다.

우리가 사용하는 어휘는 그 사용자가 속해있는 문화적 특성을 극명하게 나타내는 거울이라고 할 수 있다. 즉 자신의 마음의 움직임을 어떠한 어휘를 선택하여 표출하는가 하는 것은 다름 아닌 문화적 배경을 자신이 어떻게 이해하고 있는가를 그대로 드러내는 것이다. 따라서 일본어를 외국어로서 구사하는 경우 일본 문화사회에 대한 이해가 중요한 요소로서 존재한다고 할 수 있다. 그렇다면 우리가 일본어를 통해 상대방에게 자신의 의사를 표시하거나 이해를 구할 때, 그 커뮤니티 속에서 공유하는, 또 그 소통에 있어서 전제가 되는 요소에는 무엇이 있을까. 여기에서는 일본어가 지닌 언어적 특질 가운데 「일본어」를 운용할 때 어휘나 문체를 선택하는 데 있어서 키워드가 되는 요소들에 대해 살펴보기로 한다.

먼저 주목해야 할 점은 「장(場)」와 「上·下」이다. 일본어 역시 우리말과 마찬가지로 자신이 처해있는 입장이나 상황에 따라 말투나 표현이 다양하게 변화한다. 일본어의 「場」라고 하는 키워드는 이것을 잘 나타내고 있다. 커뮤니케이션을 원활하게 진행시키기 위해서는 각 장면마다의 이야기 상황이나 문맥을 판단하여 그 장면에 적합한 말투나 표현을 선택할 필요가 있다. 아무리 공손한 말을 쓰더라도 그 장면에 적합하지 않다면 분별력이 없거나 때로는 상대방에게 불쾌감을 주는 것으로 취급받는 것이다.

한편 일본사회의 인간관계를 나타내는 두 개 축으로 「上下」와 「内外」가 있다. 최근 들어 위아래 의식이 많이 옅어졌다고 하는 불만을 주로 장년층에서 많이 듣고 있는데, 직장이나 사회를 살아가는데 있어서 「상하관계(上下関係)」에 바탕을 둔 어휘나 표현의 선택은 반드시 필요한 것이다.

말하는 사람이 연령적으로 위인가 아래인가 하는 것은 지금도 인간관계를 결정하는데 있어서 가장 중요한 요소 가운데 하나이며, 그에 따라 경어나 대우표현의 사용을 좌우하게 되는 경우가 많다. 다시 말하면 「상사・부하」 「손윗사람・손아래사람」 「선배・후배」와 같은 요소는 언어 사용에 있어서 반드시 고려해야만 하는 사항인 것이다.

다음으로 현대 일본인의 인간관계와 말투에 가장 깊게 관여하고 있는 것은 역시 「안 : ウチ」 「밖 : ソト」라고 하는 개념일 것이다. 상하관계가 어떤 집단 안에서의 인간관계인 것에 비해 「ウチ・ソト」는 집단 안과 집단 밖을 구별한다. 일본인은 안쪽(=자기쪽)에 속한 사람이라고 판단하면 「친척일가 : 身内」 「우리편 : 仲間」 「…内」와 같은 호칭을 사용하는데 비해 바깥쪽에 속한 사람에 대해서는 「댁 : お宅」 「바깥사람 : 外の人」 「남 : よその人」와 같은 표현을 사용한다. 일본인에게 있어서 「ウチ・ソト」라고 하는 감각은 경어나 대우표현을 구분해서 쓸 때 매우 강렬하게 작용하는 요소이다.

한편 일본인은 일반적으로 「ウチ(=자기쪽)」에 속한 사람과는 격식을 차리지 않고 솔직한 응대를 하는데, 이것을 다른 말로 「혼네(本音)」 즉 속마음을 드러내고 사귄다고 한다. 이에 비해 「ソト(바깥쪽)」에 대해서는

매우 격식을 차리고 신중하게 속내를 드러내지 않고 「다테마에(建前)」로써, 다시말하면 겉마음으로 상대한다고 한다.

일본사회에서는 자신의 입장이나 역할이 상대방과의 관계에 따라 결정되는 경향이 매우 강하다고 한다. 「인간관계(人間関係)」가 원만한지 그렇지 않은지가 성공과 실패의 요인으로서 작용하는 경우가 많기 때문일텐데, 상대방의 납득과 도움을 얻는데 있어서 인간관계만큼 중요한 접근법은 없다고 보기 때문이다. 따라서 어떠한 일을 성공적으로 원활하게 진행시키기 위해서는 인간관계가 중요한 열쇠가 되는 것이다.

그렇다면 좋은 인간관계를 유지하기 위한 방책이 필요할 텐데 첫 번째로 꼽히는 것이 바로 남에 대한 「배려」이며, 이와 비슷한 「오모이야리(思いやり)」 「기쿠바리(気配り)」 「기즈카이(気遣い)」가 키워드로 등장하기도 한다. 또한 그다지 친하지 않은 상대나 손윗사람에게는 「사양」하는 태도를 보이는 경우가 많은데, 이는 다른 사람에 대해서는 일정한 거리와 격식을 차려야 한다는 의식을 반영하고 있는 것이다.

이상과 같이 일본어를 원활하게 운용하는데 있어서 우리가 이해해 두어야 할 문화적 키워드는 매우 다양하다고 할 수 있다.

그런데 기존의 관광통역 분야에서 이러한 키워드에 대한 적극적인 제시가 제대로 이루어졌는지는 의문이다. 즉 단순한 단어나 문형 암기나 통역의 기술만을 교수하는데 그치지 않았던가 하는 생각이 든다. 달리 말하면 동일한 화자가 비슷한 장면에 놓인다고 하더라도 언제나 같은 말투나 표현으로 이야기하지는 않는다는 점, 즉 대상의 연령층이나 직업군에 따라 다양한 말의 선택과 조절이 이루어진다는 점 등에 대한 고려가 제대로 이루어졌는지에 대한 의문이다.

이어서 현재의 관광통역 분야의 현상과 문제점에 대해 기술하기로 한다.

3 일본어 관광통역의 현황

3.1 관광통역 안내사의 의의 및 역할

우선 일본어 관광통역을 조명해 보는 데 있어서 무엇보다 중요한 것은 일본어 관광통역을 담당하고 있는 그 종사자 들일 것이다. 따라서 관광통역 안내사의 개념을 조사해 보면 다음과 같다. 여행업자와 함께 입국해서 출국까지 외래객 접대의 제 일선에서 활약하는 업무요원으로 이를 업으로 하는 것을 통역사 또는 통역안내사라 하여 가이드(guide)라고 부르기도 한다 또한 관광통역안내사란 일정한 자격을 가지고 자신이 구사할 수 있는 외국어로 외국관광객을 안내하는 관광 업무를 수행하는 자로서 국가의 자격시험을 거쳐 선발되며, 일반 여행업에서 핵심적인 업무를 담당한다. 라고 정의되어져 있다. 그렇기 때문에 단지 어학능력이 뛰어날 뿐만 아니라 구사언어外, 역사문화에 대한 지식, 폭넓은 식견 등이 요구되는 것이다. 따라서 외래 관광객이 가장 많이 접하는 사람이 관광통역 안내사이며 관광통역 안내사에게 느끼는 이미지가 한국・한국인에 대한 이미지로 직접 연결된다고 하겠다. 안내사가 외래관광객 안내시에 설명하는 내용을 대부분 그대로 믿어버리기 때문에 관광통역 안내사야말로 민간외교관이자 바로 그 국가의 이미지로 연결되는 것이다. 이처럼 외래관광객에 대한 관광통역안내사의 중요성이 높아짐에 따라 그에 대한 기대감과 더불어 그 의의는 더욱 커지게 되었다. 따라서 폭넓은 역사문화인식을 바탕으로 한 올바른 일본어 구사가 더욱 절실히 요구되는 것이다.

3.2 관광통역 안내사의 유래

통역안내원을 역사적으로 거슬러 올라가서 보면 조선시대의 역관으로 볼 수 있다. 통역안내원이라는 이름은 1961년 관광사업 진흥법에서 통역안내원자격증 제도를 처음으로 도입 한 후 붙여졌다. 1961년 8월에 관광진흥법을 제정 공포 하였으며, 1962년에는 국제관광공사가 설립되었다. 또한 관광에 종사하는 관광종사원의 필요성과 함께 통역 안내원의 배출이 시급해져 1961년 제정된 관광사업 진흥법의 관광통역 안내원자격증제도에 따라 자격시험을 시행하였다.

1970년대에는 일본의 EXPO 70으로 인해 정부는 해외홍보와 광고활동을 중요시해 외래 관광객이 본격적으로 입국하게 되었다. 1980년대에는 86아시안 게임과 88서울 올림픽으로 인해 관광산업이 획기적으로 발전하는 계기가 되었다. 문화관광부 2006년도 관광동향에 관한 보고서에 따르면 1988년에는 올림픽의 성공적인 개최와 함께 외래 관광객 200만 명을 유치하였으며 그 후 외래 관광객은 꾸준히 증가하여 2005년에는 602만 명을 유치했다. 지역별로는 아시아로부터의 관광객이 449만 명으로 전체의 75%를 차지 하였는데, 그 중에 국적별로는 단연 일본 244만 명으로 1위를 차지했다. 여기에서 외래관광객 유치에 있어 무엇보다 중요한 것은 인적자원인 관광통역안내사로 유능한 전문인력 양성이야말로 관광산업의 위상을 한 차원 높이는 일인 것이다. 이러한 추세에 맞추어 우수인력 확보를 위해 전문대학과 4년제 일반대학, 대학원 등에 관광관련학과가 많이 증설되었다. 하지만 2003년 4월 한국관광공사에 등록된 관광통역 안내사 200명에게 설문지를 조사해 나온 분석 자료를 보면 전공언어로 일본어가 57%로 가장 높은 비율을 차지하고 있는데, 전공언어의 교육기관은 사설기관(관광통역학원)이 45%로 가장 높은 비율을 차지하고 있으며, 20.8%는 대학 16.8%는 유학 9.4%는 기타 8.1%는 관광공사 산하 교육기관으로 나타났다. 이처럼 많은 일본어 관광통역 교육기관이 생겼음에도 불구하고 무엇보다 직무 만족도가 낮은 점이 향후 풀어야 할 과제라 할 수 있다.

3.3 관광통역 안내사의 역할

관광통역안내사의 역할은 입국한 외래 관광객에게 외국어 능력과 여행지에 대한 지식을 토대로 관광지 안내 및 각종 여행정보를 제공함으로써 체재기간 동안 관광객의 편의와 욕구를 충족시켜주는 것이다. 이에 따라 관광통역 안내사들이 수행하는 구체적인 역할은 첫째, 여행을 인솔지도하는 투어리더(tour leader)이고 둘째, 다정하고 공평하게 대해주는 친구(friend)와 같으며 셋째, 언어장벽을 느끼는 여행객들의 의사 소통 및 상담자(consultant)이며 넷째, 여행을 즐겁게 만들려고 하는 연출자(entertainer)이고 다섯째, 안전을 확보하는 보디가드(bodyguard) 등의 역할을 수행하게 된다. 여행상품이 숙박 · 교통 · 식사 · 관광 등 여러 가지 요소가 복합된 상품이므로 각 부문을 얼마나 세밀하게 조화시키느냐에 따라 상품의 가치가 달라지며, 이조화의 성패는 안내사의 전공언어에 대한 폭 넓은 지식을 바탕으로 한 세밀하게 짜여진 관광안내에 달려있다. 나아가, 한국의 문화와 역사는 물론 지리, 미술, 음악 등 모든 분야에 대해 폭넓은 식견을 갖고 외국인이 이해하기 쉽게 상대국의 연대와 비교하여 요약 · 정리해서 타이밍을 잘 맞추어 안내해야 하되, 안내 중 관광객의 민족적 긍지와 국민감정을 자극하는 설명은 피해야 좋은 관광통역안내사의 자질이 있다고 할 수 있겠다.

3.4 관광통역 안내사의 자격제도

관광통역 안내사 시험은 1962년 영어, 일어, 중국어, 독어, 불어 등의 5개 국어를 실시하였으며, 1970년에는 스페인어를 추가하였고, 1990년 이후에는 러시아어를 추가하여 현재에는 7개 언어의 관광통역 안내사 시험이 시행되고 있다. 관광종사원 자격시험법 제41조 제36조 제2항 본문의 규정에 의한 관광종사원 자격시험(이하 시험)은 외국어 듣기시험(관광통역 안내사, 총지배인 및 1급 지배인 자격시험에 한한다), 면접시험 및 필기시험의 방법으로 실시하되 평가의 객관성이 확보될 수 있는 방법으로 시행하여야 한다. 시험은 외국어 듣기시험과 면접시험을 함께 시행하고 그 합격자에 대해서 필기시험을 시행한다고 되어있다. 필기시험의 과목과 합격기준은 다음과 같다. 국사 40% 관광자원해설 20% 관광법규 20% 관광학 개론 20% 계 100%이며, 외국어(영어, 일어, 중국어, 불어, 독어, 스페인어, 러시아어) 중, 일본어는 JPT 740점 이상, 日檢(NIKKEN) 750점 이상을 취득하여야 합격이다. 여기서 문제점 하나를 지적하자면 앞에서도 설문지 분석 자료를 통해서 언급했듯이 관광통역안내사는 국가에서 지원하는 자격증 시험 준비를 위해 공인된 정규 기관인 학교보다 사설학원에 의존하는 경우가 많다는 점이다. 또한 관광통역 안내사의 자격증을 어렵게 취득하고도 실제로 통역 안내사로 직업을 갖게 되는 경우가 전체 33.5% 정도에 그치고 있다는 어느 연구 결과에서 알 수 있듯이, 이는 결국 어렵게 관광통역 안내사가 되더라도 신분을 보장해 주고 적정한 대우를 받을 수 있는 법적 보호 제도가 미비한 실정에 머물고 있는 오늘의 현실을 말해주고 있는 것이라 하겠다.

4 맺는 말

본고의 머리말에서 언급했듯이, 일본어, 관광, 통역이라는 세 가지의 키워드로 「일본어 관광통역의 이해」라는 테마에 접근하고자 했다.

한국의 일본어 관광통역의 실상을 제시하고, 의사소통과 통역의 도구인 일본어라는 언어와 그 언어의 다른 측면인 문화역사에 대한 폭넓은 지식을 갖춘 일본어 관광 통역안내사의 현황과 그 문제점들을 살펴보았다.

국책사업의 하나라고 일컬어지는 관광산업은 유능한 인적자원을 바탕으로 다른 산업에 비해 월등한 고부가가치 창출로 이어진다는 점에서 유창한 일본어를 토대로 한일 문화 역사에 대한 폭넓은 지식을 겸비한 일본어 관광통역 안내사의 중요성을 다시 한번 강조하지 않을 수 없다.

실제 관광 통역의 현장에서는 일본어라는 언어가 단순한 의사소통의 도구를 넘어 그 언어의 다른 측면인 문화역사의 올바른 이해에서 비로소 진정한 커뮤니케이션이 이루어진다는 점을 간과해서는 안 될 것이다.

이러한 점에서 관광통역안내사중, 가장 많은 일본어 통역안내사에 대한 체계적인 실태조사를 토대로 적정한 인원을 산출, 자격증 취득자 전원이 바로 취업되도록 하는 시스템을 구축하는 것이 일본어 관광통역의 제반 문제점을 해소하는 한 방편이 될 것이다.

참고문헌

권혁정(2001)「일본인 INBOUND를 중심으로 : 관광통역 안내원의 질적 향상에 관한 연구」

김상훈(1985년)『최신 관광개론』, 빅벨 출판사 : p354

김성혁 · 김순하(2000)『여행사 실무론』, 백산 출판사 : p85

이선희 외(1984)『여행사 알선 경영론』, 형설 출판사 : 195-197

신애경(2003)「일본어 통역 안내원을 중심으로 : 일본어통역 안내원의 직무 만족도에 관한 연구」

제7장

문법과 일본어 교육

7-1

담화연구의 이론과 실제

· 이도열 ·

1 머리말

언어는 추상적인 개념이 아니라, 구체적인 변화(variety)를 수반하는 역동적인 현상의 집합이다. 일본어의 환경도 다양성을 띠고 있으며 변화가 풍부하여, 일본어 교육자는 이러한 변화에 능동적으로 대처하기 위한 관련지식을 지속적으로 보완해 가지 않으면 안 된다.

종래의 외국어 교육에서는 대상언어의 문법이나 문형을 중시하여, 모어화자에 근사한 발음과 문법적으로 정확한 문을 익히는데 역점이 놓여졌다. 그러나 지구촌의 글로벌화로 인하여 이문화간의 접촉이 활발해지면서 상호 커뮤니케이션 능력이 중시되어, 학습자의 니즈(needs)에 따라 문법이나 어휘뿐만 아니라 장면에 따른 적절한 표현능력의 습득이 요구되고 있다.

제6차 교육과정 이후 외국어로서의 일본어 교육이 정착되어 가고 있지만, 아직도 어휘나 문법 습득에 중점을 두고 있어, 언어소통능력의 기본이 되는 담화(문장) 교육과 관련된 연구나 조사가 불충분한 상태이다.

2 담화연구의 위치

문은 사태나 사항 등과 관련된 대상의 내용을 화자의 발화나 전달태도에 의해 담화 전체의 구성, 전후의 정보, 커뮤니케이션의 상대 등을 고려한 다양하고 구체적인 형태로 표출된다. 언어학적 입장에서 볼 때 언어의 연구는 크게 언어(말)의 구조에 중점을 둔 형식주의(구조주의)와 언어의 기능(function)에 중점을 둔 기능주의로 대별되어 왔다.

표1) 형식주의와 기능주의(Geoffrey Leech, 1983)

	形式主義(formalism)	機能主義(functionalism)
연구자	Noam Chomsky 등	Michael Halliday 등
언어 현상	주로 심리적 현상	주로 사회적 현상
언어의 보편성	인간의 유전형질에서 유래	언어사용의 보편성에서 유래
언어획득	생득적 능력에 의함	전달의 필요와 전달능력에 의함
연구대상	자율적인 체계로써의 언어	언어와 그 사회적 기능과의 관계

일반적으로 문장(text)과 담화(discourse)는 커뮤니케이션의 수단으로써, 두 개 이상의 문이 모여 의미적으로 완성된 결속성(結束性)을 가진

문의 집합이다. 담화(話し言葉)는 외적조건을, 문장(書き言葉)은 내용을 중시하나, 근년에는 화자와 청자와의 관계에 의한 상호행위에 주목, 실제의 구두회화를 중시한다.

담화연구는 담화 레벨에서 언어를 분석하기 때문에 통어론(syntax)의 상위개념이며, 문맥(context) 상호간의 관계를 연구를 한다는 점에서는 발화행위론(speech act theory)을 포함한 어용론(pragmatics)과도 중첩된다. 또한 참가자나 화제(topic) 등 언어형식 이외의 요소를 포함한 종합적인 언어연구를 지향한다는 점에서 사회언어학(social linguistics)의 특징을 공유한다고도 볼 수 있다.

따라서 담화표현을 이해하기 위해서는 담화언어학, 담화분석, 디스커스 연구, 사회언어학, 어용론, 문학론, 문체론, 수사학(rhetoric) 등 여러 분야의 연구를 응용하여 일본어 담화현상을 종합적으로 고찰할 필요가 있다.

담화는 어나 문과 달리 항상 구체적인 장면(field)이 있어 성립되는 것이며, 이른바 파롤(parole) 영역에 속하는 것이라 할 수 있다. 따라서 담화에 있어서는 장면적 문맥(situational context)과 언어적 문맥(verbal context)이 항상 관련되기 때문에, 담화의 연구는 언어표현 기능과 참가자(화자・청자)와의 관련 등을 문제로 삼는 연구라 할 수 있다.

3 담화의 구성요소

야곱슨(1976)은 언어행동(communication)의 주요한 구성요소로, ① 발신자(話者)가 ②수신자(聽者)에게, ③메시지(素材)를 보낼 경우, ④공통된 코드(文法)를 통해, ⑤한정된 CONTEXT(場面・状況) 속에서의

⑥CONTACT(接触)를 들고 있다.

담화를 구조주의 입장에서 보면 문보다 큰 단위(a unit of language larger than sentence)로써 문장・담화를 구성하는 각각의 단위는 형태, 표현내용, 기능별로 특징을 가진다.

1A 車のカギはどこ。	Where are the car keys?
2B 冷蔵庫の上。	(The car keys are) On the fridge.

위의 회화는 형태상으론 의문문(1A), 표현내용은 생략과 전제정보가(2B), 기능상으로는 <질문-대답>의 특징을 드러낸다.

기능주의적 입장에서 보면, 참가자(Participant)가 발하는 모든 발화의도(発話意図)에는 장면(場面)과 형식(形式) 및 기능(機能)에 따라 다양한 의미가 내포된다.「時計持ってますか。」라는 표현은 시계의 소지여부를 묻는 의문문이 아니라, 현재의 시간을 묻거나, 약속시간에 늦은 상대에 대한 비난의 의미를 포함하고 있다. 이런 점에서 볼 때「どうも」도 장면에 따라서 [Thank you. Sorry. Excuse me. Thank you for coming. Sorry to take your time.] 등의 의미를 나타내며, 권유를 나타내는「どうぞ」의 경우에도 상황에 따라 아래와 같은 다양한 용법과 의미가 부가된다.

<u>どうぞ</u>(あがってください)
<u>どうぞ</u>(ざぶとんを)(お敷きください)
お茶を<u>どうぞ</u>(飲んでください)
もう少し<u>どうぞ</u>(食べてください)
また<u>どうぞ</u>(おいでください)

이처럼 커뮤니케이션은 화자(送り手)가 청자(受け手)에게 전달하고자 하는 내용을 기호화하여 표출한 것을 청자가 이해하는 의사소통의 일련 과정이다. 따라서 화자와 청자는 인접 페어(adjacency pair: 개별 화자에 의한 두 발화의 연속)의 휴지(pause)를 중심으로 상호 역할을 교체(turn-taking)하면서 담화가 전개된다.

예) 회화의 구조와 기능

1A	タダイマ。	<挨拶>
2B	オカエリ。	<挨拶>
3A	ボク、オナカ(ガ)スイタ。	<要請>
4B	マチナサイ。	<要請>
5B	モウスグデキマス。	<理由づけ>
6A	ワカッタヨ。	<了解>

이 경우 <인사-인사>의 인접페어로 시작된 회화가 <요청-요청>의 과정을 거쳐 <이유>를 <양해>하는 구조로 되어 있다. 이러한 담화는 화자와 청자가 상호 연관성이 있는 확실한 신정보를 명확하게 전달한다는 상호신뢰와 협조(배려)를 전제로 하여 전개된다. 그라이스(H.P Grice 1975)는 원만한 커뮤니케이션을 위한 상호협조의 원리(cooperative principle)를 내세워 다음과 같은 4가지 회화의 공리(maxims of conversation)를 설정하고 있다.

* 양(quantity): 필요한 만큼의 정보만을 제공한다.
* 질(quality): 근거에 입각한 진실된 정보를 제공한다.
* 관계(relation): 상호 연관성이 있는 정보를 제공한다.
* 양태(manner): 정보를 명확하고 간결하며, 순서에 맞게 제공한다.

담화의 이러한 특성을 고려하여, 제7차 교육과정에서는 문법적 능력보다 의사소통능력(意思疏通能力)을 중시하고 있다. 의사소통능력이란, 문법적 가능성(grammaticality)을 파악하는 문법성 판단 능력, 실제 장면에서의 실행가능성(feasibility) 및 적합성(appropriateness)을 판별할 수 있는 사회 언어학적 능력, 실제 담화에서의 실천가능성(practicability) 및 담화를 지속적이며 성공적으로 수행할 수 있는 전략적 능력이 포함된 개념이다(Canale & Swain, 1980).

4 일본어의 다양성

외국어를 습득하는 것은 대상 국가의 사회언어학적 문화를 습득하는 것이 되나, 언어는 화자의 의도나 상황에 따라 다양한 표현으로 구체화되기 때문에, 언어사용과 관련된 고정관념(stereotype)을 피하기 위해서나, 변화(variation)의 존재이유를 확인하기 위해서도 목표언어(일본어)의 다양성에 대하여 이해할 필요가 있다.

4.1 구두언어(話し言葉)와 문장언어(書き言葉)

일본어는 표현의 장단, 어휘, 경어, 시점(point of view), 구체성 등의 영향으로 담화와 문장의 위상차가 크다. 특히 어휘의 차는 일본어 교육에 있어 무시할 수 없는 중요한 요소이다. 일상적인 어휘(話し言葉)는 주로 고유어(大和言葉)가 많은 편이며, 사적, 소규모, 구체적인 경향이 있는 반면, 문장언어(書き言葉)에서의 어휘는 한자어, 공적, 대규모, 추상적인 경향이 있다.

문장언어(書き言葉)	구두언어(話し言葉)
謹賀新年	明けましてお目出とうございます。
先日、ある会合で、数年ぶりに、大学時代の恩師、加藤先生にお目にかかった。お目にかかって、はじめて、ずいぶんごぶさたしていたことに気がつき、赤面した。それにしても先生が相変わらずお元気なのに驚きもし、喜びもした。会合のあとで、会場の近所にある、ある喫茶店にお供し、同級生や、先輩、などの話をしてたのしい時間をすごした。以前、先生はお酒がお好きだったので、そのことについておうかがいすると、いまはもうお飲みにならないとのこと。去年の夏、胃の手術を受けられて以来、絶対にめしあがらないことになさったとのことで、驚いてしまった。最後に正月には友人とお邪魔することをお約束して、お別れした。	A「このあいだ学会があったろう、広島で。」 B「うん。」 A「ここで加藤先生にお目にかかったよ。」 B「へえ。何年ぶりぐらいだろう。もう5年になるかね。」 A「うん。」 B「お元気だった。」 A「うん、お元気だったよ。前よりもお元気に見えたぐらいだよ。」「でもね、去年の夏、胃の手術を受けられたんだそうだ。君知ってた。」 B「いや、知らなかったなあ。」 A「それからずっとお酒はめしあがらないんだそうだよ。」 B「へえ、加藤先生が。信じられないな。でもお元気で何よりだ。」 A「それで、正月には、君なんかとお邪魔するってお約束してきたんだけど、君行けるだろう。」 B「うん、そりゃ喜んで行くよ。ずいぶんごぶさたしちゃったからね。」
공적인 문장(격식 차린 말) 장문형식 전달 내용 중심의 표현 표현에 일관성이 있음	사적인 대화(허물없는 말투) 단문형식 심적 태도 중심의 표현 바리에이션이 현저함(도치, 생략, 축약 등)

4.2 부언어(paralanguage)적 요소

또한 담화는 청자의 이해를 돕기 위해 반복이나 완충부분이 포함되어 표현이 장황한 편이며(冗長性), 악센트(accent), 휴지(pause), 억양(intonation), 강조(prominence) 등과 같은 언어외적인 요소(副言語: paralanguage)에 의해 의미가 구별된다.

① 악센트(accent): 箸： ハシ(ガ)/ 橋： ハシ(ガ)/ 端： ハシ(ガ)

にわとりがいる。(二羽)／にわとりがいる。(鶏)

② 억양(intonation) 雨が降っている。 → (평서문)

雨が降っている? ↗ (의문문)

雨が降っている！ ↘ (감탄문)

雨が降っている。 ↪ (반어문)

③ 강조(prominence) **ここに**止めてください。(의뢰) /

ここに止**めてください**。(불만)

④ 휴지(pause): 수식과 피수식의 관계를 드러낸다.

薄い、茶色のコート(얇은 갈색 코트)

薄い 茶色の、コート(옅은 갈색 코트)

5 담화의 구조

담화는 커뮤니케이션에 참가하여 협력하는 개시부(開始部), 의도된 커뮤니케이션 행동이 이루어지는 전개부(展開部), 이야기를 마무리하는 종결부(終結部)의 구조로 되어있으며, 이들 간에는 일정한 패턴이 존재한다. 회화는 화자와 청자 상호간에 침묵(silence), 반복(repetition), 수정(repair)의 교체과정을 거쳐 완성된다. 특히 담화는 단순한 문의 집합이 아니라 문과 문(혹은 담화의 부분과 부분)과의 사이에 어떤 의미의 결속성(cohesion)이 존재하는데, 담화의 결속성을 나타내는 문법적 어휘적 요인에는 다음과 같은 것들이 있다.

(1) 지시(reference) 및 치환(substitution): 선행사를 조응하거나 다른 말로 대용하는 것.

世の中には、流行の言葉というものがある。

それを使うのは恰好のいいことかもしれないが…。

<前方呼応>

(2) 인용(quotation)과 반복(repeated form): 기출어구를 인용하여 반복

1A 今日は暑いね。2B ほんと。暑いねえ。

(3) 생략(ellipsis)과 복원(restoration): 기출담화의 보충에 의한 이해

1A ちょっとニュアンスがねー。(생략)

2B ええ、ちょっと違いますね。(복원)

(4) 일관성(coherence): 형태적 연관성보다 내용적 일관성 유지

1A おやつちょうだい(아들)。2B 手を洗いなさい。(어머니)

6 언어의 다양성(variety)

또한 언어는 지역, 민족, 사회계층, 직업, 성별, 연령 등과 같은 언어문화의 유형에 따라 운용방법이 다르다. 배경이 되는 사회나 문화가 다르면 함의(含意) 추론의 과정도 다르기 때문에 일본어 교육에서는 어휘의 사전적 의미나 문법적 지식만이 아니라, 상황에 따른 말의 의미차이를 분석하고 이해하여, 이를 적절히 사용할 수 있는 능력을 기르도록 하여야 한다.

언어를 사용하여 소재를 표현하는 것은 자신의 고유성(identity)을 드러내는 것이기 때문에, 담화에는 필연적으로 성차, 세대차, 지역차 등의 고유성이 표출된다.

(1) 성별(gender)에 의한 차이: 일본어는 남성과 여성의 심리적, 사회적인 요인에 따른 언어사용의 구별이 있다.

남성어(男性語)	여성어(女性語)
雨だ。おや、雨が降ってきたぞ。	雨よ。あら、雨が降ってきたわ。
1A「やあ、ひさしぶりだな。すいぶん黒くなったね。」 2B「うん、海へいっていたんだ。少し泳げるようになったよ。」 3A「あれ、君、泳げなかったのか。」 4B「うん、全然。君は夏休みに何をしていたんだ。」 5A「中国語の集中講義に出ていたんだ。簡単な会話ぐらいなら話せるようになったよ。」	1A「まあ、久しぶり。ずいぶん黒くなったわね。」 2B「ええ、海へ行っていたの。少し泳げるようになったのよ。」 3A「あら、あなた泳げなかったの。」 4B「ええ、全然。あなたは夏休みに何をしていたの。」 5A「中国語の集中講義に出ていたの。簡単な会話ぐらいなら話せるようになったのよ。」
거친 표현 단정적・명령적인 표현 주장과 설득 위주	부드러운 표현 비단정적 정중한 표현

(2) 연령에 의한 차이(generation gap): 동일 사항을 지칭함에도 화자의 연령에 따라 사용 어휘가 다르며, 비교적 젊은이들은 생략과 단축 표현이 많다.

ブーブー(유아) / 車(젊은이) / 自動車(노인)

(3) 지역에 의한 차이(방언): 지역에 따라 악센트, 표현 등의 차이가 있다.

[関東] 本を買った。寒い。雨だ。降っている。降らない。勉強しろ。

[関西] 本を買うた。寒か。雨や。降っとる。降らん。勉強せよ。

7 문화적 키워드

언어, 특히 어휘는 그것을 사용하는 인간의 문화 특징을 여실히 드러내게 되는데, 이를 문화적 키워드(keyword of linguistic culture)라 한다.

커뮤니케이션의 목적은 인간 상호간의 의사소통에 의한 사회관계의 유지・강화에 있다. 담화에서는 장면과 상대에 대한 배려에 따라 표현방법이 달라진다. 특히 일본어는 화자와 청자 간의 상하관계, 친소관계, 우치(inside)와 소토(outside) 관계 등에 따라 언어의 표현이 구별되므로, 커뮤니케이션을 원활하게 유지하기 위해서 화자의 입장이나 상황(context)에 따른 적절한 표현방법(strategy)을 선택하여 사용(code switching)할 필요가 있다. 예를 들면 [의뢰]의 발화행위(Speech Act)에 있어서도, 「窓、開けて。」「窓、開けてくれる?」「窓、開けてもらってもいい

かな。」「すみませんが、窓、開けてもらえませんか。」 등과 같은 변종(variation)이 존재한다.

(1) 상하관계: 상대나 장면에 따라 문체(常体・敬体)가 변화(speech level shift)되며, 청자 및 대상 인물에 대한 화자의 경의(敬意)에 따라 경어(정중어・존경어・겸양어)가 구별된다.

(母の話によると)昨日、田中さんは10時すぎまで野口さんの

来るのをお待ちになっていたんだって。

[母＜野口＜田中]

来るのをお待ちになっていらっしゃったんだって。

[母＜野口≪田中]

おいでになるのをお待ちしていらっしゃったんですって。

[母＜田中≪野口]

(2) 우치(内)・소토(外) 관계: 동일집단(우치)과 이질집단(소토) 간의 의사소통에서 발생하는 언어표현의 차이로써, 소토에 대하여 우치를 높여서는 안 된다.

1A「部長さん、私どもの社長の小島でございます。」

2B「社長、こちらは私がいつもお世話になっている竹田部長さんです」

(3) 친소관계(親疎関係): 우치・소토처럼 심리적 거리에 따라 허물없는 표현과 격식 차린 표현으로 구별된다.

1A ねぇ、ジョン！　お弁当はないね。

2B そのたなの上にあるよ。

3C あの、コピーは?

4B はい、あちらにあります。どうぞ。

(4) 공식(formal)・비공식(informal): 청자와 화자의 위상관계, 친소

관계, 우치・소토관계 등의 장면에 따라 공식적인 표현과 비공식적인 표현으로 표출된다.

1A ただいま。

2B お帰り、お疲れ。(동료: informal)

3C あ、ただいま。

4B お帰りなさい。お疲れさまです。(상사: formal)

이처럼 허물없는 사이(内-親)에서는 informal한 상체(常体)의 표현이, 격식 차린 경우(外-疎)에는 formal한 경체(敬体)의 표현이 사용되게 되는데, 이는 화자와 청자 간의 심리적 거리에서 연유된다.

8 언어의 운용

또한 회화란 화자와 청자 간의 상호 협력을 통하여 완성되는 공동 작업과정이다. 일본어 담화에 있어 열심히 듣고 있다는 태도의 표현이라 볼 수 있는 맞장구(相づち)는 커뮤니케이션의 기본적인 항목이기 때문에, 일본어 교육에 있어 아이즈치의 적절한 구사(타임과 요령 및 방법)에 대한 지도가 필요하다.

あるテレビ番組で司会者の男性がゲストの女優に、次のように話しかけていました。(<>内は相手のことば)

司会:「石田さん、<ハ>今日はお忙しいところおいでいただきまして、<イエ>どうもありがとうございます。<イイエ、コチラコソ>」

司会:「昨日は授賞式だったそうで、<エエ>そのあとのパーティには私も参りましたが、<アラ、アリガトウゴザイマシタ>随分大勢の方が出席していらっしゃいましたね。<エエ、ホントニ>」
司会：「何人ぐらいおいでになってましたか」
ゲスト：「ソーデスネー、いちいち確認したわけじゃないんでよくわかんないんですけど、300人ぐらいの方がエエ、それぐらいだったと思います。<ハア>ア、それから、大塚先生もね、<エッ、オオツカセンセー>エエ、大塚先生も、わざわざパリからいらしてくださったんですのよ。<パリカラデスカー>」

9 맺는 말

언어라는 것은 커뮤니케이션을 위한 수단이며, 문법적인 구조도 커뮤니케이션의 필요에 따라 다양한 형태로 이용되기 때문에, 문법적 언어형식이 담화의 전개과정에서 어떠한 기능을 하고 있는가와 관련된 연구가 필요하다. 일본어 교육도 종래의 문형중심 시라버스(syllabus) 교육에서 탈피, 언어의 장면이나 기능을 중심으로 하는 기능중심 시라버스 교육으로의 전환이 필요하다.

아울러 커뮤니케이션의 행위는 인간의 사회적 관계를 성립시키는 중요한 요소인 동시에, 인간의 사고・사상의 존재모습, 그 전달・교류의 수단・방법, 혹은 그 사회・문화의 문제를 널리 포괄하는 개념으로써, 주어진 장면 속에서 언어화한 화자의 표현의도를, 청자가 판단하여 이해하는 과정으로 분석되어야 한다.

결국 화자와 청자의 관계, 장면과 상황에 따라 다양하게 표현된 내용을 바르게 이해하기 위한 커뮤니케이션 능력을 기르는 것이 담화교육의 본질이라고 볼 때, 일본어 교육도 목표언어(target language)의 언어문화에 따른 적절한 커뮤니케이션 능력(사회언어능력)을 기르는 데 중점이 놓여 져야 한다.

그리고 지면관계상 생략한 비언어커뮤니케이션(non-verbal communication)과 담화분석(discourse analysis) 및 담화문법(discourse grammar) 관련사항은 다음 기회로 미룬다.

참고문헌

佐久間まゆみ 外2人(2003)『文章・談話のしくみ』: おうふう

砂川有里子(2005)『文法と談話の接点』: くろしお出版

泉子・K・メイナード(1997)『談話分析の可能性』: くろしお出版

________________(2005)『日本語教育の現場で使える談話表現 ハンドブック』: くろしお出版

日本語教育学会編(2005)『新版日本語教育事典』: 大修館書店

野田尚史(2005)『コミュニケーションのための 日本語教育文法』: くろしお出版

橋内　武(1999)『談話の織りなす世界 ディスコース』: くろしお出版

細川英雄(2002)『日本語教育は何をめざすか -言語文化活動の理論と実践-』: 明石書店

堀口純子(1997)『日本語教育と会話分析』: くろしお出版

水谷 修 外8人(1979)『INTEGRATED SPOKEN JAPANESE Ⅰ』: 創研社

Grice, H.P(1975) Logic and Conversation. In Cole, P. and Morgan J. L. eds. *Syntax and Semantics 3 : Speech Acts*. Academic Press. pp. 41～58.

Jakobson, Roman(1960) "Closing Statement: Linguistic and Poetics." In Sebeok, Thomas ed. *Style in Language.* Cambridge, MA: MIT Press. pp.350～377

7-2

효과적인 일본어문법 학습법

· 이길원 ·

1 머리말

단어를 사용하여 文(문)을 만들 때, 여러 규칙에 의해 문이 형성되게 되는데 그때의 규칙과 질서를 찾아내어 기술하는 것을 문법이라고 한다.

문법은 체계로서 존재하고 있기에 언어교육에 있어서 문법의 교육은 구체적인 내용을 가지고 과학적이고 체계적으로 진행되어야 함은 당연한 일일 것이다.

언어교육에서 문법교육은 학습자가 목표언어로 접근해가는 과정을 구조화 할 수 있으며, 학습자가 목표언어의 구조에 어느 정도 접근해 있는지를 측정할 수 있는 중요한 항목으로 인식되어 왔음에 틀림없다. 하지만, 종래의 문법교육이 이론만의 추상적 실체로서의 문법중심교육으로 일관된 면이 없지 않았기에 그것에 대한 비판과 개선요구가 있었던 것도 엄연한 사실이다.

본 연구에서는 기존의 체계적이고 과학적이지 못했던 문법교육의 모순점을 개선하고자 추상성이 높은 문법적 분류명칭의 사용을 지양하고 구체성을 띤 분류명칭을 사용함과 동시에 대조언어학적 연구성과를 잘 활용하여 효율성을 극대화한 문법사항에 관하여 기술해 나갈 것이다.

특히 본 연구에서는 일본어 교육에서 형태론과 구문론의 영역에 해당할 일본어동사의 활용형지도와 일본어의 수동형(受身形)과 수동문(受身文)을 중심으로 보다 체계적으로 교수・학습하는데 유효한 교육방법을 모색하기위한 작업이 되도록 할 것이다.

일본어의 용언에는 동사와 형용사가 있는데 본고의 연구영역으로는 일본어 동사의 활용 즉 동사의 어형변화에 대해 그 유형분류와 더불어 활용형의 구체적 교육방법에 관해서도 고찰하기로 한다.

또한 태(態)의 연구 영역으로는 광의의 연구로서 수동문, 사역문, 상호동사문, 재귀동사문 등 여러 연구분야가 있을 수 있으나 본고에서는 협의의 연구로서 태의 문법교육에 관한 고찰로서 수동문에 한정지어, 문법적 형태로서의 수동형에 관한 구체적인 동사 등의 파생에서부터 수동문의 유형과 그 수동문이 어떤 경우에 사용되어지는지에 관해서 분석하고, 나아가서 말하는 이(한국인 일본어학습자)의 학습자문화와 말하는 이의 교육목표인 목표문화와의 문제에까지 연장, 접근하여 수동문표현에 관한 심리상태에 관해서 언급하면서 효율적인 일본어 문법의 구체적인 교육방법에 관한 제시가 되도록 할 것이다.

1.1 문법교육

1.1.1 문법교육의 목표

문법교육은 언어교육에 있어서 크게 모어화자(母語話者)를 대상으로 하는 국어교육과 외국어 교육(제2언어 교육)으로 나누어 생각할 수 있는데 외국어 교육으로서의 문법교육은 국어교육으로서의 문법교육과는 그 접근방법을 달리하여 구체적이며 실용적인 교육문법(pedagogical grammar)이 되어야 할 것이다.

우선 외국어 교육의 내용 중 문법교육의 목표로서 일본어문법교육을 가정하였을 경우, 본고에서는 크게 세 가지의 문법교육목표를 제시하기로 한다.

첫째, 일본어문법교육의 초기 단계에 있어서는 아주 한정된 기본적인 일본어의 운용능력(듣기, 말하기, 읽기, 쓰기)을 기르는데 있으며, 둘째로, 가능하면 문법교육을 통하여 일본인의 언어능력에 점차로 근접시키도록 노력해야 할 것이고, 셋째로, 각각의 일본어학습자가 각자의 필요성에 따른 일본어 운용능력목표에 도달하도록 유도하는 교육목표를 둔다.

일본어문법교육에서는 교수자와 학습자가 일본어문법이라는 교수・학습 대상을 매개로 진행에 참여하게 되는데, 일본어문법교육 담당자인 교수자로서는 일본어문법에대한 과학적이고 체계적인 문법지식을 기본적으로 습득하고 있어야하며, 이미 습득한 문법지식을 다시 한 번 체계적으로 정리하여 일본어구조와 표현법을 교수함에 있어 의식적이고 자각적으로 충분히 인식할 수 있는 내용이 되도록 능력을 갖춰야 할 것이다.

1.1.2 문법교육의 방법

실제의 문법교육의 장에서 이루어져야 할 사항들로서는, 다음의 몇 가지 문법교육의 방법들이 대표적인 내용들로 열거 될 수 있을 것이다.

첫째, 문법사항의 제시는 가급적 귀납법을 사용하도록 한다.

둘째, 문법교육이라고 하더라도 구두연습이 표기연습보다 선행될 수 있도록 유도한다.

셋째, 어형변화와 규칙 등을 반드시 단어만이 아닌 문장 안에서 학습시키도록 한다.

넷째, 한번 학습한 문법사항은 다시 반복 연습을 행하도록 한다.

이와 같은 문법교육으로서의 방법론을 가지고 일본어 동사활용과 수동표현을 교육하려할 때 형태적인 측면과 구문적 측면 그리고 담화에 이르기까지 그 영역이 확대되어 보다 체계적이고 과학적인 교육내용이 되어야함은 더 말할 나위가 없겠다.

또한 앞서 언급된 4가지 문법교육 방법을 토대로 정해진 시간 안에 보다 효율적인 학습을 꾀하기 위해서는, 자연히 체계적이고 집중적인 학습이 필요하다. 그리고 의식적이고 자각적으로 일본어구조와 표현의 사용법을 배우려는 태도 또한 요구되어진다고 하겠다.

2 일본어 동사 「～て(た)」形

일본어 교육에서 아주 비중이 크다고 볼 수 있는 동사의 활용형에 관한 효율적인 학습법은 일본어 교육의 초급단계에서부터 아주 중요하게 다루어져야 할 중점 항목이라고 할 수 있다. 특히 그 지도에 있어서 간과할 수 없는 내용은, 과학적이고 실용적이지 못한 체계정립만을 위한 체계의 지도가 되어서는 곤란하다는 점이다. 기존의 학교문법에서 그대로 이어받은 불합리한 명칭(용어)의 암기등과 같은 비효율적인 교육방법 등을 지양하고, 한국인 일본어 학습자에게 유효하고, 일반 언어학적으로도 타당성이 높은 활용체계를 감안한 일본어동사의 활용법지도를 단계별로 제시하는 것이 무엇보다 요구되어지고 있다고 하겠다.

2.1 일본어 동사의 유형분류지도

일본어동사의 「～て(た)」形에 관한 구체적 어형분석에 앞서, 과거 학교문법에서 사용되어진 동사의 유형분류(五段活用動詞, 上・下一段活用動詞, カ・サ行変格活用動詞)에 관한 검토가 선행되어야 하겠다. 일관성없이 이해에 중점을 두지 않고 암기에 의존했던 분류보다는 인지과정의 경제성에 바탕을 둔 객관화 된 분류(제1그룹동사, 제2그룹동사, 제3그룹동사) 또는 한국어를 모어로하는 한국인 일본어학습자라는 점을 인식한 유형분류(자음어간동사, 모음어간동사, 특수어간동사)로써, 한국인 일본어학습자로서는 일본어를 한국어의 자・모음으로 분석가능하다는 점(yom-u : 요ㅁ+ㅜ, tabe-ru : 타ㅂㅔ+루 등) 에 착안한 분류방법도 유형분류상 유효하리라 본다.

(1) 제1단계

일본어 동사(복합동사포함)중 「～する、くる」두 유형의 동사는 제3그룹동사로 분류한다.

(2) 제2단계

「～る」로 끝나는 동사 중 「～る」 앞에 [i], [e] 발음의 동사는 제2그룹동사로 분류한다. (見る: mi-ru, 寝る: ne-ru)

(3) 제3단계

제3그룹동사와 제2그룹동사 이외의 모든 일본어동사는 제1그룹동사로 분류한다.

(4) 제4단계

제2그룹동사의 유형과 형태상으로는 같으나, 예외의 동사로서 다음과 같은 동사(어느 정도 사용빈도가 많은 동사：知る、走る、入る、帰る、切る、要る、すべる、減る、照る、練る、散る、蹴る、あせる、かじる、混じる、しゃべる、せびる 등)는 제1그룹동사로 분류한다.

일본어품사에서 동사와 복합동사는 다른 품사와 비교하면 그 활용의 유형에있어서 수많은 것들이 존재한다. 이와 같이 수많은 활용유형에 관한 동사의 유형분류는 간단하지만은 않겠지만, 위와 같은 네 단계의 과정을 거쳐 일본어사전에서 무작위로 추출한 동사에 관하여 분류하는 연습과정을 통하여, 단어예시의 복습을 통한 반복적인 지도도 하나의 방법이 될 것이다.

2.2 일본어 동사「～て(た)」形 만들기

일본어 교육의 초급단계에서 정중체「～です、～ます」를 지도한 후, 보통체로의 이행이 단계별로 이루어지게 되는데, 이때「～て(た)」形을 소개하는 것이 일본어 교육 현장에서의 일반적 상황이라고 하겠다.

한국인 일본어학습자에게「～て(た)」形 만들기는 제2그룹동사의 경우

(起きる→起きて、食べる→食べて)와 같이, 그리 어렵게 느껴지는 부분이 아닐 수 있겠으나, 제1그룹동사의 음편형(音便形)을 학습하게 될 경우에는 그 습득과정이 그리 간단하지만은 않을 것이기에 지도에 특히 유의하여야 한다.

(1) 제3그룹동사의 「~て(た)」形 만들기

「する」와 「くる」의 「~て」形은 「して」와 「きて」이고, 「~た」形은 「した」와 「きた」이다.

(2) 제2그룹동사의 「~て(た)」形 만들기

어미 「~る」에 해당하는 부분을 「~て」와 「~た」로 바꾸면 된다.
(着る→着て、着た / 考える→考えて、考えた)

(3) 제1그룹동사의 「~て(た)」形 만들기

·[촉]음편형(促音便形: 중간의 재촉하는 발음 「っ」)

어미(語尾) 「~u」앞의 어간말(語幹末)이 't', 'r', 'w'로 끝나는 것은 「~tte 」로 바꾼다.

mat-u → matte　まつ → まって
tor-u → totte　とる → とって
kaw-u → katte　かう → かって

상기와 같이 일반언어학적 어형분석에 기초하지 않은 또 하나의 「~て(た)」形 만들기로는 일본어동사 끝 문자인 「~つ、る、う」를 「~って」로 바꾸는 것도 유효한 방법이 될 수 있다.

·[발]음편형(撥音便形: 중간의 늘어나는 발음「ん」)

어미(語尾)「~u」앞의 어간말(語幹末)이 'm', 'n', 'b '로 끝나는 것은「~nde」로 바꾼다.

nom-u → nonde のむ → のんで
sin-u → sinde しぬ → しんで
tob-u → tonde とぶ → とんで

발음편형에 있어서 일본어 동사 끝 문자인「~む、ぬ、ぶ」를「~んで」로 바꾸는 것도 유효한 방법이 될 수 있다.

·[イ]음편형(イ音便形: 중간의 발음「イ」)

어미(語尾)「~u」앞의 어간말(語幹末)이 'k', 'g'로 끝나는 것은「~ite, ~ide」로 바꾼다.

sak-u → saitte さく → さいて
oyog-u → oyoide およぐ → およいで

[イ]음편형에 있어서 또 하나의「~て(た)」形 만들기로는「~く、ぐ」를「~いて、いで」로 바꾸는 것도 유효한 방법이 될 수 있다.

일본어동사「~て(た)」形은 일본어를 운용함에 있어서 아주 많이 사용되는 문법항목 중 하나임에 틀림없다.

「~て(た)」形은 실제 일본어 구문에서, 단순히 중지형으로만 나타나지 않고「~ている、~てある、~ておく、~てしまう」등과 같은 문법형태로도 다양하게 사용되고 있다.

그러하기에 앞서 제시한 일본어 동사의 유형분류와「~て(た)」形 만들기의 어형분류에서 얻은 기초지식위에 실제의 학습의 장에서 구체적인 문맥(교실용어에서 자주 사용하는「～を見てください、聞いてください」등)이나 장면(가공의 인물이나 그림카드에 등장하는 인물, 또는 교수자와 학습자가 공통으로 알고 있는 인물 등에 관해 말해보기)을 부여하여「～て(た)」形을 도입하고, 학습자의 주체적인 일본어 언어활동을 통하여「～て(た)」形의 일본어운용능력을 습득하게하는 과정도 필요하다.

3 일본어의 수동형과 수동문

이미 일본어 문법영역 중 형태론적인 카테고리로서 동사의 파생적인 문법적 접미사「～ない、～ます、～せる、～させる、～れる、～られる」등이 존재하고 인정되고 있음은 주지의 사실이다.

특히,「～れる、～られる」의 수동접미사는 동사의 어미가 활용함으로 인하여 만들어지는 동사로서 동작행위의 대상물을 중심으로 이야기를 전개할 경우 자연스럽게 수동문이 형성되며 술어부분의 기본동사가 어미활용을 하여 수동형동사로서 표현되게 된다.

1) 花子が太郎に殴られた。　←　太郎が花子を殴った。

2) 子供に泣かれた。　←　子供が泣いた。

이와 같이 기본동사가 어미활용하여 수동형동사로서 수동문에 나타나는 경우의 수동형의 형성과정을 통한 종류로서는 크게 몇 가지 다음과 같은 유형동사들로 분류가 가능할 것이다.

3.1 수동형 지도

수동형을 만드는 작업으로는 일본어의 동사에 문법적 접미사 「-れる、－られる」를 붙여서 만들게 되는데 그 결과 파생동사가 수동형동사가 된다.

수동형동사를 만들 수 있는 일본어동사는 일반적으로 타동사의 경우가 대부분이지만 자동사 또한 수동형으로의 어미활용이 가능하다.

단, 개별적인 사항으로 수동형을 못 만드는 자동사(소위 소동사라 불리는 동사)도 있다.

(1) 제3그룹동사

kuru → korareru・ru　　こられる

suru → sare・ru　　される、～される

(2) 제2그룹동사

動詞語幹＋ ru → 動詞語幹+**rare**・ru

みる → みられる、 たべる → たべられる、

ほめる → ほめられる

동사 어미의 음 「～る」를 떼고, 「～られる」를 붙여서 만든다.

(3) 제1그룹동사

動詞語幹＋ u → 動詞語幹+**are**・ru

のむ → のまれる、 とる → とられる、

おもう → おもわれる

「のむ」동사의 경우 마지막 음인「む」의「あ단」(즉,「ま」)으로 바꾸어(「む」→「ま」),「～れる」를 붙인다. 다만 어미의 표기와 음이「～ う」인 경우에는「～われる」를 붙이도록 한다.

(4) 예외동사

sin + zu・ru → sin + zerare・ru　　信ずる → 信ぜられる

(5) 수동문에서 동작주체(보어)가 유정물이 오는 일반적인 동사들에 대한 간단한 소개로 기본동사를 수동형으로 만들어 보게 하는 지도법도 수동형지도에 있어서 유효한 작업이 될 수 있을 것이다.

愛する→ 愛される、いじめる→ いじめられる、選ぶ→ 選ばれる、

裏切る、かわいがる、歓迎する、起訴する、きらう、さそう、指導する、信用する、信頼する、支援する、紹介する、招待する、遠慮する、尊敬する、頼む、助ける、なぐる、なぐさめる、にくむ、ほめる 등

(6) 일반적으로 사회적 사실을 객관적으로 서술할 때 잘 사용하며, 특히 결과에 주된 관심을 나타내는 내용으로 신문과 잡지 등에서 많이 기술되는 동사들로는 다음과 같은 동사들이 있다.

いう→ いわれる、記す→ 記される、行う→ 行われる、

捨てる、たてる、伝える、発行する、発売する、見る、発表する 등

(7) 수동형을 못 만드는 동사(소위 소동사라 불리는 동사)들의 그룹으로는 다음과 같은 동사들이 있다.

ある→ あられる(X)、要る→ 要られる(X)、

聞こえる、できる、見える 등

동사의 유형에 따른 수동형 만들기가 일본어에 있어서 형태론적으로는 생산적이지만 이상에서 살펴보았듯이 일본어동사로부터 수동형을 만들 수 있는 동사들과 그렇지 못한 동사들이 있음을 학습자에게 주지시키는 사실도 필요할 것이다.

3.2 수동문 지도

일과 사건을 표현하는 문으로서 보통은 동작주체를 주어로 나타내고 동작객체(대상)를 보어로 나타내는 것이 언어에 있어서 일반적인 양상이라고 하겠는데, 상황과 문맥의 필요성에 따라 동작객체를 주어로 나타내고 동작주체를 보어로 나타내게 되는 경우가 있게 된다.

이와 같은 구조의 전자가 능동문 그리고 후자가 수동문이라는 문법용어로 그 대응의 구조를 갖게 된다.

3) ねこが　ねずみを　とる。
4) ねずみが　ねこに　とられる。
5) いぬが　太郎に　かみつく。
6) 太郎が　いぬに　かみつかれる。

3), 5)는 능동구조의 문으로서 일・사건을 표현하는 핵심을 중립적 차원의 시점에서 표현한 문장이다. 4), 6)은 수동구조의 문으로 능동구조의 문과는 달리 동작주체가 보어의 자리에 위치하며 그 동작주체가 시점의 핵심이 되는 문으로 타동사「とる」에 대해 수동형「とられる」를, 자동사「かみつく」에 대해 수동형「かみつかれる」를 파생시켜 표현한 문을 형성하고 있다.

3), 4)와 5), 6)은 각각 동일한 일과 사건에 대한 의미내용을 동작주체와 동작객체의 역할위치상의 차이라는 구문적 대응의 구조를 가지고 있음에 대한 기본적인 수동문의 지식을 학습자에게 인식시키는 내용도 중요하리라 본다.

또한 4)와 6)의 수동문은 3)과 5)의 능동문과 대응을 이루고 있는 구문으로 일반적인 수동문의 분류용어로서는「직접수동문」에 해당되는 문으로 학습자의 이해에 어려움이 따르지 않겠으나 다음의 용례들 7), 8), 9), 10)은 4)와 6)과는 다른 유형의 수동문(「간접수동문」)으로 분류되며 특히 한국어 모어화자에 있어서 일본어 수동문 지도에서 유념하여야 할 구문들이다.

7) 花子が　太郎に　肩を　たたかれた。
8) 太郎は　すりに　財布を　すられた。
9) 父は　赤ん坊に　泣かれた。
10) 私は　雨に　降られた。

7), 8)은 동작객체의 신체일부분과 동작객체의 소유물이 사용되는 수동문으로 소위 소유주수동문 으로 불려지고 있는 구문들이고, 9), 10)은 대응하는 능동문을 갖지 않는 수동문으로 의미내용과 표현 기능적 특징

으로부터 보아서 주격에 오는 명사(보통은 사람)에게 폐가 되거나 괴로움을 당하는 일, 기쁘지 않은 일 등을 나타내는 표현으로 그 주격은 직접 구문 안에 나타나지 않는 것이 일반적인 예이다.

9), 10)의 경우 언어학상 일본어의 수동문만이 가지고 있는 독특한 구문으로 취급되고 있으며 문법교육에서 자동사의 수동문이라는 점에서도 주의 깊게 지도해야 할 사항인 것이다.

3)~10)의 구문들을 통해 일본어의 수동문 전반에 관하여 능동문과의 대응과 표현 기능적 특징을 살펴보는 것 또한 가능하리라 본다.

지금까지의 일본어수동문 용례들의 분석으로 일본어수동문은 기본동사(타동사와 자동사)로부터 일부분의 소동사를 제외하고는 수동형이 생산적으로 만들어진다는 점과 주격에 오는 명사인 제3자가 직접 나타나지 않는 간접수동문과 직접수동문 사이에 중간자적인 구조의 의미내용을 가진 구문(소유주수동문)들이 존재하고 있음도 확인되었다.

3)~8)까지의 구문들에서 동작주체(보어)와 동작객체(주어)가 모두 유정물로 구성된 경우로 학습자에게 일본어 수동문의 전형적인 구문들을 간단히 지도 가능하게 되는데, 다음 11)과 같이 동작객체에 무정물이 오는 경우에 정상적인 문이 이루어지는 경우와 12)의 구문과 용례처럼 비문(비문법적인 문)이 되는 경우 또한 그 이유를 설명하여 바른 지도로 이끌어야 할 문제가 발생하게 된다.

11) ハンドバックが　泥棒に　盗まれた。

12) ＊いもは　母に　焼かれました。

11)이 동작객체(주어)가 무생물이 오는 수동문임에도 불구하고 정상적인 구문으로 인정되는 것은 보도문적인 문의 특징으로 비일상적인 내용이 포함되어 있음에 반하여 12)는 일상적인 내용으로 반복적인 성질을 내포하고 있으며 사건을 보도하는 내용의 성격을 갖고 있지 않다는 내용으로 설명될 수 있을 것이다.

실제상의 구문에 있어서도 11)과 같은 성격의 구문은「会議(パーティ-)が開かれた。結果が発表された。国際化が論議された。」등과 같이 보도적인 내용으로 상당히 생산적으로 표현 가능한 구문들로 나타나게 된다.

일본어능력의 초급단계에 지도되어야 할 수동문의 문법교육으로서 우선 동사의 수동형 만들기에 관한 내용과 능동문과 수동문의 각각의 성격을 파악하게 하고 수동문의 구문상의 성격에 따른 수동문의 유형을 인식시키는 내용도 다루어져야 한다. 그리고 수동문의 가장 기본이라고 할 수 있는 동작자 생략의 구문(일상회화의 장면에서 자주 표현되는 구문)도 익힐 수 있도록 하는 것이 중요하리라 생각된다.

초급단계에서 다루어져야 할 수동문

コピーを	頼まれました。	
現代の車が	何十万台か	輸出されました。
オリンピックが	北京で	開かれます。

중급단계에서는 우선 동작주체와 함께 표현되는「に」와「によって」의 사용법에 대한 지도가 필요하고 수동문과 자・타동사문과의 관계까지도 포함하여 문법레벨 뿐만이 아닌 어휘레벨의 문제에도 지도 가능하도록 노력하는 것이 필요하다고 판단된다. 또한 중급단계의 지도에서 고민

하게 되는 대화체적 표현과 어휘레벨에서의 문제 등에 관한 내용들로서는 다음의 용례구문들과 같은 내용 등이 지적될 수 있겠다.

13) * 看護婦さんに手伝われました。

14) 警察の人に助けられた。

13)에서는 보통「手伝われました」라는 수동의 표현보다는「手伝ってもらった」라는 대우표현을 보다 일상적으로 사용하게 되는 어휘로 수동형과 수동구문이 생산적이라는 단정은 실제상의 구문에서 제외해야 할 경향이 있음도 알 수 있을 것이다.

그리고 14)의 구문도 정상적인 구문으로 판정될 수 있으나 자연스런 구문으로 인정되기에는 의문이 제기되는 구문으로「警察の人に助けてもらった」라는 대우표현이나「警察の人に助かった」라는 자동사구문이 더욱 실제의 언어사용장면에서 자주 자용된다는 점도 유의시켜야 하겠다.

어휘레벨의 문제로서는 일반적인 수동문의 성격인 상태성과 피해를 입게 되는 의미내용과 다른 수동형의 예들도 일본어 문법 교육에 있어서 설명되어야 할 것이다.

예를 들면, 상호작용의 의미를 포함하는 수동형으로「愛し愛され、助けたり助けられたり、押しつ押されつ、もちつもたれつ」등의 타동사와 그 수동형의 짝의 형태인데 일종의 하나의 (문)구로서 형성되어 사용되어지는 것들이다.

3.3 목표문화와 학습자문화 지도

일본어도 하나의 언어로서 문법적인 성질과 어휘적인 성질로 그 근간을 이루고 있으며 실제의 일본어 운용에 있어서도 문법적으로 그 규칙성을 체계적으로 유지하고 있음은 말할 나위가 없을 것이다. 일본어문법교육에 있어서 수동문의 지도는 이러한 문법적인 규칙을 체계적으로 지도함과 동시에 능동문과 동일한 내용을 표현하는 수동문이기에, 말하는 이의 시점이 어디에 두어져서 언어를 운용하게 되는지에 대한 내용도 지도해야 할 것이며 수동문이 상태성과 피해의 의미를 나타낸다는 언어 전반의 성격으로 보았을 때, 형태・구문・의미 이외에 수동문을 자주 쓰게 되는 언어문화적인 측면에도 관심을 두는 것은 마땅한 일일 것이다.

다른 언어에 비해 일본어가 같은 내용의 의미를 전달함에 있어서 능동문 보다는 수동문을 자주 사용하게 된다는 통계는 단순한 언어의 문법적인 측면만이 아닌 일본인의 언어행동과 문화에 기인하는 바가 크리라 예상된다.

일본어의 문법교육은 외국인에게 있어서 그 목표어인 일본어를 사용함에 있어 일본문화가 크게 일본어 담화에 큰 영향을 미치고 있음을 인식하여, 언어교육을 통한 문화이해와 문화습득에 따른 올바른 언어인식이 동시에 병행되는 교육이 이루어지는 것이 바람직할 것이다.

일본어 학습자가 한국인일 경우 학습자 문화가 갖는 성격상, 수동표현의 일본어 교육에 있어서 보다 시간적 방법적인 비중을 두고 교육해야 함은 당연하리라 본다. 한국인 학습자의 목표언어가 일본어로 상정된 본 연구에서는 일본어가 갖는 결과의 상태의 측면으로 일과 사건을 전개해 나가기를 즐기고, 동적인 언어행동보다는 정적인 언어행동 등으로 성격지어지는 일본문화를 보다 정확하게 분석하여 일본어 문법교육에서 수동문 지도에 효과적으로 대처해야할 필수학습항목으로 설정하는 것도 당연하리라 생각된다.

효과적인 학습항목으로서 목표문화와 학습자 문화의 양방향 지도의 필요성은 언어행동의 담화과정에서 깊이 관여하는 두 문화간의 충돌과 담화에 큰 영향을 미치고 있다는 점 또한 아무리 강조하여도 지나침이 없을 것이다.

4 맺는 말

본고를 통해 일본어 문법교육의 내용 중 특히 일본어동사의 유형분류 지도와 「~て(た)」形에 관한 구체적 어형분석과 유형분류를 기초로 한 「~て(た)」形 만들기를 시도해 보았다.

그 결과 일본어동사의 「~て(た)」形 만들기에 앞서 일본어동사를 제1그룹동사, 제2그룹동사, 제3그룹동사라는 명칭으로 분류하고 단계별로 정리하는 것이 유효하다는 점을 파악할 수 있었고, 「~て(た)」形 만들기에 있어서는 한국인 일본어학습자를 대상으로 한 일본어문법학습이라는 점을 인식하여 동사의 어간과 어미를 분석하여 어형만들기를 지도할 수 있다는 것을 확인하였다.

그리고 일본어의 수동문의 지도가 차지하는 영역으로서 형태적인 측면의 동사의 수동형지도와 구문적인 측면으로서 동작객체(주어)와 동작주체(보어)의 문제 그리고 의미상의 문제로서 결과의 상태성과 피해의 의미 등에 관하여 크게 세 부분으로 나누어 지도되어야 함도 지적할 수 있었다.

첫째, 수동형의 지도에서는 타동사와 자동사에서 수동형이 생산적으로 만들어질 수 있지만 자동사의 그룹으로 수동형을 못 만드는 동사의 지도에도 유의해야 하며, 둘째, 수동문의 지도에서는 동작객체와 동작주체가 유정물일 경우의 구문에서 크게 두 가지 유형「직접수동문과 간접수동문」으로 구문을 분류하여 지도하는 것이 필요하고, 특히 간접수동문의 경우 대응하는 능동문을 갖지 않고 주격에 나타나지 않는 제3자의 명사(주체)를 파악하여 지도해야 됨과 함께 수동형과 규칙적인 문을 형성한 수동문의 형식이라 하더라도 일상적인 내용으로 반복적인 성질을 내포한 문으로서는 정상적인 수동문이 될 수 없음도 설명하였다.

셋째, 의미상의 문제로서는 수동문으로서의 형태적요소, 구문적요소가 갖추어졌다하더라도 의미내용에 있어서 결과의 상태와 피해의 의미 등을 갖는 언어행동문화의 성격이 덧붙여지지 않을 경우에는 자연스런 수동문이 될 수 없다는 내용도 추가되었다.

마지막으로 수동문의 지도에 있어서 중요한 학습항목으로서는 일본어교육을 위한 목표문화인 일본문화에 대한 기본적인 지도와 학습자문화를 동시에 지도하여 담화과정에서 미치고 있는 문화에 관한 지식의 중요함도 문법교육과 함께 병행되어야 함도 강조하였다.

일본어 교육에서 동사의 활용형과 수동문이 사용되어지는 비중은 상당한 양임에도 불구하고 일본어연구의 성과를 가지고 접근할 수 있는 실제상의 효율적인 학습지도방법개발은 아직도 미완성단계에 있는 실정이라고 보아도 과언이 아닐 것이다.

본고를 통해서도 제시되지 못한 내용과 구체적으로 분석할 수 없었던 문형에서의 일본어 수동문만이 아닌 대화체에서의 수동문의 용법과의 차이 및 목표문화와 학습자 문화와의 상이한 내용 등에 관한 사항들에 대해서는 앞으로 계속적인 연구가 이루어져야 하겠다.

참고문헌

李徳奉(1998)『日本語教育理論方法』: 時事日本語社
李吉遠(1999)「日本語文法教育에 관한 考察」『人文科学研究第5号』
寺村秀夫(1984)『日本語のシンタクスと意味Ⅰ』: くろしお出版
水谷信子(1984)『話し言葉の文法』: くろしお出版
文化庁(1988)『日本語と日本語教育ー文法論ー』: 大蔵省印刷局
小泉保 外(1989)『日本語基本動詞用法辞典』: 大修館書店
李吉遠(1990)「日本語のVOICEー韓国語와의 対照研究(Ⅰ)」『言語と言語教育』: 東亜大学校 語学研究所
仁田義雄編(1991)『日本語のVOICEと他動性』: くろしお出版
富田貴生(1991)『基礎表現50とその教え方』: 凡人社
沢田治美(1993)『視点と主観性』: ひつじ書房
高橋太郎(1994)『動詞の研究』: むぎ書房
鈴木重幸(1996)『形態論序説』: むぎ書房
田中真理(1996)「視点・VOICEの習得ー文生成テストにおける横断的及び系統的研究」『日本語教育 第88号』: 日本語教育学会
日本語教育学会編(2005)『新版日本語教育事典』: 大修館書店
日本語文法学会編(2005)『日本語文法 5巻2号』: くろしお出版

제8장

평가의 이해

8-1 일본어 능력 테스트의 문제점
8-2 새로운 평가의 방향
8-3 OPI 평가법
8-4 일본어과 수행평가 방법과 사례
8-5 멀티미디어 일본어 학습 컨텐츠 평가기준

8-1

일본어 능력 테스트의 문제점

· 谷誠司 ·

1 머리말

여기에서는 한일 양국에서 대표적인 일본어 능력 테스트를 1개씩 선택하여(JPT와 일본어 능력시험), 그 청해 · 독해 부문의 내용 분석을 행한 결과를 보고한다. 또한 분석 결과로부터 양테스트의 과제를 밝히며 향후의 방향에 대해 제안한다. 덧붙여 본고는 지면 관계상 분석 기준이나 분석 결과에 관한 기술은 생략했다. 그러한 내용에 관심이 있는 분은 谷(2004 a, 2004 b, 2006)를 참조해 주시길 바란다.

2 분석기준의 작성

분석 기준은 Bachman, Davidosn, Ryan & Choi(1995)의 연구에 따라, 「테스트 전체의 특징과 구성」·「테스트 태스크의 특징」·「커뮤니케이션능력」의 3가지를 설정했다. 3가지의 분석기준은 주로 Douglas (2000)를 토대로 하여 작성되었고 기본적인 틀은 표 1과 같지만, 「테스트 태스크의 특징」과 「커뮤니케이션 능력」에 관한 세세한 내용은 청해·독해별로 작성했다.

표1) 분석기준

① 테스트 전체의 특징과 구성
  (1) 목적
  (2) 테스트의 구조
  (3) 시간 배분
  (4) 평가
② 테스트 태스크의 특징
  (1) 수험자가 처리하는 재료의 특징(콘테스트의 특징 등)
  (2) 테스트 문제의 특징(문제 형식 등)
  (3) 해답시에 처리하는 텍스트의 범위와 해답을 위해서 필요한 정보 (텍스트 처리의 범위가 전체인가 부분인가, 해답과 관련된 정보가 텍스트내에 명시되어 있는지)
③ 커뮤니케이션 능력
  1) 언어 지식
  2) 담화 지식
  3) 어용론적 지식
  4) 사회언어학적 지식
  5) 계략적 능력

3 테스트분석

3.1 대상

한일 양국에서 대표적인 일본어 능력 테스트인 JPT와 일본어 능력 시험(이하, JLPT)을 선택하여 분석 대상으로 하였다. 실제의 분석에 사용한 기출 문제는 이하의 A・B・C 3개이다.

A： 1999년도 JLPT청해・독해 부문(1급~4급)

B： 2000년도 JLPT청해・독해 부문(1급~4급)

C： JPT청해・독해 부문(출제 연도 불명・급별 없음)

1999년과 2000년의 JLPT 시험 문제를 사용한 이유는, 분석 개시 당시(2001년) 가장 최신의 테스트 문제였기 때문이다. JLPT는 출제 내용에 그다지 변화가 없기 때문에 분석에는 별다른 지장이 없다고 생각된다.

3.2 분석방법

분석 작업은 분석 결과에 객관성을 갖도록 필자를 포함하여 3명의 분석자(필자 이외의 분석자는 한국의 대학원 석사과정으로 일본어 교육을 전공・수료한 일본인 학생 1명과 한국인 학생 1명이다)가 행했다. 분석 기간은 2005년 2월부터 4월 까지로, 총 3개월간이었다. 분석은 3명이 했지만, 분석 기준의 첫번째인 「①테스트 전체의 특징과 구성」은 분석 대상 테스트에 관한 수험설명서 등에 나와 있는 정보를 바탕으로 분석하는 것으로, 주관적인 판단이 들어가지 않는 분석이라고 판단하여, 본고에서는 필자 혼자서 하였다.

나머지 분석기준에 대한 분석 작업은 이하와 같이 진행했다. 우선 분석 작업을 시작하기 전에, 샘플 문제를 사용하여 분석 연습을 실시했다. 분석 연습을 통하여 분석자는 분석 기준에 익숙해지고 3명의 분석자의 분석 결과를 비교하면서, 결과가 달랐을 경우는 그 원인을 찾고, 분석 기준에 불명료한 곳이 있으면 수정을 하여, 3명의 분석자의 분석 작업을 통일시켰다. 그 후 일정기간 마다 분석 범위를 결정하고 각자 테스트 문제를 분석한 후, 분석 결과를 서로 비교했다. 만약 분석결과에 차이가 날 경우는 3명이 논의를 하고, 공통의 최종적 분석 결과를 냈다. 또, 논의를 해도 3명의 의견이 일치되지 않았던 경우는 분석 결과를 불분명으로 했다.

4 분석 결과로부터 밝혀진 기존 일본어 능력 테스트의 문제점

지면 관계상, 분석 결과에 대해서는 여기에서는 기술하지 않는다. 그 대신, 분석 결과로부터 얻을 수 있었던 문제점을 소개한다. 순서는 우선 전체적인 특징과 분석한 「테스트 전체의 특징과 구성」, 다음으로 청해(테스트 태스크의 특징과 커뮤니케이션 능력), 그리고 마지막으로 독해(테스트 태스크의 특징과 커뮤니케이션 능력)에 관한 문제점으로 한다.

4.1 테스트 전체의 특징과 구성에 관한 문제점

・ JLPT는 「문자・어휘」와 「문법・독해」, 두 부문에서 400점 만점 가

운데, 300점을 차지하고 있다. 이와 같이 음성 언어의 출제가 적고, 문자언어의 성적이 합격을 좌우해 버리기 때문에, 수험자가 문자언어를 중심으로 학습하게 될 위험성이 있다.

· JPT의 독해 부문은 문제가 100문항부터 있지만, 그 중 문법 문제가 70문항이나 포함되어 있고 독해 문제는 불과 30문항 밖에 없다.

· JLPT는 급별로, JPT는 점수별로 능력 척도를 제시하고 있지만, 양테스트 모두 득점과 능력 척도의 관계가 불명료하고, JLPT의 능력 척도에 대해서는 그 기술이 너무 간략해 수험자가 구체적으로 어떤 것을 할 수 있는지 알 수 없다. 테스트의 득점과 능력 척도의 관계를 실증하는 연구, 혹은 그 연구 결과의 공개가 필요하다.

· JLPT는 소점을 기반으로 하는 채점체계를 사용하기 때문에 매년 수험자의 능력이나 문제의 난이도에 따라서 영향을 받아 채점점수가 많이 변동된다. 또한 JPT는 소점을 이용하지 않지만 JPT가 사용하는 환산표에 관한 정보가 공표되어 있지 않기 때문에, JPT의 점수 계산도 신뢰성이 떨어질 수 밖에 없다.

4.2 청해

4.2.1 청해 테스트 태스크의 특징에 관한 문제점

1) 수험자가 처리하는 재료의 특징

- 청해테스트에서는 「상황」의 설정을 명확하게 해야 한다. 「상황」이 애매한 텍스트가 많기 때문에 텍스트내의 특정 정보를 요구하는 질문이 많아진다.
- 텍스트내 등장인물 관계는 동등의 관계가 많은데(이야기의 내용으로부터 친한 관계라고 추측되지만, 사용하는 말은 정중체이다), 폭넓

은 인간관계가 보다 잘 반영될 수 있도록 해야 한다.

- 「레지스터(register)」를 공식, 일반, 친함으로 분류했는데, 분석결과는 일반에 집중되어 있으므로(특히 JPT의 경우), 더욱 다양성을 가져야 한다.
- JLPT의 하위급(3/4급)과 JPT 파트 1은 진정성(authenticity)이 낮다. 양쪽 다 실제의 장면에 접근시켜 청해텍스트도 현실성을 갖게 할 필요가 있다.
- 청해텍스트를 듣기 전에 미리 상황에 관한 정보와 그 청해텍스트를 듣는 목적을 수험자에게 알려주는 것이 좋다. 이로 인해 청해테스트에서 오해하기 쉬운 「음성은 마치 『허공에서 뿌려지는』 것이며, 누가 무엇을 위해서 이야기하고 있고, 그 회화를 수험자가 어떠한 목적으로 듣는 것인지 불분명한」(根岸, 2002) 부자연스러움이 없어진다.
- JPT는 JLPT와 비교하여, 「상황」「등장인물」「텍스트 타입」에 있어서 다양성이 부족하다.

(2) 테스트 문제의 특징

- JPT청해파트 1(사진 모사)은 상황에 관한 정보를 포함하지 않기 때문에 현실성이 부족하다. 다른 형식으로 하던지, 상황요소를 부가할 필요가 있다.
- JLPT나 JPT는 채점의 효율화와의 관계로 어쩔 수 없는 면도 있지만, 좀 더 다양한 문제 형식을 사용해야 한다고 생각한다.

(3) 해답 시 처리할 텍스트의 범위와 해답을 위해서 필요한 정보

- 청해텍스트의 길이와 관계가 있기 때문에 일률적으로 말할 수 없지만, 청해텍스트의 일부분만을 이해하면 정답이 나오는 문제가 아니라, 전체의 이해를 요구하는 문제가 요구된다.
- JLPT는 「해답을 위해서 필요한 정보」에 있어 「명시적」이라고 판단

되는 문제가 많다. 텍스트 내용을 그대로 이해하면 답을 할 수 있는 문제가 많은데, 유추시키는 문제를 많이 출제해야 한다.

4.2.2. 청해 커뮤니케이션 능력에 관한 문제점

・수험자에게 요구하는 커뮤니케이션 능력이「언어 지식」에 집중되어 있어,「어용론적 지식」이나「사회언어학적 지식」을 요구하는 문제를 늘려야 한다. Buck(2000)는 JPT 파트 2와 같은 문제 형식이 추량・어용론적 언어외의 의미・상호적 언어 사용을 측정할 수 있다고 기술하고 있다. 이에 따라서 파트 2와 같은 문제 형식을 보다 많이 사용할 필요가 있다고 생각한다.

4.3 독해

4.3.1 독해 테스트 태스크의 특징에 관한 문제점

1) 수험자가 처리하는 재료의 특징

・JLPT 하위급(3,4급)은「화제」「텍스트 타입(text type)」「레지스터(register)」에서「기타 외」로 판정되는 텍스트가 증가하여「진정성(authenticity)」이 낮아졌다. 이것은 텍스트의 레벨을 조정하기 위해서, JLPT의 하위급에서 사용되는 텍스트가 초급 교과서에 나오는 회화문이나 일기와 같은 문장을 사용하고 있기 때문이다. 그러나 하위급이라도 설문의 방법이나 텍스트의 편집을 보다 잘 하면 실질적인 독해 텍스트의 사용이 가능할 수 있다. 한편, JLPT의 상위급(1,2급)이나 JPT는 상황 특성이 분명한 경우가 많고, 따라서「진정성」도 높다.

- JLPT의 하위급은 「제시된 경로」에 있어서 시각 정보(그림・사진)의 사용률이 낮다(0%). 독해 텍스트에 시각 정보를 부가시키고, 레이아웃도 실제 잡지 기사나 실제 서류와 같은 레이아웃을 사용하면, 「진정성」도 보다 향상될 것으로 생각된다. 또한, JLPT의 상위급(1,2급)이나 JPT도 시각 정보(그림・사진)의 사용률이 10%에서 20%정도이므로, 좀 더 사용률을 높이는 것이 좋다.
- JLPT와 JPT는 「콘텍스트의 사전 정보의 제시」에 있어서 상황 설정이 되어 있지 않기 때문에, 수험자가 갑자기 본문을 읽고 설문을 푸는 상황에 처한다. 구체적으로 상황 설정을 하고, 현실적인 읽기 목적이 수험자에게 제시되어야 한다.

2) 테스트 문제의 특징

- JLPT 상위급(1・2급)과 JPT의 「문제 형식」은 「내용 파악-다지선택」이 주로 사용되고, JLPT 하위급(3・4급)은 「내용 파악-다지선택」과 「공란 보충」이 많이 사용되고 있었다.
- JLPT와 JPT는 「읽기 목적」을 설정하지 않기 때문에 「진정성」이 낮다. 수험자가 문제를 풀기 전(텍스트와 설문을 읽기 전)에 상황 설정을 하여, 읽기 목적을 주어야 할 것이다.

3) 해답 시 처리할 텍스트의 범위와 해답을 위해서 필요한 정보

- JLPT와 JPT는 「해답 시에 처리하는 텍스트의 범위」에 있어서 텍스트의 부분적인 이해를 요구하는 설문이 많다. 텍스트의 전체적인 이해를 요구하는 설문을 증가시켜야 한다.
- 「해답을 위해서 필요한 정보」에 있어서 JLPT 독해문제는 거의 명시적인 경우가 많다(추측을 요구하는 설문이 적다). 한편, JPT는 명시적인 문제가 60%, 비명시적인 문제는 40%이다. JLPT는 텍스트를 그대로 이해하는 설문뿐만이 아니라, 추측(예 : 독자의 인식이나 쓰는 사람

의 의도를 추측)을 요구하는 설문이 많아져야 한다.

4.3.2 독해 커뮤니케이션 능력에 관한 문제점

· JLPT와 JPT는 언어 지식 · 담화 지식을 요구하는 문제만으로, 「사회언어학적 지식」(독자의 인식) · 「어용론적 지식」(쓰는 사람의 의도등)은 그다지 요구되지 않는다. 전략적 능력은 JLPT 상위급의 문제에서는 요구되지만, JLPT 하위급이나 JPT에서는 거의 요구되고 있지 않다. 「사회언어학적 지식」이나 「어용론적 지식」을 요구하는 문제작성이 요구된다.

5 맺는 말

본 연구는 JLPT · JPT의 청해 · 독해 문제를 중심으로, 양테스트의 구성과 채점에 어떠한 문제점이 있는지, 테스트 문제가 실제 언어행동을 어느 정도 반영하고 있는지, 또한 테스트 문제가 어떠한 능력을 요구하고 있는지를 분석하여, 그 결과로부터 양테스트의 문제점과 개선안을 제시했다.

JLPT는 2005년도에 35만명을 넘는 수험자를 가진, 세계적으로도 유수한 외국어 시험이 되어 있다. 또는 Can-Do-statements 조사에 의한 타당성의 검증이나 분석 평가보고서가 매년 간행되고 있고 테스트 연구도 진행되고 있다. 그리고 현재 구두 능력 테스트의 도입을 포함하여 JLPT는 대폭적인 재검토 작업중이기도 하다.

그러나, 이덕봉(2003)이 지적한 바, 현행의 JLPT나 일본 유학 시험

(EJU)은 유학을 위한 시험에 지나지 않고, 일본 유학을 학습 목적으로 하지 않는 대부분의 일본어 학습자를 위한 일본어 능력 테스트의 개발이 학습자 증가, 즉 일본어 교육 시장의 확대에 필요하다. 이러한 의미에서 JPT의 존재는 주목할 만하지만, 그 개발 과정이나 출제 기준이 거의 공개되어 있지 않고 분석 연구, 타당성 검증의 연구등도 그다지 행해지고 있지 않은 점 (기관내에서 비공개 연구가 행해지고 있을 가능성도 있지만) 이 매우 유감스럽다.

테스트 분석은 그 목적에 따라 여러 가지 방법이 취해지고 또한 본 연구에서 사용한 방법이나 분석 기준도 완벽하지 않다. 통계적인 분석도 포함하여 다각적인 테스트 분석이 테스트 개선에 도움이 될 것이라 생각된다.

참고문헌

李徳奉(2003)「転換期を迎えた日本語教育に求められるもの」『日本語教育119号』1-10.

谷誠司(2004a)「JPTはどんな日本語能力を測定しているのか」『同日語文研究18集』1-18.

______(2004b)「日本語能力試験聴解はどのくらい現実の日本語使用を反映しているか」『日本言語テスト学会研究紀要6号』40-55.

______(2006)「日本語テストの分析と新しいテストの開発」『同徳女子大学校大学院博士学位請求論文』.

根岸雅史(2002)「テストデザイン再考―場面を柱とするテストデザインの可能性を探るー」『21世紀の英語教育への提案と指針』東京：開拓社

Bachman,L.F., Davidosn, F., Ryan, K., & Choi,I-C.(1995) A*n Investigation into the Comparability of Two Tests of English as a Foreign Language : The Cambridge-TOEFL comparability study*. Cambridge : CUP.

Buck, G.(2001) *Assessing Listening. Cambridge* : CUP.

Douglas, D.(2000) *Assessing Language for Specific Purpose*. Cambridge : CUP.

8-2

새로운 평가의 방향

· 谷誠司 ·

1 머리말 : 현재 외국어 교육의 목표

한국의 제7차 교육과정(고등학교 일본어 1)이나 일본의 학습 지도 요령(고등학교 외국어)을 보면, 현재 외국어 교육에 있어서 이하의 3가지를 육성할 것을 강조하고 있다.

1) 커뮤니케이션 능력(언어 운용 능력)의 육성

2) 의욕 · 태도 · 관심의 육성

3) 문화 이해(이(異)문화 이해) 능력의 육성

본고에서는 지면 관계상 1)로만 한정하여, 이 점을 어떠한 방법으로 평가하면 좋은지에 대해 논한다.

2 커뮤니케이션 능력(언어 운용 능력)의 평가

Bloom의 「교육목표 분류학」에서는 언어지식은 인지적 영역에 상당하고, 커뮤니케이션 능력(언어 운용 능력)은 정신운동 영역에 해당한다고 여겨진다. 그리고 전자는 필기 시험으로 평가가 가능하지만, 후자의 영역에는 퍼포먼스 평가의 이용이 요구된다.

이하에서는 외국어 교육에 있어서의 커뮤니케이션 능력(언어 운용 능력)을 평가하기 위한 퍼포먼스 평가에 대해서 자세하게 설명한다.

2.1 퍼포먼스 평가[1)]란

퍼포먼스란 「과제나 과정을 실행하여 완성시키는 것」이며, 이것은 「특정 과제나 문맥 속에서, 지식이나 스킬(skill)을 사용하여, 자기 자신의 작품을 만들어 내는 프로세스나, 그 과정에서 만들어 낸 작품・표현에 의해서만 평가할 수 있다」(기시모토, 2005). 그리고 「퍼포먼스 평가라는 것은, 평가하려고 하는 능력이나 기능을 실제로 이용하는 활동 중에서 평가하려고 하는 방법」(스즈키, 2006)라고 정의되어 있다.

외국어 교육에서 퍼포먼스 평가라고 하면, 바로 회화 테스트를 떠올리지만, 퍼포먼스 평가에는 리포트 작성과 같은 작품을 완성시키는 활동도

---

1) 한국에서는 performance assessment의 의미로 「수행 평가 」라는 용어를 사용하고 있다. 이 「수행 평가」은 「대체 평가(alternate assessment)」와 동의적으로 사용되고 있는 것 같고, 「포트 폴리오 평가(portfolio assessment)」 등도 포함되어 있는 경우가 많다. 본고에서의 「퍼포먼스 평가」는 퍼포먼스 중심 테스트(performance-based test)」를 가리키고, 이것은 수행 평가의 한 유형이며, 수행 평가는 수행 중심 테스트보다 포괄적인 개념이다. 용어의 구분은 배호순(2000)에서 자세히 설명되있다.

포함된다. 기시모토(2005)는 퍼포먼스 평가에 사용되는 과제를 이하의 2개로 분류하고 있다.

1) 실연으로 평가하는 퍼포먼스 평가(그 자리에서 발표시키는 방법) : 구두 발표 · 롤 플레이 · 「연주나 연기」 · 연극 · 험 기구의 조작 등

2) 완성 작품으로 평가하는 퍼포먼스 평가 : 리포트 · 소논문 · 「시나 소설」 · 포스터 · 「도표나 그래프」, 모형 · 「회화나 조각」 등

이하에서는 1)실연으로 평가하는 퍼포먼스 평가 와 2)완성 작품으로 평가하는 퍼포먼스 평가로 나눠서, 퍼포먼스 평가에 대하여 자세하게 알아보고자 한다.

2.1.1 실연으로 평가하는 퍼포먼스 평가

어떤 종류의 퍼포먼스 평가에서도, 퍼포먼스 평가에서는 학생에게 어떤 과제를 시켜 그 과정이나 결과를 근거로 학생을 평가하므로, 과제, 즉 퍼포먼스 과제의 작성이 매우 중요하게 된다.

기시모토(2005)는 미국 · 오하이오주가 작성한 교사용 퍼포먼스 과제 작성절차 가이드를 제시하고 있다. 그 가이드를 외국어 교육, 특히 한국의 고등학교 일본어 교육용으로 수정 · 작성한 것이 표 1이다.

표1) 퍼포먼스 과제의 작성절차

1) 평가 내용을 결정한다(단순한 단어나 문형을 외우고 있는지를 평가 내용으로 하지 않도록 한다). 2) 평가 내용이 교육과정이나 교과서의 내용을 반영하고 있는지 확인한다. 3) 과제의 초안을 만든다. 4) 과제를 수행하는데 있어서 필요한 일을 실제로 교실에서 가르치고 있는지 확인한다(타당성). 5) 과제로서 설정되는 상황은 가능한 한 현실 상황에 가까운 것으로 한다(진정성 : authenticity).

6) 과제를 수정한다.
7) 평가 기준을 작성한다. 이 때, 신뢰성을 고려한다.

작성절차에 대하여 중요한 점을 더 설명하자고 한다. 1)에서는 평가의 초점이 되는 지식이나 스킬(skills)을 명확하게 하는 것이 중요하다. 이 때, 단순한 암기 재생 테스트가 되지 않게 주의해야 하지만, 이것은 학생의 레벨에 따른 조정이 필요하다. 5)는 퍼포먼스 평가에 있어서 특히 중요하다. 왜냐하면, 「학습 동기를 유발시켜, 현실과의 관련성을 강조하는 것으로 학습내용의 응용을 중시할 수 있기 때문이다」(스즈키, 2006).

커뮤니케이션 능력 육성을 강조하는 현재 외국어 교육에 있어서는 구두 능력 평가가 많이 사용될 것이다. 따라서 여기에서는 제7차 교육과정 일본어 1를 기반으로 작성된 교과서를 예로 들어, 실제로 교과서 내용으로 어떻게 퍼포먼스 과제를 작성해 갈 지를 보자고 한다.

1) 평가 내용을 결정한다. 단순한 단어나 문형을 외우고 있는 것은 아닌지에 유의한다.

2) 평가 내용이 교육과정이나 교과서의 내용을 반영하고 있는지 확인한다.

제7차 교육과정 고등학교 일본어 1에 따라서 작성된 교과서는 기본적으로 의사소통 기능을 중심으로 구성되어 있다. 또한 교과서의 각 과 최초 페이지에는 의사소통기능 뿐만이 아니라, 그 기능의 예시문을 제시하고 있는 것이 많다. 각과에서 학습 목표로 제시하고 있는 의사소통기능과 그 예시문을 평가내용으로 하여 1)과 2)의 조건을 달성할 수 있다.
만약 학습목표인 의사소통기능이 많으면, 교과서내에서 가장 중점적으로 다루어지고 있는 기능을 선택하거나, 혹은 복수기능을 복합할 수 있다면 복합하여 1개의 평가내용으로 한다.

여기에서는 예로 「무엇을 하는지 물을 때 어떻게 말합니까(진명출판 「일본어 1」7과)」를 평가내용으로 한다.

3) 과제의 초안을 만든다.

4) 과제를 수행하는데 있어서 필요한 일을 실제로 교실에서 가르치고 있는지 확인한다(타당성).

5) 과제로서 설정되는 상황은 가능한 현실 상황에 가까운 것으로 한다(진정성).

과제의 진정성을 확보하기 위하여 우선 학습목표인 의사소통기능과 예시문을 참고로 하고, 그 기능과 예시문이 사용되기 쉬운 상황을 상상한다. 인간의 언어행동은 공통되는 부분이 많기 때문에, 일본어로 상상하는 것이 어려우면, 한국어로 생각해도 괜찮을지도 모른다. 상황을 상상해 테스트 문제를 작성한다.

① 「무엇을 하는지 묻는 것을 어떤 상황에서 자주 하는지」를 먼저 생각한다.

예 : 처음으로 만나는 상대에게 그 상대가 무엇을 하는가에 대하여 잘 하는 질문 →자매교의 일본인 고등학생이 학교를 방문해서, 둘이서 이야기를 나눈다.

② 「처음으로 만나는 상대에게 어떤 것을 질문하는지, 그 질문에 어떻게 답하는지」를 생각한다. 예 : 자매교의 일본인 고등학생이 학교 방문. 서로의 일상의 생활에 대해서 이야기를 한다.

③ 과제의 초안

예 : 자매교의 일본인 고등학생이 학교 방문을 하러 온 상황. 학생 2명을 선발하여, 한 명이 한국인 고등학생, 나머지 한 명이 일본인

고등학생의 역할을 하여, 일상에 대해서 서로 이야기를 한다(질문과 응답). 서로 이야기하는 내용을 미리 결정하기 위해서 롤 카드(role cards)를 준비하는 방법과 상황만 설정하여 자유롭게 시키는 방법이 있다.

④ 과제가 수업시간내에 다룬 내용을 반영하고 있는지를 생각한다. 「수업 내용→평가 과제」라는 사고의 흐름이 일반적이지만, 「평가 과제→수업 내용」이라는 흐름, 즉 평가 과제로부터 수업 내용을 생각하는 발상의 전환도 필요하다. 예의 과제의 경우, 언어적 내용뿐만이 아니라, 일본인 고등학생의 일상생활에 관해서 수업에서 다룰 필요가 있다.

6) 과제를 수정한다.

가능하면 동료 선생님에게 과제를 보여주고, 코멘트를 받는 것이 좋다. 일본어 선생님이 아닌 선생님이 의외로 유익한 코멘트를 줄 가능성도 있다.

7) 평가 기준을 작성한다. 이 때, 신뢰성을 고려한다.

퍼포먼스 평가에서는 일반적으로 평가 지표(rubric)라고 하는 달성레벨을 기술한 평가 기준을 작성해야 한다. 그러나 이 평가 지표 개발은 일반적으로 매우 복잡하다.

그래서 본고에서는 Turner and Upsher(1998)가 제안하는 EBB 척도(empirically derived, binary-choice, boundary-definition scales: 실증적으로 작성된, 2지선다식, 경계 정의 형식 척도)를 이용하는 것을 권한다. EBB 척도는 레벨과 레벨의 경계가 되는 행동 기준을 기술하고 있고, 그 기준에 이르고 있는지 아닌지 판단하며, 그 결과에 따라 어느 레벨에 속하는지를 결정한다. 중요한 특징으로 레벨간의 차이가 명시되어 있으므로 채점기준이 명확하며, 따라서 신뢰성이 높고, 또한 채점이 용이하고, 채점 방법을 배우는데도 특별한 훈련이 필요 없다, 등을 들 수 있으며, 교사에게 부담을 주지 않는 방법이다.

그림 1에서는 자매교의 일본인 고등학생이 학교를 방문하러 와서 둘이서 일상생활에 대해 이야기한다는 설정으로, 학생 2명이 롤 플레이(role play)를 하는 테스트 과제를 예로 하여 EBB 척도의 사용례를 제시하고 있다. 여기에서는 이 테스트 과제에는 롤 카드가 있고 카드에는 질문3개가 써 있다고 가정한다. 덧붙여 Turner and Upsher(1996)가 본래 제안한 EBB 척도 작성방법은 실제 수험자의 발화를 모아 특정 레벨에서 전형적인 발화를 하고 있는 수험자를 선택하여, 그 수험자의 발화를 근거로 레벨의 경계가 되는 중요한 특징을 기술해 나가는 수준을 취한다. 단지, 여기에서는 편의상, 미리 척도를 설정했다.

그림1 : EBB척도의 사용례

롤 카드에 있는 3개의 질문을 다 할 수 있고 상대방의 3개 질문에도 모두 회답할 수 있었는가?

아니요 네

질문 하나를 할 수 있고 질문하나에 회답

아니요 네

질문 두개를 할 수 있고 질문하나에 회답

아니요 네

질문 두개를 할 수 있고 질문 두개에도 회답(혹은 이 반대)

아니요 네

질문 세개를 할 수 있고 질문 두개에도 회답 (혹은 이 반대)

아니요 네

1 2 3 4 5 6

상기의 EBB 척도 예는 태스크의 전체적인 달성도라는 관점에서 채점 기준이 설정되어 있다. 제7차 교육과정에서는 정확함보다 유창함을 중시하는 평가를 권하고 있으므로, 유창함이나 자연스러움을 채점 기준으로 하는 평가 척도를 별도로 작성할 필요가 있다. 예를 들면, 유창함이나 자연스러움의 정도를 5단계 평가로 하는 것 등이 가능하다.

마지막으로, 커뮤니케이션 능력(언어 운용능력)이라고 하면 「구두 능력」이라고 생각하기 쉽지만, 읽기나 쓰기도 커뮤니케이션의 한 형태이며, 이러한 기능도 무시해서는 안 된다. 특히 읽기 테스트의 경우, 현실 세계의 언어 행동으로서의 읽기 행동을 무시하고 테스트 작성을 하는 일이 많기 때문에 상기에 언급한 수준대로 테스트 과제를 작성하여, 진정성을 높이는 노력이 필요하다.

2.1.2 완성 작품으로 평가하는 퍼포먼스 평가

완성 작품의 제출이나 발표로 행하는 평가방법은 종래 일반과목 수업에서도 잘 행해지고 있던 방법이다. 또는 외국어 교육에서도 교과서에 나온 테마에 대해 리포트를 제출시키거나 발표를 시키거나 하는 것은 그렇게 드문 일은 아니다. 혹은 음독한 테이프를 제출시키거나 일본인 관광객에게 인터뷰 하고 있는 장면을 녹화해 제출시키거나 하는 일도 자주 있어 왔다.

완성 작품으로 평가하는 퍼포먼스 평가에서도 우선 가장 중요한 점은 학습 목표와의 관련성이다. 본고에서는 언급하지 않겠지만, 학생의 문화(이(異)문화) 이해나 그것들에 대한 태도나 관심의 정도는 예를 들면, 리포트나 녹화 테이프의 제출로 어느 정도 파악할 수 있을 것이다.

다만 이 때에도 명확한 평가 기준이 필요하게 된다. 과제를 내기 전에 채점 기준이 정해져 있으면, 그것을 기준으로 한다. 사전에 평가 기준을 제시하는 것이 학생에게는 과제 수행의 방향성이 정해져, 채점에 대한 신뢰도가 높아진다. 그러나 언제나 채점 기준이 사전에 정해져 있는 것은 아니기 때문에, 그러한 경우는, 이하와 같은 절차로 채점 기준을 설정하는 것을 이시이(2005)는 권하고 있다(표 2 참조).

표2) 채점 기준의 개발절차(이시이, 2005)

1) 시행으로서의 과제를 실행해 다수의 학생의 작품을 모은다. 2) 작품을 채점하는 복수 관점을 결정한다. 3) 각각의 관점에 대해서 한 작품을 적어도 3명이 읽고 6점 만점으로 채점한다. 4) 모든 작품의 채점이 끝난 다음에 채점자 전원이 같은 점수를 매긴 작품을 선택한다. 5) 그 작품을 음미해 각각의 점수로 보여주는 특징을 기술한다.

이시이의 절차는 3명 이상의 채점자를 필요로 하고 시간면에서도 실행이 어렵다. 이시이의 절차를 간략화한 아래와 같은 순서를 이용해도 괜찮을 것이다(표 3 참조).

표3) 간략화한 채점 기준의 개발 절차

1) 모든 작품을 본다. 2) 채점할 관점을 결정한다. 3) 성과에 따라 작품을 레벨별로 나눈다. 4) 레벨의 특징을 써낸다. 5) 써낸 레벨의 특징을 기본으로 다시 모든 작품을 보고, 필요한 경우는 레벨의 특징 기술 혹은 레벨 나누기를 수정한다.

4 맺는 말

마지막으로 다음과 같은 제안을 하고 본고를 끝내기로 한다.

1) 「수업→테스트」로부터 「테스트→수업」으로 발상의 전환이 필요하다. 이것으로 학습목표는 명확하게 되고, 학습 내용과 평가의 일치를 도모할 수 있다.

2) 테스트 문제작성자체가 매우 시간이 걸리는 작업이며, 좋은 테스트 문제를 만들려면 지식과 경험이 필요하게 된다. 따라서 같은 지역의 선생님들이 모이고, 본인이 만든 테스트 문제를 서로 보여주고, 좋은 테스트 문제는 공유할 수 있도록 할 필요가 있다(이것이 문제은행의 개발로 이어진다). 이 과정에서 테스트 문제작성의 스킬을 향상시켜, 최종적으로는 그룹에서 능력 척도에 따른 테스트의 개발까지 발전시키는 것이 가능하게 될 것이다.

참고문헌

이현기, 이한섭, 한중선(2001) 『고등학교 일본어1』서울 : 진명출판사

배호순(2000) 『수행평가의 이론적 기초』 서울 : 학지사

石井英真(2005) 「ルーブリック」『よくわかる教育評価』京都：ミネルヴァ書房

岸本　実(2005) 「パフォーマンス課題とそのつくりかた」『よくわかる教育評価』京都：ミネルヴァ書房

鈴木秀幸(2006) 「パフォーマンス評価」『教育評価事典』東京：図書文化社

Turner,J.A. and C.E.Upsher.(1998) "Constructing rating scales for second language tests." *ELT Journa*l 40/1 : 3-12.

8-3

OPI 평가법

· 오지혜 ·

21세기 국제화 시대를 맞이하여 외국어 능력에 있어서의 구두 표현 능력의 중요성이 한층 강조되고 있다. 교육현장에서도 이러한 현실이 반영되어 제7차 교육과정의 고등학교 일본어 교육에 있어서 의사소통 능력 신장을 중시한 목표를 설정하였고, 대학수학능력시험에서도 의사소통 능력을 중심(60%)으로 평가(이근임, 2000 : 23)하도록 하고 있다.

한편「일본어가 능숙하다」「일본말을 잘 한다」라는 것은 구체적으로 어느 정도를 가리키는 것이며 구두 표현 능력이란 무엇을 말하는 것인가, 구두 표현 능력을 판정하는 기준은 어디에 둘 것인가 등에 대해 명확하게 그 답을 제시할 수 있는 보편적인 기준이 정립되어 있지 않다고 본다. 구두 표현 능력의 명확한 판정이나 조언은 학습자에게 있어서 학습 의욕을 높이기 위해 필요하며 이러한 작업은 교육 방법 개선에도 유용하다고 본다. 보편적인 평가 기준의 설정으로 학습자는 수준에 맞는 목표 설정이 가능해 지며 교사와 학습자는 일정 기준에 의한 학습 목표의 공통 인식이 가능해 짐으로써 효율적으로 학습 능력 향상을 도모할 수 있을 것이다.

따라서 일본어의 구두 표현 능력을 측정할 수 있는 보편적 평가 기준 마련이 필요한 시점이라고 본다.

1 ACTFL OPI

최근 가장 상세한 평가 기준을 갖고 있는 구두 표현 능력 평가 방법으로서 ACTFL의 OPI가 주목 받고 있다. ACTFL의 OPI는 'Proficiency Guideline'(구두 표현 능력 기준)을 마련하여 외국어의 숙달도를 측정하도록 하고 있다. ACTFL의 'Proficiency Guideline'은 1986년에 미국 국무성 외교관 연수소 및 미국 정부의 외국어 교육을 실시하고 있는 정보교환 기관(ILR)에서 사용해 온 구두 능력 레벨 판정 기술에 근거하여 작성되어 일반에게 공개되었다. ACTFL OPI는 전반적인 외국어를 대상으로 하여 개발된 평가 방법으로 일본어 교육에 있어서도 최근 관심이 높아지고 있다.

1.1 OPI 개요

OPI란 외국어 학습자의 회화를 통한 과제 수행 능력을 일반적인 능력 기준을 참조하면서 대면 인터뷰 방식으로 판정하는 테스트를 말하며, 외국어 능력을 최상급 · 상급 · 중급 · 초급 레벨로 나누고 또한 상급 · 중급 · 초급 레벨을 상 · 중 · 하로 나누어 총 10단계의 평가 기준을 정하여 각각의 단계에서 「무엇을 해야 하는가」에 대해 구체적으로 기술하고 있다.

1.2 OPI 평가 기준

OPI 평가 기준은 다음의 (표1)과 같다.

(표1) ACTFL OPI 평가 기준

표현. 능력 레벨	종합 과제와 기능	장면 / 화제	정확함	텍스트 型
최상급	여러 가지 화제에 대해서 광범위하게 토론하거나 의견을 증명하기도 하고, 가설을 세우거나 언어적으로 익숙하지 않은 상황에도 대응하거나 할 수가 있다.	대부분의 공식적 / 비공식적 장면 / 광범위한 일반적 흥미에 관한 화제, 및 몇 개의 특별한 관심사나 전공 영역에 관한 화제	기본적 언어 구조에 관해서는 패턴화된 오용이 없다. 오용이 있어도 실질적으로는 커뮤니케이션에 장해를 초래하거나, 모어 화자를 혼란시키거나하는 일은 없다,	복단락
상급	주요한 시제의 틀 속에서, 서술하거나, 묘사하거나 할 수가 있고, 예기치 않은 복잡한 상황에 효과적으로 대응할 수 있다	대부분의 비공식적인 장면과 몇 개의 공식적인 장면 / 개인적・일반적인 흥미에 관한 화제	모어가 아닌 사람과의 회화 익숙하지 않은 사람이라도 어려움 없이 이해할 수 있다.	단락
중급	나름대로 문을 만들 수가 있고, 간단한 질문을 하거나 상대의 질문에 대답하거나 하여, 간단한 회화라면 자신 스스로가 시작해서 계속하고 끝낼 수 있다.	몇 개의 비공식적인 장면과 사무적・업무적인 장면의 일부 / 일상적인 활동에 관한 예상 가능하고, 또한 자신 주변의 화제	모어가 아닌 사람과의 회화에 익숙해 있는 사람에게는 몇 번인가 반복함으로써 이해 받을 수 있다	문
초급	완전히 암기한 형 그대로의 표현, 단어의 나열, 구를 사용하여 최소한의 커뮤니케이션을 한다.	일상 생활에서의 신변관련의 단편적인 일. 예측하기 쉽고 일반적이고 일상적 장면	모어가 아닌 사람과의 회화에 익숙해 있는 사람조차, 이해하기 어렵다	단어와 구

주) 牧野成一監修(S.Makino),(1999)『ACTFL OPI試験官養成用マニュアル日本語改訂版』: 41

앞의 (표1)과 같이 ACTFL의 평가 기준은

(1)기능・과제(Function/Task)수행 능력
(2)내용・장면(Content/Context)처리 능력
(3)정확함(Accuracy)
(4)텍스트 형(Text Type)

의 4분야에서 종합적으로 평가하게 된다. 이와 같이 평가 기준은 기본적으로 4기능별로, 최상급, 상급(상-상급・상-중급・상-하급) 중급(중-상급・중-중급・중-하급) 초급(초-상급・초-중급・초-하급)의 4상위 구분・10하위 구분으로 되어 있다. 구두 표현 능력의 경우 최저 수준인 초급-하에서는 '단어를 나열하는 정도로, 의사 소통은 거의 되지 않는다'고 되어 있다. 이에 대해 최상급에서는 '사회적・전문적・추상적인 화제에 관해서 논리적인 대화가 가능하고 또한 상황을 고려하여 문체를 구별할 수 있다'고 되어 있다. 이러한 ACTFL 평가 기준에 의해 구두 표현 능력을 1대1 인터뷰 방법으로 측정하고 판정하는 것이 OPI(Oral Proficiency Interview 구두 표현 능력 인터뷰)이다.

한편, 하위 레벨 판정 기준으로는

「 중급-상 」: 상급 과제를 50% 이상 해결 능력

「 중급-중 」: 상급 과제를 30% 이상 해결 능력

「 중급-하 」: 최소한의 중급 과제 해결 가능, 상급 과제 해결 불가능한 능력이 되며, 초급의 경우는 중급 과제의 해결 정도로, 상급의 경우는 최상급 과제 해결 정도로 하위 레벨을 판정하게 된다.

예를 들면 초급-중과 초급-하의 말하는 이의 차는 먼저, 양적인 차이를 들 수 있고 알아들을 수 있는 발화인지 아닌 지의 차이다. 즉, 초급-중

의 경우 발화는 불완전하고 단편적이지만 회화 형태를 보이고 있는데 비해, 초급-하의 경우는 가끔 대답하는 정도로 의도하는 것을 전달할 수 없고 커뮤니케이션을 위한 극히 기본적인 필요에도 대응할 수가 없다(牧野成一, 1999 : 25).

OPI는 수험자의 수준에 따라 1인당 10분~30분의 시간이 소요되며 전문 시험관과 1대 1인터뷰 방법으로 실시된다. 판정은 인터뷰 내용을 녹음한 테이프를 듣고 인터뷰를 실시한 시험관이 1차 판정을 하게 되고, 또 다른 시험관이 2차 판정을 하여 최종 판정을 내리게 된다. OPI는 전문 시험관에 의해 실시되고 2차 판정을 한다는 점에서 비교적 객관적이고 신뢰도가 높은 평가 방법으로 주목받고는 있지만, 다수를 테스트하기에는 어려움이 있어서 실용적인 면에서 한계성이 지적되고 있다.

1.3 OPI 평가 절차

ACTFL-OPI에서는 외국어의 말하기 능력을 효과적으로 실시하고 판정할 수 있도록 4단계로 나누어 인터뷰한다.

OPI의 전개는 다음과 같다.

도입부 → 레벨 체크(하한 능력) ↔ 발화유도(상한 능력) → 마무리

도입부에서는 수험자가 편안한 상태로 인터뷰에 대답할 수 있도록 한다. 이 단계에서 대략적으로 수험자의 능력을 탐색할 수 있다. 질문은 날씨나 가족, 취미, 사는 곳, 간단한 자기소개, 어디에서 왔는지 등을 묻는다.

레벨 체크・발화 유도 단계에서는 발화를 유도하여 수험자의 하위능력의 한계와 상위 능력의 한계를 확인하며 레벨 체크를 한다. 초급-상 이상의 레벨에서는 마무리 전에 롤 플레이를 실시한다.

레벨 체크가 끝나면 마지막 30초 정도 기분 좋게 인터뷰를 마무리할 수 있도록 수험자가 대답할 수 있는 가벼운 질문한다.

1.4 롤 플레이

OPI가 마무리되기 직전, 4분의 3정도 될 때 롤 플레이를 실시한다. 롤 플레이는 인터뷰로 알 수 없는 과제 수행 능력을 체크할 수 있다. 롤 플레이는 초급-상의 경우는 실시하는 것을 권장하고 있으며 중급과 상급은 반드시 실시하도록 하고 있다. 최상급의 경우는 시험관이 판정을 위해 필요할 경우 실시할 수 있다.

2 OPI의 일본어 교육에서의 활용 방법

ACTFL-OPI가 전문 시험관에 의해 실시해야 한다는 점, 다수를 테스트하기에는 어려움이 있다는 점 등에서 실용적인 면에서 한계성이 지적되고 있지만, 평가 대상자의 최상의 수준과 연령, 인원수 등을 고려하여 OPI의 평가 방법과 기준을 현실적으로 조종, 설정한다면 교육 현장에서 효과적으로 활용할 수 있다고 본다. 활용 면은 도달 목표 설정과 그에 따른 교육 내용 설정 및 활동, 그리고 테스트 방법 등이다.

2.1 도달 목표 설정

ACTFL-OPI 평가 기준에 준하여 학습자의 학습 가능 시간과 목적에 따른 도달 목표를 설정하고 목표 달성을 위한 적절한 교육 내용을 편성하여 실시한다면 효율적인 교육이 이루어 질 것이다. 단, ACTFL-OPI 평가 기준은 대학생 이상의 성인을 대상으로 하고 있으므로 중・고등학생의 경우는 OPI평가 기준의 최상의 레벨을 중・고등학생에 맞게 낮추고 그 수준에 맞는 등급을 나누어 평가하는 것이 효율적일 것이다.

2.2 교육 내용 설정 및 교실 활동

ACTFL-OPI에 따른 도달 목표를 설정하고 교실 활동을 위해 단계적으로 교육 내용을 계획하여 체계적으로 교실 활동을 실시한다면 효과적일 것이다. 예를 들면 '중급'을 도달 목표로 설정했다면 '일상적인 활동이나 자신의 주변 사항과 관련 있는 예측 가능한 주변적인 화제에 대해 스스로 대화를 시작하여 진행하고 마무리 할 수 있다' 는 목표에 도달하기 위해 '학교' '가정' '친구'와 관련된 교육 내용과 과제를 중심으로 한 교실 활동을 생각할 수 있을 것이다. 구체적으로는 '하루 일과 설명하기' '약속하기' '전화하기' '특징에 대한 간단한 묘사, 설명' 등의 과제를 들 수 있다.

2.3 학력 평가

ACTFL-OPI 평가 기준을 활용한다면 학습자의 수준을 평가하여 수준별로 학급을 나눌 수 있다고 본다. 평가할 인원이 많을 시에는 난이도별 그림카드나 롤 플레이 카드 등을 활용하여 수험자가 제시된 그림이나 상황을 표현해 보게 하고 시험관은 표현을 유도하는 정도의 간결한 질문을 하여 테스트를 실시한다면 전문시험관이 아닌 일본어 교사라도 용이하게 짧은 시간에 많은 인원을 대상으로 테스트를 실시하고 평가할 수 있을 것이다.

2.4 고등학생용 평가 기준

7차 교육 과정의 교육 목표 및 고등학생을 대상으로 실시한 OPI 테스트 결과를 분석하여 고등학생의 구두 표현 능력의 최상의 목표를 ACTFL-OPI 평가 기준의 「중급-상」정도의 수준으로 설정(오지혜, 2000)하고 그 범위 내에서 고등학생의 구두 표현 능력 평가 기준을 다음의 (표2)와 같이 세분화하여 설정하였다(桜井恵子・오지혜, 2000: 464).

(표2) 고등학생의 구두 표현 능력 평가 기준

레벨	기초 언어 능력	대화 능력	담화적 능력	태도
A+	일상 생활, 여가 활동, 일반적인 관심사에 관한 어휘를 사용할 수 있다. 문법 사항의 대부분 사용할 수 있다. 발음은 보통의 일본인 사람도 알아들을 수 있다.	거의 정확하게 알아들을 수 있다. 그다지 복잡하지 않은 일반적인 과제나 사회 상황에서 자신감을 갖고 회화를 진행할 수 있다. 설명, 비교, 묘사, 의견 등의 과제도 50% 이상 해결할 수 있다. 일상생활에 관한 문화의 이해 가능. 반말, 경어의 일부분을 표현할 수 있다.	긴 문장의 50% 이상 이해가 가능하고 가끔 단락으로 표현하는 경우도 있다.	자신감을 가지고 스스로 화제를 전개하기도 하고 자신 없는 내용은 돌려서 표현하거나, 제스처, 표정을 사용하여 적극적으로 의사 표현한다.
A	일상 생활에 필요한 어휘는 대부분 사용할 수 있지만 일반적인 상황에서 필요한 어휘 사용은 50% 미만. 문법 사항은 복잡한 사항에서 오용이 보임.	거의 알아들을 수 있다. 일상 생활의 복잡하지 않은 상황에서의 대화에 어려움이 없다. 일상 생활 관련의 문화의 이해가 다소 부족하다. 가끔 자신이 없는 사항에서는 대화의 속도가 느려지는 경우가 있다.	스스로 문장을 만들 수 있고 단문 또는 복문형으로 발화하여 자신의 의도를 표현할 수 있다. 긴 문장의 이해에는 어려움이 있다.	적극적으로 발화하지만, 스스로 화제를 만들지는 못한다. 때로는 제스처, 표정을 사용하거나. 자기 수정을 한다.

B	일상생활의 기본적인 어휘는 어느 정도 사용할 수 있다. 필수적인 문법사용은 가능하지만 오용이 많다. 발음은 몇 번인가 반복함으로써 이해할 수 있다.	질문은 대개 알아듣는다. 일상생활에 필요한 몇 개의 장면에서 다루게 되는 화제에 대해, 스스로 간단한 문을 만들어 회화를 시작하여 진행시키고 끝낼 수 있다. 주로 암기한 문형 중심의 표현으로 가끔 끊기거나 하여 부자연스럽다. 문화의 이해가 부족하다.	짧은 문장을 만들어 자신의 의도하는 것을 표현할 수 있다. 단문이 대부분이지만, 복문도 일부 섞여 있다.	대부분 적극적으로 회화에 참여하지만, 자신감이 부족하여, 자기 수정하는 경우가 있다.
C	기본적이고 주변에 관한 어휘를 일부분 사용할 수 있다. 사용할 수 있는 문법은 일부분이다. 발음은 장음, 촉음,カ행, ザ행, ツ행 등에 문제가 있는 경우도 있지만, 어느 정도 알아들을 수 있다.	간단한 질문은 대개 알아들을 수 있지만 정확함이 결여된다. 침묵이나 관계없는 대답이 가끔 있다. 일상생활의 주변적인 사항에 있어서는 어느 정도 대화가 가능하다. 문화의 이해가 거의 안 된 상태.	단어, 구, 또는, 단순한 문으로 말한다. 그러나 문의 표현이 유지되지 못한다.	질문에 대답하는 정도로 대부분 수동적이지만, 자신 있는 부분에는 적극적으로 표현하려고 함.
D	어휘가 부족하여 한국어로 사용한다. 사용할 수 있는 문법이 그다지 없다. 발음은 알아듣기 어렵다.	간단한 질문을 대략적으로 알아듣지만 불완전하다. 대답은 한국어 등으로 하는 경우가 많다. 배운 표현이라면 간신히 기억해 내어 표현할 수 있다.	단어나 구로 대답하는 경우가 대부분이다. 그러나, 단문도 일부 있다.	질문에 대해 수동적임. 알고 있는 한두 개 표현 정도 스스로 발화함.
E	어휘가 매우 부족하다. 사용할 수 있는 문법은 거의 없다. 발음은 한국어와 섞여 거의 알아들을 수 없다.	거의 알아들을 수 없으므로 대부분 침묵. 인사나 자신의 이름, 숫자 정도가 전부다.	단어나 はい、いいえ 등 한마디로 끝나는 것이 대부분.	알고 있는 한두 가지 인사 표현 정도로 전혀 참여 안 됨.

주) 桜井恵子・呉智恵(2000)『한국 일본학회 국제학술대회 Proceedings』제61회 국제학술대회 Proceedings, 일본학회: 464

참고문헌

이근임(2000) 「대학수학능력시험 제2 외국어영역평가」『한국일본학회 학술대회 Proceedings.』60: 14, 한국일본학회

이덕봉(1998) 『日本語 教育의 理論과 方法』 서울: 시사일본어사

_____(2000) 「일본어과 수능 평가의 방향과 문항 예」『한국일본학회 교원직무연수 Proceedings』148-174, 한국일본학회

오지혜(2000) 「일본어 구두표현능력 평가법 연구: 한국 고등하교 일본어 학습자를 중심으로」 동덕여자대학교대학원 박사학위논문

_____(2000) 「高等学校 日本語 学習者 会話 能力 分析-ACTFL OPI 評価基準에 의한 到達 目標 設定을 중심으로-」『일본학보』44: 225-236, 한국일본학회.

오지혜・甲斐沢とし子(1999) 「타스크 선행형 롤 플레이를 사용한 교실활동」 『한국일어교육학회 교원연수회 프로시딩』1: 42-46, 한국일본학회.

교육부(1992) 「제6차 교육과정」『고등학교 외국어 교육과정 해설』(Ⅱ).

_____(1997) 「제7차 교육과정」『외국어과교육과정』(Ⅱ) 제15호.

甲斐沢とし子(1999) 「OPIを授業に生かす-テストとしての応用例」『月刊日本語』12 : 72-75, 東京: アルク.

桜井恵子・呉智恵(2000) 「韓国の高校生の口頭運営能力評価法の為の研究」『韓国日本学会国際学術大会Proceedings』61: 464-468, 韓国日本学会.

中島和子・桶谷仁美・鈴木美和子(2000) 「年少者のためのOPIテストの活用法」『月刊日本語』2: 74-77, 東京: アルク.

牧野成一 監修(1999) 『ACTFLOPI試験官養成用マニュアル日本語改訂版』 東京: アルク.

牧野成一外(2001) 『ACTFLOPI入門』 東京:アルク.

Swender, Elvira & Greg Duncan(1998) ACTFL Performance Guidelines For K-12 Learners' *Foreigh Language Annals,* 31-4.

8-4

일본어과 수행평가 방법과 사례

· 김태호 ·

1 수행평가의 이해

1.1 수행평가의 도입 배경

지식 정보화 시대를 맞이하면서 사고의 다양성과 창의성을 신장하고 교육의 질을 높이기 위해서 다양한 방법이 강구되고 있다. 그 중 교육평가의 양상을 크게 변화시키는데 핵심적인 역할을 한 것이 수행평가의 대두라 할 수 있다. 수행평가의 비중과 활용도가 높아지게 된 것은 기존의 평가의 문제점과 학습자 중심의 학습활동 그리고 교육의 질 개선에 대한 사회적 요구의 증대 등에서 그 요인을 찾을 수 있다.

선택형 지필평가는 객관성과 공정성이 보장되고 많은 학생들을 대상으로 얼마나 많은 정보나 지식을 기억하고 있는가를 평가하는 데 적절한 평가 방식으로 활용되어 왔다. 그러나 정답을 창출하기보다는 단편적인 지식이나 정보의 평가에 초점을 두기 때문에 인지적 구조의 변화나 이해 수준 등의 고등사고 기능을 측정하기는 어렵다고 하는 제한점이 있다.

또한, 기존의 평가 활동은 교수-학습 활동과 결부되지 않고 별개로 작용하게 되어 있고 학생들이 수동적으로 학습 활동 및 평가에 참여하게 된다. 그러나 1990년대 초부터 새롭게 등장한 구성주의 학습이론[1)]은 기존의 학습이론에 비해 평가 활동과 학습 활동이 밀접하게 연결되어 있어 필연적으로 학습자 중심의 학습과 평가 활동이 요구된 것이다. 즉 학습목표와 결부된 학습과제를 수행하는 과정에서 학습과 평가가 동시에 이루어지도록 요구되고 있다. 이는 교수-학습 활동 과정에서 이루어지는 직접적이고 다양한 평가방식을 도입한 평가 활동과 교사의 전문가적 판단을 보다 중시하는 평가 활동으로의 전환이 이루어지고 있는 것이다. 교육공급자 중심의 교육에서는 학생들을 수동적인 객체로 보고 결과만을 중시하는 평가를 실시하였지만, 학습자 중심 교육에서는 학생들의 적극적인 활동이나 체험을 요구하는 수행중심의 수업이 강조됨에 따라 자연스럽게 수행평가가 도입되게 된 것이다.

1.2 수행평가의 정의

'수행평가(遂行評価, performance assessment)'는 공교육 정상화와 21세기 지식기반사회에 적응할 수 있는 창의적 인재육성을 목표로 1999학년도부터 시행되고 있다. 시행 초기에는 수행평가의 진정한 의미와 뜻이 무엇인지 불분명하고 모호하기 때문에 여러 가지 혼란이 야기되기도

---

1) 구성주의의 주된 요지는 지식습득이 교사에 의해서 수동적으로 받아들이는 것이 아니라 학습자 스스로 능동적인 경험을 통하여 의미를 파악하고 구성하는 것을 말한다.

하였다. 수행평가라는 용어는 학자들의 관점이나 강조점에 따라 조금씩 다르게 정의하고 있는데, 국내외 학자들이 수행평가에 대해 어떻게 정의하고 있는가를 살펴보면 다음과 같다.

스티진스와 브리지포드(1982)는 "수행평가란 새로운 문제나 특징의 과제를 해결하는 능력을 측정하기 위한 체계적 시도로서, 실제 또는 모의 상황에서 학습자들이 나타내 보이는 반응들을 전문가인 교사가 직접 관찰하고 판단함으로써 이루어지는 평가방식"이라고 정의하고 있으며, 맥타이와 훼라라(1994)는 "수행평가란 선택형 지필평가(진위형이나 배합형 포함) 이외의 다른 모든 평가 방식, 즉 학생들의 구성적 반응이나 특정 산출물, 학생의 활동이나 활동 과정 등을 평가의 대상으로 하여 이루어지는 평가"라고 정의하고 있다.

백순근(1998)은 수행평가를 "학생 스스로가 자신의 지식이나 기능을 나타낼 수 있도록 답을 작성하거나 발표하거나 산출물을 만들거나 행동으로 나타내도록 요구하는 평가 방식"으로, 허경철(1999)은 수행평가를 "교사가 학생들의 학습과제 수행 과정이나 결과를 직접 관찰하고, 관찰 결과를 전문적으로 판단하는 평가 방식"이라고 정의하고 있다. 그리고 배호순(2000)은 수행평가를 "학생으로 하여금 학습과제를 수행하도록 요구하고 그 과정과 결과를 통하여 보여 주는 지식, 기능, 태도를 관찰하고 판단하는 평가방식"이라고 하고 있다.

이상의 내용에서 알 수 있듯이 수행평가는 "학생 스스로 답을 작성하거나 발표하고 또한 조사 연구한 결과물을 만들어내기 위해 행해지는 과정이나 결과에 대해 교사가 관찰하고 전문적으로 판단하여 평가하는 것"이라고 할 수 있다.

1.3 수행평가의 특징

수행평가에 대한 전반적인 특징을 요약하면 다음과 같다(백순근, 1998; 허경철, 1999).

첫째, 수행평가는 학생이 문제의 정답을 선택하는 것이 아니라 자기 스스로 답을 작성하거나 행동으로 나타내도록 하는 개방식 평가이다.

둘째, 수행평가는 교수-학습의 결과뿐만이 아니라 교수-학습의 과정도 함께 중시하므로 다양한 해결책을 모색해 가는 절차나 전략에도 관심을 갖는다.

셋째, 수행평가는 단편적인 영역에 대해 일회적으로 평가하기보다는 학생 개개인의 변화, 발달 과정을 종합적으로 평가하기 위해 전체적이면서도 지속적으로 이루어지는 것을 강조한다.

넷째, 수행평가는 학생의 학습 과정을 진단하고 학습자 개인의 장점과 단점을 알려 주어 개별 학습을 촉진하려는 데 있다.

다섯째, 수행평가는 기억, 이해와 같은 단순 암기력보다는 창의력, 분석력, 문제 해결력과 같은 고등 사고능력에 대한 평가를 중시한다.

여섯째, 수행평가는 교육목표의 달성 여부와 학습 내용의 성취 정도를 가능한 한 자연스러운 실제 상황 하에서 파악하고자 한다.

일곱째, 수행평가는 개인에 대한 평가도 하지만, 집단에 대한 평가도 중시한다. 실생활에서 도움을 주고받으며 살아가기 때문에 경쟁보다는 협력적으로 과제를 수행하는 것도 권장한다.

2 일본어과 수행평가 방법

외국어 교육으로서 일본어 교육은 지식의 습득보다 의사소통 능력이 강조됨에 따라 일본어를 사용할 수 있는 능력을 기르는 데 중점을 두고 있다. 따라서 일본어 교육에서 중요시 되고 있는 의사소통 능력을 평가하기 위해서는 언어의 기능을 각 기능별 또는 여러 기능을 유기적으로 연계하여 통합적인 평가가 이루어지도록 해야 한다.

현재 학교 현장에서 활용하고 있는 보편적인 수행평가 방법으로는 서술형 및 논술형 평가, 구술시험, 토론법, 관찰법, 자기평가 및 동료평가 보고서법, 연구보고서법, 포트폴리오법 등이 있다. 이외에도 교수-학습 활동과 평가 활동이 상호 통합적으로 진행되는 역할놀이, 협력학습, 스피치대회 등도 수행평가의 한 방법이 될 수 있다.

그럼, 일본어 학습에서 활용 가능성이 높은 수행평가 방법들의 개념을 알아보고, 언어 기능별로 적용 방법과 채점 기준을 통해 어떻게 활용할 수 있는지에 대해 알아보자.

2.1 서술형 및 논술형 평가

지필검사 위주의 서술형 및 논술형 평가는 평가 근거의 객관성 및 공정성을 유지하기 쉽고 채점이 용이하여 학교 현장에서 널리 사용되고 있다. 서술형 평가는 흔히 주관식 평가라고도 하는데, 학생의 생각이나 의견을 직접 서술하도록 하기 때문에 학생의 창의성, 문제 해결력, 비판력, 분석력 등 고등 사고기능을 쉽게 평가할 수 있다는 특징을 가지고 있다. 논술형 평가도 일종의 서술형 평가이지만 개인의 생각이나 주장을 창의적이고 논리적이면서 설득력 있게 조직하여 작성해야 한다는 점에서 서술형 평가와 구별하기도 한다.

(1) 언어 기능별 평가

언어 기능	예시
듣기	· 대화를 듣고 내용의 진위를 안다. · 대화를 듣고 순서를 이해한다. · 대화를 듣고 대화의 장소와 시간을 이해한다.
듣기, 쓰기	· 대화를 듣고 표나 그림을 완성시킨다. · 대화를 듣고 핵심어를 찾고 내용을 요약한다. · 대화의 내용을 듣고 자신의 생각과 느낌을 쓴다.
읽기, 쓰기	· 대화문이나 글을 읽고 핵심어와 주제어를 쓴다. · 짧은 글을 읽고 결말을 완성하여 쓴다.
쓰기	· 자신이나 가족을 소개하는 글을 쓴다. · 초대 · 감사 · 크리스마스 카드 등을 작성한다. · 주어진 몇 개의 어휘를 사용하여 문장을 완성한다. · 실물, 그림, 표 등의 자료를 이용하여 설명하는 글을 간단히 쓴다. · 잘 알려진 만화의 말 상자 안의 글을 지우고 내용을 완성한다.

(2) 채점 기준표 예시

평가 관점		점수	
내용	완전하거나 틀린 곳이 1~2군데 있다.	상(3)	
	틀린 곳이 3~4군데 있다.	중(2)	
	틀린 곳이 5~6군데 있다.	하(1)	
문법	완전하거나 틀린 곳이 1~2군데 있다.	상(3)	
	틀린 곳이 3~4군데 있다.	중(2)	
	틀린 곳이 5~6군데 있다.	하(1)	
계			

2.2 연구 보고서법

흔히 프로젝트(project)법이라고 하며, 교과와 관련된 연구 주제 중에서 학생의 능력이나 흥미에 적합한 주제를 선택하여 그와 관련된 다양한 자료를 수집하고 분석, 종합하여 연구 보고서를 작성하는 것을 말한다. 연구 보고서의 주제에 따라 개인별로 할 수도 있고 모둠별로 협력 연구 보고서를 작성할 수도 있다. 일본어의 경우 주로 '일본문화'와 관련된 연구 주제를 주고 보고서를 작성하여 제출하도록 하고 있다.

(1) 언어 기능별 평가

언어 기능	예시
읽기, 쓰기	· 일본의 학교, 가정 등 생활 문화를 주제로 보고서를 작성한다. · 일본의 대중문화, 전통문화 등의 주제로 보고서를 작성한다. · 자신이 가보고 싶은 일본 여행지를 조사하여 여행 가이드를 작성한다.
읽기, 쓰기, 말하기	· 관심 있는 일본문화를 한국문화와 비교 · 조사하여 발표한다.

(2) 채점 기준표 예시

평가 관점	점수		
	상	중	하
1. 보고서 작성법에 맞도록 작성하였는가?			
2. 보고서에 진술한 연구 내용이 얼마나 충실하게 정리하였는가?			
3. 자료의 수집이 얼마나 다양하게 수집하였는가?			
4. 수집한 자료를 적절하게 분석하고 종합하였는가?			
5. 모든 학생이 과제 작성에 능동적으로 참여하였는가?			
계			

2.3 포트폴리오법

학생의 학습 활동과 관련된 다양한 근거 자료를 일정기간 동안 지속적이면서도 체계적으로 모아 둔 개인별 모음집을 바탕으로 한 평가 방법이다. 내용물은 시간을 두고 수집되므로 학생은 자기 자신의 변화 과정, 장점과 단점, 잠재 능력 등을 스스로 인식하여 반성의 기회를 가질 수 있으며, 교사는 학습자의 학습 결과를 광범위하게 파악할 수 있어 앞으로의 발전 방향에 대한 조언을 쉽게 해 줄 수 있다. 또한 포트폴리오 기법은 수업과 평가를 연계시켜 장기적으로 학생의 수업 과정과 결과를 평가하는 데 활용되는 장점을 가지고 있다.

(1) 언어 기능별 평가

언어 기능	예시
듣기	· 일본 드라마, 영화, 애니메이션 등을 활용한 듣기 자료 모음집을 만든다. · 듣기 능력 점검표를 작성한다.
말하기	· 자기와 가족을 일본어로 소개한 테이프를 만든다. · 말하기 능력 점검표를 작성한다.
읽기	· 일본어 관련 읽은 책 목록을 작성한다. · 자기 평가서를 작성한다.
쓰기	· 자기 소개서를 작성한다. · 이메일, 일기를 쓴다. · 통제 작문[2], 자유 작문 등 다양한 글쓰기를 한다. · 자기 평가서를 작성한다.
듣기, 말하기	· 듣기 말하기의 면접시험 결과를 모아둔다. · 교사의 관찰일지를 작성한다.

2) 통제 작문은 글의 내용이나 구조 등을 제공하므로 언어 표현력을 쉽게 측정할 수 있다. 통제 작문을 위한 자료 등은 다음과 같이 제시할 수 있다.

(2) 채점 기준표 예시 - 개인별 논술형(주제 : 私の 家族)

평가 관점	점수		
	상	중	하
1. 1인당 설명하는 자료나 사진이 다양하고 풍부한가?			
2. 서론, 본론, 결론의 구분이 정확한가?			
3. 수행 과정에 성실히 참여하였는가?			
4. 정확한 문장을 구성하였는가?			
계			

2.4 자기평가 및 동료평가 보고서법

자기평가 보고서법은 개별 학생 스스로가 특정 주제나 교수-학습 영역에 대하여 학습 과정이나 학습 결과에 대한 자세한 평가 보고서를 작성하여 제출하게 하여 평가하는 것을 말한다. 학습자들을 학습에 직접적으로 참여를 유도하고, 학습에 대한 인지적 능력과 동기와 태도 등의 정의적 능력을 통합할 수 있는 좋은 방법이다. 학습자는 스스로 자신의 학습 방법이나 전략에 대해 스스로 생각하고 반성할 수 있는 기회를 제공한다. 동료평가 보고서법 역시 이와 유사한 것으로 동료 학생들끼리 서로 평가하도록 하여 보고서를 제출하도록 하는 것이다.

お国 / 内容	韓国	日本
首都	ソウル	東京
言語	韓国語	日本語
人口	約50,000,000	約127,000,000
お金	ウォン	円

(1) 언어 기능별 평가

언어 기능	예시
통합	· 언어 기능 능력, 학습태도, 학습 흥미도 등에 대한 점검표를 작성한다. · 학습 목표를 점검하고 학습 문제점을 고찰하며 학습 진전 과정 검토한다. · 언어 기능별 자기 평가 기록표를 작성한다.

(2) 읽기 능력에 대한 자기평가표 예시

평가 관점	점수		
	상	중	하
1. 글에 쓰인 히라가나와 가타카나를 정확히 읽을 수 있는가?			
2. 글에 쓰인 한자를 정확히 읽을 수 있는가?			
3. 글의 의미를 이해할 수 있는가?			
4. 글에 나타난 소재를 찾을 수 있는가?			
5. 글에 나타난 사건의 순서를 이해할 수 있는가?			
6. 글의 요지를 파악하여 친구에게 이야기할 수 있는가?			
계			

2.5 구술시험

구술시험(구두시험)이란 학생으로 하여금 특정 교육 내용이나 주제에 대해서 자신의 의견이나 생각을 발표하게 하여 이해력, 표현력, 판단력, 의사소통 능력 등을 직접 평가하기 위한 방법이다. 지필평가에 비해 객관성 및 신뢰성이 떨어질 수는 있지만 발음, 억양, 표현의 정확성 등 지필평가에서 평가하기 어려운 말하기 능력을 평가하기 위해 사용된다.

구술시험의 한 형태로 인터뷰법(구술면접법)이 있는데, 초급 학습자들에게는 자유 인터뷰법보다 질문, 주제 등을 미리 준비하여 모든 학습자에게 거의 동일한 질문을 하는 통제된 인터뷰법을 사용하는 것이 효과적이다.

(1) 언어 기능별 평가

언어 기능	예시
말하기	· 하루일과에 대해 간단히 말한다. · 실물, 그림, 사진, 표 등을 보고 묘사한다.[3)] · 좋아하는 짧은 이야기나 노래를 암송하거나 부른다. · 대화를 듣고 자신의 느낌을 말한다. · 주제를 주고 간단하게 말을 한다.
듣기, 말하기	· 간단한 일의 절차나 방법을 묻고 답한다. · 간단한 말을 듣고 주제 및 세부상항을 말한다.
읽기, 말하기	· 대화문이나 글을 읽고 요약하여 말한다.
쓰기, 말하기	· 보고 자료를 준비하여 구두로 보고한다.

(2) 채점 기준표 예시

평가 관점		점수	
발음	청·탁음, 장음, 요음 등을 자연스럽게 발음한다.	상(2)	
	가끔 틀리게 발음하는 경우가 있다.	중(1)	
	무슨 말인지 이해가 불가능하다.	하(0)	
유창성	전체적으로 내용 전달이 명확하다.	상(2)	
	연결 표현이 좀 어색하다.	중(1)	
	표현이 어색하여 의사소통이 안 된다.	하(0)	
계			

3) 특정한 문법 구조를 평가할 때 유용하게 사용할 수도 있다(형용사의 감정·부정 표현, 비교 표현 등).

2.6 토론법

교수-학습 활동과 평가 활동을 통합적으로 수행하는 대표적인 방법으로 특정 주제에 대하여 학생들이 서로 토론하는 것을 보고 평가하는 것을 말한다. 찬・반 토론법은 논술형 평가와 구술시험을 통해 얻을 수 있는 정보를 모두 얻을 수 있는 장점이 있는 반면, 학생 수가 많을 경우 발언할 기회를 충분히 갖지 못한다는 단점도 있다.

(1) 언어 기능별 평가

언어 기능	예시
말하기, 읽기	・한국과 일본의 학교생활에서 공통점과 차이점에 대해 토론한다. ・한복과 기모노의 입는 방법과 특징, 편리성 등을 토론한다.
말하기, 쓰기	・글의 내용을 읽고 줄거리나 대의를 쓰게 한 뒤 토론한다.

* 초급 학습자의 경우 읽기 자료를 한국어로 줄 수도 있다.

(2) 채점 기준표 예시

평가 관점		점수	
내용	공통점과 차이점을 3-4가지 이상 비교할 수 있다.	상(2)	
	공통점과 차이점을 1-2가지 비교할 수 있다.	중(1)	
	공통점과 차이점을 전혀 언급하지 못하고 있다.	하(0)	
발음	청・탁음, 장음, 요음 등을 자연스럽게 발음한다.	상(2)	
	가끔 틀리게 발음하는 경우가 있다.	중(1)	
	무슨 말인지 이해가 불가능하다.	하(0)	

문법	문법적인 오류가 거의 없다.	상(2)	
	동사, 형용사의 활용이나 조사 쓰임의 오류가 3-4개 있다.	중(1)	
	문법적인 실수가 많아 무슨 말인지 이해하기 어렵다.	하(0)	
어휘	학습한 어휘를 충분히 활용하고 있다.	상(2)	
	부적절한 어휘 사용이 몇 군데 있다.	중(1)	
	어휘 사용이 국한되어 의미 전달이 안 된다.	하(0)	
유창성	전체적으로 내용 전달이 명확하다.	상(2)	
	연결 표현이 좀 어색하다.	중(1)	
	표현이 어색하여 의사소통이 안 된다.	하(0)	
계			

2.7 관찰법

학습자들에게 학습 목표가 반영된 행동이 나타날 수 있는 상황이나 학습 과제를 주고 그에 대한 학습자들의 주의나 반응, 과제 목표를 달성하기 위하여 협력적으로 작업해 나갈 때의 학습자들의 상호 작용 등을 관찰하여 평가하는 방법이다. 관찰법은 학습자들의 발달에 대한 깊이 있고 종합적인 정보를 제공해 줄 수 없기 때문에 토론법, 역할놀이 등과 같은 다른 평가 방법과 병행하여 사용하는 것이 바람직하다.

(1) 언어 기능별 평가

언어 기능	예시
읽기	· 대화문 자료를 주고 읽는다. · 편지, 전자우편, 축하 카드, 광고문 등 다양한 자료를 읽는다.
듣기, 말하기	· 학습한 핵심적인 의사소통 기능문을 듣고 대답한다.

(2) 채점 기준표 예시

① '읽기' 능력 평가

평가 관점	점수		
	상	중	하
1. 발음과 억양은 정확한가?			
2. 적절한 곳에서 띄어 읽기를 잘 하는가?			
3. 문장 간의 연결이 자연스러운가?			
4. 글의 총체적인 분위기를 반영하며 읽고 있는가?			
5. 청중들의 반응은 좋은가?			
6. 바깥으로 나타나는 유창성은 좋은가?			
계			

② 학습 태도 평가

평가 관점		점수	
준비도	교과서, 노트, 필기도구 등 학습 준비물이 잘 되어 있다.	상	
	학습 준비물이 1-2개 빠져 있다.	중	
	학습 준비가 전혀 되어 있지 않다.	하	
참여도	모둠 활동, 발표, 토론 등에 적극적으로 참여한다.	상	
	모둠 활동, 발표, 토론 등에 소극적으로 참여한다.	중	
	모둠 활동, 발표, 토론 등에 전혀 참여하지 않는다.	하	
계			

2.8 역할놀이

역할놀이는 가상의 상황에서 가공적인 인물이나 학습자 자신의 역할을 간략하게 극화한 것을 말한다. 학습자 수준에 맞추어 다양한 역할 카드를 만들어 학생들로 하여금 역할을 수행하게 하거나 상황과 대본을 주고 실제 상황을 가상하여 학습 장면 내에서 역할을 부여받아 일상생활처럼 대화를 자연스럽게 나누도록 하는 것이다. 또한 간단하게 역할을 학습자 두 명이서 할 수도 있고 교사가 그 역할 중 한 부분을 맡을 수도 있다. 처음에는 낮은 수준으로 시작하여 점차 높은 수준의 역할을 수행하도록 한다.

(1) 언어 기능별 평가

언어 기능	예시
듣기	· 쉬운 역할놀이의 내용을 듣고 의미를 이해한다.
듣고, 말하기	· 물건을 사고파는 방법을 묻고 답한다. · 우체국 가는 방법을 묻고 답한다.
듣고, 말하기	· 도서관에서 책을 빌리는 방법을 묻고 답한다. · 의사와 환자의 역할을 주고 묻고 답한다. · 전화로 친구와 만나는 약속을 정한다.

(2) 채점 기준표 예시

평가 관점		점수		
		상	중	하
대본	구성원끼리 협동해서 대본 내용을 충실하게 준비하였는가?			
	창의성이 있으면 대화의 흐름이 자연스러운가?			
활동	역할 놀이에 참가할 사람을 알맞게 결정하였는가?			
	성실하고 적극적으로 참여하였는가?			
	목표 달성을 위해 맡겨진 역할을 유창하게 진행하는가?			
	발표 내용과 맞는 적절한 소품을 사용하였는가?			
	청중의 호응도는 좋은가?			
	다른 모둠의 역할 놀이를 방청하는 태도가 바른가?			
계				

3 일본어과 수행평가 실시 사례

현재 일본어 수행평가는 다양한 방법으로 시행되고 있는데, 대표적인 몇 가지 수행평가의 모델을 예시하고자 한다. 수행평가는 평가 대상에 따라 개인별 평가, 모둠별 평가로 구분하여 시행되고 있으며, 모둠별 수행평가의 경우 평가의 공정성 확보를 위해서 교사의 평가뿐만 아니라 학습자의 동료평가를 병행하는 것이 바람직하다. 그리고 일본어과 수행평가 반영 비율은 대체적으로 정기고사 성적의 10~40%를 반영하고 있다.

3.1 역할놀이 발표(모둠별)[4]

(1) 성취 기준

언어 기능	성취 기준	배점
말하기	1. 제1과~제4과에 나오는 본문의 기본 대화를 이용하여 간단한 의사소통을 할 수 있다. 2. 모둠별 발표를 통하여 실전회화능력을 기른다. 3. 소품 준비 등을 통하여 흥미유발과 상황이해를 돕는다.	100점

(2) 채점 기준표

평가 관점			점수	
발표내용 (대본) (40)	제출일 (10)	기일 내	상(10)	
		1일 늦음	중(9)	
		2일 이상 늦음	하(8)	

4) 안산 강서고등학교(김경택, 2004)

발표(60)	내용의 충실성 (20)	내용이 충실하며 대본이 12문장 이상임	상(20)	
		내용이 보통이며 대본이 8~11문장임	중(18)	
		내용이 부실하며 7문장 이하임	하(16)	
	창의성 (10)	창의적이고 자연스러움	상(10)	
		보통	중(9)	
		창의성이 결여되어 있으며 내용이 부자연함	하(8)	
	유창성 (20)	완전히 암기한 상태에서 유창하게 진행됨	상(20)	
		1회~4회 더듬거림	중(18)	
		5회 이상 더듬거림	하(16)	
	발표 태도 (20)	성실하고 적극적으로 발표함	상(20)	
		보통임	중(18)	
		소극적임	하(16)	
	준비물 활용(20)	발표내용과 맞는 적절한 소품 사용	상(20)	
		소품사용이 미흡함	중(18)	
		소품 사용 안 함	하(16)	

3.2 연구보고서법1-일본문화 발표 수업[5)]

(1) 일본문화 발표수업을 위한 준비과정

① 조사의 기본자세는 학습 동기 부여를 위해서 일본하면 가장 궁금했던 점에서 출발한다. 또는 알고 싶은 일본문화를 인터넷 검색 등을 통하여 주제를 선정한다. (5월 중순)

② 같은 관심을 갖고 있는 학생들끼리 모둠을 만든다. (7월 초순)

- 구성원 간 상호 인사하기 - 조장 정하기
- 주제 정하기

5) 원광정보예술고등학교(박희경, 2005)

· 구체적 내용 구성하기

③ 일본문화 발표수업 모둠별 협의를 한다. (7-8월)

· 자료수집 - 인터넷, 일본관련 서적 등 다양한 학습 자료를 이용한다.

· 역할분담 - 프레젠테이션이 가능한 자, 보고서 작성, 발표자, 작업 장소, 모임 날짜 등 (학습자에게 집단학습 모형수업을 경험케 한다.)

· 상호평가 수정하기(역할별 자기 임무 완수하기)

④ 일본문화 수업발표를 한다. (9월 말)

⑤ 각 반별 발표 내용을 2학년 전학생들이 공유하고, 학생들의 적극적이고 자율적인 학습을 유도시키기 위해 카페에 등록한다.

* 오모시로이 일본 카페(http://cafe.daum.net/HKJP)

(2) 실시결과

① 일본문화 인식의 깊이가 해가 갈수록 세분화되어 갔다.

· 일본의 음식 → 일본음식 만들기, 초밥, 라면, 명절 음식 → 일본의 전통요리(和菓子) → 일본의 길거리 음식

· 일본의 의복(기모노) → 기모노의 시대별 변천, 소매 길이에 따른 명칭 → 오늘날 교복의 변천 → 다양한 교복, 한·일 양국의 시대별 교복 비교

· 일본의 전통문화(가부키) → 가부키의 유래, 무대 설명 등 → 화장법, 가부키의 가문

② 학생의 시대별 흥미도가 변화되어 감을 알 수 있었다.

단순한 일본의 문화(마쓰리, 온천, 기모노, 스시 등) → 연예인, 연예기획사, 교복, 일본귀신, 일본과 한국 드라마 비교, 한류스타, 배우들의 성형, 일본의 여러 종류 인형 등

③ 학습자 상호간의 문화 발표수업을 통해 직·간접으로 일본문화의 다양한 습득의 기회가 될 수 있음을 알게 되었다.

④ 형성평가를 통한 확인학습을 함으로써 학생들의 수업 참여도가 향상되었다.

→ 정답을 맞힌 학생에게 조그마한 선물 증정(과자, 사탕, 라멘 등)

(3) 채점 기준표

평가 관점		점수		
		상	중	하
기능 (10점)	프레젠테이션 자료를 10장 이상 작성하였는가?			
	내용 구성이 잘 되었는가?			
태도 (10점)	학생(청중)들의 호응이 좋았는가?			
	형성평가 문항을 제시하였는가?			
계				

3.3 연구보고서법2 – 일본 배낭여행 계획서 작성[6)]

(1) 내용 : 일본 배낭여행을 계획하여 작성한다.

(2) 목표 : 인터넷을 활용하여 일본의 지역문화 및 관광지를 조사하여 일본에 대한 문화 이해의 폭을 넓힐 수 있다

(3) 구체 방안 : 겨울(여름)방학을 이용하여 일본 배낭여행(최소 2박 3일)을 다녀오는 계획을 작성하되, 본인의 집에서 출발하여 집으로 돌아오기까지의 여행계획을 상세하게

6) 과천여자고등학교 (김규만, 2004)

조사하여 제출한다.

(4) 계획서 작성 시 주의사항

① 첫 장에 'INDEX'를 작성하여 각 항목의 요점이 명확하게 드러나도록 하며, 용지는 A4로 통일한다.

② 가능한 컴퓨터로 작성하며, 각 항목의 정보는 비교가 쉽도록 표를 사용하여 작성한다.

③ 일정별 상세 정보는 연월일시를 표시하고, 관광정보는 상세할수록 좋다.

④ 배낭여행의 취지 상 호화로운 교통 또는 숙박은 인정하지 않으며, 반대로 너무 비현실적으로 저가의 계획(노숙, 굶기, 모든 식사는 햄버거 등)도 인정하지 않는다.

⑤ 숙박 및 식사의 경우, 친척 혹은 지인의 집에서 해결하는 것은 인정하지 않는다.

⑥ 식사의 경우 식당의 정보는 없어도 되나, 종류와 가격을 ○○円으로 기재한다.

⑦ 교통의 경우 역이나 공항까지 이동하는 시간과 그곳에서의 체재시간을 반영해야 한다. 정확히 알 수 있는 공항버스 요금, 항공료, 공항 이용료 등은 대략적인 금액으로 기재하지 않도록 한다.

⑧ 전체적인 비용은 작성일자 기준 환율을 적용하여 원화로 기재한다. (여권과 비자는 획득한 것으로 간주함)

(5) 채점 기준표

평가 관점	점수	
1. 여행계획(6개 항목 - 일정별 상세 정보, 관광정보, 식사, 숙박, 교통, 비용)이 치밀하고 독창적인 일정을 작성하고 현실성 있다.	10점	

2. 여행계획 중 한 가지가 빠져 있거나 계획이 비현실적이다.	9점	
3. 여행계획 중 세 가지 이상이 불충분하며 계획이 비현실적이다.	8점	
4. 여행 계획 중 한개만 작성하거나 각 여행사의 배낭여행 계획 등을 인터넷에서 그대로 편집하여 제출하였다.	7점	
5. 여행계획을 제출하지 않거나 제출할 의지가 없다.	4점	

3.4 중학교 생활일본어[7)]

(1) 평가 요소

언어 기능	평가 요소
듣기, 말하기	· 清音, 濁音, 促音, 撥音의 구별 발음 능력 · 長音, 短音의 발음
	· 상황을 정확히 이해하고 유창하게 질문하기 · 상황을 정확히 이해하고 유창하게 대답하기
읽기	· 清音, 濁音, 促音, 撥音의 구별 발음 능력 · 長音, 短音의 발음
	· 상황을 정확하게 이해하고 읽기 · 제시된 문장을 유창하게 억양을 넣어 읽기
쓰기	· 녹음의 내용을 잘 듣고 清音과 濁音을 구분하여 쓴다. · 기타 日本語 표기에 알맞게 쓴다. · 日本語 文章의 뜻을 이해하고 정확하게 쓴다.
읽기, 쓰기	· 인터넷 검색 자료(2002년 월드컵 경기장 찾기) · 컴퓨터로 작성한 일본어 자료 제출 1부
	· 수업시간 학습 교재 준비(포트폴리오 자료) · 수업시간 본문 읽기

7) 청주 중앙여자고등학교(김대길, 2004)

(2) 채점 기준표

언어 기능	평가 관점	점수	
듣기, 말하기	상황을 이해하고 유창하게 말하며 발음도 좋다.	상(10)	
	상황을 이해하나 다소 유창하지 못하며 발음도 정확성이 떨어진다.	중(8)	
	상황도 이해 못하고 유창하지도 않으며 발음도 나쁘다.	하(6)	
	미 응시	0점	
쓰기	5문항 중 정확하게 쓴 4문장 이상	상(10)	
	5문항 중 정확하게 쓴 2문장	중(8)	
	5문항 중 정확하게 쓴 문장이 1문장 이하	하(6)	
	미 제출 시 0점	0점	
읽기, 쓰기	인터넷 검색 자료 제출 2개	상(5)	
	인터넷 검색 자료 제출 1개	중(4)	
	미 제출	하(0)	
	읽기 2회 이상	상(5)	
	읽기 1회	중(4)	
	미 응시	하(0)	

참고문헌

교육인적자원부(1998) 「수행평가의 이해」『교육홍보자료』서울:교육인적자원부

김경택, 김규만(2004) 「수업개선을 위한 수행평가 자료 개발」『2004 하계 세미나 자료집』경기도일본어 교육연구회

대전교육과학연구원(2000) 『고등학교 수행평가 실태분석 및 개선 방안(영어)』대전:대전교육과학연구원

박희경(2005) 「학습자 중심의 일본문화체험을 통한 일본어 수업방안」『2005학년도 교실수업 개선을 위한 수업연구 발표대회 자료집』서울:한국일본어 교육연구회

배호순(2000) 『수행평가의 이론적 기초』서울:학지사

백순근(1999) 「수행평가 정착을 위한 교육평가 운영 방안」『수행평가 현장 적용을 위한 세미나 자료집』서울:한국교육과정평가원

백순근(2002) 『수행평가 : 이론적 측면』서울:교육과학사

이소영(1999) 「영어과 수행평가 현장 적용 방안」『수행평가 현장 적용을 위한 세미나 자료집』서울:한국교육과정평가원

최연희(2000) 『영어과 수행평가의 이론과 실제』 서울:한국문화사

최진황 외(1999) 『중학교 영어과 수행평가 시행 방안 및 자료 개발 연구』서울:한국교육과정평가원

한인선(2003) 『수행평가를 중심으로 한 중학교 영어 교과서 분석』충남대학교 교육대학원

허경철 외(1999) 「수행평가 정책 시행 실태 분석과 개선 대책 연구」『연구보고 CRE99-2』 서울:한국교육과정평가원

허경철(1999) 「수행평가 정착을 위한 교육과정 운영 방안」『수행평가 현장 적용을 위한 세미나 자료집』서울:한국교육과정평가원

8-5

멀티미디어 일본어 학습 컨텐츠 평가기준

· 정기영 ·

1 머리말

교육부에서는 그동안 전국의 초·중·고등학교 교실에서 멀티미디어를 활용할 수 있도록 1997년부터 2000년까지 제1차, 2001년부터 2005년까지 제2차 교육정보화계획을 진행함과 동시에 대학에 있어서도 교재의 멀티미디어화를 장려해 왔다. IT 기술의 발달과 정부 정책에 힘입어 공교육 및 사교육시장에서 ICT 활용교육 및 사이버 강의가 보편화되어 왔으며, 이러한 외국어 교재의 멀티미디어화 및 사이버화는 지금까지 외국어를 가르칠 때에 난점이었던 "시간·공간적 제약" "음성·동영상·문자정보의 랜덤액세스" "학습자 중심의 교육" 등의 문제를 해결할 가능성이 높다고 말 할 수 있다.

최근 일본어 교육에 있어서도 컴퓨터 이용이 활발해 짐에 따라 현재 개발되고 있는 CAI 및 CALL 소프트 및 학습 사이트의 종류와 수준 또한 다양화되고 있다. 그러나 지금까지는 컨텐츠 개발이 선행되어 그 효용성과 평가를 통한 품질 향상에 연결되는 연구는 적었던 것으로 생각된다. 이후 멀티미디어 일본어 교재[1)]는 더욱 빠른 속도의 증가가 예상되며 각 교육기관에서도 교재로써 채택하는 현실을 고려하면, 그 평가는 매우 중요한 요소가 될 것이라고 생각된다.

본 장에서는 일본어 교수 학습용 멀티미디어 교재개발을 위한 기초연구로써 선행연구를 참고 하면서 일본어 교육용 CD-ROM 및 인터넷 학습사이트의 평가기준을 고찰한다.

2 멀티미디어 일본어 학습 컨텐츠 평가영역

멀티미디어 일본어 교재의 평가에 관한 연구는 사단법인 일본어 교육학회(1999)에 특정 소프트의 평가를 실시한 자료가 일부 보이지만[2)], 본격적인 평가에 관한 연구는 많지 않다고 할 수 있다.[3)] 멀티미디어 영어교재의 평가에 관해서는 이미 Higgins & Johns(1984), Odell(1986), Curtin

---

1) “멀티미디어 일본어교재”라는 용어는 그 정의가 아직 확립되어 있지 않은 부분이 있지만, 본고에서는 컴퓨터를 기초로 한 CD-ROM 또는 인터넷상의 일본어교재를 가리키는 용어로써 “멀티미디어 일본어학습 컨텐츠”라는 용어와 동의어로 취급한다.
2) 社団法人日本語教育学会(1999)의 『マルチメディア日本語教材に関する調査研究』最終報告書에는 「釣りバカ日誌」라는 영화를 소재로 한 멀티미디어 교재의 교재작성 툴의 평가결과와 영상소재를 이용한 교재작성 소프트 평가표 등의 자료가 있다.
3) 여기에서는 지면의 제한으로 선행연구의 내용에 대해서 상술하는 것은 생략하고 연구자와 그 출전을 소개하는 것에 그친다. 자세한 것은 아래의 참고문헌을 참조하기 바란다.
鄭起永(2003.7),『マルチメディアと日本語教育－その理論的背景と教材評価－』, 凡人社

& Shinall(1987), Hubbard(1987), Clarke(1989), Reeves(1992), Merill(1994), Gorden(1994), Cunningham(1995), 손정배(1998), 최수영(1999), 김인석(1999), 김광민(2000)등의 연구가 있다. 또한 한국에서는 한국 멀티미디어 교육지원센터(KMEC), 한국교원대학교 교육연구원, 한국교육과정평가원에서도 그 평가기준을 내놓고 있다. 그러나 이러한 선행연구는 "주로 영어를 대상으로 한 평가기준이다" "평가영역 면에서는 디자인과 기술적측면의 평가가 중심으로 교수・학습 이론적 측면과 교육내용적 측면의 평가가 적다" "평가리스트가 구체적이지 않다" 등의 문제점이 있어 멀티미디어 일본어 교재의 특색을 충분히 고려한 평가기준이라고는 말하기 어렵다. 일본어의 경우 언어의 특색과 교육내용에 있어서 영어와 다르므로 그 평가기준을 다시 고려할 필요가 있다고 판단된다.

멀티미디어 일본어 학습 컨텐츠를 평가하기 위해서는 다양한 요소가 필요하다고 생각되지만 본장에서는 다음과 같이 5개의 측면에서 그 평가영역을 나누어 생각하고 싶다. 첫째, 교육목표의 측면에서 교육목적과 목표가 명확하고 교육과정 및 학습목표와 관련성이 있는가를 평가한다. 둘째, 외국어교수・학습이론의 측면에서 내용전개에 있어 채택하고 있는 교수이론 또는 학습이론은 있는가? 또 교재는 어떤 언어이론 및 언어습득이론에 근거하여 구성되어 있는가를 평가한다. 셋째, 교육내용의 측면에서는 교재의 컨텐츠는 정확하고 전문성이 있는 것인가? 연습방법은 유효 한가? 등을 평가한다. 넷째, 디자인 및 기술의 측면에서는 화면의 구성은 알기 쉽고, 기술적으로는 유효한 기능이 있어 전체적으로는 사용하기 쉬운 것인가를 평가한다. 다섯째, 상호작용 측면에서 컴퓨터와 학습자・교사와 학습자 간에 상호작용은 풍부한가? 또한 그 상호작용은 컨텐츠의 교육목적에 일치하고 있는가? 교육내용에 대한 테스트 방법은 유효 한가 등을 평가한다. 그것을 그림으로 하면 다음의 그림 1과 같다.

그림1 멀티미디어 일본어 학습 컨텐츠 평가영역

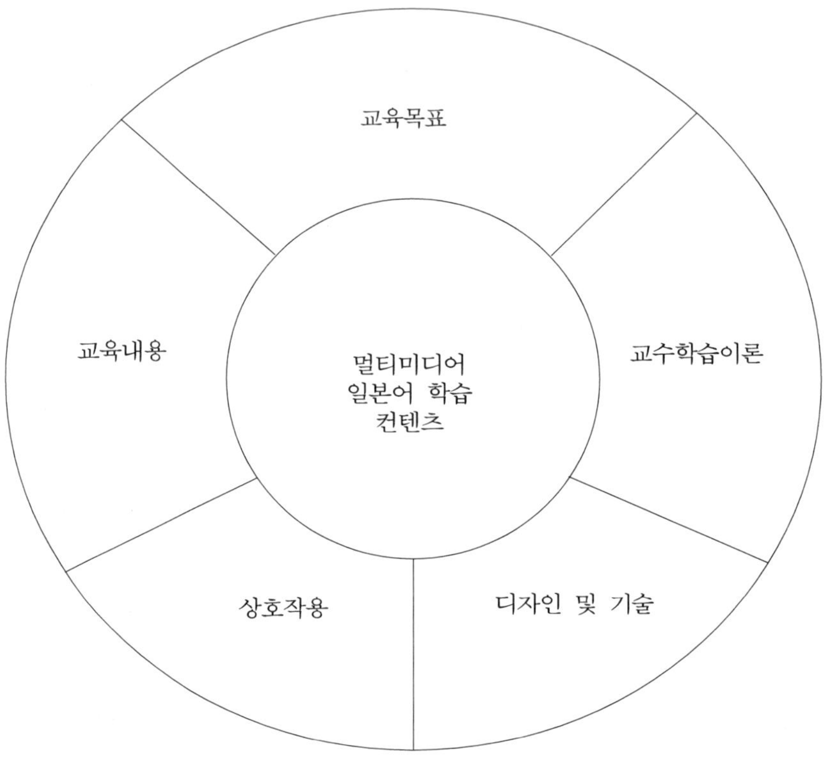

3 멀티미디어 일본어 학습 컨텐츠 평가기준

최근 CD-ROM 일본어 교재와 Web상에서의 일본어학습 사이트가 급증하고 있어 그 목적에 따라 다양한 컨텐츠를 볼 수 있다. 이와 같이 무수한 컨텐츠 중에서 자신이 필요로 하는 교재를 선택하는 것은 교사나 학습자에게 있어 매우 중요한 일이다. 그리고 연구자 및 제작자 측에서도 개발 시에는 그 기준을 참고할 필요가 대두되고 있다.

멀티미디어 일본어 학습 컨텐츠의 평가기준은 CD-ROM과 인터넷을 따로 하여야 하지만 엄밀히 말하면 평가목적에 따라 그 기준을 달리 적용해야하므로 본장에서는 통합형으로 제시하여 추후 평가 목적에 따른 평가기준 마련 시에 참조할 수 있도록 하고자한다. 그리고 평가기준은 교사 및 연구자용과 학습자용으로 구분하여 각각의 입장에서 평가할 수 있도록 2종류의 평가기준을 마련했다.

〈교사・연구자・개발자용 평가리스트〉

일본어 학습 컨텐츠 사용 후 다음 평가리스트를 읽고 자신의 의견과 가장 일치하는 것에 ○를 표시하세요.

①전혀 그렇게 생각하지 않는다 ②그다지 그렇게 생각하지 않는다
③어느 쪽이라고도 말할 수 있다 ④그렇게 생각한다 ⑤매우 그렇게 생각한다

(1) 교육목표

일본어 교육 사이트의 개요

컨텐츠 명 : 제작사 또는 운영자 :

운영목적 : 수업용, 자율학습용, 복합형, 기타( )

목표학습 스킬 : 듣기, 말하기, 읽기, 쓰기, 문법, 어휘, 문화사정, 통합형, 그 외 ( )

대상지역 : 로컬, 글로벌, 기타( )

학습대상 : 어린이, 중학생, 고등학생, 대학생, 사회인, 기타( )

대상학습자의 레벨 : 초급(상・중・하), 중급(상・중・하), 상급(상・하), 최상급

학습시간 : 가격 :

평가자 : 평가일자 :

사이트의 교육목표

(1)교육목적 및 학습목표가 명시되어 있다

(2)대상학습자와 학습레벨이 나타나 있다

(3)학습에 필요한 시간, 학습자의 도달목표가 나타나 있다

(4)교육목적과 학습목표가 교육과정과 일치하고 있다

(5)컨텐츠 이용방법 및 각 과의 구성 등을 설명하고 있는 곳이 있다

(6)가격 또는 비용은 적당하다

(2) 외국어 교수·학습 이론

(1)컨텐츠가 언어습득이론 또는 교수・학습 이론에 근거하여 만들어져 있다

(2)채택되어 있는 교수・학습이론은 교육목표에 걸맞다

(3)수업・학습하기 쉽도록 구성되어 있다

(4)수업・학습모형이 제시되어 있다

(5)적절한 교수・학습 전략을 사용하고 있다

행동주의적 학습 원리에 근거한 평가항목[4)]

(6)학습자의 수준을 생각하여 어휘와 문형을 단계별로 제시하고 있다

(7)학습자의 주의를 계속적으로 유지시키고 있다

(8)오답은 정답으로써 인정하지 않는다

(9)이해와 학습이 정착될 수 있도록 학습 자료와 연습기회를 풍부하게 제공하고 있다

(10)선행학습에서 나온 문형과 어휘가 계속해서 강화되고 있다

(11)문법과 문형을 공식화하고 있다

---

4) 이하 3개의 언어이론에 근거한 평가항목을 들고 있지만, 이것은 하나의 언어이론에 근거하여 교재를 구성하고 있는 경우와 복수의 언어이론 일부를 도입하였던 통합형의 교재를 상정한 것이다. 교재가 작성된 조건에 따라 일부 또는 전체의 평가항목으로 평가해도 상관없다.

(12)문법규칙을 연역적으로 가르치는 대신 귀납적으로 문법패턴을 제시 한다
(13)일정한 레벨에 도달하면 다음 단계로 나아가게 한다

<u>인지주의적 학습방법론에 근거한 평가항목</u>

(14)문법규칙과 어휘를 학습자가 이해한 후에 연습할 수 있도록 하고 있다
(15)새롭게 제시되는 학습내용의 습득을 쉽게 하기 위해 효과적인 연습이 행해지고 있다
(16)문법규칙을 학습한 후 실제 언어사용장면을 상정한 효과적인 연습이 행해지고 있다
(17)기계적인 학습보다도 회화중심 학습 환경을 제공하고 있다
(18)하나의 문장보다 문맥을 중심으로, 또 내용이 있는 다이얼로그를 이용하여 학습시키고 있다
(19)학습내용이 학습자의 흥미를 지속시키고 있다
(20)학습자가 스스로 학습 진도를 컨트롤 할 수 있다

<u>언어습득이론에 근거한 평가항목</u>

(21)학습자가 다양한 상호작용을 할 수 있도록 컨텐츠가 설계되어 있다.
(22)학습자의 현재 수준보다 한 단계 위의 이해하기 쉬운 학습내용을 제공하고 있다
(23)학습자의 정의 필터를 낮게 하여 자신감을 가지고 적극적으로 학습할 수 있도록 하고 있다
(24)학습자에게 다양한 동기를 유발시키고 있다
(25)학습자가 일본어로 표현할 수 있는 기회가 많다
(26)쓰기・말하기보다 읽기・듣기 학습이 중심이다
(27)학습자의 과도한 실수 수정을 자제하고 있다

(3) 교육내용

<u>내용의 정확성 및 유효성</u>

(1)사용언어의 문자와 철자, 문장이 정확하고 자연스럽다

(2)어휘, 문법 등 학습내용과 범위가 나타나 있고 그 수준이 학습목표와 일치하고 있다
(3)한자의 ふりがな가 적절하게 사용되고 있다
(4)발음과 인토네이션이 정확하고, 자연스럽다
(5)등장인물의 동작과 얼굴 표정이 자연스럽다
(6)문화적으로 풍부한 자료를 제시하고 있다
(7)게임이나 노래 등 일본어학습을 즐겁게 하는 요소가 들어가 있다
(8)컨텐츠 내용은 전체적으로 재미있다
(9)컨텐츠 내용구성에 일관성이 있다
(10)전체적인 내용은 실용성이 있으며 학습자가 즉시 사용할 수 있는 문장이다
(11)컨텐츠가 학습자의 개인차를 고려하여 레벨별로 분지화 또는 나선형으로 프로그램 되어 있다

<u>연습의 적합성</u>

(12)가나 및 한자 학습은 효과적이다
(13)어휘, 표현의 설명과 학습방법은 효과적이다
(14)문법 설명은 체계적이다
(15)문형 제시는 체계적이고 예문이 풍부하다
(16)듣기 연습이 효과적이다
(17)말하기 연습이 효과적이다
(18)읽기 연습이 효과적이다
(19)쓰기 연습이 효과적이다
(20)교육목표로 내세우고 있는 언어의 4기능 학습과 실제 연습이 일치하고 있다

(4) 디자인 및 기술

<u>화면구성과 조작의 용이함</u>

(1)공간적으로 여백을 잘 활용하고 있어 화면의 구성이 단순하고 알기 쉽다
(2)화면의 구성이 눈의 움직임에 편하게 되어 있다

(3)화면의 배색이 적절하고 디자인이 학습의욕을 유발 한다
(4)하나의 화면 자료는 적은 스크롤링으로 전부 볼 수 있다
(5)문자의 크기와 색깔이 적당하고 중요한 부분은 학습 자료를 강조하는 것이 사용되고 있다
(6)선택버튼은 일관성이 있고 알기 쉽다
(7)그래픽・음성・동영상・애니메이션 등 멀티미디어적 요소를 잘 활용하고 있다
(8)문자・음성・그림・모국어로의 번역 등 학습자가 자신에게 필요한 부분을 선택하여 학습할 수 있다

<u>기술과 화면이동</u>

(9)학습기록을 보관하고 관리해 주는 기능이 있어 교사(학습자)는 그것을 용이하게 참고할 수 있다
(10)프로그램 인스톨 또는 초기화면으로의 접속 스피드가 빠르고 서버가 안정적이다
(11)새로운 화면으로의 이동에 시간이 걸리지 않는다
(12)학습자가 현재 있는 곳을 파악할 수 있고 다음 학습 코너에 이동하기 쉽다.
(13)화질과 음질이 적절하다
(14)문장을 읽는 데 필요한 사전기능이 있다
(15)학습자의 반응과 요구를 받아들여 자주 업데이트 되는 등 관리가 두루 미치고 있다
(16)기술적으로 반복 학습이 용이하다
(17)인공지능, 가상체험 등 새로운 기술이 도입되어 있다
(18)컨텐츠가 전체적으로 사용하기 쉽다

(5) 상호작용(interaction)

<u>상호작용</u>

(1)컴퓨터・학습자・교사 간에 상호작용이 많다

(2)학습자의 학습의욕을 유발하는 상호작용이 사용되고 있다
(3)상호작용은 컨텐츠의 교육목적과 일치하고 있다
(4)피드백(feedback)이 빠르고 그 방법이 다양하다

<u>테스트</u>

(5)방법과 횟수, 시기 등 테스트 내용이 전체적으로 적절하다
(6)퀴즈나 테스트의 전체적인 난이도가 적절하다
(7)교육내용과 평가문제 사이에 일관성이 있다
(8)학습자가 대답할 수 있는 충분한 시간을 주고 있다
(9)평가는 학습자의 개인차를 고려하고 있다
(10)평가의 피드백이 학습자에게 좌절감을 주는 등의 부정적인 요소보다 긍정적인 요소가 많다
(11)학습자를 정답으로 유도하기 위해 다양한 힌트를 주고 있다
(12)정답 및 잘못된 답에 대한 설명이 있고 최종적으로는 정답을 제공하고 있다
(13)평가결과를 기록하여 학습자의 다음 학습에 반영할 수 있다
(14)평가를 성적에 반영할 경우 평가가 공정하게 행해지도록 고안되어 있다

(6) 그 외(기술식)

(1)이 컨텐츠에서 가장 좋았던 점은 무엇이라고 생각합니까?
(2)이 컨텐츠에서 개선되어야 할 점은 무엇이라고 생각합니까?
(3)이 컨텐츠를 이용하면 일본어학습을 효과적으로 할 수 있다고 생각합니까?
(4)그 외에 의견이 있으면 써 주세요

〈학습자용 평가리스트〉

컨텐츠명 :   일자 :

위의 일본어 학습 컨텐츠 사용한 후 다음 평가리스트를 읽고 자신의 의견과 가장 일치하는 곳 ○를 표시하세요.

①전혀 그렇게 생각하지 않는다 ②그다지 그렇게 생각하지 않는다
③어느 쪽이라고도 말할 수 없다 ④그렇게 생각한다 ⑤매우 그렇게 생각한다

(1)컴퓨터를 이용하여 학습하는 것이 불안하지 않고 자신감을 가지고 학습할 수 있었다
(2)학습목표를 파악할 수 있다
(3)교재의 레벨은 적절하다
(4)학습내용이 정확하고 이해하기 쉽다
(5)지시와 설명이 간단명료하고 알기 쉽다
(6)화면의 구성이 단순하고 보기 쉽다
(7)화질・음질이 적절하다
(8)문자의 크기와 색이 적절하고 보기 쉽다
(9)그래픽・음성・동영상・애니메이션 등 멀티미디어적 요소를 잘 활용하고 있다
(10)화면의 배색이 적절하고 디자인이 학습의욕을 유발 한다
(11)컨텐츠가 갑자기 멈추는 등의 오작동을 일으키지 않고 기술적으로 안정되어 있다
(12)퀴즈나 테스트의 내용과 방법이 적절하다
(13)질의응답, 테스트, 피드백(feedback) 등 상호작용을 할 수 있다
(14)컨텐츠는 전체적으로 사용하기 쉽다

(15)컨텐츠 내용이 전체적으로 재미있고 마지막까지 공부하고 싶다

기술식

(16)이 컨텐츠에서 가장 좋았던 점은 무엇이라고 생각합니까?

(17)이 컨텐츠에서 개선되어야 할 점은 무엇이라고 생각합니까?

(18)이 컨텐츠를 이용하면 일본어학습을 효과적으로 할 수 있다고 생각합니까?

(19)그 외에 의견이 있으면 써 주세요

5 평가의 절차

상기 평가기준을 토대로 평가 목적 및 대상에 따라 평가기준을 재설정할 수 있으며, 전문가의 평가로 합격점이 나온 경우는 학습자의 의견을 참고하여 교재로써 채택할 것인지를 생각한다. 학습자에게 앙케이트 용지를 답하게 하여 전체적으로 긍정적인 반응이면 교재로써 채택한다. 그러나 전반적으로 부정적인 결과가 나올 경우는 채택을 보류하고 재평가를 실시한다. 평가절차 및 판정기준은 다음과 같다.

(1) 평가절차

① 평가대상 컨텐츠 선정

② 평가위원 구성 : 일본어교사, 일본어 교육연구자, 프로그래머 등의 전문가 2-5명

③ 교육목표 평가 : 교육목표가 교육과정 또는 학습목적과 일치하지 않는 경우는 평가를 중단 한다

④ 종합적 평가 : 각 평가위원별로 평균점을 낸다

⑤ 학습자의 반응분석 : 학습자가 부정적인 반응을 보이면 구입을 보류한다

(2) 판정기준

판정기준은 2종류를 생각할 수 있다. 그 하나는 평가의 최종적인 종합점수를 평가항목의 중요도에 따라 1점 또는 2점씩 배점하고 그것을 합계한 후에 100점 만점으로 환산하는 방법이다. 또 하나의 방법은 각 평가기준 영역별로 교육목표 20%, 외국어교수・학습이론15%, 교육내용 30%, 디자인 및 기술 20%, 상호작용 15% 합계 100점이 되도록 그 중요도에 따라 점수를 배점하고, 다시 항목별 점수를 합계하여 영역별 점수로 환산한 후 영역별 점수를 합계하는 방법을 생각할 수 있다. 최종적인 판정은 다음과 같이 종합점수가 75점 이상이면 합격으로 처리한다.

판정기준(100점 만점)

0~49 : 불만족　50~59 : 약간 불만족

60~74 : 보통　75~89 : 만족　90~100 : 매우 만족

6 맺는 말

이상과 같이 멀티미디어 일본어 학습 컨텐츠 평가기준을 설정해 보았다. 평가기준은 수업용인가 자율학습용인가 자료용인가 게시용인가에 따라 다르고, CD-ROM을 기초로 하고 있는 것인가 Web을 기초로 하고 있는 것인가, 또 On-line용 인가 Off-line용 인가에 따라서도 달라진다.

그리고 어떤 언어습득이론과 교수・학습이론을 기초로 하고 있는가에 따라서도 다르다. 여기에서 제시하고 있는 것은 CD-ROM과 Web을 구분하지 않은 통합형 평가기준이다. 더욱 자세한 평가기준은 각 평가기관 또는 평가자가 각각의 멀티미디어 일본어 학습 컨텐츠 평가 시에 독자적인 기준을 세울 필요가 있다고 생각된다.

따라서 향후의 과제로써는 전문가의 의견을 폭넓게 참고하고 일본어의 특수성을 고려한 구체적인 평가기준과 분석기준을 마련할 필요가 있을 것이다. 그리고 기존의 멀티미디어 일본어 교재의 평가와 분석 작업을 통하여 보다 효과적인 멀티미디어 일본어 학습 컨텐츠를 제작할 수 있을 것으로 생각한다.

참고문헌

김광민(2000)「英語教育用 CALL Software 評価点検模型 研究」中央大学校大学院英語言語科学科応用英語学専攻 第66回博士学位論文

김인석(1999)「外国語教育用 Software 評価의 理論과 実際」1999年 春季学術発表大会資料集(pp47-48) 韓国Multimedia言語教育学会

김인석(1999)『멀티미디어言語教育의 理論과 実際』博文閣

손정배(1999)「外国語教育用 Software 評価의 理論的背景과 応用」『멀티미디어言語教育의 理論과 実際』(pp200-219). 博文閣

류신혜(1999)「Software 評価의 基礎」『멀티미디어 言語教育의 理論과 実際』(pp220-235) 博文閣

정택희 외(1999)『教育用Software審議基準解説書』韓国教育開発院

조세경(1998)「CD-Rom title 評価尺度」1998年『秋季学術発表大会資料集 韓国マルチメディア言語教育学会

조세경(1999)「World Wide Webの英語教育資料評価」1999年『春季学術発表大会資料集』(pp12-13) 韓国マルチメディア言語教育学会

최수용(1999)「言語教育用Softwareの評価尺度比較研究」1999년『春季学術発表大会資料集』(pp4-9) 韓国マルチメディア言語教育学会

李徳奉(1998)「멀티미디어 言語学習의 学習心理」『Multimedia-Assisted Language Learning』創刊号 Vol.1, No.1. KAMALL. 한국멀티미디어언어교육학회

鄭起永(1997)「韓国における日本語教育の方向性-マルチメディアをめぐって-」『柏原司郎先生定年記念語文学論叢』ソウル:宝庫社

鄭起永,河恩愛(1998)「멀티미디어 일본어학습 프로그램 내용분석」『Multimedia-Assisted Language Learning』創刊号 Vol.1, No.1. KAMALL 한국멀티미디어언어교육학회

鄭起永(1999)「외국어수업에서의 효율적인 CD-ROM 활용방안」『1998年GLE公募課題研究報告書』釜山外国語大学校 国際通商地域院

鄭起永 外2人(1999)「일본어학습사이트 현상과 분류」『韓日語文論集』第3集 韓日日語日文学会

鄭起永(2001.3)「マルチメディア日本語教材のコンテンツ評価基準」『湘南文学』第35号 東海大学日本文学会

鄭起永(2002.11)「インターネット日本語学習サイトの評価と開発方向」『日語日文学』第18輯 大韓日語日文学会

鄭起永(2003.7)『マルチメディアと日本語教育－その理論的背景と教材評価－』凡人社

鄭起永(2004.3)「日本語教育とコンピュータに関する研究動向と課題」『湘南文学』第38号 東海大学日本文学会

鄭起永(2005.2)「日本語ICT活用教育研究の現状と課題」『日語日文学研究』52. 韓国日語日文学会

岡崎敏雄(1989)『日本語教育の教材』東京 : アルク

加藤清方(1996)「マルチメディアを利用した日本語教育のあり方」『日本語 学』2. 明治書院

加藤清方, 川端一博(1997)「日本語教育における社会言語学的情報のシステム化―マルチメディア日本語教材開発を一例として―」『日語日文学研究』27集. 大韓日語日文学会.

河原崎幹夫(1992)『日本語教材概説』. 東京: 北星堂書店.

社団法人日本語教育学会(1999)『マルチメディア日本語教材に関する調査研究』最終報告書

社団法人日本語教育学会(2000)『日本語教員養成と情報リテラシー教育』平成11年度調査研究報告書

社団法人日本語教育学会教材委員会(1992)『日本語教材データファイル日本語教科書』

社団法人日本語教育学会調査研究委員会報告書(1995)『日本語学習におけるコン

ピュータ利用の実際』

東北大学(1994)『日本語学習支援システムの研究』

Clarke, D.(1989) Desigin considerations in writing CALL software, with particularreference to extended materials. In K. Cameron(Ed), Computer Assisted Language Learning : Program Structure and Principles(pp. 28-37). Norwood, NJ : Ablex.

Criteria for The evaluation of Foreign language Multimedia software (1998) http://nts.lll.hawai.edu/flmedia/evaluation/general/ taxonomy. htm.

Cunningham, P. A.(1995) Evaluation CALLware for your classroom. CAELL Journal, 6(3), 13-19.

Gordon, S.(1994) Computer interface design guidelines. Paper presented at the annual meeting of CALICO, Flagstaff, Arizona, March 1994. University of Idaho.

Higgins, J. & Johns, T.(1984) Computers in language learning. London : Collins ELT.

Hubbard, P. L.(1987) Language teaching approaches, the evaluation of CALL software, and desigin implications. In W. F. Smith(Ed), Modern media in foreign language education : Theory and implementation(pp. 227-254). Lincolnwood, IL : National Textbook Company.

Odell, A.(1986) Evaluating CALL software. In G. Leech & C. N. Candlin(Eds.), computers in english language teaching and research(pp. 61-77). London : Longman.

Reeves, T.C.(1992) Evaluating interactive multimedia. Educational Technology, 32(5), 47-53.

색인

1

A

あ

漢

ㄱ

ㄴ

ㄷ

ㄹ

ㅁ

ㅈ

ㅌ

ㅍ

ㅎ

집필자약력

이덕봉(李德奉) 1-3, 2-4, 2-7, 4-1, 5-2
일본 쓰쿠바대학 언어학박사
현재 동덕여자대학교 일본어과 교수
고등학교 일본어 교육과정 5,6,7,8차 개정작업
대표 저서: 일본어 교육의 이론과 방법(시사일본어사)외 다수

조문희(趙文熙) 1-1, 1-2
동덕여자대학교 문학박사
현재 서강대학교 국제문화교육원 일본어 코디네이터
대표 논문 : 한국 일본어 교육사 연구

정기영(鄭起永) 2-1, 5-1, 8-5
일본 도카이대학 문학박사
현재 부산외국어대학교 일본어대학 교수
대표 저서 : マルチメディアと日本語教育(凡人社)

김세은(金世恩) 2-2
동덕여자대학교 일어일문학과 박사과정 수료
현재 동덕여자대학교 등 강사
대표 논문 : 연소학습자를 위한 일본어 어휘연구

사쿠라이 케이코(桜井恵子) 2-3
일본 도쿄대학 대학원 교육학연구과 박사과정 수료
현재 인하대학교 일어일본학과 교수
대표 논문: : 韓国人短期留学生の日本社会文化接触に関する調査研究

황경자(黃慶子) 2-5
동덕여자대학교 일어일문학과 박사과정 수료
현재 한림대학교 일본학과 객원교수
대표 논문 : 한・일 번역의 역사

장혜정(張惠貞) 2-6
동덕여자대학교 일어일문학과 박사과정 재학
현재 유한대학교 산업일본어과 겸임교수
대표 논문 : 일본어 사회교육기관의 교육에 대한 학습자의 만족도 연구

모리야마 신(森山新) 3-1
동덕여자대학교 문학박사
현재 日本 お茶の水女子大学大学院 人間文化創成科学研究科 准教授
대표 저서 : 認知と第二言語習得(도서출판 계명)

미즈쿠치 리카(水口里香) 3-2
일본 오차노미즈 대학교(お茶の水女子大学)대학원 석사과정 졸업
동덕여자대학교 일어일문학과 박사과정 수료
현재 홍익대학교 교양외국어학부 전임강사
대표 논문 : 認知意味論的な観点から見た英和辞典の分析

신은정(申恩淨) 3-3
동덕여자대학교 일어일문학과 박사과정 수료
동덕여자대학교 강사
대표논문 : 비즈니스 일본어 학습용 교재에 관한 연구

홍민표(洪珉杓) 4-2
일본 쓰쿠바대학 언어학박사
현재 계명대학교 일본학과 교수
대표논문 : 日韓両国人の言語行動の違い①—⑫ (日本語学, 明治書院)

김성경(金聖京) 4-3
동덕여자대학교 일어일문학과 박사과정 수료
현재 유한대학 산업일본어과 부교수
대표 논문 : 韓・日両国語における空間指示語意味対照

다카하시 마리코(高橋万里子) 4-4
한양대학교 문학박사
현재 경기대학교 일어일문학과 교수
대표 논문 :「行く・来る・いる」の尊敬表現の研究 -明治・大正・昭和を中心に-

한진숙(韓眞淑) 5-3
동덕여자대학교 문학석사
현재 한국NIE교육원 원장
대표 논문 : 일본어 교육을 위한 NIE 활용방안 연구

김한식(金漢植) 6-1
동덕여자대학교 일어일문학과 박사과정 수료
현재 한국외국어대학교 통번역대학원 일본어과 부교수
대표 저서 : 한일 통역과 번역(한국문화사)

정일영(丁一榮) 6-2
동덕여자대학교 문학박사
현재 경희대학교 호텔관광대학 교수
대표 논문 : 한국 관광안내문의 일본어 번역 연구

윤대근(尹大根) 6-3
동덕여자대학교 문학박사
현재 인하공업전문대학 관광과 교수
대표 논문 : 일본어의 의미적 결합관계 연구

이도열(李道烈) 7-1
동덕여자대학교 일어일문학과 박사과정 수료
현재 우석대학교 일본어과 교수
대표 논문 : 일본어 시점(視点)에 대한 연구

이길원(李吉遠) 7-2
일본 오사카대학 박사과정 수료
현재 동아대학교 일어일문학과 교수
대표 저서 : 일본어문법 연구와 교육

다니 세이지(谷誠司) 8-1, 8-2
동덕여자대학교 문학박사
현재 고려대학교 일어일문학과 객원강사
대표 논문 : 日本語テストの分析と新しいテストの開発

오지혜(吳智惠) 8-3
동덕여자대학교 문학박사
현재 건국대학교 강사
대표논문 : 일본어 구두표현능력 평가법 연구

김태호(金泰昊) 8-4
현재 한서고등학교 일본어과 교사
고려대학교 교육학 석사
대표 저서 : 다락원 주니어일본어1 · 2

현대 일본어 교육의 이해

초판인쇄 2007년 12월 27일
초판발행 2008년 1월 15일

저자 이덕봉 외
발행 제이앤씨

주소 132-040 서울 도봉구 창동 624-1 현대홈시티 102-1206
전화 (02)992-3253
팩스 (02)991-1285
등록 7-220호
e-mail, jncbook@hanmail.net | http://www.jncbook.co.kr

ISBN 978-89-5668-563-2 93830 정가 22,000원